献给——

我的老师

我的同代人

我们的下一代

血与铁

全新增订本

老鬼◎著

新星出版社 NEW STAR PRESS

图书在版编目(CIP)数据

血与铁 / 老鬼著. -- 北京 ：新星出版社，2011.4
ISBN 978-7-5133-0061-2
Ⅰ. ①血… Ⅱ. ①老… Ⅲ. ①自传体小说－中国－当代
Ⅳ. ①I247.5
中国版本图书馆CIP数据核字（2010）第178465号

血与铁

老鬼 著

责任编辑： 何 睿
责任印制： 韦 舰
封面设计： 老 俚

出版发行： 新星出版社
出版人： 谢 刚
社址： 北京市西城区车公庄大街丙3号楼 100044
网址： www.newstarpress.com
电话： 010-88310888
传真： 010-88310899
法律顾问： 北京市大成律师事务所

读者服务： 010-88310800 service@newstarpress.com
邮购地址： 北京市西城区车公庄大街丙3号楼 100044

印刷： 北京佳顺印务有限公司
开本： 700×1000 1/16
印张： 35
字数： 540千字
版次： 2010年10月第一版 2011年4月第二次印刷
书号： ISBN 978-7-5133-0061-2
定价： 39.00元

小时候的全家福

四岁时与母亲合影

唯一一张与小胖姐的合影

小学毕业照

与姑姑、奶奶在一起

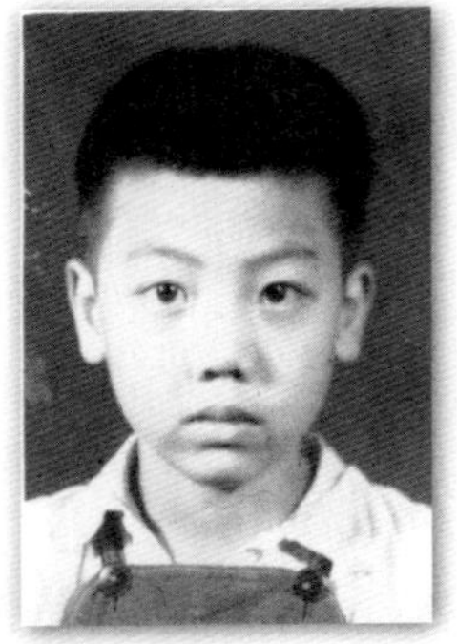

幼儿园入园标准照

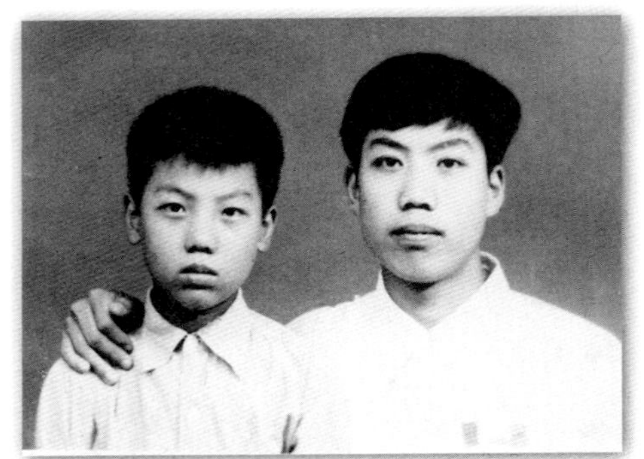

小学三年级时与哥哥合影

在北师大一附中就读初中一年级时的合影

英雄王杰是我青春时期的榜样

意气风发的同学们在四十七中学校后的鹫峰山顶上

赴越抗美前刻的“毛泽东抗美铁血团”章

一九六五年左右参加集体劳动时的合影

在革命年代里，学习毛主席著作是一门“必修课”。

一九六七年，绿军装、红袖章、红宝书是红卫兵的标准配置。

从海淀拘留所释放出来后与同学合影

在北京站送别“上山下乡”的同学们

目 录

像狗一样忠诚于毛主席；也令我在潜意识里明白：革命是圣殿，革命是高贵，革命是美丽，革命才为人们所尊敬。而且，也只有革命才能得到漂亮女同学的青睐，革命是我们青年人的唯一希望。

我把小英古斯千里迢迢带到北京，却带给它倒吊示众的耻辱，带给它惨遭杀戮、陈尸荒野的下场。这乌黑乌黑的小灵魂，我光棍生活中的小太阳，我内心深处的小公主，我忠实品行的活楷模，却被我送上了死亡之路，所有曾沾染有英古斯气息的地方，都好像散发着血腥。这么一个弱小的生命，也被卷进了疯狂的文化大革命，我尝到了阶级斗争的残酷。

一个悲壮的故事，一幅浪漫的画面，陶醉了我们几个中学生：我们将在热带原始森林与美国特种部队角逐，比枪法、赛速度、拼耐力，我们将风餐露宿，神出鬼没，我们都是一流的柔道家、拳击家、角斗家、射击家、野外生存专家，经过无数次的战斗，才最后一个个地倒下，被掩埋在异国。如同切·格瓦拉，我们也是献身于世界革命了！英雄，功业，美名，冲昏了我们的头脑。

人当然不能一点儿贪心也没有，没有贪心就没有追求，但不能过分。我们冒险去偷公安局的武器，侥幸成功，就应该珍惜，见好就收。可我脑子一热，又去偷第二次，完全违背了毛主席不打无准备无把握之仗的教导。我真是恨自己的贪婪，恨得直想抽自己几个耳刮子。人一旦贪婪就变得智商低下，蠢得像一头猪！在西藏，上帝惩罚了我的贪婪。

第一章

一群疯长的小兽

华北小学给我的印象就是一个充满暴力的动物园，同学们尽是一些小狼。表面上，学校里各种鲜花芳香秀丽、蝶飞翩翩，一派和平景象，但对我来说，这里却是一个赤裸裸的弱肉强食的世界。华北小学让我知道了小孩子中间没有道理可讲，拳头就是道理。孩子的世界和动物世界一样，只认个头儿和力气、牙齿和爪子。

◇一九五一年父母去河北农村接我时的合影。前排为爷爷，奶奶，左侧为二叔、左二为姑姑，怀中抱着我。后排中间为父亲。右侧为二婶。爷爷抱着的孩子为姑姑的儿子。其余均为二叔的小孩。

“我做梦也想往着河北深泽县的农村。我思念那炉灶旁的大风箱，呼哧呼哧，像个老猫打呼噜；思念那高大空荡的北房，屋顶棚有一个燕子窝，黑色的燕子常常在屋里飞来飞去；思念那捆捆的秫杆，它们散发出的烟味儿，是世界上最芳香的气味，因为就要吃饭了！我还思念北房门前的那口灰色水缸，里面养着一条从滹沱河里抓的青鱼，有半尺来长，或许是哪个女神仙变的。我尤其深深思念我那丑陋而贫穷的姑姑，她爱我爱到能饿着自己，也要让我吃饱。我管姑姑叫“娘”已成习惯，管父母叫“爸爸妈妈”特别别扭，几乎叫不出口。”

乡村来的小土孩儿

一九四七年八月二十二日，我出生在河北省阜平县麻棚村一间农民的土坯屋里。这是太行山中的一个宁静小村，《晋察冀日报》社领导居住地。四周群山怀抱，树木丛生，一条布满石头的小河从村西缓缓流过。

生我之前，母亲决心把孩子打掉，为此曾去边区医院。不料边区医院拒绝了她，说要有单位组织的证明才行。母亲大老远白跑一趟，很是沮丧。后来她因病住院，再次想把孩子打掉。觉得自己都三十三岁了，已不年轻，身体又有病。和她同住一间病房的罗瑞卿的夫人郝治平得知后，劝她千万不要这样做，鼓励她把孩子生下，为革命壮大力量。于是母亲改变了主意。当时罗瑞卿是中共晋察冀中央局副书记、晋察冀军区政治部主任、野战军政委。

生我的时候，果然难产，把母亲疼得死去活来，还流了许多血，非常危险。多年后，我长大成人，母亲还数次心有余悸地对我讲要不是看在郝治平的面子上，绝不会生我。懂事后，我知道郝治平是总参谋长罗瑞卿大将的夫人，非常自豪，对她及罗瑞卿本能地有一种亲切感。

可能刚刚满月，父母就把我送到了河北省深泽县的老家。当时父母都在《晋察冀日报》社工作，身边已有小胖姐了，又正处于解放战争时期，无暇照料我。

四岁以前，我在河北农村度过。我对老家故城村的记忆空空荡荡的，只感觉那是个很大很乱的院子。大门在东南角朝东，没有门板，用树枝编的栅栏挡着。南边是低矮的土坯房，有牲口棚、草料房、铡刀。西南角是厕所，破旧的土坯墙半人高，露天的，下面连着猪圈，人在上面拉，猪在下面吃。院子西侧有个碾子棚和西厢房。三间北房最高，由青砖和土坯混合盖成，门不大，门前有一高高的台阶。窗户都很小，屋内昏暗。爷爷奶奶睡在北房的西屋，二叔二婶和三个孩子睡在东屋。中间的房门口左右各有一个炉灶，用来冬天烧炕做饭。夏天则在东厢房做饭，南边堆着烧火做饭用的一大堆秫秸。记得二叔屋里的墙上挂着一支很旧的步枪。他当过民兵队长。

听说姑姑领着我和自己的孩子睡在西厢房，但我已经没有一点儿印象了。

我还能模模糊糊记得一九五一年，母亲来接我上北京的情景。母亲的日记里对这一天也有记载。

已是暮色降临，一辆马车从 破烂的栅栏门，拐进院子。车上装着小山一样高的秫秸，一个女干部坐在上面。她穿一身蓝色列宁服，戴着蓝帽子，神采奕奕。她微笑着，很大方地跟家人打着招呼，声音洪亮，一口洋话，说话举止表情一看就跟老百姓不同。

这戴帽子的女干部就是我母亲。我对她非常生疏，又敬又畏。

姑姑兴奋地说："小波，你妈来了，这是你妈，快叫妈！"

我害怕又害羞，躲在姑姑身后。

是农村的姑姑把我从满月带到四岁，我一直管姑姑叫"娘"，怎么又来一个妈呢？姑姑待我比亲生儿子还好，从不打我骂我，我的要求也尽量满足，从不让我碰钉子。当我流鼻涕时，她会用自己的手指给我揩去；当我的衣服上沾有污垢时，她会伸出舌头舔舔，吐点儿口水，再用双手给我搓掉。她的丈夫是八路军军医，后在战斗中失踪。此后，她拉扯着一个儿子一直守寡。

与姑姑分别的情景我早已忘记了。母亲可能是连哄带骗，才把我带到了北京。

当时父母住在骑河楼的马圈胡同十二号。那是三姨白杨买的宅院，大大小小共五个院子，由我们家和舅舅家合住。

长大了听母亲说，我到北京后整天坐在大门口哭泣，一声一声呼唤着老家的"娘"，如同离开了母狗的小狗崽子，长时间地哀号。这让父母很扫兴。说真的，我一点儿也不喜欢父亲和母亲，尽管在乡下人眼里他们都是北京的大干部。我也一点儿不喜欢这个四合院，虽然它大大小小共有五个院子、二十多间房。

我想念农村的家，想念把我带大的姑姑。

我望着大门口对面的那堵灰墙，幻想着它是一个火车头，能把我拉回农村去。这堵墙顶部用灰瓦砌成了一长条四朵花瓣型，在小孩子的眼里煞是神秘。

父母整天上班，把我交给一个做饭的小脚老太太照顾。我很快就感觉到了巨大的失落。哥哥姐姐住校，平时父母对小胖姐最好，只有她回家后能跟母亲住在一起。她有点儿病，母亲最关心备至，外出也常常带着她。而我却与老太太住在饭厅，父母出门很少带我。我的天地就是：厨房、饭厅以及那养着一群鸡的、光秃秃、脏兮兮的东院。

在这陌生的深宅大院里，只有吃饭时，我才能见到父母。吃完饭，他们就回到自己屋子里，忙他们的事去了。平时我根本见不着他们，他们也不主动答理我。我特别惧怕父亲，从不敢自己到他的屋里去。

在农村老家的姑姑那里，我是备受宠爱的小太阳，可在马圈胡同十二号，父母对我比姑姑差远了，那热度不及姑姑的十分之一！

我做梦也想往着河北深泽县的农村。我思念那炉灶旁的大风箱，呼哧呼哧，像老猫打呼噜；思念那高大空荡的北房，屋顶棚有一个燕子窝，黑色的燕子常常在屋里飞来飞去；思念那捆捆的秫秆，它们散发出的烟味儿，是世界上最芳香的气味，因为就要吃饭了！我还思念北房门前的那口灰色水缸，里面养着一条从滹沱河里抓的青鱼，有半尺来长，或许是哪个女神仙变的。

我尤其深深思念我那丑陋而贫穷的姑姑，她爱我爱到能饿着自己，也要让我吃饱。我管姑姑叫“娘”已成习惯，管父母叫‘爸爸妈妈”特别别扭，几乎叫不出口。潜意识里，我视他们为把我从疼爱我的姑姑怀里抢走的陌生人。每次叫“爸爸妈妈”时，我都故意把声音发得模糊不清，致使父母以为我是大舌头。其实我舌头很正常，就是一喊“爸爸妈妈”时，舌头故意不动，嗡嗡的，故意让人听不清楚。

父亲把我从农村接到城里，对我却并不热情，记忆中，他从未单独带我到公园玩或陪我下饭馆吃点儿好吃的。跟他上街，永远不要奢望会得到一块糖的零嘴吃，也从不记得他给我买过任何玩具。他对我说打就打。

几十年后，我看见了母亲的一篇日记原文，里面说姑姑把我惯得不像样子，整天在院子里疯跑乱闹，她让父亲狠狠地打了我几次，要把我的野性扳过来。

本来就不亲，再加上父亲痛打我，更让我一见了父亲就像老鼠见了猫，不寒而栗，对这个家也就没有一点儿好感。

到北京很长时间后，一有什么委屈，我还经常坐在大门口处，望着南方的天空啜泣发呆。我知道老家的姑姑就在南方。当被父母冰冷训斥后，我就不自觉地跑到大门口哭叫着，呼喊着自己老家的“娘”——我亲爱的姑姑。

“娘，娘啊……”直喊得嗓子嘶哑。我知道世界上只有姑姑最疼爱我，不会骂我打我，能为我割下她自己的肉，而父母却不会。在北京的这个深宅大院里，我身单力薄，像一只被囚在铁笼里的小狗，无限渴望那自由自在的、宁静温馨的、有着农村泥土芬香的冀中农村生活。

我对父母冷冰冰的，怎么也堆不出笑脸，这肯定也让父母失望了，更加对我不满。

我和父母待在一起拘束又拘束，没话说，还总有一种寄人篱下的感觉。平时一见了他们我就惶恐不安，只有跟做饭的老太太在一起时，我才觉得自在舒服。

父母除了待我不热情外，并不虐待我。夏天有西瓜吃，冬天有棉衣穿。他们和孩子同桌吃饭，我完全能吃饱，母亲高兴了，还会夹菜给我。她常常催我洗脸洗手，甚至还会亲自给我洗澡，想改掉我在农村养成的不讲卫生的毛病。母亲并曾给我买过木刀、风筝、木制机关枪、吸铁石、打砸炮的小手枪……偶尔她还带我上街，能吃上一点儿好吃的。尽管如此，我依旧和父母有着深深的隔膜。

不记得父母有抱我、亲我、抚摩我一下的时候。尤其是父亲，对我的冷淡能很清楚地感到。他平日根本不理我，更别说帮我抓蜻蜓和蚂蚱了。来了客人，很少把我叫去跟客人见面，却常常让小胖作陪。我曾得到过姑姑和奶奶的无微不至的温暖关怀，对父母偏爱小胖、冷遇我的做法，又愤怒、又委屈。

母亲待我比父亲好一点儿，可也远不及姑姑和奶奶对我的疼爱。

父亲老嫌我没礼貌，见了大人什么话也不说，四礼不懂，不喊他“爸爸”。

那是因为对不爱我的人，我喊不出来。

可以说，父亲从一开始就不喜欢我，常常说打就打。他认为我对他的生硬无礼，是农村的姑姑给惯的，就得打。我嗓子哭哑了，眼睛哭肿了，上气不接下气，他下手也决不轻一点儿。

父亲在家里的地位至高无上。全家人都怕父亲，可能是他的官儿最大吧。父亲说一不二，发起脾气来，恐怖之极。只要他的身影一出现，我就不敢随心所欲地玩儿。平常我爱去东院，这地方父亲一般不来。孤独中，我喜欢追逐东院那几只鸡，并曾把一只母鸡抱在怀里与它亲嘴，被父母当成笑料。

记得有一个星期天，我扛着木棒，学着八路军的样子，在院子里转圈儿齐步走，嘴里大声唱着“三大纪律，八项注意”歌儿。当绕第二圈时，冷不防发现父亲躺在躺椅上正默默盯着我，我好像被蛇咬了一口，戛然而止，赶紧溜掉。

父亲像养小狗一样地养着我，却很少费心思照料。记得有时他高兴了，爱在吃饭时逗我：“傻蛋是谁？”

我不假思索地说：“是我。”

父亲笑得眼睛眯成了一条线，又问：“浑蛋是谁？”

我说：“是我。”

他笑不拢嘴，十分快活，又瞪圆眼睛高声问：“王八蛋是谁？”

我大声说：“是我。”

惹得全家人哄堂大笑。

父亲高兴的时候也一脸慈祥状。我其实很愿意让父亲高兴，讨他喜欢。但等我知道“傻蛋”、“浑蛋”、“王八蛋”都不是好词儿后，父亲再询问，我就不再承认了。这辈子我和父亲最轻松最融洽的几次交流也随之结束。

父亲心情好时，爱哼哼一些当时流行的歌，如：

嘿啦啦啦，嘿啦啦啦，
天空出彩霞呀，
地上开红花呀。
中朝人民力量大，
打垮了美国兵呀，
全世界人民拍手笑，
帝国主义者害了怕呀
……

父亲明显喜欢女孩儿，他对小胖和他前妻的女儿最好，跟大姐有说不完的话。

不久，父母就把我送到了新华社托儿所（那时，父亲在国务院新闻总署工作），一星期回家一次。我对这个托儿所感觉很好。阿姨们都非常友好热情，从不打人，比家里温馨多了。几十年后我发现了父母保留的一份托儿所的报告表，是一九五三年五月二十日填写的。

马清波　男　出生年月　1947年8月22日　现在年龄　5.9
健康情况：
身长　5月份　115cm　体重　5月份　43磅
预防接种：5月18日打三联针
疾病　感冒过一次
全面发展情况（体、智、德、美四育的培养和发展）

在计算方面能认识1至12的字码，能区别钟上的长针和短针，能口头上比较10以内相邻数的多少。学会了10以内的加减法，但速度慢。在音乐方面，对新歌接受较慢。但能大胆地站起来独唱，发音比前稍清楚些。在一般作业里，创造力较强，例如泥工、高粱秆工、图画。能做出大炮、飞机、军舰，偏重于武器方面的东西。在认识环境方面，看过的野兽，从图片上还能认识。能按外形叫出他们的名字——猴、狮、虎、黑白熊、小兔，能分出绸子、缎子、呢子、布等衣料。在国语方面，阿姨讲的故事能大胆地完整地讲述出来，看画报时，能用简单的语言说出自己所理解的东西。

在脱穿衣服方面，整理床铺很快，但不细心。学会了独立的剪指甲、洗脸、洗手。洗脚时，需要阿姨帮忙。能正确地使用餐巾。上床后讲话，阿姨提醒几次后才能睡下，但有时不睡午睡。

不注意衣服和手的清洁，大便后要阿姨提醒才去洗手。和同班小朋友爱争夺玩具。但对小班小朋友知道谦让，小班孩子跌倒后，能跑过去扶起来，别人讲话时，爱插嘴。

所长刘惠

保教干事　赵有贤

保育员　张淑兰

大约五岁左右，我得了一场大病。

半夜里，我醒来，肚子疼。小床四边围着栏杆，自己无法下地，在床上拉了一片黄稀屎。阿姨连夜把我送回了家。母亲忙把我带到人民医院挂急诊，做了手术。说是我肠子上长了一个脓包。其实就是盲肠炎。

我出院后在家养伤，不久肚子又痛，母亲认为是虫子，没有当回事。我吃什么吐什么，呕吐物有一股怪臭味儿，疼得在地上打滚儿。老保姆一趟趟跑到母亲的屋里，说我的病很重，催她带我去医院看看。母亲却说没事儿，是虫子闹的，给了我几片打虫子的药吃。几天后，我不吃不喝，已经昏昏沉沉。直到要不行了，母亲才意识到问题严重，派哥哥带我到白塔寺人民医院挂急诊，医生马上抢救。

我又动了第二次手术。鼻子上被抹了一股药，很苦很凉，不久就昏过去。等醒来时，我已经在一个有十来人的大病房里，光线昏暗。我腰部缠着厚厚的绷带，动一动很疼。我感到口渴，希望能喝到水，却不敢叫喊，嘴里发出一点儿声音，肚子上的伤口都能感觉到一阵疼。

这次是肠粘连。医生说再晚一天，生命就难保了。我的肠子因上下断绝，已被臭气给胀得很薄，随时有破裂的危险。医生把我的一截儿烂肠子给割了下来，用羊肠线缝好。住院期间，那位文静温和的医生老问我："放没放屁？"当我说放屁了，医生就露出了欣慰的表情。有一次，他检查我嗓子时，我正好有一口痰，咽进了肚子里。他和蔼地说："有痰要吐出来，不要咽。"连父母都没有这么教过我。

这是我六岁时发生的事情。才两年时间，我的肚子上就有了两道伤疤。我想，要是按这样的比例，到长大后，我的肚子将要被割得像斑马一样到处是道道儿，最后不能再做手术时，我就要死了。一想到死，我悲哀之极。我自小就特别怕死。

我也不知道为什么得这病。但妈妈老问我吃什么了？她认为一定是我自己吃了脏东西引起的。我不忍心让她这个判断错误，就挖空心思地琢磨自己吃了什么。最后想起了邻居门口地上的玉米核儿，就对母亲说可能是自己吃了邻居小孩扔了的玉米棒子。

妈妈笑着说："你真没出息，捡人家吃剩下的玉米核儿。"

事实上，肠粘连是因为上次动手术引起的，跟吃什么毫无关系。但是，我为了要讨好妈妈，就默认了她的指责。

妈妈若有所思地感叹："我刚得了一笔稿费，为你动手术全花光了。小波，以后千万不要乱吃捡来的东西了！"

我知道是妈妈救了我的命，但见了她的面，还不好意思叫她妈妈。

第二次手术后，发生了一件事。

那时候，刀口总有个口子痊愈不了。我整天闷在屋里养伤，没人和我玩儿，闲得无聊，就独自一人在东房里点着一根蜡烛，放在窗台上。一不小心蜡烛倒了，将窗户上的大白纸点着了，那纸烧得很快，一下子就烧到了窗户上。我吓坏了，知道自己闯了大祸，可不敢告诉母亲，就偷偷溜到厨房，跟老保姆待在一起，寸步不离，心情紧张地等着最后的结果。

这是一个受到冷遇孩子的胆小。我把窗户纸烧着了，引起大火，却一声不吭地躲到厨房，心里紧张到极点，但害怕挨打，不敢告诉大人，只好装成若无其事的样子。

终于，妈妈喊叫着从北房里冲出。她端着一脸盆水，朝已蹿到房檐的火苗使劲泼去，接着老保姆也提着一桶水赶来。幸亏发现得早，火被及时扑灭，只把窗户烧了一大片黑。

母亲瞪着我，气愤得脸都白了："怎么回事？"

我嗫嚅道："点了一根蜡烛，倒了，把窗户纸给烧着了。"

母亲吼道："那着了火，为什么不跟大人讲？"

我吓得说不出话来。

"你这小兔崽子，真可气！自己弄着了火不说，还跑一边躲起来！"说着，顺手抄起一把鸡毛掸子，使劲儿抽我，把我抽倒在地上。我大哭起来，哀求着……但母亲怒气冲冲，继续抽，直到老保姆闻讯跑过来，挡住母亲。

“如果火烧着了电线，整个屋子都要烧着了，你知道不知道？”

我噤若寒蝉，一言不发。

母亲用鸡毛掸子把我打得很疼。印象中，这是母亲第一次打我，也是唯一的一次。我委屈地哭着，惊讶母亲会这么狠毒。我出院后不久，肚子上的刀口还很疼，她竟然如此大打出手，不留情面。我是一个六岁的小孩，又是一个病号啊！

母亲的火发泄完了就回到自己的房间。我依旧伤心地哭，晚饭也没有吃。在老家，即使真着了大火，姑姑也绝对不会这么对待我。可在母亲这里只不过烧了窗户纸，把窗框熏黑了，就遭此毒打，我伤心痛恨之极。

晚上，我紧挨老保姆睡着，依旧哽咽不止。老奶奶抚摩着我的头，轻轻地安慰着，她像姑姑一样用手指一下一下地把我的鼻涕给抹掉，哄我入睡。

手术伤口终于痊愈，我又回到了托儿所。一股天真温暖的气息融化了我在家中的胆怯、拘谨、不安。我感觉阿姨们个个都美丽又文雅，即使我犯了多大的错误也不会挨打。

记得在托儿所经常玩儿一个拔河的游戏，边玩边唱：

我们要求一个人呀，我们要求一个人呀，
你们要求什么人呀，你们要求什么人呀，
我们要求 ×× 啊，我们要求 ×× 啊，
什么人来通大其（同他去）呀，什么人来通大其呀，
×× 来通大其啊，×× 来通大其啊。
……

排成两排横排的小孩儿们一边唱，一边手拉手地前走后走。被叫到名的小孩儿要上前去和对方拔河。赢了，对方就加入我们的队伍。挑选自己这方最强的和对方最弱的拔河，眼见自己这队人越来越多，常把我们激动得又蹦又跳。当时，我一点不知道“通大其”是什么意思，也跟着其他小孩儿一起唱，直到写这本书时，经向人请教才知道“通大其”是“同他去”，自己听错了。

我们还经常唱一首歌：

小鸽子真美丽，
红嘴巴儿白肚皮，

飞到东来，
飞到西，
快快飞到北京去。
到了北京，
见到毛主席，
请你向他敬个礼，
告诉他
我们都想念毛主席。
……

新华社托儿所留给我的印象是甜蜜、温馨、柔爱、美好。我虽然来自农村，受姑姑熏陶很深，有点儿土气，在那里却没受到任何歧视，对它也没有任何不愉快的记忆。

可回到家里，我的处境却跟保姆相似，晚上跟老太太睡在一张大床上，白天也跟在老太太屁股后面转。我和保姆相处的时间远远超过与父母在一起的时间。母亲总待在她的屋里，极少花时间与我相处说话。父亲就更是完全不理睬我。

孤寂之中，我有时只好躲到南院的犄角旮旯里，对着蜗牛轻轻地唱着从托儿所里学会的歌：蜗牛蜗牛，先出犄角后出头。你爹你妈，给你买的烧羊肉，你不吃，给我吃，我不吃，给狗吃……

我犯了错误，最怕听母亲说："你要再调皮就给我滚蛋，这个家不要你了！"本来就处在这个家的最边缘，再给赶出去，扔到大街上无家可归，我怎么活呀？

母亲时不时让我"滚蛋"，潜意识里流露着对我的不满。估计是我有几个毛病让母亲不喜欢：

一、生我时，大出血，她差点儿死掉。

二、我偏爱姑姑，对她冷淡疏远，很少叫她妈妈，从不主动进她的屋。

三、母亲喜欢干净、讲卫生，我却邋里邋遢，不讲卫生。

四、我不会来事儿，嘴巴不甜。

五、我淘气好动，喜欢打仗，经常弄坏家里的东西。

六、连动了两次手术，我让她花了不少钱。

真的，母亲的四个孩子就我接连动了两次手术，把她折腾得最厉害。

……

我还依稀记得一九五四年离开托儿所的情景。

那天是母亲接的我。新华社托儿所的年轻阿姨给我送到大门口，微笑着对我说：“欢迎你以后再来托儿所玩。”

阿姨的相貌在记忆里早已荡然无存，但她所传递的温暖气息却终生难忘。现在当年的小阿姨早已都变成了老妇，有的可能去世。她们永远不会知道她们所照料的一个五岁病弱小孩儿，一个永远忘了她们容貌的孤僻男子，漂泊到美国之后，在书写一本书的时候，曾有多少次地怀念过她们。

童年给我的印象就是这些。

现在，我要上小学了。

华北小学生活

华北小学是中组部筹建的干部子弟小学，学生全部住宿，当时归华北局管。学校地处北京新街口崇元观，校舍很不错，国民党陆军大学一度曾迁此校址，九一八事变后，还曾被东北大学占用过。

学校大门面向正南，西式白色水泥筑造。进去迎面是一巨大的圆形水泥花池，盛开着一大团鲜花，左右各种着一排厚厚的小柏树。再往前是一排办公室，正中有门洞穿过。出门洞往前为一条路，中间穿过一栋栋东西走向的教室，从南到北有四五栋。

宿舍区在学校西部，礼堂在东北部。一条环型水泥路包围着教室区，水泥路旁长着一棵棵高大垂柳，柳条随风飘荡。

大操场在学校最北侧。南侧主席台后墙上还残存着蓝色的青天白日徽，依稀可辨。我们经常在这儿踢足球，享受奔跑撒欢的乐趣。西北角是饭厅，大师傅做的西红柿炒鸡蛋、韭菜烧对虾喷香可口，至今难以忘怀。

我对华北小学班主任剧老师至今也还清楚记得。她短头发，有两颗大金牙，酷爱抽烟，脸色黝黑，皮肤粗糙，嘴唇枯干。她看同学时，表情淡漠，不苟言笑，那一双眼睛像是豹子的眼睛，冰冷无情，在课堂上对不守纪律的同学，敢用教鞭戳。

我们住的宿舍有二十来人，一人一张白色小床，床四周有栏杆。一位年轻阿姨陪着我们住。阿姨个子不高，胖乎乎的，黑红的圆脸长得很甜，眼睛乌黑，嘴角老挂着微笑。她梳着两条小辫子，爱带着我们一起打秋千，打得很高很高。这阿姨晚上经常关了灯洗脸，我很有些奇怪，后来有同学神秘兮兮地对我说那是洗屁股。

我喜欢她又怕她，平日不敢多和她说一句话。

我还模糊记得班里几个同学的姓名：

一个叫齐凤书，是个瘸子，走路一拐一拐的，受尽了本班和外班男生的欺负，不知小孩儿为什么那么恨瘸子；一个叫周小周，圆头圆脑，像个娃娃，皮肤白白嫩嫩，煞是可爱，就是整天耷拉着长长的鼻涕，他跟人打架的一绝就是往你身上甩鼻涕；还有个叫方征，是演员方晓天的孩子，瘦小白皙，跟我关系不错，我和他为表示友谊，曾经掏出小鸡鸡对碰过——这象征着我们是最好的朋友。

还有一位上嘴唇豁裂的同学叫李春生，家住西便门铁道部宿舍。就因为嘴巴上缺一块儿，没人跟他好，视他为怪物。小孩儿对身体有缺陷的人似乎有某种本能的排斥。李春生能和我玩儿到一块儿。他曾用一块厚木板做了一支驳壳枪，跟真的一般大小，再染成黑色，送给我。

小学一年级是学校的最底层，二三年级的男孩子最喜欢欺负我们来开心取乐，显示自己的强大。那时我刚动完手术，身体羸弱，嘴巴笨，力气小，成为现成的袭击靶子。我的小人书会被高年级的无缘无故地抢走；我正玩儿爬绳，高年级的来了，吼一声就给我轰走；我在沙坑里费好大力气做的地堡、壕沟、公路，高年级的过来一脚就给踩瘪了；我走在路上，会被高年级的用猴皮筋射来的纸弹打中后脑勺。

两次开刀，把我这个七岁小孩儿仅有的一点点勇气全开没了。又是从托儿所直接进的小学，从没在胡同里待过，不会吵嘴，不会骂人，不会掐架，不会耍赖，不会吹牛……像一只毫无自卫能力的小兔子，自然就成了高年级孩子宣泄多余精力的对象。

打人对一些男孩子来说似乎有无穷的乐趣，跟吃香肠一样享受，特舒服。

我清楚记得，刚上小学不久，我就在厕所里被人打躺下。可能是课间上厕所的人多，这高年级的嫌我挤了他，一拳把我打倒在厕所地上的一摊尿里。那时脚底没根儿，一打就倒。我坐在这大片尿水里哭泣着，却没人理我。最后快上课了，我害怕迟到，只好自己站起来，一步一步走回教室，棉衣上沾着湿湿的尿迹。

华北小学校给我的印象是一个充满着暴力的动物园，我身边的同学尽是些小狼。表面上，学校里到处是美人蕉、百合花、月季、夹竹桃……各种鲜花芳香秀丽、蝶飞翩翩，一派和平景象。但对我来说，这里却是一个赤裸裸的弱肉强食的世界。

你要想在同学中有威信，就必须打人厉害。小孩子根本不认你功课品行好坏，就认你能不能打架。

无缘无故朝弱小同学砸一拳，打了就跑，看他那兴奋劲儿就好像吃了一块糖、捡了一个弹球。能抽人一个耳光就更甜蜜了，唯如此才显示出自己超人的威猛，令众多小孩儿恐惧臣服。所以，耳光的响声要比蝈蝈叫有趣得多、过瘾得多。

还记得一个下雪天，孩子们都非常高兴。在我们幼小生命中，很少看见下雪，一下了雪便觉得那么新鲜、那么激动。有的做着雪人，有的打着雪仗，有的在踩硬的雪上滑。我也为这罕见的洁白大雪喜悦，不由自主地像撒欢儿的小马一样跑起来，越过了一群群同学，继续朝前跑。这时，一个高年级的小男孩儿突然跟着追过来，我还没明白是怎么回事，就被拳打脚踢。我如同青蛙见了蛇，吓蒙了，一点儿也不敢还手。最后他看见一群女生走来，又狠狠抽我一耳光。多少年过去了，我都不明白自己是怎么招他了？是我这么跑，超越了他，冒犯了他的尊严？是我这么快跑，抢了他的眼，触发他的好强心？或是我这么狂跑，招引了女孩子的注意，惹他嫉妒了？

我跪倒在路边的雪地里啜泣着，希望来来往往的那些人中，会有人来给我一点儿安慰和帮助。但过往的孩子们一拨又一拨，说说笑笑，没一个人管我。

童年的白雪，给我带来的记忆就是这次被人打倒在雪地里的画面：让熙来攘往的同学们观看，为一群女孩子不屑一顾。

好像也是这个冬天。我戴着棉帽子，暖暖和和地去教室上课。几个高年级的同学走过来，其中一个二话不说，一巴掌就将我帽子削到地上，然后当足球一样地踢起来。帽子在空中飞舞，你一脚，我一脚，又踩又踏，还兴高采烈地叫唤着。我追到这儿，帽子踢到那儿，故意不让我拿着。

当我长大后，谁要是用脚踢我的东西，我就忍不住怒火满腔。

我还记得不知是谁把绿色的鼻涕甩在我身上，因为是冬天穿着棉袄，我也不知道，直到有同学告诉我，脱下衣服，我才看见自己后肩上挂着这一缕液体。

弱小同学身上的衣服常常是厉害孩子擤鼻涕后用来擦手的手绢。

我曾被四五个孩子压在最底下，几乎窒息；胳膊被拧脱臼过；头被其他小孩儿多次开瓢儿，伤疤累累……挨了打还不敢告诉老师，我完全被这些野小孩儿镇住了。

李春生比我还惨，常被人揪头发、吐唾沫、抽耳光，抢走从家里带的吃的。

华北小学让我知道了小孩子中间没道理可讲，拳头就是道理。谁拳头硬，谁就是大王，走哪儿都前呼后拥。孩子的世界和动物世界一样，只认个头儿和力气、牙齿和爪子。

因为我们都住校，下课后班主任老师一回家，小孩子们就纵情淘气撒野，打架吵嘴层出不穷。年轻的阿姨不厉害，根本管不了。

托儿所里出来的孩子被阿姨宠得弱不禁风，太柔和、太文雅，远不如胡同里的孩子剽悍、凶猛、抗击打。我永远忘不了这一段总挨打的经历。常常有人毫无理由地给我一下，打得突然，结束得也突然，经常是还没看清是谁，打人者已逃之夭夭。对打人者来说，这是小狼在玩弄自己的猎物、练捕食本领，而对我来说，却是羞耻和疼痛。

我被打得心惊胆战，操场玩游戏时，若有高年级的走来，马上就失去玩儿的兴致，即使他比我更单薄弱小，我也发怵。

刚入校时，妈妈给我带了一堆水果。当时的香蕉、苹果、橘子都比肉还贵。我把这些吃的放在床下的柜子里，结果一个没吃就不翼而飞了。但我不敢告诉阿姨，也不敢告诉老师。我胆小如鼠，谁都怕，尤其是剧老师，眼睛太凶，见了她连话都不敢说。每逢路过老师办公室时，我的心都吓得怦怦乱跳。

我还记得妈妈曾给我买了一双翻毛皮鞋。这在一九五五年时，算是很高级的鞋。可我不好意思穿，觉得太与众不同，就放在床底下。结果一只鞋的舌头被人剪掉，可能是用来做弹弓夹石头的皮子了。母亲以为是我自己剪的，批评我穿衣服挑挑拣拣，不艰苦朴素。我竭力向她解释不是我剪的，她却不相信，认为没有人会干这种事，除了我。

母亲对学校里的弱肉强食、小孩子潜意识里的嫉妒心完全没体会。

李春生嘴唇上的豁口，二年级时就做手术缝了，留下一个大疤，可依旧饱受欺凌，每跟同学有了矛盾就被骂做“三瓣嘴”、“丑八怪”、“兔子精”。我俩同病相怜，都不喜欢这个冷冰冰的班级。星期日下午回到学校后，我俩经常一同钻到校门口的柏树墙里放声痛哭。

班里最厉害的是一个蹲班生，个子高大，身强力壮，满脸疙瘩，叫邓东进，父亲在解放战争中牺牲，是中共早期领导邓中夏的亲戚。邓东进虽系烈士子弟却特爱欺负人，常无缘无故地打同学。他扭过我胳膊，把我扭得像麻花一样，逼我叫他爸爸，我只好乖乖地叫，比真爸爸还叫得响。最绝的是他会慢慢地走到我面前，微笑着朝我脸上吐唾沫。而我只敢用手擦去，却不敢同样啐他一口。

与这些小狼们相比，不大关心我的父母就太仁慈善良了。从星期一就盼着快点到星期六下午，家里来人接我。到了星期六中午吃完饭后，是个最快乐的时刻！谁的家长来到，广播里就喊谁的名字。每当我听到喇叭里叫到了我的名字，心里甜蜜极了，马上就往校门口跑。哥哥常来接我，偶尔母亲也来，印象中父亲从没有来学校接过我。

但星期日下午该回学校了，又是一个最悲哀、最凄凉的时刻。千不想、万不想离开家，回到那个总被强壮小孩儿欺负、充满暴力的动物园。所以，每到星期日下午我就变得格外老实安静，格外听话，对母亲格外热情、格外巴结，期望着她让我在家里多待一会儿。

可我还是常常连晚饭都没吃，就被家里送回了学校。刚一进学校，想到又将沉浸在冰冷的，没有尊严的，要向厉害小孩儿谄笑的环境里，我就痛苦万分。我不愿意回宿舍，觉得校门口是离家最近的地方，就经常躲在校门口的柏树里啜泣。

生活上父亲从不管我。母亲也是事业型的女性，非贤妻良母，终日埋头写书，也不大过问孩子的事。我没有合适的棉衣、棉鞋，脚常常被冻肿。我讨厌洗脚，因为洗完后，湿脚特容易冻。这习惯沿袭至今。

冬天被冻得瑟瑟发抖时，下课后，我最喜欢和同学们玩儿挤墙角的游戏，一个人在最里面，其他人往他身上顶、撞……当我被挤在最里面的时候好暖和。

但这样的环境对一个弱不禁风的病号，也是一种锤炼。我一天天长大，也一天天健康、一天天强壮。

大约二年级左右，农村的姑姑给我捎来的花棉袄，我已经不喜欢穿了，嫌它土气。我也不再那么想念姑姑，不再那么想念农村老家，我开始有意识地想去掉自己身上的农村痕迹——很可能就是穿了那种农村捎来的土布衣服，才让我在同学中屡屡挨打。

八岁的小孩儿对周围世界还懵懵懂懂、稀里糊涂，可好像已经有了性的观念，老爱苦苦思索男人和女人怎么干那事，因为同学骂人时，老说那个脏字。我看见蚕蛾子交配时，屁股对屁股，就以为人也是这样。自己对胖阿姨有好感，就曾幻想过自己的屁股有根管子跟阿姨连着……有的孩子不怀好意地用手指头做出圈儿和棍儿向我比画，渐渐被我琢磨明白，也照葫芦画瓢，向别人比画。

凭我小学二年级的语文水平，我已经读完了《平原烈火》。记忆中这是我所读过的第一本长篇小说，因为写的是我河北家乡发生的事，读起来就无比亲切。周铁汉那高大形象，深深地嵌刻进我的灵魂。我觉得八路军是世界上最勇敢、最英勇、最正直的人。

晴天呀，蓝天，
明明朗朗的天，
你说这是什么队伍上前线？
诸位呀，老乡，先来听我言，
这就是那为国为民的八路军，
这就是那为国为民的八路军。
……

这首冀中流行的歌曲，我很小就会唱了，常常很自豪地哼哼。但我对八路军的热爱，却不能招来父亲的一点儿表扬。父亲是个地方干部，没当过兵，我感到他远远没有我对八路军那么热爱，也不欣赏我那么崇拜当兵的。

当我模仿八路军战士，端着木棍在宿舍附近一二一地自己喊着正步走时，有同学讥笑我“土八路的干活，破鞋子破帽子破机枪，破手巾破腰带破军装”。我却因为被骂做“土八路”而无比自豪。我常常梦想着有朝一日，能当上八路军，身体强壮无比，打得过全校所有同学。

我学习不好，却天生喜欢运动，喜欢上体育课。随着个子长高了一点儿，我的身体也健壮了一点儿，在这一群小狼中，不再是最弱者。二年级以后，处境开始好转，挨打的事日益见少。

我最爱玩儿骑马打仗，一到沙坑里就玩儿。我背一个人，对方也同样，我们背上的孩子互相厮打，看谁能把对方从背上拉下来，或者让背人的人倒下。双脚踩在软软的沙子里，再背一个人，很容易摔倒，但也非常锻炼腿力。我从来都是马，背着别人。反正自己姓马，我也心甘情愿当马。

当我背上的人用脚夹着我的腰，踢打着、吼叫着的时候，我就热血沸腾，真像野马一样向对方冲去，几对驮人小孩儿互相冲闯，绞成一团，黄沙翻腾，爬起跌倒，激动地嘶喊，全身沾满沙子……常常三四对、五六对地在沙坑里鏖战。我驮的人越来越多地打败其他对手，这大大增强了我的自信。久经沙场，我的腿不再那么软弱没根儿，一推就倒。这种游戏很锻炼耐力和平衡力，为我日后的摔跤奠定了身体基础。不久，班上的同学都喜欢骑着我跟别人打仗，可见我这匹马多么不错。

那时有一部苏联电影叫《山中防哨》，里面有一匹很好的马叫奥里克，我以在沙坑里当“奥里克”为荣。

骑马打仗时，连邓东进这匹壮马，都能被我身上的骑手打败。

屡屡被打，激起我强烈的反弹，最信奉孩子中流行的口号：“锻炼身体，保卫自己！锻炼肌肉，不被挨揍！”

到了三年级，不但没人敢欺负我，我已能欺负别人了，我尝到了实力的甜头。不过还没忘了自己当初所受到的欺负，深深同情弱者。我很少打那个瘸子齐凤书，尽管他有时确实犯浑，也轻易不欺负低年级的或穿着土气的小孩儿。除了一个叫柳乃林的女生。

柳乃林是电影《哥哥和妹妹》的女主角，长得很漂亮。长长的睫毛，晶莹的眼睛，婀娜的鼻梁，洁白的皮肤……我对她有一种最朦胧的好感，表面上却对她最凶恶，老爱打她，还曾把她鼻子打流了血。我心里喜欢她，却偏用这种方式来表示。

我觉得欺负她很舒服。因为只有欺负她时，才能和她来往，才有机会和她说话，才能碰着她芳香的身体，才能正视她美丽的容貌。当时男女界限分明，同学们非常封建，以为跟女生好就是罪大恶极，就是臭流氓。谁要多跟女的说一句话、对女的好一点儿，大家都会鄙视、冷嘲热讽他。所以男生欺负女生的很多，又不流氓，又能跟女生接触。我对柳乃林的好感，也只能用欺负她来表示。

有一次我把她鼻子打破了。她啜泣着，用纸擦着鼻子。我却什么话也不说，强作冷酷状。其实，我内心非常可怜她，感到她擦鼻血的纸都像水晶一样，那么莹洁、高贵。在我的心目中，什么是纯洁？就是从她的鼻子里流出的血。可我外表上一定要表现出对女生冷若冰霜之气概。平时她见了我，脸都吓白了，可她一点儿也不知道我心里的真实思想。

这时，再也没有人敢削下我的帽子当球踢、再也没有人能一拳把我打倒在厕所的尿水里了。

可怕的许老师

一九五七年，华北小学解散，原因不详，我们集体转到了育才小学，全部住校。

育才小学在先农坛体育场旁边，为先农坛的主体部分，是皇帝祈祷丰收的地方，里面有不少高大的古建筑。我们的礼堂就是一个气魄雄伟的大殿，美中不足的是光线太暗；图书馆也是一个宽敞古雅的庙堂，坐落在高高的平台上，三面都有白色的大理石台阶。

学校里到处都是苍松翠柏，蓊蓊郁郁，恍若仙境。那柏树比犀牛腰还粗，树纹苍裂，棵棵都饱经风霜，有上千年的岁数，带着神秘的沉默。

学校最吸引人的地方是有一个小动物园：鹅圈里养着一对鹅，敢追着我们啄；猴房里有一个猴子，爱舔人吐的唾沫；兔场最大，有上百只兔子，中间立着个木柱，上面是鸽子窝；另外还有一个铁笼房，栖息着各式各样的漂亮小鸟。

这是一个诞生于延安的干部子弟小学，原名延安保小，革命老人徐特立曾是我们的第一任校长。有一本《二千里行军》的书就是讲育才小学在解放战争年代的经历。学生中有很多革命烈士子弟，如彭湃的儿子彭士禄；刘志丹的女儿刘力贞；方志敏的儿子方荣柏、方荣竹；项英的儿子项阿毛、女儿项苏云；谢子长的儿子谢绍明；张浩的儿子林汉雄；刘伯坚的儿子刘虎生；续范亭的儿女续磊、续大田；罗亦农的儿子罗西北等等。中央领导刘少奇之子刘允斌；刘伯承之子刘太行；林伯渠之子林用三；李维汉之子李铁映；谢觉哉之子谢飘飘；伍云甫之子伍绍祖；肖劲光之子肖永定；邓小平的女儿邓林等也都算是育才的校友。

我的两个姐姐、一个哥哥也都毕业于此。学校面积大约是华北小学的五六倍，北京市数得上的。校园内还有大块大块的荒地，野草丛生。

四年级住在 Π 型的南楼。每人一张单人床，一个柜子，有工友专门打扫卫生。吃饭时，十人一张桌子。白色桌子是长条型，一边坐五人。吃完馒头也不许自己去桌子顶头拿，要同学一个一个地传。南楼西北侧是一大片荒地，里面有很大的正方祭坛和汉白玉石头门，夏天我们常到这儿抓蚂蚱、逮蛐蛐儿或追着玩儿。

记得刚开始，我在四年级五班，为新建班，同学全是从华北小学转来的。班主任是位新毕业的女大学生，名字忘记了，南方人，梳着长辫子，五官精致，长得很秀气。同学们一点儿也不怕她，上课公开说话、玩东西、互相打斗，闹得乱乱哄哄。无论她怎么喊、怎么瞪眼、怎么甩教鞭也没人理，把她气得哗哗流泪。邓东进个子比老师还高，说话慢条斯理，常常问一些古怪问题，把年轻的女老师问得张口结舌。

“老师，那个苍蝇为什么趴在另一个苍蝇身上？它们在干吗呢？”

“老师，蜻蜓腿断了，为什么不流血？”

“老师，母猫、母狼、母狮子都有胡子，为什么女人却不长胡子？”

……

我也纵情淘起来。可能是过去老受厉害小孩儿欺压，内心积蓄着压力，现在换了一个环境，年轻女老师又镇不住，淘气本性开始爆发。

我天生不爱学习。上课时，我不注意听讲，注意力总是放在窗外的小鸟、扑在玻璃窗上的蛾子、误飞进教室里的小虫上，或是偷偷地画小人。我的新课本才一个月就揉成卷卷，空白地方画着丑了吧唧的坦克、军舰、机关枪、孙悟空、瞪着眼的革命烈士……课桌上也被我用小刀刻得伤痕累累，有长矛、大刀、钢叉、五角星……

下课就跑到校园中的荒地里捉蚂蚱，经常违反纪律爬墙爬树上房顶，衣服总是脏兮兮的……由于我的淘气突出，竟然有一个同桌女同学流露出对我的爱慕之意。她是一个很文静漂亮的女孩，常常呆呆地注视着我。可我看不顺眼她，待她十分粗暴，只要她写字时胳膊肘碰到我的桌子，就使劲用胳膊肘撞她，把她越界的胳膊顶回去；有一次还揪住她头发，狠打过她的脸。但无论我怎么打，她望我的眼神依旧那么温情脉脉，从未告过我的状。

我不爱说话，人多的时候害羞，蔫不出溜，但背地里常干坏事。我曾用木棍砍图书馆平台下面花池子里的花，把花想象成敌人的脑袋，劈杀了一大片；曾夜晚爬窗户钻进食堂里偷馒头，结果被告发，生活老师突然从窗户外面用手电照到我身上，逮个正着；还曾爬到大树上很高的地方臭显，又让人给汇报了，漂亮的女老师赶忙到场让我下来。我当着其他小孩儿的面不好意思乖乖就范，就要求老师和其他同学走开，我才下来。老师不干，在下面不断威胁着，说要找校长。我当然害怕校长，但又不想服软，就硬着头皮僵持着。小学生也欺生，也欺软怕硬，尤其是这么漂亮的女老师，看着她为我担惊受怕，非常着急的样子，我觉得很快活。被她喝斥几下也不难受，倒觉得满舒服。我磨蹭着时间，想等她走后再偷偷爬下来。谁料到路过一个男老师见状怒气冲冲，瞪着我大吼。我顾不得脸面，只好灰溜溜地下来了。

小男孩儿也犯坏，潜意识里有一种调戏一下漂亮女老师的朦胧愿望。

回到家，我常常很自豪地把从同学那学到的顺口溜，向母亲重复，炫耀一番：

> 一对老头老太太，他们两人上北海，老头背着老太太，摔个跟斗起不来。

你妈逼总拉稀，三根毛两条腿，你妈是只老母鸡。

……四写大字；五上山打老虎；六吃大肉；七七操逼；八八个小孩吃屁屁……

饭桶冠军王小强，发面馒头吃两筐，鸡蛋菜汤喝两缸，大屎巴橛子拉两方。

是我的兵跟我走，不是我的兵大屁崩。

你骂我我不怕，回家告诉我老爸，我爸变成鲁智深，把你打个大马趴。

……

妈妈皱着眉头，微笑地责怪我：那么多脏话，难听死了！

这一学期很快混过，我的功课一塌糊涂，全都是三分。女老师把我的表现汇报给父母，父母觉得我这么淘气，是因为这班坏小孩儿太多，就给校长写了一封信，要求给我换个好班。

学校很重视父母的意见。那时母亲的《青春之歌》已在全国轰动。第二学期就把我调到了四年级二班，这是公认的优秀班集体，在整个宣武区都有名。班主任许老师特厉害，丈夫是我们的副校长，本人的腰跟酒桶一样粗，胳膊非常有劲儿，眼一瞪，凶光四射，令人不寒而栗。二班的孩子们都被她训得跟小绵羊一样听话。

我一走进二班，许老师瞪着我当众警告："马清波，你到二班后，一定要遵守纪律。我们二班可是全校先进班集体，谁要破坏二班的荣誉，我们二班同学绝不答应！同学们，你们说是不是？"

"是！"全班小孩儿憋足了劲儿齐声大吼，个个瞪着圆圆的眼珠盯着我。后来才知道，许老师事先通知了全班同学，当我第一次走进教室时，对我态度要严厉。

好一个下马威！我最怕被众人看，这一招立时把我吓屁了，不敢再闹。

二班上课时，每个同学双手都要背在后面，双肩水平；坐着时挺胸，不许塌着腰；不许撬凳子，不许东张西望；举手时，一只胳膊肘要搭放在桌上，小臂与桌面成九十度角，五指并拢，另一个手仍要背在后面。全班四十多个同学都是一个姿势、一个表情，坐得有棱有角、方方正正。许老师真不简单，愣把四十多个十一岁的小孩儿训练得像国家仪仗队士兵般整齐挺直，难怪全校闻名。

坐在教室后面观摩教学的外校老师络绎不绝，有时甚至会有一大群。每次许老师会事先打招呼，让我们有所准备，好好表现。见这么多人参观我们上课，还有照相的，同学们都格外来情绪，更坐得直直的，胸脯挺得鼓鼓的，发言时个个声音洪亮；起立坐下都腾腾有力，可以和军人媲美。

这是许老师的心血，课堂形象漂亮整齐，充满活力和纪律，光荣的育才学校的一个橱窗。但上这样的课非常累，肌肉老得收缩，后腰总要绷着。有时许老师为显示她对同学们的关心，在上课当中，会让我们趴在桌上休息一会儿。但趴的姿势也都一模一样：两臂交叉，头放在两臂中，身体不许歪斜。

许老师是个胖妇女，下巴嘟噜着一团肉，肚子老大个儿，好像怀了孕。她的眼睛是个放大了的逗号，一个大圆加一个向上翘的钩儿，比小学的剧老师厉害得多。当她发怒时，那目光就像一把看不见的飞刀，能刺入你的皮肤，让你感觉到疼痛。

许老师用掐、用拧、用揪、用踢、用教鞭抽，在二班建立了她的绝对权威。但她对别的老师和家长却客气得要命，见面满脸微笑、温文尔雅、点头哈腰，使人们很难想象她对本班孩子会那么凶恶。一句话：二班的先进是许老师用暴力吓出来的。

她不止一次地用教鞭往同学身上捅，还常常咬牙切齿地用手指头戳，你低头，她就戳脑门儿，你抬头她就戳腮帮子；或拧你一下，或在你身上抓一把，但都是碰一下，马上缩回去，闪电般迅速，不让人看清楚。

她最拿手的一招儿是把违反纪律的同学拉出教室，在拉的过程中，她趁机掐、拧。我就多次尝过被她掐、拧。即使我不反抗，愿意乖乖走出教室，她也非要抓住我，狠掐两下，拽到外面不可。她甚至还敢揪同学的头发，但就像抓灼红的煤球一样，抓一下马上松手，动作极快，让你感觉到疼，却看不见是她抓的。

全班这四十多个小孩儿，除了几个班干部，都尝过她悍妇风味的肢体教育和凶恶统治。她看见谁上课没用心听讲、打瞌睡，也不马上喝斥，而是装成若无其事的样子，漫不经心地走到这孩子跟前，如同老虎悄然接近它的猎物，然后突然用教鞭狠敲桌子，吓他一跳。看见谁在桌子下面玩东西，她也不批评，而是继续讲课，边讲边接近目标，直到到了跟前，再突然扑过去，当场擒获……上晚自习时，她爱躲在教室外面，透过一角窗户，侧着头，只用一个眼珠儿往教室里窥视，发现谁不守纪律，再蹑手蹑脚地打开门，溜进教室，竭力不让同学发觉。这似乎也是一种捕猎的嗜好，她总爱踮着脚尖，无声无息地突然出现，再冷不防大吼一声，能把小孩儿吓得魂飞魄散。

她是个大胖子，却来无踪去无影，特有威慑力。在小孩子的眼中，她就像一个幽灵，能神不知鬼不觉地从地里钻出来，走路跟毒蛇一样没声儿，恐怖之极。

有一次上晚自习时，确信许老师不在，我的前桌同学李自卫回头和我说话。我们正叽咕时，许老师踮着脚尖溜了进来。我发现危险临头，脸上的笑容突然像冰一样地冻住。李自卫赶紧回头，速度极快，闪电一样。但许老师的速度却比闪电还快，震耳的咆哮声“轰”地在我们头上爆炸。

许老师除了自己凶恶之外，还很会利用班集体的力量来震慑学生，打击摧毁学生的自尊心。

班里有个女同学叫桑桂兰。其父亲很早就参加了革命，当时在学校当老师，母亲没有工作。一天，负责女生的生活老师找许老师告状，说我们班有些女生擅自到其他班的宿舍看小人书。许老师就调查是谁起的头。有人说是桑桂兰，许老师就在全班大会上说：“桑桂兰，你给我站起来，你为什么破坏纪律，带头到其他班宿舍去？”

桑桂兰说：“不是我起的头。”

许老师瞪圆了眼睛：“什么，你还敢抵赖？”

桑桂兰急了，噙着泪花说：“不是我，就不是我啊！”

许老师冷笑道：“哼，你别拿出家庭妇女那一套，你把眼泪擦了。”

桑桂兰说：“我没有哭。”

许老师说：“哼哼，你小眼儿一抹搭，我就知道你要干什么。这儿可不是你撒泼的地儿。二班的同学们，我们答应她破坏我们班集体的荣誉吗？”

同学们齐声喊：“不答应！”

许老师说：“桑桂兰，你带头破坏纪律，让人家告了我们班的状，败坏了我们班的荣誉，必须向全班同学道歉！去，挨个儿向同学们鞠躬道歉！”

桑桂兰低着头，默不作声。

许老师向同学们大吼：“同学们，她应该不应该道歉？”

全班小孩儿们无动于衷地大喊：“应该！”

桑桂兰满脸泪水，无可奈何地开始在教室里，沿着课桌顺序，一个一个地向每个同学鞠躬道歉：“对不起，我破坏了二班先进班集体的荣誉，我向你道歉！”全班共有四十多个同学，桑桂兰就真的鞠了四十多个躬，说了四十多遍道歉的话。

许老师的这一狠招儿彻底震慑住了全班小孩儿。桑桂兰见了许老师更是如同老鼠见了猫，全身发抖，几十年后，一提许老师还心有余悸。

周末回家，肖继民带回来了一些点心。徐老师发现，当着大家的面瞪起了眼说："我宣布过不许带吃的，肖继民你怎么还带？"

肖继民满脸惶恐，张口结舌。

许老师喝道："分了，让全班同学都尝尝。"

于是，肖继民带的十来块桃酥就给掰成了四十多小块，每人尝了一口。

班上有个小个子叫王春雷，是唯一敢和许老师公开顶撞的同学。我非常敬佩他的胆量。这孩子身体瘦小，个子很矮，打架成绩远没有我好，却敢大声跟许老师辩论。

王春雷的家庭背景不详，估计不是什么大干部，否则许老师不敢那么治他。我们班长是姬鹏飞的孩子，中队委是凌云的孩子，许老师对他们都客客气气的。

记得有一次，为一点儿小事，许老师训斥王春雷，王春雷不服，在全班同学面前和她争辩。许老师气得脸刷白，两手张牙舞爪地挥舞，还时不时地"碰"王春雷一下。可王春雷死倔，许老师的嗓门高八度，他也高八度，许老师拍桌子，他也拍桌子。当着全班同学面，许老师被气得全身哆嗦，不只一次地揪王春雷头发，但动作很快，抓一下就松开，眼睛慢的，几乎发觉不了。

王春雷激怒地吼道："你为什么揪我头发？"

许老师说："我没有揪！"

王春雷说："你就是揪了！揪了！"

许老师冷笑着面向全班同学问："同学们，我揪他头发了吗？"

全班同学像小和尚念经一样大声喊："没有！"

许老师扬扬得意地看着王春雷说："哼，全班同学给我作证。我没揪！"

王春雷仍倔犟地说："你就是揪了！揪了！"

许老师下巴上的肥肉哆嗦起来："你给我滚出教室去！"她嗖地把王春雷抓住，往教室外面拖。王春雷就是不肯走，死死抓住课桌，拼命挣扎……许老师老鹰抓小鸡般地揪着王春雷的小胳膊，连拧带扯，将王春雷连着课桌一起拽到教室门口。王春雷又死死抓住门框，不肯乖乖出去。

在撕扯中，许老师又揪住王春雷的头发使劲儿拽了两下，但迅即松开。

王春雷又大声质问："好，你又揪我头发了，你为什么揪我头发？"

"我没揪！"许老师睁着凶恶的眼睛说。

"你揪了！"

"我就是没揪！同学们，我揪他头发了吗？"许老师扭头再次问全班同学。

全班同学明明看见许老师揪王春雷的头发，却齐声大喊："没有！"

在许老师的淫威下，孩子们从小就学会了睁眼说瞎话。

当许老师整王春雷时，我很兴奋。许老师过去的眼睛总爱盯着我，现在她把注意力放到王春雷身上，我顿时感到轻松许多。看着小小的王春雷反抗许老师真是一种享受。内心里对王春雷充满同情和感激，他把许老师的火力从我身上吸引了过去。

“你就是揪了！”王春雷还是大声喊着，小细脖子上青筋暴起。

许老师用力地抓着王春雷胳膊，吼道：“你胡说！同学们，他说得对吗？”

“不对！”孩子们齐声大吼。

许老师特会利用集体的力量，为她助威、造势、壮胆。

“你不遵守纪律就得给我出去！”许老师冷笑道，把王春雷扣住门框的手指头一一掰掉，生生给他抡出教室。老师的胖胳膊能顶王春雷的胳膊四个粗。

我当时心想，王春雷真了不起，他不怵许老师，敢和许老师对抗，好勇敢！将来被敌人抓住肯定不会投降，肯定能当革命烈士。他是我们四年级二班的最大无畏的英雄！像周铁汉一样坚强，我真服了他。对我们来说，许老师比日本鬼子还可怕。

现在已过去四十多年了，还记得王春雷的样子：细细的眉毛，有点斜长的狐狸眼、小喇叭鼻、薄嘴唇、皮肤略黑，爱穿一件古铜色夹克。因为个子小，他总坐在第一排。

许老师对我们二班的同学来说，等同于杀人的大片刀，谁见了都战战兢兢的。但许老师若和蔼起来时，那张脸也会变得特别慈祥，她全身的每一个毛孔也都会洋溢着温情，好像孙悟空整个变了一个人，让不了解她的人很难想象这是一只全育才头号的母老虎。

我刚到四年级二班不久，班里就发生了一件大事。

我前桌的座位是张兰香。星期一上学后，座位依旧空着。她家住在中央高级党校。就这样日复一日地空着，两个月后，座位还空着。同学们传说张兰香生病了，日子一久，大家渐渐把她遗忘。第二学期还空着，但有一天，从几个班干部的口中传出一个惊人消息：张兰香被坏蛋杀死了。

我和她几乎没说过话，也不感觉伤心，只知道死是很可怕的事儿。

最后，当法院开公判大会的前夕，一天下午，许老师含着泪向全班同学讲了事情的真相：张兰香回家后，星期日上午到楼顶上玩儿，被一个叫林一峰的工人看见，就把她骗到了楼顶的小屋里，企图强奸她，张兰香勇敢与坏蛋搏斗，最后被掐昏，这坏蛋用张兰香的红领巾把她勒死了。

我们全被许老师流泪震惊了——这么凶猛如鸷的女人也能掉泪！

许老师讲完后，有女生最先哭起来，接着就是一大片女生痛哭。男生也开始哭，但仍有些男生哭不出来，可急坏了，都赶快张开嘴，捂着眼睛，装出哭的样子，哇哇干号。幸亏哭也能传染，到最后全班同学几乎个个都真的号啕大哭起来，捶胸顿足。我也如此，看见许老师哭，不敢不哭，随大溜地装了一会儿，但慢慢地在一片哭声中，开始伤心难过，眼泪扑簌簌地流。

全班同学就这么以许老师为榜样，集体大哭了十几分钟。最后，涕泪交流的许老师被几个女同学搀扶着，趺趺撞撞地离开教室，去参加公判大会。

枪毙林一峰的公判大会在北京天桥剧场举行。许老师上台发了言。她的照片还放在天桥剧场附近的一个宣传橱窗里。就在这个橱窗里，我看见了死去的张兰香的照片：她闭着眼睛，嘴角凝着一缕血，颈上套着那条松开了的红领巾。

我们虽然很小，但心里都明白强奸是什么意思。张兰香并不漂亮，脑袋像个小南瓜，短头发，圆圆的脸，圆圆的鼻子，在班里毫不起眼儿。平日她最喜欢唱的歌是：

> 我们的田野，
> 美丽的田野，
> 碧绿的河水，
> 流过无边的稻田，
> 无边稻田，
> 好像那起伏的海面。
> ……

她就像这首歌一样清纯。

张兰香也曾被许老师严厉批评过，给训得哭肿了眼睛，原因是吃枣馒头时，她只把枣吃掉，将馒头偷偷地埋到沙坑里。

张兰香是我身边第一个倒下去的人。

小学生的朦胧

四年级，我十一岁时，看了《白蛇传》的京戏和小人书，深受感动。舞台上，那善良美丽的白蛇，强烈地迷住了我。她穿着洁白的纱裙，花容玉貌，丰满温柔，婷婷玉立，那么光彩夺目。离开戏院后，我脑子里还久久地盘旋着这个故事，非常希望它是真的，幻想着将来有朝一日去南方，找到那个雷峰塔，或许白蛇真的还被压在那儿，我一定要将白蛇姑娘救出来，娶她为妻。虽然我也觉得与一条有腰粗的光溜溜、湿乎乎的大蛇同躺在一张床上，相当恐怖。

现在，我对班上的女生开始注意了，哪个顺眼、哪个不顺眼，都有了自己的看法。对漂亮的女生，喜欢接近。

柳乃林到了育才小学后，仍不断地挨男生打。其实很多男生都对她怀有好感，又不敢公开表示，就故意欺负她，以此为掩护，跟她接近，好像欺负这个美丽的小公主，特别舒服享受。邓东进黑不溜秋，一脸疙瘩，却总爱跟柳乃林搭讪，有时还借她的东西故意不还，笑嘻嘻地跟她要贫嘴；或无缘无故地挑她毛病，指挥她干这干那。可如果别的男生也这样对待柳乃林，他上去就打，一副除暴安良的架势。他留过好几级，个头儿全年级最高，没人打得过他。不过柳乃林并不喜欢他，但只要稍稍对他流露出了一点儿冷淡，他说翻脸就翻脸，把柳乃林吓得心惊肉跳。

我也经常打柳乃林，就因为她长得漂亮，演过电影，以打她为荣为乐，暗暗地满足自己的好色心。对邓东进没话找话地跟柳乃林靠近乎，说打就打，我也嫉妒，也想英雄救美，但自己才十一二岁，实力不够，还不敢跟邓东进较量。

柳乃林三天两头被打，老是眼泪汪汪的。女生们对她的态度相当冷漠。可能就因为她演过电影，长得秀气，备受男孩儿注意，当她被欺负时，女生们居然幸灾乐祸，谁也不同情她。上过《大众电影》封面的小明星在我们班里居然人人欺凌，成了受气包。孤独的柳乃林在极度痛苦和屈辱中曾一个人蹲在地上，捡起绿色的虫子（吊死鬼儿）往嘴里塞，有些精神失常了。后来，柳乃林的父母知道了这些情况，异常气愤，马上就给她转了学。

演过电影，光彩照人的漂亮小姑娘，在我们小学的处境就这样惨。

自从换到四年级二班后，我发现全班最漂亮的女生是霍小华，她个子很高，皮肤白皙，眼睛发蓝，鼻梁方正优美，整个形象可和动画片里的白雪公主媲美。在黄种人中，她那样白皙的皮肤极少见，很像一个混血的白种小姑娘，气质也高贵，人见人爱。但她是中队长，许老师的掌上明珠，开全校大会时，总让她代表我们班发言。宣武区或北京市有何重大少年儿童活动，也常让她参加。她个子高大，凛然不可侵犯，没人敢欺负她，我更是绝不敢用对付柳乃林的办法对付她。

那时同学们非常封建，男女生界限分明。上体育课，男生和男生玩，女生和女生玩。下课吃饭、回宿舍、上教室，男生和男生一块走，女生和女生一块走。男女生之间有一道无形的界限，约束着少男少女的一举一动。谁要和女生多来往一下，就会被同学们瞧不起。在这样的气氛下，只有吵架，才能和女生合法接触。所以，男女生经常发生纠纷。

我刚到二班不久，就碰上了一段罗曼蒂克的遭遇——也不知道怎么，我就和栗山岩好了起来。栗山岩皮肤微黑，在女生里算是高个儿，梳着两个小辫子，眼睫毛格外长，使她的眼睛黑黑的，十分迷人。她的鼻子很像电影《红孩子》里的那个小姑娘，鼻孔不是圆的，而有一点点方，很中看。当时电影《红孩子》主题歌《我们都是共产儿童团》风靡一时。

我坐在栗山岩前面，上课时她老踩我椅子。当老师讲话让她激动了，就使劲儿在我椅子上跺，震得我不舒服。有一次，她又这样兴奋地跺，我就用手掌打她的脚，想她会把脚缩回去，谁知她脚非但没缩回去，还继续跺。我又打，但手刚碰到她的脚时，她的手一下子从课桌下把我的手抓住，紧紧地握着。这是我生平第一次被女同学抓住手紧握，还是在课堂上，我不敢动弹，生怕被四周同学发现，表面上装成没事样子，望着老师。

我们课桌左右两侧都有块木板，像厕所茅坑旁有两块隔板一样，所以两侧的同学都看不见别人的课桌下面。她用力握着我的手，直到手心都出汗了，才放我走。我惊奇于她的大胆，也陶醉在和一个小女生偷偷握过手的感觉中，更何况我还对她的方块鼻子特有好感。

下课了，男生和男生一起玩儿，女生和女生一起玩儿。她在女生堆中快活地跳着猴皮筋，好像什么事也没发生过，一眼也不望我。我这天却格外高兴，兴奋之极，觉得天空特别光明、空气特别香甜、四年级二班特别可爱、手心异常地舒服。

从这以后，栗山岩只要想和我握手了，就使劲儿地踏我的椅子，等我把手伸到课桌下，掰她脚时，她就抓住我的手，紧紧握着。即使上许老师的课时，她也敢这么干……她真勇敢。许老师那犀利的眼睛能发现一双双躲在课桌后面玩东西的手，却始终没发现我和栗山岩在课桌下面的秘密。

栗山岩有时用膝盖紧紧夹住我的手，腾出双手在桌上写字；有时一只手握，有时两只手握。几乎每隔几天，我们就要这样偷偷地握一下手，品尝与异性接触的味道。这是四年级第二学期发生的经历。我才十一岁就体验到了少男少女第一次肢体接触的快乐，感到了童年的甜蜜、人生的甜蜜、育才小学的甜蜜。下课后，我常常高兴得像小狗一样飞跑，无缘无故地纵情怪叫，倾泻着自己的幸福与欢乐。

哈哈，我这辈子握过女生的手了！而且是像电影《红孩子》里那样的一个漂亮小姑娘的手！但我们的友谊就局限在课堂上，下了课，彼此见面不说话，即使在校园里单独碰见，四周一个人没有，也不说话，只会意地微笑一下。

“爱情”这两个字我已经知道，可从没想过要对她说“我爱你”、“我喜欢你”之类的话，觉得这些话特流氓。在孩子心目中，流氓是最坏的人，如那个杀张兰香的凶手，比土匪强盗还坏。

我们班有个叫杨典模的男生，长得很漂亮，就因为给班里一个女生写了一个小纸条，上面说“我爱你”，而声名狼藉。全班同学都认为他操行败坏，品质恶劣，没人跟他一起玩儿。他孤孤零零、形单影只，一直到毕业离校都抬不起头。

大跃进时期，学校最荒僻的西北角盖起了一座座小高炉，大炼钢铁。老师号召我们给高炉喂饱肚子，让我们四处寻找破铁丝、铁锅、炉钩……课后，同学们经常单独行动。我特别希望能在没人的地方碰见栗山岩，跟她一起捡废铁该多好，可却从来没有碰见过。除四害打苍蝇时，我们人手一个苍蝇拍，在学校各个角落打苍蝇、挖苍蝇蛹，再把打死的苍蝇或挖的蛹放在纸筒筒里，交给班干部，看谁消灭得多。我依旧暗暗希望能在没人的地方碰见栗山岩，跟她一起打苍蝇会多快乐，可还是没有碰见。

除四害的某天晚上，我终于和栗山岩分在了一组，我高兴极了。好像夜里九点多钟，我们在学校大门北侧的一片松柏林中认认真真地点着蒿子、树叶，并放上六六六药粉，不时往里面加着干树枝……连续三天三夜整个校园里都弥漫着一缕缕灰白色的浓烟和刺鼻的药味儿，忘了是熏蚊子还是熏麻雀。单独和她在一起的感觉，真甜美、真幸福啊！那一棵棵古老的柏树散发着人生的神秘与温馨。但我们什么话也没说，好像冥冥之中，隐藏着许老师那双凶悍的眼睛。完成点燃任务后，我默默地与她分开，惘然若失地回到了自己的宿舍。

由于大炼钢铁，电力不足，学校开始停电，晚上教室里常常突然一片漆黑。这时班里就像炸了窝，乱哄哄的。黑暗对我们小学生来说，太奇妙了。从来不知道没电灯是怎么回事，乍一停电，我们都高兴得要命。许老师那锐利的眼睛失灵喽！我们可以自由自在地说话、下座位串了。

有时，我和栗山岩就在黑暗中把手伸到桌子底下互相握着；若身旁的同学跟她说话，她还若无其事地和他们聊着，但谁也不知道她握着我手。

青春的活力在肌肤下澎湃，男女生之间那道森严的界限压抑着我们。在这种气氛下，我和栗山岩却有一条秘密通道，能偷偷地握一下手，品尝禁果。

她喜欢穿着一件紫红色的衣服，袖口系着扣子。我老远望见这块红，就能浮出一缕温暖，就要热血沸腾。

种树时，有她在，我就备觉有力气，干多少活儿也不累；如没有她的身影，我就像遇到阴天下雨，无精打采，心情沉重。但我们也常吵架。因为她是小队长，一道杠，老爱管我，显示她是一个高我一等的小干部。我却不甘心乖乖地受她指挥，就跟她顶嘴，拒不服从。就像欺负柳乃林一样，跟她这个小队长吵嘴让我很愉悦。因为脸对脸地跟她说话，能闻到她衣服上的清香。男生对女生好，就会被同学奚落，跟女生吵嘴却不会。

我们的秘密交往好像只维持了一个学期。到了五年级，她再也不踩我的椅子了。一定是我屡屡被许老师训斥，连少先队也入不了，令她失望了。再加上我以土八路为荣，爱穿破衣服，喜欢不讲卫生，脏得要命，她肯定也无法容忍。

那一段时间，我比较忧郁，也有些困惑，不知她是怎么回事，但也说不上多痛苦。毕竟岁数还小。我曾把保尔·柯察金的一段语录背得滚瓜烂熟：

> 人生最宝贵的东西是生命，生命属于我们只有一次。一个人的生命是应当这样度过的。当他回首往事的时候，他不因虚度年华而悔恨，也不因碌碌无为而羞耻。这样在他临死的时候，就可以说：我整个的生命和全部精力都已献给了世界上最壮丽的事业——为人类的解放而斗争。

常常故意在女生面前高声地背，暗自希望自己能被栗山岩刮目相看，因同学中能背这段话的寥寥无几。也曾用小刀子当着一帮人的面，扎破自己的手，让血汩汩地冒出，把包括她在内的女生吓得捂住眼睛。自以为这是男子汉的壮举，能引起她的好感，但我的希望落空了，栗山岩此后对我再也没有了任何兴趣，直到小学毕业，我们的手再也没有握过。

这件事，除了我俩，世界上没有任何人知道。

小孩子之间的感情不是很深，说好就好，说不好就不好，好像也都无所谓。栗山岩不跟我好后，我郁闷了一段，也就过去了。我还继续淘气，继续当着后进生。

记得，为了这个栗山岩，我还被许老师狠狠地整了一次。

那可能是五年级的时候，一天上课时，许老师瞪大眼睛，在全班同学面前怒冲冲地说："我们班有个别同学，流里流气，跟女生说话嘻皮笑脸的，不知羞耻！"接着就直勾勾地瞪着我。我预感不好，开始紧张起来。

"马清波，你站起来！"

我心里咯噔一声，一股冷流涌上后背。

"你跟大家说，你干什么了？"

我一句话也说不出。

"到前面来！"

我犹豫了一下，脑子变成了一片空白，似乎是要被拉出去枪毙。哎呀，如果变成一个小蚊子该多好啊，只留一个空壳壳在这儿。

"到前面来！"许老师严厉地命令我。

我最怕让全班同学盯着，最怕站在全班同学面前去示众，但我明白不能违抗许老师的命令，她的胳膊比我小腿还粗，不去就会被她揪到前面去。

我昏沉沉地向黑板走去。平常下课时，站在这地方没什么，此时这地方却像烧红的铁板一样烫脚。全班同学的四十多双眼睛直直地盯着我，把我看得魂飞魄散，似乎四十多把尖刀在扎着我的肉。

"你向全班同学检查你的错误，并向栗山岩同学公开道歉。"许老师抱着双臂，瞪着三角眼对我说。

模糊记得这件事的起因是，我值日扫地时，栗山岩嫌我没扫干净，让我重新扫。我不干，就和她吵，反正我也不是少先队员，她这小队长管不着我。当时在场的还有几个同学，栗山岩看我不听她的，非常气愤。她可能认为我曾是她的手中物，应该对她俯首贴耳，而现在却竟敢顶撞她。

记得她那天穿着一件海魂衫，胸部已像馒头一样凸起。她说东，我说西，故意跟她抬杠，把她气得手舞足蹈、哇哇大叫。我却特高兴，因为有机会跟她说话了。我们的争吵引起了中队长霍小华的注意，她很替栗山岩打抱不平，就马上报告了许老师。

于是，许老师让我走到教室前面，面对全班同学，检查自己的“流里流气”。

我事先一点儿准备也没有，如晴天霹雳，完全傻了，不知说什么好，结巴了半天才从麻木了的脑袋里硬挤出了几句话：“我有时爱欺负女生……我打扫卫生马马虎虎……栗山岩批评我，我不听，还和她狡辩……我向栗山岩道歉。”

许老师瞪着她那逗点眼珠儿，满脸凶气地说：“哼，你要再流里流气，别怪我不客气了！哼，这还了得！”她又面向全班，吼道：“谁再跟女生臭贫，就给我站到大家面前贫贫来！”

我觉得自己脸上让刀划了一个大口子，这比许老师掐我胳膊、拧我肉还可怕！

这是我一生中头一次被揪到全班同学面前示众，还是因为“流里流气”！当时我十二岁。

所幸下课后，同学们待我都还可以，不像对杨典模那么冷淡。栗山岩见了我还笑眯眯的，似乎什么事没发生。可能我只是跟女生吵架，没写纸条。但这件事真给我吓破了胆儿，一见许老师就心慌。我想许老师要让我吃屎，我也不敢不吃，她那逗点眼珠凶过动物园里的狮子老虎。别的招儿不用，单让你在全班面前一站就受不了，更别说她揪住你时，那手指头像剪钢丝的钳子。

这以后，我再也不敢跟女生臭贫，连吵架也不敢了。虽然示众可能也就几分钟，四十多年了，还记忆犹新。倒真得感谢许老师，从那以后，我这一辈子再也没有干过对女的“流里流气”的事。

后来我发现了一班有一个短发小女孩儿非常清秀，又暗暗喜欢上了她。但唯恐被人发现，把这个秘密更加严密地包藏在心里。我连她的名字都不知道。她比栗山岩娇嫩、洁白，是个小个子，圆圆的脸，额上有齐齐的刘海儿，鼻子像小猫的鼻子一样。杏眼不大不小，恰到好处。她衣着朴素，总是一身旧旧的蓝褂子。我很想知道她叫什么名字，又不敢直接问，做贼心虚，担心暴露。通过偷听本班女生聊天，我模模糊糊猜到她的名字有两个可能，一个叫什么“明珠”，一个叫什么“元旦”。但始终不能确定。

小小年纪就已经因为“流里流气”而挨了斗，太恐怖了。平时我只敢斜眼窥伺这小姑娘一眼，再赶紧避开，生怕被人察觉，结果这个明珠般的小女孩儿，我却从没有近距离地、正面地好好看过她一眼。每天只有到食堂吃饭时，才有机会远远地看见她，只要看见她一眼，尽管那么远、那么模糊，都能使我欣慰和快活。我常常幻想，如果能跟她说句话，正面看上她一眼就好了！那我是多么幸福！比活捉一只大绿蚂蚱都快活！

小学毕业后，我再也没听说过她的消息。但她给我皎洁的月亮一般的印象却始终难忘。我感觉她很有气质，清秀、端庄，因为老穿着旧衣服，与她的形象反差极强。自栗山岩以后，我对育才小学女生里最有好感的就是这个不知名的小姑娘。

上五年级时，我们男生宿舍搬到了大礼堂的院子，而女生则搬到了西北角的院子，相距更远，下课回宿舍也不是走同一条路了。有一次，老师让男生们离开教室，只留下女生。这种事过去从来没发生过，老师对女生讲什么呢？我很好奇。有的男同学意味深长地笑着，似乎知道点什么。对女生身体的构造及异性方面的知识，我有着强烈的好奇。女生老是可以有病不上体育课、不参加劳动，她们是得了什么病？为什么却又还可以到教室温习功课？

小时候看见蛾子屁股对屁股，之后就能下子儿，人是不是也这样呢？我在托儿所时，最初以为男人屁股和女人屁股之间连上一根管子，就能生小孩。但随着年龄的增加，从没见过男女间有这样的管子连着，我又开始琢磨其他的可能，却百思不得其解。男生骂人时，总骂女人的那个地方，可我却对那地方一无所知。就老想知道，女生那地方是什么样子？人真是从胳肢窝下面生出来的吗？小孩儿脑袋那么大，女人身上有那么大的窟窿吗？我对功课毫无兴趣，对这方面的知识却特别想知道。

父亲的书柜里有很多很多书，他不在家时，我常常去翻看。有一次，我无意中发现了一本人体生理卫生方面的书，如获至宝，马上拿到自己屋里偷偷看了起来。书很旧，纸都黄了，上面还有图，虽然很难看，丑了吧唧，却还是看懂了那一根根管子所代表的意义，对男女生殖器官的构造终于有了一大致的概念，觉得它一点也不像自己想象的那般美丽、富有诗意。比柳乃林、栗山岩，还有那个不知名的月亮般的小女生差远了。

早在我五六岁时，小鸡鸡就能肿胀起来。一次被小胖姐姐看见了，惊讶地向母亲汇报："快来看呀，小波的鸡鸡变大了。"我莫名其妙，姐姐却神秘地微笑着。

我知道它很重要，天天小便都要用它；它也最怕疼，踢足球时，曾被球闷着，疼得我瘫在地上；它很有特点，是身上唯一挂在体外晃来晃去的东西，像一个小葫芦。晚上，我常常抚摩着自己的鸡鸡睡觉，觉得它是一条活着的小生命。还有，我一想起女同学的时候，它就起变化，就变大变粗。

记得有一次，我把衬衣掖进裤子里，在往教室去的路上，迎面碰上一帮女生。不知怎么搞的，小鸡鸡突然变大，顶起一个鼓包。我吓坏了，赶紧弯腰装作系鞋带，等女生们走过后，才敢站起来。以后，我很少把衬衣掖在裤子里。

小学五年级后，小东西开始变黑，个儿也长大了。这时我更不喜欢洗澡了。赤裸裸地站在大家面前，我特别难为情。我希望自己的小鸡鸡还像婴儿一样小，总觉得个儿小才纯正、才好看、才不流氓。我不希望它变黑、变皱、变大。

当时同学中流行个顺口溜：八月十五月门开，各种鸡巴摆上来。驴鸡巴黑，马鸡巴白，骆驼的鸡巴赛锅台。

邓东进骂同学时，也常常骂这个东西。一会儿说你是狗的，一会儿说你是驴的，一会儿说你是骆驼的，反正这东西个儿大是一件丢人的事。

伴随着它的变大，我又恐惧地发现它的附近出现了一些细细的毛儿。这些毛儿弯弯曲曲的、软软的、稀稀疏疏的，在我眼里丑恶无比，就如同洁白的作业本上爬着一堆细细的虫子。我痛恨这些浅黑色的毛儿，觉得光秃秃才代表纯洁、代表美好。

电影里，只有坏蛋胸上才长大黑毛。我本能地觉得这些毛是坏毛儿，说明自己有坏思想、坏念头，于是自惭形秽，每逢洗澡的那天下午，经常偷偷溜号，为此常常被生活老师逮着批评。有时我装样子到浴室，只脱一下衣服，根本不下池子洗，就又重新穿上衣服。我看同学们的那块地方，大多不像我这样，非常苦恼，觉得这小东西严重影响了自己的形象——我私下以为只有流氓的鸡鸡才又黑又大，而流氓又是最坏的人。

我们的体育老师就是一例。他穿着运动裤，站在大家面前喊口号时，那地方总鼓一个大包，男生们常常诡秘地望着他笑。他全然不知，照样发号施令，照样跟女生甜不啰唆，照样哼着情歌上茅房。平时我们男生一议论起他来，连损带骂，都瞧不起他。这很大部分原因就因为他那地方老鼓着一个大包。

所以当自己那地方的毛毛儿越来越多、越来越密的时候，我忧愁得要命，害怕被同学们看见。我恨死这些毛毛儿了！我很着急。学校的纪律是每周洗一次澡，不去者要挨批，生活老师又知道我不爱洗，总盯着我。

为了过这个洗澡关，我绞尽脑汁，终于想出了一个办法。

星期六回家，躲在厕所里，我用父亲的刮胡刀，将那地方的黑毛毛全给刮掉，让它变得光滑白皙，一点儿都看不出来了，这才敢从从容容去学校浴室洗澡。但不久它又长出来，等到星期六回家，我就再用父亲的刮胡刀刮。父亲永远也不知道他的刮胡刀曾被我用来刮过这东西。

我真希望自己的小东西个儿越小越好，像体育老师那儿老有一个大包多难看呀！父母从没给我讲过这方面的知识。母亲原来还监督我洗澡，后来看见我发育了，就不再进行现场监视。

在学校每次洗澡，我都像上刀山、下火海一样痛苦。嘿呀，为什么大家要光着屁股聚在一起，彼此一览无余？我只能用父亲的刮胡刀来消灭这些罪恶的毛毛，结果每次刮完后，那毛根部都跟钢针一样硬，刚一迈步走路，扎得邪疼。

因为我近视，看不清别人的那地方。直到有一次洗澡时，我无意中在很近的距离发现其他同学那地方的颜色也都变黑了，有的也长出了细细的毛儿，人家却若无其事，丝毫不觉得有什么难为情，丝毫没有什么堕落感……我这才放了心。

谢天谢地！我大大地松了一口气，心里特别高兴——我不再孤立，我有伴儿了。以后，也就不再用父亲的刮胡刀刮那些毛毛了。

开始懂事

随着看的电影、小说越来越多，我建立起了自己独特的审美观。

我喜欢长裤子，最讨厌裤腿露着脚腕，所以我的裤子总要长得能盖住鞋，拖住地。这源于我看的抗美援朝的电影，朝鲜人民军都爱穿又肥又长的裤子，我觉得很威武好看。

我爱穿破衣服，越破越好。这也是受了当时电影的影响。电影里的革命英雄都穿得特别破。《钢铁战士》中的主人公在敌人牢房里，受尽折磨，他的衣服撕成一条一条……苏联电影《坚守要塞》里数百名红军战士全部牺牲，最后只剩下一个。他的军服褴褛，满脸污黑，蓬头散发，头缠脏纱布……这太美了！此后，我形成条件反射，一见破衣服就联想到英雄、联想到坚强、联想到革命烈士，就羡慕得不行，感觉战士身上那撕裂的、染有硝烟的军服才最漂亮、最圣洁、最革命！

记得母亲让我穿新衣服时，我一点儿也不高兴，非常别扭，觉得新衣服难看、俗气，带着亮光儿，像个小市民，极不爱穿。我穿上新衣服就总是故意往墙上蹭，非得蹭上许多土，不发光了，才放心地穿。

母亲给我买的翻毛皮鞋我不喜欢穿，觉得资产阶级。所以，母亲一直怀疑鞋舌头是我自己剪掉的，其实确实不是我剪的。

我们班同学绝大多数是干部子弟，都穿得很朴素，基本上都是旧衣服，如姬军、赖小危等，一点儿也不像一个部长儿子。反倒只有出身小干部、小职员的才穿得漂漂亮亮、新新的。记得班上有一个本校老师的女孩，总爱穿花里胡哨的衣服，我一见就嘲笑她：恶心，小资产阶级！

中队主席霍小华穿一件很鲜艳的花裙子，我也讥讽道：臭美！小资产阶级！

有一次，我被迫穿上一件新的蓝上衣，感到全身都不自在，好像那上面有屎有尿，脸上直发烧。那时恰恰刚下了一场大雨，下课后，我就赶忙跑到图书馆西侧一片小树林中去。雨后的洼地还有片片积水，我蹚到一块脚脖深的水中，扑腾趴到水里，纵情打滚儿，一会儿匍匐前进，一会儿跳跃奔跑，溅起一人高的浪花。有时还要躺在水里，脸朝天，用双手剪敌人的铁丝网……就这样，我的新上衣全湿透了，还沾了些泥巴，那难看的亮光也没了，我才觉得舒服，像一个打完仗的战士样子。电影《保尔·柯察金》里的保尔就破衣烂衫、脏了吧唧的，多美！多帅！多酷！

因为电影里的战斗英雄脸上都沾着硝烟，很脏，我也模仿着英雄，不洗脸，让自己脸上有黑道道。渐渐地，我的邋遢、不讲卫生就全年级出了名。如果比衣服脏、比不讲卫生的话，估计我能在五年级二班拿第一。当时，管我们生活的田老师经常把我叫到他小屋里罚站，就因为我不洗脚、不讲卫生。但他怎么也改正不了我这个毛病。

田老师哪里知道我的嗜好：我从心眼儿里喜欢脏，以脏为美、以脏为荣、以脏为革命。在我的思想深处认为洗得干干净净就不是无产阶级了、就难看了。电影里的资产阶级分子才穿得干干净净、油头粉面的，而工农兵都穿得破破烂烂、脏兮兮的。

我的审美观就是：脸脏脏的，穿破衣烂衫，身体健壮，打架超人。

我喜欢光头，因为一九五九年的解放军战士都剃光头。当时全班男同学中没一个留长头发的，都是齐刷刷的学生头。在我心目中，小分头意味着流气、意味着北京的小市民。记得有一次杨典模不知怎么回事，竟剃了一个小分头，还抹了点油，亮亮的十分扎眼，结果轰动全班乃至全年级。所有人都像看猴儿一样地看着他、哄他、耍笑他。他终于难以忍受，赶紧改剃了光头，青得发绿。

因为出身干部子弟，孩子们对父母的级别本能地注意，对平民子弟，潜意识里就有点瞧不起。

还记得一个高年级同学，不知道叫什么，总穿着双褐色皮鞋，即使是旧的，在一九五九年，全校一千多同学中能穿上皮鞋的也寥寥无几。他还敢穿着皮鞋往水里踩，毫不在乎。最叫我敬畏的是他能背出一百多中央委员和候补中央委员的名字。国务院各部部长、副部长的名单，他了如指掌，像是中央组织部长。本校同学中谁父亲是什么职务他也能滔滔不绝地给你讲一大串儿。聊天时，他还能说出一方面军、二方面军、四方面军的主要领导及众多指挥员姓名、籍贯、职务以及打过什么仗、授了什么军衔、夫人叫什么、孩子在哪个学校上学……我却啥都不知道，根本插不上嘴，一下子就感到人家才像干部子弟，自己却无知透顶，一点也不像干部子弟。

为了像一个干部子弟，我也开始背中央委员名单，并注意搜集部长、副部长名单，只要在报纸上看到一个人是什么官儿，就抄在小本子上背，记了满满一本儿。很快，我就背熟了一大串副部长以上的领导名字，上将的名字也能记住二十多个……特自豪。好像知道了吕正操是铁道兵司令、赵尔陆是一机部部长、王平、肖克、郭天民、杨成武、李志民是上将……自己就不是小市民了。可惜五十七位上将的名字总是搜集不全，我一直耿耿于怀，我很希望能把所有上将的名字都叫出来，以为这才更像干部子弟。

妈妈曾很好奇地看我往小本子上抄大官儿的名字，好多人她都不知道是干什么的。

尽管我们不怎么公开议论同学的父亲，但内心深处都知道班里同学谁的爸爸官儿大、谁的爸爸官儿小。比较而言，父亲官儿大的同学就更有威信一些。我们班长姬军是外交部副部长、老红军姬鹏飞的儿子。姬军瘦高个儿，爱踢足球，很守纪律，功课好，谦和有礼，从没和同学闹过别扭。他穿得很干净，但也就是蓝布裤子，古铜色的旧条绒夹克，每星期六都乘公共汽车回家。

毛主席秘书、水电部副部长李锐的儿子范苗长得像个大娃娃。他大手、大脚、大脑袋，说话口齿不清，总爱摇头晃脑，曾动手术将六个手指、脚趾割去一个。他虽然功课不大好，却憨头憨脑的，非常可爱。同学们隐隐约约知道他父亲跟彭德怀一起犯了错误，被降了级，对他充满了同情。

建材部部长赖际发的小孩儿赖小危和我打过架，以后就关系疏远了。主要是他很壮，我也不弱，谁也不服谁。直到毕业前夕，我们也不大来往。但事实上，他很朴素，穿的衣服比平民小孩儿还旧，从不搞什么特殊，周末也从没见家里用小车来接过他。

何孟雄烈士的侄女何小珍也跟我同班。何小珍的父亲何健础是大革命时期就参加革命的老同志，与毛主席认识。何孟雄系中共创始人之一，一九二一年的最早党员，北方工人运动的领导人，是何小珍父亲的堂弟。何孟雄曾三次上书中共中央批判左倾冒险主义，后遭到错误处分，一九三一年被捕不久牺牲于上海龙华。何小珍大眼睛大鼻子，乐观爽朗，咋咋呼呼，从没向我们提过她叔叔。直到陶承的《我的一家》出版后轰动一时，才有人透露她叔叔是陶承的儿子欧阳立安的入党介绍人。何小珍常常嘲笑我的一些行为举动，但没有恶意。

凌土儿的父亲是凌云，公安部副部长，为人善良随和，很少跟同学争吵，也爱踢足球，是姬军的好朋友，我们班的中队旗手，两道杠。

方辛辛的父亲方复生当时任天津市政府外事处处长，是一位资格很老的干部。一九二五年加入共青团，经萧楚女介绍，考入广州黄埔军校四期。一九二六年转为中共党员。毕业后在叶挺部任连长、参谋等职，参加过“八一”南昌起义。后又赴苏联莫斯科步兵学校学习军事。难怪方辛辛长得有点像俄罗斯人，眼睛发蓝，翘翘鼻子，我能感觉出她对我很友好，但我待她很冷淡。当时，我哪里知道她父亲的资格这么老，还以为她父亲的官儿不大呢。

还有，周正华的父亲韦明是周总理的秘书，跟我同住在复兴门外的国务院宿舍。我父母与她父亲的关系很好。

我对小官儿的孩子，确实有一种轻视。如一位本校老师的女儿，很是天真泼辣，我却看不起她，把她的泼辣视为俗气、爱穿新衣服视为臭美。还有一个男生叫张柯，是新转来的，喜欢唱京戏。我感到他父亲官儿不很大，戏称他为“张科长”，老善意地挖苦他。

我的父亲是九级干部，在同学中不属最高，也不是最低。但自己心中还是暗暗嫌父亲官儿小，一九三〇年入党的，怎么才混个九级？当有同学问我父亲多少级时，我曾说过八级。因为照实说了，我总觉得不如一个中将、上将硬气。在育才这种干部子弟的环境下，潜移默化中我已经懂得虚荣了，以父亲官儿小为耻。但由于说瞎话很累，必须总得记住，不能前后矛盾，让人戳穿了就更丢脸，所以大多数时候，我都老实承认父亲是九级。

我曾特地问过哥哥，爸爸的级别合军队上的几级，够不够得上将军？哥哥告诉我，爸爸的级别大校是绝对够了，少将也差不多够。因为八、九、十级都属于军级干部，军队就有九级的少将，我知道后特别高兴。

有的同学总爱往高了说自己父亲的官儿，明明是个科长却说成处长；明明是处长却说是局长；明明是局长却说是部长。我对这类吹自己老爸官儿大的家伙恨之入骨，虽然自己也偶尔吹过。

老师常常教育我们：育才学校是诞生于延安的干部子弟学校，你们和一般人不一样，你们都是革命的后代，与革命有天然的血缘，中国的希望就寄托在你们身上……让我们小小年纪就充满使命感，要充当中国革命的栋梁。

许老师对高干孩子和平民孩子绝对不一样，比如，她从来就没有碰过姬军一下，因为报纸上经常出现姬鹏飞的名字。开家长会时更明显。对领导或领导秘书，她点头哈腰、毕恭毕敬；但对普通家长，就不那么鸡啄米一样地点头。她老喜欢挖苦嘲讽桑桂兰像个家庭妇女，暗示桑桂兰的母亲是个家庭妇女，她受了她母亲的影响。其实桑桂兰的父亲是个参加革命很早的老同志，可能职务不高；她母亲是为了支持她父亲搞革命才失掉了工作的。

那时候，很多高干的孩子根本看不出什么特殊来，穿得破破烂烂。比我大几届的育才校友戎大燕，是他们班上穿得最差的孩子。春游时，天气已经很热，他还光着膀子穿件棉袄，连件衬衣也没有。他的一双布鞋，前面露脚趾头，后面露脚后跟，跟乞丐一样。老师批评他："你怎么搞的，这么邋遢，你的家长是怎么当的，一点儿不负责任，星期六你让他来找我。"星期六接孩子的时候，戎大燕领着一个头戴瓜皮小帽、身穿黑棉袄，活脱脱的一个老农民来见老师。这人操着浓重的山西口音对老师说："我是戎子和，大燕的爸爸，孩子卫生不好，我有责任。"老师愣住了，他知道戎子和是薄一波的助手，财政部第一副部长呀！竟然俭朴得像个老农民。

我潜意识里常常幻想父亲是一个将军，那多威风！很为他只混了一个北京师范大学的头头难为情。母亲写的《青春之歌》里有个小资产阶级主人公林道静让我感到羞耻，母亲的妹妹白杨是个著名的电影演员也让我感到不光彩，因为电影明星等同于资产阶级。谁要在我面前提林道静或白杨，我就气得要命，立刻翻脸。我私下觉得文艺界资产阶级味儿浓，跟她们沾上关系，不如跟红军、八路军沾上关系光荣。

我多么羡慕那些出身于革命军人的小孩儿啊！有一次，母亲带我上街，可能是在阜成门外，碰见了一个育才的同学。我感到特不好意思，赶忙与母亲拉开距离，因为觉得母亲穿着太洋气，跟上海资本家的阔太太一样。她还把头发弄个大疙瘩系在脑后，像个羊尾巴，这在上世纪五十年代的北京大街上，极少见。

父亲原来在国务院二办工作，顶头上司是张际春。可不知为何，却又被调到了北师大当代理书记、副校长，以后是副书记，名次越来越靠后，我真替他憋气。

我和父亲之间虽然隔着一道看不见的墙，我还是希望他的官儿能再大一点。

父亲从不带我出去串门，似乎是怕我这没礼貌的农村土孩儿丢他的人。父亲能和姐姐小胖长时间地又说又笑、亲亲热热，又上街、又陪客人、又看电影，任凭小胖撒娇，跟他争吵，却很少跟我说过话。记得一个星期天，我爬上一棵海棠树，被洋刺子蛰了，疼得像火烧一样，又哭又喊。父亲在屋里全无反应，结果还是姐姐和老太太跑过来，帮我上了药。父亲对哥哥也很冷淡，哥哥回到家就干活，穿得又破，以至于被邻居认为是父亲的勤务员。

此时，我已不是农村来的小土孩儿了。在育才学校的干部子弟圈子中，我懂得了等级，知道了自己的父母属于司局级干部，父亲坐的车是别克，有时，不知怎的，也能坐上吉姆。当我坐上父亲的吉姆车时，心里非常兴奋，特希望能碰见同学，显一显。

一九五九年国庆十周年，我看见父亲的请柬是鲜红色的，烫着金，比过去的请柬高级，就以为父亲升官儿了，回学校马上向同学询问，是否副部级的官儿才能拿鲜红色的请柬。答案是肯定的。我心里特别高兴。我很想把这请柬给偷了拿给同学们看看，美一美，无奈父亲保管得很严格，无法下手。

父亲平时很注意不让我有什么特殊化的观念。他认识的大官儿很多，却从不跟我提一下。比如聂荣臻、吕正操、林铁、肖新槐、周彪、周小舟、旷伏兆、罗玉川、刘秉彦等都曾是他晋察冀的老领导。哥哥透露给我，姐姐上华北军区文工团是爸爸给聂荣臻写了信，这让我特激动。啊，爸爸还有这等面子！他自己却从来不说。

每逢过年过节，回学校后听姬军、赖小危等人议论起他们陪父亲一起参加欢庆活动时，我发现父亲却没有参加，又让我痛心父亲官儿还不够大，感觉特沮丧。

就是在这种气氛下，我的个子长高了，胳膊变粗了，走路越发沉稳有力。姑姑从老家捎来的土布衣服我再也不穿了，嫌它太寒酸、太土气。我对待保姆的态度也横了起来。虽然父母一再教育我要尊重保姆、尊重劳动人民，我还是很恶毒地把那个照顾我的老太太给骂走了。原因忘了，反正是因为一件很小的事情，我和她争辩起来，她把我说得没了词儿，我却不服气，觉得她不过是一个做饭的，连一个大将的名字都不知道，连一个政治局委员的名字都说不上来，就气急败坏地骂："去你的，滚蛋，你滚蛋！"

自从我们家搬到国务院宿舍后，就住在四楼。父母感到老太太岁数大了，又是一双小脚，天天买菜上下楼不方便，已有辞退之意。所以我这次骂老保姆没有挨父母的说。老奶奶伤心之极，默默流泪，当天晚上就向母亲告辞走了。

我自以为是堂堂的干部子弟，对底层人产生了居高临下的心理。

三十多年过去，这位老奶奶肯定早已不在人世，但她给我洗脸、喂饭、擦屁股、扇扇子、擦鼻涕……我都还依稀记得。尤其那次着火母亲打我，她跑过来拉住了母亲，把我从鸡毛掸子下解救了出来，晚上还轻轻抚摩着我的伤痕，哄我睡觉。

哎呀，我却仗着自己会背一大串中央首长名单，仗着父亲能到观礼台参加国庆观礼就瞧不起了老奶奶，生生地把她骂走了。

写到这儿，我不得不忏悔两句：这位默默无闻的老奶奶呀，您的姓名，我已经永远不可能知道——只有父母可能会记得，但他们也都已经谢世。如果有天堂的话，我愿意到天堂上找到您，向您深鞠躬、深低头，抚摩着您的老手，当面赔礼道歉。我干了坏事，对不起您。

记得五年级的一个暑假，发生了一件事，我差点送命。

那天，我一个人到西便门外的运河里游泳（在复兴门国务院宿舍的东南方向）。

这条河大约有五十米宽，中间有一长长的人工小岛，最深处能没了我的头顶。河边水浅的地方，聚集着不少光屁股的小孩子，互相打着水仗，扑腾着，但都不敢往深处游。岸边台阶上坐着许多小女孩观看。

我很不甘心是这群缩在岸边嬉闹的小毛孩中的一个，很想在异性面前表现表现，所以一下水就往小岛游去。

我那时能游几十米，反正只要漂在水上就淹不死。快到河中间时，身边人已很少。游着游着，我突生一念，想试试这地方水有多深，就直立水中，水刚刚没了我头顶。待我用力蹬住水底，想再漂起来时，不知何故却漂不起来了，慌忙中喝了口水，又直杵杵地沉下去。我玩儿命地蹬一下，又露出鼻子，赶紧吸了一口气又沉了下去。我拼命踩水，希望能把身体横在水上，可身体却像一个鱼漂老竖着，无法横起来。脑袋露一下沉下去，又露一下，又沉下去，连着喝了几口水。我害怕极了，双脚双手乱蹬乱划，这样一浮一沉地持续了几十秒种。耳朵里还能隐隐约约听到四周孩子们的嬉笑声……一个念头在脑子里闪了一下：我要淹死了！

这时一个比我大的孩子若无其事地游到我身边。绝望中，我低声地向他喊道："救救我，救救我！"我不好意思大声喊，生怕让岸边众多的孩子们听见。但这小子一点儿反应没有，继续游着，渐渐离我而去。他可能没听见，也可能以为我是装的。

嘿呀，碰了一个钉子，我等于白喊了这句求救的话！

现在，这块水面上只剩下了我一个人。周围孩子们在炎热的太阳下，高兴地扎着猛子，大声打闹说笑，谁也没发现我正在默默和死神搏斗。

此地距离岸边可能有二十来米。幸亏水只刚好没了我的头顶，踮着脚尖还能够着河底儿，使劲蹬一下就能露出鼻子吸口气，不致马上完蛋。我两臂拼命舞动、两脚拼命乱蹬，再也不喊救命，闷头独自挣扎。被碰了钉子后，淹死也不求救了！我觉得喊救命就是怕死，怕死就要被其他小孩讥笑，不但不管你，还鄙视你，我不能丢这个脸。

只要趴在水上，我就可以游，现在的关键是我的身体横不起来。我扬着头，努力使身体向前倾斜，又喝了一两口水，还是浮不起来，眼看真就要淹死了。但我求生的念头太强烈了，不甘心在众目睽睽之下蹦腿儿，我拼着最后的力气垂死挣扎，奇迹却突然发生了——无意中，我身体就斜了起来，趴着漂上了水面。

有救了！太好了！我死不了了！我激动万分，赶忙用狗刨儿游到了岸边，气喘吁吁地坐到岸上。过了很长时间，心脏还怦怦地剧烈跳动，耳朵还轰隆隆响。这生死的搏斗，只有自己知道。如果那地方再深一点，肯定淹死。

河边光屁股的小孩儿兴奋地嘶喊着，白花花的肉在阳光下闪着光。四周一帮一帮的中小学生穿着游泳裤，来来去去，却没一个人注意到我，包括许多女孩。那是七月的下午两三点钟，我呆呆地坐在岸边，无论太阳怎么晒，天气怎么酷热，也驱散不了死神的寒冷威慑，我再也没勇气下水了。

望着绿波荡漾的水面，我无限留恋人生，庆幸自己终于从死亡的边缘上活着回来。我也不明白自己当着那些不认识的小丫头臭显有什么用？旱鸭子就旱鸭子了。

我整整坐了一下午，惊魂未定。

回家后，也没敢告诉父母这次濒临死亡的遭遇，不好意思说。

到二〇一〇年为止，这是我一辈子唯一的一次喊救命，还不被人理睬。

小学阶段，我因为淘气与死神擦肩而过就这么一次。可能是上帝惩罚我骂走了一位养育过我的善良老人。

我永远不知道她的姓名、她的身世以及她后来的结局，甚至也永远不知道她的长相，但在我的内心深处，永远有她模糊的影子。当我离开农村，来到北京的深宅大院时，这位小脚老太太给了我母亲般的关爱。最后，我却骂走了她。

英雄梦

童年是伴随着热情又美丽的歌声度过的。每逢哼起当时的歌，我就想起了那段无忧无虑的时光。那正是一九五八年大跃进的岁月，运动一个接着一个。对小孩子来说，每个运动都非常好玩儿。比如大炼钢铁、除四害都令我们好奇神往，非常有意思。

那个年代好听的歌曲特别多。《红领巾之歌》是其中一首，在我们北京的小学生中特别流行：

我们的旗帜火一样红，
星星和火把指明前程，
共产党，毛主席指引着我们，
召唤我们走向幸福的人生。
我们手牵着手，
我们肩并着肩，
我们向前，
我们向前，
我们向前，
永远跟着毛泽东，
永远跟着毛泽东。

还有一首《金色的童年》，调子舒缓悠扬，非常优美：

穿上美丽的衣裳，
系上鲜艳的领巾，
我们来到了花园，
快乐的跳舞歌唱。
谁给我金色的童年，

谁抚育我们成长，
少先队员都知道
是毛主席和共产党。
……

这些歌声经常回荡在苍松古柏林立的育才校园之中。在其沐浴下，我们对歌词里的话深信不疑，把毛主席看成党的化身、中国人民的救星、千年不遇的神明。

当时广州有一个叫向秀丽的女工人，为抢救国家财产奋勇救火牺牲，报纸广播大张旗鼓地宣传，她的事迹被印成了小册子，人手一册；四川农村的少先队员刘文学也成了全国少年儿童的榜样，一段时间，我们成天挺着脖子唱歌颂刘文学的歌子。他小小年纪敢与老地主斗争的勇敢精神，引诱着我也总想抓个坏蛋，然后全国出名。

那是一个冬天的夜晚，外面凛寒刺骨，我们下了晚自习后，回到宿舍洗漱铺床，准备睡觉。因为刚看完一本苏联小学生抓特务的书，我也跃跃欲试，想抓一个特务，以改变自己的处境——若能抓到一个特务，我肯定会受到学校的表扬，肯定就能入队。多棒啊，脖子戴上红领巾，父母和同学们也都会刮目相看，自己不再是落后分子，栗山岩可能会跟自己重归于好……但哪里最可能有特务呢？我觉得是学校的西北角，被称为鹿圈的地方。这片荒地很偏僻，人迹罕至，便于特务接头。所以我老爱到这块没人去的角落巡视，希望能碰上一个坏人，然后被我抓住。

一天下午，我发现这儿的一间无人居住的小屋地上有一个烟头，墙上还有一个新画的箭头，我马上怀疑是特务留下来的暗号——或许今天晚上，特务就会来这里秘密接头？

《铁木儿和他的伙伴们》里的小孩儿就是在荒地里发现了一个犯罪集团的。下了晚自习后，我鼓起勇气，冒着严寒和黑暗，又到了那片荒地附近转悠，躲在一棵大柏树后，认真地监视着那间神秘小屋。但毫无结果，根本没人来。隆冬夜晚，干冷干冷，最后冻得我受不了，就跑回了宿舍。一进门我就按捺不住，得意扬扬地向同学们炫耀：“我刚才去了鹿圈，一个人去的。”颇为自豪。

很多同学白天都不敢到那儿。大炼钢铁时，这地方曾盖起过好几座小高炉，以后废弃了，断壁残垣，荒草丛生，里面还有坟地，发现过死人骨头。

还是宿舍里暖和，我脱了衣服，钻进被窝，听着同学们的聊天，等待着熄灯睡觉。这时候，许老师突然来到宿舍巡视。有一个跟我吵过架的班干部把我去鹿圈的事偷偷汇报了。因学校有纪律，下晚自习后必须回宿舍，不许乱窜。许老师大怒，猛地掀开我被子，让我穿上衣服，站在宿舍中央。当着众同学面质问："你刚才干嘛去了？"

我立正站着，不知是害怕还是冷，全身打着哆嗦，结结巴巴地说："去，去鹿圈了。"

"你为什么破坏纪律，到那儿去？"

"白天，我发现那儿的一间小屋墙上画着一个箭头，地上还有新烟头，怀疑可能是特务留下的。下晚自习后，就到那个地方去了，想看看有没有特务。"

许老师非但没有表扬我的革命警惕性，反对我吼道："好，你再给我去一趟。"

我低着头，听着外面的北风凄叫，没有动作。

"走啊！你去啊！你现在就去！"她用力推着我，像猫玩儿老鼠。

外面虽然寒冷，却比许老师的狰狞面孔好受。我犹豫片刻，一咬牙，硬着头皮走向门口。当时我披着棉袄，只穿着衬裤，正要出门时，许老师又一把揪住我，顺势狠拧一下："你到哪儿去！"她眼睛瞪得跟猫头鹰眼一样圆，冷酷无情。

我站住了。

"哼，你再不守纪律，就把你揪到同学面前，公开做检查！"

许老师的这番话，比外面的寒风还凛寒刺骨。我已被示过一次众了，给吓破了胆。正不知所措时，许老师低声说："哼，睡觉去吧。下次，绝不原谅！"

许老师的主意多变，一会儿一个样。

小学时，对我影响最大的几部电影是《钢铁战士》、《董存瑞》、《从小培养勇敢精神》、《保尔·柯察金》。那时打仗的电影占一多半，看完了，我就特别神往打仗。

我有一个毛病：非常容易被感染。每逢看完一个电影后，我都完全相信它是真的，长时间没心情说话，沉浸在电影里面。

《钢铁战士》使我感到穿褴褛衣服的战士特别坚强，怎么打也不会当叛徒。《董存瑞》让我备受鼓舞，因为年轻的董存瑞也常跟别人吵嘴，闹不团结，小毛病不少。《从小培养勇敢精神》是苏联电影，讲一个革命者的小孩儿，在父亲被沙皇处决后，寻找红军的故事。当一个白匪小孩儿趁他睡觉妄图打死他时，父亲被捕前送给他的一把手枪发挥了威力。这支手枪的意义，给我印象极深，与我后来在文化大革命中的所作所为有着最直接的关系。电影开始时，是一群小孩儿在水塘里胡乱打水仗，水花四溅。它让我想起了我和同学们在沙坑里一对对骑马鏖战的情景，同样混乱，同样尘沙四起。

而电影《保尔·柯察金》影响了我终生，我看了足有三四遍，喜欢得要命。我觉得世界上最美的人就是战士，保尔一生就是战士的一生，也没当过多大的官儿。他对我的打架嗜好是一个大大的鼓励。电影头一个镜头就是朱赫来教保尔打拳，一拳就把保尔打了一个跟斗。美丽的冬妮娅就是看到他把恶少维克多打倒在河里后，才对他产生好感的。

北京公演《保尔·柯察金》的时候，正是冬天。我和同学们常常在下课之后，冒着寒风，向宿舍跑去。我们学着保尔骑马冲锋的样子，一手挽着缰绳，一手挥着马刀，一蹿一蹿地狂奔，高唱着电影里的主题歌：

仇恨的旋风在头上怒号，
黑暗的势力还在喧嚣，
我们和敌人做决死的战斗，
谁胜谁负等待我们答复。
我们的斗争，神圣而正义，
前进向前进，工人兄弟，
我们的斗争是神圣而正义，
前进向前进，工人兄弟。
……

这首歌有一种神秘的力量，它使人在唱着时非挺起胸膛不可，多冷也不怕。我乱吼了一番后，缩着的脖子就伸直了，寒风钻进肉里也不觉得冷了，许老师暗暗拧人的可怕魔影，生活老师罚站，不让睡觉的痛苦……全都烟消云散了，还觉得自己浑身是劲儿，很想找个坏蛋杀一番。

我经常一边奔跑着，一边高举右臂，挥舞着无形的军刀，一刀一刀用力地劈着看不见的敌人。但劈空气实在不如劈真正的人有刺激。一次，我看见前面走着几个外班同学，其中最边上的叫徐雁山，头戴棉帽。我举着胳膊吼着："杀呀！"边吼边砍着冲到他身旁，热血涌上心头，右手做劈刀状，用力挥下去，一下就把他的棉帽劈落地，我心花怒放，继续骑马飞跑。这同学急了，破口大骂，玩儿命追我，但我跑得飞快，他追了一会儿也没追上。印象里，这是我有数的赤裸裸欺负别人的举动。因为，我太想体会保尔杀白匪的味道了，手脚痒痒，实在控制不住自己。

学校离天桥很近。我在星期六下午回家前，常常先去天桥看摔跤。受《董存瑞》电影的影响，我也很想学会摔跤。当初董存瑞参军时，因年龄小不要。他就靠跟一个战士摔跤赢了，才获批准。

天桥跤场的四周围着白布。进去后，跤手互相对骂的时候比真摔的时候要长得多。摔一会儿，一个端大铜盘的人就向观众收钱，一般一次给二分钱。天桥的宝三摔跤闻名，但他并不是场场都摔，经常是他的徒弟们摔。那些跤手们都穿着肥大的黑色灯笼裤，彼此嘲笑辱骂。他们摔得极漂亮，令人眼花缭乱。背挎、揣、入干净利索，能把人摔飞了起来。后来当我练摔跤时，才明白天桥摔跤是表演，有一个是故意让着，才能摔得那么漂亮。他们恶言相对，是为了在观众面前装成是仇人，掩饰彼此早有默契。

我对于他们有一种本能的瞧不起，觉得这些天桥摔跤的地痞味儿太浓，说话庸俗、油里油气，都是一些市井小民。我暗暗立下志向，要把摔跤练好，镇住这些北京痞子，为革命干部子弟争光。

一个天桥，一个电影《董存瑞》，使我对摔跤有了浓厚的兴趣。

可能是受母亲的遗传，我情感丰富，每次看完电影后，不管中国的、外国的、打仗的、不打仗的，都被感动得要命，都要久久地沉浸在里面。从电影院里走出来后，我谁都不答理，特恨自己又回到了这个平平凡凡的世界。我真希望自己永远生活在电影里。如此的容易被感动，使每一部电影都能征服我。

《董存瑞》电影我也看了三四遍，每一次都看得热血沸腾。尤其董存瑞是我们河北人，让我引以为荣。记得我已经五年级了，还在家里满地滚爬，玩炸碉堡的游戏：

用绳子把枕头捆成个炸药包形状，嘴里学着“突突突”的枪声，趴在地上开始向饭桌运动。突然被一颗子弹打中，我装成受伤的样子，咬紧牙关，模仿董存瑞，继续缓慢地向前爬。终于爬到了敌人碉堡——桌子下面……这时，嘴里又学着冲锋号的声音，我把枕头炸药包顶住桌子，用手举着，半蹲在桌子底下，睁大眼睛使劲喊：“为了新中国，冲啊！”接着，嘴里发出“轰”的一声，自己倒在地上。

这样的模仿不知重复了多少次，每次玩得都完全投入、全神贯注、那么上瘾，一个钟头一个钟头地玩儿，自己常被自己的表演感动得热泪汪汪。

有一次母亲发现我在地上爬，气得大骂：“你干什么呢？这么大了，还老在地上爬，像话吗？一点儿也不心疼衣服。衣服磨破了，谁给你买？”

我赶紧站起来，不敢说自己正在向董存瑞学习。

《保尔·柯察金》的电影我百看不厌。在拥挤的火车上，保尔把丽达从窗户里抱进来，靠的就是拳头和枪。他把纨绔子弟维克多打到河里的一段最精彩。这场面给了我许多影响和启示。我本来就渴望学会打架，保卫自己，现在更知道了会打架的价值。美丽高贵的冬妮娅就是因为保尔会打架才跟他好的。

保尔·柯察金与朱赫来练拳击的场面也影响了我的一生——我在美国的时候，每星期最喜欢看的电视节目是 Tuesday fight（星期二拳斗）。我琢磨打架窍门要比学算术、语文用心得多，很小就偷哥哥的武术书看，还买过《拳击》、《中国式摔跤》等书。保尔生病了，饥寒交迫之中还坚持出工、拼命苦干，曾是我在内蒙兵团劳动时的楷模。

电影、书籍、报纸、广播里的英雄事迹让我目不暇接，个个英雄都巍若泰山，让我敬佩得要命。英雄，英雄，英雄，我的脑子里成天就是这些英雄的影子。

《从小培养勇敢精神》也是一部对自己有终生影响的电影。育才学校没有水塘，无法模仿打水仗，只有当下了大雨后，我才有机会跑到积水里乱蹚，噼哩啪啦地使劲儿踢水、转着圈来回跑。故意溅起大片大片的水花，再现着电影里的画面。嘴里还激动地叫唤，用拳头打着无形的对手。有时还成心趴在水里，让自己的衣服湿透，沾满泥巴汤，觉得这非常了不起。

班里有的女生，娇了吧唧，衣服上沾了一个小泥点儿，有一个小褶皱都不能忍受，愁眉苦脸的。而我多英勇，敢把干干净净的衣服糊上大片大片的泥巴。

对于一个小孩子，模仿一下自己所喜欢的电影故事，哪怕只是一个小小细节，也舒服开心，仿佛真的走进了那个传奇壮烈的世界里，美妙无比。

看了小说《红军不怕远征难》后，我也学红军吃草根、树皮、小昆虫。当然，这都要让同学们看到，不能埋没了自己的勇敢。只有让他们亲眼目睹，才能证明自己没有吹牛。

母亲的《志愿军英雄传》三大本红皮书，我不知读了多少遍，也玩了不知多少遍黄继光堵枪眼、杨根思抱炸药包、孙占元坚守阵地的游戏。我特爱趴在地上，端着机枪突突突地打，脑子里想象着大片大片的美国鬼子倒在我面前……嘴里突突突地叫着，给自己配着乐，身上的血被自己的声音刺激得直发热。嗓子喊哑，还突突突地叫，吼一个钟头也不觉得腻。

当时还流行一本《方志敏战斗的一生》，我百看不厌。方志敏那段关于艰苦朴素的话，我也背得滚瓜烂熟：

为了阶级和民族的解放……我毫不稀罕华丽的大厦，却宁愿居住在卑陋潮湿的茅棚！不希罕美味的西餐大菜，宁愿吞嚼刺口的苞栗和菜根！不希罕柔软的钢丝床，宁愿睡猪栏狗巢似的住所！不希罕闲逸，宁愿一天做十六点钟的苦工！不希罕富裕，宁愿困穷……

这话说得真棒！有它作鼓舞，我更爱穿破衣服，鄙弃享乐，以苦为荣。

记得某个星期六放学回家，路过菜市口时，我特地去菜市口新华书店买了一本《怎样做一个共产党员》。这本书是红色封面，正中有一个金黄色的镰刀斧头图案，作者好像是艾思奇。那个男售货员很吃惊地看着我买这本书。他哪里知道我这十二岁的小毛孩儿是迷上了方志敏，对方志敏宁死不屈，从容献身的精神佩服得五体投地。我虽然在全班最落后，功课门门三分，连少先队也入不了，却奢望着成为方志敏那样的共产党员。

英雄就是不怕死的人。我却非常怕死。想起了那次游泳快要淹死时的情景，我就惭愧，还喊了救命，多可耻啊！不堪回首。我一定要锻炼自己不怕死。

下课后，我喜欢到学校西北角的荒草丛中逮大蚂蚱，就是晚上去抓特务的那个地方。那地方很荒凉。一天，我在乱草中无意地发现了一个骷髅头。这是我毕生头一次看见死人骨头，充满了恐惧和好奇。它的样子很可怕，白灿灿的，上面沾着不少泥土，正中有两个很大的黑窟窿，鼻梁处也是一个黑洞，牙齿跟野兽一样，长长的，极狰狞。我猛然觉得，我应该把这个骷髅头拿回宿舍，放到床头，向同学们表现一下自己的勇敢。哼，别看我入不了队，但我不怕骷髅头。

我将它拿到洗脸房，用自来水冲得干干净净的，之后就将它带回了宿舍，放到自己枕头旁。还好，它没有一点臭味儿。

我自己心里也感觉别扭，很不喜欢它，有点望而生畏。但要锻炼不怕死，就得锻炼不怕死人。我们的革命烈士死后就会变成这样，我怎能怕它呢？我自己皮肉下面的骨头架子也是这个样子的，有什么可怕的呢？我鼓励着自己，把脸颊贴着它，还给它放进自己的被窝里……

全校同学里，估计没人敢把骷髅头放在床头，与它耳鬓厮磨、同衾共枕。一想到自己是独一无二的，我就好不得意。

它在枕头旁边，陪我一起睡了若干天。哈哈！落后生也不是事事都落后。我的功课虽比不过别人，我虽入不了队，但在和骷髅头睡觉方面，却无人比得过我。这让我非常地沾沾自喜，好像自己干了一件多么了不起的事。

这消息很快就传到了生活老师那里。生活老师姓田，瘦高个儿，三十多岁，有着一对机警的眼睛，身上衣服洗得一尘不染，床铺也叠得整整齐齐的。这老师虽然不拧你、不掐你，但也特厉害。他治人的法子就是晚上罚站，不让你睡觉，没有一个小孩儿能挺住。他把我叫到他宿舍，严肃质问："你为什么把那个东西带到宿舍？"

我小声回答："为了练胆儿。"

"胡闹！马上把它给我拿走，从哪儿拿的，放回哪儿去。要是传染上病，你负得了这个责吗？"

"说不定，它还是一个革命烈士呢。"

"你少废话，马上拿走！"

我不敢和田老师顶嘴，害怕他熬鹰一样地熬你，困得站不住了，也不放你回去睡。我只好回宿舍抱起骷髅头，乖乖地送到学校西北角的荒地。唉，骷髅头被我洗得干干净净，一点儿也不影响卫生。很不明白，生活老师为什么这样不喜欢它，弄不好这真是一个革命烈士的遗骨呢！我悒悒不乐地想。

自然，把骷髅头放在床头也消灭不了自己怕死的思想。玩儿打仗游戏时，最希望的是自己不要死，各式各样的敌人都打不过我，千万不能牺牲。否则就没法去沙坑里背着别人，横冲直撞，所向披靡，当全班骑马打仗第一了。

看了电影《上甘岭》后，我还知道了在关键时刻，必须什么水都能喝，泥水也得敢喝。我试着往半碗水里放了一把土，喝了一点点，觉得不过如此，很是自豪地向同学们炫耀。老入不了少先队的学生也就只有用这个来表现自己的价值了。好像是肖继民同学不相信，问我敢不敢喝他的洗脚水，我也硬着头皮端起他的洗脚盆，咕咚咚地喝了好几口。

电影里的英雄都特横眉怒目，我以为很美。照相时，我也都是横眉怒目，见女生横眉怒目，见父母时也横眉怒目，以为自己这个样子最好看、最有魅力、最男子汉。所以后来，我喜欢谁时对谁就总是横眉怒目。我的课本和笔记本上，画满了革命烈士的头像，也全都是金刚怒目的样子，脸上绝没有一丝笑容。因为在我印象中的英雄都特严肃，而一笑就不庄严、不神圣、不好看了。

有的同学见我一穿新衣服就不自在，宁肯往墙上蹭，很不理解，说我傻。他们不知道电影《坚守要塞》里那个穿破烂军服的苏联红军战士是多么光辉灿烂！我就希望自己是那个样子，越脏越好，越破越好，那是光荣，那是战士的痕迹。而且，我听到有人说我傻，心里还甜丝丝的。

这也是我的一个毛病：不喜欢别人夸我聪明。因为我觉得英雄都有点傻，太聪明的人当不了英雄。董存瑞把自己炸了一个粉身碎骨，难道不傻吗？有大傻气，才能当大英雄。刘文学不管那闲事，可能活七八十岁，但他与老地主战斗，只十四岁就死了，也有点儿傻。

我为什么那么想当英雄呢？

已经都五年级了，我还是全班公认的落后生，连少先队也入不了，自尊心实在难受。我以为当了英雄，连党都能入，少先队自然更不在话下了。每逢过队日，自己一人被迫孤零零在校园里徘徊时，心中就愤愤不平，暗想我虽入不了队，但也能在战场上当英雄！早晚有一天，我要让许老师知道，她不让我入队是多么的错误。

一班的那个短发的小女生的影子，还常常浮现在我的脑海。当了英雄，她可能就会注意到我、喜欢我，就会跟我说话了。现在，她可能都不知道二班有我这么一个人。

最后一个入队

我跟同学的关系，在相当程度上是以貌取人，长得像好人的就信任，就接近；长得像坏蛋的就戒备，就怀有敌意。

一个姓刘的同学，鼻孔有些朝天，很像电影里的日本翻译官，一旦他招惹了自己，我就反唇相讥，骂他是金丝猴儿；另外一个同学，脸上有疙瘩，让人联想到屠夫，吵急了就骂他癞蛤蟆、刽子手。李振学是个尖鼻头，我就断定他心眼儿也奸，一直对他冷冰冰的。

由于自己跟谁不好，马上就在表情上流露出来，一点儿也不会隐藏克制，所以我总是三天两头就跟同学吵嘴，甚至打架。

我嘴巴很笨，吵架能力低下，跟人吵几句就没了词儿；平日还马马虎虎，从不记别人干过的坏事，一跟人吵就无短可揭，缺少致命武器——嘴皮子不行，就用拳头弥补。我跟人吵不过，就爱动手，脑袋上的疤瘌于是就更多了。

我总在沙坑里玩骑马打仗，这很锻炼身体。我喜欢当马，让同学们骑。背着一个人踩着软软的沙子，再跟对手们厮杀，搅成一团，特练腿劲儿。时间久了，我的体力和耐力越来越好。我的打架水平也见长，经常是胜多负少，也不再怵高年级的了。

班里的弱小同学开始向我靠拢，想跟我好，换取保护。李振学就是一例。他个子又矮又瘦，是个朝鲜族人，有一段时间待我特别热情，我到哪儿他到哪儿。我陶醉在自己也有了跟屁虫的自豪感里，对他随意指挥、训斥。记得有一次曾命令他到宿舍外面站着，考验他坚强不坚强、对我忠诚不忠诚。因为他长得有点像特务，我对他总不放心。那是一个冬天的夜晚，他为了表示自己不是孬种，就果真站在寒风中一动不动，结果把他冻得四肢冰冷、一把鼻涕一把泪的。最后是生活老师救了他，还狠狠地批评了我一顿。之后，可能是我的霸道伤了他的心，他又渐渐与我疏远了。

我有爱之欲其生、恨之欲其死的毛病。我恨上一个人，总是不择手段地对待他。记得有一次，我跟肖继民吵架。他喜欢看书，能绘声绘色地跟同学们复述《烈火金刚》、《林海雪原》、《敌后武工队》等长篇小说。嘴巴比我能说。我吵不过他，就恼羞成怒，与他打了起来，但好像又被人劝住。他离开宿舍后，我余怒未消，就抱起他的被子跑到厕所，扔到尿池子里，还在上面踩了几脚。

在本班里，论打架，除了赖小危，我没有对手，所以就非常狂妄。

我和赖小危一直不和。他个子比我高，体重比我重，脑袋比我大，手指头也比我粗。他也喜欢看武侠小说，喜欢琢磨打架窍门儿，从不服我，我也不服他。我明白如果要是能打过他，我就是全班的打架第一了，我非常垂涎这个头衔。他又高又壮，身上老有一股汗味儿，群众关系不像姬军那么好。父亲赖际发虽然是一个部长，资格很老，却不如姬鹏飞出名。许老师不喜欢他，常把他挖苦得灰灰溜溜的。

记得有一次赖小危犯了一点儿小毛病，生怕许老师收拾他，赶忙来到教室主动地打扫教室、擦黑板，干得满头大汗的，希望能将功赎罪。但是许老师一点儿也不原谅他，当众揭露他："哼，赖小危，我告诉你，你再扫地、再擦黑板也没用，该批评还是要批评！你干好事是假，伪装是真，妄想逃避批评，可你打错了算盘！"

许老师的锐利眼光和刻毒言语，让我为之震动，竟可怜起这个自己的打架对手来。

我们打架的具体原因早已忘记了。可能也是赖小危的嘴巴比我会骂人，把我骂急了。这一架是在南楼食堂门口开战的，打得不分胜负。他把我鼻子抠破了一长道儿，像一个感叹号；我揪着他头发，把他压弯了腰……这样僵持了半天，我们都很悲壮地屹立在食堂台阶上，有近百名同学围观。

我很满足。能和赖小危打平，班里就没人再能打过我了。鼻梁上的这个感叹号成为我打架史上的一个标记，存在了许多年。

我觉得只有会打架才能成为一名好战士。

现在，我不再怕五班的邓东进了。他仗着自己是邓中夏的亲戚、烈士子弟，身高块儿大，把谁也不放在眼里。一次，他欺负我们班的林小平，我上去打抱不平。先互相撞膀子，力度一次比一次大，撞最后一下时，我使尽了全身之力，目光变凶，准备上拳头，可邓东进却没敢开打。或许他已在沙坑里领教了我的威力；或许我跟赖小危打成平手的事实，让他产生了畏惧，知道我的打架水平已经有了显著的提升；或许也是因为我打架擅长揪头发，而他正好是留着长头发，很容易被揪住。总之，他表情温和，若无其事地结束了撞膀子，从此也不再欺凌我们班的弱小同学。

四年级时，全班就只有两个不是少先队员：一个是我，一个是赵石垣。赵石垣外号“赵屎蛋”，跟我一样淘气，缺少自制力。他敢公开唱黄色歌曲，跟头小野猪一样没脑子，会无缘无故地用棍子捅碎窗户玻璃听响儿。但他不像我这么渴望入队，当个非队员无所谓，所以也就没我这么痛苦。

后来，赵石垣转学走了，全班就只剩下我一个人不是少先队员了。

不知为什么，许老师就是不让我入队。尽管我那么革命，爱模仿英雄，穿得破，不怕脏，对一个个革命先烈都崇敬得五体投地，却老也入不了队。

看了电影《永不消逝的电波》后，我也开始锻炼自己吞咽文件的能力，以便不让敌人拿到。我先从笔记本上撕下一个纸条，上面写着：中国共产党万岁！毛主席万岁！然后揉成一团，放到嘴里，嚼烂吃掉。这很好学，我吞了许多个纸条。多年后，霍小华说，她曾跟我同桌，目睹过我吞纸条。那时候，同学们对每一个练习本都很珍惜，我却把崭新的练习本撕成条儿吃掉，吃了差不多一个练习本的纸条！

我对革命烈士这么有感情，这么下工夫学习他们，可许老师却还是不让我入队！

暑假前，学校要派一部分同学参加北京市少年宫举办的夏令营，从来就没我的份儿。先农坛体育场有什么大型活动，要选派代表参加，也绝轮不到我。班里提名表扬名单，评比什么先进，更永远不要指望有我。

我的功课太差，成绩都是三分，只有体育是五分；卫生太差，生活老师三天两头向班主任告状我不洗脚，不洗澡，口袋里塞着有臭味儿的萤火虫、死蚂蚱；纪律也太差，许老师一不在，就本性毕露，爬树翻墙，用小刀把课桌划得伤痕累累；和同学团结太差，今天跟这个吵，明天跟那个不说话。

我以敢破坏纪律、偷偷喝凉水为荣。我下课后不做作业，喜欢到野地里疯跑，抓蚂蚱，捅马蜂窝；哪怕是大热天，脱了上衣包住脑袋，跪在沙坑里

修暗堡、挖陷阱，也比坐在教室里复习功课有意思，

我的语文、算术课本不到期末，就变成了一团毛卷卷的烂纸。我的字也特别丑，好似癞蛤蟆身上的疙瘩，软绵绵的，没有一点骨头。

但小孩的自尊心都很强，我望着别人戴着红领巾羡慕极了，特别是每当少先队员过队日时，我就得离开教室，自己找地方待着。这是最痛苦的时刻，我感到自己低人一等，受到侮辱，发疯般地想入队，想和大家平起平坐。我差不多每一学期都写一份入队申请书，却总是碰钉子。

同学李自卫最知道我的心理，他每逢和我吵架时，对我最致命的杀伤不是说脏话，而是嘲笑我："你入不了队，你就是入不了队！你永远入不了队！"

这话比骂我妈、骂我奶奶还刺我的心。每逢此时，我都气得全身哆嗦，马上扑将过去。但他早有防备，骂完后，撒丫子就跑。

越入不了队，我还越想入。因为不是少先队员，要被人瞧不起，跟人吵架时，常被奚落，参加什么活动也轮不到自己。

为了过过当少先队员的瘾，自己在家里偷偷戴过姐姐的红领巾。记得一年暑假，我还戴着姐姐的旧红领巾去景山公园玩。脖子上一戴红领巾，顿觉自己高大了一块，不再是坏学生。见了其他小孩也不再自卑，神气活现，俨然以少年先锋自居，美得不知姓什么。我挺着胸脯，雄赳气昂，满像一回事，可谁也不知道我这个少先队员是假的、伪装的。

只要一开家长会，许老师就向父母告状，说我的坏话。父亲知道后，不管是不管，一管就大打出手。记得有一年放假，我因为期末考试不好，引起父母大发雷霆。

母亲说："你怎么是罐里的王八越长越抽抽？老马，把他关小屋里，让他反省。"

父亲就把我关到对面单元的厨房里。因为家里住两个单元，这个厨房就成了库房。

听到外面哗啦啦的锁门声，我知道自己丧失了自由。为消磨时间，就在库房里乱翻东西。到了晚上，父亲下班回来。母亲认为我态度不好，就对父亲说："老马，这孩子越来越野，不听大人的话，给他两下！"

父亲瞪着我吼道："撅起来！"

我哽咽着，无可奈何地撅起自己的屁股。

父亲抡圆了胳膊，狠狠地打了我屁股一下，我都被打歪了身体。

"撅好了！"

我只好向前深弯着腰，又把屁股挺起来，对向父亲。父亲又狠狠地打了

一下。母亲在旁边呵斥："这么不听话！真气死我了！再狠揍他几下。"

我哀求着，哭喊着，却无济于事。父亲一边打一边吼："你成天都想什么呢？不好好用功！"母亲气冲冲地说："你再不努力学习，就把你扔到大街上，送给捡破烂的！"

父亲打完后，要我写检查，反省这学期所犯的各种错误，还要制订下学期的进步计划。我只好噙着泪写，但哭喊一阵儿后，特别困，写了几个字后，我就睡着了。

过了几个钟头，父亲走到我住的屋里，看我就写了这么一点点，气得又打了我脑袋一下。他下手很重，常打得我眼冒金星，耳朵轰轰响，什么也听不见。

有一段时间，奶奶也住在北京。一次父亲打我时，奶奶拦住父亲，用自己的身体护着我。但父亲为了打我，竟把奶奶推倒在地。事后，奶奶伤心地哭了半天，死活要回老家。母亲劝了好长时间，替父亲辩解。但奶奶最终还是回到了老家，几年后病死在了那里。死的时候，父亲因工作繁忙也没回家去看望一下。

还有一次，父母带小胖去看话剧，本来说让我也去，后来临时又决定不让我去了。他们走后，我委屈地哭起来，这时父亲可能落了东西，又返回了家，看见我哭，上来就抽了我一个大耳光。多少年过去了，父亲这次打我，我还记得清清楚楚。

我相信自己长大后迷信武力与父亲爱动手打人，自己童年频频挨打肯定有关。

父亲有一把左轮手枪，瓦蓝瓦蓝的，小时候我曾看见过他用绸子擦，上育才后却再也没见他拿出来过，肯定是藏起来了。但他的子弹却放在一个书柜下面的小木盒里，被我发现，偷了十几发。看了《把一切献给党》后，我对军火很有兴趣。我把这些子弹用水泡在瓶子里，过了一段时间，再拧下弹头，将火药倒出来点着，火药哧哧燃烧发亮，像焰火一样，很好玩儿。自然也带到学校偷偷向几个同学臭显过。

这些子弹，后来都被我玩儿丢了，到文化大革命时，父亲却为此倒了大霉。

我淘气是因为不喜欢学习、不喜欢上课，只喜欢在沙坑里玩骑马打仗，喜欢到野地里抓大蚂蚱，喜欢到天桥看摔跤，仰慕红军、八路军的战斗生活……反正我将来当解放军，学习不好也能当英雄。

六年级时换了班主任，终于结束了许老师对我们班的铁腕统治。

这几年，班里先后有好几个孩子转学，都因为不堪忍受许老师的严酷管教。她就是我们班的毛主席，说一不二、为所欲为，靠女人的拧、掐、揪建立了她的绝对权威。全班同学被她修理得温温顺顺的，见了她就像小蛤蟆见了大蛇，骨头都瘫软了，跑都不敢跑。

全班唯有王春雷敢跟许老师顶撞，被掐被拧的次数最多。他曾为躲避许老师追赶，紧急中躲到男厕所里，可许老师照样冲进男厕所把他揪出来，又扭又撕，咆哮道："哼，王春雷，你以为跑到男厕所就不敢抓你了吗？！"

我们都害怕之极，徐老师整同学毫无顾忌，男厕所也敢闯！小胳膊斗不过大腿，勇敢无畏的王春雷最后还是低下了头，在全班同学面前一字一字地念了自己的检查。过一段时间，这小孩子转学了，无声无息地在这所学校消失。

总讥笑我入不了队的李自卫后来也转学了。他是烈士子弟、少先队小队长，临走时偷偷对同学说："我转学就是为了离开许老师，一见她瞪眼，腿肚子就要抽筋，晚上就做噩梦。"其实，许老师对他还算是不错的。

新来的班主任宋老师清秀娴雅，眼睛有棱有角，非常漂亮。她三十多岁，性情温和，宽厚慈祥，身体单薄。同学们再调皮，她也决不会把同学拉出教室，更没扭过、掐过、撕过我们身体。

因为宋老师跟我说话时轻声细语，从不瞪眼，总面带微笑，我很受感动，不忍再淘气，就有了一点点的进步。可时间长了，我又管不住自己了，上课时仍旧玩儿东西，不注意听讲，并欺软怕硬，在背后议论过宋老师。我崇拜英雄，赞美英雄，对平平凡凡、身体病弱的宋老师不大当回事，把她对我苦口婆心的教育和关怀感化说成是"资产阶级温情主义"。还讥笑宋老师家就住那么一间小房，里面堆满了瓶瓶罐罐，像一个小市民（小市民这词儿是我从小胖姐姐处学来的），流露出了干部子弟生活阔绰的优越感。夏天，看见宋老师穿一件浅蓝色旗袍，我就对同学说她是"小资产阶级臭美"。受电影影响，我以为只有国民党的官太太才穿旗袍。

宋老师听说这些后一点儿也没整我，照旧关心体贴我，以德报怨。她送给我一个很漂亮的日记本，精装的，让我好好记日记。她还送给过我铅笔盒、尺子等物品，鼓励我进步。比较起许老师来，她美丽的眼睛是那么仁慈、善良，从没闪过一丝丝凶光。被宋老师以德报怨了几次后，我感到再闹就实在是对不起宋老师，猪狗不如了，开始有所收敛，不好意思再淘气了。别看宋老师身体较弱，相貌慈祥，却对我有一种无形的威慑力，我从心里服了她，不忍犯错误、不忍伤她的心。而许老师却完全靠暴力、靠凶恶震慑住了我，压而不服，她一不在我就继续淘气。

因群众关系不好，中队干部一讨论我的入队问题就不同意。入不了队就矮人一等，就是全班的垫底儿、第一落后。每逢跟别人吵架时，只要对方挖苦我连个少先队也入不了，我就卡壳了，无言以对，被最狠毒地杀伤。

我整天梦寐以求的就是入队，挖空心思地想入队。

宋老师似乎猜到了我的心思，小学临毕业前，她终于说服了中队干部，让我入了队。她明知我不止一次地背后说她穿旗袍是“小资产阶级臭美”，还替我说话。

那天下午在教室里举行了我的入队仪式。课桌全摆放到教室墙根，中间腾出一块空地。全班同学穿得整整齐齐，戴着红领巾排成 Π 字队形。出旗，敬礼，敲鼓，唱少先队队歌……土儿是旗手，端着鲜艳的红旗，有两个护旗的，两个鼓手，绕场一圈。接着就是中队主席霍小华宣布接收我的申请，批准我成为中国少年先锋队队员。

我激动地站出来，在咚咚的队鼓声中，美丽的霍小华为我系上红领巾，并向我敬了一个队礼，我也向她敬了一个队礼。之后，我站在鲜红的队旗下宣誓，霍小华念一句，我跟着念一句。我心里很激动，觉得这与八一南昌起义的红军战士入党宣誓的场面很有点像。誓词早已忘记，好像最后一句话是：为了共产主义而奋斗终生！

四十多年了，我还记得那天下午教室里被队旗映得格外鲜红，窗户、墙壁、课桌以及身边的同学身上都弥漫着一片红光。

会后，我格外高兴，比连抓了三个特大个儿的蚂蚱还兴奋，比栗山岩第一次与我悄悄握手还甜蜜，对任何同学都客客气气的，满怀感激，包括我的打架对手赖小危。

我入队不容易啊！一般同学都戴三毛多钱一条的布红领巾，我却买了一条一块多钱的绸子红领巾，天天都戴，一天不落。有时在家洗完了后，还要用熨斗熨平。我猜全班没有谁比我更心疼这条红领巾了，因为这是我小学最后一个学期，渴求了三年才得到的，异常地珍惜。夏天无论多热，我也要戴红领巾，上体育课怎么流汗，也舍不得摘。如果脏了，一定是头天晚上就用香皂洗干净，以便不耽误第二天当天戴。我已经比别的同学少戴了四年红领巾，一旦入了队就必须使劲儿戴，把少戴的时间捞回来。

我心里真是万分感激宋老师！她使我由二班的第一落后生跟大家一样戴上了红领巾，否则填毕业生表时，政治面目一栏，我连“少先队员”都填不了。

宋老师才是有教养的、高素质的教师，她说话低声细语，内在和外貌都那么端庄文静，从不发脾气、耍淫威。直到现在还依稀记得她多次把我叫到她那间位于大礼堂西边的小屋里，让我坐在小凳上，谆谆地教导我。

五十年已过，育才小学有两个老师让我最难忘。一个是许老师，一辈子都恨她、不原谅她；一个就是宋老师，一辈子都感激她、怀念她。

我要借此机会，向亲爱的宋贞瑞老师再次表示我永远的感激。小学生入队戴红领巾本来不是个什么大事，但对我来说，却成了可望而不可即的梦想。谢谢宋老师让我圆了这个梦。

对比之下，许老师给我留下的印象是恐怖和憎恶，即使五十年之后她去世了也如此。虐待小孩儿、伤害小孩儿心灵的人是魔鬼，该天诛地灭。

我的淘气记录是：育才小学三年，六个学期，我的操行评定全都是“中”，一个“良”也没得过；还曾被叫到全班面前检查对女生“流里流气”；全六年级二班，最后一个入了队。

第二章

一个英雄主义的饿鬼

初一、初二年级的日子里，“吃”是我脑子里经常盘旋的念头。当然，我也关心着中苏关系与反修大业，关心着革命和进步，但一天到晚我最大的兴趣点还是琢磨吃。虽然，我正值青春发育期，对女生的兴趣日渐浓厚，也相当关注，可是却被饥饿挫伤了势头，流氓心大减。因为，吃饱饭永远比想女生更重要。

◇与父亲、母亲在颐和园合影。在那个时代，我们都以穿军装为最美。

“一九六三年三月，毛主席发出“向雷锋同志学习”号召后，解放军成为中国全社会里最革命、最高贵、最优待的一个特殊阶层，在我这个中学生眼里，解放军就是革命武士，是革命的荆轲、革命的马超、革命的武松，焕发着无穷无尽的魅力和光芒，觉得军人是世界上最崇高、最神圣、最壮烈、最有意思的职业，军人生活充满传奇色彩，有大苦大难，光荣而勇武，备受尊敬。”

上初中

我考初中的第一志愿是一〇一中，第二志愿是本校，第三志愿是四十七中，但所填三个志愿我都没考上。幸亏有普及初中的政策，我家在西便门国务院宿舍，被就近分配到了五十一中。五十一中的校园面积跟华北小学、育才小学没法比，全校就一座四层楼，连个足球场都没有。

母亲得知后感叹道："你那么想当英雄，却不好好学习，连个初中都考不上！"

父亲也怨愤道："我从来没听说过这个五十一中，哼，专门收其他学校不要的学生！你懂吗？那是个数不上的学校，小流氓儿成了堆！你哥哥姐姐哪个像你这样！"

五十一中没有住校是父母所不能容忍的。他们都希望我过集体生活，一星期回一次家，家里也清静一点。母亲说服了父亲，利用他是北京师范大学头头的权力，把我从五十一中转到了师大一附中。于是跟做梦一样，我从一个默默无闻的破学校一下子上了北京市一流的中学。

师大一附中地处和平门外，历史悠久，很多名人都毕业于此。如赵世炎、刘仁、郑天翔、林砺儒、王光美、于光远、钱学森、李德伦、白桦……当时还有不少高干子弟，包括朱德的孙子、刘少奇的女儿、邓小平的儿子等等。

学校的门面很简朴。一进去是一个一米多高的花坛，中间有根旗杆，穿过一排柏树墙是大操场，初中部和办公室在东部平房，北侧的二层灰楼是高中部。食堂和礼堂连在一起，位于学校东北角。学生宿舍刚开始在宣武门附近，每天要走两站地，后来搬到了学校对面的大灰楼里。

到校后，是任老师最先接待的我，帮我办了新生要办的所有手续，陪我参观了整个校园。任老师是我们的班主任，共产党员，还很年轻，面貌皎皎，梳着一对小辫子，有两个大大的、非常漂亮的眼睛，脸上还留着小姑娘的天真稚气。她教政治课，说话口齿清楚，有点儿奶声奶气，栩栩生动，条理清楚，富有逻辑性，举的例子也恰到好处。她对同学们从不发脾气，脸上总挂着真诚的微笑，比育才的许老师强一百倍、一千倍！任老师等于是年轻时的宋老师。她在课堂上给我们朗读方志敏的《可爱的中国》时，自己就噙着泪花，字字句句打动人心，教室里鸦雀无声，飘着一缕圣气。

我因为是从坏学校转来的，有着某种自卑，不敢再闹，上课格外老实。

一进中学，最突出的感觉就是政治空气特别浓。反修单行本《列宁主义万岁》刚刚发表，全党全国都在宣传和学习。革命是最美丽神圣的字眼。

政治报告一个又一个。校领导的讲话充满了革命激情，兴无灭资、又红又专、国际共运、反修防修、捍卫马列主义的纯洁性……这些令我们中学生血热心跳的词汇，不断地回荡在学校礼堂，似乎拯救全世界的重任落在了中国身上，而中国又落在了我们青年人身上。

我很受鼓舞。我的学习比不过同学们。师大一附中的入学分数线要平均九十五分以上，能进来的全是各校的拔尖学生，百里挑一，个个又聪明又用功。但比革命，我却可以与他们较较劲儿，别看他们功课好、门门五分。

我到学校不久，就碰上缅甸总理吴努访问。奉上级指示，学校要组织初中同学参加夹道欢迎的任务。我们老早就站在了长安街上，排成四排，等候贵宾车队的到来。任老师反复交待这是政治任务，首长来了一定要保持队形，热烈鼓掌欢迎，不许往前挤。毕生头一次有机会执行政治任务，我非常郑重其事，不和周围人说话，面孔严肃，笔直站立。在我们的身后，隔一段就有一名身穿警察蓝的便衣。当车队终于来了时，我拼命呼喊、拼命鼓掌、拼命挥手……我看见了神采奕奕的周总理，还看见了满头银发的刘主席。这时，后排同学只顾伸脑袋看，不再鼓掌，还往前挤。我却牢记这是政治任务，始终顶着身后的压力，没往前挤，胳膊再累也坚持鼓掌。

为此，任老师对我印象特别好。她不知道我乐意欢迎外宾，乐意执行政治任务，这比在教室里听化学课有意思得多。

除了体育课，我最爱上的是政治课。我们的政治课本很厚，里面大都是革命先烈的故事。有方志敏被俘，敌人搜不出一点钱；有刘胡兰宁死不投降，自己躺到敌人铡刀下；有邱少云在烈火中一动不动，活活被烧死……另外还有一些回忆毛主席、朱总司令高尚品德的文章。任老师的声音跟小姑娘一样稚嫩好听，讲课时还总穿插着一些活生生的小故事、小细节，真实有趣、楚楚感人，极有吸引力。

在所有课程里，我最讨厌化学，可能我对那些乱七八糟的化学药品天生反感。一提这个酸、那个酸、氢二硫氧四之类的就头疼，考试常常不及格。女老师还偏偏爱提问我，让我站在全班同学面前露丑。我恨这个尖鼻头的化学女老师，她的鼻子像一种鸟的短嘴。

数学老师吴宏曼至少有七十岁了。他的秃顶光亮如镜，就剩下四周还有几根白毛；方脸大耳，红光满面；眼睛炯炯有神，总睁得像圆珠子一样；“X”他念“爱克西”，声音特洪亮；走路时挺胸昂头，迈着八字步；他原来是一位大学教授，当了右派被罚下中学来了，课讲得极好，清楚明白，饶有风趣。可就因为有一次我在试卷上忘了写名字，他就给了我一个零分，一点儿也不留情面，让我对他很不满。

生物老师很年轻，细高个儿，讲课滔滔不绝，话速很快。因他梳着大分头，还油光光的，我对他印象也不好。他讲米丘林学派和摩尔根学派时，明显偏向摩尔根学派，而贬低米丘林。在我心目中，米丘林代表苏联、代表革命，摩尔根代表美国、代表反动。我对他老贬低米丘林的说法非常气愤，后来忍不住还给他递过一个纸条，希望他言行一致，公平对待米丘林，别老偏向摩尔根。他在全班上念了我的这个纸条，很是不以为然。

我对物理课上的一些问题，总爱钻牛角尖，刨根问底。比如在真空中，大铁疙瘩和小乒乓球下坠速度一样，就让我有些怀疑，鹅毛一样轻的小东西，怎么会跟大铁块下落速度一样呢？还有铁制的轮船能浮在水上，可小铁盒为什么就浮不起来？我常常跟物理课代表范光义抬杠，辩得脸红脖子粗。

同学基本上都是平民出身，只有两三个干部子弟。全班就我一个住校，跟同学关系还是一般，算不上好。我对平民出身的孩子有一种本能的轻视，觉得他们就知道拼命用功、考大学，却缺少革命热情、不关心国家大事。

尽管嘴唇上都有了小胡子，我还天天都戴红领巾，夏天穿背心的时候也舍不得摘。除了入队比别人晚，要尽可能地多戴，以飨多年的饥渴外，还因为红领巾有革命的含义，是红旗的一角，是先烈鲜血染成的，戴上它心里踏实、舒服、陶醉。

这是一九六〇年的深秋。我上初中一年级没两个月时间，学校就开始核定粮食定量。

校领导在大会上说：由于赫鲁晓夫背信弃义，撕毁合同，我们又遇上了百年未遇的大饥荒，粮食减产，必须严格执行粮食定量制度。这次核定粮食定量，先由同学们按自己实际情况申报，最后由学校批准。

我那时虽然只有十三岁，但已看过大量的革命回忆录，什么《红旗飘飘》、《星火燎原》、《河北革命烈士史料》、《红一方面军长征史料》等等……我生在和平环境下却不喜欢和平，无限向往革命战争年代，那里充满了传奇故事和英雄事迹。

记得电影《保尔·柯察金》里有一个镜头：大街上孤零零走着一辆拉尸

体的破马车，车上蒙着条毯子，露着几双死人的脚……这是苏联十月革命后那段最艰难的日子，全国缺粮，天天饿死人。对这场面，我一点儿也不觉得可怕，倒挺向往的，觉得那很有吸引力。现在中国也处于困难时期，虽说不上饥寒交迫，也总算有了一点点残酷气味儿。啊，太好了！可以重蹈十月革命后的艰难岁月，过一过保尔·柯察金所经受过的苦日子了。

艰苦才不平庸，才罗曼蒂克！比如红军长征吃草根树皮，死伤累累，却万古流芳。越残酷才越有诗意。

我马上填写了最小定量，好像是二十八斤，心想现在国家缺少粮食，我少要一点，就可以给国家减轻一点点负担。红军长征时，有人为了把最后一点儿粮食让给战友吃，不惜饿死自己。我要向他们学习。我看过王愿坚的《党费》后，就很神往饥饿，它能产生催人泪下的故事。

任老师见我个子大，却申请这么少的定量，有些出乎意料，特地来问我："你行吗？要实事求是，不要有什么顾虑。"

我说："行，任老师，没问题。"

可能一般同学都往多了报，我的做法有点特别。以后，任老师在全班面前表扬了我，说我能体谅国家的困难、有觉悟。

其实也没什么觉悟，就是无知。

我从小到大，不管托儿所，还是小学，还是在家里，都从来没挨过饿。所以，我对每月吃二十八斤粮食是什么滋味没有一点儿概念。我这一辈子只是到了一九六〇年冬天，吃饭严格定量之后，才尝到了饥饿的滋味。

早上一个馒头，一碗稀粥；中午四两米饭，一勺菜；晚上又一个馒头，一碗稀粥。肉一个月半斤，蛋一个月一斤，油二两。这样过了两个来星期，肚里遗留的油水耗尽，我开始感到难受。

因为我是住校，没地方额外补充，每到晚上睡觉时，肚子就饿得咕咕响。但我只好默默忍着，没法子，我已经向任老师表了决心，不能再缩回去了。十三岁正是能吃的时候，我却只能硬着头皮忍受着自己少报粮食定量的后果。每天，我脑子里最经常盘旋的念头就是吃。

幸亏熬到星期六回家可以猛吃一顿。那时刚刚开始困难，家里还有点儿存粮。我每次回家总要吃得撑撑的，以便星期日晚上回学校后能好熬一些。星期一没事，但到星期二就开始饿了，干什么都没力气，饥肠辘辘的哪还有心思听课！一上第三堂课时，就开始盼吃午饭，到第四堂课，已经被饿得眼花缭乱，根本听不进老师讲什么，几乎是一秒一秒地盼着下课。书上说有的古人学习时，能废寝忘食，我自己的亲身经历却是，人一饿，脑子就迟钝，装不进东西，记忆力、理解力都给饿没了，即使硬着头皮学也毫无效果。

下第四节课后，全班同学都撒丫子往食堂跑，真像一群小鸡冲向食槽，嘴里还欢呼着。这是最激动人心的时刻，每人都玩儿命地跑，似乎晚到一分钟就要被饿死。当大家围着饭桌等着打饭同学取回来饭时，那是最美妙、最温馨的时刻。饭厅里飘荡着的馒头味儿是那么芳香、那么甜美，吸一口就好像吸了一口生命，提神又欣慰。

“吃饭不积极，思想有问题。”这是我们男生天天要喊的，为自己下课就往食堂飞跑辩解。

周末回家的第一件事是狠狠地吃。家里放了好几天的剩饼、剩菜、干馒头……全被我一扫而光。可是好景不长，这样持续了一段时间后，家里粮食也开始紧张。保姆施阿姨总向父母告状，说我吃得又多，又不给粮票。

这天，母亲把我叫到她屋里问：“你为什么回家这么狠吃，在学校吃不饱吗？”

我犹豫了片刻，无法回答。二十八斤定量是我自己要求的，挨饿是我自己找的。

母亲看出我有难言之隐，便追问道：“你这是怎么回事？”

我只好承认：“在学校定量少，吃不饱。”

“为什么？”

“我没有申请多，就申请了二十八斤。”

母亲瞪大眼问：“其他同学都是多少斤？”

“男生一般都是三十斤，最多的三十二斤。女生二十八斤。”

“你这么大个子，这么能吃，为什么不申请三十二斤？”

“学校老师号召节约粮食，度过这段困难时刻。我不好意思多申请。”

妈妈阴沉着脸说：“这怎么行呢！每个人都有自己的定量，我们现在的粮食也很紧。你每星期回家，拼命吃家里的粮食，然后再到学校装积极，这就革命吗？”

母亲戳到了我的痛处，我无言以对。

“你现在正是长身体的时候，你也应该向老师提出来改成三十二斤定量。”

我沉默着。我怎么好意思对任老师说呢？我已在她面前坚定地表示过自己能行，才饿了几天就㞞包了，又要变卦，任老师该认为我言行不一、软弱怕苦、假积极了。

母亲见我缄默不语，继续道：“你要是不好意思跟学校说，我们替你说。

大小伙子怎么能吃女生的定量呢？”

这是一九六〇年的冬天。报上整天说形势大好。形势大好，可家家户户却突然开始挨饿，粮票一下子贵如黄金。上饭馆吃饭、到粮店买粮食都要交粮票。买点心也要粮票，连豆腐、红薯、土豆都要。人们之间除了金钱关系外，又多了一层粮票关系。每个人外出必须随身带粮票，到那儿吃饭都要交粮票。就是到亲戚朋友家吃饭也得交粮票，人人都在挨饿，逼得人人都斤斤计较粮票。

父亲特地到师大一附中，跟学校党支部书记钱曼君谈了我的情况，说我年轻逞强、不懂事，申报的二十八斤口粮根本不够吃，请求学校给我增加定量。

学校领导很重视父亲的意见，马上就把我的定量长成了三十二斤。

为这事，我非常内疚，感到很对不起任老师。记得她一再问我二十八斤定量是不是太少了，行不行？别勉强。我却口气很坚决地说："没问题。"把任老师感动得多次在同学面前表扬我。我得到了那么多表扬之后，却又受不了二十八斤的定量，偷偷长成了三十二斤。这等于是骗取了任老师的表扬。

这次节约粮食的举动，虎头蛇尾了一场。我对十月革命后艰苦岁月的美丽幻想被眼前的饥饿彻底粉碎。饥饿很轻易地就打垮了我的意志力。这一切任老师全都知道，她对我却仍然很好，一点儿也没有受这件事的影响，还常在全班面前表扬我，说我对革命特真诚。

我心里非常感动，也非常惭愧，觉得自己根本没有那么高的精神境界。国家有难，我只是觉得应有所表示，而最重要的原因恐怕是新到师大一附中，我想给老师、同学们留一个好印象。就这个境界却得到了任老师的不少表扬，让我惴惴不安。

这是饥饿的年代，亦是革命的年代，有多饥饿就有多革命。

一九六〇年九月三十日，毛泽东选集第四卷正式出版，成为轰动全国的头号新闻。报上说北京市的读者夜里两三点钟就到新华书店门前排队买书，但供不应求，大多数人根本买不到。我们中学生当时最梦寐以求的不是名牌衣服，不是漂亮女友，不是时髦的发式，而是能有一本毛选第四卷。困难时期出的书，纸张都很差，又黑又糙，名副其实的马粪纸。唯有毛选四卷，那纸雪白，放在书店橱窗里的红绸子上陈列着，显得异常神圣高贵。

这年十一月，八十一国共产党、工人党代表会议在莫斯科举行。刘少奇、邓小平率中共代表团参加会议。会上，中共代表团与苏共进行了针锋相对的斗争。事后全校召开大会，由党支部书记传达有关这次会议的报告。听完后，同学们都无比亢奋。好哇！我们中国由老二变为老大——取代苏联了，成为了世界革命的灯塔。我们都陶醉在当光荣的少数、国际共运的中流砥柱的自豪之中。

那一段时间的报告特别多，国际形势报告、国内形势报告、学毛选四卷报告、反修辅导报告……听报告也有好处，能少上两节课，能消磨时间，忘记饥饿。

中苏关系破裂成了当时压倒一切的新闻热点。原来还遮遮掩掩，现在矛盾公开了，全国民众包括广大中学生如饥似渴地竖起耳朵，关注着这方面的消息。

记得当彭真从苏联回来，传达他的访苏报告时，大家都聚精会神地听着，时不时会心地大笑，刹那间，肚子饿得咕咕响却也能耐得住了，也不那么垂涎吃饭。

每逢中午《人民日报》来时，同学们都争着看。物质的粮食少了，精神的粮食就要多，反修文章就是我们的精神食粮。我每看一篇都觉得特解气，不只观点棒，文字也写得棒，感情充沛，排比句一串一串的，反问句都用绝了，看后血能热好几度。

我和同学们都由衷地认为，中苏关于国际共产主义的大辩论，我们中国共产党绝对占着理儿，这只通过一件事就能看得出来：我们敢全文刊登苏共批判我们的文章，而苏共却不敢刊登我们批判他们的文章。

赫鲁晓夫的“和平过渡、和平竞赛、和平共处”这些观念，本能地不符合我们在革命暴力教育下长大的孩子们的口味。我们很小的时候，就浸泡在打仗电影里，什么《冲破黎明前的黑暗》、《平原游击队》、《南征北战》……懂得没有人民的枪杆子，就没有人民的一切。

下午下课后，我们班里几个关心国家大事的同学如张君满、常大林、范光义等仍不回家，在教室里聊着有关反修的各种小道消息。我们的肚皮虽瘪，灵魂却很充实。

哎呀，我们中国胆子多大，敢两个拳头同时出击，同时反对世界上两个最强大的国家！哼，咱们的毛主席多有魄力、多有勇气！这种自豪能顶半个馒头，让我们能暂时忘记一会儿饥饿。

那年冬天，话剧《以革命的名义》风靡全国，报纸、杂志、广播里全都是对它的赞美。“忘记过去就意味着背叛”这句列宁说的话成了我们的座右铭、口头语。学校团组织常常请老工人来学校忆苦思甜，反复强调现在国家虽然处于困难时期，却没有饿死一个人……要是旧社会，这么大的灾荒，不定有多少人饿死呢！这就是社会主义制度无比优越性的体现。

确实，在北京城，我从没看见大街上有饿死的人，一个也没看见过，连要饭的也看不见。虽然，我们每天被饿得头昏眼花的。

商店里空空荡荡，什么吃的也没有，偌大北京连个柿子都买不着；副食店地上的大白菜烂帮子也被人争着抢着捡。榆树叶、玉米核儿、萝卜秧子都成了宝贝。北京见不着狗、鸽子，全被杀了吃了。没人养鸟养猫养鱼，颗颗粮食贵如黄金，谁舍得喂？人们见面就交流着对付饥饿的经验、做饭的技巧，恨不得一斤粮食做出十斤主食。大师傅成了最好的职业，人人垂涎。在这样的大坏境下，同学们的灵魂却不饥饿，反修和忆苦思甜，就是我们的精神食粮。

初中一年级，我没打过一架，主要是师大一附中的风气儒雅文明，不崇尚拳头。还有就是任老师对我太好，我不忍心打人犯纪律。我骨子里不爱学习，酷好行动，幻想能当个侦察排长就行，很鄙视上大学，当个酸文人。所以我就不那么用功，爱看报纸，爱读小说，爱体育锻炼，对学习却马马虎虎。这就引起了一些同学反感，觉得我是学生却不踏踏实实学习，只红不专。认为任老师经常表扬我是偏向。每次考试后，同学们都爱相互打听分数，当得知了我功课那么臭，全班倒数第几名时，难免有些轻蔑。再加上我性情孤僻，平常不爱理同学，群众关系不好，有个别学习好的人就说我的积极是假积极——一个学生学习不好，等于工人做工不好，军人打仗不好，农民种地不好，其他方面再好也没用，也是假的，不应该被表扬。

我很气愤。我曾专门问同班同学范光义：“我是假积极吗？”

范光义嘿嘿地干笑了两声说：“你不是假积极，你是傻积极。”

……

期末接到了成绩单，我的功课虽不怎么样，操行评定却竟是“优”！乍一看，我都不相信自己眼睛。自上小学以来，我的所有操行评定都是“中”，连“良”都没得过，更别说“优”了。要知道，一个班里得“优”和“中”的都是少数，绝大多数只能得“良”。

到了师大一附中，怎么也没想到，我这个六年级才入少先队，功课门门三分的落后学生，操行评定会得“优”！真让我惊喜交集。我知道这是敬爱的任老师对我的信任和尊重，是对我少报定量、自愿挨饿的肯定。美丽的任老师身上有一股神力，她说话虽然有些奶声奶气，小姑娘一样娇嫩，可多野、多调皮的学生在她面前都变得规规矩矩的，不敢奓刺儿。

操行从“中”一下子升为“优”，就像小学六年级入了少先队一样令我激动万分。哈哈，自己的落后生帽子终于摘掉了！

我对任老师感激得要命，她真好！不但外表美，心地也美，她从没为我在粮食定量问题上的言过其实而有所责怪。碰见她是我的福气。

饥　饿

到了一九六一年初，最严酷的时刻来临了。

真饿呀！同学们见面就聊吃，聊各种解饿之道，什么多喝水，什么少拉屎，什么用皮带勒紧腰，把胃给勒小，并交流着哪个饭馆的粥比较稠，哪个饭馆的面条给得多，哪个饭馆的烧饼个儿大……

尽管在北京大街上你看不见成群的乞丐，也没有一具倒毙街头的饿殍，表面上远没有苏联十月革命后那段饥饿岁月恐怖，社会秩序好得出奇，但每一个北京市民都在挨饿。为多吃一口饭，为少交二两粮票，为搞一点高价的糖块，人们可以绞尽脑汁、机关算尽。

商店里卖食物的柜台空空如洗，往日无人问津的糠萝卜，沾着好些泥巴的干藕也全都消失了。以前堆积如山的大白菜，这一年要按购货本定量供应，多烂的菜帮子都有人抢着捡。每人凭本一个月能买二两白糖。盐、肥皂、芝麻酱、粉丝……也全部凭购货本限量供应。过春节时，为体现党的关怀，每户凭本可买三两瓜子，不要粮票。花生则根本见不着，全都被出口换了外汇。

晚上五六点钟，西单大街上就冷冷清清，行人寥寥无几。饿着肚子，谁有精神逛街？为贯彻市委劳逸结合的指示，学校的体育课、生产劳动课全部停上，老师什么作业也不留，并取消一切课外文体活动。每天下午只上一节课，班会也极少开，让学生们早早地回家。

据官方统计：一九六一年北京市人均肉食消费是八两半，平均每个月还不到一两，是解放以来最低的一年。当时，名义上北京市民一个月能供应二两肉，但根本买不着。常常几个月吃不上肉，肚子里没油水，人就吃得多，中学生一天一斤粮食根本不够吃。

上午上第四节课时，教室里就弥漫着焦躁不安的气氛，连有些女生都坐不住了，屁股扭来扭去的。老师非常理解，下课铃一打，准时下课，一秒钟都不拖延。不等老师离开教室，男女同学们都箭一般冲向食堂，兴奋地喊："吃饭喽，吃饭喽！"

班里有位伙食委员，一个月一次专门负责统计每人每天的伙食安排，然后报到食堂管理员那里。值日生打饭时按每班每顿饭的总量打。中午有人吃三两，有人吃四两。值日生将主食分到每人碗里，再把菜分到另外一个碗里。我一般都是早三两、午四两、晚三两。我每顿吃完饭后，都要将碗里的饭粒舔得干干净净，而且刷完碗后，还要把刷碗水喝进肚子，将残剩在碗里的菜汤、油星、肉眼看不见的细微饭粒全吃光。可每逢离开饭厅时，依旧有些失落，因为肚子里还很空，半饱都谈不上。看着别人还在吃着、咀嚼着，我就无比羡慕，刹那间觉得大饭厅是世界上最温暖可爱的场所。尽管里面总是弥漫着一股霉烂味儿，但这霉味儿代表着食物，异常地亲切诱人。

我吃饭总是很快，狼吞虎咽，几分钟就结束了。这也是对付饥饿的一个小技巧。吃得快才有充填感，胃突然盛进一堆食物肯定比渐渐往里填更有吃了东西的感觉。所以，单位时间进食量多，对胃神经的刺激才大，因而吃得越快才越解饿、越有饱感。

每天一斤粮食，三顿饭到底怎么分配吃才最不饿？这是我和同学们经常思考、经常切磋的问题。我试过早二两、午四两、晚四两；还试过早四两、午三两、晚三两和早三两、午三两、晚四两……甚至还试过早上不吃饭，中午和晚上各吃半斤，但这一斤粮食无论怎么吃也还是感觉饿。经过反复比较，我依然采用了大家普遍的吃法——三、四、三。为解决上第三节课就饿的问题，我还尝试过早饭只喝三碗粥（一两一碗），不吃干的。这样当时会觉得挺饱，可尿几泡尿后，照样饿。

每个人都被饿得眼冒金星，粮票就等于是生命票，人人都小心翼翼地保存着。到哪儿吃饭都要交粮票成为全国各省市通行的规矩，没粮票寸步难行。无论亲戚朋友之间多亲密，在粮票面前也公事公办，吃多少给多少。哎呀，只有挨过饿的人才知道小小粮票的价值，丢一斤粮票可比丢十块钱还可怕！真的，在大街上你若乞讨钱，还能要到两分五分的；你若乞讨粮票，却不会有人给你一两！因为，这等于是从自己饥肠辘辘的肚子里掏吃的啊！

记得听同学们说过：就有邻居因为丢了一个月的粮票而自杀。

领粮票时，人们得一斤一两地数，两两计较，比到银行取钱还在意，不敢马虎。当时豆芽、豆浆、豆腐、豆制品都极少见，即使有，也要粮票。

每星期六回家，保姆首先问我在家吃几顿饭？吃两顿饭给半斤粮票，吃三顿饭就给一斤粮票。我跟这保姆的关系越来越不好，原因就是她只认粮票不认人。

父母发有高干购货本，可以买一些鸡蛋、黄豆、肉等。父亲屋里有一个电炉子，每天早晨他都自己煮牛奶、鸡蛋吃。望着我垂涎欲滴的神情，父亲曾说：“你别不知足，我吃是因为我有这个待遇。你每星期回家吃饭，总比一般老百姓家吃得好一些。你们吃的豆制品、猪杂碎什么的都是单位照顾我的，别老不知足。”

凭良心说，我们家里吃得是比普通市民好，可我仍觉得肚子空空的，总想多吃点儿。

父亲在饭桌上常常若有所思地说：“吃饭七成饱就行了，吃太饱活不长。”

但人挨饿时最渴望的是吃饭，根本无暇考虑寿命问题。只要能吃饱，活不长我也认了。

因为老挨打，我从小就非常害怕父亲，再饿也不敢向他要吃的。

每月学校退我六斤粮票，我要给家里四斤，剩下的两斤，我就上饭馆吃了。记得学校旁边有个小饭馆，门面上漆着绿漆，我常到那儿吃烫饭，连水带饭，又有点儿菜，很解馋。这饭馆里还有一两粮票、五分钱的糖火烧（其实是糖精做的），也相当好吃。我刚开始很不好意思上饭馆，觉得这有点儿资产阶级腐化，董存瑞绝不可能老下饭馆。可我肚皮饿得打鼓，小饭馆门口飘来的饭香味儿，太有磁力，引诱得我一有粮票就下饭馆腐化。

在小饭馆里，我常看见有穿得很破很脏、蓬头垢面的人，专门舔人家吃完了的盘子或碗。尽管人们吃得都很干净，也总会剩下一粒米、一口汤或是一点儿剩菜汁。待这人刚离开座位，舔盘子的就扑过去，拿起碗，用舌头一下一下地舔干净，还把桌子上撒的饭渣，从人嘴里吐出来的嚼不动的肉皮，全都捡起来吃掉了。

这种场面让人心里很难受，饥饿把人饿成了跟狗一样。

学校早早就放学，为的是减少能量消耗。我住校，孤零零地回到宿舍，距离晚饭时间还很长，什么也没心思干，就躺在床上熬钟点，脑子里总离不开与吃有关的念头。我常常幻想科学家有朝一日能发明一种营养药片就好了，吃了不饿，使人类彻底摆脱依赖粮食生存的现状。如果这个发明成功，将比火箭原子弹的发明还伟大、还千古不朽；大饥荒到来，工厂只要多生产一点儿这样的药片即可。

记得当时《人民日报》等报纸上广泛宣传吃代用食品，鼓励人们繁殖小球藻，说小球藻可以做成人造黄豆、人造肉、人造蛋白，营养比真黄豆、真猪肉、真蛋白还高……而养小球藻只要水和阳光，非常经济合算。一时间被宣传得沸沸扬扬的，那水沟里绿绿的、毛茸茸的、脏兮兮的污物顿时成了宝贝。我对小球藻也充满了希望，以为能很快结束这挨饿日子。可最后却不了了之——市面上根本见不到人造肉，小球藻的养殖只停留在实验室里，从没有大规模工业生产，更没有普及到千家万户。

为了解决吃的问题，人们挖空心思。捋榆叶、挖野菜、捞水草、抓麻雀、养兔子（因兔子繁殖快，还只吃草）。据说一只兔子可以换一辆自行车。不少国家机关还组织人去内蒙古打黄羊，但黄羊数量有限，黄羊肉分到每人头上，只够吃一两顿。

我对付饥饿的招儿是把皮带勒到最紧的一扣儿，把胃的体积勒小。喝完粥后，也像饭馆舔盘子的人一样，把碗舔得溜光。洗碗时，再用水涮涮，将碗里剩的微量粥末溶解进凉水里，再全部喝掉，不让一点点碳水化合物流失。

浮肿的人越来越多，都是大量喝水，用水糊弄胃所致。

走读同学比我还强些，回到家可以再蹭点吃的，能回旋缓解一下。我一天到晚只靠学校食堂那一斤粮食为生。早三、午四、晚三，多一口也没有。食堂铁面无情啊，馒头、米饭、窝头二两就是二两，只少不多。熬菜青汤淡水，根本别指望能吃到肉。所以我老是饥肠辘辘，被饿得晕头转向。

一有点粮票，我就上饭馆吃掉。学校附近的饭馆我全部吃遍了，知道了哪个饭馆二两火烧个儿大、哪个饭馆烩饼最值。同学间最经常的话题也是交流这方面的信息。据说琉璃厂西街的一家小饭馆肉末面特实惠，有菜有肉、有油星，三两好大一碗。我就专门去吃。即使已在学校食堂吃了饭还要吃，一定要一顿吃一斤多，把胃撑满了，有了饱感才行。

饿了几天后，能狠狠地吃一顿饱饭，也是对付饥饿的一个小技巧。这样平时挨饿还有个盼头，就怕总是半饿不饿的，永远也没吃饱饭的时候，那才绝望。一到月底，本月粮票全都花光，就得熬到下月发粮票。中间只能到小饭馆花一毛钱买一碗萝卜汤喝，暖暖身体，让嘴巴能往肚子里咽下一点儿东西。望着周围人能津津有味地吃米饭、嚼花卷，我无比地垂涎和凄凉。瞎子渴望着恢复视力，囚犯渴望着出狱，而我这时候就渴望着能捡到一张五斤的粮票。

一九六一年四月，中国乒乓球队获得男子世界团体冠军。庄则栋、丘钟慧分获男女子单打世界冠军。学校里流传着这个消息，洋溢着一片喜悦气氛。可是我激动之余，还是忘不了饿，空肚皮没法蒙，它吃不着东西就闹，让你心慌气短。为了一个同学借了我半斤粮票没还，我苦苦思索证据，研究着万一他不承认怎么办？认真考虑怎么抢他一个值钱东西作为逼他还我半斤粮票的办法。

如果这月有节假日，学校就能多退我几斤粮票，我自然想方设法少给家里一点儿，留着自己上饭馆用。比如在家吃两天零一顿只交两斤粮票。但那保姆精得很，她总会发现我少交了粮票而找我要。你欠一顿粮票，她会唠唠叨叨很长时间。每逢我跟保姆发生矛盾，父母都坚决支持保姆，教育我要尊重劳动人民。

这保姆五十多岁，我们管她叫施阿姨，年轻时很漂亮，曾是一老地主的三姨太，爱抽烟，一身烟味，面色蜡黄。她嘴巴能说，特会当面奉承人。对着母亲赞叹："杨同志心眼儿真好。"对着父亲夸奖："马同志没一点大官儿架子。"……把父母拍得晕头转向，极宠信她，所以就有恃无恐，敢和我们吵架。她刚来时，因我不爱说话，当面称赞我是"贵人不出语"，现在却为我少给了一点儿粮票，就指责我"自私自利，总剥削家里粮食"。

无论谁来了，要吃饭就得提前通知她，给她粮票，否则没你的饭吃。每顿饭，有几个人她就做几碗米饭，一碗也不会多。菜有时还能剩下一点儿，饭则永远别指望谁能剩一口。记得那时白杨的女儿常来我家（父母是她的监护人）。她若不给粮票，这保姆就真不给她饭吃，并且还把厨房碗柜等锁起来，像防贼一样地防着她。

垃圾箱里，我常常看见父母吃过的饼干包装、高级糖纸、鸡蛋壳……为了保命，他们经常买高价点心吃——那点心极贵，一小盒十多块钱！尽管有高干补助，母亲还是总唠叨粮食不够吃。她解释说：因为她和父亲定量很低，家里客人多，有的客人吃饭不交粮票，所以粮食老亏。

事实上，父母也确实吃不饱。多年后，我从母亲的日记中获悉，当时父亲被饿得浮肿了，大腿一按一个坑。母亲也贫血，营养不良，头晕目眩，根本就写不了东西。因此他们指示施阿姨，孩子回家吃饭必须交粮票。

父母和孩子之间被粮票划出了深深界限让我终生难忘，起码我们家是这样的。在饥饿面前，彼此斤斤计较着粮票，不交粮票就不给饭吃，哪怕是亲儿亲女、亲兄亲妹也不给。

母亲有时候会指示施阿姨把家里的一些剩菜装到瓶子里，让我带到学校吃，粮食却从没给过我一两。

施阿姨仗着有后台，要起粮票来铁面无情，记不清为几两粮票跟小胖和我吵过多少次了。她身上有浓厚的烟味儿，嘴巴里有颗银牙，白发梳得溜光，脸色总那么蜡黄，她让我领教了缺少同情心、势利、冷酷的女人是一个什么样子。几年后她患肺癌病逝，我甚至暗暗叫好。

每逢月底粮票用光，饿得实在受不了时，我唯一能吃饱的地方就是姑姑家。

姑姑住在市府大楼附近（现在的长椿街南），离我们学校不远。父亲把她弄到北京后，只想让她当个替补保姆，没给她找工作。后来她自己在一家街道托儿所找了一个看小孩的差事。

姑姑把我从婴儿带到四岁，对我有一种亲生儿子般的感情。多年以后，她跟母亲关系恶化，我猜潜意识里也可能是因为母亲把我从她怀里抢走了的缘故。

姑姑最爱说的一句话是“亲的终归是亲的”，她把血缘关系看得重于一切，高于一切，为了孩子她可以献出自己的血和肉。三年困难时期，每当我饿得头昏眼花，到她那儿白蹭饭时，面黄肌瘦的姑姑也总是让我敞开肚皮吃，吃得饱饱的再走，却从来没有向我要过一两粮票！

姑姑没有高干购货本，也没有母亲那么多的稿费，买不起高价点心，她只有二十六斤定量，加上姑夫的三十斤也才五十六斤，却容忍我隔长不短地到她那儿尽情猛吃。我是一个十三四岁的正在长身体的男孩子，又老练双杠，肚皮极大，一顿能把他们全家三口的饭吃个精光。

姑姑家很穷，她第一个丈夫是个八路军军医，早已牺牲。后来的老伴在某机关看大门，工资也就是父亲工资的零头。姑姑自己也挣不了几个钱。姑姑家的家具简陋，使的碗是大众用的粗碗、筷子是大众的竹筷，厨房里也有一股馊菜味儿，远比不上父母家高级、干净、宽敞。但这昏暗的两间小屋，却比父母家对我更有吸引力。人饥饿时，最想要的是吃饱饭，而不是高雅的家具、雪白的瓷碗、精致的筷子。

我去姑姑家蹭饭吃成了惯例，一周起码一次，有时两三次。这渐渐引起了姑夫的不满。他本来人很老实，对姑姑言听计从，可时间长了，对我白吃饭、不交粮票的做法也无法忍受，就开始跟姑姑吵。姑姑自然总护着我，继续容忍我来白吃饭解饿。

最后，发生了两笼屉玉米面团子的事情之后，姑夫就和我彻底翻了脸。

那是一个冬天的夜晚，天气很冷，我到食堂吃完三两晚饭后，觉得跟没吃一样，尽管自己的肚子已经被皮带勒成了马蜂腰。这胃里装了一碗粥、一个小馒头却连个底儿都没垫满，晚上怎么办呢？我于是又萌生了去姑姑家的念头，虽然前两天刚去了一次，可饥饿难耐，我已经饿得不要脸了，还是决定再去姑姑家吃饭去。到姑姑家有两个好处：一是可以吃饱，二是可以不交粮票。

我步行了二十分钟来到姑姑的楼房院内，姑姑上班的托儿所就在院子的大门口。这时大约五点来钟，天已经黑了，姑姑还没下班。她回家把房子大门为我打开，让我先独自待会儿，就继续回托儿所看孩子去了。此时，姑夫及他们的孩子也都没回来。

我一进姑姑家，就本能地先到了厨房，一眼发现姑姑蒸了两笼屉玉米面团子（有菜馅的窝窝头），热乎乎的，散发出浓浓的菜香味儿。这肯定是姑姑一家人的晚饭。

那黑黄黑黄的菜窝头，令我馋涎欲滴。家里也没别人，我心想先吃一个压压饿吧，姑姑肯定不会说我的，她知道我在学校吃不饱。于是，我毫不犹豫地拿起一个玉米面团子，狼吞虎咽地吃掉了。饥饿的人能吃上东西，那滋味真是幸福啊！可吃完一个玉米面团子后，我饿得更厉害了。肠胃饿久了就会麻木，但一吃东西，麻木感消失了，那饥饿感就越发强烈。我又吃了第二个，心中暗暗念叨："姑姑啊，对不起了，我今天实在饿得不行啊！让我多吃几个吧。"

这两笼屉窝头团子是姑姑一家三口的晚饭，可我却顾不得想别的了，就好像快饿死的人见着了吃的，除了吃的本能，其他理性全部丧失。我本来就想吃几个，尽量给他们剩一点，可一吃起来就完全控制不住自己，吃完一个还想再吃一个，嘴就不能停了——好不容易有个吃饱的机会，怎能轻易罢休？我很快就消灭了一笼屉窝头团子。

至今，那些窝头团子的样子我还依稀记得：黑褐色，槐树皮一样粗糙，外表虽难看，却煞是好吃。

吃完一笼屉窝头团子后，我警告自己，不能再吃了，要给姑姑他们留一点。我硬着头皮离开厨房，到姑姑卧室里打开收音机听广播。但我心神不定，根本听不进去广播，脑子里总还盘旋着厨房里那剩下的一笼屉窝头团子。实在是被饿怕了，我虽然已经干完了一笼屉团子，心里却还特想吃，身体也非常痛苦。吃了半截却不吃了，就好像小解，尿了一会儿还没尿完就硬给停住一样，生理上特别难受。那窝头团子的影子弄得我坐卧不安、神魂颠倒，哪里也没心思待，只想去厨房，去那弥漫着腐臭腌菜气味的地方。于是，我又回到厨房，站在炉灶旁，望着笼屉发愣，内心剧烈斗争——吃不吃呢？我已经多日没吃饱饭了，给饿成饿狼一样，为了一口吃的甚至不惜玩儿命。现在有机会吃饱了，就当一次坏蛋吧！姑姑啊，对不起了！我心一横，开始吃第二笼屉窝头团子。

我站在炉灶旁边，把窝头团子一个接一个地塞进嘴里，狼吞虎咽着。那强大的食欲如同冲垮了堤坝的洪水，凶猛异常，根本就无法控制，什么革命理想，什么道德情操，什么人格品格全被置之脑后，脑子里只有一个念头：

吃啊！多吃一个就多有一份安全感，多吃一个就能多维持一段时间不饿。

结果不一会儿，第二笼屉团子也全都被我吃光了，足有两斤多东西下了肚。

我这才觉得自己很缺德，这是姑姑他们老两口和一个儿子的晚饭呀！

当姑姑下班，回到了家，我望着姑姑那消瘦的脸庞、蜡黄的皮肤，低声说："姑姑啊……"欲言又止。

姑姑诧异道："怎么了？"

我晃晃脑袋，实在不好意思说。

姑姑笑道："笼屉里有窝头团子，你饿就吃呗。"

我鼓足勇气承认："窝头团子我都给吃了。"

姑姑惊讶地睁大眼睛问："两笼屉都给吃了？"

我点点头。

姑姑呆呆地望着我，一点儿也没责怪，眼神里涌出了怜悯，装出满不在乎的样子说："吃就吃了吧，没关系。"又咧开嘴，干巴巴地笑了笑。

我就被饿成了这个样子，形同禽兽，真是悲愤交集，欲哭无泪。

姑姑嘱咐："我的儿啊，可别撑坏了，少喝点儿水。听见没有，别撑着。"

我要有姑姑这样的母亲该多好哇！能让我彻底吃饱。我紧紧握着姑姑的手，感激地说："姑姑，那我就走了，还得上晚自习。"

姑姑握着我的手，一步一步送我到门口。

我像犯罪了一样，吃饱了就赶紧开溜，生怕碰见了姑夫，很快就消失在寒冷的黑暗中。

几天后，我收到了姑夫的一封措辞激烈的警告信，以前他从没给我写过信。他的字歪歪扭扭、大小不一。听母亲讲姑夫的身世很苦，解放前是蹬三轮的，解放后才娶了姑姑这个寡妇，学会了写几个字。

他严厉指责我为了填饱自己肚子而不顾别人死活，字里行间流露着对我的愤怒，内容大意是：马清波：你一人把我们全家的晚饭偷吃光，缺德到家，实在太不像话了！过去，地主、资本家心肠再黑，也没像你这么偷别人的饭吃！现在每人都有自己的定量，每人都不够吃，你这样总到姑姑家白吃，是用别人的血、别人的肉来喂养你自己，你不觉得可耻吗？你饿，为什么不告诉你父母，让你父母想办法？你饿，我们就不饿吗？你这是欺软怕硬、损人利己！今后你要是再这样偷抢我们的饭吃，我就报告给你父亲。你不要欺人太甚，不要太自私自利了！最后是姑父的署名：郝文华。

我看完信后勃然大怒，心想姑姑也没说我、谅解了我，你穷横什么？你一个看大门的有什么了不起？！

我苦苦琢磨怎么回复他，最后想出了一个狠毒法子：我把姑夫的这封信全给撕成指甲盖那么大的碎块，放在信封里又给他寄了回去，一个字也没写。有同学曾告诉我最狠的法子是把对方的来信当手纸给擦屁股了，再放到信封里给寄回去，但我觉得那样太损了，没干。

其实姑夫说得全对，我这样干确实是欺软怕硬。回到自己家，我绝不敢放纵肚皮吃全家的饭，我只是受不了他那么刻毒的口气。

这以后的一个时期，我就很少再去姑姑家吃饭了。只有实在饥饿难耐时才去，但也先要到托儿所找到姑姑，问清姑夫不在家时，才进她家蹭饭。

姑姑在患难时对我的帮助，我永远也忘不了。她那时刚刚四十来岁，头发已经全白了，瘦得像个骷髅，两只眼睛陷在两个深深的黑窟窿里，非常吓人。她干瘪的胸脯跟木板一样平，都没有我的胸脯鼓；脸上的皱纹，又密又粗；颧骨突起像两个瘤子——这么一个皮包骨头的姑姑却任凭我伏在她单薄的身体上吸她的血，补养自己。

在困难时期，因为有姑姑在，使我在饥肠辘辘的时候，还有一个光明温暖的去处。姑姑比母亲更像我的母亲。在最饥饿的时刻，她可以把自己嘴里的窝窝头吐出来让我吃。她家的饭菜虽然简陋、油水少，但能让我吃饱、吃撑，让我享受一会儿免受饥饿咬噬的快乐。

多年后，在我和父亲的矛盾中，姑姑虽然站在了父亲的一方，与我疏远。但她对我的养育之情，救命之恩，却终生难忘。患难识人心，姑姑的这两笼屜窝头团子比金子还金贵！

记得一九六〇年困难时期，我还干过一件缺德的事儿：

那时我和哥哥同住在南屋，哥哥差不多一个月才回家一次。当哥哥不在家时，我总爱偷偷翻他的抽屉，因为他有很多武术书，我很喜欢看。

这个周末，哥哥回家后又出去了。我闲得无聊，就撬开了他的抽屉，豁然发现里面居然有一包点心，一看就知道是用点心票买的。我的心激动得怦怦乱跳。吃不吃呢？我在内心剧烈地斗争着。吃？哥哥肯定知道是我吃的，屋里没别人；不吃？放着点心从自己眼皮下溜走，又觉得大逆不道，太亏。

我决定先吃一块。那是桃酥，不吃则已，一吃又食欲大发，把我肚子里的兽性全勾出来了。我又偷了第二块吃，心里想，这是最后一块了，吃完了这块决不再吃。一定得给哥哥留点儿，别像那两笼屜窝头团子，最后被姑夫臭骂了一顿。可吃完第二块我还是止不住，疯狂地想吃。暗忖：再吃一块吧！事不过三，吃了三块后再吃就是王八蛋，就是衣冠禽兽！于是又吃了一块。

最后，我终于咬着牙把点心包好，关上抽屉，重新锁住。

可此刻我已心荡神移，干什么也干不下去了，剩下的点心就像那些窝头团子一样骚扰着自己的神经，诱惑着我。听说人在饥饿时，连亲儿子都会煮了吃，我偷几块哥哥的点心吃也就不算什么罪过了。为了能再次把抽屉撬开，我想方设法寻找理由：

“反正已经偷吃了一半，多吃一块也是偷吃，少吃一块也是偷吃，还不如都给吃了算了。”我已经被饿得见了吃的就走不动道儿了，而那几块桃酥，把我的邪恶全部引发出来，不消灭了它，我坐卧不安。

终于，我又重新撬开抽屉，开始了第二轮吃，哪怕当王八蛋、当衣冠禽兽也不在乎了。我过去从来不知道桃酥这么好吃，这回头一次觉得这世界上最好吃的就是桃酥了！一转眼，剩下的点心就全部被我消灭光，连包点心的纸也舔了又舔，不让任何一粒点心渣儿流失。唉，我的胃里还是空空荡荡的，再来十块也放得下。

天天半饥半饱的状态使我遇见了吃的，根本就控制不住自己的嘴巴，中间不能停。这就如同跟女人办事一样，一旦开始了就要干到底，完全丧失了自制力，根本停不下来。

晚上，哥哥回来，打开抽屉马上就发现那包点心不见了，狐疑地望着我，那目光中一点儿愤怒都没有，有的只是悲哀。我不好意思地向他承认：“哥，我实在太饿了，刚开始就想吃一块，但吃了一块后，管不住自己，就一块一块全给吃了。”

哥哥脸上涌出失望和沮丧，跟姑姑一样，一句埋怨的话都没说，尽管脸色很难看。他深深地叹了一口气，拖着沉重的步伐走出家门，不知去哪儿了。他那无可奈何、暗淡无光的眼睛，让我很有点儿后悔。我当时根本不知道，在清华大学读书的哥哥已经被饿昏了两次，一次在教室，一次在家里。

猪群中最能抢食的猪，死亡的机会最少，人类可能也一样。

在家里都觉得饿，回学校就可想而知了。我们师大一附中地处和平门，在市中心，又是住校，根本没地方搞点儿野菜野果什么的吃。有一次，我漫无目的地在街上转，快到大栅栏附近，看见一家食品店外聚着黑压压一队人。我也跑过去，根本不问卖什么就立即排上队。原来是卖柿子，每人限购五斤，且不要粮票。往年柿子在摊上堆着没人买，这一年却几乎看不见。人们疯了一样地从各处跑来，排着二三十米长的队伍。

我回到学校宿舍，找了一个没人的角落，把五斤柿子全给吃光了。那年月，有了吃的，总要偷偷吃。当着不吃东西的人面吃，就要被嫉妒、馋涎、痛恨的目光所包围，很不自在。真棒！五斤柿子为我带来了一个舒服的晚上，让我安然入睡。

但是，街上卖不要本儿的柿子、水萝卜等食物的机会非常难得，我就碰上过这么一次。

粮票重要，钱也很重要，如果没钱，万一碰上了卖吃的也买不了。我每月伙食费不到八块钱，为使自己富裕一点儿，就骗母亲说是十四块。这样除了母亲给的两块钱零花外，我每月能多余六块钱，完全负担得了频频下饭馆的费用。

周末回家吃饭当然要比在学校里吃强多了，总能吃个七八成饱。由于平日在学校里挨饿，七八成饱根本压不住嗷嗷狂叫的食欲。母亲也明白我的情况，偶尔，她心情好的时候就会把我叫到北屋，偷偷塞给我一个苹果或一块点心。我心里明白她是不愿意让别的孩子看见，以免发生矛盾。在那一瞬间，我觉得母亲是世界上最慈祥、最可爱的母亲。因为这样的时候很少，给我的印象就特别地深，特别地令我感激。

所以，当要交下月伙食费时，若赶上母亲对我比较好的时候，我望着她慈爱的目光，不忍多骗她的钱，就说十二块；但若赶上母亲对我比较冷淡时，我就说十四块。这样一会儿十四、一会儿十二，就露了马脚，母亲开始起了怀疑，让父亲到师大附中找老师去问问，这才知道我每月都多管他们要了钱！

瞎话被戳穿后，父亲瞪着我，只说了一句："你这么干不对！"母亲也没再多批评我。他们都知道我饿，有点粮票就到饭馆买了吃的，下饭馆自然费钱。以后父母给我的伙食费少了，但每月零花钱给我涨到了五块。

任老师知道我骗了父母的钱，却从来没有向我提及此事，也没告诉过任何别的人。她对我还跟过去一样好，一提到节约粮食，依旧会在全班面前表扬我。

记得，我还偷过同宿舍一个同学的吃的。那时，我放在褥子底下的几本新买的书，如《柯楚别依》、《恰巴耶夫》、《真正的人》等都不翼而飞，我气得要命。宿舍里就我和徐今强（当时的石油部长）的儿子两人住。我没任何根据就怀疑是他偷了我的书。他枕头旁常放着一堆鸭梨、苹果等水果。那时候刚刚发现大庆油田，石油系统很牛，有照顾。我既怀疑他拿了我的书，就心安理得地偷他的水果吃，以此报复。一次，我在他枕头旁发现一个婴儿脑袋那么大的梨，很邪乎，得有三斤多重，被我偷偷拿到一个偏僻角落，几口就给吞进了肚子里。

我是这么的矛盾，一方面热衷于看英雄的书，贪婪地读有关反修的文章，满脑袋革命，一方面又偷别人的水果吃。

因为饿，就偷吃姑姑的饭，偷吃同学的水果，偷吃哥哥的点心，骗家里的钱……有时我真想大哭一场。我要能在母亲肚子里该多好呀，永远不用发愁挨饿，更不用干这些鸡鸣狗盗的事了。

初一、初二年级，我就是在这样的日子下度过的。吃是我脑子里最经常盘旋的念头。当然，我也关心着中苏关系，关心着反修大业，关心着革命和进步，但一天到晚最大的兴趣点还是琢磨吃。虽然，我正值青春发育期，对女生的兴趣日渐浓厚，相当关注，可是却被饥饿挫伤了势头，流氓心大减。吃饱饭比想女生更重要。

姐姐小胖

小胖相貌平常，不如大姐姐那么漂亮，鼻子像一个细长的小酒瓶，一侧还有一个米粒大的疤痕，面色很黄，眼睛不大，样子质朴，可事实上鬼得很。她能说会道，聪明伶俐，爱穿漂亮衣服，爱看外国画报。

我与她很少共同语言。在家的地位不一样，感受就不一样。她一直受父母的宠爱，好事常常落到她头上。父母上饭馆、看电影、到老朋友家看望、参加什么活动总爱带着她去。放在客厅里的鸡蛋糕，她也可以随便吃。母亲还允许她睡在自己的软床上，跟她长时间地聊天……我当然气得慌。有一年回农村老家时，曾狠狠打过她一顿，我揪着她头发，把她揪得哇哇大哭。

我认为她资产阶级思想严重，老爱穿奇装异服，臭美。我星期六回家从不到她的屋子，见面也从不主动理她，两个人一年也说不上几句话。可随着饥饿年代的降临，我开始重新认识了小胖。

人人都怕饿，女的肯定也不例外。我在学校北侧小饭馆里就见过一个蓬头垢面的妇女舔盘子，所以姐姐也应该是知道饿的。她比我大两岁，当时是十六岁，正是长身体的时候。然而一九六〇年大饥荒时，她就不像我这样一天到晚想吃饭。她下了学就缩进她屋里看书、弹钢琴。她爱看电影，常常因为看电影而误了吃饭。她能静静地读很长时间的书。《叶普根尼·奥涅金》、《白痴》、《安娜·卡列尼娜》、《红与黑》……看得那么上瘾，得让保姆一趟一趟地喊她，她才来吃饭，却草草扒拉几口，又放下筷子，匆匆回去读书。

“吃饭不积极，思想有问题。”我每次吃饭总是第一个到、最晚一个走——坚持到父母走后，我可以多吃点儿剩菜。我奇怪小胖为什么就这么不在乎吃饭？难道她不饿？不可能，她也常常为少交粮票的事情跟保姆吵架，可见她也知道粮票的威力。

我们家这位保姆极善于吵架，仗着父母撑腰，跟哪个孩子都吵过，而吵得最多的就是小胖。因为她最敢蔑视父母定的规矩、蔑视父母所宠爱的保姆。

保姆做饭一人一碗，每碗放三两米，都用秤量过，一钱不差。这既省了盛饭一道工序，又保证了人人都是三两粮食，谁也多吃少吃不了。有一次，小胖没给粮票，保姆管她要她也没给，吃饭时就没她这碗饭。小胖发现没自己的饭非常生气，扭身就走，嘴里嘟囔道：“狗仗人势，不知羞耻，有什么了不起的！”

这下可是捅了马蜂窝了，保姆不依不饶，跟着小胖追出门，大叫大嚷：“马豁然，你说什么，谁狗仗人势了？哼，你什么东西！马豁然，你说，谁狗仗人势了！”

这个保姆因为当过地主的小老婆，可能还当过妓女，特别敏感，不管是谁，只要涉及到羞耻、廉耻、可耻、无耻之类的话，都认为是在影射她的过去。

小胖回到自己屋里，把门锁上，开始弹琴，还哇哇啦啦地唱歌、练发声……把保姆气得跑到她屋门口大声叫唤：“马豁然，你出来！你给我说清楚什么叫狗仗人势？什么叫不知羞耻？你不给粮票还想吃饭，你懂羞耻吗？马豁然，有种儿的你出来！”

小胖不理她，继续弹琴唱歌。

父亲照例安慰了保姆一番，并瞪着眼睛，臭骂了小胖一通。

我饿的时候，根本就没劲儿说话、发出声儿，小胖竟然不吃饭还能大声唱歌，我好生奇怪。那时她在师大女附中，喜欢文艺，尤其喜好音乐，想当歌唱家。因为怕冷，她平日老缩着脖，弯着腰，双手插在裤兜里，脸色发青，弱了吧唧，却还能一遍一遍地大声唱《外国民歌二百首》里的歌，声音那么响……连听的人都觉得累。那是困难时期，饭都吃不饱，谁还有力气唱歌！唱歌很消耗啊。当时，学校的音乐课都停了，除了精神病，根本听不到有人这么大声地唱。每天就吃那么几两粮食，不唱都饿得慌，谁敢浪费这点能量？可小胖却敢！难怪父亲总骂小胖是疯子。

在家吃饭时，为了能多吃点儿，我总是故意慢慢地吃，熬到父母吃完走了，剩菜就可以属于我了。饭虽然只有一碗，但多吃点菜也解饱。父母好像知道我的心理，有意识地早早吃完饭，早早离开。父母毕竟是父母，愿意让我多吃一点儿。可小胖却没有这心计，她有好的就吃，没好的宁肯饿肚子也不吃，与我正相反，常常是最后一个来、最先一个走。

记得有一次，饭桌上就剩下我和小胖了。保姆在厨房收拾。桌上还剩下一些菜，其中一个盘子剩有几片猪肝，一片大的、两三片小的。我垂涎着这几片猪肝，又不好意思独吞，小心翼翼地夹了那几片小的吃，并把渣渣也都吃了，只留下那片大的，对小胖说："这片是你的。"她却很高傲地说："你想吃就吃了吧！"

我感觉，她的口气里有些轻蔑，嫌我假客气。我咬咬牙，没有吱声。

姐姐这样一个正在成长发育的小孩，为了看戏、看电影、听音乐会，可以饿着肚子去，读书也能读得忘了吃饭。在大家都饿得六神无主、见面就切磋如何对付饥饿，寻找替代食品的时刻，她却能使自己的精神凌驾于肚皮之上，让我又羡慕、又迷惘。

随着小胖看了更多的书，也越来越有个性了，对父亲也越来越不驯服。暴戾的父亲经常动手打她，一段时间里小胖姐取代了我，成为全家挨打最多的孩子。父亲是一个很怪的父亲，对孩子相当冷酷，说打就打、说骂就骂，别看他还是大学校长。

小胖自幼在父母身边长大，最为父母疼爱，也最胆大、最敢跟父母顶嘴。家里所有小孩中，只有她敢面对面地跟父亲争吵。哥哥、徐然姐姐和我都怕父亲，谁也没有勇气跟他顶嘴。我们都是生下后就被扔到了农村，由奶奶和姑姑喂养大了，以后再接到北京来的。父亲平时待我们很平淡，发起脾气来又很粗暴。

父亲就像育才小学的许老师一样凶猛。他抽耳光特狠，每次打我都扭腰抡圆了，倾尽全身之力，一下是一下，数量不多，质量却高，只一两下就能让你低头求饶。所以他在的时候，我吃饭不敢多夹菜；他下了班，我也不敢到他的屋里去；他选的电视台我不敢换；他说什么，我从来也不敢顶嘴。我平日见了他就像老鼠见了猫，胆战心惊的。只要他在家，我就不愿到院里去玩，似乎附近有一头老虎等着我。而小胖却敢跟父亲吵，脸上即使被父亲的大巴掌扇了五个红手印，也不低头。真勇敢啊！我自愧不如，渐渐对她刮目相看。

我这么热爱打仗，想当英雄，却在父亲面前吓得怯声怯气；小胖头脑中的资产阶级思想那么多，却比我勇敢！她屡屡反抗父亲，屡屡挨打，把父亲的火力从我身上吸引过去，令我肃然起敬，觉得她和我小学同学王春雷一样特有骨气，跟苏联女英雄卓娅一样坚强！将来要是被敌人抓住了，也肯定能经住拷打、能当上革命烈士。

有时她不在家时，我就好奇地到她屋里翻她的书架，偷她的书看。我猜想，她的精神世界里一定有什么特殊的东西，使她不怕饿、不怕打。她的屋子很乱，东西随意乱放，少了什么也不知道。脏袜子、衣服都发出臭烘烘的味道。

一天，我发现小胖书架上有一本苏联人写的小册子《意志的培养》，很薄，就偷了回来。她在这本书上画了不少道道儿，看得出是很仔细地读过的。她能不怕饿、不怕父亲的耳光，很可能就是这本书给了她力量。我贪婪地看完书，有四点印象最深：

一、意志就是实现自己目标的能力，就是有向目标锐进的气概，为了目标要舍得牺牲一切。

二、任何感情只有变成与之相适应的行动才有价值，同情要有同情的举动；反抗要有反抗的举动。意志就是把思想愿望付诸实行的能力。

三、重行动，轻说话。行动着的傻子，胜过躺着的聪明人。干事要有始有终，不轻易许诺，但每一个许诺都一定要完成。

四、必须要有耐受力。耐受力越强，实现目标的能力就越强。同时自制力也很重要，必不可少。没有自制力就是没有制动的汽车，毫无用处，就是一堆废铁。

我把这本书的许多段落都抄在日记本里，满怀希望地开始从这四个方面锻炼自己，与自己的贪吃馋嘴和怕疼怕抽耳光斗争。

平时，我和小胖除了寒暄，几乎不说话，从不沟通思想。我们有不同的嗜好。我喜欢穿破衣服，她喜欢时髦打扮；我想当解放军，她想当艺术家；我爱看革命回忆录，她却爱看《大众电影》……原来，我骨子里瞧不起她，觉得她很资产阶级。可在一九六〇年的饥饿年代，她却敢不吃饭，还敢公开跟父亲顶撞，这不得不让我折服。

我猜她不怕饿，是因为她有一个信念。当她把自己所有注意力，都围绕着这个信念时，她就像一个旋转极快的陀螺，稳如磐石，怎么抽打也不怕。再饿，吃对于她来说，也是第二位的。这在男男女女都饿红了眼、为二两粮票都要两两计较的年代，非常罕见。

受母亲熏陶，她如饥似渴地看书，一会儿读别林斯基，一会儿读赫尔岑，一会儿又是孟德斯鸠……脑子里一天到晚想的是电影、小说、艺术，而不像我整天想的是小饭馆的糖火烧、烩饼、烫饭。

记得在一次作文时，我写了一篇《我的姐姐》，由衷地把她赞美了一番：

小胖姐姐回家后整天看书、练音乐，能忘了吃饭，非要保姆一次一次喊她！对比之下，我回家最大目的就是想法多吃一点。在家里的心情就是一头猪的心情，除了想吃，就是想吃，根本看不下书，总是吃了这顿盼下顿。

尽管姐姐为交粮票的事常和保姆吵，但她并不在乎粮票，有时甚至还把粮票丢了或忘了用（粮票一月一发，过期作废），把父亲气得暴跳如雷。而我呢，一两粮票也没丢过或忘了用。她其实也饿，母亲常常骂她偷吃自己的高级点心就是明证。她的脸黄黄的，毫无血色。可不管周围人多么算计着吃、琢磨着吃，包括很多温文尔雅的知识女性，我的小胖姐姐却能昂着头，沉浸在她的艺术梦里。整天练嗓子，嗷嗷大叫，嗜书如命，决不为一点吃的讨好保姆、向几两粮票折腰！这真了不起，真难得！才十六岁的小胖姐姐，是我学习的好榜样。

我把作文拿回来给小胖看了，她咯咯笑着没有说话，立刻把作文交给了妈妈。妈妈看后也很感动，望了我一会儿，说："你是个男孩，小胖是女的，吃得当然比你少。你能吃，没什么罪过，不要自卑。"

但我还是不能原谅自己，我所看的书中英雄没有一个像我这么怕饿的。

一九六一年左右，《王若飞在狱中》这本书非常流行。书中有一段王若飞在狱中领导绝食的描写，令我震撼不已。看完这本书后，我的第一感觉就是，以自己现在这个思想水平，非常有可能成为叛徒，绝做不到王若飞那样一绝食就绝了两个礼拜，十四个日日夜夜不吃饭！而我一顿都不能少，顿顿都吃还整天馋饭，见了吃的就垂涎欲滴。如果将来我被敌人俘虏了，敌人一饿我，我怎么受得了呢？

小胖的《意志的培养》给了我启发，我觉得怕饿可能就是因为自己太没意志了。否则，我就不会偷吃姑姑的窝头团子、哥哥的点心和同学的水果了。大约这时，还看了一本苏联长篇小说《红肩章》，介绍苏沃洛夫军校学生的故事，主人公伏洛佳，经过军校严格的锻炼教育，从一个淘气的、不守纪律的孩子，变成了一名优秀军官。

伏洛佳为锻炼自己的意志，曾连续三天不吃饭，只喝水；大热天，穿着棉大衣跳绳……我也决定三天不吃饭，只喝水，治治自己这头贪吃的猪。当然也想表现表现，将来能向人炫耀——我也可以像小胖姐姐那样蔑视几顿饭，高尚于猪。

我寻摸着绝食三天以后，再吃一天一斤的粮食，肯定会很舒服。握过冰块的手，放到冷水里会感到暖和，饿三天等于是先握三天冰块，之后再吃三四三的定量，一定会觉得特饱。我很为这个欺骗肚皮的聪明法子兴奋。

为不影响上课，我只能从星期六中午开始不吃饭，直到星期二中午恢复进食。

下了第四节课之后，我躲开食堂，钻到图书馆看报纸。《人民日报》、《光明日报》、《大公报》、《北京日报》……一张张仔细地看。饿的感觉与报纸里的消息混合成一种奇怪的东西，骚扰着自己躯体。图书馆里空荡荡的，没有一个人，大家都吃饭去了，只有我还在这儿，凄凉哀伤的感觉，浮出了一股又一股，但我强忍着，终于熬过了最困难的一段。

下午我躺在宿舍床上，看着《斯巴达克斯》。这本书很有意思，陪着我一块挨饿，又熬到了晚上。天黑了，宿舍就我剩一人，没有晚饭的夜晚将是多么寒冷乏味。《斯巴达克斯》再有吸引力也糊弄不住肠胃，阵阵饥饿把我从古罗马角斗场上拉回到现实。啊，食堂里的三两米饭、一碗热乎乎的熬大白菜，平常不觉得有多好吃，现在也是那么诱人！我再也看不下去书了。我一饿，脑子就凝固了，外面的进不去、里面的出不来，只好早早入睡。

这一夜昏昏沉沉地似醒半睡。到星期日早晨一睁眼，我的第一个念头就是，我已经整整一天没吃饭了，我不再是一头庸猪了！我超过小胖姐了！可一点儿也兴奋不起来，自己怎么表扬自己也没用，心情特别悲哀，全身软软绵绵，头重脚轻，一点儿也不想动弹，衣服都懒得穿。我知道，这是饥饿在袭击着我。

可恶呀，浑蛋呀，饥饿的力量是那么大，竟能把时间给拉长！一分钟它给拉成一小时、一小时它给拉成一天。

到了星期日中午，我躺在昏暗寂寞的宿舍里，四肢冰凉，上厕所时，腿非常非常软，好像要站不住。才饿一天就这么难熬，饿三天能行吗？为节省体力，我盖着厚厚的棉被，一动不动地躺着。《红肩章》、《斯巴达克斯》、《王若飞在狱中》等几本最能鼓励自己的书就放在床头，可根本看不下去。我用皮带紧勒着腰，勒得不能再紧——我希望把胃神经勒麻木了，却没有作用。饥饿重重地压着我，喘不上气……真不知道王若飞是怎么熬了十四天的。

我脑子里断断续续地想着一些模模糊糊的小念头。我这种以饿制饿的法子管用吗？斯巴达克斯要是处在我的位置，能受得了吗？伏洛佳饿三天的时候也像我这样躺着吗？报上介绍用半斤粮做出三斤饭的经验，学校食堂为什么没有采用呢？

到了星期日下午，我的饿不再像开始时那么剧烈了，它变成了一种钝钝的压迫。这种缓缓的难受把人弄得萎靡不振、有气无力。强大的食欲就像粘胶挥之不去。

这时候，我开始动摇了。晚饭吃不吃呢？思想激烈斗争。吃了，明天可以好好上课；不吃，坚持住，自己的意志就能全班第一。

我盘算着已经四顿饭没吃了，省了一斤四两粮食。再加上晚上三两就一斤七两了，如果一下子通通吃了，那是多么幸福！算了，再省一顿，到明天早上就攒了整整两斤，一下子吃它十个大烧饼多过瘾！

星期日晚上，回家的人又陆续返回学校，宿舍里充满了他们的说笑声。我则躺在床上，痛苦地熬着。

饥饿呀，饥饿呀，像千千万万吃肉的虫子爬在身上，噬咬着我的皮肤。如果能睡着了就会好熬一些。因为睡觉时不觉得饿。可饥饿得根本睡不着。我昏昏沉沉地熬到熄灯。心想，伏洛佳锻炼不吃饭时也这么饿吗？恐怕不会。他平常有油水，身上有储存，肯定没我这么难受。我又想起小胖藐视吃饭的那一幕幕，感觉她不吃饭也没有自己苦。她是女的，饭量小，还能从母亲那里顺点儿好吃的。我一天不吃受的罪，顶他们饿两天。自己够可以了，已经饿了一天半了，肯定创立了全班同学的饿饭纪录……终于，我又晕晕乎乎熬过了一夜。

星期一早晨，我缓缓地走进教室，虽然身体虚弱，两腿发软，但还不至于晕倒在地。

记得李世民曾很关心地问我："马清波，你怎么了？是不是身体不舒服？"

我摇摇头，苦笑了一下。上午的四节课，什么也没听进去，连呼吸都累。课间十分钟休息我就趴在桌子上。我感到上课比闷在宿舍里好熬。因为有那么多人在场，能分散一下我的注意力，尤其是当着全班同学的面激发出了我更多的自尊心，能暂时压倒饥饿。

到中午，我已经整整两天四十八个小时没有吃饭了。

我又独自回到宿舍，觉得自己太凄惨了，别人都去吃饭，只剩我一人在饥饿的大海里浮游。因睡不好觉，头晕目眩，去楼道尽头的锅炉房打点开水来喝都累。

我躺在床上，努力给自己寻找吃饭的理由。已经七顿饭没吃了，再不吃会出事的。不能再坚持了，否则自己双腿就会支持不住，走在大街上要摔倒，让女生们看见多输面子啊……违背自己的诺言就违背吧。这时，我觉得除了喝水、小便还有点儿力气，连呼吸都累。

到下午二三点钟，我明白，自己这场锻炼就要以失败告终了。我已经没有意志再坚持一分钟，似乎七顿饭没吃就已经到了死亡的边缘，危险真的已经降临了。从周六早饭后七点半，到周一下午三点，我已经有五十六个小时没有进食了。

开吃！一瞬间，求生的冲动猛然爆炸了。我赶快从床上蹿起，向学校旁边的小饭馆匆匆走去，步履坚定平稳，并没有踉踉跄跄。

隔了七顿饭没吃，再坐到饭桌边时的感觉像上了天堂，我闻着饭馆里的香味儿，陶醉得快要晕倒了。夹着那热喷喷的烫面条，好像夹着自己的生命，一根面条比一颗大虾仁还要好吃。口腔里塞着东西的感觉舒服极了，咽到肚里时更是那么的甜美，舒服得如同憋了一天尿，最终排泄出来，让人快活得想哼哼。我由衷地感到，吃饭真是世界上最古老、最永恒、最基本、最无穷、最幸福的享受。

这顿饭我狠狠地吃了一个饱，差不多把两天省下的粮食全干掉了。

肚里一有东西，脑子功能马上恢复，可以想事了，我又不由得有些内疚。自己食了言，没能达到预定目标，像伏洛佳那样三天七十二小时不吃饭。但转念一想：伏洛佳是在不饿的情况下绝食三天的，而我是在一九六〇年大饥荒半饥半饱的情况下，绝食了两天零一顿。我们的起点不同，同样是一天时间，我所付出的代价、遭受的痛苦要比他大得多。

到了星期二早晨上课时，我的精神和体力已经完全恢复正常。全班同学没有一人知道我两天时间没吃饭。现在我的情绪异常安详从容，凄凉感一扫而光。因为，我和别的同学一样了，下完第四节课后有四两午饭等着自己。

这次练挨饿，全然没达到我预想的目的。一天一斤的粮食，三四三地开始吃了后，依然觉得饿，并没有手握冰块再浸凉水会觉得暖和的效果。以毒可以攻毒，以饿却消灭不了饿。人工压制饿、磨钝饿、杀戮饿只会更饿。大饿之后，那几两饭更不经吃，我的饿感非但没减反而更强了。我的食欲跟泼了油的火一样越发凶猛旺盛。

初中时，有过很多锻炼，可练挨饿好像就两次，两次都半途而废。此后再也没有勇气锻炼。饥饿实在是很残酷，不是好玩儿的。

唉！小胖啊，我服了你了，我没有你不吃饭还能看书、唱歌的情操。我痛恨自己精神境界为什么这样低，整个儿一头猪的水平，从早到晚，就摆脱不了吃的念头，一点儿革命理想都没有。

其实在师大附中同学中，当时也有向饥饿挑战、并战而胜之的。我是孤陋寡闻，一点儿不知道。

多年后，任老师告诉我，比我高一年级的团小组长扈佩华率领她的团小组五六个人，在最严酷的一九六一年，为减轻国家负担，他们每人每天节约一两粮食，一个月一人省三斤，多半年下来，他们这个团小组竟节约了一百多斤。然后，他们把这一百多斤粮票交给老师，老师不收，说国家给你们的定量就是让你们吃掉，以便健康成长，将来好报效祖国。你们现在正在发育，正需要营养，快不要这么干了。他们不甘心，继续琢磨着怎么捐给国家。扈佩华想，粮食部机关就在报国寺，离自己家不远，何不把粮票送到粮食部，那正经是捐给国家了。她于是和其他伙伴商量，大家一致同意。她就把粮票包好，来到粮食部传达室，请求传达室工作人员把粮票收下。人家问她是哪个学校的，她不说，人家问她叫什么，她也不说。工作人员表示国家不提倡这么干，他不能收，没有这个先例。你们学生还年轻，快把粮票用掉吧，饿着肚子节约，会伤身体的。

扈佩华灰心丧气地回到学校，继续跟同学商量怎么办？这时候，有位女同学建议：干脆把粮票烧了，少了这一百多斤粮票，国家就可以多出一百多斤的粮食供应，也就等于给国家节约了。大家一想，确实是这么一个道理。于是几个人聚在校园内的一个角落把一百多斤粮票全给烧了。由于学校不提倡这么做，她们并没有声张，当时知道的人寥寥无几。因为任老师担任少先队大队辅导员，她在校团委开会时才听说了此事。

其实,他们这几个人也饿。扈佩华说自己上第四节课时就想着中午吃啥，盼着下课，铃声一响，也拿起饭碗就往食堂冲。晚上，食堂还没开晚饭，她就跟其他女生聚在食堂门口等着，饥饿无力，不顾严寒就坐在冰冷的台阶上。男生则敲盆敲碗，呼吁着大师傅早点儿开门开饭。那时一两粮票能买五两红薯，她也常抢着排队买红薯，红薯吃多了胃酸，晚上常反胃睡不着觉。当时很多同学都浮肿，女同学更厉害些，扈佩华自己的腿也浮肿了，她和几个同宿舍的女生常坐在床上往小腿上按，看看坑有多大，还相互比谁的坑大、坑深。

烧毁一百多斤粮票，可不是谁都能干出来的啊！当时为了几两粮票，人们可以翻脸争吵。有人为了几斤粮票，能鼠窃狗偷，丧失人格。更有人为抢十几斤粮票，大打出手，甚至行凶杀人！一斤粮票在黑市上至少卖三块钱，个别地方有五块之多！一百多斤粮票就顶三百多块钱，相当于一个部长的月工资了。结果这几个少年却烧了一百多斤粮票！尽管她们也同样饿，下了第四节课同样往食堂跑。换了我，别说一百斤，哪怕是半斤、二两也没勇气烧！

真够英勇壮烈的！可歌可泣！烧这一百多斤粮票比烧三百多块钱还不容

易，还需要觉悟和勇气，全师大附中没有第二例！要知道，当时为争一点粮票，父母子女兄妹反目相仇的比比皆是；农村更有成千上万的人被活活饿死啊！

就是在首都北京，普通人也被饿得连猪食都吃！饭后，学校食堂的桌子上偶然会有几片从人们嘴里吐出的发了霉的土豆片或黑臭了的白薯，嚼得烂糊糊，我也亲眼看见班里一小个子男生，捡起来一一吃掉。

我家里有一条腐烂了的带鱼，舍不得扔，煮熟后气味恶臭，无人敢吃，我带到学校当成美味，节省着吃了好几天，连骨头带肉带汤全吃进肚子里。

当人人被饿得喊爹叫娘的时候，扈佩华竟敢烧粮票！那是烧钱，不，烧自己的肉、烧自己的血、烧自己的肠胃啊！这扈佩华真是好样的，比我姐姐小胖还厉害！人就是人，远远高贵于猪。

记得一个周末晚上，父母吃完饭离开，桌子上还有吃剩下的猪肺，我见小胖不吃，奇怪地问：你为什么不吃呢？小胖说猪肺脏，不卫生。我很高兴，就大吃起来。小胖用一种可怜又鄙夷的目光看着我，让我突然感觉到很不自在。自己品味多低啊！只要是吃的，什么都吃，根本不管脏不脏。而小胖却宁肯挨饿也不吃脏东西，真有点儿非竹实不食、非醴泉不饮，宁为玉碎、不为瓦全的劲头儿。妈妈常骂她馋，嫌她吃饭挑挑拣拣，但我很羡慕她这馋——那是有气节的馋、高贵的馋、敢挨饿的馋！姐姐的行为告诉了我：人的尊严是饥饿所不能征服的。

在小学时，屡屡挨打，使我知道了身体强壮是生存的第一保证；到了初中，天天挨饿，我又知道了意志的重要，意志能使你脱离动物性、让你有尊严。

我自己这么贪吃就是因为没意志。我必须锻炼和磨砺意志。

我开始每天悠双杠二十个。当时学校高中部楼下面有好几个双杠，总空荡无人，只有个别高中同学偶尔悠悠。我学会悠了后就天天悠，风雨无阻。这是一九六一年冬天，肚子饿得咕咕响，我还一起一伏地悠着双杠。要向小胖学习，不在饥饿面前唯命是从。

我悠双杠时，经常遇见朱德的孙子。他个头不高，小平头，方脸盘，面带微笑，为人谦和，总穿一身旧军装。他也爱悠双杠，但我从没和他说一次话。我仍旧带着小学时的观念，对高年级的人持一种戒心，从不主动接近。

我还坚持天天跑圈儿。冬天的早上，起床后，天还黑着，就去操场上跑。有时天上的月亮还很亮，刮着刺骨的寒风，操场上跑圈的人几乎没有……我常常边跑边哼着《华沙工人歌》，这么哼，能哼出一个暂时没有饥饿的精神空间。这歌的旋律有一股向前的冲撞力，特能鼓劲儿：

仇恨的旋风在头上吼叫，
黑暗的势力还在喧嚣，
我们和敌人做绝死的斗争，
谁胜谁负等待我们的答复。
我们的斗争神圣而正义，
前进前进工人兄弟，
我们的斗争是神圣而正义，
前进，前进，工人兄弟……

饥饿被我想象成为“黑暗势力”,我跑圈是在和这“敌人”做绝死的斗争。这么一步一步跑是在一步一步践踏着饥饿、冲杀着饥饿。当想象自己正骑着烈马，挥刀劈杀敌人时，热血涌上头来，火烧、面条、烩饼就会暂时靠边儿。

我基本上天天在大操场跑两圈到三圈，用以表明自己蔑视饥饿、不是一头猪。班里同学没一个人像我这样跑圈练块儿的。他们觉得肚子都吃不饱，怎么能锻炼？这会把身体练坏了。有人说我怪，还有人说我有精神病。我听说后一笑置之。小胖姐也被说成疯子。不管别人怎么议论，照旧披星戴月地练着。

我饿着肚子跑圈、悠双杠，是不服饥饿，是想捍卫住自己作为人的尊严，让自己离猪远一点。饿猪绝不会冒着严寒到操场跑圈、悠双杠。也以此举向同学们、向异性们显示我的毅力——学习上我比不过你们，但在抗饥饿方面，却不比你们学习好的差。

我当时一点儿不知道扈佩华烧粮票的事，也不知道敬爱的任老师每月从二十八斤定量里节约了四斤。严酷的饥饿年代，我就服了小胖姐，她是我的楷模，让我为自己的贪吃羞愧，尽管我很少跟她说话。

农村的烙印

父母总是隔一两年，在放寒暑假时，把我送回河北农村老家。这一方面让我不要忘记老家的乡亲；一方面也省得我在家跟保姆闹矛盾，打扰家庭里的平静，给他们添麻烦。

这样，质朴的故乡就一直没在我的脑海里消失过。自从离开农村后，记忆中我至少回了三趟老家。第一次很小，好像小学一年级。那是一个冬天，在返回县城的路上坐着大卡车，我突然肚子疼，想拉稀又不敢说。而且即使汽车停了，我也不好意思当着一卡车人面前大便——路两边都是光秃秃的田野，没遮没掩，结果生生地拉了一裤子屎。回家后，被母亲好好取笑了一番，并亲自监督我洗澡，帮我擦洗粘在屁股上的硬痂。第二次与小胖姐一起回农村，也是冬天，人已经稍微大了一点儿，就在老家彻底自由、为所欲为，把小胖姐狠狠打了一顿。

这一次可能是一九六二年的夏天。

华北大平原的夏天非常美丽，和北京街道的景象迥然不同。一眼望不到边的田野上长满了茂密的玉米，浓浓绿绿，人一进去两步远就完全消失。《平原烈火》里所说的青纱帐就是这东西，多神秘呀，那里埋藏着无数生动的故事。

写我们冀中抗日根据地的书数不胜数：《平原烈火》、《烈火金刚》、《平原枪声》、《敌后武工队》、《战斗在滹沱河畔》、《冀中一日》、《地道战》、《战斗的青春》、《风云初记》、《野火春风斗古城》……风行全国的《歌唱二小放牛郎》，唱的就是我们冀中涞源县发生的真事；初中语文课本里的《小英雄雨来》，背景是我们冀中的白洋淀；全国著名的狼牙山五壮士也是冀中军区的战士。狼牙山地处河北易县，五壮士的班长姓马，与我是本家。

电影《平原游击队》，上世纪五十年代几乎家喻户晓，其故事就发生在华北平原的保定地区。电影《小兵张嘎》、《地雷战》、《地道战》、《冲破黎明前的黑暗》等等讲的也都是冀中发生的事。我对我的河北家乡无比自豪，它诞生了这许多的英雄好汉，名副其实是一个多悲歌慷慨之士的地方。

老家的房都是土坯做的，黄灿灿一片，干燥粗陋。但村里柳树成荫，还有一棵棵高大茂密的枣树，散发着淳朴清香。

刚一回到农村，我就像从笼中飞出来的小鸟儿，可劲儿地撒欢儿，想干什么就干什么。没有了父亲的可怕影子，没有了学校纪律，任老师也看不见，不用装老实，不用约束自己了。

我可以在一个积水坑里游泳，这积水坑很深，又脏又臭，水边上都是绿色沫沫；我可以爬树，爬多高都没人管，抓了很多大个儿的知了；我还可以到谷子地里尽情逮蝈蝈儿。这儿的蝈蝈儿那么多，青翠矫健，叫得震耳朵。在北京城里，要卖一毛钱一个。

回到老家后，有好几个邻居请我吃饭。尤其是我干爹，一位八路军残废军人，曾是八路军的连长，现在任村党支书，镶着两颗大金牙，热情地带我到他家吃饺子。干爹一个胳膊动不了，自己没孩子。这饭虽然比父母的饭菜要差，但他那诚恳的心意，我却能感受到。

一出家门，就有好几个小孩子围着我，可能我是从北京来的，引起他们浓厚的好奇和敬意。我走哪儿，他们也走哪儿，甘心当我的小喽啰，我想干什么他们都热情帮忙。他们教我怎么做粘知了的杆子，怎么编蝈蝈笼子，怎么用草穿大蚂蚱。在北京学校，我一直都很孤僻，从来没有当过头儿，在农村里却被一群孩子们热烈簇拥，大王一样，令我非常快活。

这次回老家，我目睹了一九六二年北方农村的真实面目，印象深刻。

老家地处河北深泽县，距离北京直线距离约二百五十公里，不算远，跟北京却完全是两个世界。

农村孩子大都光着屁股，身上脏兮兮的。十来岁的小男孩还赤条条地在村里大摇大摆走，一点也不害羞。村里光膀子的很多。让我惊讶的是，三十岁以上的妇女也爱光膀子，个个给晒得油亮油亮的；尤其是一些老太太，袒胸露乳，垂着干瘪的大奶奶，非常刺眼，很有点像是印尼原始森林中的野人。

夏天的农民在外爱穿白土布褂子，都赤脚穿着布鞋，不穿袜子，也看不见有穿短裤的。回到家里，他们也没有背心穿，大都光膀子。平时不刷牙，不洗澡；爱剃光头，头上包着块白毛巾。用皮带的人很少，裤腰带大都是一条布带子。

农村里没有电，到晚上，村子里就一团漆黑，老乡们为省油钱，点灯的时间很晚，而且把灯的火苗调得很小。所以，晚上整个村子完全被黑暗吞没，极其神秘。农民们就坐在自家门口，在黑暗中聊天、说笑话。

老家的农民抽烟用烟袋锅，也不用火柴。他们烟锅上有个小包包，里面放着烟叶和带小皮夹的火镰及火石，把火绒放在火石旁打着，再将火绒放在烟锅上。一个烟锅只抽一两口就没了。再装烟，再继续打火石……晚上，在黑暗中，能看见不少这零零星星的小红点，是那烟锅里的烟叶发出的。

农民们渴了，全喝生水。在地里干活儿时，就趴在田边的小水沟喝。那水沟里常有蛤蟆，连妇女也这么喝。育才学校老师定的一条纪律是不许喝生水，说生水里有很多细菌。农民们则根本没有这个概念。对此，我很惊讶。

农村也没有公共厕所。如果你想办事，找个背阴处就可以了，尤其是在玉米地里，非常方便，空气又新鲜。

农民们说话很幽默风趣，但也常常说脏话。什么“操你姥姥的”、“王八羔子”、“放你妈的狗屁”、“你妈了个逼”……用河北方言说出来，憨傻可爱，格外有味儿。

那时的农村里没有电子管收音机，矿石收音机十分普遍，却很简陋。一到晚上，村里安静异常，人们除了聊天，就是戴上耳机静静地听戏。

老家的农民空闲时喜欢赌钱。我没想到，感觉赌博是坏人才干的事，劳动人民怎么也赌博呢？尤其让我没想到的是干爹——村党支书也带头赌。他的那两颗大金牙，让我觉得他有点儿像坏人，赌钱这事正好印证了我的感觉。村里就是这个风气。

以往我们都是在冬天回农村，在过春节的气氛中，对农村的穷困体会不深。这次是夏天来，我才知道了一点儿农民的疾苦。

即使夏天农忙季节，农民也很少吃干的，一天三顿，每天的主食就是南瓜。那南瓜有股甜味儿，刚一吃，还挺好吃，但天天吃就让人难以忍受了。

缺少粮食，农民早晚都喝稀粥，只在中午吃一顿干的，一般是窝头贴饼子，偶尔是小米干饭。喝粥能把人的胃撑得老大，饭量惊人。农民用的碗叫海碗，几乎有篮球那么大，连八九岁的小孩儿也都用这大碗喝。

回到农村老家，让我最高兴的是完全能吃饱。农村地处大自然，搞吃的容易，像榆树叶、马齿菜、蒲公英、蕨菜等都能当饭吃，比在北京只吃那点儿定量强。用树叶、南瓜、菜粥、玉米饼子等真能填饱肚子，确实不饿了，我也不用再老盼着快下第四堂课，不月变着法儿地去姑姑家蹭吃蹭喝。

这是一九六二年夏天。农民的口粮比城里人更低。老家的农民整天就吃南瓜，家家户户的房子里都弥漫着一股浓浓的南瓜味道。尽管变着法儿地做，蒸、烤、煮、闷……也不能把南瓜味儿去掉。南瓜偶尔吃吃可以，每天少量地吃也凑合，但顿顿把南瓜当主食吃，天天如此，那真是把我吃伤了。回到北京，我对南瓜再也没兴趣，多少年后还对它敬而远之。

老家的苍蝇奇多。二婶把南瓜切成一片一片蒸好后，放在一个箪子上，并盖上一块布，却根本没用，不一会儿，布上就落满了密密麻麻的苍蝇。当把布掀开时，更是轰地飞出黑压压的一群，用手随便一抓就能抓住五六个。

好像苍蝇也饥饿，大量地涌进厨房，跟人抢饭吃。老家东房做饭的那屋墙上、锅盖、饭桌、风箱、陶器盆等密密麻麻地趴着苍蝇，北京的垃圾场里也没见过这么多！多得可怕。奇怪，老师说苍蝇很脏，吃它碰过的食物会生病，可二叔他们全家终日吃被苍蝇污染的食物，却并不生病。

我们老家的厕所都挨着猪圈，是露天的，用一排土坯挡着。当你拉大便时，下面的猪就吃你的排泄物。刚开始，我很害怕它啃着我屁股，不好意思朝它排泄，而且自己的大便那么脏，也不忍让它吃。但过了一阵儿后，我也就习以为常了。上厕所时，除了猪在下面吃，屁股旁边苍蝇乱舞，特厚颜无耻，纷纷往上落，你得不停地用手挥舞驱赶。

农民解完便，也从来不用手纸擦，就用厕所里的土坷垃或找一把草随便抹一下。

……

老家村南有一座八路军烈士墓，令我肃然起敬。那是一个很大的正方平台，用土堆的。前面有石头门牌楼，后面有一高塔。平台四周刻着几个八路军画像，非常粗陋，看得出雕刻技艺很低劣。因年代久远，被风蚀得模模糊糊的。墓旁荒草丛生、碑石折断。啊，上百名可歌可泣的八路军，来自深泽、无极、正定的冀中儿女，就长眠在这陈旧残破的坟墓下面，孤孤单单，无人凭吊……我非常感慨，英勇的八路军牺牲后，坟墓为何这样荒芜冷清？农民们怎么也不给修修墓地？

我想象着这些人的样子，觉得无比凄凉，情不自禁地伤心起来，眼里涌出了泪花。我第一次朦朦胧胧感到，多辉煌的英雄最后也都要被人遗忘。

我的家乡是抗日老根据地，八路军老战士很多。乡亲们一讲起过去的战斗故事来，就眼睛闪闪发光，满嘴是二十九团、十七团……还都记得吕正操当年住在村里的谁家、跟谁说过话。

我爸爸的弟弟二叔有着典型北方农民的相貌。古铜色的皮肤，魁梧的个子，粗厚的大手。脸上布满饱经风霜的皱纹；眼睛善良有神，从容不迫；高鼻梁，薄而直，鹰一样坚强；头上老包着一块白手巾。

我对二叔非常敬佩，觉得这位北方农民身上有一种苍烈的美，一点儿也不比电影演员逊色！他小名叫黑小儿，父亲是老大，他是老二，还有一个老三。父亲和老三很早就参加了革命，当了官儿，解放后都住在北京，只有他一直住在农村，守着自己的老母亲，即我的奶奶。

当二叔给我讲当年打鬼子的故事时，一点也不掩饰他的害怕："哎呀，那次去代兴给八路送信，过小日本的岗哨，可把俺吓毁哩。俺给八路军当探子，抓住就没命啦。"他手上的茧子，厚得根本不怕马蜂蛰。他到北京时，头上也总包着那块白手巾，一身黑土布褂子，丝毫不怕城里人笑话。他剃脑袋从来都是光头。第一次来北京时，他拉完大便后也不会冲马桶，他不知道马桶上有一个把柄，可以放水。

二婶是一个四十多岁的妇女，长得五大三粗，整天干着粗活儿。跟其他农村妇女一样，她也老光着膀子，露着两个黑黑的大奶奶，耷拉在胸前。她全身被晒得黝黑发亮，头发总是那么乱乱的，沾着草棍、草毛。她要给全家做三顿饭，喂猪喂鸡，去井里挑水，以及无穷无尽的家务活儿。

干爹干妈对我非常好，请我去吃了好几顿饭。到他家我总能吃上饺子，这是农民们最梦寐以求的饭。多年后，我听说他们下台了，因为经济问题。

记得临离开老家前，二婶特地用秤称了十几斤麦子，在磨坊里磨白面。磨面时，她用扫帚在碾子上仔细地扫，一丁点儿小麦渣渣都要扫到簸箕里去……二婶的小男孩景波在蒸馒头的前两天前就高兴起来，四处炫耀："俺家磨了白面，要吃馒头啰！"似乎这是一个多大的节日。

蒸好一大堆白馒头后,每个馒头顶上还点一个红点儿。全家人喜气洋洋，像过节一样。见天啃南瓜，再吃这馒头根本不用做菜，干吃就香得很，好像是吃肉。当叔叔的三个小孩白嘴吃馒头时，真是快活呀，咬一口，笑一声，再咬一口，再笑一声。那馒头对他们来说，就像是北京城里的高级点心。

邻居小孩听说我们家蒸了馒头，都克制不住前来观看，奶奶就给他们一人掰了小小一块，把这些小孩都打发走了。

家乡盛产小麦，却都交公粮了。农民自己剩得很少，平常根本舍不得吃，一定要留到过年才包顿饺子。所以，二叔二婶能在大夏天给我吃一顿馒头是一个非常大的款待。

记得这顿馒头吃了好几天。有人来串门时，奶奶对客人最好的招待不是沏茶、递烟，而是给他掰一小块馒头吃，这能把那客人感动得泪花闪闪。

这就是一九六二年夏天，我的河北深泽县故城村农民们的生活状态。

虽然在老家只待了三个星期左右，就把我在北京生活多年所失去了的农村小孩儿的天性全恢复了。当我恋恋不舍地回到北京时，对农村的肮脏怀有神明般的崇敬，觉得那就是质朴！我的家乡有那么多八路军老战士，他们都在不讲卫生的农村里默默生活，在泥土里休养生息……我对都市文明本能地逆反。

刚回到北京家中的小院，有那么几天，我整天趴在自己的床上低声啜泣。我已经是十五岁的人了，满脑子方志敏、董存瑞、伏洛佳等英雄……这时却像一个脆弱的小姑娘。离开老家，我的精神上好像被什么给撕裂了，感到了莫大空虚，比小学时栗山岩不跟我好了要痛苦得多。

农村小孩儿待我的热情与在北京家中的无人管理、缺少温暖成鲜明对比。只有奶奶、二叔、二婶才对我那么友好，任我随便玩儿、随便吃，从来不训斥我；只有农民小孩儿才会像卫兵一样跟在我屁股后面转，对我的话那么重视、那么服从……哭得伤心时，我就低低地一声一声地呼唤着奶奶和二叔。后来，我觉得自己被扔到一个大冰窟窿里，就几乎受不了，在床上呻吟着打滚儿，索性哭出了声，哗哗地掉泪。

我万分想念河北深泽故城村的老家，想念那些光屁股小孩儿……在大城市里，粮票把人和人分得那么清楚，我根本感觉不到亲情。而农村有温暖，有尊敬，有体面，有亲人。回到北京，除了姑姑眼里有我，除了任老师信任我，没别人把我当回事儿。

去他妈的，城里人！为了向农民学习，我扔了皮带，换上一条布带子当裤腰带。我不刷牙、不洗脸、不洗脚，希望以此保持住老家所沾染的农村气息。我也不穿袜子、喝生水、剃光头，以脏为美，模仿着老家的农民。

每当进到厕所小便时，我就想起了在老家玉米地里自由自在地尿，既没有味儿，干净，还随地可解。人每天都要尿尿，我要自己每天都想一想自己的农村老家。我于是就决定每次上厕所尿尿时都尽量把小鸡鸡对着南方，实在不行也要把脸扭向南方，遥望我的河北故乡。

我深深地怀念慈爱的奶奶。她信佛，为人厚道，鼻子很大，一脸皱纹，方脸盘，眼皮耷拉，小脚，头后有个髻。她那相貌一看就是个好人，特别是鼻子形状特正，蕴蓄着一股股善良。夏天时，她也老光着膀子，似乎有点儿不文明。但在饥饿年代，她能给别人一块馒头吃，对乡亲们有求必应。当一个叫大林的农民，为赌钱穷得揭不开锅时，她用发颤的声音呼唤道：“大林啊，听俺的话，不要再赌了！粘（行）不？”并给他做饭吃。

奶奶也讲过很让我惊讶的事。她说日本鬼子里也有好人，不是个个都那么坏。她说：有一次，日本兵到村里搜八路军，让全村人都出去集合开会。当时她正在碾子房碾东西，就没有去。一个日本兵发现了她，端着刺刀对她叽哩哇啦说了一通日本话。她以为日本人一定要杀了她，闭着眼，等着挨刺刀挑，但那日本人却笑笑就走了。她说的这故事，多少年过去我都没忘记，因为这跟报上宣传的完全不一样。奶奶还说，地主也不都是那么坏，村里有一个地主就很好，心眼儿非常厚道，对穷人很不错……这也让我吃惊和新奇。

开学后，我回到师大一附中，马上对同学们都看不惯。张君满为什么要梳一个小分头？常大林为什么要穿一双黑皮鞋？杨德新为什么要围着一条大围脖？施安惕为什么总要在小辫上系一个蝴蝶结？吴娅为什么要抹那么多雪花膏？我觉得他们都是小资产阶级，缺少我们家乡农民的朴实。

头发长了，我毫不犹豫地剃了一个光头，因为我敬爱的二叔就是光头，村里很多当年的八路军也都是光头。我故意穿得很破，因为二叔就穿得很破，村里很多当年的八路军也都穿得很破。我还故意说脏话，因为老家的农民包括许多当年的八路军老兵都说。我故意不穿五眼儿布鞋，因为农民们也都不穿。

跟同学聊天时，我突然说了一句“妈了个逼的”，感觉非常舒服，觉得很带劲儿，特有老家农民和八路军老兵的味道。

……

我对农村老家的思念被母亲发现了，她温和地劝我：“你这么想老家很可笑。如果真的让你回到农村，永远待在农村，乡亲们还能对你那么热情吗？现在有谁愿意在农村待啊？你奶奶和二叔都希望你在北京上学，将来才有出息。你要回农村真的整天和他们待在一起，他们也决不会同意的，而且你的那些小朋友们也会瞧不起你。”

我细想一下，觉得妈妈说得也对。乡亲们对我这样好，是因为我是从首都北京来的，而且父母是大官儿。

母亲可能意识到给我的温暖太少了，这以后的一段时间里对我比较关心，时不时会把我叫到北屋，跟我说说话。随着时间流逝，老家的影子渐渐模糊，我的情绪又渐渐恢复了正常。可我并没有忘记老家，我的心灵深处，总是给它留着一个小小的角落。

我永远也忘不了亲爱的奶奶。当父亲凶神恶煞般打我的时候，她敢用自己的身体挡住父亲凶猛的拳头和巴掌，不怕被父亲打倒在地……回到老家，她也对我尽量照顾，并通过各种渠道为我说好话，劝父亲对我好一点儿。

大约一九六三年初，我买了一个新的大本子，专门摘抄英雄格言和喜欢的警句。其中很多现在还能记住。如：

> 英雄永远不自称为英雄，小人永远不自称为小人。
> 院子里锻炼不出千里马，花盆里长不出参天树。
> 大海说：谢谢你给我血液。小溪说：谢谢你给我波涛。
> 崎岖险峻的山路使人精神焕发，柔软舒适的沙发令人昏昏欲睡。
> 勇将不怯死以苟免，壮士不毁节而求生。
> 在个性、举止、风度和一切一切上，最好的是朴实。（列宁）
> 朽木涂上油彩不能充当栋梁，懦夫穿上盔甲亦不能成为勇士。
> 十年磨一剑，锋刃不曾试，今日把示君，谁有不平事？
> 青蛙的鼓噪，岂能阻止牛到河边饮水。
> 读史使人明智，读诗使人灵秀，哲学使人深刻，数学使人周密，逻辑学使人善辩。（培根）
> ……

这个本子我没事儿就看，好多语录都能倒背如流。

我觉得这本子上应该有一个自己的个人标志。国有国徽，军有军徽，团有团徽，队有队徽，海盗有海盗徽，我马清波也应该有自己的马清波徽。

我的徽标是什么样的呢？

我在纸上设计了很多图案，花费了不少白纸，最后终于画好了：一个骷髅头，象征着坚强，我在小学有和骷髅头睡觉的光荣历史；一个镰刀斧头，象征着革命；两把短刀，象征着武力；两棵玉米象征着我的故乡、质朴的农村。

设计好后，我把它正式画在自己这个抄满各种语录的大本子的第一页，还把它画在自己日记本的扉页上。

农村对我来说是美丽的、神秘的、戎马硝烟的和诞生了无数悲壮故事的梦幻地方。我的个人徽标里有农村的标志。

兵　迷

那时有关八路军、解放军的书多得数不清，我每看一本都激动不已。但自从初二读了《军校学生的幸福》以及《红肩章》后，大大地刺激了我想当一名职业军人的愿望。觉得军人是世界上最崇高、最神圣、最壮烈、最有意思的职业；军人生活充满传奇色彩，有大苦大难，光荣而勇武，备受人尊敬。

初中小孩儿都很轻信，电影和书里说什么信什么。我当时最大的奢望就是当兵，而耻于做大学教授，耻于当《华威先生》里那样的文人。我觉得文人酸，华而不实，甚至把文人等同于伪君子。

记得初中语文课本里节选了母亲《青春之歌》的一段《林道静在狱中》，我真怕语文老师讲这一课。如果母亲写一篇女八路的文章，那多棒，和革命军人连在一起我感到光荣。可偏偏她写的是一个北京城里的小知识分子，这让我感到很有些没面子。

那时候正学雷锋，把解放军神化得特别厉害，革命军人的社会地位最高。姑娘找对象，第一人选恐怕就是军人。

但这一天终于到了。语文老师是一位衣着考究的女老师，戴一副黑框眼镜，发式时髦，表情庄严。当她宣布今天开始讲《林道静在狱中》一课时，我的心咚咚地跳了几下，肌肉情不自禁地绷紧。语文老师先让同学朗读，之后开始介绍作者，眼睛还特地瞟了我一下。

我低着头，阴沉着脸，恨不得堵上耳朵。

我真不喜欢母亲这篇文章，觉得虚假做作。林道静表面坚强，实际脆弱，受那点儿折磨算什么，比她惨烈的有的是。母亲很有点儿无病呻吟，滥发小资产阶级情调。我崇敬解放军，但母亲书中写的这样一个小资产阶级知识分子跟军人一点儿无缘，令我很尴尬。这篇课文我连读都不想读，听老师讲它，更是句句如钢刀般扎在头上。这是我中学时代所上的课中最痛苦、最哑巴吃黄连有苦无法说的一节课，让我如坐针毡，极其不舒服、不自在。

母亲的文章被选在语文课本里，一点儿也不使我高兴，只觉得羞耻。

事后，为强调母亲跟八路军沾边儿、跟打仗沾边，我还编了一个瞎话，曾对范光义等同学吹牛说自己肚子上的刀口是日本鬼子用刺刀挑的。他不信，反驳说：你一九四七年生的，那时日本鬼子早投降了。我就解释道：一九四五年的时候，我还没生出来，在母亲的肚子里。那时，日本还没有投降。日本兵发现了母亲是八路，就用刺刀捅进母亲肚子，把我的肚皮也划破了。我还掀开衣服，让他看位于我肚子正中的那一道笔直的刀口。这伤疤几乎有半尺长，是小时候做肠粘连手术留下的，很是可怕，把范光义唬得半信半疑。

我爱戴帽子，不管夏天有多热也要戴——因为军人都戴帽子。小学毕业前夕，全班在学校图书馆前的台阶上照了合影，同学中唯有我戴着帽子。

姐姐在华北军区文工团时，有一顶旧军帽儿，帽檐儿都耷拉下来了。我发现后，快活极了。这种军帽儿是部队五十年代用的，六十年代早已过时，但我还是很珍惜，好像戴着这顶帽子，就能高贵许多。

三叔是通信兵部队的一名中校军官，在我眼中，他就是李向阳、恰巴耶夫一样的英雄，对他崇敬得很。他一来我家，我就兴奋得要命，围着他团团转。遗憾的是他总爱穿便服。国庆十周年，我陪他到了天安门观礼台，自豪极了！因为我陪着一名解放军军官，我有一个当解放军的三叔！而三姨白杨到我家我却毫无激情，从不主动理睬她，尽管她是一个著名演员。三叔曾给过我一件解放初期的旧军装，钮扣是铜的。我每一穿上就心甜如蜜，全身上下舒服极了，感到自己英俊了一大块儿。啊呀，真不知道世界上还有什么衣服比军装更美！

姐夫在哈军工上学，也有军装，令我垂涎欲滴。不知求了多少次，我才要到了一件七成新的上衣。因部队要以旧换新，姐夫不能多给我。它是四个兜的，上面还有肩章襻儿，每一个深褐色塑料钮扣上都刻着“八一”。穿上后我走在大街上，底气十足，飘飘欲仙，特别自豪；到学校后也神气极了，好像身价提高了好几等。哈哈，咱家有解放军的关系，咱也是军属，多光荣啊！那时候有一件军衣穿，能被同学们羡慕死。这件军装穿了两年多后，变得短小，都盖不住屁股了，我也舍不得扔。

姐夫的一个同学看了我给姐夫的信后，为我对解放军的热爱神往深受感动，探亲路过北京时专门与我见面，并送给了我一件崭新的军装。我感激涕零，无以言表，后来还与他保持了很长一段时间的通信联系，特为自己有个军人大朋友而骄傲。到现在已经四十多年了，我还记得他的名字叫朗将潮，姐夫总叫他“老狼”。

到一九六三年时，虽然还在严格执行粮票制度，可气氛缓和了一些，每人每月供应的食物有所改善，副食种类也多了一些，比如增加了豆腐票，等于增加了半斤粮食。商店里也有水果了，有钱可以买着吃。我回家已能吃饱。因为不再整天饥肠辘辘的，去姑姑家蹭饭吃的次数大大减少。

我更加自觉地锻炼身体，每天坚持悠一两次双杠，每次悠二十，天天早晨跑步。

随着饥饿的减轻，学校恢复了体育课、生产劳动课、音乐课、春游、各种课外讲座等。一九六三年，北京市还召开了中断了好几年的中学生田径运动会。

现在，我在班里被公认为是最有劲儿的，悠双杠没人比得过。班体育委员给我报了参加市运动会的名：扔手榴弹。并顺利通过预选。

一九六三年春天，全北京市中学生各路健儿，云集于先农坛体育场——我的母校育才学校旁边。比赛场地处，许多其他学校的同学们都穿着一身运动衣，像模像样，舞臂挥腿，做着准备活动，跟专业运动员一样。其中有的人高马大，很有块儿……相比之下，我却很土，穿着一件旧军装，貌不起眼，也不懂做什么准备活动，就默默地站着。我扔手榴弹没什么技术，助跑几乎不起作用，最后必须立定才能完成三步交叉、手臂后伸引体，冲力等于一点也没用上，全靠胳膊和腰劲儿把手榴弹给甩出去。

但谁没想到就我这啥准备活动也不做的土老帽儿，竟比那些穿一身运动衣的、很像回事的对手们都扔得远。

我获得了男子初中组扔手榴弹第一名，成绩是五十九米，为我们师大一附中团体总分贡献了一点力量。事后《北京晚报》记者采访了我，记者问我：“你为什么能扔这么远？”

“我天天悠双杠，胸大肌比较发达，可能对扔手榴弹很有用处。”

“锻炼多长时间了？”

“快两年吧。”

“吃得饱吗？”

“吃不饱也练。”

“为什么呢？”

“想当兵，锻炼身体，锻炼意志。”

……

结果《北京晚报》在第二天的一个小栏里介绍了我，文章题目叫《兵迷》，是我毕生中第一次上报纸，很短，不过也就火柴盒那么大一块儿。

五百克手榴弹扔出五十九米远，对于今天的初三学生来说，可能不算什么成绩。但在饥饿年代，大家体质都很虚弱的情况下，那却是北京市冠军的成绩。我非常得意，咬牙坚持天天悠双杠终于悠出了成果。我不由自主想起了小胖姐姐，没有她，我就不会那么激烈地向饥饿挑战、那么狠地练块儿。

这次胜利大大提高了我对锻炼的兴趣，于是每天更加认真、更加雷打不动地悠双杠。当时什刹海业余体校舢板队到学校招生，我报了名，因为划舢板属于军事体育项目，凡和军事沾边的，我都有兴趣。舢板划得好，将来还可以当海军。

但什刹海不通公共汽车，每次参加舢板队活动，我都必须借自行车骑车去。有一次在厂桥附近的松树街一拐弯处，我撞着了一个正在街中间玩儿的七八岁小女孩，把她头撞得鲜血直流。我只好陪小女孩去积水潭医院看伤，还透了视，花了好几块钱。那位借给我自行车的高年级同学很不高兴，因为自行车是新的，大梁上还裹着一圈圈白布，却被沾上了血迹。

老求人借车也不是个事，我就给母亲写了一封信，请她给我买辆自行车。

星期六回家，母亲问我：“班里有多少同学有自行车？”

我说有六七个。

“班里有多少同学。”

“四十多个。”

“大多数同学都没有自行车，你为什么要特殊？你应该艰苦朴素，不要搞特殊化。”

啊，学校存车棚里有上百辆自行车，有车的也不见得都是干部子弟，我不明白母亲是财迷呢，还是真的认为这是搞特殊化？

因为借车困难，我没法再坚持去了，就自动离开舢板队，将来到海军发展的幻想也就泡了汤。

同学范光义家从国家体委买了一支旧的小口径步枪，是射击队淘汰下的，每支一百块钱。我听说后，心里非常痒痒，就请他将枪带到我的宿舍，让我打几枪。

我们宿舍的院子很大。我在对面墙上放一块砖头，举起枪，还没瞄准好，手无意碰着扳机，就走了火。那枪是老枪，扳机特别敏感，一碰就响。把范光义吓了一跳，硬说子弹是从他脑袋边上蹭过去的。我俩争辩起来。明明离他脑袋还差一大块儿，他却大惊小怪地嚷道："真的，我的头都感觉到了子弹过去的一股风。哎呀，今天算是捡了条命！"

"没有！没有！枪口是冲着天的。"我则生怕他不再让我打。

"没错儿，是蹭着我头发擦过去的。"范光义冷静地、肯定地说。

我知道是自己太兴奋了，第二次打就格外小心。我趴在地上，仔细瞄着，打了好几枪，也没打着那块砖头。距离不过三十米，我却怎么也打不着。

这是我这一辈子第一次打枪，感觉非常快活得意。

自这以后范光义再也不给我玩儿他的枪，还四处对同学们说我鲁莽，刚一接过枪就走了火，差点儿要了他的命。

我开始幻想自己也拥有一支小口径步枪。这种枪不像真的步枪那么严格禁止私人拥有——范光义能从体委买到就是一例，却又有步枪的杀伤力。

我想这事只能请母亲帮忙，她关系多，说不定认识体委部门的人。我害怕口头表达不能感动母亲，特地给母亲写了一封信，冥思苦想了半天词儿，希望能打动母亲。信中说我自小就想参军，但眼睛近视，如果我有了一支枪后，可以经常练习射击，把枪法练得出类拔萃，达到射击运动员水平，对自己参军肯定有利。信面交给母亲之后，我紧张地等待着母亲的答复。晚饭时与母亲见面，她一口回绝道："小波，你老爱胡思乱想。小口径步枪属于步枪，私人怎么能有呢？而且就是能买，我也不给你买，你这么不稳重，毛毛糙糙，打着人怎么办？你脑子一点儿也不实际、好高骛远、充满着幻想。"费力写的信非但没有感动母亲，还招来了一顿教训，好不丧气。

平时，我很少求母亲买什么东西，上次求她买自行车碰了钉子，这次求她买枪，又碰了钉子。母亲有那么多稿费，对孩子却非常严格。哥哥衣着之破旧，比一般人家都不如，一些邻居曾以为他是我们家里的勤务员。

看着我那么失望的样子，母亲有些不忍，想了一会儿说："如果你功课有进步，我可以给你买支气枪，那是私人能买的。"

有支气枪也好哇！再加上功课差，总被瞧不起，我于是憋着劲用功，做数学题、背公式，立竿见影，期末考试三分见少。母亲得知后挺高兴的。我提醒母亲说：百货大楼有气枪卖，三十九块钱。母亲这天心情格外好，很痛快地给我四十块钱，让我自己去买。

事后，母亲告诉我父亲得知后很是反对，向妈表示买枪没必要，这么贵，相当于普通老百姓一个月的工资了，也不利于思想改造。妈妈辩解说：“小波学习有了进步，是我答应给他买的。”

买的时候，我太兴奋了，没好好检查，枪的瞄准器竟然有些歪，使得我老是打不准。记得屠格涅夫的一本书里写有一个人可以用枪打屋里的苍蝇，弹不虚发，我却远远不如。这个寒假，就缩在自己屋里练瞄准、打靶。

全班同学里，除了范光义有一支小口径步枪外，就我有一支气枪。尽管是气枪那也是枪，跟军用枪的形状相似，也能打死小鸟，比弹弓的威力要大得多，我很得意。

初二时，曾和我同宿舍的高中同学冯光辉当兵走了。他穿上一身绿军装好英武，我羡慕极了。我平时跟他很少说话，因为他当了兵，我特地到文具商店为他买了一个最贵的日记本，还写了一封热情的信给他。他万没想到，我这个孤僻沉默的、对高年级同学从来不理睬的人，会这么敬重他、讨好他，到部队后，马上给我来信了。我们的联系一直保持到我初中毕业。

反正只要有机会跟军人来往，我就千方百计地去结交，多有一个军人朋友就多一分光荣。每逢收到一封打着部队邮戳的信，就无比自豪，似乎接到一封现役军人的信，就可以把解放军的神圣光环传染到自己身上一点儿。

我不喜欢学习，除了体育课五分，别的科目就没有五分的。语文考试时语法、古文都一塌糊涂；代数中下等，特怵多项式、近似值、分式方程；物理勉勉强强及格；化学最差，对乱七八糟的酸根、试剂、分子式厌恶之极。

我一门心思就想当兵，只按照一个军人的标准要求自己：身体要强壮、敏捷、有耐受力；意志要坚强、果断、自制。哼！差学生未必就是差兵。

一九六三年三月，毛主席发出“向雷锋同志学习”号召后，报纸、广播、电视一天到晚都宣传解放军是毛泽东思想的大学校，还出了“南京路上好八连”、“硬骨头六连”等先进典型。在我这个中学生眼里，解放军是一帮革命武士，是革命的荆轲、革命的马超、革命的武松……焕发着无穷无尽的魅力和光芒。

我相信，只要勇敢，就会是一名好战士。为了表现自我，我独出心裁，想晚上去宿舍楼下面的锅炉房去检验一下自己的胆量。

我们的宿舍就在师大附中对面，是一座很古老的四层灰楼。楼北侧挨着院墙，偏僻无人，有一个深深的地下室，里面是锅炉房，但似乎早已废弃不用。先要从楼旁边一个深深的台阶下去，到底后是锅炉房门口，进了门还要再下一个更深的铁梯子台阶，才是锅炉房，总共大约有两层楼深。就算是白天，里面光线也很昏暗，到处都是曲里拐弯的粗管子，抹着厚厚的白灰膏，上面积着灰尘和蜘蛛网，渗着潮气。两个水泥台上，各卧放着一个庞大的锅炉，近两米高，锈迹斑斑，像两个巨大的焚尸炉，阴森森的。

一到晚上，这锅炉房就更可怕了，里面黑得没有一丝丝亮。我只敢走到锅炉房外面台阶的入口，怎么也不敢下到里面去。我明白这是自己的弱点，越不敢下，越应该下去，心想征服了这个黑糊糊的家伙，全师大附中肯定就是头一份，就能弥补自己学习不好的缺陷，给自己的脸面增光。

没有胆量当不了好军人。在一段时间里，晚上我隔长不短就到这锅炉房试图下到最底下去，暗暗希望自己能临场发挥好，创造出一个纪录。但下了十几阶外面的台阶后，到了门口，看见里面漆黑一团，深不可测，就不敢再下了。担心有坏蛋藏在里面，杀掉我；担心楼塌，把我活埋在下面；担心大蟒蛇会爬进锅炉里，把我缠住勒死……无论怎么痛骂自己、鼓舞自己，也无论怎么向解放军学习也没用，我一站在黑黑的锅炉房门口，就勇气殆尽。

我很沮丧，难道自己就征服不了这个锅炉房吗？

我想，只要黄昏时下去，在里面待到天黑，或许就敢继续待下去了。白天有亮，一个人独自下去没问题。嘿，我挺高兴自己发现了一个征服地下室锅炉房的诀窍。那天下午，我在天黑前下到最底下的锅炉房。里面弥漫着一股潮气和铁锈味，连个坐的地方都没有。我就站在里面，望着高高在上的门口，一点一点地熬着时间。盼呀盼呀，随着暮色降临，锅炉房里那些弯弯曲曲的粗管子渐渐融进了黑暗，我心里也渐渐开始发毛，担心有危险在渐渐进逼。说不定那些弯弯曲曲的管子里真的躲着大蟒蛇，听说这种动物最喜欢潮湿阴暗的角落，也最喜欢夜间活动。想到此时此刻，自己在这座大楼的最下面，距离一楼住宿同学的脚下近二十米；坟墓里的死人也没有埋这么深，比白公馆、渣滓洞的地牢还深得多……脊背上刷地就涌上一股冷流，一分钟也不敢多待了，全身紧张成了硬疙瘩，狼狈地爬了上来。

我为什么要害怕呢？

当时，在同学中流传着一个故事，说北京西郊某建筑工地发现了一条巨蟒，能吞下汽车，解放军出动大炮坦克去打，却让它跑了。很多同学都相信此事，传得神乎其神。而锅炉房里的那些弯弯曲曲的粗水管外面包着一层白灰，线条柔和，很容易让人联想到巨蟒。这种动物会不声不响地接近你，把你缠到窒息。何况，阀门、烟道、水龙头、生锈的大铁炉里，也可能会潜伏着蝎子、蜈蚣、蚰蜒、蜘蛛等毒虫。我很担心在黑暗中碰着它们。

就这样试了多次，结果均以失败告吹，天黑后我只敢下外面的那段台阶，而一到锅炉房门口，面对脚底那黑黑的窟窿，就死活不敢再下去一步了，感觉下面是一个无底深渊，潜伏着能随时吞掉我的猛兽。即使没有巨蟒，也可能有逃犯躲到下面过夜。因为锅炉房没门，谁都可以下到里面。我若硬闯下去，对方在暗处，就很可能把我干掉。

记得，我最好的表现是有一个夜晚，拿着一根大棒子，下到锅炉房门口，再沿着铁梯子台阶往下走了二三步，里面没一点点光亮，真是伸手不见五指。我咬牙在黑暗中坚持了几秒钟，然后赶紧退出来。但若赤手空拳，是一步也不敢下。

最后，我只好服了这个废弃的地下锅炉房。很惭愧，我是那么想当解放军，却连一个锅炉房都征服不了，真懦夫也！幸亏这事谁也不知道，我没好意思对任何人说。军装虽美，但懦夫穿上也成不了勇士。

大约初中毕业前，学校开始征兵，我马上就报了名，决心尽最大力量争取。填表时，在“特长”一栏，我想了半天也没想出自己有何特长，可又不愿意空着，最后填上一个“会爬树”。

检查完身体后，我知道自己的最大问题是眼睛近视，拿定主意向董存瑞学，跟招兵的人软磨硬泡。

宣布结果时，果然没我。我立即给宣武区武装部写了一封长信，恳请武装部帮助我入伍，表示自己头脑中的资产阶级思想特别严重，只有部队这个革命大熔炉里才能改造和消灭它。我认认真真罗列了一堆自己身上的坏思想，比如缺少革命理想，为了吃不择手段，偷人家的饭、骗钱……贪生怕死，父亲打我时，又哭又求饶，黑天连锅炉房都不敢去……我希望以心换心，能打动带兵的人。

第一封信没回音，我又写了第二封信，辩解自己虽然眼睛近视，但到部队后，可以干许多戴眼镜能干的工作。如炊事员、工程兵、铁道兵、弹药手，只要让我当兵，喂猪也干。

这封信还是没有回音。我不甘心，决定亲自到宣武区人民武装部，想模仿董存瑞，找带兵的人磨菇。

我是一个很腼腆、害怕与生人打交道的人。来到宣武区人民政府，进了大灰楼里，我转来转去，找到了武装部，却怎么也不敢进去。担心受到冷遇，吃闭门羹，被呵斥出来。我从没有自己到社会上办过事，都不知道怎么说话，对于这些政府官员，像老农民一样有一种畏惧感。但董存瑞敢手举炸药包，黄继光敢扑敌人机枪眼儿，我怎么连推开门的勇气都没有呢？努力给自己壮胆、鼓励自己去敲门。

可是没有用，我还是害怕去敲门。

时间一分钟一分钟地过去了。武装部办公室就像那个锅炉房一样让我害怕。真灰包啊，真窝囊啊！如果让班里女生知道了，谁会瞧得起你呢！最后脑袋一热、心一横，鼓足勇气推开了门，提心吊胆地向一个男子说明了自己的来意。那男子马上把我介绍给了一位女干部，是专门负责中学生征兵工作的。

这女干部问我是哪个学校的？一听我的名字，她马上面露微笑地说："你的信我都收到了。你想参军的愿望很好，态度也非常真诚，我有印象。但是，"她同情地说："我们这一批是替海军航空兵征兵，对身体条件要求很严，你眼睛不好，这是通不过的。为保证兵员质量，身体条件一点儿也不能马虎。"

我知道征兵体检海军比陆军严、空军又比海军严，而海军航空兵当然是双料的严。我说："我可以不开飞机，干点儿地勤方面的工作。甚至也可以喂猪啊。"

那女同志说："第一，你年龄太小，才十五岁；第二，你戴眼镜，不符合招兵的要求；第三，你今后还有机会，不必非要这一次不可。"

我从四五岁时就知道了八路军，喜欢八路军，想当八路军（后来改为解放军），到现在已整整十多年了。十多年的梦想就这样破碎了吗？我的眼泪不由自主地流了下来，哽咽道："还差两个月就十六岁了。我的眼睛是近视，可部队里也有戴眼镜的。"

那位女同志耐心地说："这次招兵就招飞行员，别的兵不招。国家培养你半天，你去喂猪也不大合适吧？没关系，我建议你将来可以上军校，军校学生眼睛差点没关系。不要悲观，你现在年龄还小，来日方长嘛。"

我感到理屈词穷，想不出什么词儿反驳她，很有些发蒙，就沉默着。我没有董存瑞能嬉皮笑脸、耍赖皮的本事，也不知道讲什么话能使她感动，只觉得好凄惨啊！一颗大泪珠缓缓地滚在我脸上。

"你是初三毕业生，要一颗红心、两手准备，接受祖国和人民的挑选，当不了兵，你可以报考高中，以后再上军校嘛！"

我点点头，非常伤心地离开了武装部办公室，脑子里一片空白。

以后我再也没去找过他们，只一个钉子就把我碰灰了心。我实在没有哀求的经验和才能，对哀求方面的词汇知道得特别少。这次见面让我突然发现嬉皮笑脸、软磨硬泡、死死纠缠也是一种能力，而我在这方面太无能。

而且，这位女干部即使同意也不算数，关键还是接兵的人。但我到哪儿找那个接兵的人呢？一点儿线索也没有。解放后征兵，制度健全了，不像战争时代，董存瑞可以直接找连长磨嘴皮子，可以用摔跤来赢得领导好感。

我又把最后一线希望寄托在母亲身上。她有名，认识人多，如果她出面帮助，或许有戏。记得我给母亲又写了一封很恳切的信，陈述了我不想上高中、渴望参军的心情，请她帮我找找人，跟招兵的说说情。

母亲答复说："你尽想入非非，我根本不认识武装部的人，我也不认识来北京带兵的干部。"

当兵的理想彻底幻灭了，我又难过地流了泪，感到自己失去了过一种充满战火硝烟的军人生活，只能过灰溜溜的小市民日子，太可悲了。我的愿望像个肉滚滚的小精灵，那么纯真可爱就被无情的现实扼杀了！我真后悔生在和平时期，要是在战争岁月，他妈的，瞎一只眼也早当上兵了！

不久，我看见晚报上介绍北京眼镜厂开始生产隐形眼镜，戴在眼睛里，外表看不出来，最适合飞行员、运动员等很多不能戴眼镜的职业。我马上请求母亲给我配这种眼镜，当时是四十块钱一副，几乎顶工人一个月的工资。

母亲看我那么魂不守舍地迷着当兵，受了感动，就真同意了。据眼镜师傅告诉我，一九六三年，全北京市配这种眼镜的屈指可数，也就是几个演员和运动员。

以前，我总觉得妈妈小气，买东西太抠儿，连个自行车都舍不得给我买。但自从妈妈给我买了一支气枪和隐形眼镜之后，让我对她的看法有所改变。在当时，初中学生里有气枪的很少，而这种隐形眼镜更是奢侈，全师大一附中可能也就我一个人有。

妈妈似乎已经感到，我确实不是一块学习的材料，没有做学问的细胞，我的功课在全班是倒数第一或第二（或许是转学来我班的段君毅的小孩儿功课更差，我记不清我俩谁更差了）。于是，开始支持我去当兵。

我心想，有了隐形眼镜，下次申请当兵时，就可以蒙混过关了。

挨　打

初二以后我们就换了班主任。虽然任老师只教了我一年，可在师大一附中校园里，她每次见了我，还是那么热情，嘘寒问暖的。以至于每跟任老师说一次话，我都有一种心灵被清冽的泉水沐浴了一场的感觉。

我刚到师大一附中后，在一个陌生的环境里，任老师让我尝到了真纯的温暖。她肯定了我身上的一些连我自己都不知道的优点，把伪装积极的我，弄得忐忑不安。她总认为我干的很多怪诞的行为，是真诚地要求革命。其实我根本没那么好，就是想标新立异、表现自己。初一时我硬着头皮节约粮食、少报定量，是起源于一个净是三分的落后学生的争强好胜，并不是对国家有多么深厚的热爱。

任老师对我的表扬常常让我的心颤抖。如同一个骗子总被当成诚实的榜样受表扬，心理上特难以承受。自己的精神境界比贪吃的猪真强不了多少。为了让任老师对我的表扬能站住脚，我常常暗暗规劝自己：马清波啊，一定要努力上进、少干坏事，要对得起任老师，把假好变成真好、把假积极变成真积极……期末考试，虽说基本上都是三分，不过全都极了格。

大约是一九六二年夏天，我读了《红岩》。这本书对我的影响，远远超过母亲的《青春之歌》。当时这本书很不好买，得排大队，书店刚来就销售一空。我是从母亲那儿借来看的。盛夏，我闷在宿舍里，如饥似渴地一口气看完，虽然很受感动，却没有流泪。因为，我以前曾读过《在烈火中永生》、《人间魔窟》等书，对渣滓洞、白公馆里的故事一点不陌生。

合上书，看见宿舍里的长凳让我联想到绑人的刑具；去厕所，望着那生锈的水管，我似乎闻见了铁镣气味儿；走在大街上，瞥见下水道的铁盖儿我的脑子里就浮现出阴暗的地牢……根本没料到这本书对监狱里的恐怖描写夸大了许多，仿佛有股无形的力量，让我久久难以忘怀。

视死如归，给扔进镪水池里的许云峰；装疯二十年，天天跑圈，风雨无阻的华子良；被往指甲盖下面钉竹扦的江姐……都常常在我的脑海里萦绕，并困扰着自己的灵魂，让我反躬自问：我能经受得住许云峰、华子良、江姐所受到的那样的对待，能像他们那样勇敢，不怕死吗？

面对这些为了信仰不惜牺牲自己生命的人，我感到了自己是那么渺小。

早在小学四年级时，听母亲说吃饭快，容易得食道癌，我就对自己的喉管特别在意。一次无意中摸到自己下巴里有一个小淋巴结，以为自己已经得了食道癌，悲痛欲绝，终日忧心忡忡，特别羡慕别的同学还能长久地活着，还能上体育课、去春游、玩儿骑马打仗……我对生命有着超出常人的眷恋，一想到有一天自己要死就无比痛苦。

晚上不敢去那个锅炉房，就是怕死，怕万一碰到地震被活埋了。

我还特别怕挨打、怕疼。看见许老师那凶悍的逗点眼睛心里就发毛，害怕她拧我胳膊；看见父亲发怒也心惊肉跳，俯首贴耳地让他打屁股、抽嘴巴。一挨打就求饶、就哭，想坚强也坚强也不了。

比如老虎凳，我就不敢担保自己能经得住。练压腿时，头伸向脚尖特疼，两秒钟都坚持不了，可人家成岗却经住了十二块砖！像往指甲盖里扎竹扦，连想一想都痛苦，别说真的被扎了。还有烧红的烙铁烙！记得我无意中手碰了一下热炉盖，就疼得龇牙咧嘴，把那么烫的家伙放在肉上，怎么能受得了？！

读了《红岩》后，身上的血滚烫滚烫的，一群不怕死的灵魂总在脑海回荡。对照之下，我不断地考虑自己要处在许云峰那样的环境下会怎么样？会不会干出卖同志的勾当？由于当时的报纸、广播、杂志等充满了对《红岩》的赞颂，革命烈士受到了全社会的崇敬和缅怀。我身临其境，怕死怕疼的问题，对革命忠诚的问题就总是困扰着自己。我内心不得不承认自己的骨头软，怕痛、怕吓，严刑之下，肯定是叛徒。

我想，如果我神经迟钝，对疼不敏感，能经住毒打就不会叛变了。如果我现在能忍十棒子，将来敌人给我两拳头就算不了什么。好铁必须经过锤炼，所谓锤炼，就是挨打，要有能忍受巨痛的能力。皮肉如果经常打一打，神经就会适应，耐疼力就会增加。

在车尔尼雪夫斯基的《怎么办》里，职业革命家拉赫美托夫，为锻炼耐疼能力，睡在钉着密密麻麻钉子的床上，把全身刺得鲜血淋淋。他这个神经病般的举动给我留下了深刻的印象。

于是我突发奇想，想请一个同学来打我，锻炼挨打能力。但找谁干这事呢？范光义？头脑太冷静，缺少激情，不爱幻想；张均满？班团支书，一举一动严守学校纪律；梁天宝？个子太瘦小，一点儿没劲儿。

在反复的筛选中，我看中了李世民．他平时和我关系不错，虽然面色菜黄，虾米体形，老弯着腰，拉拉腿，但体力在同学里也算中等。他家境贫寒，穿得很破旧，衣服上老有补丁，可人很聪明，功课极好，在班上寡言少语，偶尔会突然冒出一两句很个色的话，令人目瞪口呆。有时爱犯神经，干一些怪怪的举动。如迟到了，他走进教室时，会挺着胸脯，一本正经地向老师敬一个军礼，惹得全班同学哄堂大笑。他少年老成，爱装大人、装成熟，一激动起来，满口古里古怪的理论，手舞足蹈，旁若无人。让他执行这个任务很合适。

但李世民听说这事后，严肃地表示：“不，我不愿让自己的手染上同志的鲜血。”

“根本打不破，你怕什么？而且这对你也是个锻炼。如果你是一个特工人员，在跟敌人聊天时，需要突然把敌人打昏，你能下得去手吗？你必须要练突然下手的勇气，敢率先开火。”

李世民沉思着说：“练不怕打，就要挨打，那练不怕死，就要死吗？我觉得你的思想方法很有问题。”

“列宁的话你听不听？列宁非常喜欢《怎么办》这本书。书里有个叫拉赫美托夫的，专门躺在钉了许多钉子的床上睡觉，把身体扎破……他难道思想方法有问题？列宁还特别肯定了拉赫美托夫。”

李世民没词儿了。

“打吧！别那么小资产阶级温情主义。”

“就算你能挨打，未必就不当叛徒。比如你的神经系统特迟钝，怎么打也不觉得疼。但敌人换别的法子，如把你活埋，你可能还是经不住。”

“枪毙我没法练，人只能死一次。但忍受刑罚却可以练。人性都怕疼，我要把这怕疼的人性给修炼一下。真的，帮帮忙。你如果对我能下手打，那对敌人就能更狠地打。来吧，别那么小资产阶级了。”

“马清波同志，你不要乱扣帽子。”

“机会多难得呀！让你白打，白过过瘾，这都不敢，就太小资产阶级温情主义了。”

李世民严肃地想了想：“哼，谁小资产阶级？哼，好吧，我同意。”李世民的古怪劲上来了，很骄傲地点点头，晃晃脑袋说，“你不许还手。”

“绝对不还。”

他学着拳击运动员的样子，在原地蹦跳着，开始舒展筋骨，样子滑稽。他体形不协调，两腿歪歪扭扭的。为了演习一下动作，他把拳头收缩在肋下，一次一次地用力击拳，向我表明他的拳头不可轻视。他弯曲的身体手舞足蹈时，很像一只袋鼠。

“打吧！”

他运足了气，抡圆右臂，狠狠打了我下巴一下，震得太阳穴直疼。但不能喊疼，装出无所谓的样子。

李世民吸着冷气，观察着我的反应。

“再打，来，想象你在执行任务，打！”

他见我没变脸，放了心，突然大喊一声：“打倒美帝！”绷着脸，铆足了劲，又给我一下。这一下比头一下更有劲，但他马上咝咝地倒抽冷气，使劲用嘴吮着手指头：“哎呀，把手打疼了。”

我很怵抽耳光，父亲把我抽伤了，抽掉了魂，很想练出一些对耳光的抗体。

“李世民同志，你会抽耳光吗？将来你遇见敌人或叛徒时，需要抽他耳光，一定要抽得准、抽得响、抽得狠。如果打得软绵绵的，就表现不出革命者的威严和力量，所以最好现在就练练。”

“哎呀，你事真多。”他犹豫着，“我手疼着呢。”

“打仗时，你怕疼就要被敌人消灭了！练一练吧，只打两下。告诉你，抽耳光也有技术，会抽和不会抽的差别很大。”

他来回走着步，被我说动了。练练抽耳光或许将来真用得上呢！他绷着脸，嘴角哆嗦着，扬起胳膊大喊：“打倒反动派！”狠狠抽了我一耳光，但远不如父亲的质量好。李世民的体重比父亲轻了许多。

“声音不响。你应该带着阶级仇恨抽，抽得再响一点儿。”

“我和你没仇，怎么有仇恨呢？”

“好吧，让我抽你一个嘴巴就有仇恨了，完了你再打我。”

“不，我不让你打。你站好了，我再试试。”于是他扭动着腰，伸长了手臂，倾尽全身之力抡了一个大圆圈儿。

挨完打后，挺自豪和满足，憋抑在胸中的激情宣泄了，身体也觉得舒坦。这可能符合一种击打疗法的效果，打完了后觉得特别轻松。

班上几个男同学听说了此事，说我神经。同样看了《红岩》，他们就没我这么激动。我也懒得向他们解释。保尔在学打拳时，也曾让朱赫来一拳一拳地打，自己被驴了一跟斗又一个跟斗，能说他有神经病吗？

我只不过看了书后，太爱感动，总要干点儿什么发泄一下。革命烈士若知道我这么想学习他们，肯定会很欣慰。过一段时间后，《红岩》这本书给我带来的亢奋才渐渐平息。

记得初二时，我们开始经常参加高中的团员发展会。团会的第一项是唱

《共青团员之歌》。那时中国还没有统一的团歌，师大一附中就借用苏联的这首歌代替。毕竟刚开始反修，苏联卫国战争时的歌曲还没有被禁。

听吧，战斗的号角发出警报，
穿好军装，拿起武器。
青年团员们集合起来，
踏上征途，万众一心保卫国家。
我们再见吧，亲爱的妈妈，
请你吻别你的儿子吧，
再见吧，妈妈，别难过，莫悲伤，
祝福我们一路平安吧！
……

这首歌激昂、庄重、抒情，还有几丝低沉凄厉，一唱就使会场上笼罩着一股出征上前线的神圣气氛。接着，由介绍人介绍该同学的大致情况：家庭出身、主要社会关系、个人经历、优缺点……再由本人发言，谈自己对共产主义和共青团的认识。然后由各个团员提问题、提意见，都很尖锐坦白，有时能把人问得眼泪汪汪的。最后表决，通常都是一致通过，因事先团组织已经开会做了决定。临散会前，全体再唱一遍《共青团员之歌》。

每次发展会都对外公开，挤满了群众，各个年级的同学都有。参加了一次这样的发展会后，很自然就勾起了你的入团欲望——谁都希望被人注意，被人肯定，新团员发展会正给了你一个这样的机会，让全校各个年级的人都注视着你，知道你的名字、家庭、优缺点，并得到团组织的承认……这等于是一种荣誉的会餐，请非团员列席等于是让饥渴者参观别人吃饭，很少有不眼馋的。

青年人有谁不希望得到重视、得到尊敬、得到赞美呢？那时已有了团徽，团员们个个都佩戴着一个小牌牌，非常帅气，特牛，令人眼馋。

初二时，我们班发展了三个团员，都是班干部，其中就有那个小分头张君满。我和张君满都对反修兴趣极浓，班里定了一份《人民日报》，每次来了报纸，我和他都用心阅读，然后互相说说感想。我们虽在反修问题上观点一致，但在其他问题上就有很多分歧，比如他留着小分头，我就不喜欢，无产阶级哪有梳小分头的呢？他读了革命小说后，也不像我这么爱模仿，对保尔·柯察金不盲目崇拜，认为保尔也有缺点，不守纪律，自由散漫。他对一些资产阶级生活作风也没有我这么嫉恶如仇。比如班上有个别女生总是围着火炉聊《大众电影》、聊电影演员、聊吃聊穿聊长相，我就鄙视得要命，他却无所谓。

骨子里，我对他还有一种说不出口的轻视。可能他出身城市贫民，不可避免地沾有了一些小市民气味，缺少我们老家农民的朴实。

此时是初二第二学期，班里已有十来个同学申请入团。我尽管跟团支书张君满关系密切，常与他聊形势、聊人生，却一直没正式申请入团。我小学申请入队，屡屡碰壁的创伤犹在，不想再贸然申请，怕又重蹈那种乞求经历——越想入队越不让你入，让你像小狗一样被人要把。

到初三第一学期，哗啦啦，班里申请入团的一下子有了二十多个，得有一半了。因为入了团，对考高中、参军、就业都有直接的好处。我还是没随大溜地申请。觉得要申请就得入，申请了半天，入不了，太难受。

临近期末，班里发展了几个同学入团。那时的团员都是一个一个地发展，让你一个一个地参加发展会，馋得眼发红。但我引而不发，还是没有申请。我知道自己的有利条件是出身好、劳动好；不利条件是学习差、群众关系差、对班里的很多人都非常瞧不起。

张君满常关心地问我："你为什么还不申请？不能等条件够格了再申请，那其实是对自己放松要求的一个借口。你申请了可以得到组织的更多帮助嘛！"

这样到了一九六二年底，我决定在新年的前一天即十二月三十一日，给张君满递交入团申请书。自己暗暗考虑，还差一个学期就初中毕业了，此时申请，团干部容易产生同情心，进而高抬贵手。

为了给张君满留一个深刻印象、表现自己的心愿，加强入团的成功率，我还打算在交申请书时，把手指割破，将血滴在申请书纸上。看了那么多革命回忆录和小说，也见过有用血写入党申请书的。

我事先特地买了一把削铅笔的小刀，无比锋利。那天下午，同学们都放学回家，准备过新年了。我约张君满到学校的一个偏僻角落，说要交给他入团申请书。他相当重视，准时前往。我当着他的面，用铅笔刀在左手中指上用力划了一刀，血涌出来。之后，我掏出申请书，将左手中指放在上面，让血滴滴洒在申请书上。因怕割浅了，血不多，被团支书耻笑，我割得很深。那血汩汩地冒，很快就把申请书全浸透了，并顺着纸滴答滴答地掉在地上。我对张君满说："这么干是向团组织表示一下自己的诚意。"

张君满克制着内心的感动，微笑着，频频点头："你终于向团组织提出了申请，我们热烈欢迎。”

血流得很猛，我把手指头放在左侧裤子口袋里，用裤兜布去堵伤口，左侧裤子很快就渗出了血迹。

“张君满，以后如果你看见我的行为距离共青团员还有哪些差距，请及时告诉我，不要客气。”

他想了想，恳切地说：“第一，学生一定要把学习搞好，不能忽视；第二，要密切联系群众，和同学搞好团结；第三，要端正入团目的，不能夹杂私念。”

我点点头。左腿裤子很快就被血浸湿了，处事稳重的张君满关心地说：“快去卫生室包包吧？”

“没事，我回家去包。”

临分手时，他的眼睛闪闪发亮，紧紧握着我的右手：“组织的大门始终向一切要求进步的同学敞开着。”

我上了十四路公共汽车，仍把左手放在左裤兜里，手指上的血继续流着，已经把左侧裤腿浸湿了一大片。不久，一位四十来岁的女乘客无意发现了我那血淋淋的裤子，惊呼：“你怎么啦？怎么啦？”

“我手破了，没什么。”我说。

这妇女却赶紧对司机大声说：“司机同志，车上有人受伤，快点儿给他送到医院。”

四周的乘客都马上扭过头，注视着我和我的左裤腿，并赶紧与我保持距离。我最怵大家看我，赶紧说：“没事儿，没事儿。”心里埋怨那妇女多管闲事。一时间，诧异的目光、惧怕的目光、怜悯的目光、好奇的目光一齐向我投来。另一位妇女特地探着脖子瞥了我裤腿一眼后，惨叫一声，吓得闭上眼睛，躲到了一边儿。平心而论，这一大片血是挺吓人的，裤腿湿漉漉地贴在我的左腿上，似乎是手指上的动脉破了。

“赶紧在西安门下，这儿有北大医院。”有人紧张地说。

司机扭头看着我。

“我在厂桥下。”

“对对，厂桥也有医院，快到医院包扎包扎。”

到了厂桥，我从容地下了车，向家走去。因为厂桥医院就在路边，车上的人发现我没进医院，更加好奇地盯着我，并互相交头接耳。我猜，他们可能以为我这小初中生是跟人打架被刀扎了。哼哼，他们做梦也不会想到，我是自己用刀割的，将血浇洒在了入团申请书上。

回到家，父母正好都在。我对母亲说：“妈，我的手破了，给我包包吧。”

母亲问："怎么搞的？"

"我交入团申请书时，把手指割破，向团支书表示决心。"

母亲看见我的左裤腿几乎都被血浸透，又心疼又气愤。一边匆匆找绷带给我包扎，一边批评道："你这样做，完全是封建时代的那一套！写血书、拜把子！我们共产党从来不提倡干这种事。"她的脸色很难看，包完伤口后，一言不发。

父亲大发雷霆："真是胡闹。只有旧社会那些土匪、地痞、流氓、走江湖的才写血书！"我不解地正视着他，心想：《红旗飘飘》里，革命烈士写血书的有的是！

父亲看我不服气，呵斥道："你们学校里有几个同学这么干？你们班有几个同学这么干？人家都不革命，就你革命？你瞎逞什么能？"父亲越说越愤怒，冲过来就抽了我一个大嘴巴。那力量相当重，比李世民的重五六倍。父亲体质好，粗壮有力。

我当时已有十五岁，根本没料到父亲会为此事这么狠地打我。虽然还不敢跟他顶，可一点也不觉得害怕。锻炼过挨打能力还真起了作用。我狠狠瞪着父亲，沉默不语。这是我挨打历史上头一次没哭、没向他低头。父亲又抽第二下、第三下……我昂头挺立，连躲也不躲。可能手打疼了，父亲就用大皮鞋踢我，一脚又一脚地踢着，并恶狠狠地骂："他妈的！浑蛋！真是个浑蛋！"

母亲气得满脸通红，一边观看父亲踢我，一边说："哼，你在学校逞英雄，回家就给我们添麻烦！你干这事，说出去，只会让人笑话！"

我不躲不闪，严肃地盯着父亲。经过了意志的锻炼，又看过了《红岩》，有那么多烈士在心中屹立，我再也不像过去一挨打就杀猪般地号啕大哭、苦苦求饶。父亲用手指着我，怒目圆睁："你不觉得丢人，我还嫌丢人呢！革命不革命才不看你割不割手指头！你搞这一套完全是封建江湖上的玩意儿！哼，你屁事不懂，还他妈的自以为是，就想给自己出风头！"光说不解恨，父亲又狠狠地继续上脚。他那大皮鞋，抹过他自己吐的痰，现在就踢在我身上。

母亲也气愤之极："你流了血也不能证明你就革命、你思想就好！雷锋像你这么干吗？你们学校那么些同学申请入团，有几个像你这么割手指头的？这是最落后、最野蛮的行为！你真是罐里的王八，越长越抽抽！"

父亲一次次地用大皮鞋踢我，直把他踢得气喘吁吁、摇摇晃晃，扶住坐椅坐下才算罢休。

父母又轮流地训。

"旧社会，走江湖的人才爱搞这些名堂！吃饱了没事干就上刀子，流一摊血，靠这个吓人！唬人！"

"你从小就给我们找麻烦，你脑子里成天想什么呢？"

"不要以为用小刀子扎破手多美，让人听了都可笑！我做了这么多年领导，从没听说谁靠写血书就能加入组织的。"

……

等他们打骂完了之后，我默默地回到自己住的南屋。心里对他们恨之入骨，马上把屋里挂着的父母合影照片扯下来。这是父母在中山公园里一团鲜花前照的。父母那时还很年轻，母亲漂亮，父亲英俊，两个人都微笑着，脸上焕发着幸福的光辉。我将照片一条一条地撕碎，撕完后，又把一条再撕成小碎块，直到全撕成了不能再撕的小块块为止，把他们的照片来了一个碎尸万段。

自从农村来到北京，我和父亲的隔膜始终没消。几乎感觉不到他对我的父爱。当我在学校饿得头昏眼花时，他不闻不问，没说过一句关心我的话，更别说给我一点儿食物了。即使你浮肿了，有个表示也行啊。我暑假从老家回来后，如坠入冰窟，跟老家的浓厚亲情相比，自己的家没有一点儿温暖。他平时根本不理我，很少到我的屋里来看看。记忆里，从小到大他连个冰棍也没给我买过。

我也恨母亲！这次打我，她完全站在父亲一边，让我认清了她和父亲穿一条裤子的真正嘴脸。她虽没亲自动手打我，但父亲打我时，她不但不劝，还在旁边火上浇油，我左裤腿整个儿被血浸透了，也丝毫引不起她的一点儿同情。

所以当我撕父母的那张合影时，只觉得他们可恨，咬牙切齿地撕着，撕得我好解气。现在，我已经是初三学生，十五岁了，已经看过《红肩章》，人格觉醒，有了自尊，不能容忍父亲这么践踏我、侮辱我。

我想着怎么报复父亲。过去看见过父亲的委任状，上面的署名是国务院总理周恩来。我立即给周总理写了一封信，含着无比的辛酸控告自己的父亲，揭露他在家经常打人，不只打我，还打姐姐小胖……他在外见了谁都笑嘻嘻的，回到家却称王称霸，是个暴君。我没干任何坏事，只想要求进步，交入团申请书时，把手指割破，他就气急败坏，把我打得鼻青脸肿。亏他还是北京师范大学的领导，专门负责培养教师人才！

写好，装进信封，我贴上邮票马上就扔进了信筒。

我到现在也不明白，交入团申请书时用刀割破手指有什么罪过？为什么父母要这么大发雷霆？我为入团割破手指表诚意，就算有出风头、表现自己的意思，那也不是偷、不是骗、不是抢、不是耍流氓，为什么他如此大打出手？我初一骗他们伙食费被发现的时候，也没有这么生气过。

革命老人徐特立在年轻时，为表达爱国热情，曾当众砍断自己一截手指，这怎能说是封建落后的举动？

冀中抗日根据地雄县的开明绅士王汉秋为表明自己紧跟共产党抗日的决心，也曾把自己的小手指砍下来——怎能据此就说这位老人在玩儿封建江湖上的一套呢？

饥荒年代，父亲打我次数不多，印象最深的就是这一次。左手中指上的疤，现在仍可看见。

向团组织坦白

那时，我常常爱轻轻地哼这首歌：

红领巾胸前飘，
少先队员志气高，
红领巾胸前飘，
少先队员志气高，
时刻准备着，
为国立功劳，
时刻准备着，
为国立功劳。

它短小精悍，进行曲速度，唱后让人精神抖擞，走路都有劲儿。

上初三，我已到了退队的年龄，还天天戴着红领巾，哪怕是光着膀子，也要戴，似乎比别人晚入了四年队，吃了亏，得抓紧时间把少戴的时间捞回来。

在师大一附中，我还喜欢唱另一首歌，歌名是《红色少年》：

朝阳照耀着祖国的原野，
我们的旗帜越来越鲜艳。
……
啊，啊！
红色的少年，
啊，啊！
红色的心，
坚定的立场，
远大的理想，
……

这首歌的歌词记不全了，但曲调优美雄壮，旋律中有着一种少年的清纯、朝气。那声音像是一把拉圆的硬弓，前挺后沉，蕴蓄着强大的生命活力。

我的审美观很矛盾。老家里的八路军都脏脏的、土土的，粗布军衣、老汉鞋；而苏联军校学生却洗得干干净净的，皮鞋锃亮，衬衣洁白，二者实在很难统一。我有时候一天刷三次牙，玩儿命洗脸擦身，向苏联军校学生学习，把白衬衣掖在裤腰里，用香皂洗衣服；而有时候又猛然觉得《平原烈火》里的周铁汉更可爱，敞着领子，腰里插着驳壳枪，手里端着上了刺刀的三八步枪，脸上黑污污，更漂亮威武。于是我又故意几天不洗脸，脏兮兮的，说话带几个“他妈的”，自以为这才有八路军的气味，特美。

总的来说，老家的八路军比苏联军校生对自己影响更深。

由于我不讲卫生，脖子总是很脏，不知怎么回事，后脖子就开始长疖子，又肿又疼，还很痒痒，总忍不住用手去挠，结果挠到哪儿哪儿就长，这里刚下去，那里又冒出来，从脖子左侧到右侧此起彼伏，持续了数月时间。但我没把它当回事，也从不到卫生室看。

后脖子和头上长多少也没啥，可万没想到，有个周六回家发现，我的鼻孔处竟然也长了一个小疖子，一下子就给我破了相，鼻子肿歪，油亮亮的。我忧心忡忡，周一怎么上学校呢？

我对人的相貌最看重的就是鼻子。上图画课的经验告诉我，如果能把一个人的鼻子画好看了，其他地方画得多不好也还过得去。只有坏蛋的鼻子才歪斜不正、充满奸诈，自己这鼻子要是跟坏蛋的鼻子一样，可怎么见人！

我缩在自己房间，不敢出门，连母亲都不好意思见了，一门心思地琢磨着这个小红包儿，变着法儿地挤它、想消灭了它，可越挤越大。到第二天早上，它明显地肿成了大包，跟酒渣鼻一样红，狰狞得像个肉瘤子，比漫画里的美国鬼子还丑八怪。哎呀呀，这让我怎么去学校呢！我看到那些鼻子丑陋的人时，总联想到奸诈邪恶，现在自己鼻子成这样了，别人也该那样联想我了！

这是夏天，没法戴口罩，我只好等到星期日晚上的时候，把帽檐拉得遮住眼睛，低着头，趁着夜色步行回到学校，偷偷进了宿舍。我打定主意，宁可旷课也不让同学们看见我这糟糕的鼻子。

我星期一真的没去上课，自己躲在宿舍里，托同学向老师请了病假。

白天我就在宿舍里看书，中午饿了，也不敢上街，一直等到过了开饭时间，同学都回教室了，才鬼鬼祟祟地到小饭馆匆匆买几个火烧，再低着头走回宿舍吃。就这样昼伏夜出，躲在宿舍里，拖了好几天，我时刻盼着鼻子上的那个红包儿能快点儿好，可它却老是那么大，一点儿也不见小。

太倒霉了，我从没见过有哪个同学这地方起包儿的，那肿歪的鼻头破坏了我堂堂男子的相貌，让人联想到奇丑无比的狒狒。

最后，终于没熬到星期六我就步行回家了，连公共汽车也不好意思上。母亲听说我为了鼻子上这么一个小包儿，连着几天不上课，大大地不高兴，一边用碘酒给我消毒，敷了些消炎药，一边批评道："你老嚷嚷学解放军。我们的解放军战士可不像你这样，鼻子长一个小包儿就什么工作也不干了。"

母亲说得有理，我好虚荣、臭美，太重视外貌，太重视鼻子了。如果敌人威胁要把我鼻子割掉，我很可能就要当叛徒。

过了一个星期天，鼻子的包儿终于变小了一点儿，我这才敢去上课。

我好面子，特别愿意给别人尤其是女生留下一个美好的形象，觉得鼻子肿歪了，自己就变成了小丑，没有了尊严。尽管脚臭、手脏、脖子黑，我却和小胖姐姐一样，喜欢照镜子，但又怕别人说我臭美，就偷偷地照。

这样地爱美，自然也和异性有关。早在小学时，我就已知道在女生面前要表现得好看一点。刚上初中，正遇上一九六〇年大饥荒，天天把我饿得头昏眼花，肚子问题压倒了一切，性意识稍稍淡化了一点儿。但到了初三，随着饥饿程度的减缓，青春期的躁动日益凶猛，我对班上的女生越发注意起来。

按我的看法，班里面孔最美的是袁皎皎。她脸色白里透红，不像一般人那么黄，鼻梁挺秀，嘴唇红润；眼睛也像霍小华一样，有点发蓝，晶莹澄澈；

她的毛病是体型不好，个子特高，有点儿驼背，动作欠协调，跑起来，屁股一扭一扭，像一个农妇。她还特害羞，一跟男生说话就脸红，眼皮都不敢抬，忸忸怩怩，又晃脑袋又咬嘴唇，有点小家子气，不够大方。

我表面上虽然不答理女生，可对班里几个有点儿姿色的、看着顺眼的女生，也饥不择食，暗暗地想入非非。比如，我脑子里就闪过与袁皎皎干那事的念头，虽然当时很舒服，过了瘾，可事后深感愧疚。这是无产阶级思想吗？显然不是。对自己的同学怎么能怀有这种下流念头呢？

每看一部电影，也都对漂亮的女主人公迷得要命，晚上想入非非，而且毫不专一，见一个喜欢一个。冬尼娅、琼玛、吴琼花、高山、玛丝露娃……看了《英雄虎胆》，连王晓棠演的国民党女特务阿兰都很欣赏。这个女特务烫着长发，娇滴滴的，妖里妖气，可我居然一点儿阶级立场也没有，暗暗垂涎这样的女狐狸精！我对电影《南征北战》里的头戴船形帽、身穿美式夹克的国民党女秘书也很神往，虽然只出现几个镜头，但那妩媚的外表、婀娜的身姿都令自己震撼。

毛主席说在阶级社会中，一切人和思想都打着阶级的烙印。我这是什么思想呢？流氓不说，还非常反动！只不过没有机会付诸实行。

最要命的是，甚至对任老师都闪有邪念，太罪恶了！任老师在我心中就像一尊希腊女神，全身散发着圣光，美丽又神圣。

任老师始终肯定我低报粮食定量的举动，即使家里戳穿了我多报伙食费的谎话也不改变。她赞赏我对解放军的热爱、对革命先烈的向往、对自己的严格要求……可能是看了哪部电影受的影响，我曾在自己的左脚鞋鞋面上写了个“革”字，右脚鞋鞋面上写了个“命”字，这却在同学中招来异议，有说我冒傻气的，有说我出风头的，也有说我精神不正常的。任老师为此却特别地肯定了我，说我对革命的向往是真诚的、发自肺腑的。

任老师这么器重我，抚慰了我在华北和育才小学多年落后而被冷遇受伤的心。她不但心地好、作风好、讲课好，外表还特漂亮，说话声音动听，跟小鸟儿唱歌一样。每逢看见她那美丽的大眼睛，白白细腻的皮肤，娇美欲滴的面容，我就不由得对她有一种说不出口的肉体上的欲念，尤其是在夜深人静，下部躁动之时。

而一到白天，回想起夜间的行为，就非常悔恨自卑，痛恨自己是一个衣冠禽兽，灵魂肮脏龌龊，对一个那么呵护自己、尊重自己的女老师，也有非分之想。

《水浒》里，我最喜欢、最佩服的英雄是武松。他不为潘金莲的美色所动，实属难得，百里挑一。我相信这是真的，人间肯定有这样的人。英雄之所以是英雄，就因为一般人性上的弱点，他们却能克服。年轻的保尔·柯察金在监狱里，也曾拒绝过一位少女的主动奉献。

那关公不愧是条好汉。曹操为腐蚀关公的斗志，特地安排他和刘备的两位夫人同住一屋。那两位夫人都非一般女色，尤其是甘夫人，有闭月羞花之貌。关公却戎装秉烛立于户外，通宵达旦，丝毫不觊觎一眼。

方志敏被捕后，敌人曾派几个身穿花旗袍的年轻漂亮小姐照顾他、引诱他。方志敏不但不为所动，还斥骂道："你们是什么东西？"举起手铐就打，把那几个小姐吓跑了。（见《不朽的革命战士》，江西人民出版社）

记得我还看过一本中国抗日小说，名字忘记了。讲一位革命者被日本特务逮捕后，经受了种种酷刑，拒不投降。一次，他被敌人打昏过去，苏醒后发现睡在一张高级软床上，身边还躺着一个赤裸裸的美女，拥抱抚摩着他……他竟然毫不动心，一脚就把那美女踢下了床。

我都看呆了，对这位革命者敬佩万分。联想到自己，更是自惭形秽。我一见了美貌女性就有点神魂颠倒，求之不得，哪有勇气把她从被窝里给蹬出去？链条的强度是由最弱的环节决定的。我这么好色，能忠贞于革命吗？我对自己的同学、老师、甚至亲姐姐、亲妈妈都怀有欲念，敌人若来个美人计怎能抗拒得了？我渐渐感到：现在自己的最大问题不是贪吃、不是没意志、不是怕疼怕死，而是好色。

脑子里有这么多的流氓思想，对革命的危害会多大呀！很多的叛徒都是因为贪恋女色而走上了屈膝投降的道路的。长篇小说《战斗的青春》中的叛徒胡文玉即是一例。

我开始有意识地采取一些措施，与自己的流氓思想斗争。

看电影电视时，每逢一看见男女拥抱接吻时，就闭上眼睛，不给自己太多的刺激。母亲和小胖姐姐都为此觉得可笑，说我爱走极端。

我从不看《大众电影》杂志，因为那里有太多诱惑人的美女照片。

在班里和所有女生都保持很远的距离，尽量不说话，少接触。对袁皎皎尤其躲着，少看她。在街上，如遇见一个漂亮女性，克制着决不看第二眼，更不回头。以为少看一眼，流氓思想就会少一点。

有一阵子，我之所以满怀热望报名参军除了喜欢打仗，想当英雄外，还觉得兵营里没女的，不受女色骚扰，可以彻底根除产生流氓思想的土壤。

多读打仗的书，少看爱情小说，也是培养不好色的方法。《水浒》那段写武松杀潘金莲的几章不知翻了多少遍。巴金的书不看，郁达夫的书不看，

《一千零一夜》不看，莫泊桑的书不看，《十日谈》也少看……尽量不吃胡萝卜，因为听生物老师说，配兔子时，要给兔子吃胡萝卜。

然而，不管怎么看英雄书，也不管怎么躲着女生、视女的为罪恶渊薮，也不管采用什么办法削弱性欲……晚上难受时，仍时不时地，用手抚摩着自己的小家伙，画饼充饥。

英雄能干这种事吗？

武松真伟大呀！难怪千古流传。

我这好色的毛病从小学就开始了。三年级时就以欺负柳乃林来接近女生。五年级时就暗暗地与栗山岩握了手。六年级不到就开始自慰，有时候一晚上干好几盘。

哎呀！偏偏我爱学英雄、爱看英雄方面的书，就使我有一个标准很高的参照物来衡量自己，这更加深了我对自己的鄙视和厌恶，内心充满了罪恶感。

雷锋见了妇女，帮助人家做好事，我见了有姿色的妇女却止不住有邪念；许云峰见了国民党漂亮的女记者嗤之以鼻，我不但恨不起来，还想讨好。

抗日志士被敌人俘虏后，能把美女从被窝里踢出去，我哪有勇气踢？肯定要办完了事再说。自己的性欲太强，远远压倒了做人的气节。我明白流氓思想是属于品行问题，而一个人的品行有问题，这人就坏到家了。

毛主席说要做一个脱离低级趣味的人，要做一个高尚的人。我这些思想，说低级趣味算是好的，说龌龊下流也不为过。万恶淫为首啊。

初三临毕业前，我脸上很少露出笑容，总是阴郁沉重，性方面的罪恶感一天到晚压迫着我。因为天天自慰，又天天悔恨，革命者能做这事吗？感觉思想要革命化，不解决这个问题就什么也谈不上。无数次发誓要戒掉，可怎么也戒不掉。晚上在床上纯粹是一个大流氓，白天却还渴望着革命！我咋这么两面派呢？而且自己少年狂妄，性欲恣肆，多著名的女演员都敢想入非非，意淫一下。坦率地说，我在精神上奸污了无数的女性，不管对方是干啥的，只要漂亮对眼就想跟人发生关系……灵魂深处这么肮脏，还有啥资格谈革命、谈为人民服务？这么下流的人还配参加团员发展会、配接受任老师的尊敬吗？

厌恶自己，恼恨自己……这种种内心的悔恨矛盾，不断折磨着自己，成为我十五岁时最大的精神负担。我以为纯洁就是孩子一样，没有性欲；高尚就不应该对女性有一丝一毫的邪念。自慰是低级趣味，下流肮脏，见不得人。

到现在为止，我没跟世界上任何人暴露过这个问题，包括父母。白天装成或表现出对女色不屑一顾的样子，高谈革命，可晚上却幻想着干人家，不折不扣的伪君子一个。

我的格言本上有一句话说："撒一个谎言，就等于在自己的心灵上染一块黑。"本来就够坏的了，再加上这么虚伪就更坏了。很多人说我直，我直什么呀？在大街上每看见一个漂亮女性，就怦然心动，邪念乱冒，甚至对自己的母亲和姐姐也心怀邪念，天天都用手干那事。外表却一副道貌岸然，见了女的躲着走，极少理睬班上的女生。真虚伪到家了，瓤儿和皮儿完全不同，截然不同，彻底不同！

头脑中的这些见不得人的念头总梦魇般地困扰着我、压迫着我，让我阴郁不快。总感觉自己的问题相当严重，就处在犯罪的边缘上。对认识的或不认识的女同志老怀有邪念，这与刑事犯、与野兽有何不同？说严重点儿，已经完全堕落成一个精神强奸犯了，真是罪恶昭彰。

这么坏的思想向不向组织坦白呢？不说等于是隐瞒欺骗，可说了会不会影响自己入团？

小学同学李典模因为给女生写了一个纸条，就被同学们认为品行不好，没人理。我这些坏思想若说出去，比他可坏到家了，整个儿一个大流氓。但要搞好思想革命化就得从自己最丑、最不愿意别人知道的地方做起。一想起任老师不管什么时候、在什么地方，只要见了我总要停下跟我说上几句话、问问我的近况，心里就惭愧如刀割，觉得自己太坏了，都不敢正视任老师那乌黑的大眼睛。

记得在思想剧烈斗争了一番后，终于下决心向团组织坦白交待。说了改不了，那只是克制力的问题；不说，装洋蒜，是心灵污黑、虚伪欺骗的问题。同时，我还以为越向组织坦白得好，越能表白自己的诚意，才越有希望入团。

于是我专门写了一份思想汇报，承认自己灵魂肮脏，常对一些有姿色的妇女怀有低级下流念头，非常可耻。但讲得比较笼统、简短，不好意思说得太具体，只写了一页纸。

我郑重其事地把这份思想汇报交给了团支书张君满。他认真严肃地看完，客客气气地说："你真诚要求革命，要求进步，我完全相信。一句话：认真学习毛主席著作，好好学、反复学。"他再也没说别的，没有让我具体讲怎么低级下流了，以后直到毕业离开学校，他也没跟我提过这件事。

这很有点儿出乎意料，我感觉团支书对自己交待的这些"罪恶"并不很重视。一段时间里，我天天激烈思想斗争的重大问题，交待了之后，竟没引起他任何特别的表示。我猜想，或许自己这些想法别人也会有吧？他们可能不像我这么崇拜武松、崇拜英雄，因此没有我这么强的罪恶感。

尽管交了思想汇报之后，我的流氓思想照旧，一点儿也没减少，可自己总算表里如一了，没有太过虚伪。

不过，一直到初中毕业离校，我也没入上团。

第三章

一条革命年代里的狗

《东方红》革命舞蹈史诗从头至尾贯穿着的对毛主席的爱，好像一道纯洁的水流，把人的五脏六腑洗得一尘不染。它能让我的思想变得特崇高，能像狗一样忠诚于毛主席；也令我在潜意识里明白：革命是圣殿，革命是高贵，革命是美丽，革命才为人们所尊敬。而且，也只有革命才能得到漂亮女同学的青睐，革命是我们青年人的唯一希望。

◇同学们齐唱革命歌曲。

“这是一九六五年的上半年。全国都在学解放军、都在军事化，中央各部级单位都设立了政治部，解放军备受尊敬，军装是人人最想望的装束，军人是全校男女生都憧憬的职业……一个多么浪漫迷人的尚武年代！校园里弥漫着浓厚的军旅气氛。开大会和吃饭前，整个学校里，各班都排着整齐的队伍，唱着歌，喊着口号。”

上高中

一九六三年八月底的一天，我高高兴兴地来到了西山脚下的四十七中。离学校大门还很远，在那个长长的土坡上，就听见校园大喇叭里播放着当时流行的革命歌曲：

学习雷锋好榜样，
忠于革命忠于党，
爱憎分明，立场坚，
共产主义思想放光芒，
……

快到学校门前有片郁郁葱葱的松林，苍劲、刚硬、古朴。在干干的黄土上，光秃秃没一根草。那碗口粗的松树，拔地而起，棵棵都像炮筒子一样笔直。

校长和一些老同学站在门口，热情地欢迎着我们新同学。这学校门口前是座石头小桥，桥下的山泉已经干涸，里面有不少大石头。

北京四十七中学在颐和园西北方向四十多里，地处鹫峰下面的环谷园，原是重工业部子弟学校，北京市重点数不上，在海淀区却能算个重点。学校里的干部子弟很多，尤其是军队干部子弟。一进学校，到处都能看到身穿绿军装的小孩，一帮一帮的。因为颐和园西北方向有很多军事单位，又由于学校的录取分不太高，又是住校，很多军队或地方干部都让自己的孩子来这个学校就读。

注册报到后的第二天早上，学校就组织新生爬鹫峰看日出。当一轮红日鲜红纯洁地喷薄而出时，同学们欢呼着，为这壮美的山河所陶醉，好像嗅到了自己无比美丽的青春。而最让我激动的却是，学校里有很多貌美的女生，她们聚集在自己身边更增添了这日出的迷人和难忘。

站在鹫峰顶上，俯瞰我们学校。好大呀！那么辽阔一片！据老师说，我们学校是全北京面积最大的中学，共占三百八十亩地，仅一个果园就比城里两个中学面积还大。还有游泳池及好几个大操场及大片大片的农田和荒地，师大一附中根本没法比。学校还有一辆美制十轮大卡车，这在当时的北京中学里也很罕见。鹿苑是清朝皇帝放鹿的地方，四周围着又高又厚的石头围墙，学校高中部的两座大灰楼就坐落于里面。

我在高一二班，班里共有二十多个男生，十多个女生。我扫了一眼本班女生，觉得长得都很一般。可外年级、外班却有很多能跟电影明星媲美的女孩儿，真没想到离城这么远的环谷园里竟汇集了如此多的美丽小公主，初中时的师大一附中可没见过这么多。看来，漂亮女孩处境优越，压力小，不那么刻苦用功，才流散到二三流中学。在这样的坏境里，我感觉非常地惬意、舒服。

只是四十七中的厕所有个不好的地方——茅坑之间没有挡板，上厕所的时候，大家都一览无余，每个人的后半截都被看得清清楚楚的。我觉得很别扭，就总等到没人的时候才上厕所。而师大一附中在这一点上比较文明。

洪正端是我们班主任，俄语老师。他个子高高，脸部棱角分明，大嘴，三角眼，鼻子有点尖，平时不苟言笑，处事稳重，爱抽烟，说话低沉，富有逻辑性。因在师大一附中上初中时，我的俄语底子好，俄语摸底考试成绩全班第一，跟洪老师的来往就多一点儿。

他给我的印象不错。一九四九年由北京大学入伍，随着四野一直打到海南岛，又转战朝鲜。大约一九五五年才回国，先到北大进修俄语，后分配到我们学校教俄语。

开学不久，洪老师就领导我们学习胡耀邦在共青团十大上的报告《为我国青年革命化而斗争》。洪老师制订的政治学习计划一丝不苟，时间、内容、地点、措施、动员要点……周密又细致，好像是在制订作战计划。他说话时爱用军事术语，比如攻坚、机动、纵深、刺刀见红等。我很高兴有一个老兵当自己的老师。

刚到一个新环境，我给自己规定的政策是少说话，坚持每天悠双杠五十个，早上跑操场五圈，天天写日记，每个月写一份思想汇报给团支部。还规定自己吃饭多吃窝头，不买零食；尽量穿旧衣服；夏天不穿袜子，冬天不围围脖，不戴口罩；生病不去卫生室；决不讨好女生；一定搞好团结。

我和师大一附中初中同学不再联系，可能因为初中是走读学校，同学间关系松散，感情不深；也可能四十七中比师大一附中差一个等级，来这儿上学不那么光彩，包括我向之割手指的团支书张君满，陪我锻炼挨打能力的李世民，借我玩小口径步枪的范光义……都断了来往。

我想自己初中入不了团，关键原因就是群众关系太差，仗着自己出身好，轻视一般出身同学，总爱独来独往，连团支书张君满都没团结住，常狠巴巴地瞪着他的小分头，并曾冷冷地质问："你干吗非要梳小分头？"似乎他梳个小分头就不革命、就是资产阶级趣味。所以，即使我对团组织那么赤诚，几乎都把心掏出来给组织看，也没入上。

还有，我过去与人交往太爱以貌取人，面貌油滑的、阴险的、鹰钩鼻的、梳大背头的，内心都有一种潜在的排斥。我一定得克服这个毛病，对班上所有同学，见了面，都要客客气气，面带微笑，不再以貌取人。

因刚入学，同学们素不相识，彼此间都很客气友好，关系融洽。但过了一段时间，相互了解了就开始产生矛盾。

班里的语文课代表王佑，长得像一个小姑娘，五官小巧玲珑，细致精美，皮肤白白嫩嫩的，如果留上长头发，一定能算是全班最漂亮的女生。他聪明，功课好，对人也热情，喜欢帮助人，初中在清华附中，善背古文，出口成章。还有口才，能说一些很幽默的话，特招女生注意。他身穿一件蓝色条绒的小大衣，款式时髦，在当时不很多见，显得高贵富有。他给我头一个印象就是人缘好、清纯，但小资情调浓，缺少工农的质朴，比如那件小大衣就很不无产阶级。

赵国章是一脸疙瘩，鼻子上也尽是疙里疙瘩。小眼睛里面是黄黄的瞳仁。他爱读武侠小说，满脑子的李元霸、卢俊义、展昭等，不怎么爱说话，说话前先要苦笑一下。他喜欢研究打架技巧，但重韬略、不爱玩儿命练块儿，怕苦怕疼。他考虑问题的思路都是武侠小说的思路，办事的风格也是武侠小说的风格。我觉得他虽有忠厚的一面，也有爱玩阴谋诡计的一面，人不傻，有蔫主意。

刘建军平时老戴一顶呢子军帽，可能是军人出身。他五官端正，相貌有点儿像方志敏烈士，是个好人样，但就是眼睛太机灵，骨碌骨碌转得极快。这人很会模仿老太太的动作，小脚走路、挠痒痒、纳鞋底、嚼东西……模仿得惟妙惟肖；为了讨别人一笑，能装成小丑。

任道远是一个大高个，虾米腰，戴副眼镜，身体软弱，爱看书，性格孤僻高傲，估计出身不太好。我能与他聊聊文学小说，但聊一会儿后就话不投机。他太喜欢郭沫若、郁达夫、徐志摩这类的文人，我却更喜欢保尔·柯察金、法捷耶夫、杰克·伦敦等革命作家。他身上有股酸文人的骨气，很倔，不好惹。

宋尔仁是班里另一个很孤僻的同学。他嘴唇上有点儿小胡子，三角眼里隐现着几道弯弯曲曲的红丝，样子像个坏蛋，让他演汉奸，一定成功。跟我一样，他感情好冲动，内心有一团火，宿舍里没人时，常常大放厥词，痛骂爱告密的同学“假积极”，踩着别人往上爬；尤其是老公开骂女人，说女人是万恶之源、是毒蛇，全世界女人没一个好的……他这么骂女人，一定有什么难言之隐，令我对他十分好奇。可他守口如瓶，从未透露过这方面的事。和他接触多了，我又发现他思想特复杂，政治上不要求进步，为人处事诡秘，不敢和他深交。他喜欢诗歌，也能自己诌几句，高兴的时候，爱摇头晃脑，吐沫星子四溅地背普希金的爱情诗。在班里，他和任道远最好。

我的同桌叫齐德操，初中在一〇一中，小学是育英，都是干部子弟学校。他看上去挺讨人喜欢，圆脑袋、方下巴；大眼睛无论什么时候都是亮晶晶的，跟豹子眼一样。他也老是一个小平头，鼻子粗直，朴实刚正，很像雨花台烈士雕像。他体形较高，匀称健壮，不胖不瘦，百米跑是全班第一，能到十二秒多。他人也很聪慧，功课好，初中就入了团，一直当班干部。他父亲在高级党校工作。平时虽穿着朴素，但言谈话语中却总流露出一种干部子弟的优越感，这让我不太舒服。虽然我也有干部子弟的优越感，但我掩藏在内心，不喜欢像他这样赤裸裸的。

周崇丹也是一个给我留下了印象的人物。这人眼睛很大，睫毛长长、黑黑的，充满柔情。他肤色黝黑，身体削瘦，动作有点女性化，说话爱扭屁股，体育课上练动作时常常出洋相。他写的字也不好看，瘦长瘦长的，学习一般，还很傲，谁也瞧不起，特别喜欢跟女生接近，穷聊，一点也不掩饰。

陆微是陆平（原铁道部副部长，后调北京大学任党委第一书记）的女儿，眉清目秀，气质高雅，有着一对特别大的眼睛，比平常人大一号。衣着极朴素，常穿一件洗得发白的蓝褂子，冬天时爱穿一件花格格呢大衣，相当扎眼。她因病休过学，数学不大好，性情温和，慢性子，干什么都比别人慢半拍，吃饭慢、说话慢、写字慢。

比较而言，班里女生最漂亮的是徐卫卫。她是部队子弟，小矮个儿，小脑袋，小手，梳着两个小辫儿。眼睛虽不大，配上那个脸蛋，却很中看。她的单眼皮比别人的双眼皮还秀气，非常贴切有味儿；瘪瘪的小鼻子也特别单纯可爱，形状不妖不艳，像块方方正正的甜糖块。她能歌善舞，开朗活泼，许多高年级的男同学见面都爱跟她打招呼，亲切地聊一番。

我觉得她有点儿危险，提醒自己少理她，不能丢了男子汉的尊严，别让她以为所有男的都向她点头哈腰。

四十七中有一个很复杂的场面：一方面军队干部子弟很多，同时又有相当的一批归国华侨，大都是一九六〇年左右，印尼排华而回来的印尼华侨。

这些华侨穿着花花绿绿，非常刺眼。

像我们的班长就是一个大背头，穿着瘦腿裤，戴着一块有日历的金表，脚上的皮鞋，尖得像毒蛇的大牙。这还不算什么，最让人反感的是他手指上还戴着一个镶着钻石的戒指，真是资产阶级到家了。我很奇怪，他竟是团员，而且还是我们的班长。表面上，我对班里的四个华侨还客气，心里却轻蔑他们。牢记着自己初中入不了团的教训就是群众关系太差，什么都太外露。

学校里有着浓厚的军旅气息，同学中穿军装的很多，还有不少同学从头到脚一身绿——军帽、军衣、军裤、军鞋，令人好不羡慕。每天早上各班都要集合、跑步出操。大操场上龙腾虎跃，充满口号声。早饭和午饭也全都要排队去食堂；配合吃饭，广播室总播放着军队歌曲。

冬天的早上无论多么寒冷刺骨、多么漆黑，我们起床后，第一件事就是赶紧跑到外面集合整队；也不管如何黑灯瞎火，全班人总能迅速排成四路纵队，开始往操场跑去。

“锻炼身体，保卫祖国！”

“团结紧张，严肃活泼！”

“一二三四！”

我们一队一队地跑着，口号声在寒流中此起彼伏，偌大校园充满了年轻人的朝气。

跑完后到教室上早自习，直到下课吃早饭时，天才亮。

一九六三年冬天，全国正在大学解放军。班里展开竞赛，看谁起床快、最先到集合地点。经过一夜，宿舍里的炉子已经灭了，睡了十多个人的大房间干冷干冷的。齐德操的起床毅力，令人不得不服。每当起床铃一响，他就腾地坐起，飞快地穿好衣服，第一个跑了出去。而这时，大多数同学却还躺在被窝里痛苦地进行着自我思想斗争。

天还黑着，残星闪烁，寒风彻骨，我们的洪老师，穿着大衣，戴着棉帽，围着围脖，早早就站在集合地点，用表看着谁第一个到。齐德操回回都是第一，不管天气多冷，他这起床速度谁也比不过，完全可和消防战士媲美。

齐德操后来成为我们班的第一个共产党员，这可能与他早上起床速度快也有一点关系。因为我们的政治老师负责发展学生党员，而他对齐德操的起床毅力非常欣赏。

四十七中到处是鸟语花香、苍松翠柏，是一个学习的好环境，但学校的教学质量，在海淀区也只算得上是一个中等偏上的水平。高中第一学期结束时，我的学习形势还可以，期末考试不再最差。那四个华侨在海外长大，对国内的功课生疏，考试尽是不及格，成为了全班的垫底。

第二学期开始后，我跟同桌齐德操的矛盾加深了。我发现他不坦白，比如，我父母是什么官儿、多少级，我都告诉了他，他却不肯告我他父亲是什么官儿、多少级，总躲躲闪闪。有人就抱有这种心理：怕自己父母的官儿小，说出来不光彩，不说还挺神秘的，让人浮想联翩……他这个人跟谁都嘻嘻哈哈，处得不错，但跟谁都保持着距离，谁也不知道他心里最真实的想法，而且喜怒不形于色，内心的好恶一点儿不露。

一次，当得知我要去洗衣房洗衣服时，齐德操笑呵呵地让我帮他洗，叫我学雷锋、做好事。我心想，你团员有什么了不起，干嘛要给你拍马屁？就硬是没给他洗，狠狠尴了他一下。

可能是因为父亲在中央党校工作的原因，齐德操喜欢理论，爱上政治课，跟政治老师关系极好。政治老师姓孟，党员，总穿一身旧蓝布制服，为人随和。在我心目中，政治课是一门严肃的课，应该庄重，初中的任老师就为此赢得了我的尊敬。可孟老师在课堂上却比较随意，笑得太多，说得太随便，跟同学密切得过分，以至于减损了作为老师的尊严。比如讲到我国击落美国飞机时，他就瞪大眼故作神秘地说：“嘿嘿，美国的 U-2 飞机，苏联都打不下来，我们给打下来了，用什么打的，你们自己琢磨吧。嘿嘿！”满脸堆笑，挤眉弄眼，好像一个淘气的小毛孩儿。

当时全国正兴向雷锋学习干好事，天天午饭期间，学校广播室就广播同学们干的好人好事。我想入团的念头一直没断——他齐德操能入团，我为什么就不能入？我也要干点好事表现表现。干什么呢？我一时心血来潮，决定去打扫男生宿舍北面的厕所。

别的同学也扫过厕所，但他们只是偶尔扫扫，我却打算天天扫、长期扫，把这好事干得尽可能漂亮，作为争取入团的一个举措。厕所有二十几个坑儿，坐落在一小坡上，东西两个进口，都没有门，只有一堵墙挡着，刮风时常常会把一些树叶、草枝、纸屑刮进厕所。我每天下午课外活动或晚上厕所里没人时才去打扫，不好意思让人看见，怕人家说我是假积极，偷偷摸摸地扫完赶紧走人。好在扫厕所很容易，每个坑之间没有挡板，一马平川。只要把脏纸、烟头儿、树叶等扫到坑里就行。

天天扫厕所，不可能瞒得住所有同学。时间一长，也总会碰见一两个同学正好在厕所里，那我也就只好硬着头皮干了，非常尴尬。这件事渐渐传开后，给我带来的后果非常不好。

同桌齐德操开始用一种怀疑的目光打量我，好像我是一个有问题的人。

他跑百米能镇过我；他的大腿周长在班里数一数二；他艰苦朴素，长年累月地一身蓝；但他悠双杠不如我，举重没我厉害，窝头也没我吃得多……两个比较类似的人，最容易成对手，谁也不服谁。他曾在背后对人说我扫厕所的目的不纯，把我气得咬牙切齿。

每逢考试卷子发下，齐德操常常自恃成绩好而用一种居高临下的目光看别人，特爱打听别人多少分，发现比自己差就扬扬得意。他喜欢在同学面前高谈阔论育英小学的种种优厚待遇，总是抬高他们育英，而贬低我们育才，说中央首长，如毛泽东、刘少奇、任弼时、陈云、高岗、林彪、薄一波等领导的小孩全在育英小学，语调中充满着骄傲，对育才则不屑一顾……可惜的是我们育才小学中央一级的干部子弟确实太少，充其量只有邓小平的女儿、李先念的女儿、李大钊的孙女等等，无法挫挫他的傲气。

有一次，齐德操当众指责我说的一件事不对，好像他是团员，他功课好，就是知识权威、百科全书，什么都是他正确。我自然不服气，就愣跟他顶，最后相互嘲笑、相互揭短，我扫厕所的事情自然成了他鄙视我、嘲笑我的一条。我说不过他就只好破口大骂，从此与他彻底翻了脸，见面互不理睬，根本不说话，直到文化大革命中彼此也不来往。

与齐德操的关系冷落后，我马上和班里几个跟他关系好的人也都关系冷落，如刘建军等人。我和周崇丹的关系也开始恶化，似乎也是因为我扫厕所。

周崇丹一上高中就交了入团申请书，当然愿意团组织重视自己、培养自己。我扫厕所的举动，在干好事方面开创了一个新领域，标新立异，让他有些黯然，也自然对我不满，视我为他入团的竞争对手。而我的一举一动，也不是无懈可击，比如喜欢摔跤、喜欢自由散漫、爱说脏话等，都是落后分子的特征。他因而觉得我扫厕所是伪装积极、伪装进步，扫厕所让他看透了我，认为我是一个往上爬的家伙。我很敏感，谁对我好，谁对我不好，心里都清楚。周崇丹对我的那种敌意，马上就感觉了出来。

王佑跟别人议论起我来时，也对我扫厕所的事情有看法，认为学生本职工作是学习，不是扫厕所，你学习不好，再积极扫厕所，也不能让人服。

真没料到我一扫厕所，竟扫出了这么多人的反感和敌意！而我当时的想法只是：刚到一个新环境，应该严格要求自己，给周围人留一个好印象，而扫扫厕所也累不死人，还以为这能让自己更早入团。

现在回想起这件事，才理解了为什么出头的椽子先烂。干什么都不能过，人积极过了头儿，就要脱离群众，就要招人反感。中学的同学们最厌恶假积极了。我这样长期地扫厕所，超出了大多数男生所能接受的程度，理所当然地被反感、被厌恶。而一旦和同学们有了矛盾之后，我的政策是以眼还眼、以牙还牙，绝不让自己受委屈。谁对我冷淡，马上对他也冷淡。我叫他，他答应得晚了一点，下次就再也不叫他了。见面对方脸上没笑容，我以后也就用同样的冷脸回敬，反正绝不向周围人讨好。我的脑子里充满着英雄，班上这些同学与之相比都是一些平庸之辈，疏远就疏远，没什么了不起。

这个齐德操太爱讨好政治老师，襟怀不坦白，自己的坏思想一点不说；这个王佑太轻浮多变，什么人都交，轻诺寡信，说变就变；郑六田就会见风使舵，班上谁有势巴结谁，以溜舔干部子弟为荣；周崇丹太好色，下了课就往女生堆里凑，还穷狂，谁也看不上；任道远整个一酸文人，老是吹捧郭若沫、郁达夫……宋尔仁长相阴险，居心叵测，那么大骂女人，肯定这方面有事，骂贼最厉害的人往往自己就偷东西。

熟悉了身边的人之后，感到他们每个人身上都有自己看不顺眼的地方，也就失去了最初接触时的那种友好和敬重。

我改变了刚上高中时，见谁都笑脸相迎的外交政策，跟同学们都保持着距离，以防自己受到伤害，终日板着脸，非常严肃。

不过，我还是硬着头皮，继续扫着那个空荡荡的大厕所——如果半途而返，就真成假积极了。所以，即使扫厕所扫成了孤家寡人也不能改变。

高一年级第二学期，我又开始像初中时那样孤独、离群索居，平时没有特别亲近的朋友，下课后，经常独自到运动场上练块儿。

没关系，人越孤独，才越坚强，我和我的英雄们在一起。孤独是我保持自尊的武器，孤独才能磨炼意志。

孤独中的友谊

学校明确宣布了一条纪律：中学生不许谈恋爱。有一个叫刘小克的初三同学，总穿一身洗得发白的军装，他只给一个同班女生写了一封信，就闹得满城风雨，结果被调班，成了全校知名人物。人们总用异样目光盯着看他，好像他是一个怪物。这位清秀的小伙子从此变得沉默寡言，越来越孤僻，总深更半夜到操场跑圈。同学们传说他犯了精神病，女生们都远远地躲着他。

男同学中弥漫的一种气氛是，谁不给女生讨好，谁就有种；谁跟女生甜不啰唆、点头哈腰就会被认为色迷子，受到大家的鄙视。岁数越大，我越佩服能不向女生讨好的人。因为这太难了。上高中后，我更加懂得保护好自己名誉的诀窍——在男女问题上宁左勿右。

记得《革命烈士诗抄》里有一首诗说：

我们是青年的布尔什维克，
一切——都是钢铁。
我们的头脑，
我们的语言，
我们的纪律！
……

可我不是钢铁。虽然咬牙悠双杠，悠三四十个，悠得手心疼，但健壮的外表下却是一个脆弱的灵魂：我老渴望着异性，渴望着干那事儿。我的小弟弟总肿胀着，硬似钢铁，真恨不得往石头上捅。天天最经常的念头就是各种各样的性幻想。

孤独感、凄异感像大石头一样压在头上。我跟同学只能表面上说说话，内心的性苦闷却无处诉说，青春的躁动无时无刻不在折磨着自己。这个初中时就向团支书忏悔过的问题根本就消灭不了，不管怎么看英雄书、怎么学毛主席著作，也抑制不住自己脑子里的流氓念头。

我身边没有一个亲密的朋友，从早到晚总是一个人在宿舍、食堂、教室、操场、图书馆、厕所等处游荡。除了自己用手解决一下，强烈的性欲无处发泄。性情极度孤僻，终日郁郁寡欢。

我不爱回家，跟父母也没话说。他们终日忙于工作，很少主动跟我聊天。我喜欢刀，父亲喜欢文房四宝；我喜欢摔跤，父亲喜欢字画；我喜欢格斗，父亲喜欢古诗，我们根本就谈不到一块儿去。

一到星期六，同学们回家了，宿舍里剩不下几个人，就更显冷清。我宁肯在学校待着也不愿回家。孤独中就常常浮出一股青春的惆怅和痛苦，内心深处渴望着有一个冬妮娅般高贵漂亮的女孩子出现在自己面前。

可是，森严的学校纪律把十六岁高中生的青春萌动死死地压着，男女生界限分明，无人敢逾越一步。那位全校闻名的半夜跑圈的神经病就是违反纪律的下场。我知道自己的流氓念头哪怕暴露百分之一，也足令自己身败名裂。所以，平时远离女色，把自己的肮脏思想掩饰得严严实实。

一九六四年的春天来了。

校园里的杏花、桃花、梨花怒放，五彩缤纷，香气扑人，吸引着一群群的蜜蜂飞舞。洁白、粉红、嫩绿，星星点点地缀饰着校园，给人春天的温暖和悦目。大山脚下的四十七中笼罩在一片恬淡的温馨中。

就在这个美丽的春天，我和吴念祖成为莫逆之交。

可能是我们一起爬了一次山？可能是他陪我去北安河商店买了一趟东西？可能是我们都对齐德操爱给政治老师拍马屁看不上眼儿？具体由头早已忘记，反正我们一下子就成了好朋友。

我的农村背景使我对农村子弟有天然的好感。吴念祖家就是农村的，和郑六田同住在北京农业大学旁的肖家河村，但他比郑六田要朴实，他没有申请入团，被老师认为不大要求进步。吴念祖平时在班里很不起眼，同是农村的，郑六田就鬼机灵，喜欢在大家面前出头露面。

尽管明知道以貌相人不对，我交朋友，却还是以貌相人。吴念祖成为我的好朋友，一个很重要的原因就因为他长得特像英雄。

真的，外貌让自己碍眼、鼻子不合自己口味的人再好，也没兴趣和他交朋友。比如赵国章人挺不错，可脸上疙瘩太多，狮子鼻像某部电影里的土匪鼻子，我就一直没跟他多接近。宋尔仁是一个重义气、慷慨乐施的人，但他三角眼里的光特冷酷，留的小胡子深不可测，我也不敢跟他多来往，担心这家伙是一个隐藏在革命队伍中的胡风式的人物。而且，我很好面子，如果一个獐头鼠目的人成为我的朋友，我担心别人会把我当成獐头鼠目的同类。

吴念祖相貌端正刚毅，虎头虎脑，脸膛黑里透红，让人一看就能产生信任感。他绝对是一个耿直倔犟的形象，画家如果要画革命烈士，拿他当模特儿保准成功。《红岩》里的许云峰，请他演最合适。他的眼睛是正派人的眼睛，没一丝丝邪光；那鼻子像个美国吉普车的车头，方正平直，有棱有角，特帅；四方脸、四方脑袋、四方下巴、大耳朵……脸部每一个零件都洋溢着正直、倔犟和宽厚。不管春夏秋冬，他总是剃一个短短的小平头，干净利索，一看那外貌，就知道这人绝不会偷东西，不会勾搭朋友妻子，不会栽赃陷害，不会两面三刀。

他的皮肤油黑光亮，微微泛红，相当健康；腿像蒙古人，有点儿罗圈儿。他守信用，在城里同学面前不卑不亢；虽然家里穷，捡了东西也决不自己财迷，别人的衣物、文具、零食，多好也不眼馋。

十六岁的年龄已经有了不少的生命体验，我们互相倾诉着，无话不说。我们聊初中老师，聊与人打架吵嘴的经历，聊看过的好书，聊听说过的杀人案，聊喜欢吃的各种美味，也聊对班上同学的看法。

他星期日从家回来后，常常给我带来烤好的红薯，特别甜。当我闷得慌时，他陪我上山散步，陪我到操场跑圈儿，陪我到北安河逛商店。下雨了，他会让我披着他的雨衣；学校周末演电影时，他会帮我占一个位子；他家里的杏子熟了，他会带给我好些。我脸皮薄，有时连买东西都不好意思，怕被售货员冷遇，他就帮我跑腿儿，替我买这买那的。

他的身体协调性差，跑步姿势不太好看。上体育课时，老师教的一些动作，比如双杠翻腕腾起等，他开始总做得不太标准，课后，我就陪他在双杠边一次一次地练，直到练好为止。

我们一起去教室，一起回宿舍，一起上厕所，肩并肩蹲坑儿，也在星期六下午一块儿回他家。他家简陋而整洁，母亲是一位坚毅、干净、开明、有文化的妇女，对吴念祖的教育很严格。比如吴念祖对我说，母亲教育他晚上决不能摸自己小鸡儿，一摸就打。对此，我印象极深。

我们两个家庭背景不同，一凸一凹，却像齿轮一样地咬合。有这样一个朋友在身边，让憋在心里的许多话说出来，我好像安心了，不再觉得那么孤独。

可以说，从小到大我还没有过一个朋友。小学我是最坏的学生，班里同学没人跟我好；初中也没一个私人朋友，跟范光义等同学关系不错，但也若即若离。吴念祖是我第一个谈了那么多心里话、动了真感情的朋友。啊，书上关于友谊的赞美有多少呀，过去对我来说，那都是空洞的、别人的，没有机会体会过，而现在我终于尝到了它的浓烈滋味儿。人一生得一知己足矣！

吴念祖的家庭有点儿特殊，父亲解放前就流落到海外做劳工，多年和家里没有联系，后来听说在英国当了码头工人，是母亲一手把他拉扯大。

到一九六四年春，吴念祖的父亲突然和母亲联系上了，来信表示很想帮助吴念祖到英国去。吴念祖却踌躇着，拿不定主意。星期天他从家里回到学校，心事重重地问我："你说我怎么办？"

"你自己有主意吗？"

他低着头嗫嚅道："我挺想去的。"

他居然想到帝国主义国家去！我大吃一惊，马上严肃地告诉他："英国可是一个帝国主义国家，你怎么能想去帝国主义国家呢？你父亲在英国生活了那么多年，他要是真热爱革命，热爱你们，应该回中国，参加社会主义建设。他不回国，而让你去，就是想让你离开革命队伍，投向资本主义阵营，这可是一个大是大非的问题。”

他沉默了一会儿说：“我母亲一人在农村里拉扯我们三个孩子，非常辛苦。我要是能到英国也是一条出路，可以减轻一下母亲的负担。”

“到帝国主义国家去对我们年轻人思想改造和锻炼有什么好处呢？你要是在英国，肯定要受很多资产阶级思想影响。我们应该听毛主席的话，走和工农兵相结合的道路，决不能跑到西方资产阶级那边儿去。”

“我就是想跟父亲在一起，别的没想那么多。”

“中国是世界革命的中心，英国是日暮途穷的老牌帝国主义国家，早都腐朽了。全世界人民都向往着中国，多少人想来中国而来不了，你怎能舍得离开我们中国呢？”

吴念祖犹豫着，内心很矛盾。

这么关键的时刻，他竟然还犹豫，还拿不定主意！我很为他没有坚定的革命立场惋惜，根本就没设身处地为他想想：不去英国，他这个普通农民的小孩儿，还有海外关系的污点，在中国能有什么前途？看见他父亲身穿西服，油头粉面，在一个冰箱旁边站着的照片，我头一个感觉是这家伙已资产阶级化了，非常恶心。

我说：“真的，可不能从革命队伍里开小差，当逃兵呀！这是考验你忠不忠于祖国、忠不忠于党和毛主席的时刻。你千万别为了对外国好奇，犯了大错！”我已经像喜欢那个育才无名小姑娘一样地喜欢上他了，舍不得跟他分开，就竭尽全力地给他泼冷水。

在跟洪老师聊天时，我主动反映了吴念祖想去英国的事，说他现在很矛盾，又想去，又下不了最后的决心。洪老师知道后相当重视，马上找吴念祖谈话，晓以大义，进行爱国主义教育，直到吴念祖表示决不离开中国时，这事才算完。

不过，吴念祖后来告诉我他不是不想去，而是打听到普通中国人出国，手续烦琐，审查极严，几乎比上天都难，他这个普通农民的小孩儿只好放弃。

这事一点儿也没影响我们的友谊，我们还是形影不离的朋友。一起到食堂吃饭，一起到教室上课，一起讨论作业里的难题，一起洗衣服，一起上厕所。

吴念祖有一个毛病，每次大便都要蹲半个多小时，拿一本书慢慢地读。我常常心甘情愿地陪着他蹲，多臭的味儿也不在乎。

宿舍轮到他值日时，我主动帮他倒尿桶，也不怕尿桶提手上有尿；星期日回家，我偷了母亲的一块高级糖，舍不得吃，要带到学校给吴念祖；每月的几块零花钱虽不够用，可为吴念祖买点什么却分外欣慰，舒坦。

四十七中美色如云，从初中到高中，哪个年级都有几个很镇的，走在校园里，每天都能碰见。可自从和吴念祖好了以后，对漂亮女生完全没了兴趣。啊！有一个男的在身边真好！能离那些女的远远的，能高傲地不看她们，不溜舔她们！

友谊使我惆怅孤独的感觉全无。吴念祖是一团大火，烧热了我的心。

连肉体上都喜欢这个农村小伙子。我喜欢他刚正漂亮的吉普车鼻子，喜欢他毛茸茸的厚嘴唇，喜欢他黑红黑红的脸膛，喜欢他平平方方的脑袋，喜欢他一口洁白整齐的牙，喜欢他那像小马一样的健壮骨骼，尽管腿有点罗圈儿。有时，我非常感慨这么好的小伙儿没有生在城里的干部家庭，却生在了郊区的一个普通农民小院里。

我天天晚上睡觉前都要想想他。他的形象真的特像钢铁战士，像《红岩》里的革命烈士，他真该去八一电影厂演英雄，肯定镇了全中国！

我简直是在热恋！有一阵子，每天晚上熄灯后，我都要走到他床前，跟他握握手后才回去睡觉。能碰碰他的身体，觉得特别温暖、幸福，他的肉似乎是天鹅湖里的质体，充满了高贵与芳香。

临睡前，我还总要回味回味白天与他说过的话，越琢磨越有味儿，感到吴念祖有甘蔗般的力量，越嚼越甜。亲身体会到了友谊确实是人生幸福的极致，其乐无穷。

我还很嫉妒别人跟吴念祖说话，尤其嫉妒女生跟他说话，生怕哪个女生会把他从我身边抢走。我欣赏他的外表，觉得别人也会如此，常常为此提心吊胆，在教室里，老是注意有没有女生偷偷看他。幸亏没有。

某次，一个相貌平庸的女生向吴念祖借东西，我顿生怀疑，担心这丑丫头接近他别有用心，妒火满腔，不舒服了好几天。后来经过观察，发现她并没有那个意思，才如释重负，放了心。当我看见他在体育课上有了问题不问我，而是问周围的人，心里就特别难受，感到了自己被冷落。

渐渐地，我发现吴念祖对我不如我对他好。比如晚上熄灯后，全都是我走到他床前，跟他握手，他从来没有到我的床前找我握握手。我非常希望他也像我这样脑子里全装着他。我帮他买饭票，替他交班费，送他日记本……但反过来，他对我却远没有这么热情。

为了考验他，一个星期六，我故意躲起来，看他回家前是不是四处找我。结果他竟然不等我就自己一个人回了家。而我对他，决不会这样。一旦发现他对我不及我对他好时，就常常心如刀绞、痛苦异常。

再甜的糖，吃久了，也没味道。我们的友谊已经持续了很长一段时间，我对吴念祖的感情里好像夹有一种说不清的欲望，并且越来越强烈。比如我特想吻吻他，我这辈子还没吻过别人，非常想试试。

一次，我望着他意味深长地笑着。

他不解地问："你笑什么？"

我鼓足勇气说："我想亲亲你。"记得苏联电影里红军战士胜利会师时也互相拥抱接吻。

他却恼怒地瞪着我说："你敢，你要是敢，我就大嘴巴抽你。"我没敢。我们之间最亲密的举动只是握握手，就像和小学同学栗山岩一样。

但是从这以后，吴念祖明显地流露出对我的厌恶，可能感到了我把他当成女的一样地喜欢了，他对我越来越戒备，每晚上不再让我握握他的手。他说："你别这样！"

"为什么？"

他为难地摇晃着头："你对我太好了，好得让我受不了，你别这样。"

走路时，他也不愿让我太挨近他，更不让我把胳膊放在他肩膀上，老嘟囔道："男人和男人不能整天搂搂抱抱，这不好。"

就像刚从农村老家回来后那样，心里全被掏空了，丢了魂儿般，一天到晚想着他，害怕失掉他。

这是我从小到大的第一个朋友，胸里积蓄了那么多的热情、那么多的爱、那么多的幻想，头一次有机会好好地发泄一下……让我亢奋，让我的生活为之焕发光彩，尽管他是一个男的。

每天早上一睁开眼，头一个念头就是浮现出吴念祖那黑红的脸庞、刚强的眼睛、淳朴的微笑。老想见他，老想和他在一起，老想和他说话，老想挨着他的肉体，连他的臭袜子都散发着清新香气，与众不同。

他虽躲着我，却如同往大火上泼了油，刺激得我更饿狗逐食般追着他、讨好着他。下课后，他的影子在哪儿，哪儿就有光明，我就本能地向光明靠近。每天要是和他少说了几句话或少在一起待了一会儿，就六神无主，如丧家犬般惶惶然。但他跟我在一起时，话却越来越少，老阴沉着脸，而跟其他同学在一起时，却能滔滔不绝、眉飞色舞地说话。

一方把自己完全交给另一方来控制，就很难得到另一方应有的尊重。吴念祖开始与我抬杠，我说东，他偏说西。在公开场合，他故意和我顶，不给我一点面子。走路时，他生怕我碰他一下，要离我三尺远。他处处躲着我，再也不跟我一起去食堂、上厕所。我给他什么都不要，还气愤地嚷道："你别对我那么好，行不行？我受不了！"

眼睁睁地看着他离开我，不再珍惜我们的友谊，难受之极，如同指甲盖被撕开，泼了碘酒。我什么也干不下去，整天琢磨着如何让他喜欢自己、如何拍他的马屁。

我开始明白自己太没出息了，喜欢一个人，就把自己变成了狗，甘愿被他控制，被他用绳子牵着，失去了人格。我为什么就这么贱，见了吴念祖，骨头就发酥，就瘫成一摊泥？我的人格跑哪儿去了？我的意志跑哪儿去了？

可能是从小孤独、缺少家庭温暖，一旦有机会得到一点点温暖，就像落水的人抓住一根稻草一样，死不撒手。吴念祖是我这辈子第一个动了真情的朋友，为巩固住与他的友情，我向他谄笑、向他曲意逢迎点头哈腰。这个没人放在眼里的农村小伙子，成了我待之唯恐得罪的君王。

我对他的感情已超过了对小学的栗山岩，比如，我一想到其他男人流出的那种液体就觉得脏、恶心，唯有他的却例外，觉得是那么的清纯、芳香！

吴念祖对我态度越来越横。我明白他讨厌我，嫌我老缠着他，想轰我走，可我总下不了决心离开他，跟失恋一样，整天想着他。全班同学和老师谁也不知道我内心的痛苦，谁也不知道我迷恋吴念祖到了这个地步。

一个夜晚，望着吴念祖与同宿舍同学有说有笑地聊天，心想他已经很长时间没有这么跟我说过话了，他待我连一个普通同学都不如！心里阵阵隐疼。

我独自徘徊在漆黑的校园里，坐到一块大石头上沉思，不明白自己为什么会陷入到这种境地？

我开始醒悟了。他妈的，你为什么这么贱呢？可耻呀，可耻呀！这男生追男生比追女生还可耻，连动物都不如。公猪只追母猪，绝不碰公的。布告上那些被判刑的鸡奸犯，比流氓强奸犯还丑恶。看了那么多革命英雄的书，我惊叹自己为什么不想革命、不想国家，整天就想着自己夹杂着不干净欲念的男友。

我又回忆起在华北小学时，总被人欺负，被迫给厉害小孩当马屁塞子的情景。他们打我，我还向他们讨好、希求找到一个靠山，保护自己。现在我是不是也把吴念祖当成一个感情靠山了？被人家呵斥，被人家躲着，我却还缠着人家……人啊，怎么能这样没有尊严、恬不知耻？我这是借着跟吴念祖好，来转移对异性的渴望，我把吴念祖当成了一个女的来对待——因为，男生跟男生好没人指责，而跟女生来往，名声就要臭。

这是性压抑之下的一种扭曲。异性不敢交往，就只好把同性当异性交往。

哎呀！这多么丑陋啊！见了吴念祖就走不动道儿，真不要脸、没出息到了极点！一天到晚被吴念祖搞得神魂颠倒，都不答理你了，你还挖空心思去溜舔人家！这像一个男的吗？你这崇敬武松的男人怎么能这么下贱？

我突然可怜起自己来，用手轻轻地抚摩着自己的脸……小学时，被人一拳打倒在厕所尿里的耻辱又被回忆起来。

一咬牙，决定跟吴念祖分手。他疏远我，我也应该疏远他。他虽然长得像英雄，其实并不是，想去英国就不是好思想，不值得自己这么伤心留恋。

我要站起来，不能瘫倒在地。

硬着头皮，坚持了两个星期没主动和他说一句话，每天闷头练块儿，悠双杠、压杠铃、跑圈……我靠着练块儿来镇静、舒缓自己的神经。上教室、上宿舍、上食堂都是自己一人去，再也不像狗一样跟着吴念祖。

也奇怪，这样一来，吴念祖对我的态度马上变友好了，我们又恢复了过去的一般同学关系，彼此客客气气。

我继续过着自己孤独的、甚少与人交往的学生生活。

（十五年后，我考入北京大学，于未名湖中的小岛上复习功课时，有一次无意发现了吴念祖。他正和另外两个木匠在树荫下刨着木头，干得满头大汗。我当时没好意思惊动他，担心这会让他不舒服。我偷偷地想，十五年前，我若支持他去英国，他肯定就完全是另外一个命运。现在他可能早已大学毕业，成了硕士、博士，起码也绝不会在这儿当木工了。我内心很乱，非常愧疚。）

去水库游泳

现在，我在班里继续独来独往。

孤独的人最有力量，谁也不用求，谁也不用巴结。兽中之王老虎是孤独的，空中之王苍鹰是孤独的，山巅之王雪豹是孤独的，北极之王北极熊也是孤独的。我不参加齐德操的山头，不参加王佑的山头，也不靠近任道远、宋尔仁的山头，与他们都保持着距离……

天天课余时间，我就去悠双杠、做引体向上，咬着牙练，练得青筋暴起。鹿苑西侧的小操场有一片单双杠，那是我每天下午必去的地方，全校爱练块儿的同学，渐渐都认识了我。

其实我与吴念祖的友情是一种扭曲的恋情。学校里弥漫着一片浓厚的崇尚不近女色、男女授受不亲的气氛，震慑着自己，我只好找了一个男的来替代，结果还被人嗤之以鼻。

百无聊赖，就去操场悠双杠。悠双杠成了我的镇静剂，成了我恢复意志力的转化器。严寒的冬天，迎着凛冽的北风，我一下一下地悠，不断地下跌，又不断地升腾，似乎一下一下地锤打着自己的脆弱，要将它砸得坚韧……我是用练块儿来向别人证明，我没有倒下变成一摊泥，我还有劲儿悠双杠、玩儿引体向上！我也用练块儿来向吴念祖表示：喜欢你的这个人是有价值的、特殊的，与众不同的！操场帮我打发了漫长的时光、平息了我孤独灵魂的哀号。渐渐地，被吴念祖抛弃后的伤口痊愈了。

练块儿结结实实地给了我许多的自信。胸大肌、肱二头肌明显变硬，胸围见长，背阔肌也越加发达——悠双杠时，要把双腿往上提，这就需要背阔肌。

体力也给了我勇气。小学时，我就因为有了力量上的后盾，才能不怕华北小学里公认的打架第一厉害的邓东进，而体力弱时，自己却得给他当喽啰。

这是高一的第二学期，情绪完全平静，已经能够客观地分析吴念祖，也能看到他的缺点了。他这人属黏液质，缺少激情，看电影不爱感动；特怕得三分，为少一分能跟老师争半天；也比较娇气，有点儿小病就去卫生室；对八路军、解放军更不像我这么热爱……我们两人分手是早晚的事。我一点儿也不恨他，虽然他曾像对癞皮狗一样地对待过我。

好长时间不扫厕所了，被吴念祖弄得神魂颠倒后，根本没有心思去扫厕所。现在，我又恢复去扫厕所。我知道干好事不能虎头蛇尾，既然要扫就要扫得与众不同、扫得旷日持久、扫得不怕骂不怕臭。

我要继续沿着自己的道路走，刻苦锻炼、磨砺意志，争取将来当一名军人。我发现自己在孤独的时候最坚强，什么也不怕；一旦跟人好，就变得特脆弱，总怕失去对方。

我还要争取入团。入了团才等于加入了先进的行列，能大大地提高自己的威信。有了威信，才能赢得女生们的好感。

深思了一番，我发现自己的问题真不少。比如，对毛主席的感情就不如雷锋那么深厚。雷锋总能在睡梦中梦见毛主席，日记里三天两头地提到毛主席，想毛主席想得热泪盈眶，我却从来没有；雷锋把毛主席著作比作阳光、水分、空气，须臾不能离开，我也从来没有过这种感觉。

不明白自己父母都是共产党，可为什么我还对毛主席缺少深厚的阶级感情？

从上初中后，我就开始努力培养对毛主席的阶级感情，培养了几年，也没梦见过一次毛主席，在电影里看见毛主席出现时也挤不出一滴眼泪。而且，说心里话，我也不很喜欢《东方红》这首歌，感觉曲调一般偏下，旋律曲里拐弯儿，滑稽多，实诚少，也不深情。

我猜想自己对毛主席感情这么浅，最主要原因是不了解毛主席。你对不了解的东西当然没什么感情。

我想，多读一些介绍毛主席生活方面的书，就能加深对他的了解吧。于是，我有意识地读了《跟随毛主席长征》、《回忆毛主席在陕北》、《毛主席的故事》等书，感觉还是有一点点作用。尤其是看了萧三写的《毛主席的青少年时代》，相当感动，发现毛主席年轻时也跟我们小青年一样，干了许多许多冒傻气的事，比如下大雨时站在外面挨淋、化装成乞丐流浪异乡、一人独自在岳麓山疯跑……“文明其精神，野蛮其体魄”这话说得多棒！一个人上山疯跑多有性格！

为锻炼自己的胆量，向年轻时的毛主席学习，我决定深夜一个人上鹫峰，这既能练胆儿，又能表现一下自己的个性，让吴念祖知道我非平庸之辈！初中时，我没能征服那个锅炉房，到了高中仍耿耿于怀。将来和美国鬼子打仗，如林副主席所说，要打近战、夜战，必须练就夜间单独行动的本领。

在一九六四年的时候，鹫峰还不是一个旅游点，荒凉而冷落，平时游客很少，夜里更空无一人。从山脚到山顶大约有四五里，中间要路过一个残破的观音庙。深夜上山，黑灯瞎火地容易被绊倒，还有很长的一段路都是石头台阶，稍不注意就会崴脚。另外一段路的一侧又是很深的陡坡，长满了树，人要是掉下去，虽不至于摔死，肯定得被扎得遍体鳞伤。

这是夏天，深夜中只有蛐蛐儿在叫，黑暗吞没了一切。过了林学院的房子后，我就开始爬山脊了。这段路还好走，四周光秃秃的，没有树，黑暗中能通过土和草的颜色反差，分辨出四周景物。夜里的路颜色发浅发白，而草和树木颜色发深发黑。山脊上若有个人，也能在十米左右外发现。

但是，过了山梁，石阶路穿过一片茂密的树林就非常令人害怕了。因为如果有人要杀我，太容易了。路两旁都是灌木丛，人要是埋伏起来，黑咕隆咚的，就是走到跟前也发现不了。有人要是突然从后面搂住我的脖子，抹一刀，根本来不及反抗就会断了气。

当吴念祖开始烦我时，于极度痛苦中，我曾在夜里一个人上过鹫峰半山腰。但当时的我处于疯狂状态，根本没心思害怕。现在我的情绪恢复正常，赤手空拳爬山，就又有了恐惧感。听天由命吧！我把下巴紧贴着胸脯，防护好喉咙，轻轻地挪动着脚步，尽量不发出声音，以免把野兽或坏人吸引过来。还时不时地回头环顾，看看有没有什么东西跟着我。

同时，自己给自己做着思想工作：坏蛋杀我干什么呢？我是一个中学生，没有钱也没有名，又不是大官儿，也没招谁惹谁，不会出事的。

夜晚，偌大的苍山黑压压的，渗透着神秘和恐怖，我终于走到了那个残破的观音庙。这破庙位于两块巨大的峭壁下面，终年见不着阳光。当我正戒备万分地经过时，从破庙的屋檐里，突然“腾腾”响起了一阵翅膀拍打声，刹那间，把我吓得魂飞魄散、冷汗直冒。等明白那不过是一只被惊飞的鸟，才恢复了镇静。

小时候，我曾看过一部外国电影《仙笛》，里面就有会飞的白骷髅妖怪，极其可怕，把我吓坏了，夜里一听见有翅膀扑哧扑哧声心里就发毛。

四周都是浓密的大树，一点儿星光也没有。我到了第二个平台。这里有一小亭子，当初我们新生第一次集体爬鹫峰时，就曾在这儿看过日出。下面的山凹里有很多杏树、梨树、黑枣树。坡很陡，听说多年前曾有一个右派在这儿跳崖自杀。

过了这块地方，又有一堆断壁残垣。这种地方非常讨厌，特容易隐藏坏人，每路过一个拐角，我都握紧拳头，全身绷紧，随时准备格斗。最后又要穿过一片灌木丛，野兽在黑暗的掩护下即使站在你身边都难以发现。我轻轻走着，有点儿毛骨悚然，发现任何可疑的黑影，就紧张地停下，仔细琢磨一番，看那是不是一个正在觊觎我的野兽。

快到峰顶时，山风呼啸，树叶发出了低沉的声响，给幽深的黑暗平添了几分悲凉。最后从一群树丛中钻出来，到了山顶，眼界豁然开朗。两棵挺直巨大的松树矗立在山岩上。此时，我一点儿也不害怕，因为山顶亮堂，视野宽阔，只有几块光秃秃的大石头，没树没草，任何坏人要接近我，都能很远就被发现。我躺在巨大石头上，放松地休息着。

我这样的上山，大约每月有一二次，以后越来越习惯，到后来，我一个人深夜上山就像一个人去食堂吃饭一样习以为常。心里很高兴，我终于征服了鹫峰！

不知是我胆子大了，还是鹫峰比那个黑黑的锅炉房更容易征服，反正一雪初中时被个锅炉房给吓住的耻辱。

接受吴念祖的教训，我再也不敢跟人好了，与同学关系都若即若离。下了课就到操场练块儿，悠双杠一次已经能悠四十多个了！胸大肌在一点一点地变大，好不得意。我的目标是把它练到四手指厚。

听于文敏体育老师讲，他在体院学习时，有一个同学悠双杠能悠一百二十个，胸大肌有四手指头厚，中间可以夹住一支钢笔。这老哥后来因失恋杀人，枪决后被送医学院解剖，制成了人体肌肉标本。

一九六四年夏天，毛主席发出了“要到江河湖海里去游泳”的指示，我觉得毛主席说到我心坎儿里了。到江河湖海里游泳，刺激而过瘾，比学校里的小游泳池有意思多了。毛主席的这个号召很讨青年人喜欢。

但为了避免发生意外，学校的教导主任耿寒利在全校大会上特地宣布了一条纪律：未经学校许可，不得擅自到学校附近水库游泳。

我们是住宿学校，地处西山脚下，附近地形复杂，有大片湿地，还有京密引水渠、稻香湖等。一到星期天，我们可以爬山、摘酸枣、抓青蛙、上大觉寺等。北京有家的同学也常常不回家，留在学校玩儿。

这一段时间里，王佑常主动跟我说话。可能是时间一长，他对我扫厕所的事情已经习以为常了，也了解到我还不属于那种特虚伪、两面三刀的人。而我也不再为他小资产阶级情调浓厚而刻意与他保持距离。我们都对野营、探险、动物、大自然有浓厚兴趣。

这个星期日是个阴天，气候闷热，根本无法读书，坐着不动，汗也哗哗地往外冒。王佑对我说：“天气太热了，我们去水库抓青蛙吧？”

“好呀。”

“顺便，还可以游游泳。”

“学校可宣布了不许到水库游泳。”

“毛主席都发出到江河湖泊里游泳的号召了，怕什么？”

“洪老师厉害呀。”

“没事，咱们就说是抓青蛙去了！”

“对！”

于是，我和王佑、周冰洋、郑六田四个人，带着扎青蛙的粗铁丝以及游泳裤，兴冲冲地步行到了温泉附近的一个小水库。

说是水库，其实是一个狭窄的水塘，六十多米长，二十多米宽，比学校的游泳池要大好几倍，游起来痛快多了。两侧长满密密麻麻的芦苇，一人多高；附近都是碧绿的稻田，青蛙无休无止地鼓噪。

此时，我的游泳技术已相当可以，再也不会像小学时，众目睽睽之下险些被淹死。如今，我已经横渡过昆明湖，考上过陶然亭深水游泳池合格证，在八一湖游泳时被大团长长的水草缠住，也没有惊慌，一点不挣扎，顺其自然又漂上来，活着游回岸。

天气炎热，又走了一路，大家早已经是汗水淋淋的。我们首先下水游泳，去去暑，舒服舒服。全身泡在水里，非常凉快，我们自由自在地游着、嬉戏着。

王佑虽长得秀气，像一个小姑娘，却喜欢冒险，敢作敢为，绝对男性。他有主意，除了他，谁也没想到来这儿游泳。周冰洋是一个穷华侨，家在柬埔寨，姐姐在越南。他白白净净，浓眉毛，对谁都彬彬有礼，非常单纯，不明世故，在班里当着文娱委员，每周教我们一首革命歌曲。

郑六田是农村户口，喜欢和干部子弟套近乎。有一阵子，他猛亲近齐德操，但齐德操不爱答理他。王佑的父亲虽然是一个右派，母亲却在新华社当记者，身边总聚集着四五个朋友。郑六田见王佑在班里有威信、朋友多，又主动与王佑接近。

郑六田的眼睛大而无神，老是那么软绵绵，好像几天没吃饭。他的嘴也很大，鼻孔不干净，爱说一些又傻、又坦白的话。比如，他喜爱问别人："什么时候最舒服？"别人答不上来，他就动情地说："憋了两天的大便，上厕所拉出来那会儿。"……

我们纵情地游了一气，开心极了，完全忘记了学校定的纪律。

之后，郑六田教我们把粗铁丝绑在长木棍上，做成铁叉子扎青蛙。四周的芦苇里，青蛙多得要命，铁叉子一扎一个准儿，不一会儿就扎了满满两书包。

下午，我们高高兴兴地返回学校，在宿舍里把两书包青蛙的皮全给剥了，每个青蛙只留两条大腿。周冰洋不愧在东南亚待过，对吃青蛙相当老练，剥青蛙皮又快又干净。王佑在宿舍门前用三块石头垒了一个灶，捡了一点干树枝，架火烧了起来。由周冰洋掌勺，用他们华侨的高级罐头，做成了一大盆奶油田鸡。宿舍里飘荡着诱人的肉香，我们美美地开了一顿。

这是星期日下午，当时宿舍里没有别人。

到傍晚时分，周末回家的同学们陆陆续续返回了学校。可能是有人看见了宿舍门前还在冒烟的灶，也可能我们几个人说话时有所透露……不知是谁偷偷把我们去水库抓青蛙、游泳的事情报告给了洪老师。

洪老师很重视，马上找到郑六田了解情况。郑六田立刻全招了。

郑六田回到教室后，面色沉重、悲愁，一言不语，闷头写检查，下午的自由活动也不出教室，继续冥思苦想地写。他郁郁寡欢，失去了往日的笑容，总刻意回避着我们三个。老师一吓就把他吓住了，我只能这么说：农村小孩儿经不住事儿。

当洪老师找我谈话时，我一口就承认游泳了，并不解地问："去水库游泳有什么错？我们这是响应行毛主席号召啊，到江河湖海里游泳。”

“响应毛主席号召也要有组织、有领导地进行。学校的纪律一定要遵守。教导主任既然宣布过不得擅自去水库游泳，这纪律就不能破坏。”

“我听毛主席的指示，还是听教导主任的指示？”

“毛主席的指示要听，教导主任的指示也要听。如果不注意安全，游泳会出人命的，这不像别的活动。”

“我还是想不通，听毛主席的话有什么错呢？”

“马清波，你在有些方面对自己要求很严格，可为什么在遵守纪律方面不严格要求自己呢？毛主席说过：加强纪律性，革命无不胜。没有纪律，军队就要打败仗，工厂就要出事故，学校也没法维持正常的教学秩序……违反纪律不是什么好事，你要认真检查，深刻认识自己的错误。”

“洪老师，我怎么深刻认识呢？我是执行毛主席的指示，星期日休息时去的，我又没有出什么事，也没有旷课。”

“不遵守纪律，没有讨论的余地。你一定要写检查深刻认识，满不在乎是不行的。”洪老师的眼睛里闪着严厉的光。

我只好被迫写检查。唉，就这么一个事儿，我怎么深刻认识？何况游泳是王佑首先提出来的，是他的主意，我只不过是协从而已。过去也写过不少检查，可那确实自己有错……但这次检查却觉得冤枉，响应毛主席号召竟还成了错！我到西便门外的护城河游过无数次泳，其中一次差点淹死；到八一湖也游过，父母都是允许的，从没有批评过我，到四十七中怎么却成了破坏纪律？

我既然认识不到错误，就不愿意违心地痛骂自己一番。耻于像郑六田那样没骨气，老师一找就低头认错。我读过《红岩》、《革命烈士诗抄》等书，知道革命者不能轻易低下高贵的头，反正有毛主席指示保护我。

我从作业本上撕了一页纸，花五六分钟，草草写了一个检查，大约二三十来个字，每个字都有墨水瓶盖儿那么大，大概意思是：这星期天我去水库游泳了，不符合校领导的规定，很不对，今后一定要改正。

洪老师看完检查后，脸拉下来，额角上鼓起几个棱棱，三角眼闪着愤怒的光，让一个女生把我的这份检查贴在了教室后面的墙上，供全班同学欣赏。

课间，不少同学都观看了我的检查，不置可否。齐德操也很有兴致地扫了两眼，微笑着等着看一场好戏。周崇丹还时不时偷偷瞥我一下，观察我的表情。

当天下午，洪老师召开班会。他严肃说：“前不久，学校刚刚宣布了一条纪律，不许擅自到附近的水库游泳，可是这个星期天我们班却有四个同学明知故犯，事后还为自己行为狡辩。其中马清波同学表现最为恶劣，他的检查已贴在教室后面，大家可能都看见了，请广大同学们谈谈看了这个检查的意见。”

沉默一会儿后，周崇丹第一个站起来，眯着黑黑的眼睛说：“马清波的检查一点儿也不像个检查，敷衍了事，态度很不认真。”他摇晃着细腰，像女生一样地扭了扭。

刘建军站起来，转动着骨碌碌乱动的小眼珠，慢悠悠、一本正经地说：“这样的检查，我还头一次见，就那么几个字，潦潦草草的，写得太简单、太马虎了。”

齐德操的发言倒挺全面，态度还挺温和：“马清波同学响应毛主席号召去水库游泳，主观动机是好的，但我们不能把执行毛主席号召和遵守学校纪律对立起来。”那时，我跟他几乎完全断绝了外交关系，平常基本不说话。

团支书鲁小河说：“学校纪律是对同学生命安全的保护。如果每个人都随便到水库游泳，就会出大娄子。我们海淀区年年都有中学生被淹死。希望马清波能提高认识。”她这位团支书平平庸庸，老实听话，对洪老师唯命是从。

最让我失望的是，王佑也站起来发言了！他面色尴尬：“马清波对错误的认识，确实还不够深刻，态度上有问题。我认为不能借口执行毛主席指示，而破坏学校的有关规定。去水库游泳是我首先提出的，现在我非常后悔。希望马清波不要逞强，认真学习一下毛主席有关遵守纪律方面的论述，写出一个像样的检查来。”

王佑很聪明，他见老师抓住这件事不放，马上一百八十度大转弯，很沉痛地向老师低头，承认了错误，认认真真地写了检查。

同去游泳的三个人，个个都老老实实地在全班同学面前念了检查，给自己扣了一堆帽子，什么“无组织、无纪律”、“资产阶级自由主义”、“目无校领导”、“放松了毛主席著作的学习，没能全面理解毛主席的有关指示”……我看他们这个样子，觉得很可怜，而且特别气得慌——游一趟泳，至于这么愁眉苦脸地忏悔吗？

洪老师没有让我当众念自己的检查。这样几句话的检查，用不到二十秒钟就念完，可能让他太丢面子。他会后又找我谈话，让我重写检查。

唉，游个泳有什么了不起的？真是小题大做！我对洪老师说：我这个检查是硬着头皮写的。毛主席刚刚发出到江河湖海里去游泳的号召，我去水库游泳这个行动是响应毛主席的号召，主流是好的，破坏纪律是支流，你首先应该看主流呀！

洪老师克制着怒火，正颜厉色道："你的检查很不认真，你要端正态度，不要逞英雄。你必须重新写检查。"

"我的检查已经写了。我是硬着头皮写的。我的态度够可以的了。心里非常的不情愿，但还是强迫着自己写了检查。凭什么让我重写？"

"你不写也可以。那你要考虑考虑后果，纪律可是铁面无情的。"

"我考虑了。"心想你别吓唬我，打定主意不向他投降。

洪老师严肃地盯着我，我也严肃地盯着他，对视了一会儿，我俩不欢而散。

事发后，我与王佑他们三个见了面，佯装没看见，不答理他们。都那么𡲪包，老师一训，就低头认错，将来要是被敌人抓住，稍稍一吓，不就成了叛徒吗？𡲪包！𡲪包！

洪老师以后再也没有为此找过我。我估计，这事可能就不了了之了。

警告处分

大约几个星期后，某天傍晚，吃晚饭前。

我路过学校大门口时，看见路旁的广告栏里，出现一批新的布告，都是处分决定。大约有四五张白纸，用毛笔写的。有的是旷课，有的是偷东西，有的是打架。当看到其中一张竟有我的名字时，大吃一惊。记得大意是：

布　告

高一（2）班马清波同学，于1964年5月30日下午擅自到校外水库游泳，事后认识不足。该生还经常深夜外出，不遵守学校纪律。经学校行政会议研究决定给予警告处分。

此　布

北京四十七中校长　李书堂

1964年6月11日

啊！真没想到，学校竟为这事给了我一个警告处分！而且事先毫无迹象，完全是突然袭击。所谓深夜外出，是指我上鹫峰锻炼胆量。过去洪老师从没有制止过我，等于是默许的，现在亦成了我的罪状。

在育才小学时，我再落后，也没挨过处分。全家兄弟姐妹四人各有各的毛病，却没有一个受过处分！记忆中，华北小学、育才小学、师大一附中……这么多同班同学里也没一个人受过处分！

高一第二学期，我却得到了我毕生中第一个处分！

洪老师呀，洪老师，真够阴狠的。他当兵的经历，令我对他一直很尊敬，没料到他却给我来这么一手！他妈的，得了处分，入团的梦彻底泡汤，扫了无数次厕所也等于全白费了力气。

记得上俄语课时，我恶狠狠地瞪着洪老师，用仇视的目光来发泄对他的愤慨。洪老师发现我总“照”他，不再讲课，冷静地说：“马清波，你过来。”把我叫到讲台旁边，当众告诫：“马清波，学校对你的处分，你可能看见了。你不要这么瞪我，你要端正态度、吸取教训，争取早日撤销处分。否则，你的错误还要犯得更大。”

哼哼！平常我害怕被叫到大家面前示众，但现在仇恨给了我勇气，站在讲台旁，丝毫不怵。我沉默无语，继续瞪着洪老师。此刻，我真希望自己变成一只发怒的豹子，它有一对最凶残无情的眼珠。我努力使自己的眼睛变凶，挤压出最酷厉的目光去刺杀洪老师的眼睛。

“我再说一遍，你怎么瞪我也没用。你要端正态度，悬崖勒马，否则的话，后果你自己考虑。”

我嘴巴笨，没法跟洪老师斗嘴皮子，但我能瞪他，我能把愤怒的目光倾泻在他身上，而且是站在大家面前，这等于是公开向他的权威挑战。我运足气，一眨不眨地死死瞪着他。按照中学生的打架程序，“照”到这种程度，已到了最后的临界点，马上就要把拳头打过去了。洪老师的脸渐渐泛红，这是他发怒标志。但他还是克制住了，他让全班同学做练习，自己在一旁批改作业，不再理我。

我紧握拳头，牙齿咬得嘣嘣响。游个泳就给个警告处分，哪有这样的道理？哪能这样残酷斗争、无情打击？何况毛主席还专门有指示，提倡到江河湖泊里游泳，你们为什么跟毛主席对着干？我冷冷地盯着洪老师的三角眼，一直到下课铃响。

怕我不告诉父母，洪老师还特地把一份盖有四十七中教导处公章的处分决定，直接寄到了家里。

父母听说我得了个处分，第一反应是惊讶，等明白了事情的经过后，第二反应是支持学校处理。他们在我和学校的矛盾中，连想也不想地就支持学校。

父亲责怪道："你为什么不好好写检查？别人能老老实实做检查，你为什么就不能做？"

"他们会见风使舵，给老师拍马屁，我不愿意那么干。"

父亲不满道："哼！你不要认为听领导的话就是给领导拍马屁。你这种思想是从哪儿来的？很错误很错误。游泳本来是好事，可也要遵守学校纪律，不能自己想干什么就干什么。你老以为听父母的话就是给父母拍马屁、听领导的话就是给领导拍马屁，那我们这么多的党员、干部都是拍马屁吗？你从小就想当英雄，哪个英雄有你这思想？"

我呆呆地坐在沙发里，听着父亲枯燥冗长的训话。

母亲感叹道："唉，怎么生了你这么一个不省心的儿子！我们家的孩子还没有受过处分的。你舅妈家、你三叔家、你三姨家、你姑姑家，谁家孩子被处分了？哼，就你想当英雄，还就你得处分……有谁像你！"

我无言以答。

回学校后，气愤之极。他妈的，王佑没事了，周冰洋没事了，郑六田没事了，他们都安然过关，独独让我挨了一个警告处分，一想起来就窝火。

我见了王佑不理，更不答理郑六田和周冰洋。我看不起他们，他们都是见风使舵的变色龙、脆弱的小资产阶级，在洪老师的淫威面前低了头，将来被敌人抓住不投降才怪呢。

中国有句谚语叫"识时务者为俊杰"，如果是让人不要有信念、见风使舵的话，那就是劝诱人当叛徒的邪说，滚他娘的蛋。

此事发生后，表面上看，同学们对我的态度没什么大变化，但暗中的歧视却能明显感到。比如班里选什么代表、推举个人干什么事等决没人提我。

齐德操那圆眼睛神采奕奕，嘴角浮着一丝胜利的微笑。争强好胜的青年人，看见对手一下子上了全校的处分布告栏里，成了坏典型，本能地扬扬得意。

周崇丹的高兴也溢于言表，我扫厕所带给他的威胁就此完全解除，处分我，等于减少了一个与他竞争团组织青睐和注意力的对手。

唯有任道远、宋尔仁对我倒跟过去一样，没有落井下石。我挨了处分，成了全班的垫底儿，最最落后的老末，把洪老师整人的目标吸引走了，他们自然高兴。

课余时间，我见了班上的同学决不主动说话。挨了处分也不巴结你们！我故意远离全班同学，显示自己的独立不屈。让全班同学跟在洪老师后面拍马屁去吧！挨处分就挨处分，没啥了不起的，并以大丈夫“威武不能屈，富贵不能淫，贫贱不能移”的古话来鼓舞自己。这是从《论共产党员的修养》里看到的。

我欣赏一句格言：“鹰总是孤零零，无声无息，只有麻雀才一群群，叽叽喳喳。”我还常常默诵着烈士诗抄里的一段：

不患不能柔，唯患不能刚，唯刚斯不惧，唯刚斯有为……

我渴望战争，渴望上战场。在班里，我虽然是个受了处分的人，非团员，但在战场上，我相信自己是一个好战士，会比周崇丹勇敢、比齐德操忠诚、比郑六田不怕死。我把自己的未来全部寄托在战场。

九月份开学后，开始了高二年级生活。

大约就在这段时间里，我看了罗瑞卿总参谋长陪同毛主席观看全军大比武的黑白记录片。真棒！其中有个镜头：一个战士在毛主席面前用手劈砖，一掌就将五块砖头劈成两半，毛主席鼓掌祝贺。啊，五块砖头绝对比人的脖子结实。好哇，我非常激动，这是毛主席对练武的肯定。我也马上开始模仿，每天下课后，用手掌劈水泥地或树干，左右手各二百下，希望练出一副铁掌，能劈断美国鬼子的颈椎。

林副主席说打现代战争也离不开两百米近战的硬功夫，所以刺杀、投弹、格斗一点儿没有过时，我这么练是值得的。

每逢练劈掌时，我总要哼哼着自己所喜爱的一首歌：

我擦好了三八枪，
我子弹上了膛，
我背上了手榴弹，
我心眼儿里真发痒
……

手掌劈肿了，后来又劈出薄薄的茧子，用中等力量砸水泥台阶，再不觉得像刚开始那么疼了。但离劈断五块砖还早着呢，我连一块砖头都劈不了。

挨了处分，我憋了一肚子气，需要发泄，需要挺拔起不屈不服的形象。

星期六回家，我突然异想天开，要步行。小学的骑马打仗，练出了自己的腿力，使我由被人欺负变成了没人敢碰。现在，我还要继续锻炼自己的腿力，徒步走回家。洪老师处分我，只能让我更刻苦地锻炼，身体更强壮、肌肉更发达。

我们学校地处西郊北安河村北侧，离颐和园四十里，离西直门六十里，离我家柳荫街大约七十里，相当远。这星期六下午，我两点钟离开学校，开始往城里走，沿途经温泉、白家疃、黑龙潭、西北旺、红山口，到了高等军事学院门口时，已经是大约下午五点多钟。从大院里面飘来一阵军号声，我精神为之一振。号角声总是很孤独，雄壮中带着一股凄异。

我轻轻哼着周冰洋教我们唱的那首歌：

进军号，
雄壮地叫。
人民的战士守海岛。
就是我们今天吃点苦，
能使我们祖国牢又牢。
不被炸弹炸，
不被烈火烧。
战士的心愿……

哼着这样的歌走一百里也不会觉得累。颐和园、海淀、白石桥、西直门都抛在了身后……我边走，脑子里边幻想着未来的战斗，幻想得津津有味。

最爱想象自己是一名连长。班长排长官儿太小，没几个兵，营长团长官儿太大，只动嘴，不动手。当个连长，指挥百十号人最合适，又能亲自打仗，又不像小班长那么势单力薄。我们一个连的火力，绝对能顶三国时代曹操的十万大军。能参加我这连的士兵，标准很高，每人起码都是一级运动员，尽是全国运动会上的射击冠军、摔跤冠军、武术健将、长跑冠军……个个都有梁山好汉一百零八将的功夫，再加上现代化的武器，每人配有冲锋枪、手枪、手榴弹、微型机枪、匕首……子弹很小，是目前的五分之一大，一个战士可以随身携带一千五百发；还有威力强大的高能炸药，只乒乓球那么大就能把十层大楼炸成碎片；冲锋枪也能发枪榴弹，射程十公里，顶二吨 TNT 炸药；每人还有一部微型无线电话，不怕干扰，特保密，可以和一万公里以外的战友说话；另外还配有防弹背心，又轻又能刀枪不入……我带着这样的一支部队保证所向披靡、百战百胜。

这天，我们接受了到敌后去摧毁敌人的一个秘密总部的任务。我们无声地消失在黑暗中，向目标挺进，沿途消灭了一股又一股阻挠我们前进的敌人，比《奇袭白虎团》的经历还惊险曲折激烈，在各种困境下都化险为夷，九死一生……

就这样幻想着、幻想着，等于边走边在脑子里演电影，各种各样的战斗场面漂浮在脑海。自然，敌人怎么也打不死我，消灭了一万多个美国鬼子，我们一个没死，平均每人消灭一百多个敌人，最后直捣敌人总部，活捉了一个四星上将。对于关键的细节，更是反复地想着，细细咀嚼着其中的惊险味道。我的神枪手能打进敌人坦克上的瞭望孔，把敌人的驾驶员一个个都打死，俘获了上百辆坦克。

幻想打仗，不能当太大官儿。当连长故事才最多，最惊险，到营长以上的官儿就只玩阴谋诡计，不真打了，没什么意思。

脑子里打了六个多钟头仗，双腿走得疲惫交加，我坐在路边歇了一会儿后，继续赶路，低声哼起《太阳落山》。眼前浮现一小队身经百战的苏联红军战士，军服褴褛，挎着脏污的武器，头上缠着带血的白纱布：

> 太阳落在山的后面，在河滩上已经升起薄雾炊烟。沿着道路，沿着草原，苏维埃战士正从战场返回家园。沿着道路，沿着草原，苏维埃战士正从战场返回家园。
>
> 因为日晒风吹雨打，战士们的军装已经退了颜色。英勇战斗，打击敌人，战士们用自己的胸膛保卫战旗。英勇战斗，打击敌人，战士们用自己的胸膛保卫战旗。
>
> 不怕流血，不怕牺牲，用生命来保卫边疆，保卫家乡。为了我们神圣的祖国，他们在战斗中战胜一切敌人。为了我们神圣的祖国，他们在战斗中战胜一切敌人。

这歌曲调雄浑有力，节奏感强，特别适合步行时唱，无论多累，哼它一会儿都能去乏。配合这首歌曲，脑子里幻想着各种战斗场面，非常地过瘾。尤其是打仗胜利凯旋之时，受到了老百姓夹道欢迎，其中还包括有昔日同学、好几个校花级的漂亮女生，都向自己投来了羡慕和崇敬的目光，那是多么的幸福和自豪！

最后，终于在晚上九点多钟走到了自己的家门口。没有按门铃，我厌恶那个只认粮票不认人的保姆，懒得求她开门。练练特工本领吧！我麻利地攀着一根挨墙的电线杆，翻上墙，再沿着院里一棵树爬了下来。

七十里地，大约走七个小时。

次日中午，我再走回学校，一路上脑子里照旧做着各种各样战斗经历的梦。

有时候我还冒着大雨走，故意把自己全身淋了个透湿，很像电影里急行军跋涉的战士，特骄傲。因为自信：全四十七中一千多学生里，肯定就自己一个人在瓢泼大雨中一口气走了他七个钟头！

从学校到颐和园的公路上，像我这样走长道的人极少，四十六路公共汽车司机走了几个来回，还能看见我一个人在公路边走着……在寂寞和单调的步行中，就靠幻想着未来的军人生活、未来的武功业绩，驱除疲乏和寂寞。

这是一个受了处分的中学生的梦。要比别人好！比别人坚强！比别人立大功！有的公狗愤怒的时候，因为隔着铁栏咬不到敌手，就咬自己的伙伴。我也是，愤怒无法发泄到洪老师身上，就发泄到这条回家的路上，它能把我对处分的抗能发泄掉，以毒攻毒，等于以此向洪老师显示自己与众不同的实力。

有一次父亲得知我步行七个钟头回家后，非常生气，瞪着眼睛问："你有多少时间呀？就这么白白荒废了！一走就是一天，你怎么就不心疼时间哪！你们学校同学里有哪个像你这么练的？哼，你这是浪费时间！浪费精力！有这工夫，看看书、学习学习多好！腿那么粗、吃那么多，有什么用？"他龇着牙，一脸的嫌恶。

确实，在全四十七中如果我有什么特别的话，就是经常步行七十里回家，恐怕在全北京也是独一无二的。

父亲对我步行回家嗤之以鼻，比我挨了处分还气得慌。

我花了七个钟头走路，是费时间。但这七个钟头，我却并没有虚度。一路上，我的脑子里演了七个钟头的战斗电影，沐浴了七个钟头的战争梦幻，陶冶了七个小时保家卫国的情操。

徒步走回家虽然花去了很多时间，却也稳定了我的情绪，对受处分的事情已能心平气和地思考，而不再气急败坏。也不再跟洪老师对瞪、用眼睛跟他拼刺刀了。

我想洪老师给我处分，以为能我把压服，但这个处分，却使我更刻苦地锻炼，七十里七十里地走路，腿力猛长——他洪老师的三条腿也没我一条腿有劲儿！

课余时间都消磨在操场上、单双杠旁。练块儿真能调剂情绪，悠双杠时最消愁、能忘记一切烦恼。天天悠双杠，手掌处悠出了厚厚的一层茧子，但我最多能悠五十个，都不到那个体院杀人犯的一半。

天气渐渐冷了，学校的双杠是铁管儿，悠双杠把手悠得冰凉，到寒流来时，我就戴着手套继续悠。那一上一下地升降，让我联想起人生的荣辱起伏。每一次深深的下沉，都是为了下一个挺起。虽然屡起屡跌，但悠到最后一个时，还是以挺立为结局，尽管颤颤巍巍、眼冒金星。

除了悠双杠，还练推举和挺举杠铃，做引体向上。

哼！洪老师，你给我处分，只能把我处分得更强壮！胸大肌更厚，腿肚子更粗，手掌更硬。我把全部力量放在锻炼上，那处分就像在我身体里点了一小包炸药，将体内潜伏的力量全崩出来。

哼！洪老师给我处分还有一个好处：能帮我压抑住邪念。

从高二起，班里那个徐卫卫就开始常常出现在脑海里，老爱莫明其妙地想她。我几乎没跟她说过一句话，却爱看她，爱听她唱歌，爱去她喜欢去的地方。她的小鼻子、单眼皮的眼睛是那么有味儿。当我在操场悠双杠时，常常在最累的时候，想想她在看着我，马上就来了许多力量，能多悠两个。

但我知道仅是游泳，违反一下纪律，自己名誉还没全臭，如果再有一点男女问题就真要臭到家了。挨了处分后，我更严厉地约束着自己，决不主动跟女生说一句话，决不多看女生一眼，无论对方多漂亮。也不管任何场合、任何地点，都决不往女生堆里凑。特别是对徐卫卫，要尽量离她远点。我牢记着武松的伟大、万古流芳，就因为他不好色。

经过一段时间的孤独苦练，我的群众关系似乎又有了好转。王佑见面总主动与我打招呼，十分热情，无言地表达了一种歉意，我也就原谅了他的见风使舵。吴念祖早就恢复了与我的外交关系，见面客客气气的。任道远待我也挺友好的，可能是我挨了处分，说明了我不是那么油滑狡诈，赢得了他的信任。宋尔仁喜欢跟我聊屠格涅夫、契诃夫、托尔斯泰……只是，他嘴唇上的小胡子那么浓，也不刮，总让我联想到小日本鬼子，心里还是与他保持着距离。

处分使我在向自己目标前进的路上，更有力量，更加发愤图强，同时激励自己也要努力搞好学习。

我的理想不是大学教授，不是作家，不是工程师，不是酸文人，就是想参军，当一名普通战士。但即使这样，学习也不能都是三分，不能让我的对手们太高兴。齐德操、周崇丹他们肯定都幸灾乐祸地希望我什么都最差、最垫底。

我咬紧牙关，硬着头皮背着化学分子式，背着俄语单词，做数学练习题……

物理老师有六十多岁了，说话嗓门很大，震人耳朵。他讲课就是复述课文，一字不差，枯燥之极，我实在是听不下去。考试时，不是三分就是两分。现在，我一定要把自己的物理成绩追上去，让洪老师看看！

我买了《高中物理复习材料》，每一堂课后，不但做完老师布置的习题，还另外找相关的题来做，狠命地做，立竿见影，物理成绩大长。

我天生就排斥化学课，对硫酸铜、盐酸铁、试剂之类反感透顶。虽然化学老师郄禄和是位特级教师，讲课非常生动，却总是吸引不了我，根本听不下去。我的化学课从初中开始就是最差，能得三分就算不错了。这次，我憋足了气要让洪老师看看，硬着头皮去做化学题，一遍一遍背化学公式……真是奇迹，多年一直徘徊在不及格边缘的化学成绩刷地就上去了，在班里排行中等！

期末考试，我各科成绩终于第一次消灭了三分，大多数是四分，还有少量五分，超过了周崇丹、郑六田等人，虽然还是比齐德操差，可差距已经大大减少。这是我从小到大，学习成绩最好的一段时间。

警告处分真像一个催化剂，激发出了我的各种潜力。

毛主席说：河出潼关，因有太华抵抗而益增其奔猛；风回三峡，因有巫山为隔而益增其怒号。

千真万确。

赞美狗

在我们四十七中学，有块儿的同学备受男生崇敬，这是学校的风气。块儿表示健壮，马力大，威风凛凛，没人敢欺负。

处分后，我有意与班上同学疏远，不溜须任何人。下了课就到操场锻炼，悠双杠、单杠引体向上、推举杠铃、单腿蹲起……肌肉疙瘩被练得小砖头般坚硬。每星期都要用卷尺量量自己的大小臂、大小腿、胸围的周长。

我大腿虽不及齐德操的粗，胸围却白镇他，有一百一十厘米；跑百米十四秒四，比不过他，但大臂、小腿、三角肌、胸大肌、背阔肌，都比他粗壮。

我练块儿在学校练出了名。好多初中小孩儿，以认识我为荣，见了面，总问这问那，没话找话地与我接近……孩子们崇拜大力士，崇拜打架厉害的。我苦悠双杠，苦练劈掌被传神了，同时我不理女生的外交政策，也赢得了初中小孩儿们的敬佩。

但本班同学对块儿却并不那么在乎，不像初中小孩那样崇拜我。所以墙内开花墙外香，我在班里依旧茕茕孑立、行单影只。

我们的语文老师姜文生留着一缕小胡子，大分头，戴一副很宽的黑框眼镜，穿着不荤不素。每次走进教室时，他都昂头挺胸，步履庄重，表情严肃，好似神父走上圣坛。他讲课时，说话很慢，口齿清楚，把每一个字的音都发得标标准准，连一个“儿”音也不省。

这天，他让我们自选一个题目作文。我脑子一热，就写了一篇:《歌颂你，狗！》。

故事大意是，主人带着他的狗穿越一片原始森林，中途迷路了，只好露宿森林。狗卧在主人身边，警觉地注视四周。黑暗中，它闻到了危险气息，频频吠叫，惊醒了正在睡觉的主人。主人起来四下看看，什么动静也没有，又躺下睡觉。这时狗却继续叫，疲乏之极的主人只好又坐起来察看一番，还是没发现什么可疑情况，就使劲儿踢了狗一脚，继续睡觉。狗悲哀地夹着尾巴，呻吟了两声，片刻又开始大声吼叫。主人忽然意识到可能真有危险，于是赶紧爬起来。这时，只见一只老虎冲将过来。万分危急中，那狗没有逃之夭夭，却勇敢地向着老虎大叫，把老虎注意力吸引到自己身上。主人最后得以爬上树，幸免于一死，而狗却被老虎咬死吃掉了。记得故事的结尾是，主人望着地上那一摊鲜血和一堆残缺不全的白骨，热泪纵横。

故事完全是我自己编的。

语文老师看后，大发感慨，当成典型，在课堂上评论了一番，说我写的文章，感情充沛，能打动人，缺点是情调不健康，对狗缺少阶级分析，尤其是结尾那一堆沾着血迹的白骨，渲染过分，太残酷。

这篇文章在课堂上公开念了后，语文老师还让同学们谈感想。

王佑对我的这篇作文非常肯定，他说：“千百年来，中国人对狗的观念有很大偏差。毛主席都给曹操平了反，我们也应该重新认识狗，这种动物不应该总和贬义词联在一起。我们平常骂人总用狗来形容，比如狗腿子、狗仗人势、狗胆包天等等，这其实是对狗的诬蔑。狗是一种很优秀的动物，我们应该为狗平反，恢复它应有的名誉。”

国章的小眼睛里不知是泪水，还是什么，老水汪汪的。他晃着大脑袋，苦笑道："我同意马清波的观点。狗身上有很多伟大的品质，值得大大歌颂。我看了很多歌颂鹰、歌颂马、歌颂牛的文章，相比之下，歌颂狗的文章却太少了。"

周崇丹扭了扭身体，站起来，瞥了我一眼，说："我们应该用阶级和阶级斗争的观点来分析问题。养猫玩儿狗是资产阶级生活作风，对猫狗这么的欣赏，起码是缺少阶级观点。在旧社会，地主的狗咬伤了贫下中农，也值得赞美吗？日本鬼子用狼狗咬我们的八路军被捕战士，这样的狗就应该被消灭！"

王佑又站起来反驳道："狗不是人，它的大脑没进化到人的智力程度，不能用人类的标准来衡量它。狗就像一支枪一样，敌人能用它，我们也能用它，不能因为敌人用它，就说它不好。苏联卫国战争时，很多狗都身背炸药，与德国坦克同归于尽，为消灭德国法西斯做出了贡献。"

刘建军激动地反驳王佑："狗也不是那么完美无缺的。它肯定有毛病。要不，为什么几千年来劳动人民一直用走狗、狗腿子、臭狗屎、狗仗人势、狼心狗肺来形容狗？难道劳动人民对狗的说法不对吗？"

齐德操睁着圆圆的眼睛，态度平和地发言："我看，很多有关狗的成语都是文人编的，并不是劳动人民的看法。狗能帮助我们看家、放羊、打猎、搜救、追踪、做试验等等，是人类的朋友。我也觉得应该给狗平反。但具体到这篇作文里，我认为的确流露出作者的一些小资产阶级情调，不够健康。"

宋尔仁平常在课上很少发言，现在却抢着站起来，小胡子激动地颤抖着，大声说："狗的精神伟大，我们就是应该向狗学习！养狗比养人靠谱儿。狗永远不会背叛你，不管你遇到什么情况都不变心，比人强。马清波的文章写得好！好！"

在全班的热烈议论中，任道远突然站起来，晃晃脑袋说："明摆着的嘛，以狗拟人，宣泄怀才不遇的痛苦，并借机抒发对领导的不满。"

好一个一针见血！这个任道远出身不好，一身酸文人气，却茅坑里的石头又臭又硬，竟敢这么狠地说我。下课后，我马上找到他，半开玩笑、半警告地说："嘿，任道远，你说话太刻薄了吧？"

任道远反问道："嘿，你是不是这样？我说错了吗？"

他说得没错，但觉得他这么当众揭底儿就是对我不友好。

"你说话别那么刻薄好不好？我虽挨了处分，但我身上的血还是热的。"

"我就是这样，说话不兜圈子，直来直去。假模假式谁不会呀！没劲！"

"反正你注意点儿！我虽挨了处分，我身上的血可还是热的。"

他冷冷地看着我，一声不吭。谁知道，他转眼就向洪老师汇报，说我威胁了他。这家伙虚弱无力，没一点儿拳脚，只有靠向老师汇报保护自己。

洪老师又找我谈话。他抽着烟，沉思着，端详了我一会儿说："马清波，你现在有什么活思想？"

"没有。"

"最近同学们反映你有了一些进步，我很高兴。"

我沉默着，不知道他葫芦里卖的什么药。

"听说你最近写了一篇歌颂狗的文章。"

"对。"

"你为什么要赞美狗呢？"

"我觉得狗的品质特别高贵，不管你多丑多老，麻子、瞎子、瘸腿，也不管你多穷多病多微贱，都一视同仁，一点儿也不势利眼。"

"狗是有很多优点，但也不是神圣得不得了。比如它缺乏是非观念，没有立场，谁给它吃的它就对谁好。即使是地主、资本家，它也照样忠心耿耿，不分敌我，这值得歌颂吗？"

"它是有毛病。任何人都有毛病，别说狗了。但我觉得我的观点也没错儿。高尔基写过《鹰之歌》，老鹰有阶级观点吗？陶铸写过《松树的风格》，松树能分敌我吗？所以，我写一篇歌颂狗的文章也没什么了不起的，有些同学尽乱扣帽子。"

"狗的问题，还可以再探讨，但当同学们有了一些看法时，你应该谦虚冷静，更不能威胁同学，比如对任道远，你是不是还专门找他来，说些恐吓他的话。"

"我不愿意被他随便评论。"

"那也不能去威胁同学。你身体强壮，尊敬弱小同学能显示出你的风格，欺负弱小同学只会丑化你自己的形象。"

"他说话太损、太刻毒。"

"他说你怀才不遇可能不恰当，但你的文章里确实有不健康的情绪，这你承不承认？"

狗挨打了，会哀叫，这就不健康吗？我干脆不再说话了。

洪老师的三角眼眯着，望着我说："同学们有议论，不能认为是对你的不尊敬，要允许人家提出不同意见，更不应该用暗示的语言来恐吓同学。"

我一言不发。

“马清波，我可以告诉你：给你处分，学校是经过再三研究讨论，不是随随便便、轻易决定的。为了教育好你，我们开了多少次会、花了多少时间呀！从校长到教导主任，真没为你少花力气。最后一致同意用这个手段来催化你身上的积极因素、激发你的上进心。你的优点突出，缺点也突出，把你的缺点改正了，你就会很有希望。”

给我一个处分，又来哄我。也不是小孩儿了，几句甜言蜜语能迷惑了谁？我垂下眼睛，一声不响。老师的话从这耳朵进，那耳朵出。

“可以这么说，历史上有成就的人，往往都受过打击挫折，这几乎成了一个规律。我们给你这一击，希望你能经住，也许这一击就像电火花，能点燃起你体内的熊熊大火，把你潜在的能量全都发挥出来。也许这一击把你击倒，再也站不起来。你要做哪样的人呢？就看你自己了，你已经有了一些进步，但还不够，我非常希望你能有一个更大的进步。”

我默默无语。

洪老师点着烟，吸了一口，若有所思，慢悠悠地说：“据我观察，在部队里，受了处分的战士打仗往往最勇敢。在朝鲜战场时，我们连有一个班长，因为保存实力思想作怪，进攻不力，受了处分。他后来打起仗来，真是冲锋在前，退却在后，受了三次伤，还死活不下战场，结果在五次战役中牺牲了。”洪老师声音很低，脸色凝重。

我佯装不解地问：“洪老师，受处分能使人进步，那全班同学为什么只给我一人处分，游泳的人一共四个，学校为什么不多给几人处分？那进步的人不就多了吗？”

洪老师不慌不忙地说：“你应该明白，对不同的人要采用不同的方法。给你这样的处理，是考虑到你的具体情况，考虑到你的承受能力。抽马得用鞭子抽，如果用小手绢抽，有什么用呢？但对蝴蝶，用鞭子抽一下子就死了。校领导采用这种手段帮助你，可以说是对你的信任。”

处分一个人，是对一个人的信任，这逻辑我还是头一次听说。

洪老师改了话题，像聊天一样地给我聊起了打海口的情况。他讲得很沉静、很怀念，不知不觉中，我也跟着他进入了那个战争年月。

“在海南岛美亭，我和一个河南战友正在战壕里监视敌人。敌人突然打来一颗炮弹，就在我俩身边爆炸。等炸完后，我身边那个战友没了，什么也没留下来，被炸了个无影无踪，连块布渣渣都没有。我只记得他是河南兵。一个人刚才还和我一起聊天、讲笑话，几秒钟过后就消失了，一丝丝痕迹都没有，连一滴血都没剩下……战争就这么残酷。那次仗可没少牺牲，打扫战场时，我是文书，要统计死亡人数，常常数错。有的地方，战友的尸体和敌人的尸体混成一堆，横七竖八，数一次是一个样，得数好几遍。”

这些细节，在革命回忆录里是看不到的，很爱听。

“唉，我参加了很多战斗，但打海南岛是最残酷的，我们连打到最后就剩下二十多人……”他沉痛地说，“你想当兵，不是我小瞧你，就你这个样子，在部队里一天都待不了。部队的纪律是铁的纪律，你哪能吃得消？渡江战役后，我们连有一个新兵，在湖南追剿敌人的路上，饿得受不了，抢了一块老乡的红薯，被老乡给告了，马上被就地枪毙。”

我难以置信，怀疑地问："这是真的呀？为一块红薯。”

“当然是真的，当着全连战士的面毙的，我们都亲眼看见的。当地人生活很苦，抢一口饭等于抢一条命。你想想，我们共产党能打败美蒋的八百万军队，靠的是什么？我们武器装备、指挥员的文化素质都不如国民党，但我们的纪律厉害，这就是战胜敌人的法宝。你想当兵，怎么就忘了养成遵守纪律的习惯呢？军队的战斗力强不强，很大程度上就看它的纪律严不严。自由散漫，是一种小资产阶级作风，你应该借着这个机会把它克服掉。像邱少云那样，宁肯烧死，也不触犯纪律。”

我们一直聊到很晚很晚，宿舍早都熄灯了，洪老师还没有停止的意思，他的战斗故事特别多。“现在你的形势很好，要一鼓作气，再接再厉，向纵深发展，争取来一个大进步。这次处分跟双杠一样，也特能练你的力量！但这是遵守纪律的力量、精神上意志上的力量。”

不知不觉中我已经不恨洪老师了，还有一点儿感谢他对我的特殊信任、特殊栽培——给了我这么一个宝贵的处分。

这以后，我对任道远敬而远之，尽量少答理他。

受了处分，心情气愤，我已经不扫厕所了。干这好事，除了挨不少白眼儿，没有一点儿好处。真是吃饱了撑的，犯神经病！

可自从和洪老师谈完话后，我又开始扫那个大厕所。不能半途而废，否则周崇丹他们说我动机不纯就是真的了。当然，我还是不愿意让人看见，总是鬼鬼祟祟地扫。已坚持了一年多时间了，不能轻易放弃。

同时，我继续步行回家，偶尔还打来回，一口气走一百五十里地。发现走路特别练小腿肚子，我那时候的小腿周长已经达到四十二厘米，相信绝对能镇全校。

有一次，星期六晚上十一点多看完电影后，开始往家走。走了一夜，于清晨六点多钟到了家。敲敲门，进去后，我只在厨房里喝了点儿水、吃了一个馒头，扭头就又往回走。再走七个小时，返回学校。这么走一个来回相当累人，脚掌疼，腿关节疼，胯骨疼……一路上，就靠脑子里想电影、幻想未来的各种惊险的战斗经历来去乏解闷。

过了颐和园，又到了高等军事学院。有时候，还能听到里面的军号声。每次路过这里，我都羡慕地望着能走进里面的军人，无比眼馋这个用灰砖墙围起的大院。这辈子我能进到里面深造吗？我是多么愿意当一个军人啊！

到最后，脑子想电影也想累了，全身累得不想动，我就坐在路边的水泥台上休息一下。这是颐和园到温泉的柏油公路，对步行者来说，它是那么漫长。

真是筋疲力尽，望着飞驰而去的四十六路公共汽车，好羡慕汽车上的那些人，那么快就把我远远地抛在了后面。我走五六个钟头的战果，汽车十几分钟就能赶上。我干嘛这么折磨自己？有时候真是不想走了。但我鼓励自己，走！不能坐车，坐了车，就是向艰苦投了降，越是最苦的时候，才越是最锻炼人的时候。齐德操若遇到这种情况，也许还会继续走，我能比他差吗？不能！周崇丹处在我这种情况，可能要坐车了，但我不能，我要比他能忍受！这么想一想，很管事儿，真的能从疲惫的身体里榨出不少力气。

当我走回学校时，腿几乎抬不起来，像一个小脚老太太一样，一步迈不出一尺远。到宿舍就瘫在床上，连衣服都懒得脱了。

从学校到家的车票是六毛钱，来回一块二。国章见我老走回家，以为我是为了省钱，曾善意地劝我："不至于这么抠门儿吧？咱们班比你家穷的有的是，有谁步行回家啊？"

我告诉他说："根本不是抠门儿。花十五个钟头，累成一摊泥，省一块二，有什么可赚的？我是为了练长途跋涉能力，将来打仗了，少不了要走路，就需要有一双铁脚板儿。你看看我小腿，你小腿有这么粗吗？就是这么走出来的。"我的小腿被走得滚圆滚圆，腿肚儿像一条十五斤的大鲤鱼，自信全班独一份儿。

后来有一次，国章很感叹地说："我真佩服你的毅力。"说得我甜丝丝的。

当时学校有一个工作队，负责全校的保卫工作，开大会时布置会场，演电影时维持秩序，把守礼堂大门。工作队成员全是各年级身体比较强壮的男生组成。一九六四年时，工作队的队长是铁道兵政委崔田民的小孩崔士林。他见我身强力壮，特地要我接替他当这个队长。他马上就要高中毕业，得准备高考了。

我很矛盾。当这差事，好的是有机会动手过过瘾，收拾那些调皮捣蛋、不守纪律的小孩儿，很刺激，又合理合法；但不好的是要老在公众场合出头露面，我害羞，害怕那么多人看我，所以很犹豫。

崔士林竭力劝我，但他的好意我领了，最终没有同意。因为，我自己是一个受过处分的人，洪老师知道了肯定不会批准。我当了学校工作队长后，整天在大庭广众下发号施令，他能舒服吗？受了处分就要夹着尾巴做人，不能太张扬。

一九六四年十月，为庆祝建国十五周年，公演了大型音乐舞蹈史诗《东方红》，我们学校也有一部分同学参加了演出。演这两个多小时的舞蹈史诗，光演员就一万多人，据说是全世界前所未有。

我们没机会到人民大会堂观看实况演出，期末新年晚会上，校团委就组织了一部分同学，摘演了其中的几个片段。

在学校空荡简单的大礼堂里，由同学们化装成的红军、八路军、爱国知识分子、藏族少女……相继出现在舞台上。在明亮的灯光照射下，他们个个都是那么光辉夺目、美丽迷人、大义磅礴。艺术的力量真可怕，同学们自己扮演的形象竟然也有催人泪下、无法抵挡的效果。

那真诚的少男少女们，在我们眼前，制造出了一片光明圣洁的空间。大革命时期的革命烈士引吭高歌："戴镣长街行，告别众乡亲……"红军长征过草地，两个衣着褴褛的战士颤颤巍巍地互相搀扶着，一步一艰难地跋涉；青年学生在一二·九游行，空中回荡着《五月的鲜花》歌声；质朴的八路军在青纱帐里高唱："到敌人后方去，到敌人后方去……"个个矫健威武如武松。把我看得如醉如痴，涎水猛冒。

我们班的徐卫卫扮演了一个藏族少女，俊美绝伦，她深情地唱着：

> 五彩云霞，
> 空中飘，
> 天上飞来金丝鸟，
> 红军是咱们的亲兄弟，
> 长征不怕路途遥。
> ……

这首藏族民歌，感人肺腑。那优美的旋律，比海妖的声音还有魅惑力，把人身上的每一个毛孔都揉得软软绵绵，丧失了感觉。我听了直想哭，想一拳砸烂自己的尾巴骨，想拿刀割自己的脖子。舞台上天真秀美的徐卫卫深深地迷倒了我，比姐姐看的洋画报里的美女美一百倍、一千倍！

看了《东方红》选段，我对毛主席瞬时增加了许多的感情。因为，眼前这些美好的人，都那么热爱毛主席、那么想念毛主席，无形中要影响你、传染你，沐浴出同样的情感。

《东方红》革命舞蹈史诗从头至尾贯穿着的对毛主席的爱，好像一道纯洁水流，把你的五脏六腑洗得一尘不染。它所流露出的人民大众对领袖的深厚感情，真挚感人，年轻的中学生们根本无法抵御，不知不觉中就被打动，个个都看得昏昏沉沉、热泪盈眶。这部大型革命舞蹈史诗有着原子弹般的冲击波和爆炸力，其艺术感染力远非《白毛女》、《红色娘子军》所能相比。我们更加明白了，忠于毛主席是革命青年的历史责任，是一代人的真理，也是我们生命的真谛。

看完演出后，我全身燥热、心情澎湃，久久不能平息。明明知道这是戏，全是同学装的，还是感动得要命，根本睡不着觉。哎呀，如果每月能看一出这样的革命歌舞，自己的思想一定能特崇高，对毛主席绝对能像狗一样忠诚。我遗憾自己初中时没能看到这个歌舞，否则，趁着看完后的狂热，完全就能征服了那个阴森可怕的锅炉房！而且，看完了这出革命歌舞，我也肯定能忍住三天不吃饭，达到预定目标！

一出自编自演的革命歌舞，把我激动得坐卧不安，潜意识里也越来越明白：革命是圣殿，革命是高贵，革命是美丽，革命使卑贱变高贵，革命才为人们所尊敬。还有，只有革命才能得到漂亮女同学的青睐。

革命是我们青年人的唯一希望。

痛苦的团结

挨了处分更要独立不屈、不卑不亢。

平时，我没有朋友，课外时间除了锻炼就是看小说。当时我看的书有：《中印边界自卫反击战英雄记》、《源泉》、《战斗的青春》、《青年英雄的故事》、《临汾旅》、《太行风云》、《革命烈士诗抄》、《平原枪声》……另外，我还喜欢看苏联卫国战争小说，如《红肩章》、《古丽雅的道路》、《海鸥》、《青年近卫军》、《日日夜夜》、《恐怖与无畏》、《普通一兵》、《小儿子的街》、《伊格那托夫兄弟游击队》……

读一本好书，等于交一个好朋友。这些书中的英雄环绕着我，使我忘记了孤独、感到了生命的充实。我盼望将来中国也有一场卫国战争，让我赶上。

《钢铁是怎样练成的》的扉页，那张保尔·柯察金的画像太棒了！头发蓬乱，满脸污垢，一件染满硝烟的军装把他点缀得与众不同——那是战士的美、战士的圣像。对比之下，母亲的高跟鞋、料子裤就太资产阶级了。

我发现所有这些英雄，没有一个是作家出身的。他们成为英雄是打仗勇敢，而不是靠背唐诗宋词、写毛笔字、编毛衣。很为父母不是军人而遗憾。母亲疾病缠身，父亲很忙，都很少管我，我跟他们也没什么话说，平均一个月才回一次家。

当时，报纸广播成天宣传要发扬延安精神，整个社会都以艰苦朴素为荣，全校同学也都崇尚朴素。很多人家里并不穷，却有意穿着补丁摞补丁的衣服。如一班的卜毅，老穿一件洗得发白的蓝衣服，上面补着七八个补丁，深深浅浅，北安河村最穷的老光棍也不过如此。我很羡慕，自愧不如。穿有一两个补丁的衣服还可以，但若补丁太多就有点儿难为情、不好意思了。

这年冬天的某日来寒流了。在刺骨严寒中，感到腰里漏风，就从食堂后面捡了一条稻草绳系在腰上，自以为很实用又威武。那绳子是包咸菜罐子用的，散乱在地上，猪、狗、鸡尽在里面蹚，脏兮兮的。虽然只系了几天，寒流过后就给扔了，这事儿却在学校里传开了。好多外班同学都诧异地看着我，像看一个神经病。

在我的观念里，战士都穿得特破，这是革命和厮杀的痕迹。腰里横一条皮带或草绳，便于行动，打仗利索，正是战士的装束。天气那么冷，系根草绳有什么大惊小怪？这跟卜毅穿补丁衣服一样自然。我对同学们的议论，很不以为然。

受了警告处分，非但没把我想入团的念头挫弱，反而激得更猛。

整天和同学们在一起学习生活，除了任道远、宋尔仁等少数人外，大家都积极要求入团。耳濡目染，我入团的愿望也就非常迫切。当时的气氛是申请入团才表示你要求进步，而人们都以进步为荣、落后为耻。

他刘建军是团员，我为什么就不是？我哪一点儿不如他了？功课不比他次，劳动不比他次，干好事不比他次，对解放军的感情也不比他次。

对我来说，入团还有以下直接好处：

一、能提高自己的威信，让同学、老师瞧得起我。

二、能和团员平起平坐。入不了好像就低他们一等，不服气。

三、能促使父母对我好一点儿。他们老埋怨我落后，连团也入不了。

四、增加自己对女同学的魅力。很希望徐卫卫能喜欢我。

五、可以参加一些只有团员才能参加的活动。每逢团员过组织生活，我们这些非团员就像被抛弃的孩子，被扔在教室里没人理，情景特惨。

这可能是高二第二学期，洪老师把我叫到办公室。

“马清波，你最近这一段在学习上，遵守纪律上都有了些进步，这是可喜的。但还有问题，特别是团结方面还有很大距离。你为什么和同学们的关系总别别扭扭？都是别人的问题吗？你应该从自己这方面认真考虑考虑。你是不是因为有同学给你提过意见就恨人家，不理人家？我觉得，现在阻碍你进步的最大障碍就是团结问题。”

我点点头。

“把团结搞好，你就能有一个更大的进步。这也是对你的一个考验，你不善于跟人打交道。”

“洪老师，有处分能入团吗？”

“当然不能。你首先要努力把处分撤销，才能入团。”

我对洪老师的看法很复杂。一方面他处分了我，感到他师道尊严的观念很重，学生不能跟他顶，否则他就不择手段地整你，一点儿不容人。另一方面我又觉得他是一个正派老师，不搞吹吹拍拍、拉拉扯扯，与政治老师见了同学老嘻皮笑脸、称兄道弟拍膀子截然不同。洪老师永远都是那么严肃矜持，好像正在执行任务的士兵，无暇微笑。他对女同学从不讨好，该批评就批评，决不偏向。他当兵的那些经历，也很博得我的敬重。随着时间的推移，我们的关系趋于缓和。

我也知道，团结不好是我的致命弱点，虽然老吃它的亏，可还是改不了。如果我会团结人，即使表现一般也能把处分撤了；可团结不好，表现再好也没用，没有人替你说话，处分就得老背着。我对自己不喜欢的人，如周崇丹，一挨近他就不舒服，看见他就像看见一条湿溜溜的蚯蚓，喜欢不起来，心里腻歪，外表上就露出冷淡。要我去团结他、亲近他，实在是太难受了。

可是，为了撤销处分，为了入团，必须硬着头皮去搞好团结。团结不好，有人总说你坏话，处分就撤不掉，团就入不了，这个逻辑太简单不过了。

患难见人心，我无法忘记那些在我受处分后对我冷淡的人，视这种人为潜在叛徒或有叛徒细胞。自己的喜欢、厌恶全形于色，因此班里和我有外交关系的人寥寥无几，女生除了陆微，几乎没有一个和我说话的。

而齐德操对自己不喜欢的人，却还能表现得很热情，所以没人说他坏话。我必须向他学，练出笑里藏刀的本领。

此时，我跟王佑的关系还不错。他是一个聪明灵活的人，处理问题柔和通融、见机行事，决不会死钻牛角尖。他热心肠，喜欢帮助人，群众关系好。下课了，我们常常凑在一起聊天，星期天还一起上山摘酸枣。

我和齐德操的关系依然处于断交状态。他跟政治老师打得一团火热，我很看不惯。我不想和他有什么改善，决不低头去巴结他。

跟郑六田的关系照旧，团结不团结无所谓，他在班里是一个小人物，没有威信，也没有势力。

和周崇丹的关系，我就不能含糊了。他出身革干，还经常找团干部谈话，很傲，我们又是一个学习小组的，要搞好团结就回避不了他。

我找到了周崇丹，他的小胸脯那么瘪，还挺得鼓鼓的，像一个威严的非洲小酋长。

"周崇丹，你有时间吗，我想和你谈一谈。"

他转了转大眼睛，警惕地观察着我的表情，想知道我的真实企图。

"随便聊聊，谈谈心，有什么意见彼此提提，搞好团结。"

"可以啊！"他淡淡地似笑非笑了一下，慢慢地说，"但要端正态度。"

"对，当然。"

"好吧。你说什么时间？"

"今天晚上。"

"今天晚上我有事，明天下午怎么样？"

"行。"

次日，我准时前往。周崇丹走路姿势很特别，像京戏里的女人，迈着小碎步，一飘一飘地游过来。

"咱们谈可以，但恕我直言，不应该抱有什么个人目的，如果目的不纯，谈也白谈。"周崇丹说话总是带着刺儿。

"那当然。"我信口答应道。

周崇丹的肤色黑黄，长脸盘儿，大眼睛，眼睫毛又黑又长，这让他的眼睛很女性，有几分妩媚。

"搞好团结的目的是为了革命事业，不是为了让人挑不出毛病。"

我默默地点了点头。

他沉思了一会儿，继续说："你自从受到处分后，对学校的纪律开始注意遵守，各方面也有了一些进步，这是好的开始。可我总觉得你要求进步的目的还不够纯，影响了你取得更大的进步。”

我脸上的微笑冻结了 ：“你能不能具体说说。”

“比如，你星期六步行回家，我就感到很奇怪，很反常。当然这是你自己的事，别人无权干涉。可我们学校离城里那么远，这样走路要花费很多时间，势必影响学习。所以，我觉得你走回家有炫耀自己的意思。为什么公共汽车通到学校跟前呢？就是为了让我们坐，节省时间，好好学习。”

“我步行回家，是为了锻炼长途行军的能力，我从没有迟到或旷课。”

他翻着长长的黑睫毛，冷冷瞥了我一眼，说 ：“反正你自己考虑吧。我觉得，我们学生的本职工作是学习，不是练走长路。我们的一举一动都应当符合党和人民的利益，而不是为自己个人得到什么好处。”

我心想我不坐车，走回家你管得着吗？团结这种全身是刺儿的人，比走七个钟头的路要痛苦多了。

“你对我还有什么意见，再给我提提吧。”我硬着头皮说，竭力压抑着心中的不快。

他转动着黑黑的眼睛，想了想说 ：“没别的，我觉得你最大问题就是要求进步的动机不够纯。真的，你应该重视解决这个问题。我们要求进步是为了革命，为了解放全世界还处于水深火热之中的三分之二受苦受难的人民……而不是为个人受表扬，积攒资本，个人得到什么好处。像你锻炼身体、扫厕所等也都应该端正目的。”

动不动就动机不纯，怎么才叫纯呢？你动机纯吗？你就一点私心杂念都没有吗？但我不能辩解，一辩解就得吵起来，我只好努力向他笑了一下说：“谢谢你，周崇丹，给我提了这么多宝贵意见。”

虚心地谈了两次后，谢天谢地，总算有了一点点效果，与周崇丹的关系有所改善，见了面他不再那么冷冷地盯着我了。

我很高兴。

团结不了人是我的致命弱点。从小学起我就是班里的少数，养成了不合群的毛病。私下认为会团结的人都是老油条，八面玲珑、圆滑世故。但毛主席在接班人五项条件中又明确提出，不但要团结和自己意见相同的人，还要团结和自己意见不同的人，只好咬着牙去团结。

任道远是我团结的下一个目标。因为有关狗的作文，我跟他有过小别扭。但如果能缓和与他的关系，我肯定能给老师和同学们一个好印象。

任道远一听说我要找他谈话，解决团结问题，就不冷不热地说 ：“你别把我当成落后分子团结，好不好？”

“没有，没有。毛主席说过要团结和自己意见不同的人。意见不同的人，不见得就是落后分子。”

“得了，得了。”

“谈谈心嘛。”

“有什么可谈的。”

“哎呀，任道远啊，你架子太大了，跟你说说话都不行呀？”

他的脸温和了一些，缄默无语。

“随便聊聊嘛。”

他挺抱歉地说：“我今天的作业还没作完，真的，以后再说吧。”

……

另外一次，任道远正在操场上玩篮球，我对他说：“咱们谈谈心好吗？”

他说：“等玩儿完了再说。”

他一个人慢慢地拍着球，慢慢地投着篮筐，悠闲自在。

我在旁边等了半天，也没见他有要停下来的意思，心想团结反对自己的人太难了，就得这么下贱地求人。但又不敢得罪他，一得罪，不但没团结好，还加深了两人的对立。

……

下一次，我又笑着对他说：“任道远，聊聊天怎么样？”

他开玩笑道：“你别那么讨厌好不好？干嘛老缠着我。”

“随便谈谈，你不是答应过吗？”

“好吧。”任道远终于无可奈何地同意了。

我们沿着校园，走了一圈儿，谈得不理想。他看了很多中外古今的书，很有小知识分子的清高劲头，平日谁也不求，根本没入团愿望，无欲则刚，所以谁也拿他没办法。我说什么，他都没反应，只默默听着。他捍卫自己的武器是独立，不俯仰于周围人的看法。

我发现我俩的关系不是谈次话就能解决的，但能并排走着说说话，对我来说也是一个收获。我够看得起他了，全班这样郑重其事找他谈话，要改善与他关系的同学，恐怕除了我，再也不会有第二个。

任道远眉清目秀，出身不详，听说母亲给人当保姆。看样子，家境贫寒，冬天穿着中式的薄棉袄，常被冻得缩脖弯腰的，脚上总拖着一双陈旧了的翻毛皮鞋。我跟他的矛盾完全是观点和爱好上的。他在班里孤芳自赏，老独来独往。最爱看二三十年代的文学作品，对郭沫若早期的文章爱不释手。他说话不多，偶尔也能说一些很幽默的话。他还善于挖苦人、损人，能把人损得半天说不出话。在班里他跟宋尔仁来往较多，宋尔仁也对老郭崇拜得不得了，喜欢普希金的爱情诗，两人气味相投，能说到一块儿。他们在班里是属于没权没势的一对。

我和他的团结再没有大进展，不过两人能够说说话，结束了断交状态，也算是我在团结方面的一个成就了。

一九六四年底。团支部把所有申请入团的青年分成两个学习小组，每个小组都有一个周记本，由小组成员轮流记，相互批评和自我批评。我每次都很认真地写，时不时在周记里提出一些自己弄不懂的问题，请同学们帮我解答。比如：

对阶级敌人可不可以一分为二？地主和资本家都是百分之百的坏吗？为什么有的地主还帮助了共产党？

碰见生人掉进水坑中，救不救呢？如果他是一个反革命分子，怎么办？还救吗？是否要先搞清楚他的政治成分？

上公共汽车时，该不该跟别人挤？挤上车是毫不利己、专门利人吗？

别人借了钱不还，应该不应该要债？要债算毫不利己、专门利人吗？

喜欢表扬对不对？这是不是资产阶级思想？人能做到闻过则喜吗？谁喜欢别人骂自己？

到商店里买东西应不应该挑？如果应该挑，就等于是把好的留给自己，把坏的留给国家，岂不跟雷锋的毫不利己、专门利人的思想矛盾？

个人主义到底有没有积极作用？秦始皇统一天下，是为了他个人的权力欲，但客观上不也对中国有好处吗？

劳动累了时想休息休息，这思想对不对？是不是贪图享受？

英雄都与众不同，想当英雄就是想与众不同吗？就是不甘于当一个平凡的螺丝钉吗？

……

可能是我这样总提这样一些很怪的问题，引起了周崇丹的反感，觉得我是在标新立异，我们一度缓和的关系又紧张起来。

这个周崇丹，平时蔫蔫的，跟女生聊天时，那么温和，但讽刺起人来，词锋锐利巧妙，极毒辣。他说话没一个脏字，却能击中要害，尴得你有口难言。他在周记里写道：“马清波同学总想当英雄，不愿做革命的螺丝钉。资产阶级成名成家的思想相当严重，连写周记也要表现自己，总问一些怪问题来出风头。”

他口气那么尖刻，使我本能地要顶他几句。周记是一个逐个儿传阅的笔记本，青年小组十多个人都在睁着眼看着呢。我就在周记里反驳道："暴露自己的活思想怎么是出风头呢？周记里应该讲实话，不应该装成正人君子，唱高调。"

周崇丹见我反驳他，异常恼火，马上在周记里指责我口是心非，相当虚伪。外表上装得很诚恳地要求别人多多批评，但别人刚一提点，就拼命为自己辩解。

我马上回敬他一篇："你说的冠冕堂皇的那一套，和你的思想完全一样吗？如果不一样，那你也虚伪。你说入团不应该有个人目的，你有没有个人目的？你就那么纯洁无瑕、没一丁点私心杂念吗？"

这么唇枪舌剑了两轮，费劲儿和周崇丹的团结，又泡汤了。我们彼此见了面互不理睬，他黑黑的眼睫毛让我感到的只是一小撮钢丝，冰冷无情。

哎呀！越想搞好团结，越搞不好。

这天吃晚饭前，我先回一趟宿舍。屋里开着电灯，透过门上的玻璃，看见宿舍里有任道远、宋尔仁、郑六田等人在聊天儿。我没有马上推开门走进去，而是在门外站了一会儿，我想侦察一下，他们在议论什么、有没有说我。

外头黑，里面亮，他们谁也没发现我在偷听。

任道远感慨道："真是想往上爬想疯了。整天地找这谈，找那谈，那是干嘛呢！怎么还有这样的人？"

宋尔仁哈哈笑起来："你别那么说，我觉得他挺直的。"

"他直得也太邪乎了。脑子是不是有毛病啊？挨了处分还不老实点，还野心勃勃的，一点也不知自量。"

"他想进步也没错，只要别踩着别人进步。"

"还不踩着别人呢。他整天找我谈话不就是要踩着我进步嘛！跟我搞好团结还不是让我说他的好话。哼，我可从没见过这样的人，连一点儿伪装都不要。你假积极也假一点儿啊，这也太赤裸裸了！"

"你好好跟他聊聊嘛，别老跟他闹。"

任道远叹口气："我跟他聊什么呀？凭什么他来团结我？他算老几呢？他想往上爬，别拿我当台阶踩。这些天他老死皮赖脸地缠着我，要跟我谈。哼，把我当成团结对象，好像他多进步、我多落后。真讨厌死了。我好好的，用得着他团结吗？想入团也别这么折腾别人啊！"

"得了，得了，你们好好谈谈吧，真的。"宋尔仁小声地劝着他。

啊！没想到任道远背后这么狠毒地议论我！好像有一把刀捅进了我的

后背，憋在胸中的怒火再也忍不住了。

又挨了一个记过处分

本想一进屋就开战。任道远的实力我知道，俯卧撑做不了五个，仰卧起坐连一个也做不了，一身囊肉，软绵绵的，让他一胳膊我也能收拾了他。但转念一想，屋里还有宋尔仁，一开打他肯定会拦住我，打不了痛快的。还有郑六田喜欢汇报，不能让他看见。聪明的方法是把任道远引到没人的野地里行动最好，谁也不知道，影响小，损失少。

我的优势在体力，吵嘴辩论不行，要扬长避短，充分发挥自己的优势。豁出去再犯一个错误了，反正要让任道远尝点儿苦头，谁叫他这么刻毒。

在满腔怒火的时候，我想出了一条妙计，给他骗到东操场再收拾他。

这天中午吃饭，轮到我打饭值日。分菜时，我特地给任道远的碗里多放了一点肉菜。任道远结结巴巴地说："别别……"

我说："我不爱吃这种菜，我的那份儿不要了。"

他一下子被感动得要命，清秀的面孔上露出了复杂的表情，或许想起了在背后说我坏话，感到内疚；或许觉得我是真心实意想和他搞好团结，后悔对我太冷淡……班里除了我，没人这么重视他，追着赶着找他谈话。

吃完午饭后，我很诚恳地对他说："任道远，咱们聊聊好吗？"

他想也不想地点点头："行啊。聊什么、么呢？"一感动，他就有点结巴。

"给我提提意见，随便谈谈。"

任道远脸上浮出腼腆的微笑："什么时候？"

"今天晚饭后，怎么样？"

"行，去哪儿？"

"到大操场吧，那儿清静。"

"行。"任道远为那一点点肉菜，已经完全相信了我，他看的书虽多，却涉世不深。

那是初春，春寒料峭，早晚都还很冷。吃了晚饭，我先来到了大操场。这地方很偏僻，南面是柿子树果园，北面和东面都是农田，除了早上和下午有同学锻炼，平时没人来。晚上这里更是空空荡荡、死气沉沉的，偌大一片，黑咕隆咚的，连一个路灯也没有。

他骂我向上爬、假积极，我要让他尝尝我的拳头。

什么叫向上爬？全班有三十多个同学申请入团入党，这些人都是向上爬吗？如果是，那这向上爬，也总比向下爬好啊。

什么叫假积极？全班大多数同学都积极要求进步，这些人都假积极吗？如果是，那这假积极比不积极强啊。

反正今天晚上一定要教训教训他。

四周静悄悄的，漆黑空旷的操场上终于传来了脚步声。离得很远，我就听见了任道远的那双翻毛皮鞋特有的咯噔声。这家伙一年四季，走路时总是双手插在裤子口袋里，虾米腰向前弯着，头微微低着，下雨了，需要跑几步，他也不把双手抽出来，扭着屁股跑。

“任道远，你来了。”

“唉，来了。”他温和地回答。

我们沿着操场的跑道，开始转着圈儿谈心。那时解放军正搞一帮一、一对红运动，谈心活动特别流行。学校里也仿效部队，大搞一帮一、一对红活动。

“任道远，我过去对你的态度不够好，希望你能原谅。今天跟你聊聊天，是想请你给我提提意见，我保证虚心接受。我真的很愿意跟你搞好团结。”

任道远转着脑袋，感到了沉重的压力，他变得语无伦次，平时说话的那种独特风趣全没了。他看了很多二三十年代的文学作品，但没有一个作家指导他怎么对付一个爱练块儿、崇拜战士、蔑视文人、想入团的男同学的一次又一次的团结攻势。他搜索枯肠，也找不出什么词儿，很不安地说：“没什么意见。真的，以后就是多注意点儿，办事说话别走极端，对同学要尊重。”

“我这人有时候好冲动，不顾后果。上次为一篇关于狗的作文，还找你争辩，请你别计较。”

“过去的事就算了，别提了。”任道远挺恳切地说。我能感到他的心地之纯真，一点儿也不曾料想到自己已经中了我的圈套。

“还有什么意见，再给我提提。”

“真的没有了。”

他深深地叹了口气，很愧疚自己没花时间仔细想一想，多给我提几条意见。这时两人之间的气氛非常融洽。晚自习的预备铃响了。我知道预备铃响以后，再过十分钟，正式上晚自习的铃声就要响，我必须在这段时间里完成今晚的既定任务。

我没必要在动手之前，怒发冲冠地痛骂他一顿，一定要来一个闪电战，速战速决，打完就跑。我只要让他脸部感到疼痛即可，整个过程不说一句话。

坦白说，我实在有点儿下不去手，这不是在两人吵架、怒不可遏时动手，而是在对方已表示原谅了我、对我很信任的时刻，再突然撕破脸进行袭击。打这样一张没戒备、对你很信任的脸，十分需要勇气。我还得给自己做思想工作，激励一下自己的士气。

哼，这辈子，还没有人这么恶毒地骂我。对一个中学生来说，骂他假积极、踩着别人往上爬等于骂他臭流氓，是对我人格上的最大侮辱，不采取行动的话，就让他白骂了！

此时四周黑漆漆的，彼此谁也看不清楚对方的脸。我计划心中默默数一二三之后，就抡胳膊打，数量是三拳，目标为对方头部，打完就撤，跑回教室。

他在我左侧，低着头，还挖空心思地琢磨着怎么再给我凑出几条意见，好像凑不出来，就欠了我什么似的，根本没注意我已开始酝酿情绪，一句话不说了。

"我觉得你心胸有点儿狭窄，真的，要成大事，必须胸怀开阔。"他终于想出了一条，有点儿忐忑不安地告诉我。

一瞬间，我真不忍心出手开打。他比自己瘦弱，比自己单薄，比自己孤苦，比自己更无权无势；他已经完全相信了自己，毫无戒备……但我绝不能临阵脱逃，雷锋说对敌人要像严冬一般残酷无情，任道远当然不是敌人，但可以把他当成敌人练练。要培养对敌人的残酷无情，就得先干一些残酷无情的事，就得敢于撕破情面地开打，对手无寸铁的人要下得去手，对没防备的人要下得去手，对体弱单薄的人也要下得去手！如果我对自己的同学都能这样，那遇见真正敌人时，才能残酷无情。

一定要消灭自己的小资产阶级怜悯心，欺软怕硬虽然难听，可有时候革命需要欺软怕硬。

在战争年代，为执行任务，必须在聊天时，微笑着把热情款待自己的敌人杀死，我能做到吗？这笑里藏刀的功夫，不是从天上掉下来的，必须平时刻苦磨练。现在就是一个机会。脑子里又一次回想起他在背后议论我的那些话："向上爬"、"假积极"、"讨厌死了"……以激起对他的仇恨。

黑暗中，任道远还在反省着自己："真的，我过去对你的态度也不够礼貌，不够与人为善，你也多多原谅。"他做梦也没想到，此时我心中正在默默地数数：一、二、三！

一咬牙，心一横，抡起右胳膊，猛地向他下颌击去。

我猜想，任道远在那一瞬间，会觉得是从远方扔来了一块石头，绝想不到是我打的。这一拳就把他眼镜打掉在地上，成了睁眼瞎。接着第二拳打过去，砸在他的脑门上。黑暗中，他的大个子矮了一半，双手搂着头，身体蜷曲着，一声不吭，咝咝地倒抽冷气。估计挨第二拳时，他可能还没明白是我打的。黑灯瞎火，我又不说话，刚才气氛又是那么温暖祥和，整个过程完全不符合一般的打架程序。

他深深地弯着腰，蜷缩成一团，双手护脸，没有了体形。我实在不忍心再打第三拳。一扭身撒丫子就往操场出口跑去。

到这时候，任道远才明白了我是进攻者。黑暗中，他在身后怒骂："流氓！臭流氓！"

从头到尾，这个计策玩儿得天衣无缝。

"操你妈！臭流氓！畜生！"文弱的任道远在漆黑的操场上凄切地吼着。

跑了很远，我还能听见他的怒骂声。我快乐地跑着，像撒欢儿的小马，总算扬眉吐气了。我要让你知道想入团的人，也不是可以随便骂的！穿过大礼堂的院落，跑过一大片柿子林，上了一个高台阶，这时晚自习的铃声才刚刚响起。我若无其事地走进了教室，觉得自己全身轻飘飘的，特舒服。

坐在座位上，我开始做作业，可又根本做不下去，脑子又兴奋，又混乱，又迷惘。对自己的行动用以下理由支持：

一、他首先在背后说我坏话，恶毒诋毁我。

二、他身上有好多资产阶级思想，打他，就是打他的这种思想。

三、将来和敌人打交道时需要笑里藏刀，这是一次笑里藏刀的锻炼。

……

我注意到任道远没来上晚自习，肯定是去告状了。

大约过了半个小时，石文厚老师来到教室，把我叫到了校团委办公室，他当时兼任校团委书记。

"马清波，说说，你干了什么事？"石老师的态度倒挺和蔼。

我如实坦白，把打任道远的事从头到尾向他讲了一遍。

石老师听完后，很惋惜地摇摇头说："我走在路上，正好碰上了任道远，双手捂着脸，哭着把你告了。唉，你挺聪明的小伙子干了一件傻事。"

"石老师，我实在受不了这口气，他背后说我说得太毒辣了。我豁出去再犯错误了。"

"好好检查吧，小伙子。"石文厚老师的口气里充满同情，一点儿没责备我。这石老师打篮球特棒，三步以内能过三个人，远距离投球命中率百分之七八十。

“行。”

于是我很认真地写了检查，有三四页。从小就知道打人不对，这方面的检查写过无数次，词儿有的是。

但洪老师和校团委书记石老师的态度完全两样，他听说后怒不可遏，阴沉沉地瞪着我，交了检查不算，还硬让我在全班面前向任道远赔礼道歉，保证今后不再发生这种事。

我刚打完他，又公开向他道歉，这面子往哪儿放？我就对洪老师说：“他背后说我坏话是这件事的导火线。我可以向他道歉，但他必须先向我道歉，”

“不行，他背后议论你不对，但他打你了吗？打人和骂人在性质上完全不一样！”洪老师的脸涨红了，“你写检查只是为了蒙混过去！我教这么些年书，还是头一次见你这样打人的，采用阴谋诡计把人骗到背静处行凶，性质非常恶劣，非常恶劣！”

我一副无所谓的样子，心想你爱怎么处理就怎么处理，反正这口气出了。

“跟国民党特务一个样！假装和人谈话，把人骗到没人的地方再动手。全校一千多个同学里，有谁像你这么打人的？”洪老师的三角眼闪着凶光。

我狡辩道：“他为什么背后说我坏话？”

“那你就可以打人家吗？”

“我承认打人不对，但他背后说我也不对。他要不说我，我也不会打他。”

“好，你如果不深刻认识你的错误，一意孤行下去，要考虑考虑后果，我不是吓唬你。”

“洪老师，我怎么想的就怎么说了。反正现在我只认识到这儿，就只好这么说。你让我向他赔礼道歉，我没这觉悟，做不到。”

洪老师冷笑了一下，挥挥手，结束了与我的谈话。

我知道自上高中以来，洪老师已赶走三个同学了，一个女生，两个男生。我是否也要被他赶出学校呢？我觉得不会。第一，这三人的出身都没我好，全是普通市民子弟；第二，我酷好练块儿，在全校有一定威信；第三，我的男女问题无懈可击，他搞不臭我。记得高一时有个叫丁秋生的被洪老师勒令退学。丁秋生家是天桥的，嘴巴很能说，据说是有什么流氓举动，让洪老师抓住了。

所以，我觉得，虽然形势险恶，却还没到绝境。

我欣赏高尔基的那句名言：“让暴风雨来的更猛烈些吧！”如果洪老师敢更狠地整我，只会激励我双杠悠得更多，杠铃举得更重，步行回家更经常，胸肌更厚，初中小孩更崇拜。

在形势不好的时候，我唯一的寄托是到操场悠双杠，一口气悠四五十个双杠，就把情绪悠稳定，把智慧悠出来，把胆子悠大，把意志悠坚定。

苦练的时候，我爱轻轻哼着一首打仗的歌，特能提高士气。

说打就打，
说干就干，
练一练手中枪，刺刀手榴弹。
瞄的准来，投也投的远，
上起了刺刀，叫他心胆寒。
抓紧时间快来练，
练好本领准备战
不打垮反动派，
不是好汉。
打他个
样儿让他看一看。

如果被洪老师吓住，不是好汉！

不久，我在学校的布告栏里发现了一张孤零零的白纸黑字布告。

布　告

高二（2）班马清波同学殴打同学，手段野蛮，情节恶劣，事后态度不好，经校务会议讨论，决定给予该同学记过处分。

此　布

北京四十七中校长　李书堂

1965 年 3 月 × 日

这张小白纸像一个炸弹，炸得我目瞪口呆！

好一个洪正端！真狠！他过去找我谈话时，说怎么怎么关心爱护我，都是骗人鬼话。对一个中学生，这不是残酷斗争，无情打击是什么？

从小到大，华北、育才、师大一附中，身边的同学从没有受两个处分的，不，连一个处分都没受过。我却连挨了俩！好呀，洪老师，你往死里整人！气得我独自爬上鹫峰，面对苍茫大山，悲哀地号叫了半天，干巴巴地流了两颗泪。

万没想到为了这个任道远，得了一个记过处分！

在俄语课上，我愤怒地瞪着洪老师，狠狠地盯着他，用眼睛杀他的眼睛。你以为用处分就可以把我压得向你摇尾巴吗？别做梦了！打人不对，让我检查就检查，但没认识到就是不说，决不假惺惺地痛骂自己。

现在，要是这么点儿小事都经不住，将来在敌人面前怎么办？革命烈士说："砍头好似风吹帽，宁甘斧钺不降曹。"区区记过处分算什么？

下课后见了任道远，我狠狠地盯着他，把他盯得不敢一个人上厕所、回宿舍，马上又报告给了洪老师，有那么几天老师专门派同学轮流陪他，防止我再报复。

我对这个记过处分的答复是无所谓，破罐破摔了，反正也不指望上大学、不指望当班干部。

受了处分我还这么横，真把洪老师气坏了。

这一天课后，洪老师找我谈话。他平静地说："经过和校领导商量，我们觉得你的性格不适合在一般环境下接受教育。报请海淀教育局批准，准备把你转到温泉工读学校去上学。这不属于开除，只是一般地转学。再过几天，手续办好，你就去工读学校报到……"

他使出这一手，令我出乎意料。我明白洪老师在和我的斗争中，必须是一个胜利者，如果胜不了，就要把我撵走，否则他在同学面前就丢了面子。

我们班已经被他正式撵走三个人了。洪老师对反抗他权威的学生能整就整，整不了就把你赶走。说是丁秋生要流氓了，其实谁也没见着，真正原因就是他顶撞了洪老师。

但我没心情乞求他，豁出去了，去工读就去工读，工读学校里故事肯定很多，都是流氓小偷，生活不会平凡，一定很浪漫。我看过马卡连柯的《教育诗篇》，里面什么坏学生都有，尽是稀奇古怪的事儿。

洪老师说："你在那个环境比较合适，对你的成长更有利。"

温泉工读学校离我们学校很近，只有两站地，我每次回家都要路过。

我们学校有一个初三同学，红红的脸，因为和亲妹妹发生了关系而被送到了那儿。一次他来四十七中玩，无意中和我见面聊起来。他很坦率地告我，尽量别到工读，这学校专门收全北京市各学校送来的坏学生，同学之间弱肉强食，个个都心黑手辣，管得也严，学校门口终日有人把守，学生不能随便离开学校。老师有枪，一半归公安局领导。

我默默无言地回到了宿舍，又有点儿依恋起这个班来。去工读后，心中暗有好感的徐卫卫就再也看不见，永远没希望跟她好了；任道远的仇也没法报了……入团的希望更彻底地破灭！唉！真惨，我一心想入团，想搞好团结，却落得一个这样的下场！

但我咬紧牙关，不向洪老师求饶。去就去，给自己长一点儿阅历也好，听说工读的学生也可以当兵，马卡连柯的那些流氓学生，就有不少在卫国战争中成了苏联英雄，捐躯沙场。只要能让我当兵就行，将来英不英雄，战场上见。工读有什么了不起的？父亲年青时也曾被学校开除过，我为打任道远被撵出四十七中不可耻、不丢人！

大约这时，我的情况不知怎么回事传到了师大一附中。初中同学范光义、张君满等人替我打抱不平。他们几个联名给四十七中团委会写了一封信，说我本质不坏，热爱解放军，还可以救药，应该一分为二对待我，团结教育，不应该往工读学校里送。

这封信他们本人一直没对我说，好像是石文厚老师向我透露了这一消息。很是惭愧。初中时我对范光义并不多好，毕业后也一直没理过他。我还曾向他吹牛说我肚子上的伤疤是被日本鬼子刺刀捅的，给他骗得一愣一愣的。我也不喜欢张君满的小分头，上高中后从没跟他来往，可人家却在我最困难的时候，主动写信替我说话！

某一天，洪老师风尘仆仆来到我家，专门向家长通报了这个情况，说我怎么打人，耍阴谋诡计，事后态度不好，连着受了两个处分，仍不思悔改，态度顽固，经校领导研究再三，认为我的个性不适于在普通环境下接受教育，准备把我送到温泉工读学校。

父母这下可着急了。他们怕我终日和流氓小偷在一起会耳濡目染，彻底堕落变坏，又觉得我去工读学校太丢他们的面子。等老师走后，父母认真地商量了一番，并把我叫回家了解情况。我向母亲讲了洪老师怎么专断粗暴，在班里大搞顺之者昌、逆之者亡，唯我独尊，口蜜腹剑，不断地往死里整人。

母亲一方面埋怨我太粗野，同学再有错误也不能动手打，真是傻蛋一个，一方面对洪老师这么狠地整学生也有意见。母亲当即劝父亲赶快到四十七中找校领导，跟他们谈谈，不要把我送到工读学校。

几天后，我在学校门口看见了父亲平时坐的那辆深蓝色的别克轿车，我知道他来找校领导了。

周末回家。父亲告诉我他已找到了学校书记兼校长李书堂，恳请学校再给我一个机会，说我从小就热爱解放军，想当兵，还可以挽救。于是，学校领导同意我暂时不去工读，留在学校再观察一段时间。

以后，每逢提到这件事，父亲就轻蔑地望着我嘲笑："你那么要求进步，又写血书，又扫厕所，最后怎么进步到工读学校里了？！"

我无话可说。

更苦地练

现在，我终于知道了洪正端的厉害。小学许老师敢掐、敢拧、敢揪同学头发，这个洪老师虽不动手，却比总动手的许老师还狠，说给处分就给处分！

在育才小学，即使六年级才入了队，却没挨过处分；初中时还一度是班里的好学生，操行得"优"。来四十七中却连挨了两个处分，全校少见。自己真的那么坏吗？我觉得好像是在梦里。但那张孤零零的一纸布告，告诉我这不是梦；我每天回宿舍，去食堂，还都要经过它的面前。

哼，任道远的仇一定要报，等着吧，早晚要跟你算这笔账。

受了第二次处分后，我特别喜欢背文天祥的《正气歌》：

> ……时穷节乃现，一一垂丹青；在齐太史简，在晋董弧笔，在秦张良椎，在汉苏武节；为严将军头，为嵇侍中血，为张睢阳齿，为颜常山舌；或为辽东帽，清操厉冰雪；或为出师表，鬼神泣壮烈，或为渡江楫，慷慨吞胡羯；或为击贼笏，逆竖头破裂。是气所磅礴，凛冽万古存。……

历史上这些宁死不屈的志士，给了我莫大的力量，极大地鼓舞了自己，要挺住，决不能向洪老师低头。我对班里同学更加蔑视，他们全都折服于洪老师的淫威，看洪老师的眼色行事。我基本上谁也不主动理睬。孤立就孤立，我不尿球。见了洪老师也佯装没看见，俄语成绩直线下降，似乎俄文代表着洪老师，认真学俄文就等于是向他讨好。

愤怒的狗有时候因为无法咬到对手，就只好去咬自己的同伴；学校铁的纪律，让我连自己的同伴也不能咬，就只好咬自己。

第二次处分又激起了我第二次狂热练块儿，自虐般地练，好像一练块儿特能稳定情绪。

晚自习后，漆黑的寒夜，不回宿舍，却独自在操场悠双杠。节假日的操场上空无一人，我继续悠双杠。从家里走回学校，费时七个多小时，疲惫不堪，仍一个不少地悠五十下双杠。自一九六〇年困难时期以来，我靠悠双杠，悠出了自信、悠出了手榴弹第一、悠出了厚厚的胸大肌，悠双杠能帮我顶住一切。

可能这么锻炼也是一种情绪的发泄。

这年夏收时节，学校组织同学们到附近农村拔麦子，我摩拳擦掌，憋足了劲儿，要让洪老师看看我的厉害。

学生劳动和农民劳动不一样，农民是一辈子干农活儿，要悠着劲儿，慢慢地干；而我们只干两个星期，熬完这十来天就回学校上课，所以干活儿时都特玩儿命，不留余力，谁都想表现表现，你追我赶地相互较劲儿。王佑、周冰洋等块儿虽小，也跟疯了一样地拔。返校时，有的女生常常要被搀扶着，几乎走不动道儿。大家都这么拼命干，我要想突出自己就更是非常艰苦，必须付出更大的代价。

但我忍着累做到了。这是狂热之中的最狂热、苦干之中的最苦干、玩儿命之中的最玩儿命。拔麦子我全班绝对第一，没说的。齐德操、周崇丹、刘建军等都被我远远落在了后面。赵国章、吴念祖等也有一股不怕苦、不服输的倔劲儿，体力又不错，但谢天谢地，他们没我这么想当第一、想镇住全班，赶不上我。

偶尔有人超过了我，马上豁出老命再超过他，手指头被小麦勒出一个个血泡，胳膊上划出一道道血印，后背上的衣服全被汗水浸透，又让烈日晒干，显出片片白色汗迹。

别看齐德操跑百米比我快，可拔麦子最前面的人里，绝见不到他的影子。他这人在劳动上非常理性，干活儿从不争第一，他好强在学习上、在和政治老师靠近上，而不屑于玩儿命拔麦子。

我理解了洪老师过去对我说的话：挨了处分的人，战斗起来最勇敢——因为他要比别人更加突出地表现自己。

每天拔完麦子回学校后，同学们都洗涮身体，然后躺在床上休息。而我必须从严从难要求自己，还一瘸一拐地走到操场悠双杠。非常筋疲力尽，很不想再悠，胳膊真是累得抬不起来。但这时，脑子里就出现了一个潜在的敌人——他劳动完后，如果还坚持悠双杠怎么办？我能比他差吗？能比他怕苦怕累吗？在我的意识里，好像少悠了几下双杠，就少了几个意志、少了几公斤力量，就比那个潜在的对手尿包，将来跟他搏斗时，就少了几分取胜的把握。

体育老师于文敏总对我们讲越是最累的时候，越是最锻炼的时候。在这种情况下，做引体向上的最后一个，顶先前的十个。当白天狠命地干了一天活儿后，晚上再一下一下地悠双杠，十个都悠不了，就总是想起体育老师的话来，此时多悠一下，顶平时悠十下，或许所练出的这点劲儿将来就能在战场上救自己一命……每悠一个，都得龇牙咧嘴地惨叫着，双腿弯曲，全身像一条垂死挣扎的大肉虫子哆哆嗦嗦地扭曲立起。

我最喜欢集中劳动，因为我能当全班第一，能让洪老师和同学们知道，受了两个处分的人一点不比他们差。

身边的同学一个个地入了团，徐卫卫入了，周冰洋入了……这暗暗地刺激着自己的心。我知道自己处分在身，不可能入团，但我不服他们，只要让我上战场，决不比他们团员差！

我跟任道远的关系还处于战争状态。他在校园里尽量躲着我，与我离得远远的。为了自我保护，他交了高一的、也喜欢练块儿的周百万做朋友。

周百万是一个塌鼻梁、头发有点儿卷的小伙子。他体形匀称，常玩儿双杠，会很多动作，大胳膊老粗，厚胸脯，个子比我略矮，相当健壮。我在双杠处常碰见他，彼此算是熟人。他因喜欢跟女生甜不啰唆的，在同学中名声不大好。他爱穿一双洁白的运动鞋，手腕上缠一个白护腕，白背心扎在裤腰里，老那么干净漂亮。

任道远找周百万当保镖自然更招我恨了，反正这仇早晚得报。

患难识人心。当我离群索居、默默忍受第二个处分时，班里同学给我印象最深的是陆微。她平常跟我从无任何来往，见面也不说话，却在我挨处分后的一天，突然在路上主动跟我打了一个招呼，这让我万万没想到。虽然也就是点一下头打个招呼，再没别的，但这一个友好的点点头、友好的眼神，令我十分感动。

尽管受了两个处分，几乎就要上工读了，初中小孩儿们对我却出奇地好。锻炼时，他们常围着我，争着与我聊天。其中有一个叫谢保国的孩子，无缘无故地把自己装的四管半导体送给我。当时半导体还不普及，这么一个东西至少要三十多块钱。我们彼此素不相识，就送这么贵重东西，这也让我备觉温暖。

谢保国是一个部队子弟，每逢看见我练块儿时，他的目光里就充满了敬意和怜悯。在他看来，我这么埋头苦练，练得全身抽搐、龇牙咧嘴，实在太傻太怪，有点惨不忍睹。

他个子高高的，脸白白嫩嫩的，红光满面，整日穿一身军装，一看就是家境优越，有人给照顾得好好的。我很高兴自己终于有了一个军人子弟做朋友。

每次当我步行回家，经过红山口高等军事学院门口时，最喜欢听那大院里的军号声，孤独而雄壮，又带着几丝悲凉。谢保国家就住在高等军事学院里，父亲是一个教官，陈赓的部下，母亲是一位军医。他身上的军装，总是一尘不染地飘着清新的香味儿。他孩子气十足，迷上了武术，如痴如醉。

下午自由活动时间，谢保国常到宿舍里看我，有时候还送给我一点零食。看见竟还有初中小孩儿那么崇拜我，宋尔仁感慨道："你真是墙里开花墙外香。"他虽说和任道远关系很好，对我打任道远却没太多恶感。他曾对人说：马清波恨谁、爱谁都能看出来，坦坦白白的，总比不露声色、玩儿阴的强。

学校体育教研室里的那张国际摔跤照片特棒：一个过胸摔把对方扔到空中，有种惊心动魄的美感。

我从小学时就喜欢摔跤，但不敢公开地练——学校的舆论总认为好学生不干这事儿。现在我挨了处分，彻底变成了后进分子，可以撕下伪装，痛痛快快地摔了。

高一有个叫吕硕田的，个子比我高，没我块儿，会一些摔跤招术。每天一下了课，我就去找他练。他懂不少技术，人挺厚道，能无保留地教我。我们经常在学校大礼堂北面的一块红薯地里摔。这地方偏僻，土地刚刚耕过，摔不坏人。我们每次都摔得全身是土，连鞋帮里也塞满了干土。

我学会了挑钩子、别子、爬子、搓窝儿、背挎等技术，一遍一遍地练。背挎有入、揣、披等等，威力强大，但真正摔时总用不上。吕硕田技术比我好，力量却不如我，我这徒弟总赢师傅，撕扯他像撕扯一个十五岁的小孩。摔跤基本上是六分体力、四分技术。

听说周百万也爱摔，我又找他练。这家伙走路一晃一晃，很像天桥摔跤的；还能在双杠上倒立、滚翻、腾飞，胸大肌特发达，俨然一副体操运动员的体形。他摔跤的姿势也特吓人，跟眼镜蛇一样，前后晃动着身躯，似乎会随时扑来叼你一口。尽管他也块儿，也矫健，却依旧比我差点儿。鏖战一番后，输多赢少。我这经常长途步行回家练出来的腿已经很少有人能对付了。

我与初三的农民子弟小六摔，也是战果辉煌。这小伙子又矮又胖又壮，是一副杀猪的形象。他的小胳膊棒槌一般，比一般人的大臂都粗，全校闻名。他酷好武术，也是谢保国膜拜的对象，但摔跤基本上都是我赢了他，他的腿劲儿不行，经常步行回家的好处这下表现出来。我的腿力超强，底盘稳如磐石。

当时我们年级跑得最快的是一班外号大疙瘩的同学，他留了一级，鼻子上尽是疙瘩，百米全校第一，大腿比齐德操的还粗。我曾试探过要和他摔跤，被他婉言拒绝。

这样，在全四十七中学，我竟再找不出一个能跟我摔跤的对手。

谢保国见了我，眉开眼笑，他由衷地为自己有这么一个大朋友自豪。

那一阵子，我最大的苦恼不是处分，不是入不了团，不是考试得了三分，而是为自己背挎使得不漂亮烦闷。这绊儿能把人摔飞起来，是我最梦寐以求的本领，可直到文化革命开始，我也没能完全掌握，技术难度很大。

我自己最拿手的是波交。这绊子摔不了眼花缭乱，就是顶用实惠，有我的腿力做后盾，十拿九稳。

我没事就琢磨着摔跤绊儿，冥思苦想，并设计了几组连续进攻法，把常用的绊子三个编成一组，连续进攻，让对方躲过一波，难躲第二波。如先左波脚——左手别——右大背挎……咱不垂涎功课门门五分、上好大学，就希望能有一般人难以抵挡的摔跤功夫。

——可以说，我当时练摔跤付出的精力与齐德操复习功课付出的精力一样多。每逢下午课外活动，都去那块红薯地练摔。

渐渐地，练块儿和摔跤抚平了我的神经，对第二个处分也就适应了，不再愤怒，不再对洪老师和周围同学持一种敌意态度，除了任道远。

现在，全校同情我的人更多了，不少初中小男孩儿都钦佩我跟学校领导顶的勇气和练块儿的毅力。人们都有一种同情不得势、受打压者的本能。尽管洪老师严格保密，师大一附中的范光义等人写的联名信，还是已经有同学知道了，一些人开始替我说话。

“马清波本质不坏，不应该残酷斗争，无情打击。”

“对马清波也应该一分为二，不能一棍子打死。”

……

洪老师又主动找我谈，再次向我解释他的用意。

“马清波呀，在全班同学里，我和你谈话次数最多，为你花的时间最多。为什么呢？是想把你调教成一匹能用的好马，现在你还是一匹野马，很难驾驭，不能很好地为革命服务。头一次处分后，你有了一定的进步，但你思想深处的个人英雄主义依旧存在，这就导致了你继续犯错误，自以为是，把违犯纪律当成了勇敢。你制定阴谋，骗打任道远这件事是很严重的。我们经过反复研究，决定给你记过处分，想用大打击促使你大进步。我原以为你能经得住这个处分，发狠心在各方面突飞猛进。现在看来，对你的觉悟是估计过高了。”

我没说话，心想，你把人一棒子打死，却说是对方骨头太软，过高估计了对方的硬度，这是什么逻辑！

洪老师又谆谆不倦地给我解释着他给我处分是优待我的观点。

“不严格要求你，就等于毁了你，你不适合用一般的方式教育。”洪老师脸上露出失望表情，“本以为这样敲打你两次，能解决你的问题，可你却没经受住啊。实话说，为解决你的进步问题，我们花了很多时间研究，费了不少精力。严格要求你是看得起你，是把你当成一块好料来锤打。好钢变成好刀要锤打啊！不锤打成不了材啊！所以你要正确认识，不要有什么对抗情绪。给你处分是一种教育方法，是为了把你身上的积极因素给敲打出来。部队里受了处分的战士往往最勇敢，最能打仗。”

我沉默着。争辩问题，我说不过他，他看的书多，口才好。

洪老师抽着烟，若有所思道：“有这么一个故事：两个强盗经过了一个绞架，其中一个说，如果世界上没有绞架就好了，我们干这个就稳稳当当，不用再担惊受怕。另一个强盗却说，傻瓜！绞架是我们的恩人。如果没有绞架，我们就不会那么小心翼翼地精心行动，而且人人都会来干这行。那时，我们这个生意不就砸了吗？”

这故事倒挺新鲜，颇有玩味之处。

洪老师接着说：“纪律就像绞架，是无情的，有些人很不喜欢。但是正因为有纪律，才使一些人干出了成就。邱少云就是严格纪律锤打出来的英雄。所以不要埋怨纪律、处分，这些其实是你的朋友。有了这些限制和障碍，才能淘汰掉那些和你一样但意志薄弱的竞争者。自古以来，凡有大成就的人都经历过大灾难。金刚石那么硬是经过千千万万年高温高压才得已形成。不少人本来具有很高的才能和潜力，可就是因为一生太顺利，缺少打击、缺少挫折，而才能被埋没，终生平庸。”

我沉默着。

“对好钢，就要用重锤。只有用重锤敲打，才能成材。比如对泥土，就不能用重锤，一锤就碎了，但泥土能盖成大楼吗？锋利的钢刀，是经过大锤狠狠砸出来的，真正的金子是经过几千度高温提炼出来的。对马要用鞭子抽，而蝴蝶就不能用鞭子抽。你是马还是蝴蝶呢？我相信你是一匹马，只不过还有野性，就不要怕鞭子抽。所以，你要从积极的方面来理解校领导对你的严格要求。要认识到校领导对你的关心和器重，对你的另外一种方式的培养。”

他给了我两个处分，还要把我送工读，竟是对我的关心和器重！竟是另外一种方式的培养！我无论如何也接受不了他的这种逻辑。

“可没想到你还是软弱哇，最后请父母出来向校领导求情，让我很感到意外。”洪老师感叹道，“哎呀，我高估了你的意志力和承受力。”

我说：“洪老师，我可从来没让父母找校领导求情。是我父母嫌工读名声不好听，才决定去找校领导的。”

……

某一个周末，我从家里小屋的一堆旧书中，无意中翻到了一本《中国之武士道》，梁启超著。书中说：

> 中国自秦汉以来，日流文弱，笈缨之族，或至终身袖手雍容，无一出力之。以此遗传，成为天性，非特其体骨柔也，其志气亦脆薄而萎靡。故异族侵至，无抵抗之力，不能自振，其最大原因在于国民缺少尚武精神。彼日本崛起于数十年，并能战胜世界强国俄罗斯，为全球人所瞩目，亦其民族性格之刚强核心即武士道。
>
> 日本人常言：中国之历史，不武之历史，中国之民族，不武之民族也。
>
> 呜呼，吾耻其言也，吾愤其言也！吾未能卒服也。
>
> 我神祖黄帝降自昆仑，四征八讨，削平异族，以武德贻我子孙。
>
> 所谓武士道即：国家重于生命、职守重于生命、然诺重于生命、名誉重于生命。中国实有武士道之传统。
>
> 呜呼，我民族武德之戕丧，则自统一专制之始矣。统一专制务使天下皆弱，唯一人独强。爱国之士，莫不崇奉尚武精神为急务。
>
> ……

梁启超的这本书太棒了！太棒了！我非常喜欢。

日本的武士道对中国抗日战士来说不可爱，使我们付出了更大的伤亡。但对日本民族来说，却是它强大、能自立于世界民族之林的资本。

我对日本的武士道持尊敬态度，同我热爱中国的八路军毫不矛盾。因为八路军照样也有一种武士道精神。比如狼牙山五壮士宁死不屈，集体跳崖，这中华民族的武士道气概，一点儿也不比小日本的次。

可惜中国武士道宣传得太少太少了！早在十九世纪末，梁启超即看到了这一点，才写了《中国的武士道》，以激励中华儿女。

在这本书结尾中，他说："呜呼，吾以白衣冠送中国之武士道，吾以锦绷葆迎中国之武士道。一灵未洗，轮回不谬，魂兮归来。重为祝曰：中国之武士道复苏。"

我崇敬梁启超所说的这种武士道，因为它是一种献身的道，一种为自己信仰牺牲的道。唯有这种精神境界，才使人类超越了动物本能之上。我们每个人可能终生都做不到，却是指引我们终生的一个神圣的光点。

这部书大大地鼓舞了自己的尚武精神，尚武嗜好。

……

一九六五年四月十二日，中共中央发出了关于加强战备工作的指示——鉴于美帝国主义扩大了侵略越南的战争，严重威胁了我国的安全，中央号召全党全军和全国人民，在思想上和工作上准备应付最严重的局面。

我得知后兴奋不已。这下子真有可能捞上仗打了……

不久《人民日报》又发表了介绍刺杀标兵王道明的通讯。我捧着报纸，一字一句地读着，如饥似渴，它说明了即使在现代化战争中，拼刺刀也没有过时。

毛主席夸奖王道明讲刺杀讲得生动，说他辩证法学得好。一时间，我们学校也兴起了一股练刺杀的热潮。学校体育教研室置办了大批木枪，供同学操练，并请了附近的部队派人来学校教授刺杀技术。

课间，我常用一根木枪和赵国章对刺，成天练三步突刺、防左突刺、防右突刺……我们没有护具，捅着了生疼。国章也酷爱玩这个，喜欢琢磨招数，很少有同学能打败他。我们规定不刺对方头部，可有一次，我右眼皮还是被他刺破，血迹斑斑，如果再偏差一点儿，非要捅瞎眼睛。国章这小子给我右眼皮留下了一个终生都去不掉的疤痕。

此时，我已经学会了擒敌拳，早晨跑完圈儿后，总要打一遍。课间十分钟时，还继续用手掌在树上或水泥台阶上劈。练了近一年的时间，收效不大，还是劈不断一块砖。铁掌功看着厉害，真练可不容易。

这是一九六五年的上半年。全国都在学解放军、都在军事化，中央各部级单位都设立了政治部，解放军备受尊敬，军装是人人最想望的装束，军人是全校男女生都憧憬的职业……一个多么浪漫迷人的尚武年代！

校园里弥漫着浓厚的军旅气氛。开大会和吃饭前，全校各年级各班都排着整齐的队伍，唱着歌，喊着口号。当时最流行的歌是《三八作风歌》：

红旗飘飘军号响，
人民战士歌声嘹亮，
三八作风是传家宝，
毛泽东思想闪金光。
坚定正确的政治方向，
艰苦朴素的工作作风，
灵活机动的战略战术，
……

我们的队伍雄壮沉稳，给人大有攻无不克之感。

日本排球教练大松搏文的训练方法在中国报纸公开后，深受启发，就把自己的运动量加大了一倍，天天要练两个小时块儿。数不清的日子，在呼啸的寒流中，在烈日当头的盛夏，操场上就我一个人，还在为完成预定指标奋斗。悠完双杠后，双手被杠子压得毫无血色，失去了知觉。练得最苦时，去饭厅吃饭，连端饭碗都没劲儿，得蹲在地上，像老农民一样双手捧碗、双臂托在俩大腿上。

平时多流汗，战时少流血，多有一分劲儿就多有一分战胜敌人的把握。

你看，班里的每个人都在向着自己的目标努力。周崇丹一个个地跟女生们谈心、拉家常，改善关系，逐个儿地扫清自己入团的障碍。齐德操和政治老师打得火热，切磋着一个个马列理论的最新最左的观点，为入党暗暗使劲儿。夏纪增拼命用功，没日没夜做题，希图拿到数学竞赛第一名……而我的目标就是把自己锻炼成为一名优秀战士，以一挡百，效命沙场。

英雄都有某种禁欲主义色彩。

一时心血来潮，我从山上搬了一块石头回来，放在床上，盖上一块枕巾，晚上就枕着石头睡觉。这是我从书上学来的锻炼方法。石头当然没枕头舒服，非常硌人！晚上睡觉得侧着躺才好受。不过这块石头表面较平，还能凑合，天长日久，头部的神经也就麻木了。

夏天，当我从学校走回家时，七个小时的路程，汗流浃背，常常很渴，我却很少买冰棍。一次，我实在渴得不行，咬了咬牙，买了两根冰棍吃。但不一会儿就开始后悔，觉得我这是向资产阶级怕苦思想投了降，很有犯罪感。走七十里路，本来是件光荣的事，却让两根冰棍给毁掉，沮丧之至。以后我再渴也不买冰棍吃了。还有，每次步行回家，无论多饿，都决不下饭馆，觉得下饭馆是贪图享乐。我对自己一九六〇年饥饿年代那段总下饭馆的历史讳莫如深，感到那时自己完全堕落成了一头猪，很丢人。

我吃窝头很多，尽量少吃细粮，锻炼忍苦能力。愤怒的狗咬不到对手，只好咬自己。我的逻辑是不能让自己太舒服，太舒服了意志就要被软化。禁欲主义虽然违背人性，起码有理想、有信仰，让人脱离了动物界，超脱了生理痛苦的束缚。

我要表现出让洪老师刮目相看的毅力！

那小华侨周冰洋为了克服娇气，也常吃窝头。当时，一部分比较要求进步的同学总是主动吃窝头，似乎谁窝头吃得多谁才革命。有的女生也是如此，机动粮全买窝头，而不买馒头，以为这才是艰苦朴素、觉悟高，没忘了天下受苦人。不过，学校食堂做的窝头里可能放了一些糖精，吃起来甜乎乎的，一点儿也不难吃。

毛泽东时代的青年人以相互比谁能吃苦、谁穿得破为荣。

铁石不敲打，闪不出火花。人在挨整时，往往是最锐进、最有力量的时候。我虽然挨了两个处分，但却比谁都更想在战场上大显一番身手，验证自己对解放军、八路军的热爱、对革命的忠诚。

抹红脸膛

记得一个星期天，我步行回学校，路过北京农大附近的肖家河村，见路边一院落里有两个青年农民在摔跤，旁边站着一位老头儿指导。院墙很矮，我停下观看。过了一会儿，实在痒痒得不行，就隔着墙对那位老头儿说：“我能不能跟你们练练？”

老头儿打量了我一番，没有说话。那青年农民看了看我，一口答应了。

于是我走进院子，换上褡裢，跟那小伙子摔了起来。我技术不行，但体力充沛，吃得比农民总还是好一点儿。转了几圈儿，撕扭几下，仗着力气和腿劲儿，踢倒了对方。另一个小伙子自然不服，又上来摔。当着老头儿的面（他也许是一个江湖高手），我当然要表现出自己的最高水平，一把不让，腿力臂力腰力大显身手，激战了几个回合，我又赢了。

这老头儿见他的两个徒弟都被我扳倒，脸上露出不悦，挺着胸脯，威严地评论道："你的跤技呢，二五眼，就是份儿大。"份儿大是指我肌肉发达、块儿壮。

我向老头儿点点头，表示感谢，走出院落，继续赶路。

赢了后，心里特舒服。我边走边回忆着刚才鏖战的经过。进攻的那一瞬，左扭右踢，对方应声而倒……一遍又一遍地回忆着，享受极了。看来风里雨里练块儿没白费工夫，效果大大的有。有人说悠双杠对摔跤不利，把腿悠得轻飘飘的。可事实是，我悠双杠锻炼了腹肌和背阔肌，摔跤时，腹肌强大，踢力才狠；背阔肌强大，扭力才猛。

大约这个时候，洪老师找我谈话，想让我当班上的体育委员。原来的体育委员因身体有病，不能再干了。洪老师说我热爱体育锻炼，干这个工作比较合适。

很有点出乎我意料！挨了两个处分，就要进工读学校的学生，居然还能当班干部！

我明白洪老师是在使用大棒加胡萝卜的两手政策，但无论如何，让自己当体育委员不是坏事。我还是比较喜欢当这个官儿。过去步行回家的路上，老爱幻想自己是一个连长，指挥着一支部队去敌后执行特种任务……现在，我站在全班队伍前喊口令，真和自己的幻想有了一点点相似，感觉极好。

这是从小到大，头一次当班干部。当我喊着立正稍息时，全班任何同学，包括任道远、周崇丹、齐德操、徐卫卫及团支书鲁小河等在内都得乖乖地服从，心理上特舒服。以前都是别人指挥我，现在我也能指挥别人了。哈哈，受了两个处分的人，竟然也能在全班面前发号施令。

队伍迈着整齐的步伐，我走在队伍旁高喊："一——二——三——四——"，全班同学就大声重复："一二三——四！"声浪威猛雄壮。啊！当班干部好过瘾、好美！指挥人的感觉真甜蜜，让人感觉心旷神怡。

很自然地，我也注意用功了——班干部不能学习太差，太差了会影响威信。

洪老师让我当这官儿是瞧得起我，我与洪老师的关系大大地改善。

当时班里申请入团的有二十多个同学，分为两个青年小组。我被选为其中一个小组的组长。自己的处境开始好转。

高三第一学期，已经十八岁。身上的压力小了，一到周末，闲暇无事，那强烈的孤独感和性压抑所带来的郁悒就更加凶猛。每逢教室里只剩男生，进入青春期的小伙子们总爱唱那些忧伤缠绵的外国歌曲。别看齐德操平时稳重、有毅力，这时也敢高声嚎唱《外国民歌二百首》里的抒情歌曲，调子凄凉。

……
啊，再见了亲爱的故乡
明天我们就要远航。
当天刚亮，
在那船头上，
只见蓝头巾在飘扬
……

这是一种青春的孤独。我们每一个高中生的内心深处，都摆脱不掉没有异性朋友的凄清寂寞，但我们相互心照不宣，从来不说。

班里，男生和女生表面上可以说话，可以探讨作业难题，甚至偶尔也可以一块儿走路，但实际上却有严格的纪律限制。齐德操与一个部队出身的大高个女生经常聊天，关系融洽，政治老师委婉地点了这件事，让他注意影响。齐德操为了入党，很坚决地与那女生疏远。这女生痛苦万分，功课从此一落千丈，后来转学走了。

特别是中学生中的舆论压力也相当可怕。一个中学生只要在男女问题上有了污点，他的名誉就全完了。起码在表面上，男同学们都视好色为最可耻、最丢人。记得那个转到温泉工读的初三红脸小孩，曾很坦白地告诉我，他和自己的妹妹发生了那种关系。我惊讶之极，这么红的脸膛，关公一样，赤诚得像朝霞，怎么也能干那种事？他原来是一个班干部，结果在学校里根本没法待下去，谁见了都躲着，无人理睬他，终日生活在鄙视的目光之下。随后，他很痛快地去了工读学校，一点也没有犹豫。

男女之间的压抑使得男同学们都常常莫名其妙地忧郁、伤感。这位初三同学极度扭曲中只好用妹妹解渴。我知道，游泳、打架都不会毁掉自己的名誉，只要别出男女问题。周崇丹威信不高，和他爱对女生嬉皮笑脸，甜不啰唆绝对有关系。小学的李典模、半夜到操场跑圈的神经病、初三的红脸小男生也都是活生生的例子。许老师把我揪到全班同学面前检查自己对女生流里流气的场面，至今一想起来还心有余悸，虽然已过去了那么些年。

我尽量少和女生说话，离任何女生都远远的，能不接触就不接触，能不看就不看。我最钦佩那个能把美色从被窝里蹬出去的革命者，那才是世界上最坚强、最有毅力的人。

我尽量少吃土豆、胡萝卜。因为听农村同学说，喂这些东西能使公猪、公兔发情。我不抹雪花膏，一闻见姐姐或妈妈身上的雪花膏味儿，就容易勾引出性欲。也绝不碰《大众电影》、《电影画报》之类的杂志，里面有太多的美女诱惑。看电影时一有那些男女亲热的镜头，我马上闭上眼睛，尽量少受刺激……

跟自己那说不出口的欲望已搏斗了多年，初中还曾鼓起勇气向团支书坦白忏悔，但无论怎么压抑自己，邪念也老是纠缠着我，怎么也消灭不了。所谓的邪念，说白了就是渴望交配、渴望性交、渴望过性生活。我见了有姿色的女性就想入非非，在精神上奸淫人家……

哎呀，在《水浒》的一百零八条好汉中，我最喜欢、最敬重的就是武松。感谢我们中国历史产生了这样一位可歌可泣的英雄！武松在美丽的潘金莲面前能巍然不动，这比他在吊睛白额猛虎面前奋起挥拳还难能可贵得多！

有降血压、降体温的药，有没有降性欲的药呢？如果有，不就把自己的流氓思想消除了吗？就能跻身于武松的行列吗？我曾满怀希望地去新街口的一家药店寻找，不好意思跟人说，只自己默默地察看，找半天也找不着我想要的那种药。这类药全都是壮阳的，却没一款是降阳的。心想，科学家真应该开发出这种药，至少能保护很多妇女，避免她们被人强奸。有的男人荷尔蒙激素分泌的太旺盛，性欲过强，不干那事儿就极端痛苦。若能吃药降欲，痛苦就会少一些，也就不会铤而走险。我想自己就属于这一类。

我的下体火烧火燎，总是硬挺挺的，胀得难受。若有合适的条件和环境，真有可能干坏事。如果药店里能有这种降阳的药该多好啊！自己不费劲儿就可以摆脱邪念、净化灵魂，赢得同学们的尊重。

当上了体育委员，每天要两次集合全班队伍去吃饭，分别在早自习和上午第四节课后。天天在同学面前发号施令，天天能看见徐卫卫的娇小身影，我很有点儿顶不住了。这个小个子女生竟搅得我心神不定，脑海里越来越频繁地浮现着她的面容。她成了我最经常注意的异性目标。

可能是上高二时，才不知不觉地喜欢上了她。她最初给自己的印象只是不惹人讨厌。小眼睛、小鼻子、小嘴唇、小耳朵、小个子……什么都比别人小一号，像一个初一的小女孩儿。班里女生找不出一个很好看的，她的漂亮得分就算是全班最高。时间长了，我开始感觉这小女生有味道。她眼睛细长，有点泡泡，像是一对晶莹剔透的小饺子；方脸，轮廓标致；小鼻子很正，很甜，又干净；嘴唇娇嫩，富有风韵；脸皮像大理石一样细腻，红扑扑的。她身材匀称，四肢比例协调，就是个子矮了一点儿，比她的年龄看上去小了好多，不管班里换了多少次座位，她也总是坐在第一排。她冬天的时候喜欢穿一件老大老大的军棉袄，几乎盖住了自己的膝盖，憨里憨气的，煞是可爱。

她性情爽朗，爱跳舞唱歌，经常上台表演节目，是班里的文娱活动积极分子、周冰洋最得力的助手。

我喜欢的就是她的脸蛋儿，对她的思想一点儿也不了解。我从来没和她说过话，我以貌取人的毛病总也改不了！但我把自己对她的这种念头，深深地埋在心里，没有任何人知道。

记得有一次，国章笑眯眯地问："你是不是想和韩白贵好？"韩白贵是我们班的第一任团支书，是一位心直口快的农村姑娘，小圆脸庞，胖乎乎的。国章怀疑我看上了她。

我心惊了一下，坚决否认道："哪有的事？连影儿也没有。我是给过她思想汇报，想入团嘛，没别的意思。"傻国章练刺杀时很会声东击西，却怎么就不知道在男女关系上也声东击西呢？他做梦也不会想到，我脑子里老徘徊着徐卫卫的影子——表面上，我从不理徐卫卫，从不正眼看她，就算无意中与她的目光相遇时，我也一脸严肃，横眉怒目。当男同学们议论起她时，我也从不说她好话，总是持批评态度，说她臭美、娇气，喜欢卖弄风骚……可骨子里，我却最欣赏她的臭美、她的娇气和她的风骚。

对于一个中学生来说，要是戴上一个大色棍儿的帽子，就别想在学校活了。我只好口是心非，用激烈的批判来掩饰自己对她的好感，就像对待小学同学柳乃林一样。

她给我印象最深的是在一九六五年的新年晚会上，她演一个藏族少女，唱怀念红军的歌。当时，大型舞蹈史诗《东方红》已经上演，风靡一时。那天她穿着藏族姑娘的服装，五颜六色，好似一团盛开的鲜花，光辉耀眼。藏族服装平时我不觉得有啥好看的，可一穿在她身上，却变得那么妩媚动人。

她因为吸引着很多男生注意，在女生里人缘不好。可她脾气温和，从没见她和别的女生吵架。她的情绪稳定，不爱激动也不爱生气，而且也很热心参加各种文体活动，属于全校知名人物，外班的朋友众多，却就是功课不大好。

我练块儿时，只要想一想她，就觉得很甜很甜，悠最后一个双杠、做最后一个引体向上时，就总能榨出一点儿力气来。

记得一九六五年中秋节班里集体爬鹫峰，晚上就住宿在半山腰。

从小到大，我这辈子还没跟女生们住在同一个屋子里。而这次中秋赏月之后，我们班的男女生同睡在了那个没有门窗的破庙里。

全班三十来个同学，男生一堆、女生一堆，分别聚在破庙的两侧，彼此隔着一段距离。男生们互相偎依着，迷糊着，很快就进入了梦乡。万籁俱寂，银色的月光从窗户倾泻进屋，掺和着汗臭、屁臭、岩石的潮气、烂砖头味儿，在昏暗的庙宇里弥漫。我全身燥热，怎么也睡不着，因为徐卫卫就在身边，虽然她悄然无声地缩在那个黑暗的角落里，但从她的身体上飘过来的一丝丝少女的芳香，却熏得我热血沸腾。

拂晓，天还黑糊糊的，我们登上了一个平台，观看东方的日出。苍茫的东方渐渐现出鱼肚白，朝霞似锦，鸟声婉转，那圆圆的红日默默升出了地平线。一时间光芒四射，霞光染红了树木，染红了石头，染红了我们每一个人的脸孔。真美呀！这日出因有徐卫卫在场而更加迷人难忘！虽然从头到尾，我没有和她说一句话，依然觉得好幸福、好陶醉。因为，她距离自己不过十米，她身上的气息我都能感受得到。

周末来到教室，我只要看见她坐在头排的课桌旁，心里就踏实，觉得教室很温暖，荡漾着一缕芬芳香气。如果她不在，我就没精打采的，惘然若失。有的时候，她不上教室，我就希望能在食堂吃饭时看见她的身影，即使只瞥一眼，自己那空虚麻乱的心也都会踏实一点儿。但如果我与她偶然正面相遇，则从来不打招呼。我望着她时，总是横眉怒目，自以为自己这样子最英俊、最像黄继光。

日子一天天地度过，她和我隔的是那样遥远，我怎么才能赢得她的好感呢？

俄罗斯民间童话“三勇士”里最厉害的那位勇士瓦西里，靠强壮的身体、英俊的相貌、一系列武功赢得了一位美丽公主的爱。希腊神话里的大英雄赫里克利斯，也是除了力量、武功之外，还相貌堂堂，震慑住了亚马逊女王，让她心甘情愿地交出了腰带。

我身体强壮、摔跤全校找不到对手，就是长相一般偏下。现在，我当了体育委员，每天都要站在大家面前集合整队，必须好看一点儿。可怎么才能好看呢？

一九六五年的新年晚会给了我启发。我们班在晚会上表演了一个声援越南南方的歌舞节目。我装成一个老头儿，脸上擦了红红的胭脂，对着镜子看，发现自己比平时漂亮许多。于是明白了一个诀窍：只要脸红，多丑的人都会变漂亮！而且京剧中的英雄都是红脸，关公就是一个红脸汉子，红脸代表忠诚义气，红脸使人姿色大长。哪怕像西藏妇女那样，两颊有两块界线分明的红疙瘩，我也觉得很美。

如果小胖姐姐的脸红红的，我肯定不和她打那么多架。我喜欢吴念祖跟他的红脸膛绝对有关系。徐卫卫之所以得到我好感，也因为她的脸像一个小红苹果。

过去，我曾在冬天，每天洗脸时，坚持用冷水浸脸二十次。之后还要用力搓脸左右两侧各四十下，希望自己的脸上有一点儿血色，坚持了很长时间，效果甚微。特别希望自己的脸能红红的，好摆脱掉那一脸黄黄的奸相。

抹胭脂是不是伪君子呢？明明不漂亮，却装漂亮？我心里嘀咕着。母亲头发不多，戴了一个假头发，谁能说她虚伪呢？有人是少白头，往头发上泼黑水染黑了，能说是虚伪吗？还有人一个眼睛失明了，装了一个假眼球，这也算虚伪吗？而我脸色蜡黄，往上抹一些红胭脂，改变一下面部皮肤的颜色怎么就不可以呢？怎么就虚伪了呢？

为了有一个英俊的外表，顾不得别人会怎么说了。于是偷了姐姐的一个胭脂盒，照着镜子给自己抹上，发现效果真的特好，立时漂亮很多。但我不敢抹得太多，以免被人看出来。

就这样我每天开始偷偷擦胭脂，还用眉笔把自己的眉毛画得黑黑的——英雄的眉毛都特黑、特浓。我睡上床，可以把头埋在床挡板后面抹，下面的人看不见。周崇丹、宋尔仁天天早上抹雪花膏，我则天天抹红胭脂。

我不爱洗脸，觉得自己只要一洗脸就不好看了，鼻头上就会放光。我讨厌自己鼻头上有光，有时因为鼻尖上有光，还故意用粉笔或干土往上面抹，显得战尘仆仆，之后再涂上红胭脂，把一个鼻头弄得跟小胡萝卜一样红。

我还是不爱穿新衣服。一年四季总戴帽子，从不洗脚，经常不洗脸，脖子污黑。模仿着我们冀中根据地的八路军战士，外表又脏又破，觉得这才别具一格，不落俗套，才有悲剧美。我总窃窃认为自己这样子特酷，特保尔·柯察金，与齐德操、刘建军、王佑等几个全班最帅的小伙儿不相上下。

记得我的格言本上曾抄过一句话："英雄不假手于言词，美丽不假手于粉黛。"而我却用粉黛打扮自己，希图自己在颜色上接近英雄。我觉得只有黄世仁那样的老淫棍脸上才毫无血色，屎黄。

我就这样天天抹着红红的脸庞站在大家面前发号施令，喊着一二一，指挥队伍出操，去食堂吃饭，深信徐卫卫能看见自己关公一样的堂堂相貌。

偷偷抹了一段时间后，发现对徐卫卫毫无作用，她对我还和过去一样，从没有表示出任何特殊兴趣。尽管一些外班同学对我倒挺注意的，见了我面总是要打个招呼，徐卫卫却从不多看我一眼。我怎么才能引起她的注意呢？对我来说，她实在太美丽可爱了，每逢见了她心里就哆嗦，紧张得要命，不敢跟她说一句话，害怕自己玷污了她。

在搞一帮一、一对红的活动中，我终于克制不住，打着跟团员谈心的旗号，与徐卫卫接触了一次。其实我跟她并不是“一对红”，但我太想和她说说话了，就策划了这个行动，先是有预谋地找了几个其他团员谈，作为铺垫，最后再找她谈，这样做就不会引起任何人的注意了。当时，申请入团的同学找团员谈话的情况非常普遍。

谈话前，我又打扮了一番，故意不洗脸，避免鼻尖冒光，也照例抹了红胭脂。我喜欢自己的脸上沾着硝烟、风尘、汗迹，赤红赤红的，像年轻的保尔那样。徐卫卫就是我的冬妮娅。

那天晚饭后，我们坐在南楼南侧的水泥坎上谈心。毕生中，我头一次离自己喜欢的小姑娘那么近，全身滚烫。这是冬天，她穿着一件军大衣，刚洗完澡，全身散发着淡淡的幽香。我觉得严肃时自己最漂亮，就异常严肃地对她说：“希望你给我提点儿意见，帮助我更快地进步，争取早日加入团组织。”

她愣了，那么一个能歌善舞的活泼姑娘，这时却跟傻了一样，什么话也说不出来。我还挺沉着，自己滔滔不绝地说起来：“过去我对同学们很不尊重，目空一切，骄傲自大，结果犯了错误，我现在要奋起直追，希望你们团员多多帮助。”

她也可能有些好奇，静静地听着我说话，没有任何厌烦的表示。我搜索枯肠地跟她谈了二十分钟时间。这次谈话让我兴奋了很长一段时间。

事后，徐卫卫跟过去一样，对我的态度依旧，见面不说话，也没有任何来往。但她却常常和王佑聊天，学习上有什么问题也爱问王佑，对我远远没有对王佑亲热。我当然伤感又无奈。王佑比我秀气，比我功课好，比我有幽默感。

我曾试图把徐卫卫想成是狐狸精，专门迷惑男性，努力想法让自己去恨她、讨厌她，可怎么也讨厌不起来。哪怕她真的是一个狐狸精也喜欢，还是对她思念得要命。没别的办法，就这么天天抹着胭脂，幻想靠着自己关公一样的红脸膛能博得她的好感。

虽然四十七中美女如云，各年级都有，可我抹红脸膛的伎俩却毫无一点儿效果，没有任何一个漂亮女生向我示好或暗送秋波，除了本班一个姓冯的女的。这位冯同学戴一副白眼镜，比较胖，也经常不洗脸、不梳头、不换衣服，蓬头垢面，脏兮兮的。她相貌丑陋，极其邋遢，经常说一些古怪话、有一些古怪举动，被人认为有点儿精神病。

却唯有她对我产生了兴趣，总找机会跟我说话，和我套近乎。让这么一个丑女生缠上了，真让我暗暗叫苦！我只好采取非常手段，利用一次她约我谈话之机，正颜厉色地警告她："你知道任道远的下场吗？我两拳就把他打趴下了。我可野蛮呀，喜欢用拳头说话。你最好离我远一点，否则，后果不堪设想。"同时还用力地向她挥了挥自己的拳头。她立刻被吓得离我好远，呆呆地愣了片刻，消失在暮色之中。

记得有一次，我的初中小友谢保国突然直愣愣地问我："你是抹胭脂吗？"把我问得心惊肉跳的，支支吾吾地说："没有，胡说八道。"我赶紧转身走掉。谢保国却憨笑着，神秘地望着我的脸。

看来，我干这个事情已经在学校里传开了，一些人都有意无意地找我说话、瞎聊，其实就是借机观察我的脸。我真是犯傻了，抹红胭脂既没改善和徐卫卫的关系，还使我成了猴儿一样，被人争相观赏。我真是色迷心窍、色令智昏。

一次，母亲在整理我的书包时，无意中发现了胭脂盒。她当时没说话，事后跟我随便聊天时，假装无意地问我："你的脸过去不这么红，现在怎么变得这么红了？"

我哑口无言，不知道说什么好。

"你是不是抹胭脂了？"

母亲这么问我，肯定是掌握了什么，我只好硬着头皮承认了。

"为什么要抹？"

我不敢说是自己看上了徐卫卫，只好说："我喜欢红脸关公，觉得红脸好看，像一个英雄，就学着他的样子抹了。"

"不要再抹了。关公的脸是天生的，他要是抹胭脂就不是关公了。你向英雄学习，要学习英雄的内心，不要光学英雄的外表。"

我点点头，答应了。

"男的还抹胭脂，说出去，会让人耻笑。"母亲温厚地说。

真有点儿骑虎难下。如果我马上停止抹胭脂，脸的颜色变化就会太大，更让人容易发现。最好是慢慢地停下来。所以我还是天天偷偷抹，只不过量少了一点儿。

一次，我看见周崇丹睁大眼盯着我，审视着我的脸，那表情里流露着憎恶。齐德操跟我没有外交关系，见面不说话，他也常常暗暗地观察着我的脸，嘴角浮出一丝冷笑。

我胆怯了。知道自己已成了全班人议论的话题。着实害怕了，抹的量更少，可依旧没有完全停止。

终于有一天，洪老师严肃地找我谈话。他盯着我的脸，观察了一番后，问道：“你说说这是怎么回事，听说你往脸上抹红颜色，是真的吗？”

我被迫点了点头。

洪老师沉思了一会儿说：“没想到你会干这种事。你一天到晚向解放军学习，可哪个解放军往脸上抹胭脂？坦白告诉我，你到底是怎么想的？”

我反问道：“洪老师，你知道马克思最喜欢什么颜色吗？”

洪老师说：“我不知道，你说说马克思最喜欢什么颜色？”

“红色。”

洪老师说：“所以，你就往脸上抹红胭脂？”

“对。”

“那马克思往脸上抹红胭脂了吗？”

“没有。”

“你说说，列宁往脸上抹红胭脂了吗？”

我无言以对。

“哪个革命家往脸上抹胭脂了？”

想了一会儿，我说：“洪老师，我佩服关公那样的红脸大汉，希望自己也是个红脸大汉，就抹红脸膛了。我特别喜欢关公的那个形象。”

“那也不能这么干。涂脂抹粉算什么作风？男的抹这玩意儿还叫男的吗？董存瑞、马特洛索夫、保尔·柯察金、方志敏，中外古今哪个英雄干过这种事？”

我低下头，沉默着。

“你老骂这人臭美、那人臭美，你自己干这事，比谁都要臭美。你要好好认识这个问题。”

我一声不吭地听着，最后答应决不再抹了。

“好，我相信你。”洪老师没有再穷追不舍地问我。

谢天谢地，终于蒙混过去了。我对徐卫卫的念头老师一点儿也没有发现。

以后，我不敢再抹了。但胭脂盒还留着，以备万一要和徐卫卫打交道时，事先可以少量地用一点点。

为了解同学们是不是背后议论我的这事，我曾偷偷站在宿舍的后窗户外监听同学们的说话，但从没发现同学们在背后议论我这事。只有一次吴念祖提到我时，随口说了一句：“我看他有点儿神经病，想法太怪。”

步行去官厅水库

一九六五年暑假，王佑对我说“马清波，我们学习毛主席，利用暑假搞社会调查，徒步去趟官厅水库，怎么样？”

终日被圈在学校里，天天吃食堂，天天坐教室，天天跟同宿舍的男生睡觉，能变变花样，睡野地，吃野炊，爬野山，抓野物，绝对刺激有味儿！

官厅水库地处北京西北边缘，一半属北京延庆，一半属河北怀来。从我们学校四十七中走，直线距离大约九十里，真正沿公路走，差不多有一百三十里，沿途要经过南口，还要穿山越岭。

我欣然同意，我本能地愿意风餐露宿，到陌生的地方闯荡闯荡。徐卫卫的事毫无希望，令我沮丧，心情抑郁不乐。这么到山里去闯闯，也能为我解愁去忧。

我们计划用两天至三天时间走到官厅水库，在岸边露宿一两天，之后步行返回。

成员还是王佑、周冰洋、郑六田和我。过去，我们曾因到水库游泳而挨整，都被迫做了检查，我为此还挨了一个处分。可内心并不服气。这次暑假步行野游，也是对于先前的不满的一种变相的发泄。反正校领导也从来没有宣布过暑假期间不许步行深山。

周冰洋是王佑最铁的朋友，他这个华侨，一点儿也不滑头，人单纯又正直。郑六田虽然有点儿小聪明，心地也还善良，从不掩饰自己家是农村的，也不掩饰自己特别愿意跟城里的同学泡在一起。

为保险起见，行前，王佑特别向校团委书记黄秀玲打了一个招呼，说我们要向毛主席学习，徒步到农村搞社会调查。黄老师没有反对。

我们准备了干粮、地图、佐料、锅、指南针等等。我又专门买了一把斧头，准备砍柴，在山里打鸟烧着吃。

我那气枪的准星有些歪，过了一阵儿新鲜劲儿后，也不再玩儿。我的枪法离打苍蝇的目标差得很远。但现在我们要出去长途跋涉，过山野生活，气枪又有了用武之地。

冰洋的背包，是从柬埔寨带来的，深绿色，有两根宽宽的背带，能装很多东西。那时背包都是一根带子，斜挎在肩上，除了地质队，就没有两根背带的，所以他这背包相当的时髦。我们还带了一个锅，就放在他的背包里。王佑背着他的 120 相机，准备好好照几张相。

过去看过介绍官厅水库的文章，知道那儿环境很美。当我们聊起在水库边的柳树下，游泳、钓鱼、叉青蛙、摸泥鳅，美美地野餐时，嘴里直冒口水。

正式上路后，我们才发现在骄阳下徒步走，可不像练刺杀那么有趣。酷暑之下，每人都走得无精打采、蔫不出溜的。周冰洋的体力好，他从不练块儿，耐苦能力却一点儿不比我差。王佑也很能忍受，不管多累，情绪都平静温和，不像我和郑六田，一疲乏就爱板着脸，肝火盛，看什么都不顺眼。所以，我们走的速度很慢，常常在阴凉处休息。

傍晚，我们终于到达南口，距离学校也不过五十里地，却花费了几乎一天的时间。暑气渐消，我们这才觉得好受了一点儿。我们接着往山里走，晚上就睡在河滩上。

第二天，我们沿着河滩继续向西走，两侧都是巍巍耸立的高山。周冰洋背着背包，大步走在前面，我断后。渴了喝河滩上的泉水，饿了烧米饭就咸菜，一直走到晚上。在蒙蒙夜色中，我们找到了一户农民家，想讨点儿饭吃。

这家就三口人，两个男光棍与一个七十多岁的老娘一起生活。一看那房间摆设，就知道他们生活非常清苦。屋里光秃秃只一个破木柜，老掉牙了，此外再没什么家具。地上散落着秫秸叶子，墙被烟熏得污黑。聊起来，才知道这两个男光棍都是当年的八路军，一个还立过大功，被授予战斗英雄称号。但这英雄患有肺结核，退伍后，病病怏怏，无法劳动，一直也娶不上老婆。另一个儿子身体健康，干活儿养活全家，却也因为家境穷，居住偏僻，而找不着媳妇。这两个儿子就整日与老娘厮守着，过着凄清寂寞的日子。

王佑问：“你病得这么重，为什么不去看看？”

“哪里有钱呢？”肺结核一脸苍白，躺在炕上，轻轻地说。

“为什么没钱呢？”我们都很奇怪。报上说贫下中农的生活比旧社会好多了。

“就靠我兄弟一个劳力，养活全家，还要花钱买药，这生活就凑合着……”

“你是退伍军人，有优待吗？”

“咱一个农民家，住在这大山里头，谁管啊。”

煤油灯下，老娘白发苍苍，头发蓬乱，很邋遢，目光慈祥，表情却有些淡漠。这么大岁数了，还要照顾卧在炕上的病儿子。那肺结核看上去没几天时间了，大夏天的，四十多岁的人还盖着被子躺在炕上，捂得严严实实，脸色苍白，骨瘦如柴。

我们是和他们一起吃的晚饭。每人一大海碗棒子面粥，就着烤焦的窝窝头和老咸菜疙瘩，这情景让我想起了困难时期河北老家吃的南瓜饭。

早晨离开时，我们给了他们很多粮票。那老娘像捧着金子一样，小心翼翼地拿着粮票。她感激地望着我们，额上僵硬的深皱纹松弛了，眼角闪闪发光。

离开这家后，我们特别感慨工人和农民的待遇就是不一样。工人病了有公费医疗，农民病了却要自己掏腰包；工人干活儿有劳保用品，农民什么也没有；工人有工会发电影票、洗澡票、理发票……农民却毫无福利。

郑六田眼泪汪汪，反复诉说农民怎么怎么苦，为农民鸣不平。

我百思不解，八路军的英雄居然连媳妇也娶不上！这是为什么？他家墙上挂着一个污黑的旧镜框，里面有立功嘉奖令，刻着晋察冀军区的红色大方印，给这昏暗、肮脏、破旧的小屋平添了几分庄重神圣。可是，农村姑娘却竟然不在乎这个！

第三天，我们继续在荒无人烟的深山峡谷里行走，沿途峭壁陡峭、泉水澄澈，林木茂盛，景色清秀。我走在队伍最后，紧紧握着斧头，随时警惕路两旁丛林中会有豹子突然蹿出来。

走到黄昏，在羊肠小道上，我们碰见一个背着老大一捆木柴的农民，很客气地与我们寒暄，问我们是哪儿来的，要去哪儿，态度友好。我们如实相告：我们是北京四十七中的，要去官厅水库，并向他问了问道儿。

这农民发现我肩上扛着气枪和王佑身上挂着照相机，睁大眼盯着，好像从没见过，又好奇不解地打量着周冰洋那鼓鼓的绿色背包，一脸的迷惑。他认真告诉了我们进村的路后，背着一捆巨大的柴火，沿着另一条路走去，身影被柴禾压得看不见。

郑六田叹道：“农民真苦呀，背这么大一堆柴火。”

当我们在暮色中快进村子时，路两旁突然冲出了十来个手持步枪的民兵，个个横眉怒目，大喝道：“站住！不许动！”将我们团团围住，枪口对着我们。

“缴枪不杀，举起手来！”民兵头头命令道。

我们一下子都目瞪口呆、手足无措。我只好把自己的气枪交给了民兵，四个人全都乖乖地举起了双手。王佑恍然大悟地说：“准是刚才那农民把我们报告了。”

几个民兵七手八脚地把我们身上的东西全部搜走，其他民兵如临大敌，枪口一直瞄着我们。不用说，他们是把我们当成阶级敌人、美蒋特务了。我这气枪跟小人书里的美式军用步枪有点儿相似，而周冰洋的背包鼓鼓的，很像电影里的美军电台。唉，真是又好笑又好气，山里老农民连个气枪、背包也没见过。

一群民兵把我们押到了大队部。

自从一九六四年开始“四清“之后,一场社会主义教育运动在全国兴起。到一九六五年暑假，“四清”运动已经轰轰烈烈搞了一年多，即使远在延庆县深山沟里的一个偏僻小村，也都有城里派驻的“四清”工作组。

该村工作组组长亲自审问我们。一看这人的外表就知道是一个城里人，国家干部，大约四十多岁，很严肃地说：“我们共产党的政策是坦白从宽，抗拒从严。你们要老老实实交代，你们是干什么的，来这儿的目的是什么？”

“我们都是北京四十七中的学生。”

“四十七中在哪儿？”

“在温泉西北，北安河村旁边。”

“有介绍信吗？”

“没有。”

工作组长打量着我们：“学生证有吗？”

我们掏出了学生证给他。

“为什么到这儿来？”

“向主席学习，徒步旅行，搞社会调查。”

“你们要到哪儿去？”

“官厅水库。”

“为什么不坐车？”

“要的就是步行。我们一是搞社会调查，二是锻炼铁脚板。”

“为什么带枪？”

“那是气枪，打鸟用的。”

“有持枪证吗？”

“没有。气枪可以在体育商店里买到，根本不要持枪证。”

“这背包是哪儿来？”

“我是柬埔寨华侨，从柬埔寨带回来的。”

“你们都是什么出身？”

我们一个个报了自己出身。

“家都在哪儿？”

每人讲了自己的家庭地址。

“要说实话呀。”

我们四人的脑袋像鸡啄米一样地点着，巴不得快点结束这烦琐可笑的审查。

“毛主席教导我们千万不要忘记阶级斗争。现在阶级斗争很尖锐，美蒋不断派特务到内地来。你们要如实交待，我们对特务也是讲政策的，否则对你们没有好处。”

真是异想天开，这位工作组长竟也怀疑我们是国民党空降特务！老农民啥也不懂，怀疑我们还情有可原，可这位四十多岁的干部有文化，也见过世面，还这样神经过敏就让人很惊讶。

王佑的照相机被仔细检查，胶卷全曝了光；周冰洋的背包被翻了个底朝天，用手指头一点点地捏；我们的饭锅也被左敲右敲，生怕是一个电台。我的气枪也翻过来倒过去地研究。之后，这位工作组组长起身离开，可能是向上级汇报去了。

两位年轻民兵拿着步枪，看着我们。走了一天，又累又饥，却还要忍受这个，王佑发着牢骚：“向毛主席学习有什么错儿？”

……

过了很长时间，听见了刷刷的脚步声，接着进来了三四个全副武装的解放军战士。工作组组长也进来，口气严肃地对我们说：“经请示上级，决定把你们送到康庄派出所处理。”

在黑暗中，我看见这些军人全荷枪实弹。从大队部出来后，一个年轻的军官拿着手枪，很礼貌地说：“你们不要怕，要服从命令，千万别跑。”他晃了晃自己的小手枪。那枪是黑色的，但枪机上有小块发白的不锈钢，在黑暗中异常醒目。

黑灯瞎火，都是山路，两边岩石林立、长满灌木丛。我们被解放军押着向康庄派出所走去。真是荒唐啊，我们所热爱的解放军把我们当成了美蒋特务押送！

从小到大，这是第一次被全副武装的解放军押送。在崎岖的山路中，我们默默走着，只听见一群人的脚步和喘气声，没一个人说话。走了大约一个钟头，峰回路转，远处出现了灯光和房屋，军人把我们押送到了康庄火车站派出所。

时间可能是深夜一两点钟。派出所所长提着手枪，睡眼惺忪地出来给我们开门。他把我们带进屋后，自己坐在办公桌后面，又打了几个哈欠，定了一会神，才睁开眼睛审视着我们，并开始逐一登记了我们的姓名、学校、年龄、出身等，让我们把身上所有的东西全都掏出来，放到他的办公桌上。

最后，他训斥道："你们不带介绍信，自由行动就是严重的无组织无纪律行为。这儿附近有很多保密单位，你们知道不知道？瞎闯怎么行？哼，还带着照相机，到大深山里照什么？当然可疑。哼，好吧，这次就宽大你们，不处理了。以后可不能这么干了。"他把照相机、气枪、斧头、背包等所有用品又都如数地还给了我们。

清晨，一个年轻警察把我们送到康庄火车站，让我们自己买票返回。望着也就三四里远的八达岭，我们请求年轻警察让我们去八达岭长城玩一玩再走，却被断然拒绝，毫无通融余地。

上了车，王佑叹了一口气："唉，咱们要不碰见那个老农民，屁事没有。准是他把咱们当成特务了，报告给了村里的工作组。"

郑六田惋惜道："倒霉透顶，白挨了三天晒，鼻子上的皮都脱了。"

王佑望着我："不该带气枪来，老农民以为是真枪，受到了惊吓。"

我说："你也不该带照相机，老农民知道那是什么东西？肯定给当成了什么特务装备。"

"周冰洋的背包也招事，让人一看就觉得像是电台。"

"这军民联防好厉害啊！"

"我估计那附近有什么军事单位，让我们碰上了，才惊动了部队。"

我们流了那么些汗、吃了那么些苦、走得那么累，却连官厅水库的影儿也没有看见，就被抓到派出所，遣返回了城内。

这是一九六五年的夏天。我们在北京城里自由自在地，一出北京才发现了阶级斗争可不是儿戏，到处都是警惕的眼睛，你没有介绍信寸步难行。

由于我们是在暑假期间步行去官厅的，没别的同学知道。所以开学后，我们这次行动安然无事。尽管我们被当地民兵抓了起来，还被解放军持枪押到派出所审查，在全校独一份儿，可平平安安，什么事也没有。

自我革命

一九六五年下半年，随着深入学习毛主席的社会主义社会还存在着阶级斗争的学说，学校越来越重视贯彻党的阶级路线。所谓阶级路线就是讲出身，重出身，选班干部、定三好生、发展党团员都首先看出身。对出身好的人来说，这是大好消息，美美滋滋的；出身不好的同学却郁郁寡欢，感到了无形的压力。

我们班的齐德操被讨论入党，震动了全班。全高三年级也就两个学生党员，他是第三个。齐德操虽然各方面都表现不错，但各方面也都不突出。比群众关系，他不如王佑；比作风纯朴，不如周冰洋；比劳动卖块儿，不如我；比学习刻苦，不如夏纪增。而且，班里门门五分的同学也不只他一个，为什么要第一个讨论他入党？

我猜测就因为他和政治老师关系特好。其父在高级党校不知是个什么官儿（他从来不透露，就更显神秘），小道消息灵通，常常能透露一些上层意识形态方面的最新观点。而这对我们政治老师来说，非常重要。

我曾和齐德操同桌，后来因为谁也不服谁，分道扬镳。现在，他一下子就成了无产阶级先锋队，我却背着两个处分，被他远远抛在了后面，心里酸溜溜的。我明白这关键都是因为自己的人际关系太差，不会笼络人，不会跟老师拉关系。

齐德操的学习成绩比我好，群众关系比我好，跑百米、推铅球比我好，大腿周长比我粗，起床比我快，可我却不服他。他齐德操从来不扫厕所，而我打扫男厕所已经断断续续很久了，身上衣服都沾着厕所的臭味；两年来，我写的思想汇报少说也有一寸厚，他齐德操却从来不写；我集中劳动时豁命地干，远远把他齐德操落在了后面；我为入团硬着头皮、死气白赖地找人谈话，所遭受的冷嘲热讽他齐德操也根本没尝过，而现在他却入党了，我不但连团也没入了，还险些被送到工读学校。

这其中诀窍就是他会跟老师拉关系。他跟我们的政治老师亲如兄弟、无话不说。政治老师是党员，全高三年级学生党员的发展大权就捏在他的手里。……

我只好把希望寄托在打仗上——是英雄，是好汉，咱们战场上见。

一九六五年十一月八日，《人民日报》发表了向王杰学习的社论《一不怕苦，二不怕死——学习王杰同志一心为革命的崇高精神》；与此同时，解放军总政治部、全国总工会、共青团中央也先后发出通知，号召向王杰学习。《解放军报》刊登了王杰日记《一心为革命》，全国掀起了一个学习王杰的高潮。

看王杰的像片，其貌不扬，小眼睛，单眼皮肿肿的；两个眼睛相距很远，眉毛与眼睛之间也空一大片；鼻子有点儿歪，似乎缺了一小块儿，如果表情再凶一点儿，很像一个坏蛋。他的外表给人的印象是单薄、软弱、苍白，还有一点儿憨。

一九六五年七月，王杰在江苏省邳县张楼公社帮助民兵军事训练，当爆炸物即将爆炸之时，为了保护别人，他自己被炸飞了半个身体，肺都被炸开了花。据说，王杰牺牲后，刚开始单位领导认为是他操作不当造成的，这是一起事故；更有甚者，怀疑他是因为申请入党未批，闹情绪而造成（记得王杰的出身好像是中农），但王杰的战友们不服这个结论，自发地组织纪念王杰，带头纪念王杰的人还被关了禁闭。以后，济南部队司令员杨得志偶然知道了这件事，报告给了罗瑞卿总参谋长，中央军委派人下来调查，才还给了王杰公正和荣誉。

我一下子非常同情王杰。他不是共产党员，尽管已经申请了许多次也没有批准，这说明很多入不了党的人，不见得就不好；他是一个舍己救人的英雄，死后却一度被误会，受到打压，这说明很多好人都会遭受到不公正的对待。我联系到自己的遭遇，特受鼓舞——哼，也有很多被处分的未必就是坏同志。

《王杰日记》一书出版后，班里同学人手一册。从心里说，雷锋和王杰相比，我更喜欢王杰。王杰与雷锋不同之处，在于王杰也有私心杂念，和我们普通人一样，而不像雷锋，说的、写的都特革命，根本就没有一点阴暗面。而且王杰是一个初中生，受过教育，有文化，他的日记里有不少的自我批判，更接近我们中学生的思想。

可能就是因为王杰有自我批判这个特点吧，一场学王杰、自我革命的运动轰轰烈烈地展开了。四十七中还特地召开了全校大会，李书堂书记作动员报告，说王杰最大的特点就是勇于革自己的命，勇于向党交心，勇于暴露自己的私心杂念，而不怕丑，号召我们也都积极投身到这场自我革命的运动中来。

一时间，学校的墙报、广播、班会等都围绕着学王杰活动进行鼓动。所谓向党交心，就是向学校老师暴露自己的坏思想、坏一闪念、干过的坏事……谁越能挖出自己的坏思想，就说明谁越革命，越能受到表扬。

这晚上，洪老师把我叫到俄语教研组他的办公室。他观察了一会儿我的脸，问："现在你还抹红颜色吗？"

我摇摇头，脊背直发凉，我最怵人家跟我提这个事，不过我确实已经洗手不干了，主要是不愿让自己有短被别人捏着，以免跟人吵架时被揭出来，无法招架。但是，胭脂盒还留着没舍得扔。

洪老师意味深长地望着我："在这场自我革命的运动中，你愿意当一个典型，把你抹红颜色的事向大家暴露一下吗？"

我的心剧烈地跳了几下，真希望所有人都快快地把这件事情忘掉，可洪老师却偏偏要我向大家交待出来。

"洪老师，我早已不再抹了，事情已经过去，还说什么呢？"

"不，这件事在同学中反映很大，你应该向同学们讲一讲。"

"唉！"我深深地叹了一口气，觉得自己的牙花子都别扭。

"亮私要不怕丑。你知道丑了，就是一个进步。但只有公开讲出来，群众才好公开监督你。我知道你是想偷偷地改，但你偷偷不抹，就有可能还偷偷抹。即使不抹胭脂，你抹胭脂的思想还留在脑里，并没有被消灭。如果你向全班同学坦白了你干的这事后，就能取得同学们的监督和帮助，彻底消灭这种思想。其实，你擦红颜色的事，同学们都有目共睹，只不过不说罢了。"

好像被人扎了一刀，疼得我一身冷汗。面向全班同学忏悔抹胭脂，怎么说得出口呢？多丢人呀！我平时穿得那么破，擦脸油都从来不抹，以保持八路军作风傲视一切。还老骂这个资产阶级、那个资产阶级，自己却干了连最臭美的男生都干不出来的事情！如此的口是心非，说出去，岂不就在全校声名狼藉了吗？

我低着头，不敢正视洪老师，嗫嚅道："我实在有点怵在大家面前说。"

"我们的战士既敢与拿枪的敌人拼刺刀，也要敢与自己的错误思想拼刺刀。"

"我真不想出这个风头。"

"这是灵魂深处里的一场革命，根本谈不上出风头。"

"可为什么一定要在大家面前暴露呢？我改了不就行了吗？"要我坦白这种事，就像小学时当众检查我对女生流里流气，恐惧得要命。

"一定要把肮脏思想暴露在光天化日之下，才能使它失去存在的土壤。不暴露，它就会潜伏在阴暗角落里，一旦时机成熟还会冒出来。而群众的眼睛是雪亮的，只要把它公开，让群众来监督你，你才能真正地、彻底地消灭它。如果你犯了错误，还装成正人君子的样子，就更丑恶，更让人鄙视。”

我一言不发。

“我是希望你能有一个较快的进步，才想让你当典型。你要是不愿意，也不勉强。很多同学都自告奋勇要求当这个典型。”

心里开始了剧烈的斗争。同意吧，一想到自己要站在广大群众面前承认抹胭脂，就心惊肉跳；不同意吧，也许这确实是一块好肉，就要给别的同学吃了。

洪老师抽了一口烟，眯着眼睛，又回忆起他的军人历史。

“在朝鲜战场上，我们连有一个甘肃的兵，农村的，小伙子家里很穷，这辈子从来也没有刷过牙。一次在接待师慰问团时，他偷拿了慰问团成员的一管牙膏，也一天二三次地刷起来。但从此思想上有了负担，老是唉声叹气。经指导员一再询问，承认了自己的错误。他说他的牙虽然白了，心却黑了。后来，他打仗非常勇敢，在五次战役时牺牲了。我们的战士啊，连一管牙膏的污点都不能容忍。你和他们比比，还有什么顾虑的呢？你最喜欢解放军，但哪个解放军抹胭脂？把脸弄红了，你的心就红了吗？”

我一言不语。

“林副主席说部队要敢于刺刀见红。见红就是见血，不能怕血淋淋。在思想革命化的战场上，就是要血淋淋、赤裸裸。敢把自己身体剖开，让心、肝、肺、肠子、肚子、五脏六腑通通暴露在光天化日之下。这是需要一点儿勇气的。当你把自己头脑中最肮脏、最见不得人的思想向群众暴露时，就说明你已有勇气鄙视这些思想、抛弃这些思想，你的精神就进入了一个新的境界。”

我心里矛盾极了，说不出话来。

“现在，自我革命运动刚刚开始，高二的一位同学就把多年前偷过同学钱的事交代了出来。还有高一的一位同学，把自己期末考试时作弊的事主动讲了出来。虽然这些事很恶劣，触目惊心，但他们的诚恳态度却令人感动。”

我突然浮出一念：如果齐德操抹了红脸膛，他敢当众暴露吗？肯定不敢！我应该比他强！对，心一横，咬了咬牙说：“好吧，洪老师，我同意当众检查。”

洪老师微笑着点点头：“好，亮私不怕丑。你能有勇气讲，就一定会有个飞跃式的进步。”

课后，我开始仔细考虑自己的问题。

我为什么要抹红颜色呢？受古典小说和京戏的影响，我钦佩红脸大汉关公。把自己的脸抹红，是希望自己外貌好看一点儿，更像英雄一点儿。内心最深处当然有吸引异性、特别是徐卫卫的念头——不过我对她只是朦胧的好感，除了谈过一次话外，再无任何行动，根本没必要向大家说。我打定主意不暴露自己对徐卫卫的那些念头。

但为了刺刀见红，也必须说点儿男女方面的事。我早就发现自己真够流氓的，有不少强奸犯的思想，只不过没有付诸行动。潜意识里，对一夫一妻制总有那么一点点的不满足，憧憬有很多女性匍匐在自己脚下，渴望被众多有姿色的女生爱，小学的柳乃林、栗海岩、不知名的小女生……我还经常为自己那么强的性欲苦恼，不得不总用手干那事，甚至一个晚上三四盘。非如此，下部就痛苦不堪，搅得我六神无主、坐卧不宁。在精神上奸污过数不清的妇女，甚至对自己母亲和姐姐也都想入非非。

头脑里不是毛主席第一、革命第一、同志第一，每天大脑里百分之六七十的时间是想女的，是在梦想着做爱……在锻炼最苦最累的时刻，想毛主席鼓不起一点儿劲，但若想想徐卫卫在看着我，却可以鼓出不少劲儿来。

还有，我对女性评判的标准就是漂亮，根本不管她是什么阶级，即使她反对毛主席，只要长得漂亮也喜欢。哪怕是美帝的女特务、国民党的女军人、资本家的阔小姐……敌人若用美色来引诱我，肯定要当叛徒。

多年来，我虽在行动上严格约束着自己不近女色，外表上对任何女的都不屑一顾，但骨子里却对女色的欲念越来越猛，直至扭曲到跟男同学好，用同性恋的渠道来发泄自己的欲念。我的表皮和内瓤儿是截然相反的两个极端。

没料到天天锻炼，大运动量的活动，把自己的块儿练出来了，却也把流氓欲念练出了不少。我的荷尔蒙激素被悠双杠悠得特别旺盛，导致性欲天天都跟饿狼一样。这种问题要是全说出去我就会身败名裂，可一点儿不说又显得不血淋淋。人家都能把偷钱的事交代了、把作弊的事交代了，自己再怎么着，也得讲一点。想来想去，我决定只向老师笼统地提一下，如同初中向团支书张君满交代的一样，但不细说。

考虑好后，我就开始写自我革命材料，共归纳了五个问题：

一、对毛主席感情不深

与雷锋、王杰等英雄人物相比，自己对毛主席的感情非常淡薄。我从来没有像雷锋那样做梦梦见毛主席。当电影里出现毛主席的镜头时，自己也不激动，更没情绪热烈鼓掌。十一国庆节时，明知毛主席在天安门广场上，我却不愿意去广场，嫌挤。对毛主席的著作有的喜欢、有的也不喜欢。比如《农村的社会主义高潮》这本书，就没兴趣读，觉得枯燥无味。也做不到毛主席热爱我热爱，比如毛主席喜欢梅花，我却不喜欢；毛主席喜欢《红楼梦》，我却不喜欢；毛主席喜欢写诗，我也不喜欢……自己对毛主席缺少深厚的感情，总是想培养却培养不出来。

二、资产阶级个人英雄主义思想

受一些西方文学的影响，自己的灵魂深处有很多的资产阶级腐朽思想。我想成名成家，想当英雄，想出人头地。从来没有把当普通人作为自己的理想，最怕一辈子隐姓埋名，没人注意，没人知道。我刻苦练块儿，深夜上山露宿，长途步行回家，枕石头睡觉，一年四季扫厕所，吃窝头，腰系烂草绳，练摔跤，都是为了磨炼自己当英雄。我为什么那么想当英雄呢？英雄能上报纸，能拍成电影，能美名天下扬；英雄能受到尊敬和优待；英雄能有美女喜欢；英雄能有体面的工作；当上英雄能让父母对我刮目相看，在亲友们面前腰杆硬，不被小瞧。

三、资产阶级臭美思想

对资产阶级涂脂抹粉不以为丑，反以为美。我在高二第二学期开始往脸上抹红胭脂，自以为这样就很漂亮，像关公一样。农民终日在田地里劳动，脸晒得黑红黑红的，那是健康的颜色，我为了表现工农化，也希望自己的脸红扑扑的，可我不是用劳动，而是把红颜料抹在脸上，来获取这种健康美丽的颜色。这充分表明了自己的虚伪和欺世盗名。明明不是关公，很丑，却抹胭脂装关公、装漂亮，希望用这种打扮来骗取别人的好感。表面上，我鄙视臭美的人，但实际上自己最臭美。初中时，因为鼻子上长了一个包，嫌自己形象不好看了，就不上课，资产阶级虚荣心极强。

四、缺少工农感情

工农都很老实听话，见了领导都点头哈腰，领导让说什么就说什么，我却认为这是愚昧，是一种权力崇拜，甚至指责这是没骨气、拍马屁。工农最经常关心的一些问题，如工资、吃饭、穿衣等，我都没有兴趣，还视之为庸俗，因为饱汉不知饿汉饥。工人农民最经常穿中式的黑布衣服，扣子都是那种疙瘩纽扣和纽襻儿，我却从来不穿，嫌它土气，还暗暗地瞧不起穿这种衣服的人。工农们得了一点儿病也不在乎，照常劳动干活。我没有病，却总疑神疑鬼，有一段时间总怀疑自己得了食道癌，整天忧心忡忡，愁眉不展。工农吃苦耐劳，不讲究，上没挡板的厕所，去公共澡堂等都大大方方、自自然然，我却总是不好意思，觉得让人见了自己的身体有损自己的形象，从来不去公共澡堂。

五、资产阶级流氓思想

我的灵魂卑鄙肮脏，经常对一些有姿色的女性怀有流氓念头。

我把自己写好的材料交给了洪老师。

洪老师看后，点点头，缓缓地说："我们在湖南追白崇禧的部队时，有一个刚解放过来的国民党兵，晚上调戏了房东女儿一下，捏了捏她的胸脯，马上就被绑起来枪毙了，一点儿没说的。战士要是乱来，那还了得？军队必须要有铁的纪律。当一个革命者也必须严格自律，不能纵欲。你写的自我革命发言提纲基本上是深刻的，但男女方面的问题就不要在班里公开讲了。这问题比较复杂，容易有副作用。不过，你要记住：人不能变成生理欲望的奴隶，一定要摆脱自己的低级趣味，否则就要犯错误，最后身败名裂。"

谢天谢地，洪老师没让我向同学们亮这个最丑恶的思想，并且关于这方面的问题，也像初中的张君满一样，老师再也没具体地问过我。

这一天，班里召开了自我革命大会。洪老师首先讲话，介绍了英雄王杰如何亮私不怕丑，解释了这次运动的伟大意义，之后让我第一个发言，进行自我革命。我站起来，当着全班同学面，念了自己事先写好的稿子——所谓自我革命就是向大家坦白自己的坏思想、坏行为。

我脑袋里一片空白，觉得自己在悬崖边上跳舞，在刀尖上翻跟头，在鳄鱼堆里唱歌……紧张得眼冒金星，得用力睁大眼睛，才能看清自己手中的讲稿。我逐字逐句地念着，最后终于念完，额头冒汗，全身如释重负。

我向全班同学承认了自己抹胭脂的事情，并指出这是一种欺骗、一种伪装，是一种以红红的颜色来掩饰自己思想的丑恶行为，是企图伪装关公的红脸来骗取别人好感，本质上属于腐朽的剥削阶级行为，只有道貌岸然的资本家才干这些涂脂抹粉的事情，妄图用漂亮的外表来掩盖其吸血鬼的嘴脸。

同学们反应平静，好像我讲的这些隐蔽很深的事情他们都早已经知道，一点儿也不新鲜，全都默不作声，也没有一个人站起来批判我。周崇丹眯着黑黑的大眼睛，漫不经心地望着窗外的蓝天；齐德操低着头，若有所思；任道远无动于衷地闭目养神；徐卫卫坐在头排，连头也不回，只有国章很怜悯地瞅着我。

真不知道这是怎么一回事情。可能是事先他们已有所耳闻，也可能是我所坦露的事实让他们没想到，所以必须冷静地思考一番，才能作出评价。

王佑也主动念了自我革命的发言稿，沉痛地检讨了自己阶级立场不坚定，总对右派父亲仇恨不起来，他临终前还前去病榻看望，并心怀怜悯，眼里含着泪……承认自己身上小资产阶级情调严重，就是受右派父亲的熏陶所致，比如爱养猫、玩儿狗，喜欢看中华活页文选，欣赏那些风花雪月的古文……

事后，洪老师对我们讲，这次自我革命运动非常成功，全校涌现出了大批先进典型，所暴露出的很多问题，让人听了都目瞪口呆。

高一年级有一个斯斯文文的眼镜，坦白了自己的数学竞赛第二名是作弊得来的。考完后，他得知了正确答案，就连夜偷偷撬开了数学教研组的门，找出自己的卷子，把错的改成了对的。

高三一班班长何继志痛哭流涕，忏悔自己有野心，思想深处闪过要当总理的念头，认为当总理比当普通人对国家贡献大；平时总喜欢发号施令，指挥别人，还在寒假偷偷约初中女生一起溜冰，影响很坏，滑到了破坏学校纪律的边缘。

校学生会副主席也坦承自己在总务处买饭票时，会计多给了饭票，自己没言声，贪了污。

高二年级一位同学交代了自己偷过同班同学的一块手表，卖了几十块钱。这个坦白让曾经为此蒙受了不白之冤的同学终于得到了清白。

还有一个初二同学交代了自己为了得到拾金不昧的表扬，先偷了同学的钱包，再上交给老师。

高一的有位同学还交代了自己对党不忠诚，隐瞒出身的问题，家里明明是中农填表时却给填成贫农。

初三有一个华侨同学除了承认自己手淫外，并交代自己为图舒服，还曾让同学给自己手淫。

……

这是一九六五年底，同学们都争先恐后地向校领导交代自己的坏思想，交代得越坏越好——这才能表明你对党忠城。自我革命就是革自己坏思想的命，人人都想刺刀见红，结果这场自我革命运动就成为了一场忏悔坏念头、交代干坏事的比赛。很多同学，特别是积极要求进步、申请入团的同学都在这场自我革命运动中表现突出，暴露了自己的不少隐私，似乎有隐私就是对革命的不忠。一个比一个血淋淋，弄得有些没有坏思想、坏事可说的同学非常失落。

就在此时，我们班夏纪增同学的父亲死了。他父亲是学校附近的某通信团营级干部，家里孩子多，经济上不富裕。夏纪增长得非常瘦弱，脸色苍白，跑百米还不如女生快，但学习特刻苦，成天看书，做练习……用功用得神经衰弱，还一天到晚地泡在教室里，他的学习好完全是靠拼命换来的。

一九六六年元旦前，他父亲去世后的那几天，他变得更加虚弱，眼红红的，老擤鼻涕，走路都颤颤巍巍的。我想，大家都是干部子弟、阶级弟兄，同情一个人就应该有同情的行动。记得一天晚饭后，教室里没人，就把自己平时省下的几块钱饭票偷偷放进了他的铅笔盒里，并写了一封短信，大意是说：请你不要太难过，接好革命的班，就是对死去父亲的最好祭祀。这点儿饭票是一点儿心意，请收下。

我没有署名。潜意识里，我偏爱军人子弟。

三班女生给我们的英雄主义熏陶，三十二年以后，还那么历历在目。

一九六五年新年前的一个晚自习上，我们都正在做作业或温习功课。三班十来个女同学突然呼啦啦来到了我们班。她们都穿一身军装，一进教室就把电灯关了，一团漆黑。我们惊诧得很，不知她们在玩儿什么把戏。

这时有三四个女生开始合唱：

钢铁的阵地出英雄，
英雄他出在上甘岭，
上甘岭呀，那一晚，
炮火闪闪，细雨蒙蒙，
……

这是一首歌颂黄继光的歌儿，带有京剧的旋律。

随着一道手电光，黑暗中，我看见地上爬着一个战士，是三班女生演的。她穿着旧军装，头戴旧军帽，帽檐儿压得很低，一点儿也看不清脸。她在水泥地上匍匐前进，一会儿腾跃，一会儿跌倒，一会儿奋力扔手榴弹，负伤了仍挣扎着往前爬，全身哆嗦得那么厉害，还颤巍巍地爬着、爬着……最后，她用身体挡住了敌人的碉堡。

由于教室一片漆黑，在手电光之下，这个黄继光的形象就格外突出、格外难忘。有关黄继光的各种文艺宣传，数不胜数，是一个老掉了牙的题材。但三班女生伴唱的这场歌舞却感人至深，把我们完全带入现场。真的，我头一次听见歌颂黄继光还有这么好听的歌子。看完后，全身热血沸腾，真想马上就把自己脑袋割下来，放到讲台上，献给祖国。

不止是歌声美，这个女扮男装的形象也美，她激发了我那么强的对英雄的崇拜和怀念。这是三班一群女生用赤诚的心铸就的一台表演。大冬天她们在水泥地上摸爬滚打，含泪吟唱，一点儿也不在乎地上的冰凉和尘土……

如同教堂里的合唱有一种神圣魔力，能升华人的灵魂，这一群体的姑娘歌声圣洁之至，使人迷醉和净化，令我们想哭、想吼、想立马儿上战场，完全忘记了自己卑污的私欲。我觉得，如果有这样美的歌声陪伴着我，视死如归就跟玩儿似的。

一九六五年，那真是一个革命的年代。革命在那时成为最光辉的、最有魅力的、最令年轻学生向往的字眼。革命到底是什么，我们作为一个中学生并不是很清楚，但我们能感觉到它是和真理、光明、进步、伟大、壮丽、神圣这些字眼相连的。同时从现实利益考虑，也感觉只有革命才能赢得大多数同学的尊重，才能树立起自己的威信，才能赢得漂亮女生的好感。

革命，是毛泽东时代的最强音；革命，是毛泽东时代的主旋律。

快点儿打仗吧！快点儿打仗吧！人活一辈子，却赶不上打仗，就太惨了！

当时的一首歌很能表达我的心情。

银色的月光，
映照着无边的海洋。
年轻的水兵，
焦急地等待着出航。
到那水天相连的远方，
去打击敌人保卫国防，
……

我也焦急地等着出航，奔赴疆场。

上高三后，我这个身背两个处分的同学并没有消沉，我把所有希望都寄托在打仗上——是英雄是好汉，是真革命假革命，咱们战场上见。

注：王杰（一九四二——一九六五），山东省金乡县人，一九六一年八月入伍，牺牲前为济南部队装甲兵某部工兵一连班长。一九六五年七月为保护军事训练的民兵，自己扑到即将爆炸的装置上，舍己救人，英勇牺牲，年仅二十三岁。

咬牙搞好团结

一九六六年一月一日。

《红旗》杂志的元旦社论:《政治是统帅，是灵魂》;《解放军报》的元旦社论:《更高地举起毛泽东思想伟大红旗，为继续突出政治，坚决执行五项原则而斗争》……

伴随着浓厚的政治空气，进入了一九六六年。

临近高三第一学期期末的一天。晚饭前，天黑黑的，寒风嗖嗖。我缩着脖子，用双手裹紧棉袄，向食堂疾走。路过校门口时，随便瞥了那个布告栏一眼，发现上面新贴了一张孤零零的白纸，再定睛一看，啊!

布　告

高三(2)班马清波同学，最近有了明显进步。经校务会议讨论决定，撤销 1964 年 6 月 11 日给予马清波的警告处分，撤销 1965 年 3 月 × 日给予马清波的记过处分。

特此布告。

北京四十七中校长　李书堂

1966 年 1 月 × 日

就像挨处分那么突然，现在又突然给我全都撤销了，事先没一点儿迹象。洪老师要干什么事，特能保密，不露蛛丝马迹。我高兴得要命。晚饭后一人走到大操场疾步遛圈，遐想联翩、并故意在黑暗中乱喊乱叫，得意忘形。

记得过了几天，学校在高中两座大楼中间召开了高中年级自我革命总结大会。教导主任耿寒利讲话时没有点名地表扬了我，她说自我革命运动后全校同学们都有了很大的进步，高三某位同学曾因违反纪律受过处分，这次自我革命运动带头亮私不怕疼、不怕丑，当得知同学父亲去世后，生活困难，还主动把自己的饭票偷偷放到同学的铅笔盒里……

耿老师还把我给夏纪增的那个小纸条当众念了一遍。

哎呀，又惊又喜！两个处分，自己一点儿没提，校领导就主动给撤了，还在全校大会上表扬了我。

直到现在，我才感到洪老师整我确实是善意的，是真想把我教育好。我给夏纪增饭票的事情，肯定就是洪老师讲给校领导的，否则他们怎么会知道？为我撤销处分也肯定是洪老师的主意。校领导们平常也不接触我，我进步不进步还不得全靠洪老师的汇报。

我跟洪老师都好面子，严肃有余，幽默感不足，又都崇尚大兵气概，不肯在对手面前低头示弱，所以对抗了两年。但日久见人心，不打不相识，闹了两次别扭之后，彼此理解了，方觉得两个人其实挺谈得来的，比没打过架的人还要亲。

我马上找到他，激动地说："洪老师，我看见布告了。没想到，真没想到。"

"你这次自我革命表现突出，大家对你的反映也都不错。但是，你不要自满。"

我已激动得说不出话。

洪老师抽着烟，微笑道："怎么样，给你一点点打击，还是有好处的吧？人都是这么敲打出来的，跟马一个样，必须用鞭子抽，哄是哄不出好马的。塞万提斯写《唐·吉诃德》时，正在蹲监狱。那时他穷困不堪，连纸都买不起。有人劝一位有钱的贵族帮助他，这贵族说：不行，他只有贫困，才能使这个世界富有！但丁也是在困苦中完成《神曲》的。历史上很多名著，都是在贫病交加、耻辱挫折的境遇下写出来的。"

洪老师不是一个头脑简单的武夫。他上过北大，读了很多西方小说，了解欧洲文学，听他讲话，能长不少知识。他又有在四野当兵的经历，从北京打到海南岛，还去过朝鲜抗美援朝，真可谓文武双全。

他曾经把裤子撸起，让我看他小腿上的一块伤疤，虽只有鸡嘴巴那么大，毫不起眼，也激起了我莫大的尊敬。在四十七中所有的老师里，我最愿意和他聊，最爱听他讲当兵时的所见所闻，尽管他狠狠地整过我。

在他零乱、昏暗的宿舍中，我见过他在解放战争和朝鲜战争时的相片，旧得发黄。他穿着有些土气的军装，腰里扎着皮带，所有相片的表情都一样：绷着脸，无一丝笑容。这一点跟我照相的样子完全相同。可能潜意识里我们都认为军人的尊严就是严肃、军人的美就是绷着脸，而嬉皮笑脸是小资产阶级情调。

洪老师承认他打死过敌人，光这一点，就够让我肃然起敬的了。

他才四十多岁，眼角已有深深的皱纹，上眼皮松弛，眼睛成了三角。冬天脖子上总围着一条长围巾，五四知识分子式，文绉绉的，完全是一读书人的形象，可他肚子里的战斗故事却一堆一堆的，好像永远也讲不完。

过了寒假，开始了高三第二学期，也马上就要毕业了。

我问了学校管征兵的老师，知道今年春天海淀区的中学依旧没有征兵任务。高中三年，学校竟然没有征过一次兵。母亲初中时给我配的隐形眼镜等于是白配了，我只好把希望寄托在报考军事院校上。我看中了西安军事外语学院，我觉得自己的俄语底子不错，有希望考上。

现在，距离高中毕业仅有四个多月时间了，我要在这段时间内争取入团。入了团才更容易被西安军事外语学院录取。

撤销了两个处分，形势大好。我自以为老师和校领导对我都不错，再加一把劲儿，趁热打铁就有希望把团给入了。哼，自我革命的典型，全校大会上受了表扬，两个处分一下子全给撤销，又是青年小组组长，班体育委员，出身革干，团支部还能不让我入团？

我继续每星期给团支部写一份思想汇报。为了不搞特殊，和群众打成一片，我把床上的石头枕头扔了。再练块儿时，我也总是在晚上练，尽量不让同学们看见，以免某些人嫉妒。而扫厕所也还在不声不响地坚持着。

一天，我主动找到洪老师，希望他能帮我说说话，让我早点入团。他是班主任，团支书怎么也得考虑考虑他的意见。

洪老师说："你是有了一些进步，但还要看到自己的不足。我感觉团结不好是你的老问题。为什么团结不好？一般来讲个人英雄主义严重的人都不能正确对待群众、瞧不起同志，唯我独尊。你应从思想深处找根源，不能借口性格孤僻，为自己的缺点辩解。《人民日报》介绍山西绛县县委书记周明山的事迹，你要好好读一读。"

我读过这篇文章，《人民日报》为此还发了社论，题目是《培养千千万万无产阶级事业接班人》。

对我来说，毛主席接班人的五项标准中最头疼的是第五条：不但要团结和自己意见相同的人，还要团结和自己意见不同以及反对过自己，并已被实践证明是错误的同志。

我个性极端，敏感多疑，老跟周围人产生矛盾，群众关系很差。特别不会笑里藏刀，怎么练也练不到家，恨谁、爱谁，脸上都暴露得清清楚楚的。像对周崇丹，恨不得踢一脚，怎么可能给他一个笑脸？我不喜欢的人，连看都不想看，更说不上团结了。上一次打架，就是硬着头皮跟任道远搞团结，结果挨了他一顿数落，恼羞成怒动了手。

团结问题涉及到尊严、面子以及年轻人的好胜心，是我最脆弱的部位，也是最危险的炸点，弄不好就要出事。但洪老师要我一定要解决自己团结的问题，看来，肯定是有人以这个为由反对我入团。

想想吧，班里一多半同学都在申请入团，竞争那么激烈，相互你盯着我、我盯着你，都希望自己能被当成重点培养对象，对别人都有一种本能的排斥。不解决好跟大家的关系，没有人替你说话，你还入个蛋团，明摆着没戏。

毛选三卷上有一个注解，说法国革命家布朗基只依靠少数知识分子的密谋活动，反对资本主义，称他为革命冒险主义代表，他总是孤零零的少数，一辈子蹲了三十多年大牢。我非常欣赏他。恩格斯都承认他是一个革命家，可见不团结大多数人也照样能是一个革命者。

可是，毛主席的接班人五项标准却把能团结人当成一个重要条件。

唉，为了入团，我只好硬着头皮解决这个问题。

我算了算目前与自己关系不好的人，男生中竟然有十来个，他们是：任道远、齐德操、周崇丹、郭成伟、李国建、郑六田、高进军、陈杰、郭平、蒋延峰，占了几乎一半的男生。但是，我却觉得，对我有敌意者多，说明我这人有棱角，不圆滑，有力量，有胆识，不怕孤立。因为自己爱看英雄的书，看完了，常常不自觉地拿英雄来与周围的人相比，就感觉周围同学个个都庸庸碌碌、灰灰暗暗，没有什么值得我尊敬的地方。我对他们冷淡，他们自然也对我冷淡。

想来想去，有几个人我实在还是不想团结

第一个是任道远，这家伙整天醉心于看郭沫若、郁达夫等三十年代的酸书，连甫志高都不如。甫志高还有一点儿革命激情，冒险参加地下工作呢！我和他仍处于战争状态，干吗要去团结他？过去为跟他搞好团结吃了大亏，还险些进了工读，这仇早晚要报。而且，他因为最近给三班女生写了一封表示友好的信，被对方告发，而名声扫地。他全身软软绵绵的，一个大虾米腰，俯卧撑顶多做四个，还挺傲，有一股文人的清高劲儿，平时谁也不讨好，所以人缘也很差。这封向女生示好的信更让他声名狼藉，在班里成了孤家寡人。除了宋尔仁，基本上没有人理他。我当初把他骗到操场捶了两拳的行动，也越来越得到了人们的同情。反正他在班里臭了，不团结他也没什么事。

还有齐德操，也不想团结。高一时我俩是同桌，关系一度还挺好。后因互不服气，就不再来往了。他仗着自己是育英的，中央首长子弟群集，特牛，老贬我们育才。他生活倒很俭朴，总穿一身旧衣服。体育也相当地棒，是校田径队短跑队的，百米跑十二秒三，特傲，看不起我这个扔手榴弹的。他自小就是班干部，很会处理和领导的关系。不知怎么搞的，我跟他水火不能相容。他属于理论型的人，非常冷静，少幻想，重实际；我却属于感情型的，满脑子幻想，好冲动，憧憬罗曼蒂克的生活。他到哪儿都能在身边笼络住几个关系特铁的哥儿们，我却喜欢独来独往。我不信要入团就一定要巴结他，硬是不和他来往，见面连个招呼都不打。

周崇丹是一个极不招人喜欢的人，我也没心思去团结他。别看他黢黑瘦弱，一举一动女里女气的，跑步姿势像鸭子，嘴皮子却非常毒，特会挑人毛病，全班每个同学他都能挑出几条缺点，储藏在心中，以备吵架时用。他被人称为色迷子，下了课特爱跟女生穷逗、穷贫，老往女生堆里扎。不久前他认识了初三的一个女生，两人常常幽会，逛颐和园、紫竹院……被发现后，他写了检查，保证不再跟那女生来往，可依旧藕断丝连。他自己的学习成绩中下等，体育课三分，也没有什么突出的，却爱对别人品头品足。谁平时说过什么话、骂过谁，他都爱记在心上，到了机会，就给你抖搂出来。他曾在周记里骂我伪君子，所以我和他甚少来往。

还有那个郭成伟，成天穿一身军装，戴一顶军帽，趾高气扬的，有啥了不起呢？他父亲不就是阳坊坦克部队的一个小干事吗？脚上还蹬着锃亮的军用黑皮鞋，老远就能听见咯噔咯噔的响声，那目空一切的眼神，好像我们穿不上军装的都低他一等。在当时，青年人都喜欢军装，无论是谁，只要穿一件军装，马上能给他身上平添几分革命气和高贵气。郭成伟长有一副孩子脸，圆乎乎、红扑扑的，刚开始跟人接触时，温文尔雅，笑起来很甜，给人的头一印象非常好。但时间一长，就发现这小子仗着自己是部队子弟，盛气凌人、牛逼轰轰，谁也看不起。我虽喜欢军队干部子弟，像谢保国、徐卫卫等人，却不喜欢他这号的。尽管他是一个红脸膛，我却觉得他是糟蹋了我们民族忠臣的颜色。团结不团结他呢？想来想去，决定不答理他。我骨子里也有一股傲气，你居高临下地瞧不起我，我凭什么巴结你？！

班里的刘建军也成天穿一件呢子军装，听说他父亲资格挺老的，刚刚转业下来，就是官儿不大。他相貌端正，如果再留一个络腮胡子，跟方志敏的画像就更像了。他比郭成伟随和，也不那么盛气凌人，因此虽然功课不好，留过级，同学们对他却挺尊重。可他跟齐德操的关系特铁。他平时与人交往，很重阶级路线：对革军子弟满面笑容，对革干子弟还算客气，对知识分子出身的不冷不热，对出身不好的冷若冰霜。高一时，他待我的态度还可以。但自从毛主席号召全国学解放军之后，解放军的社会地位剧升，红得发紫，他也渐渐牛了起来。一九六六年初，在我们四十七中相当一部分同学眼中，作家、大学校长远不如一个解放军小干部革命。因为毛主席号召全国人民向解放军学习，却没号召向作家学习、向大学校长学习。想想他是齐德操的好友，我若向他靠拢就等于向齐德操靠拢。凭什么？我想了想，觉得维持现状就好，没必要刻意去团结他。

陈杰举止斯文、穿戴时髦，也比较讲究吃穿，特别爱护自己的身体。他年纪那么小，就已经有了很多养生和保养的习惯。比如饭前洗手，扫地戴口罩，夏天集中劳动前，一定要先做准备活动，扭扭腰、踢踢腿。身体一有点儿小病就赶紧上卫生室……上课时常常能说些让人想不到的话，博得大家一笑。但我崇尚的是土八路，跟他这种少爷型的没话可说，更不会主动找他谈话了。

还有，徐卫卫也不团结。一定不能被她迷住。从内心讲，我总想跟她接近，想和她说几句话，想对她好一点儿，想借着跟团员谈话的机会，与她来往。但我不能放纵自己，要牢记任道远给三班女生写信而身败名裂的教训。一定要挺直脊梁骨，不给她拍马屁。她如果跑步落在后面，我同样严厉喝令跟上；集合整队时，她如果跟旁人说话，我同样板着面孔狠瞪。我要向宋尔仁学习，对女的必须凶一些，唯如此，才能建立起自己男子汉的威信。

除了这些人以外，班里还有十来个男生，我要设法改善与他们的关系。

郑六田家住农村，却缺少农村人的朴实，见了谁都点头哈腰，可不像吴念祖那样有棱角、有尊严。他的眼睛大而灵活，却没有深度，常说一些踩乎自己的话，以博得别人一笑。我和他维持着表面上的关系。他自己没什么主意，喜欢跟王佑等城里同学接近，但心肠还善良，能帮助人时总是尽力去帮。他在班里是一个小人物，不起眼儿，我对他可以团结团结。

高进军、郭平、蒋延峰等与周崇丹呼应，在周记上说过我假积极、扫男厕所的动机不纯、想入团想疯了之类的话，深深地伤害了我，平时跟他们来往甚少。但现在，小不忍则乱大谋，我应该与他们缓和关系，使他们不至于反对自己入团。所以，只好厚着脸皮找他们这几个，忍受着被人居高临下对待的痛苦，让他们把对我的意见讲出来，让他们感觉到我对他们的重视，以消除芥蒂，争取得到他们对我入团的认可。还要找国章、找典崇、找冰洋、找纪增……我每周都安排了准备谈话的对象名单，业余时间除了锻炼就是找同学谈话。

连宋尔仁我也给团结了。他这人不要求进步，不申请入团。总和老师、班干部保持着距离。不知何故，他有时候愁眉苦脸，郁闷不乐；可有时候议论起跟谁打架的事来，又兴高采烈，手舞足蹈。他平日从不接近要求进步的同学，对我却有一点儿例外，时不时爱与我聊上几句。或许是因为我虽“假积极”，却老露馅儿、老挨整，他心理上比较同情我的缘故。我们的关系一直不错，尽管他也是任道远的好友。有时候，他从家带来的瓜子、白薯等，还会塞给我一点儿。

随着执行阶级路线，班里出身革干、革军的同学陆陆续续入了团。陆微入了，这是意料中的事，我没有意见。郭成伟也很快入了团。我感觉他可能就是仗着自己总穿军装，无时不刻暗示他是一个革命军人子弟，再加上会拍马屁，钻进了团组织……心里对他有点儿醋兮兮的。

一九六六年三月，学校党支部正式批准齐德操为中共预备党员，这消息像一根大棒狠狠地敲了我一下，非常地痛苦。都是一样的人，我什么地方比他差？要是上了战场，不信我就比他胆小、比他贪生怕死。

我终于发现了一个秘密：洪老师虽是我们年级主任，可真正大权却掌握在政治老师孟继德手里。孟老师是党员，谁和他关系好，谁就容易入党。齐德操入党的事就太明显了。而我们班的团支部其实也控制在政治老师手里，洪老师对团支部发展团员几乎没有什么影响力，政治老师是我们年级的实际控制者，党领导一切。

齐德操成为预备党员后，我继续对他持疏远态度，决不高攀，死也不团结他。他今后无论当了多大的官儿我也不巴结他！豁出去了。

不久，一九六六年春天，班团支部又在教室的墙上贴了一张红纸：×月 × 日讨论周崇丹的入团问题，欢迎广大同学参加。

简直给我气蒙过去！周崇丹这么一个色迷子却先我入了团！

我和周崇丹非常不同。他是爱耍嘴皮子的，我是爱上拳头的；他是喜欢往人群中扎的，我是喜欢孤孤零零的；他见了女生没话找话，我把女生当成引诱自己流氓思想的根源，能躲就躲。我虽然也好色，但残酷地压抑着自己，将之约束在内心，外表上一点儿不好色；而他却赤裸裸地好色，跟苍蝇一样围着女生转。

我万万没想到，校领导给自己撤销了两个处分，又在全校大会上都表扬了我，班团支部却还不让我入团！

对周崇丹入团真是一百个、一千个不服气。比劳动，两个他也不如我一个；比自我革命，我干的所有丑事，包括最见不得人的事都敢说出来，他敢吗？比出身，我父母都是三十年代的老党员，绝对比他父母资格老；比群众威信，全校我的崇拜者远比他多；比干好事，我扫厕所也断断续续坚持了两年，挨了两年多臭气熏；比艰苦朴素，我穿破棉袄，系草绳，吃窝头闻名全校；

比写思想汇报，我一个星期写一份，雷打不动，也肯定镇住他；比男女作风，我见了女的躲着走，虽然表里不一，很虚伪，却虚伪得有骨气、有品位。他那么露骨地犯贱，倒是不虚伪，却像一个色狼，给团员抹了黑。

但他竟先我而入团了。学校有纪律不许谈女朋友，他破坏了纪律还入了团！这团支部怎么发展这号人！我觉得团支书鲁小河完全是一个傀儡，自己没有一点儿主见，就知道唯命是从，拍齐德操和政治老师的马屁。

心中闪了一念——可能齐德操专门挑我最看不起的人入团，故意让我难受。心里十分愤怒。唉！我算是明白了，你越坦白得多，越入不了团，越什么也不说，越能入团。

晚上我气愤得睡不着觉，就找到洪老师倾吐憋在自己心中的委屈，难过得流了泪。这是我自被撤销处分后，遇到的最大挫折。

洪老师宽慰道："冷静一点吧，我申请入党已经十七年了，在枪林弹雨中打了五年仗，出生入死，到现在却还在争取。你说我不委屈吗？看到别的同志一个个加入组织，我也很痛苦。像你一样，我就盼着打仗……你要知道社会是很复杂的，有时候，好人也会被误解。"

我长叹一声，感到了无限的悲哀。

洪老师拍拍我肩膀："要向王杰学习：在荣誉上不伸手，在待遇上不伸手。要求进步，是为了革命，而不是为了跟别人比什么，更不能埋怨组织。"

回到宿舍，还是久久不能平息自己的情绪。为了入团我付出了多少精力、多少汗水，却被不屑一理。为搞好团结，我忍辱负重，厚着脸皮找人谈话，哪怕受白眼、挨尴！我低三下四地赔笑脸、当三孙子，却一点儿用没有。

我拒绝参加周崇丹的入团讨论会。一腔妒火把我烧得坐卧不宁。

讨论会的第二天，我连晚自习也没心思上，又径直找到了洪老师。关键时刻见人心，我感到自己跟洪老师有太多的共同语言，他非常理解自己。

"我不明白，为什么让周崇丹入团，却不让我入？"鼻子酸了，眼泪又几乎溢出来。

"你冷静一点儿。"

"我什么地方比他差了？实在想不通。比雷锋、王杰，我比不了，但比周崇丹，却能比一比。"我滔滔不绝地讲了一番周崇丹的缺点，他跟初三女生好、他劳动时不拼命干、他的团结很差，好多男生都对他有意见……

洪老师默默地听着，最后说："你看过《论共产党员修养》吗？少奇同志说：一个共产党员要经得起各种考验，包括委屈的考验。我过去也对你讲过：社会实际生活是复杂的，不像一加二那么简单。"

洪老师吸了一口烟，陷入沉思："就说我吧，从一九四九年春，我带着三十多个同学去山海关参加了四野三纵七师之后，亲自参加了几十次战斗，脑袋掖在裤腰带上，不说九死一生，也差不多了。我也立过功，满以为参加党组织不成问题。可由于种种原因，组织问题却一直解决不了。好多我的战士，后来都成了我的领导，我却连一个党员都混不上。你说我应该怎么办呢？跟组织打架吗？向上告组织吗？不，我们不能埋怨领导、不能嫉妒同志。我们要和别人比进步，比对党和人民的忠诚，比打仗勇敢，比为革命做贡献，却不要比待遇，比受不受重用，比能不能入团入党。每个人都有自己的具体情况，不能说没入团、没入党的就是落后分子，王杰就是一个最明显的例子，他到死也没入了嘛。"

我望着洪老师那消瘦的面孔，第一次感到我和他是那么相似。

洪老师随着四野南下，经过渡江战役、衡宝战役、桂林战役、海南岛战役，一九五〇年，他所在部队改为四十军一百一十八师，在师长邓岳率领下又转战朝鲜，十月二十五日打下了中国人民志愿军入朝后的第一场胜战，受到彭德怀司令员的嘉奖。洪老师在生死存亡的战场上都挺过来了，却因为在初中时集体参加过国民党三青团，又是一个大学生，而迟迟入不了党。

所以，洪老师也够冤的。他受了这么大委屈不也照样兢兢业业地教书、踏踏实实地工作吗？面对洪老师的遭遇，我的心理稍稍平衡了一点儿。

过去，洪老师要把我赶到工读学校去，都没掉过一滴泪，但这次，因为周崇丹入团，我却嫉妒得掉了泪。

这天，我和洪老师又聊到很晚很晚。这么聊了一气后，心情才渐渐平静。

在漆黑的深夜，洪老师鼓励我说："马清波，不要悲观，当同志在政治上有了进步后，你应当为同志高兴。我就不明白你为什么和周崇丹搞不好关系。他跟你是一个学习小组的，关系搞得这么僵不应该呀。他再有毛病，也不是敌人。现在他入团了，你能不能向他表示一下祝贺呢？借着这个机会，好好跟他谈一谈，请他给你提提意见，不就把关系搞正常了吗？不能团结人是你最致命的弱点。如果把这个毛病解决了，你就比现在更强壮。一个会团结人的人要比一个肌肉发达的光杆儿大力士有力量得多。记住：你越是不想干什么，就越要强迫自己干什么，这才锻炼意志。"

向狗挥挥棒子，狗就会向你露出敌意，这是本能，如果它还向你摇尾巴，那就违背了动物本能，这狗就有神经病了。周崇丹入团，说明他这种人受赏识，作为他的对手，我难受得不行，怎能向他赔笑脸祝贺？

"我实在做不到啊。洪老师。我觉得那么做太痛苦了。我天生不爱交际，让我和这种人搞团结，比拿鞭子抽我还痛苦。”

“你做得到，只要你想做。让你搞好团结不是让你变成交际花、老油条。当革命需要你和各式各样的人打交道时，你要能忍辱负重，跟骂过你的人、不喜欢你的人在一起相处，不能为搞不好团结而影响了革命工作。周崇丹入团了，好，大方一点儿，向他表示一下祝贺，我们革命队伍又增加了一滴新鲜血液。终归是好事吧！同时把你们之间的问题摆到桌面上谈一谈，解开你们的疙瘩，那费什么事呢？但我不强迫你，你自己回去考虑吧。”

洪老师一天抽一盒烟。他一说话，能吐出浓厚的烟味儿，脸上有着很深的皱纹。疲倦时，三角眼常常就被眼皮遮住了一大块。

天很晚了，我终于恋恋不舍地从洪老师的俄语教研组办公室出来。当我情绪低落之时，洪老师这个没有飞黄腾达的老兵在漆黑的夜晚给了我谆谆的教诲，令我难忘，他友好诚恳的态度是对我心灵的巨大安慰。

多次和洪老师谈话，感到他这人严谨正派，有武松之德，不像一些男老师，总偏向漂亮女生。他曾很严厉地训过徐卫卫，把她训哭了。尽管他的爱人远在太原工作，长期一个人过着单身生活，他却对任何女生都一视同仁，该说就说，该整就整，没有一点儿花心。在中学生眼中，不好色这是一个最令人尊敬的优点。

洪老师也不爱吹吹拍拍。据我观察，洪老师节假日很少往校领导那儿跑。他也从来没对我说过一句政治老师的坏话，可我模模糊糊地感觉他在学校的孤寂、无奈和不得势。

回去后，我打开《论共产党员修养》，反复阅读了那段有关要经得住委屈、误会的论述，好好地反省了自己不希望别人超过自己、处处要压倒别人的资产阶级个人主义思想。

周崇丹可能也知道有一些人会不服他入团，对同学保持了一种戒备的态度。

我决定向他表示祝贺。洪老师说了，越不想干什么就越要去干，这才磨炼意志。我对自己不喜欢的人，连靠近他都觉得难受，向他笑一下，那内心的惨苦更可想而知，就像自己用手掌剁水泥地一样——就把这当做是一种精神上的手掌剁石头吧！当年董存瑞也曾忍辱负重地团结了一个总讽刺他的对手。

我暗暗咬紧牙关，找到了周崇丹，对他说：“我们谈一谈好吗？”

“行。”他警惕地望着我，“就在这儿谈吧。”他不愿意远离教室，怕再发生任道远的遭遇。

“周崇丹，你加入了团组织。我向你祝贺啊！”我脸上的笑是假的，是做出来的，虚伪得连自己都厌恶。

周崇丹瞪着眼睛，怎么也没料到我会对他说这话。一时间有些丈二和尚摸不着头脑，大眼睛飞快地转了转，戒备地点点头，说：“谢谢了，我还有很多缺点。”

“希望你发现我有什么缺点，对我有什么意见，不客气地指出来。”

“行，行。”他眯着长长的眼睫毛，摇晃着头，像个腼腆的女人一样扭动着腰，“我觉得我们要求进步，一定要端正目的，而不能带着个人目的要求进步，那会给革命带来很大的危害。”

我点点头，表示接受。虽然，最烦听人说这个。

当革命接班人难呀！对自己不喜欢的人、背后说你坏话的人，还要团结，笑脸相迎，像一条犯了神经病的狗。

妈妈呀，跟周崇丹说了一会儿话，我就像在蝎子洞里待了几分钟一样痛苦……

当时《欧阳海之歌》这本书非常流行。我一遍一遍地读着，努力用这部小说来激励自己胸怀宽大一点儿、仁慈一点儿，不要被周崇丹入团和齐德操入党而气昏了头。现在，我好不容易才有了这么大的进步，千万不能再干什么蠢事了。

当革命接班人最难做到就是团结对自己有成见的人。谁能容忍经常嘲笑自己的家伙呢？可当革命接班人就要容忍；谁瞧得起八面玲珑的老油条呢？可当接班人就要向老油条学习，见了谁都要笑嘻嘻。

为了搞好团结，就要学会虚伪、学会笑里藏刀、学会口是心非、学会喜怒哀乐不形于色、学会对你不喜欢的人也装作喜欢。真痛苦啊。

第四章
英古斯之死

我把小英古斯千里迢迢带到北京，却带给它倒吊示众的耻辱，带给它惨遭杀戮、陈尸荒野的下场。这乌黑乌黑的小灵魂，我光棍生活中的小太阳，我内心深处的小公主，我忠实品行的活楷模，却被我送上了死亡之路，所有曾沾染有英古斯气息的地方，都好像散发着血腥。这么一个弱小的生命，也被卷进了疯狂的文化大革命，我尝到了阶级斗争的残酷。

◇送去青海的同学时，在天安门广场合影。

“那年月，对我们中学生来说，总是说走就可以走，也用不着带很多的东西，就每人一个行李卷、一个语录本和一点洗漱用品——反正全国各地都有红卫兵接待站。此时，很多同学还串联在外，偌大校园，几乎都见不着几个人。串联真不错，白吃白住还能倒赚钱。趁着免费坐火车，我又去了一趟新疆。住惯了北京，我对大城市一点儿也没有兴趣，一心就想到最荒凉、最偏远的地方去。”

文革开始

自从一九六五年《人民日报》说李秀成是叛徒、忠王不忠后，我对意识形态的动向就开始注意。接着又批了让步政策论、合二为一论、暴露黑暗论、宣扬战争恐怖论……新的观点不断出现，火药味越来越浓。到一九六五年底，报上登了姚文元的批海瑞罢官的文章后，政治老师更是让我们密切注意形势。

高三第二学期不再讲新课，全面复习，准备七月份的高考。可我们都静不下心来读书，兴奋地关注着政治形势发展。宣传媒介的调子一天比一天激烈，看看《解放军报》社论的题目就能明显地感觉到：

二月三日：《永远突出政治》；

二月九日：《提倡一个公字——再论突出政治》；

二月十四日：《最重要的战备——三论突出政治》；

二月十八日：《政治统帅军事，政治统帅一切——四论突出政治》；

三月二日：《把毛主席的书当做全军各项工作的最高指示——五论突出政治》；

四月十八日：《积极参加社会主义文化大革命》；

五月四日：《千万不要忘记阶级斗争》；

五月八日：《向反党反社会主义的黑线开火》……

一九六六年春天，北京城上空充满了浓烈的火药味儿，一副山雨欲来风满楼的气氛。

大约五月初，我们学校出现了第一张署名“炉火编辑部”的大字报，批判校领导不突出政治，没有坚持阶级路线。大字报是高一年级董小冬主笔写的。这张大字报出来后，几乎全体同学都持反对态度，但气氛温和，也没给他扣什么帽子。董小冬却不服，又写了第二张大字报为自己辩解。

高三年级全体同学坚决地站在了保校领导这一边。

洪老师天天组织我们学习《人民日报》的重要文章。他语重心长地说：“不管出了什么情况，我们都要站在党的一边、站在人民的一边。你们还年轻，一定要小心谨慎，千万要记住五七年反右的经验。”

学校干部子弟很多，小道消息灵通。大约五月底，形势发生了变化，支持董小冬的大字报开始出现，并越来越多，大都是初中的小孩儿。可能，他们从家中获悉了中央五一六通知的内容，知道北京市委第一书记彭真受到了严厉的批判，并听说了该通知中的毛主席重要指示："高举无产阶级文化革命的大旗，彻底揭露那批反党反社会主义的所谓'学术权威'的资产阶级反动立场，彻底批判学术界、教育界、新闻界、文艺界、出版界的资产阶级反动思想，夺取在这些文化领域中的领导权。"

学校正属于教育界，有毛主席的指示撑腰，一小批同学初生牛犊不怕虎，纷纷加入了炮轰校领导的行列。

学校领导茫茫然，不知所措，再也无暇过问纪律和秩序。学校立时涣散起来，很多班去食堂吃饭都不再排队了。早饭和中饭，唯有高三年级的四个班还依旧排队去饭厅。在零零散散单个走着的同学中，我们四支队伍步伐整齐，队容威严，很是显眼，并气昂昂地高唱着战斗歌曲：

拼刺刀，
看谁刺得好，
当兵保祖国要练好这一着，
上了战场
跟敌人来个近战，
紧要关头就跟他拼刺刀。
……

每人都使劲儿地唱着，好像现在真的已经到了关键时刻，要跟那些反校领导的反动小毛孩儿拼刺刀了。

我们这一代从小就向往着战场。现在环境美丽的四十七中学上空硝烟弥漫，战场就在鹫峰脚下，就在食堂那一篇篇大字报旁……啊，多年所憧憬的考验来临，该出来报效党和国家了！每个人都充满了悲壮与自豪。

在一批又一批的批判校领导的大字报潮流中，各个年级都出现了分裂，全校唯有高三年级，万众一心，百分之百地保卫着校领导。我们呼吁广大同学对校领导要一分为二地看，不能全盘否定。我们在学校待的时间最长，对学校最了解，最有感情，学校领导在我们心目中就是党的领导化身。

这时候还没有停课。但人心浮动，小道消息暗涌。

一九六六年六月一日清晨。

阳光灿烂，蔚蓝的天空没有一丝云彩。

我们正在上早自习，突然学校的大喇叭一遍遍通知将有重要新闻广播。年轻的心一下子就激荡起来，谁也没心思看书了，都默默地把课桌上的课本收拾起来，竖起了耳朵。

中央人民广播电台广播员慷慨激昂地宣读了《人民日报》社论《横扫一切牛鬼蛇神》，点了北京大学党委书记陆平的名字。

陆平就是我们班同学陆微的父亲。陆微眼睛不好，坐在第一排，我们看不见她的表情，但感觉她很镇静，什么话也没说，更没有哭。

广播员那铿锵有力的声音，洋溢着令人尊敬的革命气概，在九百六十万平方公里的中国大地上飘荡，把一瓢一瓢的热血往我们头上倒。

这篇社论的调子就是鼓励学生们炮轰校领导。对我们高三年级来说，有如晴天霹雳，个个都傻了眼。难道前一阶段，我们保卫校领导错了吗？难道四十七中也要横扫牛鬼蛇神吗？莫非董小冬那小子对了？大家都有点儿蒙了。

早自习下课铃声响了，高三年级仍旧排队去食堂吃早饭。

我喊着口令“一二一，一二一”，文娱委员周冰洋领着我们唱当时最流行的歌曲：

我们走在大路上，
意气风发斗志昂扬，
毛主席指引着革命的航向，
披荆斩棘不可阻挡。
向前进，向前进，
革命洪流无法阻挡。
……

从这天上午起，全校完全停课。各班纷纷到校总务处领纸、墨汁、毛笔，写大字报，揭发校领导的大字报铺天盖地，保卫校领导的大字报已经变成了绝对少数。大字报主要集中在食堂、校门口、图书馆后墙和小卖部附近。

高三年级也迅速分化。我们班的预备党员齐德操第一个站出来反戈一击。他在班会上激动万分地说：“党中央是党中央，校领导是校领导，校领导决不能代表党中央。同学们，我们应该赶紧转变立场。”他的脸涨得通红，泪花闪闪的。

同学们都默不作声。

他面色激愤地说："为什么校领导不让批评？为什么他们要捂四十七中阶级斗争盖子？到现在为止，校领导怎么对待这场运动的呢？洪正端用五七年反右的经验来吓唬同学，不让同学们革命；孟继德上蹿下跳，四处替校领导涂脂抹粉，他们居心何在？同学们，我们不能再上当受骗了！"

孟继德老师是他的入党介绍人，过去和他关系最好。

晚上王佑、国章、周冰洋等从北京大学看大字报回来，滔滔不绝地告诉我们：北大全校到处都是声讨陆平的大字报。毛主席明确地说解放十七年来，学校领导基本上都掌握在资产阶级知识分子手里，炮轰校领导是党中央给我们革命同学的任务，这与五七年反右完全不一样。还有人低声说："彭真、陆定一、罗瑞卿、杨尚昆等都是反党分子，已在北大内部批判……"

总参谋长罗瑞卿是坏人？我大吃一惊，觉得这太不可思议。没有罗瑞卿夫人郝治平的劝说，母亲就有可能在肚子里把我给打掉了，这个世界上就永远不会有我。但我对罗瑞卿的好感也不全是因为这个。他身材魁梧，仪表堂堂，一看就像一个好人；他身兼公安部长，对毛主席无比忠诚，是中国的捷尔仁斯基；他提倡大练兵、大比武，练出了无数武功高强的战士。全军出现了那么多神枪手、神炮手、神投手、铁劈掌、刺杀冠军，这有什么错呢？打起仗来那多管用啊！他怎么会是一个坏蛋呢？但此念头我只敢在自己脑子里偷偷地闪一下，不敢对别人讲。

从六月一日以后，我们的洪老师不见了、孟老师也不见了，所有老师都不敢再到班里来，害怕挨批斗。同学中传说洪正端曾当过国民党三青团的区队长，还向组织隐瞒；孟继德居心不良，没事就老往工读学校跑，跟那边的女流氓眉来眼去；教几何的米老师是国民党的少校军官，黄埔军校十四期一分校学员；四班班主任是一个大流氓，洗澡时摸男生的小鸡鸡。

连彭、陆、罗、杨那么多年的老革命都变成了坏蛋，学校里的一般老师变成坏蛋就一点儿不奇怪了。

高三同学里炮轰校领导的人越来越多，齐德操、刘建军、周崇丹等人连着几昼夜地写大字报，控诉校领导执行修正主义教育路线的罪行。但我还是对校领导恨不起来。虽然他们刚开始整过我，可后来又把给我的两个处分都撤了，让我感激得不行。一想到耿寒利主任还在全校大会上表扬过自己，心里就涌出一股暖意，对他们恨不起来。

多年学习毛主席著作，一分为二的观点深入人心。高三同学中仍有一部分人认为不能全盘否定校领导，我就是其中之一。尽管我能感到文化大革命的凶猛杀气，吉凶难料，但危难临头，正是考验自己的时刻。我很庄重地到小卖部买了一张红纸，是专门用来写发展党团员的通知用的，写了一段发自内心的话，贴在了学校大饭厅门口。原文我记不清了，大意是：

毛主席说分清敌我，是革命的首要问题。我们校领导虽然有错误，但基本上是执行党的政策的，是共产党的校领导，不能全盘否定，不能完全打倒。我们说话要有证据，要调查研究，不能凭想当然乱扣帽子。最后表示：敬爱的校领导，请您们放心吧，我要做您们的一条忠实的狗。并在大字报的顶端画了一个骷髅头，表示自己不怕死。

我的大字报只贴了一天，就被别的大字报盖住了，没有人理睬我，炮轰校领导的大字报已渐渐成为主流，哗哗哗地大量出现，势不可当。

这天吃中午饭时，我看见齐德操站在食堂门口，向来来往往的同学控诉校领导的反党罪行。他是那么愤怒，当着大家面慷慨陈词，眼睛红肿，嘶哑地吼着："同学们，李书堂是个资产阶级野心家、阴谋家！今年二月，大黑帮陆平来学校开家长会时，李书堂亲自陪同，到鹿园、技巧院等处巡视。其实他们是在勘察地形，准备搞反革命政变。李书堂当面是人，背后是鬼，把四十七中搞得乌烟瘴气。学校的一小撮华侨散布了大量资产阶级思想、资产阶级生活作风，他却百般包庇；地主婆耿寒利残酷迫害工农子弟，不顾有的贫下中农子弟苦苦哀求，把人家赶出校门，他背后支持；孟继德鼓吹突出政治要落实在学习上，而不是落实在人的思想革命化上，明目张胆地跟林副主席唱对台戏，就因为李书堂是他的后台！同学们，我们上当受骗了！"齐德操的脸涨得通红，热泪纵横，他的嗓子说哑了，却还在嘶喊。

齐德操是我们班转变立场最快、最彻底的一个。可能因为他过去备受校领导和孟继德老师的宠爱，有修正主义黑苗子之嫌，现在就必须格外地反对校领导，才能表现出自己的革命性来。

此刻，他的嗓子完全哑了，几乎发不出声来，还一遍一遍地咒骂着李书堂、咒骂着政治老师孟继德，并当众把自己的三好生奖状撕成碎片——那痛恨不是装的，绝对发自肺腑。

自从炮轰校领导成为学校大字报主流以后，过去的好学生全蔫了，他们作为校领导的红人、走白专道路的典型而被同学们所冷淡。可学校里像齐德操这样反戈一击，反得引人注目的好学生也有几个。毕生中第一次参加的政治运动，却没有打响头一炮，成了保守派，自然特别沮丧。可能是校领导对他太好了，好得让他忘记了毛主席关于千万不要忘记阶级斗争的教导，盲目地保了他们，现在他觉悟了，就带着刻骨痛恨，向校领导声讨。

我从来没有见过他这么激动过。他站在饭厅门口，当众捶胸顿足，泪如泉涌，见了谁都睁着红红的眼睛怒斥校领导，也不管对方听不听，老重复着那几句车轱辘话："我们上当受骗了，我们上当受骗了！"因为长时间的吼叫，声带被撕裂，最后只见他嘴巴动，声音却微弱如蚊子叫。

那天，他好像疯了一样。

青年人聚在一起，都有一份好强心。高三年级最初保卫校领导保错了，现在自然要拼命追赶。于是就出现了齐德操这样的典型，对校领导恨得要命，觉得自己被利用、被蒙蔽、被欺骗了，在大家面前痛哭流涕，咬牙切齿地诅咒校领导阴险狡诈。就连高一年级最先炮轰校领导的左派董小冬也没对校领导这么痛恨。

文化大革命初期，中学生之间都在相互影响、相互效法、相互较劲，暗暗比赛着对阶级敌人的仇恨、对阶级敌人的揭发、对伟大领袖的忠诚和紧跟。班里的周崇丹、郭成伟等人就是这样，过去都挺受宠的，文革前还刚刚入了团，可现在却对校领导恨之入骨，一个比一个骂得凶，到处义愤填膺地控诉校领导，说他们入团受到了刁难。周崇丹因为跟初三女生逛公园，写过检查，成为受打击迫害的；郭成伟期末考试有一门功课不及格，补考了，这就是校领导对革军子弟没感情、无情打压的铁证……

齐德操的行动对广大高三同学有着直接的影响力，大大地动摇了残剩的老保们的立场，多数同学都玩儿命地写大字报，揭发校领导，以立功赎罪，改变自己保守派形象。我因为不喜欢齐德操，也看不惯他那么激烈地反戈一击，所以继续保持着沉默。

任道远、宋尔仁等出身不好的人默默无声地观望着，什么表情也没有。宋尔仁的脸色更阴沉了，整天皱着眉头，见不着笑容。

此时校领导已成了过街老鼠、人人喊打，没有一个人再敢公开保他们。校门口、食堂、图书馆、校长办公室院等等地方，全都贴满了揭露校领导的大字报。

李书堂（校党支部书记）老实交待与大黑帮陆平的关系！
揭穿陈英（副校长）的画皮！
打倒臭流氓耿寒利（教导主任）！
殷胖子（总务科长）是国民党潜伏特务！
看，我校党支部都重用什么人？
撕破黄秀玲（校团委书记）的伪装画皮！

……

整个学校完全乱了套，领导瘫痪，想偷北安河农民的杏，随便偷；想到附近水库游泳，随便游；想自己回家歇着，随便回。

中央改组北京市委后，原华北局第一书记李雪峰任北京市委第一书记。为尽快结束学校的无政府状态，决定派工作组进校。大约六月十几号，四十七中来了工作组。好像是三个人，其中还有一位海军军官。组长是二机部（也可能是中央团校，我记不清了）的一位女干部，面容和善，挺像我托儿所时的一个阿姨，短头发，圆圆的脸，圆圆的眼睛，可思想极左，谈吐锋利。在全校大会上，她用自己的河南口音宣布，前一段对校领导的炮轰完全正确，并说目前学校的火药味儿还不够浓，还要把火药味儿搞得更浓一些！

她瞪着圆眼睛，向高三同学发出警告："你们高三年级中的修正主义教育路线的毒最深，运动初期表现得很恶劣。从现在起，你们必须转变立场，积极投身到运动中。过去的就过去了，不再跟你们计较，否则一切后果由你们自己负责。"

工作组完全把校领导当成了敌人，支持一部分同学们打倒校领导，他们对全校师生有着生杀予夺之权，顺之者生，逆之者亡。

我再也不敢沉默了。审时度势、趋利避害的本能迫使我改变了自己的嘴脸，也开始揭露控诉校领导。我知道，很多人都看到过我那张红纸大字报，信誓旦旦要当校领导的狗。真丧气啊！自己参加文化革命的第一个表态就表错了。

那几天我完全停止了锻炼身体，花了三天三夜写好了一份揭发批判校领导的大字报，长达十多页纸，贴在图书馆的后墙上。好在我正经挨过两个处分，还差点儿被赶到温泉工读学校，全校同学都知道，确实是受了迫害。我在大字报中说：去水库游泳本是响应毛主席到江河湖海中游泳的号召，却被学校当成了破坏纪律给予处分，他们这是公开对抗毛主席的指示！我积极要求入团却总不批准，一个出身反动的落后分子对我积极要求进步的行为进行打击诬蔑之时，我被迫奋力反击，校领导却给了我记过处分，完全偏袒反动出身的落后分子对我的打击诬蔑。当我对校领导的处理表示不满之时，他们更变本加厉地迫害，要把我送到工读学校，他们疯狂打击革命干部子弟，是他们的反动阶级本能所决定的。

我们班部分同学还联名写了一份大字报《揭露洪狐狸》，说洪老师隐瞒自己的历史问题，是一个政治骗子；还说他飞扬跋扈，疯狂迫害班里的工农革干子弟，高中三年共赶走了九个同学。严格说这九个同学不都是工农革干子弟，也不都是被撵走的，但洪正端是国民党三青团区队长，把他的罪行夸大一点儿也没关系。

我也在这张大字报上签了名。

原来学校管档案的老师透露：洪老师申请入党时，没有如实交代曾参加过三青团，自认为当时才十三岁，不算一回事，结果被外调的同志发现了，给他做了一个欺骗组织、隐瞒重大历史问题的结论。

校长办公室现在成了工作组的办公室。四周有十多名左派同学拿着垒球棒子站岗，层层把守，没事不让靠前，似乎有人要谋害工作组成员，需要这种特别警卫，只有工作组信任的左派、文革积极分才能穿过重重岗哨进入工作组的办公室。

齐德操在高三年级率先反校领导，有目共睹，马上成为全年级的公认左派。他经常到工作组办公室汇报情况，眼睛老是红红的，一天到晚忙得团团转，工作组的很多秘密会议，他都被邀请参加。

能得到工作组的信任太不容易了！齐德操这小子的政治活动能力就是厉害。

那时候，广大同学都把工作组当成党中央的化身，对之敬若神明，拼命地想讨好、想巴结、想当左派。我也如此。

从小到大，电影、小说、歌曲、图画、报纸、广播、杂志等等全都教育我们革命最光荣、革命最崇高，可有劲儿没处使——国民党、帝修反都离得那么老远，我们身边没有敌人的命要去革。文化大革命开始后，毛主席说十七年来，我们的学校执行的是一条修正主义教育路线，基本上被资产阶级知识分子统治着。他老人家把革学校里这些走资派命的任务交给了我们，真高兴啊，真激动啊！我们憋了那么些年的革命渴望，如今终于有机会实现了。

同学们在大字报里揭发出了校领导的各种问题，真是触目惊心：

校领导让高三整修加宽校门口的那条炉渣路，是为了搞反革命兵变时，能让坦克开上来；校领导从海淀区武装部领了一批民兵用步枪，是阴谋配合彭陆罗杨搞反革命兵变；校领导组织同学们暑假军训，带我们步行去妙峰山是为了抓枪杆子，演习上山打游击；校领导在学校后面打了一口机井，是为了政变时万一金山泉水被切断，好能继续坚守顽抗；食堂挖的菜窖是一个精心设计的地下碉堡……

文化大革命以来，中国一下子抓出了这么多的牛鬼蛇神，使我们很是吃惊。你看，最流行的《开国大典》油画里居然隐藏着反动标语！国民党起义飞行员徐廷泽的一个假牙是发报机！《欧阳海之歌》一书的封面里暗藏有“蒋介石万岁”口号……多么可怕呀！马克思所说的“怀疑一切”，太英明正确了！

我们昼夜值班看护水房、电房、食堂、粮库，生怕阶级敌人破坏；两座南楼也派同学站岗，保护好这灰色的教学楼不被阶级敌人炸掉；档案室、会议室、广播室都有众多同学严密守护，严防阶级敌人潜入；工作组成员到哪儿，都有一帮同学警卫，前呼后拥，防备阶级敌人垂死挣扎，行凶杀人；很多同学把书、画、课本对着太阳反复仔细察看，研究里面是否有反动口号，听说连挂在教室正中的毛主席画像里都藏有反动标语！

谁都想发现一个阶级敌人的罪行，立个大功……就在这个混乱的时刻，我偷看了宋尔仁的日记。

宋尔仁是一个很复杂的人物。他有诗人的气质，常常在宿舍里大声朗诵普希金、莱蒙托夫的诗；也有工人式的粗鲁，敢抽初中小孩儿嘴巴，我和他聊天时，他常常大骂女的。

“女人是最坏的东西！”他咬牙切齿地说，眼里闪着凶光。

我摇摇头，心想你母亲也是女的，怎么能说女人是最坏的东西呢？

“没错儿，女人的心最狠毒，最阴险！”他面孔发红地瞪着我。

那时，他还不到二十岁，一个高中生这么仇恨女的极少见，可能是有过什么隐痛。他不怒则已，一怒谁都不怕。还喜欢看巴金的书，从不暴露自己什么出身。所以我估计他出身肯定不好，如果好决不会隐瞒。

记得他曾让图书委员陆微给他借一本《红与黑》，因学校规定这书只借老师，陆微就另外给他换了一本革命小说。他勃然大怒，嫌陆微耍了他，在饭厅里跟陆微又吵又闹：“我又没有要借这本书，你凭什么给我借？当我落后，要教育我啊……哼，老子用得着你教育吗？”

他总留着一撮小胡子，三角眼冷酷无情，凶起来，很像一个地痞。我爱以貌取人，就对他总有戒心，不知他肚里藏着什么货。尽管他挺讲义气的，从不到老师那儿告密，也不玩儿假正经，自己从家带来的红薯、花生等都曾主动给我吃。

表面上，我虽然和他不错，但内心里却暗暗告诫自己得与他保持距离，他对自己的出身隐瞒得那么严实，肯定有大问题。

一个周末，他回家了。我出于好奇，偷看了他放在枕头底下的日记，想知道他为什么这么恨女的。那正是文革开始最乱的时刻，偷看日记没什么不道德，只要忠于毛主席，偷看也就偷看了。

结果让我吃了一惊！他的日记里充满了对社会、对当前形势的不满，说什么："现在乌云笼罩着祖国的天空，我们的国家处于最危险的边缘……"这可是一九六六年五月份写的，也就是说，他把文化大革命的到来，说成是乌云笼罩！

我马上把日记给王佑看了，看看他的意见是否和自己一样。王佑拿眼睛扫了几页日记，斩钉截铁地说："这绝对是反动日记！"

"怎么办？报告工作组？"

"对，应该报告。"王佑表示同意。

于是，我很兴奋地把这本日记亲自交到了学校工作组的办公室，自以为挖出了一个隐藏在革命队伍中的坏蛋。我知道自己前一阶段时间死保校领导，已经臭名远扬。工作组来后对我很冷淡，我必须要竭力表现得革命一点儿，才能赢得工作组的信任。

结果宋尔仁成了我们班的第一个文革牺牲者。工作组得到这本日记后，马上派人去门头沟把宋尔仁抓到学校关了起来，并在全校宣布，宋尔仁是现行反革命分子，书写反动日记。

宋尔仁被关在一间小屋里，外面有专人看押。他可能都不知道是我把他的日记本交给了工作组。他非常老实，蔫不出溜，服服帖帖，终日埋头写交代材料。刚开始，也没有人动手打他。后来，高一年级的某位拳击爱好者趁问话时，冷不防捅了他一拳，用力很大，当时宋尔仁正坐在椅子上，结结实实地被打了一个倒滚翻，从椅子上翻了过去。就在那天夜里，他逃跑了，几十年来，谁也不知道他的下落。

三年高中生活，宋尔仁从来没有说过我的坏话。当任道远背后骂我假积极时，他还总是替我辩解。我挨了处分以后，他也不势利眼，仍经常跟我说一两句话；上山摘的酸枣、偷来的苹果等也照样给我吃。可文革一开始，我却偷看了他的日记，并毫不犹豫地交给了工作组，向工作组献媚讨好。

任道远曾说我就想踩着别人往上爬，在宋尔仁这件事上他说得百分之百的正确。为了当左派，把自己表现得革命一点儿，我踩着别人往上爬也不顾了。

当时，真把他当成了阶级敌人。

再次教训任道远

到七月份的某一天，学校工作组宣布了一项重大决定：运动已取得伟大成就，暑假期间，同学们要兵分三路：一部分人协助工作组留校搞运动，一部分人去南口某部队军训，一部分人留校学习。

名单一宣布，我就明白工作组把同学们分成了左、中、右三等。协助工作组搞运动的是左派，我们班只有齐德操一人；参加军训的是中间派，全班绝大多数同学都要去；留校学习的是右派或有各种问题的，全班只有七八个，包括我、任道远、陆微以及几个出身不好的女生和两个华侨。

我被留校学习肯定是因为写了那张保卫校领导的大字报，虽然那只有一张红纸，话却说得很绝——要当校领导的狗。不过，也怨我的出身不顶劲儿。在全国人民大学解放军的年月，作家和大学校长一点儿也不吃香。如果自己出身革军，肯定不至于留校。唉，文教系统的高级干部，远不如部队里的小团长革命、硬气、尊贵。

心情很沉重。事实说明，自己反戈一击后，日日夜夜发疯发狂般地写大字报揭发校领导、检举宋尔仁的日记……都毫无效果，工作组依旧不信任我。

工作组办公室里的灯光很晚还亮着，可能是在研究着全校每一个人的材料，策划着新的打击对象。十几名左派学生警惕地把守着办公室大院，昼夜值班，更使工作组有着一种神秘的威慑力——它是党中央派来的，它代表着党中央。

这时的学校几乎空了，白天见不着几个人。所有有问题的同学，都终日在教室里学习。任道远和我仍然不说话，即使班里只有七八个人，我俩的眼睛也总互相躲着对方，佯装没看见。王佑、周冰洋、国章、郑六田、周崇丹、刘建军等等都去参加军训了。我们留校的这些有问题的同学，由一个叫易西的高二左派管。他小个子，娃娃脸，戴一副眼镜，面孔很善。刚开始他板着脸，过了一段时间，彼此了解了一些，不觉得我们有多坏，对我们也就越来越放任，整天都可以自由活动。

在这些留校的人里，我本能地跟陆微同命相怜。因为她爸在教育系统工作，我爸也在教育系统工作；她爸是北大的一把手，我爸也一度曾是北师大的一把手（后来被一个新调来的书记取代）；她爸是晋察冀的干部，我爸也属于晋察冀干部。只是，她爸已经被打倒了，我爸的结局还不得而知。所以，两个人的共同语言很多。

自从她爸被《人民日报》点名批判之后，我就对她非常同情。文革前，当我受处分，同学们纷纷疏远我之时，有一次，陆微曾在路上主动跟我打过招呼，虽然也就是点点头、寒暄了一句，什么别的话也没说，而且也就只有那么一次。可那一次却让我深受感动——患难识人心啊！现在，她老爹被揪了出来，她内心肯定非常痛苦。所以，就在她爸被揪出来的那天晚上，我写了一个纸条给她，大意是：父亲的问题是父亲的，孩子没有罪过。你要冷静，多保重！

这个纸条我没有直接给她，而是下第一节晚自习后，交给班团支委高洁，请高洁转交给她。高洁胖乎乎的，是一个通情达理、温和善良的女生。她听明白我的用意后，表示自己也很同情陆微，一口答应。

中学生的头脑还很简单，我当时根本就没有考虑这样做的后果。后来到内蒙古草原后，此事果然成为了我同情死不改悔走资派的罪状。

陆微那时所受到的压力，在全国是数一数二的。六月一日的《人民日报》社论《横扫一切牛鬼蛇神》就是专门横扫她老爹的；聂元梓写的革命大字报矛头就是对着她老爹的；一九六六年六月开始的轰轰烈烈的文化大革命，全国亿万军民最先揭发、批判、声讨的矛头就是她的老爹！

她也就是一个十九岁的女孩子啊。她身体还不好，曾因生病留过级。可是她也不找一个借口到外面去躲躲，还继续留在学校，作为有问题的学生天天来学习，天天忍受着同学们窥视的、幸灾乐祸的、好奇的和惧怕的目光。

她收到我的纸条后，对我也很信任，曾偷偷地告诉我：鲁小河总说她没有跟父亲划清界限，她真不知道还要怎么划啊！回到家，都不叫陆平爸爸了，而是直呼其名；跟他吃饭都分着，钱也不花他的了，就用母亲的那点儿工资……都这样了，还要怎么划清呢？

我很同情陆微，也不知道该说些什么来安慰她。

团支书鲁小河出身职员，对干部子弟本来就没有什么感情，现在陆微沦为了黑帮子弟，她更是居高临下地训斥陆微。我对这个女的缺少好感。物以类聚，人以群分，她跟齐德操来往密切，迟迟不发展我，却发展了我的对头周崇丹、郭成伟入团；文革更暴露了她的真实面孔。我很后悔自己过去还一直对她怀有幻想。

七月底的某一天，大雨滂沱，哗哗的雨声，掩盖住了尘世的纷乱。教室里非常阴暗。一下雨，心绪就犯愁，忧谗畏讥，备感凄凉。我被中央派来的工作组视为右派学生，何时才能抬头呢？唉，我那么想当兵，却连一个军训也没资格参加……今后更是吉凶叵测，头上好像压了一座千钧大山。

突然，楼道里传来了其他班留校同学的欢呼声："工作组要撤走喽！工作组犯了方向性、路线性错误，被毛主席批评喽！毛主席万岁！万万岁！"死气沉沉、寂静无声的大楼里一下子就沸腾起来。

据说派工作组是刘少奇、邓小平的主意，没经过毛主席的同意，毛主席从外地一回来就说："回到北京后感到很难过，冷冷清清，有些学校的大门都关了，甚至有人镇压学生运动。谁镇压学生运动？只有北洋军阀！"

确实，我们学校就等于是关了门，偌大校园空空荡荡，大部分人都去军训。全北京市的情况我不知道，但海淀区的学校均如此。

形势像闪电一样地变了，学校里受压的同学一片欢腾，而那些被工作组重用的骨干，却惊得说不出话来，一个个全蔫了。管我们右派学生的易西幸亏通情达理，没怎么挨骂。工作组成员于第二天晚上就灰溜溜地撤走了，没有一个人去送他们。

紧接着，学校里又掀起了一个批工作组的高潮，同学们好像疯了，夜以继日地写大字报。

"工作组镇压革命群众，居心何在？"

"工作组把同学分成三部分是个大阴谋！"

……

据说外校还有被工作组整得卧轨自杀的。

非常奇怪，董小冬尽管写了我校第一张批校领导的大字报，工作组进校后对他却并不好，说他是一个野心家。此刻，他又撰文批判工作组，所有挨工作组整的人，都趁机大大地出了一口气。

工作组垮台，对我们班的齐德操是一个最沉重、最致命的打击。他从小就一帆风顺，老是当班干部，又在高中成为了预备党员，文革后在高三年级最早造校领导的反，成了工作组信用的骨干，这一下子却全砸了！只一夜之间，他就从左派一下子变成了没人理睬的工作组的跟屁虫，他傻眼了、惊呆了、瞠目结舌了。那段日子里，他终日低头沉思、沉默寡言，政治热情从此一落千丈，干什么事情都不再出头，公众场合再也看不见他。

齐德操毕竟年轻，还是太单纯，毫无政治经验，以为工作组就代表着党，没有给自己留一点点退路。但是，即使他的政治嗅觉再灵敏，也料不到党中央派来的工作组会这么快垮台。

学校里的秩序荡然无存。从现在起，我们完全自由了。老师、校领导、工作组通通都靠边站了，想干什么就干什么，无拘无束。啊！毛主席给了我们中学生这么大的自由，是毛主席对我们的最大信任。真感谢毛主席啊！真的，毛主席把工作组撤了，使我不再遭受冷遇。毕生中头一次直接受到了毛主席的恩惠，我打心眼儿里感谢他老人家。

现在，我又活了过来。激动之余，冷静地想了想自己今后行动的指导方针。

过去，我总觉得自己对毛主席缺少阶级感情，看看人家麦贤得在昏迷中，还高喊毛主席万岁，对比自己就根本做不到。这次毛主席救了我们，我真正从感性上认识了他的伟大、他的亲爱、他的豪迈，毛主席真好！

文化大革命深不可测，谁也不知道最后是什么结果。以前中国搞了那么多的运动，没有一个运动是这个样子的。过去毛主席说过的好多话，现在全都不灵了。比如毛主席在《中国社会各阶级分析》里说，分清敌我是革命的首要问题，而现在只要是当权派就炮轰，根本就不分敌我。

在这充满惊涛骇浪的革命风暴中，靠什么生存呢？不要怕，我鼓励着自己，只要忠于毛主席，就攻无不克、战无不胜；只要忠于毛主席，在中国的政治舞台上就倒不了。

我一定要积极参加这场运动，跟那些团员、党员比比，看看谁革命。你齐德操，你鲁小河，哼哼，不让我入团，咱们看看到底谁真进步、谁真革命。

还有，投身到文化大革命之前，一定要彻底消灭掉对徐卫卫的那个念头。有这个念头太危险，万一被人发现了，就要臭不可闻。群众运动汹涌澎湃，相当冷酷，自己不能有任何缺点被别人抓住，尤其是男女问题，一丝一毫都不能有——当个保皇派还没事，当个流氓就全完了。我暗暗庆幸自我革命时，没有暴露出自己对徐卫卫的那种念头，所以至今任何人都不知道！

今后自己要独立地在文化大革命的汪洋大海里去游泳了！完全自由了！我再也不用痛苦地、低三下四地去团结跟自己意见不同的人，如周崇丹、任道远之流。唉，逆着自己的心愿，装出笑脸，追着别人团结，太可怕了！

自由万岁！

感谢毛主席！

此时，学校已经完全是无政府状态，谁都可以为所欲为。机会难得，而我第一个念头就是要报复任道远。为了这个家伙，我挨了一个记过处分，还险些进了工读学校，岂能饶了他！现在，再也不用硬着头皮去团结他了。你伤害了我，我就要让你尝尝后果。哼，我咋假积极了？你思想那么酸，那么吹郭沫若、郁达夫，就真积极吗？你小子歧视、嘲笑我要求进步，这仇一定要报。最重要的是，这家伙出身不好，他一举一动都代表着资产阶级，我让资产阶级给治了，这口气怎能咽下？而且，据说他给三班女生写的信特肉麻，一点儿也不比我高尚。不收拾他收拾谁？现在是行动的时候了，打他，绝对符合党的阶级路线。谁叫他骂我踩着别人往上爬？活该！

决心这一次要好好地、痛快地打一顿。但又觉得还是人不知、鬼不觉地好一点儿。因为，打人终归对自己当革命左派不利。最好把他骗到山上，狠驴一顿，这样没人看见，没有什么不好的影响，能打得干净、彻底、流畅、无干扰。

但我跟任道远没有外交关系，怎么才能让他上山呢？看了那么多的小说，马上就想出了一条诱蛇出洞的妙计：找一个人把他引诱到山上，之后我再杀将出来。当年冀中抗日根据地的十三岁小孩王二小，就曾用这个计策对付日本鬼子。

可是，让谁当王二小呢？马上就想到了王佑。王佑和任道远有矛盾，也不喜欢任道远的酸劲儿；而且，他个子瘦小，对任道远构不成威胁，有可能把任道远骗上山。

此时，参加军训的同学们都已返回了学校，我找到了王佑。

“王佑帮个忙怎么样？”

“什么事？”

“我想再教育一下任道远。这小子思想特反动，老吹郭沫若、郁达夫等酸文人，骂我们申请入团的是假积极，还骂过你是小溜舔。”

“对，我知道。这小子流氓，给三班女生写信，写得恶心八叉的。你想让我干什么？我可不喜欢打架。”

“你不用打，你就负责把他引到上山的小路上。我埋伏在路边，到时，装作无意和你们碰见。我打时，你在旁边假装拉架，掩护他几下，这样他也不会怀疑你、报复你。”

王佑笑了：“我哪有本事让他上山？”

“假装和他谈心，交流交流思想，边聊边溜达到上山的路上。”

“好吧，我试试。”

王佑是一个有罗曼蒂克气质的人，他对干出格的任何事情都有兴趣——毫无疑问，我策划的这个特别行动很刺激，很有意思。

约好由王佑把任道远带到上山的石头路上，我就在过了学校水房百米左右的地方等着他们。

我和王佑两人都从高一起就争取入团，绞尽脑汁，争取了三年也没戏，自然是同病相怜。文革开始，我们又都当了老保，后又同时反戈一击，常常在一起整夜整夜地写揭发校领导的大字报。两人都被任道远所轻蔑，被他叱之为“假门假事”、“往上爬”。

那一天行动前，我和王佑溜到宿舍门外，看见任道远正在宿舍里面和郑六田聊天。我会意地向王佑使了一个眼色，自己先走出了学校，兴奋地跑到了约定地点，等着他们的到来。

这条上山的路，铺着长长的石板，路两旁都是梯田，有的路段两侧还有石头墙，我躲在一截石头墙后面，视野开阔，非常隐蔽。脚步走在石头路上有响儿，目标在百米外出现，凭脚步声就能提前发现。我特地把自己的解放鞋鞋带系紧，皮带也紧了一个眼儿，准备大练一场。练任道远太容易了，他的大腿也就四十厘米，比我的小腿还细；大胳膊也就二十多厘米，麻秆儿一样；个儿虽高，却不协调，如同一根细木棍，一踢就倒。他奶奶的，过去为教训他，我吃了大亏，差点儿被赶出学校，让他赢了！哼，善有善报，恶有恶报，今天看你还怎么喊爹叫娘吧！我为自己这个秘密行动扬扬得意，计划周密，措施强大，多棒！情不自禁地哼起了歌儿：

牛儿还在山坡吃草，
放牛的却不知道哪儿去了，
莫不是他贪玩耍，
丢了牛，
那放牛的孩子王二小
……

但左等右等，却不见王佑过来。我不断地从石头墙后向下面探头瞭望，通往学校门口的路上，总不见他们的踪影——都过了这么长时间了，该不是出了什么事了吧？

唉，这个王佑，做数学题、物理题行，但干诱敌深入的活儿却不利落！很简单的事儿，怎么要花这么长时间？他读中华活页文选挺溜乎儿，玩儿王二小的计策却臭大粪。难道是让任道远发现了破绽？

正狐疑时，看见王佑气喘吁吁、骂骂咧咧地上了山。

我问：“怎么回事？”

“他死活不上。最后我俩打了起来。”

王佑的小白脸上被抓了一道血印，鼻青脸肿。我对他的不满一扫而光。

原来，王佑和任道远边走边聊，到了学校门口，王佑说：“咱们上山散散步吧。”

“我不想上山。”

“就在学校边上遛遛，不走远。”

“那我也不去。”

“那边安静。”

“我不去。”

“有什么可怕的，你不相信我啊？”

“我不想去。”

“走吧，走吧。别那么疑神疑鬼的。”

“我不去就是不去。”

王佑没戏了，竟拉着任道远的手，苦笑道：“干吗呀？别那么摆架子。”

任道远把手挣脱出来，推了王佑一下，气愤地说：“好哇，哪有这么谈心的？你搞什么阴谋诡计？”

于是两人就在校门口干了起来。任道远虽是虾米腰，软绵绵的，但个子大，跟王佑还能招呼两下。王佑个子矮小，没啥打架技术，自然吃了亏。但王佑很勇敢，气势上把任道远吓得够戗。当时学校门口没别人，无人劝架。王佑面对任道远乱舞的王八拳，仍像小牛犊般一次次地冲锋，自己脸部中了好几下。

我很惭愧，让王佑白白挨了一顿打。要是把埋伏圈设在校门口附近就好了，王佑一出事，就能及时发现、马上支援。

我怒火胸中烧，马上直奔学校门口，要找任道远算账。但他已不在了。我又到了宿舍，没直接进去，透过窗户，先往里窥视了一下，发现宿舍里已有周百万等一帮人围着他——这家伙回宿舍后，马上四处报警，还特地请了齐德操来，让这位已经没威信的预备党员给他壮胆，防备我的报复。

当时宿舍里聚了七八个人。我想在这种情况下，从战术上说，拿一根大木棒，冲将进去，突然袭击，在最初的一刹那也能奏效。但过了最初的几秒钟，对方清醒过来后，就不好办了。宿舍狭小人多，不方便拉开架势打，以少胜多的关键是速战速决。

这周百万在四十七中也小有名气，因为是孤儿，在社会上混过好几年，会说好些小流氓的行话、黑话。我俩摔过很多次跤，他虽不是我的对手，可是真开打起来，也有麻烦，小子还会一些打架招数。

毛主席说不打无准备、无把握之仗，每一仗都要有绝对的优势。眼前宿舍里挤满了他的人，敌众我寡，地形不利，不如让他这一次，等以后有机会再下手。于是咬咬牙，没硬闯进宿舍，悄悄溜走。屋里的人谁也不知道我曾在窗外窥视过他们。

但任道远当天下午就回了家，从这以后，再也不来学校了，直到两年后，我去内蒙古了也没再见过他。

自我们班的宋尔仁在学校第一个消失后，任道远是第二个从学校里消失的学生。

围绕对联的争论

一九六六年七月底，“老子英雄儿好汉，老子反动儿浑蛋”这副对联出现，并迅速在北京各中学流行。出身好的多数同学都欣然接受了这个说法，说这是党的阶级路线，而出身不好的同学则自然很反感。

在四十七中，坚决拥护对联的是以“红红红”组织为核心的红卫兵，董小冬是他们的首领，以大批军队干部子弟为主。他们和清华附中、北大附中、八一中学等校的正牌老红卫兵都有联系，人数众多，在全校占统治地位，掌握着广播室、会议室、牛鬼蛇神队、档案室、校车等资源。学校里的革军子弟特别多，大多是师团级干部子弟，也有少数几个将军子弟，其中又以军事学院、总参三部、二部、六十五军、六十九军、铁道兵等子弟为最多。他们都特别左、特别牛，狂热地拥护对联。开会时，他们放声高歌：

老子英雄儿好汉，
老子反动儿浑蛋。
要是革命，你就站过来，
要是不革命，就滚你妈的蛋！
……

然后大喊：滚你妈的蛋，罢你娘的官！滚你妈的蛋，罢你娘的官！……骂最后这句话时，特别来劲儿，要重复好几遍。语文课上从来没有过这样的语言，对纯洁无邪的中学生来说，新鲜而刺激。

而学校最早成立的红卫兵组织“北京四十七中红卫兵”却是反对联的，首领是前农机部副部长杨立功的儿子杨志刚，成员约有五六十个人。因为反对对联，不符合四十七中的潮流，在学校备受打压和排斥。

我本能地不同意这副对联，对杨志刚的红卫兵有好感。感到杨志刚很正派，不随波逐流，敢于坚持真理——如果为一己私利，他完全可以拥护对联而成为主流红卫兵，免受打压。

学校里还有相当一部分同学不同意对联。一时间，全校大字报争论的焦点就是对联正确与否，出身问题好像是全世界最重大的问题。

“红红红”宣布：对对联的态度是区分革命与反革命的标准。他们同时庄严声明：我们才是真正的红卫兵，我们爷辈红，我们父辈红，我们这一辈也红！我们是红色后代，我们的血液天然就是红的！

杨志刚的红卫兵据理批驳，指出我们党的政策历来就是有成分论、但不唯成分论。结果却是招来了声势浩大的围攻。继董小冬的“红红红”之后，又出现了一个“北京四十七中毛泽东主义红卫兵”组织，以高二年级几个革军子弟为核心，也是拥护对联的。他们比“红红红”的人还多，成员各年级都有。从大字报的数量和政治力量上看，全校反对联的同学属于绝对少数。

我记得高二四班的姜一凡，在他长达十五六篇的大字报中，给了杨志刚的红卫兵以坚定的支持。他首先自报出身是民族资本家，然后引用了毛主席的很多语录，非常温和地反驳了这副对联。

但马上就有人在他的大字报上写着各种批语：

“请注意，资本家的狗崽子跳出来了！”

“滚蛋！狗崽子，闭上你的狗嘴！”

“党的阶级路线必须讲，不讲出身，不是别有用心，就是糊涂虫！”

“不许狗崽子在这里放毒！”……

记得高二还有一个出身不好的同学与姜一凡恰恰相反，他在一次集会上高呼：“矫枉必须过正，过去校领导不讲阶级路线，现在就是要大讲特讲！老子反动儿浑蛋，千真万确！我自己就是一个浑蛋，这是客观事实，不能不承认！我们就是要围绕在出身好的同学周围，做出身好的红外围！我们爬也要爬着跟出身好的同学干革命。我们绝不跟假红卫兵、伪红卫兵！我们要跟着真正的红卫兵！”

为了破四旧，他把自己的名字改为“耿永红”。他外表端庄，大眼睛，很有点儿像刘文学的大理石雕像，眉宇中充满清明、神圣。他终年累月地剃着小平头，终年累月地穿一身旧蓝衣服，终年累月地住校，尽管北京有家也不回，一有空就啃毛选，写了一本又一本脱胎换骨改造的笔记……苦苦修炼。他曾向人真诚表示过：为让剥削阶级断子绝孙，自己就不该被生下来，徒徒耗费人民的粮食和血汗。

在学校里，讲出身的政治空气已经浓郁到了前所未有的地步。认识一个人，第一件事就是了解他什么出身；介绍一个人，第一件事就是介绍他的出身；开会的第一件事也是报自己的出身；选代表、派人站岗、外出联系办什么事，也都是首先找出身好的。班里谁是什么出身、谁家里有什么历史问题，都必须调查清楚，态度也要有亲有疏，否则就要倒大霉。结果很多出身不好的同学，难以忍受这种歧视，都不再来学校。我们班的吴念祖、班长大华侨等等同学都销声匿迹了。

势利不再是势利，而是革命立场坚定。谁家里一出问题，大家对他的态度马上就起变化，一点儿不客气。最典型的例子就是陆微。她爸被第一个点名后，学校开什么会、有什么活动从不通知她。同学们也尽量地回避她，离她远一点儿，好像她有皮肤病、肺结核，烈性传染，离太近了就有危险。她只好孤零零一个人坐在教室里学习十六条，打发日子。

国民党起义将领，即使是现役军人，也算出身不好，当不了红卫兵。记得高二有位姓周的同学，平时老穿一身军装，理直气壮地参加了一次“毛泽东主义红卫兵”的会议，被同班一个和他有仇的人发现，质问他什么出身。他说是革命军人。这人又继续盘问：“你父亲是哪个部队的？”

“六十九军的。”

“什么时候入伍的？”

“一九四八年，有起义证明。”

此人大喝一声：“兵临城下，你爹敢不起义吗？臭不要脸，国民党狗崽子，滚一边去！”接着男男女女齐声大吼：“滚蛋！滚蛋！滚蛋！”他就这样被当场轰出了会场，狼狈万分。

据说，外校有的女生就因为受不了被当众轰出会场的耻辱而上吊自杀了。

高三三班的体育委员叫汪爱迪，人很漂亮，父亲是个现役干部，搞技术的，也因为原来在国民党军队待过，现在也成了狗崽子，处处受挤，没有人因为漂亮而同情她。

两派红卫兵围绕着这副对联，整天争吵，一轮又一轮地激烈辩论。杨志刚的红卫兵逆潮流而反，势单力薄，处境危困。

八月七日在天桥剧场要召开一次全北京市的红卫兵会议，听说中央首长要对对联表态。“红红红”、“毛泽东主义红卫兵”很担心不利于自己的局面出现，就对“四十七中红卫兵”保密，一个也没让去参加会议。结果出乎意料，陈伯达、江青、康生等中央首长虽然也说了一些要团结大多数的话，但没有一个人明确反对这副对联，说它是错误的。这使得会上压倒多数的红卫兵更铁了心地拥护对联、拥护“老子英雄儿好汉，老子反动儿浑蛋”的观点。我后来听说，只有美院附中的十名男生公开表示反对，在众多的谴责声中，他们虽然表现得无所畏惧，但也招来了围攻，并被迫全体起立示众。

开完天桥会议后，“红红红”和“毛泽东主义红卫兵”继续趾高气扬。他们的首领俨然成为了全校的实际领导，走到哪儿身后都前呼后拥地拥着一帮随从。

齐德操这时已经屈尊俯就，参加了“毛泽东主义红卫兵”，只是一个普通成员，整天与一群低年级同学泡在一起，乖乖地被低年级同学领导。班里的郭成伟、刘建军、徐卫卫等革军子弟自然也是拥护血统论的，可惜他们的老爹官儿都不大，人家并不怎么答理他们，狂气就收敛了一些，不再那么张扬。我们班的农民小孩儿郑六田，凭着自己会来事，竟然也混进了“毛泽东主义红卫兵”这帮高贵血统的人群中。

到工人体育场斗流氓、八·一八毛主席接见红卫兵等，我们学校都是“红红红”、“主义兵”受到邀请，而反血统论的“四十七中红卫兵”则被排斥在外。正是一派喜笑颜开、精神抖擞，一派垂头丧气、愤懑不平。

我虽然反对对联，却没有胆量在大会上发言。因为自报出身太可怕了，有可能被轰下去，而全校很多人都知道我的母亲是作家杨沫。所以，我反对对联的立场最初没有在全校公开。

高一年级的雷厦同学很勇敢，自己出身不好，却敢在杀气腾腾的辩论会上与对方争个高低。他口才好，能言善辩，一个人跟对方舌战数个回合，口若悬河，脸不变色，可最终还是寡不敌众，被愤怒的红卫兵赶出了会场。

出身真是太重要了！出身不好，在我们学校就没有发言权，就是二等公民。我越发为自己的文教系统干部出身暗暗叫苦——父亲当个大学校长有什么好的？我都说不出口。而如果我的父亲是个将军，即便只是一个少将，我也早就入团了！作家母亲有什么好的？在文艺界多担惊受怕，而且大多数都蜕变成了资产阶级！

自文化大革命以来，我更是很少回家。有时候甚至一个多月都不回去，让母亲把我的生活费汇到学校。但红卫兵运动兴起后，我回了一次家。

父亲把我当成了红卫兵，一反常态地对我特别客气："小波，你回来了，我有几句话要对你说。"他脸色凝重，"这场运动，谁也不知道最后是什么结果。希望你认真学习毛主席著作、听毛主席的话，无论今后遇见了什么事，都不要冲动。你太好冲动。"父亲的头发不很整齐，目光困惑，神情悲怆，第一次在自己的孩子面前表现出了虚弱。

父亲让我把挂在房梁上的邓拓题词"气冲霄九"摘下来。北京市负责文教的书记邓拓，是父亲在《晋察冀日报》时的老战友，那题词镶在一个镜框里，横挂在房梁上。邓拓虽然早在三月份已被点名批判，父亲却并没有马上就把那个镜框摘下来，而是直到红卫兵兴起，开始抄家了，才不敢再挂。父亲老了，自己登不了高，所以让我帮他取下来。

我心里暗想：唉，父亲要有一个将军朋友多好，尽是这些文人朋友，老挨整！

父亲还忧心忡忡地在小屋里挑旧书，让我帮他烧掉。父亲酷爱保存书籍和信件，凡是有字的东西，他都舍不得扔，连京戏的节目单也都留着，结果小屋里就堆积如山。红卫兵抄家、焚烧毒书，引起了他的恐慌，才开始清理自己的东西。大批国民党时代出版的刊物书籍、内部发行的供批判用的苏联白皮小说，如《一个人的遭遇》等全都被付之一炬。其中也包括我小学时看过的那本很旧的、纸都发黄了的生理卫生书。这种书要是让红卫兵看见了，就会说成是淫秽书籍，因为里面有生殖器图。

我帮父亲烧了足足有一个上午，以后他自己又多次偷偷地烧。

七月底，工作组撤了之后，学校就处于无政府状态，各种战斗组织如雨后春笋，纷纷成立。如戈深的一二·二六战斗队、雷厦的东方红、方大勇的二十八团……每个组织都拼命争夺出身好的同学，尤其是革军、革烈出身的，全成了宝贝，抢着要。

对立的两派红卫兵我都没有参加，而是自己组织了一个"红色近卫军"——名字是模仿了苏联卫国战争时的游击队组织"青年近卫军"。"红色近卫军"成员以班里同学为主，有王佑、陆微、国章、周冰洋等人。而最让我引以自豪的是谢保国也参加了我的组织。谢保国的父亲是一个现役干部，这就大大地提高了我们组织的革命纯度。谢保国交朋友就看爱不爱练武、有没有块儿，他还是一个孩子，对政治毫不关心，兴趣就在练武术、抓蛐蛐儿、偷老乡的玉米棒子上。

让陆微加入我的组织，是因为觉得她很可怜，哪个组织都不敢要她，在学校里无家可归。

我们占据了一间教研室，在门口挂上了“红色近卫军”的红牌子，只花了一块钱，大印就刻好了。当时，学生只要一说自己是红卫兵，刻图章的马上就给你刻，易如反掌。

我马上就要在全校公开反对对联了。记得在正式贴出第一张大字报前，我相当的紧张——敌强我弱，谁反血统论谁肯定就要挨骂挨批。我苦苦思索了半天，猜想对立派会怎么骂我、会怎么反驳我、会抓我的什么小辫子。我马上想起了自己的胭脂盒还藏在褥子底下，这是一个最危险的缺口，千万不能留！要是被对方知道那还得了！黑暗中，我把褥子下的胭脂盒找出来，趁着深更半夜，溜到男厕所，偷偷把它扔进了茅坑。心想，这样我就无懈可击、全身上下一丁点儿弱点都没有了，比那个脚后跟有致命处的希腊英雄还要经打了。反正抹红脸膛的事我已经向同学们公开交待过了，不怕你来揭这个短。

这时，周崇丹已经在学校里看不见了。他就因为和初三女生勾勾搭搭，声名狼藉，被人在大字报里狠狠挖苦了一顿后，溜回了家。他清楚自己的名声有污点，没有资本来参加学校的两派斗争，很知趣地逍遥了。以后，他哪派也没有参加，甚少出头。

在我们学校，只要没男女问题，就被人打不倒，就有在学校政治舞台上表演的本钱。我很高兴，觉得自己不理女生的政策英明。对徐卫卫的那种念头，向谁也没有透露过。奇怪的是，文革开始后，我对徐卫卫的好感完全消失了。可能是她拥护对联，和我的观点不一样的缘故。也好，咱在这方面更没有后顾之忧了，谁也抓不着我一点点把柄。横下一条心，向对联开战！

当我以“红色近卫军”的名义贴出批判对联的大字报后，果然遭到猛烈的讨伐。有人说我们的组织是一群乌合之众，有大黑帮陆平的女儿；还有人揭发我写过令人作呕的大字报，要当校领导的一条狗……其中有一个高二的同学写的一篇文章最为恶毒，指名道姓地说我是一个伪君子，出身反动文人，文革前腰系草绳、啃窝窝头、苦苦练块儿、枕石头，为的是将来穿西装革履、吃山珍海味、享受荣华富贵。

人要坚持真理，就得准备挨骂，就不能怕自己的隐私被揭露。我知道在只讲出身的学校，必须拿出硬出过身来才有发言权。我完全可以为自己出身和他们理论一番，不信自己就低这些小子一等？！很快就写了一篇大字报，向全校公开了自己父母的情况，宣布我老爹是一九三〇年的党员、老娘是一九三六年的党员，当我父母参加革命时，你父母还不知在哪儿玩儿过家家呢！

真是天助我也，一九六六年六月底在北京召开的亚非作家紧急会议，母亲是中国代表团的代表，这对证明我的革干出身特别有利。七月十八日，毛主席接见了这次会议的全体代表，并合影留念。在一九六六年七月份，能被伟大领袖毛主席接见，就等于有了一张免死证。当时凡能跟毛主席沾上一点边儿的，绝对没有人敢奓刺儿。我在大字报中特地提到这事：如果我母亲是反动文人的话，毛主席为什么还接见她呢？毛主席能接见反动文人吗？本人父亲的任命书也是周总理签的字，现在周总理没有撤销我父亲的职务，他就算是革命干部。

我的这篇大字报讲了一些自己家里的情况，很有可读性，在全校产生了影响，使得那些攻击我出身的人，顿时就哑口无言。

他妈的，徐卫卫居然在一篇批判我的大字报上也签了名，这令我愤怒异常。尽管她从来没有公开说过我一句坏话，尽管我曾对她有过好感，尽管这大字报只是批判我的一些观点，没有人身攻击，但我对她却完全不能容忍。我立即写大字报反问："徐卫卫是全校有名的交际花，不断惹得男生为她打架。你们网罗这样的风骚货签名批判我，只能证明你们和她是一丘之貉。"

投身文化革命的狂热完全压倒了男女之情，此时此刻，我过去对徐卫卫的好感完全被憎恨所取代，我现在把她看成是引诱自己堕落的狐狸精。别人骂我，我还可以忍受，她要说我一个不字，立马儿就被气得七窍冒烟。

在"红红红"和"毛泽东主义红卫兵"的高压之下，一九六六年红八月，全校敢于公开反对对联的人，屈指可数。杨志刚是一个，姜一凡是一个，高二的戈深是一个，高一的雷厦也是一个……他们都向我表示了声援。

我深深地体会到了同一战壕里的战友的滋味，真是百感交集。在自己挨围攻时，有人替你说了一句话，好温暖哇！那一句话、一个问候、一个同情的眼神，比吗啡、比摔赢了跤、比全校受表扬、比育才无名小姑娘的微笑还要迷魂。

我们这些杂牌军组织，全被骂了一个狗血淋头。姜一凡被骂作神经病，杨志刚被骂作野心家，戈深被骂作狗崽子，雷厦被骂作作风不好，我被骂作伪君子……

一九六六年八月二十日，北京二中红卫兵贴出《向旧世界宣战》的声明，倡议破四旧（旧思想、旧文化、旧风俗、旧习惯），之后各校纷纷响应。城里的红卫兵杀向大街，他们剪行人瘦腿裤，割姑娘的长辫子，锯高跟鞋的跟儿，剁尖皮鞋的尖儿，禁止理发馆给女的烫发、给男的理大背头，取缔饭馆服务员而让顾客自己端盘子，砸帝王将相的坟、石碑、古牌坊，把长安街改为“东方红大街”，把东交民巷改为“反帝路”，把苏联大使馆前的路改名为“反修路”……

党中央对此表示坚决支持。《人民日报》社论《向红卫兵小将致敬！》中赞美道：红卫兵是捉拿牛鬼蛇神的天兵天将，是破四旧、立四新的时代先锋。

有党中央撑腰，意气风发的红卫兵，更加有恃无恐，四处抄家、揪斗坏人……每逢执行任务时，还高唱着那首慷慨悲壮、风靡一时的歌：

拿起笔做刀枪，
集中火力打黑帮，
敢想、敢说、敢造反，
文化革命当闯将。
忠于革命忠于党，
党是我的亲爹娘。
谁要敢说党不好，
马上叫他见阎王！

高三一班有一个大高个儿，平时老留一个大分头，黑油油、光亮亮，蓄两撇小胡子，衣着考究。一破四旧，他自己就赶紧剃成了小平头，小胡子也主动刮了。乍看那脑袋，几乎能看见发青的头皮，让人分外开心！

我厌恶瘦腿裤、尖皮鞋、大背头、烫发……所以很欣赏红卫兵破四旧的举动。毛主席说不爱红装爱武装，而瘦腿裤、尖皮鞋、大背头、烫发等都是唱反调的，就该治治。可是，由于我们学校太偏远，自己又不是红卫兵，没能参与这一活动。

整天写大字报，写得自己很累，有时一天只睡二三个小时。自六月一日到现在，锻炼身体也完全停止了。一天，谢保国问我：“想不想到城里抄抄家、过过瘾？我认识东城区一个红卫兵头头，现在东安市场有个据点，请我到他那儿去玩儿。”

我因为不是红卫兵，从来没有抄过家，很眼馋那些能随便抄人家的红卫兵，于是欣然同意。

谢保国也不管我的观点如何，对我一直忠心耿耿。他穿一身人字呢军装，跟他在校园里一起走时，我非常自豪。谢保国用他最纯正的军人出身，提高了我在同学心目中的地位。我虽然也总喜欢穿军装，但同学们都知道我父母不是军人。

红卫兵杀向社会破四旧之时，正是它最不可一世的时候。公路上、大街上，只要你说自己是红卫兵，扬扬手，任何车辆都会马上停下来，请你上车。那一段时间，我们进城根本不用乘公共汽车。谢保国站在路边，凭着他一身人字呢军装、臂上的大红袖章和充满孩子气的脸，一招手，一辆卡车马上就停下来，司机对我们热情备至，请我们双双坐进驾驶室，一路顺风地把我们送到了西直门。

到了王府井东安市场的红卫兵据点后，我最大的印象就是这里聚集了不少红卫兵，每个人都来去匆匆，确实像个司令部一样紧张、繁忙。还有不少清秀、稚气未消的小姑娘们，都穿一身军装，腰系武装带。

二楼的许多屋里都住着红卫兵，白天睡觉休息，晚上抄家。据说谢富治曾到这儿视察过，指示公安人员要支持红卫兵小将。一到深夜，这里的红卫兵就一批批地行动，乘着大卡车，按照东安市场派出所提供的名单对附近的五类分子进行抄家。

在这儿，我还看见了一个触目惊心的场面。

一个大高个红卫兵，嘴唇很厚，黑不溜秋，傻呵呵的，因为抄家时贪污了十块钱而被罚跪在地上。他只穿着一件背心，胳膊腿儿都相当粗壮，鼻涕眼泪流了一脸，嘴里大声哀求着。

有一个小女生用皮带抽他，每抽一下，他都跟杀猪一般惨叫。小姑娘又好气又好笑，知道自己抽得其实没有那么疼，他这样使劲叫是制造提前量。但小女生又没有办法打得他再疼一点儿，于是走到锅炉房，提着一个冒着热气的水壶回来，大大方方地走到他背后，朝着他的后脖子就浇。浇了有那么三四秒钟，热气腾腾的水，把那小子烫得在地上胡乱打滚，号啕抽搐，声音刺耳又揪心。我眼见着四五个鸽子蛋大的透明水泡，顷刻间就从他的脖子上、后肩膀上鼓了起来。

小女生骂道："真下贱，谁叫你给红卫兵丢脸，活该！"她眉清目秀，也就十四五岁的样子，头戴军帽，穿一身有点儿肥大的军装，腰里还扎着皮带，很像当年的小八路。而她这倒开水的勇气，着实令人刮目相看。

四周观看的男女红卫兵都鄙视地望着这个傻了吧唧的小伙子。能为十块钱当小偷，说明他家里很穷，可能也就是一个工人家庭。干部子弟本来对工人出身的红卫兵就瞧不起，对这种趁机贪污钱的人就更是痛恨之极。被开水烫了那么大的泡，也得不到一点点同情。

我和谢保国还参加了一次抄家行动。我们十多个人乘坐着大卡车于深夜来到宣武门顺城街路南的一个大杂院。院子东侧有两间小房，很矮，头几乎能碰到房顶。这个号称资本家的家穷得叮当响，破破烂烂的，比我姑姑家还穷，满屋子充满了霉味。

我们翻箱倒柜地搜查，什么黄金、珠宝、钞票、古董、股票等全都找不到，最值钱的东西也就是一个旧大衣柜。发报机、变天账、枪支弹药更是连影儿也没有。谢保国叹道:“现在晚了，要是早一点儿，可以赶上抄大资本家，金条一堆一堆的。现在抄的都是小资本家，没劲。”

这个快五十岁的精瘦男子，对红卫兵毕恭毕敬，弯腰屈背，非常配合。但大老远的什么值钱东西也没抄着，实在是懊丧，有一个女生就用炉钩子随意敲了这男人的头一下。他脸吓得刷白，仍强笑着解释：“感谢小将教育。我家已被抄了三次了，确实什么也没有了。很对不起红卫兵小将，受累了，受累了！”他的脑门上留下一道淡淡的血印，似乎也不觉得疼，只顾惨笑着赔不是。

我觉得这家是全北京市最底层的水平，整个儿就是一个贫民窟。桌子上积了一层黑污垢，闹钟少了一个腿;破五斗柜，抽屉歪歪扭扭;空气污浊……什么都是又脏又旧。临走时，有一个男生愤怒地蹬了老头儿一脚说，老小子让我们白白闻了半天霉味儿！他凄苦的脸上继续挂着笑容，伸出大拇指，一个劲儿赞美：“向小将们学习！欢迎你们多多帮助……”

我们一车人失望而归。

在东安市场的一间屋子里，放着堆积如山的金银财宝、珍珠翡翠。我俩虽好奇地看了看，却没见财起意捞点儿。当时的情况很混乱，打开门时，顺手牵羊一下太容易了。但那时，就没有一点儿金钱的观念，满脑子的革命，满脑子的忠于毛主席。

我在东安市场红卫兵指挥部过了过红卫兵抄家的瘾，但也老是提心吊胆的。因为我反对对联，而东安市场的这帮红卫兵明显都是狂热拥护对联的。而且我并不是红卫兵，胳膊上的红卫兵袖章是谢保国给的，我等于是在这儿冒充红卫兵，心里总有点儿发虚，担心时间长了会碰见熟人，暴露了自己的真实身份和观点。在那个狂风暴雨的形势下，千万别被当成冒牌的红卫兵打一顿。于是，我只在那里待了两天，就跟谢保国一起返回了学校。

红色恐怖

一九六六年八月，北京红卫兵发生了很多轰动全国的事情。中学生狂热到了极点，我也如此。但因为当时没有记日记，我在这里所叙述的事情在时间顺序上恐怕有误，仅供参考。

由于反对对联，我的“红色近卫军”在学校有了名气。虽然不是红卫兵，只算个杂牌，来参加的人却络绎不绝，成员已从最初的几个人，增加到了二十多个。

这时,杨志刚的红卫兵希望和我们联合。我们的总部都在一个四合院里，他在东房，我在西房，彼此门对门。因为观点一样，常有接触。我一口答应，心想只要与他们一合并，自己就算是正牌的红卫兵了！

杨志刚的红卫兵是全四十七中反对联的中流砥柱，赢得了不少老师和同学的敬意。当时在全北京的中学里，旗帜鲜明地反对对联的老红卫兵寥寥无几，杨志刚的勇气难能可贵。

合并后，我分工管组织，很开眼界。每天总有一些同学围着我，要求参加红卫兵。干这工作后，我发现，不少同学都挖空心思，尽量把自己的出身往好了说。

有人父亲过去是军人，多年前早已转业地方，仍继续填革军出身；有人父亲在西苑机关当大师傅，却闪烁其词，说是保密单位的干部；有人的父亲是解放后病死的，却被说成是烈士；有人的父亲是小业主，却填贫农出身，因为他在农村有一个干爹……官衔儿也都尽量往大了说，中校要说成上校、处长要说成局长，小了好像就低人三分。

别看同学们那时才十四五六岁，天真烂漫的，却都很会为自己的出身绞尽脑汁。

王佑、陆微、周冰洋等出身不好的几个人希望“红色近卫军”保持独立，不主张合并，但我私心作怪，为自己能当上红卫兵，硬坚持要合并。结果，王佑他们就都被摒弃在了四十七中红卫兵之外。不过，我也终日考虑，如何把这些出身不好的人组织起来，以减缓王佑他们对我的不满情绪。经过冥思苦想，最后想出了“战斗营”，而刻意避免用“红外围”这样的词儿。这样，我们起码在名称上就与对立派区别开来了，也照顾了出身不好同学的自尊。战斗营属于四十七中红卫兵领导，什么出身的同学都要，但头头必须由出身好的担任。我还写好了“四十七中红卫兵战斗营”的成立宣言。

高三四班的王球，圆头圆脸的，穿着朴素的旧军装，三番五次地向我求情，要参加红卫兵。可她父亲已经被揪出来了，我不得不拒绝。她哭了，伤心之极，信誓旦旦地以人格担保自己的父亲确实是一个革命干部。这位文革前就入了党的三好学生，又特地到中科院文革领导小组开了一份自己的出身证明，证明她父亲——前中科院计算机研究所所长，目前还是人民内部矛盾，故她应算革命干部出身。可是，有人亲眼看见她父亲被戴着高帽子、挂着叛徒的黑牌子在中关村游街。这么一个全校闻名的三好生，现在却可怜巴巴地求我批准加入红卫兵，我很有一种满足感。但又担心要了这样的人，就会被对立派发现，攻击我们不讲阶级路线。我对此非常地犹豫。但她成天跟着我屁股后面恳求，最后没办法，只好含含糊糊地表示同意。她以为我让她参加了红卫兵，像个小孩儿一样甜甜地笑了。

我其实只是让她参加了战斗营——我们红卫兵的外围组织，虽然我们不用“红外围”这个词儿，实质上却是一回事情。

陆微也是我们这个战斗营的，每天准时赶到教室，默默地学习。这就引起了个别同学的不满，觉得大黑帮子弟整天跟自己坐一个板凳，降低了自己的身份，很不光彩，于是向我提出这个问题：对联虽然错误，可也要讲阶级路线，为了我们能够更好地战斗，请陆微走人。从内心深处来说，我很同情陆微，可为了自己能在红卫兵里站得稳、不得罪大家，只好同意让陆微走。她这个大黑帮子女太招眼了，全校没有人不知道她的——何止全校，全北京市、全国的红卫兵都在支持聂元梓，声讨她爸呢！

这一天，我找到陆微，硬着头皮对她说：“陆微啊，一些人对你参加战斗营有意见。我也没有办法。以后你就别来了，省得发生什么不愉快。”

她显然没有想到，微笑着的脸愣了愣，渐渐地严肃了起来。她乌黑的眼睛深深地盯了我一眼，然后骄矜地、无言地离开了教室。她哪里知道，我这个标榜反对联、什么出身都要的战斗营其实也是有条件的。我说的和做的并不一致。

以后，陆微成了名副其实的散兵游勇，哪个组织都不敢要她。每逢在校园里看见她孤零零的身影，我就低下头，感到了内疚，不敢正视她的乌黑眼睛。她实在是太惨了，从前是响当当的革干子弟，老师同学争相讨好，现在却成了全校最黑的狗崽子，人见人怕，人见人躲……

不断地有很多人来找我申请参加红卫兵，这一度让我很是骄傲。哈哈，过去的落后分子，现在竟然成了四十七中红卫兵的小头儿，被人争相求乞；而文革前，嘲讽我假积极的那些团员和积极要求进步的同学，如周崇丹、郭成伟、刘建军、高进军、郑六田、陈杰、郭平、蒋延峰们，此刻却都不见了踪影。他们或躲了起来，或远远地观战，根本就不敢在全校上阵亮相。

但是，搞组织工作非常费神，我根本就没有时间锻炼了，整天都被人围着央求，走到哪儿，屁股后面也都有人跟着，苦苦游说，恨不得削尖了脑袋也要当红卫兵。可红卫兵就得要出身好的，有人出身不好自己却不承认，对付这些人就很麻烦。那些恳求的话都听腻了，却还要穷磨，磨得我心烦意乱。时间一长，开始觉得当这个官儿太累了，留恋起普通老百姓的生活——能到操场上自由自在地悠双杠多好啊！老不练，全身的肌肉都软囊囊的。

我设计的战斗营并不成功，内部矛盾重重。

我们四十七中红卫兵虽然反对对联，可骨子里也有一种优越感，很不愿意跟出身不好的同学来往，依旧自成一个圈子。在当时学校的气氛下，出身坏的同学仿佛就是贱民，比出身好的同学低了一等，红五类跟黑五类之间有一道深深的鸿沟，泾渭分明。出身好的人决不愿意跟出身坏的人在一起，似乎出身坏的人身上有臭味儿，跟他们在一起待长了，自己身上也要被染上臭味儿。红五类出身的人，只要不是傻逼，都尽量跟黑五类出身的保持距离，居高临下，反感他们，怕与他们来往多了，会让人误以为自己的出身也不好，等于掉了价。而且，还要惹麻烦，处处受气。

“红红红”和“毛泽东主义红卫兵”在学校掌着权，很多活动都不让我们参加，对我们保密。如毛主席接见红卫兵、去天安门广场等活动全都被他们包了。

好，你不让我们参加活动，我们自己到社会上去！

一九六六年八月二十二日那天，杨志刚率领我们乘卡车来到了门头沟煤矿煽风点火。所谓煽风点火，就是煽革命之风，点革命之火。

我们是来到门头沟煤矿的第一批红卫兵。根据几个工人积极分子提供的名单，我们首先找出了一帮有民愤的流氓、破鞋，痛痛快快过了一顿打人的瘾。

记得那是一个下午。我们把卡车当成了批斗台，将几个流氓、破鞋押到卡车上批斗。工人积极分子们发言批判、怒斥他们，我们红卫兵就充当打手，对他们拳打脚踢。实话说，我们中学生对流氓的仇恨远远超过对走资派的仇恨。从懂事起，流氓这个词儿就是最坏、最恶心的词儿。

一个三十岁左右的女破鞋跪在地上，被打得披头散发，却一声不吭。抽她的两个女同学累了，我开始接替。用的军用皮带是从一个初中小孩那儿借来的，很宽，带有铜头。我没有用铜头打她，那样容易打出血。我有的是力气，用皮带抽即可。我刻苦练块儿，双臂悠双杠五十多个，远比女生用铜头还抽得疼。抽第一皮带时，那女破鞋疼得抬头望了我一下。那目光是哀怨？是责备？是恳求？都说不准……但这张脸很一般，毫无动人之处。奇怪，她怎么也能勾引男人？怎么也能乱搞？不漂亮的破鞋，自然更招人恨。我毫无顾忌地挥舞着胳膊，一皮带接一皮带地抽，她那嫩嫩的身体抽搐着，微微哆嗦。

这女人坚强，自始至终没有呻吟一下、没有说过一句求饶的话，只默默地忍受。

文革前，我打一架就受到了处分，现在我却可以随便开打了。越被禁的果子越想吃，我怎能不好好过过打人瘾？

我抽她，因为她是流氓。自己与流氓思想斗了多年，也没把流氓思想消灭掉，自然恨这流氓思想，恨它丢了我的脸，恨它让我干了许多见不得人的事，恨它让我内心无比痛苦……我把对流氓思想的仇恨，全都倾泻在这个跪在地上的弱女子身上了——打她这个破鞋，打她这个化成女人的毒蛇，打她这个腐化堕落的臭肉！何况，玩儿命打流氓，也可以证明自己不流氓，能提高自己在同学中的威信。

这时，一个四十多岁的工人指着围观的一个男子，粗暴地吼："他叫×××，也是一个大流氓！"

这男子立时吓得面如土色，惊恐辩解道："我不是，我不是。你弄错了！"

但我们已经一拥而上，马上扭着他的双臂，按跪在地上。几个初中小孩儿喝道："老实交代！"

"同学们，误会了！误会了！"

"不老实，抽丫的！"

"啪！啪！"大皮带落在他背上发出清脆的响声。

"老实点儿！说，都干了什么坏事？"

"小将们，你们打错了，我确实不是流氓啊！"

大皮带更狠地抽。这是夏天，他只穿了一件体恤衫，全身蜷缩成一团，不停地颤抖着。

我们现在都不用拳头打，那效率太低，又累又疼，全都用皮带抽。一般都是两个人轮流抽，人多了，容易打着自己人。这家伙被抽得涕泪交流，还是没交代出什么来。我们正准备加大力度时，突然一个干部模样的人从远处跑来喊："红卫兵小将，你们打错了，这同志和那流氓同名同姓，但不是一个人！这是供应科的，那流氓是井下的，你们误会了。"另外几个默默无声的工人见状，也赶紧向我们证明，情况确实如此。

呀，打错了！当着那么多围观的群众，很有些尴尬。但错了立马就改。这是热火朝天的群众运动，是一场革命，难免出点儿差错。我们立刻小心地把男子扶起来，很诚恳地向他道歉："同志，对不起了！真的，很对不起了！"

这男子顾不上说话，双手抱着自己胳膊，轻轻揉搓着、抚摩着，嘴里咝咝地倒抽着冷气。

我们几个打手顷刻间就由恶魔变成了腼腆的小孩儿，非常客气地轮流与他握手——每个人都用力握，上下抖动，向他表示由衷的敬意，似乎他白挨一顿打也为革命做了大贡献。他一点儿都不气恼，很耐心地让我们四五个人逐个儿与他热情握手，并虚弱无力地说："没事！没事！"之后才困难地移动着脚步，颤巍巍地坐到附近的一个长条椅上去。只一会儿工夫，他就衰老了许多，眼神里流露着无限的沧桑和悲凉。刚才还是一个围观者，一句话就成了流氓，再一句话又成了好人，这几分钟的时间，让他饱经了人生的风霜。

这么白打人一顿，真是很难过。如果没人挺身而出，打死也就打死了。我对这个和流氓重名的倒霉男子特别同情，片刻之后，又再次走到他跟前说："对不起啊，同志，这是群众运动，难免误会。"

"没事，没事。谁叫我和那家伙名字一样的。"他低声回答，嘴角露出一丝苦笑，继续用手轻轻揉搓着自己的膀子。

这时又匆匆走来一个老工人，义愤填膺地向我们报告："铸工车间有一个全矿闻名的大流氓，刚下班，正在更衣室呢。"

我们一帮人浩浩荡荡地来到铸工车间，把这个大流氓抓住，二话不说一顿狠抽……我们打心眼儿里憎恶流氓，下手极狠。刚开始这家伙还在地下翻滚着、哀叫着，不大工夫就没了声儿，一动不动。几个女生还不解恨，专门朝他那敏感部位踢。

围观的工人很多，却没有一个人站出来替这家伙说话，看来这小子确实是一个流氓。他最后是死是活，谁也不知道，因为我们接着又扑向了另一个目标。

那天，我们在门头沟煤矿打了一个痛快，打出了威风。任何人只要被说是流氓，我们抡起皮带就抽，所向披靡，无人敢挡。走资派一个没打，右派一个没打，反革命一个没打，地富一个没打，我们就专打流氓、地痞。这样的扫荡流氓，在门头沟煤矿的历史上前所未有，马上引起了轩然大波。下午，当我们要离开时，已经清醒过来的工人们，开始把我们团团围住。

愤怒的工人质问："你们为什么违反党的政策，随便打人？"

"有的人根本不是流氓，你们也打了。为什么把矛头对准工人阶级！"

"你们为什么破坏十六条！"

"打人犯法！"

"不许走！"

……

对方人数众多，我们被分别包围起来，每人都被工人围得水泄不通。混乱中，竟有几个年轻工人按着杨志刚，硬把他嘴唇上的小胡子给刮了，并嘲讽道："你们红卫兵破四旧，自己却还留小胡子？哼，我们就帮你清除了！"

煤矿工人身体都比较强壮，在这黑压压的一群大老粗中，我们心里有点儿发毛，担心工人跟我们玩儿鲁的。尤其是初中小孩，立即噤若寒蝉。此时，唯有杨志刚沉着镇定，显出了领袖的素质与风度。他要求与对方找一个地方，公开辩论此事。工人代表们同意了。我们就在工人们的簇拥下，来到了门头沟煤矿礼堂。

主席台上空无一人，被灯光照得雪亮。

一个男子上台要讲话。我们在台下高呼："什么出身？先报出身！"

这男子吞吞吐吐地说："出身中农。"

"滚蛋！滚蛋！"我们激愤地大吼。

结果，他灰溜溜地被轰下了台。

又上来一位中年妇女，干部模样，很沉着地来到话筒前说："我出身贫农。"之后就侃侃而谈，说了一番要讲政策的话，讲的时间很长。下面一个工人都听得不耐烦了，突然喊了一声："行了，行了！破烂货！"如石破天惊，她刷地面如土色。我们兴奋地大吼："破鞋！滚蛋！破鞋！滚蛋！"也被轰了下来。

在会场上，我们的气势勇猛，使被动局面开始有了好转。

初一女生程万红，在那场辩论会上，表现极出色。她大声质问对方："我们打了几个流氓，你们就这样愤愤不平，那些流氓平日欺负了多少工人弟兄，你们又说过什么呢？"在黑压压的、横眉怒目的工人中，这小女孩面无惧色，说得有条有理、逻辑鲜明。当她高声背诵毛主席语录"革命不是请客吃饭，不是做文章，不是绘画绣花，不能那样雅致，那样从容不迫、文质彬彬，那样温良恭俭让"时，银铃一般的声音，把偌大礼堂镇得鸦雀无声。她的清纯表现，赢得了在场的部分工人的支持。

但反对我们的也大有人在。出身无可挑剔，又讲得头头是道，从党的政策角度来反驳我们。他们也引用毛主席语录和我们旗鼓相当，僵局仍然无法打破。闻讯赶来的煤矿工人越聚越多，其中还有流里流气的青年工人，满口脏话，动手动脚，手指头眼看就要戳到我们脑袋。

扭转形势的关键是那天深夜，一九六六年八月二十三日《人民日报》的一篇社论《工农兵要坚决支持革命学生》。真巧，这篇社论就在我们辩论到夜里十二点时，由中央人民广播电台广播了，里面明确说：有少数工人农民和机关干部受了蒙蔽和欺骗，参加了对革命学生的斗争，这是极端反动的，是完全违背党的路线的。

当这篇社论被人传到会场后，形势遽变，反对我们的工人立刻沉默了，滚滚拥来的人群开始渐渐消散。呀！《人民日报》这篇社论救了我们！

于是我们大获全胜，乘着大卡车，自豪地返回学校。一路上我们高唱“老子英雄而好汉，老子反动儿浑蛋……”的歌儿。尽管我们反对对联也大唱，主要是喜欢最后骂那两句“滚你妈的蛋”，觉得特舒服、特解气。

“红红红”知道了我们到门头沟煤矿煽风点火、横扫流氓的消息，又羡慕又有点儿嫉妒。他们不甘落后，采取一个更激烈的行动，与我们比赛谁更革命。

北安河村可能有十几个五类分子。“红红红”就一家一家地抄，抄不出变天账、钱财就打。那么多十四五岁的小孩儿一齐动手，男女生相互激励地打，这些老家伙又怎能吃得消？很快就被打死了一口子。此时，一位贫下中农揭发有一个瞎眼裁缝，是历史反革命，磨了一夜刀，准备行凶。一帮初中小孩儿被激怒了，与北安河村的贫下中农一起，马上扑向这个阶级敌人，一人一下就将之打断了气……接连三天，用白灰抹眼睛，棍子抡，皮带抽，铁锹拍，他们几乎把该村的地富反坏右全部打死。其中不少是白发苍苍的老人，只跑掉了一个老头儿。有位年轻的女贫下中农在批斗会上，怒火满腔地喊道：绝不能让地富反坏翻天，他们要杀死我们，我们就要先动手！竟然扑上去，扒开一个老地主婆的上衣，咬其乳房，活活地把奶头咬掉，吐在地上。这地主婆已经六七十岁了，几天后不治身亡。过了一段时间，那个逃跑的老头儿被人发现在鹫峰下面的一棵树下上吊自杀了。

“红红红”这帮军人子弟爱憎分明，敢打敢冲。他们的逻辑是：矫枉必须过正，不过正不能矫枉，搞阶级斗争就得要有一点儿红色恐怖，过火一点儿是正常的。

事实上，风靡北京的打人风也跟我们学校的“红红红”有关。一九六六年八月十三日，北京市委在工人体育场召开批斗小流氓的十万人大会，起因就是我们学校“红红红”组织中的两个同学挨了小流氓的扎。他们去城里某学校声援，被人在胡同里截住，一人的老腰、一人的屁股各挨了一刀。在会上，红卫兵们把小流氓打得极惨，可当时在座的中央首长们，李富春、刘志坚等人，没有一个人制止，由此开创了全北京市的红卫兵打人风。

也有同学对这种肉体折磨行动提出了批评，他们却振振有词地为自己辩解：“江青同志说了，好人打坏人，活该；坏人打好人，好人光荣；好人打好人，误会，以后不打就是了。”

同学中也有被打的。初三的一个华侨，因自我革命时坦白了让同学给他手淫，被“红红红”死打了一顿，险些被废了。

空军学院副院长刘善本是国民党第一个驾机起义飞到延安的飞行员，此刻在空军学院也被揪出来，批斗致死……他儿子初二的刘金平受尽了“红红红”的辱骂、凌辱，再也不敢来学校。

现在学校里的牛鬼蛇神完全掌握在学生手里，对老师有仇的学生，开始了无情的报复。凡考试不及格的；被老师批评过、处分过的；损坏学校公物，被罚款的；想当班干部、三好生，想入团入党未能如愿的，全拿打老师出气。

初中的几个男老师孙宝诚、大徐等班主任挨得最惨，被打得好几天都走不了道儿。不少女生也挥着皮带猛抡，像神经病一样，一会儿说这老师流氓，一会儿说那老师流氓，反正所有男老师都是流氓。孙宝诚老师的脑袋开始秃顶，四周有几根毛儿被精心保护，盖在头顶上。某女生一剪子就把这几根毛儿剪了。

好像是柏拉图说过：孩子是一种最无情的野兽。小孩儿打起人来，非常可怕，他们把打人看成了像斗蛐蛐一样，是一种消遣、一种享受，毫无道德上的顾虑，比扔瓦、跳绳、夹包、踢球、骑马打仗都刺激得多。尤其是让老师互相打、互相扇耳光……常常把他们逗得哈哈大笑。

小孩儿们还爱互相比，看你打得狠，我就要打得更狠，否则好像我的思想就有问题，阶级感情就不及你的深。反正对阶级敌人越残酷越好。

高中打人最狠的是高三四班的一个农村同学，外号小舌头。他对黑帮训话时，有一位叫陈英的校领导苦笑了一下，他就说陈英贼心不死，捏住陈英的睾丸，逼他交代反毛主席的罪行，直到把他捏昏过去。他还带一帮子人把李书堂、陈英、耿寒利等黑帮押到学校浴池后的一个土坑里搞假活埋。这土坑本是准备埋避雷针铁架子底座的。黑帮们服服帖帖地下到坑内，他们真往坑里填土，直到土都埋到了胸部，来了一群毛泽东主义红卫兵，指责他们不该胡闹，才结束了这场恶作剧。

有的拿老师当活沙袋，练拳击；有的要老师吃夹竹桃叶儿，不吃就抽；有的初中小女孩儿逼老师喝痰盂里的水，说要洗涤老师的肮脏内心。一个叫艾大仁的同学，踢了团委书记黄秀玲的肚子一脚，踢得她流了产。大徐被打断了肋骨，脑袋也让暖瓶砸开了花。我们那位老挺胸昂头的语文老师姜文生，脖子被打短了一截，还被剃了一个秃瓢儿，以后就在学校失踪。石文厚老师的大分头也被剃了，幸亏他文革前就交了校团委书记的官儿，篮球又打得好，被打得不算狠。

学校生物老师王国扬，自幼丧母，与父亲感情深厚。因父亲是所谓地主分子，大字报揭发了出来，他感到实在没法活了，就约好与父亲一起到京密水渠投水自杀。结果父亲淹死了，他会游泳，本能地挣扎了一番，没死成，又被抓回来，好一顿臭揍。因为他是初二年级的班主任，初中小孩儿就专门打他。大皮带、棍子、把这个五十多岁的老师打得像杀猪般号叫，脊梁背上全是血印子。一时间，王国扬老师成为全校红卫兵解闷谈笑的话题，初中小孩儿们逼他一遍一遍地交代自绝于党和人民的详细经过，好奇地听他讲自杀的细节和感受。抬筐挑土时，耿寒利老师见他的背心与血肉粘在一起，怕他疼，就给他少装了几锹，他紧张地说："装满，装满，要不更打。"

学校美术老师白京武于八月自杀身亡。他出身于满族贵族，是齐白石的徒弟。一九五七年，因为画画讽刺校领导而被定为右派。他头天还在南楼拔草，次日回家，见全家已经被扫地出门，轰走，连门也没有进，来到颐和园北面的安河桥，一头扎了下去。

不过，四十七中老师里没有一个是被直接打死的，除了校医谢大夫的老母亲。谢大夫出身地主，母亲当保姆供她上学，毕业后，分到四十七中当校医。母亲有文化、有选民证，文革初期却被当成地主婆送回了长沙。老母亲不服气又偷偷跑回来。那天路过校门口时，被红卫兵认出来了，在搜她随身携带的小包袱时发现了一把剪刀，就硬说她回来要搞阶级报复、行凶杀人……立刻开始殴打。一群初中小孩儿把她推到校门口的桥下面，约有二三米高，接着用石头砸，当场就被活活砸死。据说最后一块石头是陕狗子扔的。有人找来担架要把尸体抬走，又被这些孩子把担架夺走，不许用担架抬，逼几何老师米旭东背着尸体到北安河派出所，说是不能让地主婆玷污了我们卫生室的担架。

年轻漂亮的谢大夫神经受了刺激，学生一找她看病，就吓得哆嗦："老让我划清界限，她是我妈，我还怎么划呀？"为免遭意外，别的老师就替她写了一份大字报，贴在卫生室门旁的墙上，意思是：坚决支持小将的革命行动，打倒地主婆！

有个初中同学对耿寒利主任非常恨，把她胳膊拧了两个弯儿还拧，耿老师一句话也不说，默默地忍着。因为文革前她管同学很严，得罪了不少人，找她泄愤的特别多。但无论同学们怎么打，她都一声不吭。那个小初中生天天来拧耿寒利的胳膊，都拧到了脑袋上，直到最后左胳膊被生生拧断，耷拉着，套上了夹板。这个小初中生还来拧，他什么话也不说，一来就拧。耿主任说："我骨头断了，上夹板了，你不能再拧了。"但招来的却是更狠地拧，还一把一把地揪她的头发，跟揪韭菜一样，把耿老师疼昏了过去。

老校长李开泰屁股上被人扎了两刀，可能是人老了，神经迟钝，血染红了裤子，自己都还不知道，仍蹲在地上拔草。

……

"毛泽东主义红卫兵"把有历史问题的老师、黑帮校领导全组织在牛鬼蛇神队里。烈日下，让他们抬土修路，在操场上拔草，而且不许戴草帽。吃饭只许啃窝头，不许吃细粮。有一天，我看见这队牛鬼蛇神排着队，每个人低沉地唱着"嚎歌"：

我是牛鬼蛇神，
我是牛鬼蛇神，
我有罪，我有罪，
我该死，我该死。
……

个个脸上都被涂黑了，真像妖魔鬼怪。耿寒利老师是女的，却被剃了一个阴阳头，一半白，一半黑，黑白分明，煞是触目惊心。平时，我们都很害怕她，现在就更可怕了。初中小孩儿把她打得最惨，抽得皮开肉绽，说她流氓。怎么流了呢？就因为她要离婚。老师还想离婚？那么大岁数还要离婚？肯定不正经，所以肯定就是流氓。

这群牛鬼蛇神排成一队，从办公室的四合院穿过时，两旁围观的同学都情不自禁地呆了。看着这些脸上画着黑墨的人，就像看一群从地狱里出来的魔鬼，又刺激又新奇，跟看恐怖电影一样。如果没有文化大革命，绝对领略不到黑白各半的阴阳头，而且还是被人敬畏的女教导主任的阴阳头。

办公室的墙上刷着大标语："红色恐怖万岁！"

我们的洪老师，一位在枪林弹雨中出生入死的四野战士，也夹在这支队伍里。他低着头，脸色发青，嘴角的皱纹深深，谁也不看。他穿着旧蓝布上衣，裤子补着补丁，脚蹬解放鞋，外表上和北安河农民差不多，就是脑袋还是个知识分子的脑袋，梳着一个模模糊糊的小分头。

现在是报仇的好时候，我如果打洪老师的话，不会有任何后果。高三四班那位敢掐校领导睾丸的家伙，专瞄着孟老师打，就因为孟老师没有发展他入党，打得那么狠，屁事儿没有。

我却没有碰洪老师一下。我对他的看法很复杂。文革前他整过我，可后来又让我当了体育委员，最后又把处分都给我撤了……尽管他隐瞒了历史问题，我也不忍心打，我喜欢军人。

洪老师沉重地从我面前走过。

我还看见了我们学校党支部书记兼校长李书堂。他严肃地低着头，脸上被人用墨汁给涂了一个 ×。他是一个高个子，短头发，那张脸方方正正，大络腮胡，虽成了黑帮头子、众矢之的，双目安详，身上仍有一股凛然正气，背不驼，腿不弯。

这是千载难逢的机会，北京市的学校里大翻个儿，所有的老师都变成了资产阶级，威风扫地，怎么收拾都可以，我却没有打一个老师。我当然也想表现革命，为此还上交了宋尔仁的日记，写了揭发校领导的大字报，打了任道远，抽了女流氓……可却没有情绪打四十七中的老师。

不过，我倒闪过一个念头，回育才小学找许老师算算账，收拾一下这个恶女人。她仗着自己是校长太太，对学生大搞体罚，用教鞭戳，用手拧，还揪王春雷同学的头发。时隔七年多了,我对她仍余恨未消。那时,我才十多岁，这胖女人多次拧我肉，拉我滚出教室。还诬蔑我流里流气，让我站到全班同学面前检查，直到六年级也不我让入队……这些都永远也忘不了。听说西单附近的教育部都有批判她的大字报,称之为母老虎、母夜叉,可见其民愤之大。

真该让她尝尝皮带的滋味。现在我身强力壮，会些拳脚，一点儿也不怕她了，趁着全北京市打老师的潮流，我完全可以报一下仇。若抓住她，我一定会倾全身之力抽，要比抽门头沟的女流氓还狠地抽！她是戕害儿童幼小心灵的毒妇、德纳第太太式的恶婆。

但四十七中在西郊山脚下，离育才学校那么遥远，至少有八十多里地，我整天又这么忙乱，一直没机会付诸实行。

大串联

一九六六年九月份，学校里已经有人已开始外出串联。战斗营把我闹得筋疲力尽，于是十月初的一个夜晚，我和谢保国等一帮人开始了头一次串联，前去西安。

在火车上，看见别的学校红卫兵都帮助列车员扫地、拖地、给旅客送水送饭等，深受旅客欢迎，我们也学着干，与四周旅客相处得十分融洽。

这是我一生中头一次走这么远的道儿。透过玻璃看去，外面黑糊糊的，能感觉到火车道两旁都是深山峡谷，偶尔还能看见那铺着石头的大斜面一直延伸到漆黑的谷底。神秘的夜色中，远处闪着星星点点的微弱灯光。

在西安，我们住在军区招待所，里面住的全是北京来的红卫兵，男男女女都身穿军装进进出出。我们曾到市政府接待站要求提供广播车，让我们宣传毛泽东思想，并扬言不给就绝食。人家却不理睬我们，于是我们就宣布绝食，但白天绝食，晚上回来偷偷地吃饭。这样持续了几天，最后自觉无趣，一走了之。

在成都，我们住在成都电信工程学院。当时，“红卫兵成都部队”保省委书记李井泉，“造总”炮轰李井泉，两派辩论得相当激烈。成都的小偷很厉害，上公共汽车时，几个小偷故意拼命挤，趁机下手。谢保国的书包被他们抢走，幸亏我们把那小偷抓住了，又夺回了书包。

在重庆医学院，我们数百名外地串联来的学生住在一个很大的运动馆里，体操垫当褥子。我们常常就在垫子上练摔跤，我把几个外地的不服气的中学生都镇了。这里还有一个动物房，养着好多供实验用的狗。我尤其喜欢一条退役的大狼狗，垂涎欲滴地望着它那尖尖的耳朵，爱看它朝我凶猛地吠叫。

重庆的天气很讨厌，整天阴雨连绵的，街上到处都是泥泞。我们参观了中美合作所里的白公馆和渣滓洞集中营，阴森森的刑具再加上阴森森的天气，让人心情非常沉重。我们还凭吊了杨虎城、车耀先、罗世文、陈然等烈士的殉难处……当想到，有生命倒在我脚下的地上，有鲜血浸在我脚下的泥土里，心就不由怦怦跳动，对先烈的视死如归精神深深地敬佩。

从重庆又到贵阳。在贵阳，我们逛了市中心的大十字，觉得贵阳比北京要落后五十年。

当时，贵昆铁路刚刚修通，沿途不少地段，火车都必须缓缓行驶。谢保国仗着他一副孩子气的脸、一身人字呢的军装，赢得了火车司机的好感，让我们偷偷坐进了内燃机车头崭新的驾驶室里。看着司机开火车，看着前面雪亮光柱下的铁路，好不得意！

在昆明医学院，我和谢保国又好好地欣赏了里面的动物房，动物房里的大部分动物都是狗。我们都很喜欢狗，觉得跟狗在一起无比地快乐，整天在狗笼子里泡着。但昆明医学院的伙食特糟糕，给我们串联学生成天吃一小罐一小罐的南方大米，又硬又散，沙砾一样；菜也极其简单，清汤寡水的，没有一点儿油。

从昆明又返回贵阳，直奔柳州。此时，火车的每节车厢里都挤满了串联的学生，比正常负荷要多五倍到十倍！坐椅下、厕所里、洗脸间、车厢连接处、甚至是行李架上，全都塞满了人。人在车厢里根本无法行走，上下火车全得靠钻窗户。这么拥挤的火车，绝对是一副全世界少有的奇观。男男女女被挤得紧紧地贴在一起，如同闷罐车里的羊群，彼此毫无空隙。平常不敢挨着女生，现在却可以名正言顺地依在一起。坐在我对面的一个男生就瘫在身边女生的肩膀上打呼噜，把那女生气得要命，可也没办法，到处都是人，想躲也没处躲啊。

相比之下，如果能在坐椅底下找块地儿睡觉就算是天堂了。最怵头的是上厕所。那个小小的空间里挤着六七个人，根本就不能使用。实在憋极了，就打开窗户向外尿。靠窗口的是男生就算男厕所，靠窗口的是女生就算女厕所，把车帮尿得斑斑污迹，个别的还在窗户上大便。

在广州，我们住在第十中学。我对广州市举重运动的普及程度印象深刻。难怪广东出了好几个举重冠军，能打破世界纪录——在这个小小的十中里，就有两个举重房及那么多的杠铃，其中还有特高级的电镀杠铃。我们四十七中却连一个举重房也没有，更别说电镀杠铃了。

在长沙，我们向当地政府分别借了三十块钱，其实我们还有钱，但大家都借，你不借白不借。逛了逛体育用品商店，我发现这里的摔跤衣比北京便宜，就买了两件，一件十二元。不久，我又在另一家体育用品商店，发现一件摔跤衣才五块钱，而且是用机器扎的，更结实，好不后悔。我心一横，又买了两件——一共四件摔跤衣，这辈子足够使了。准备回学校后大练一场。

一路上，我们没干什么坏事，当然有点儿小偷小摸——凡是军用品，逮机会就拿。反正南来北往，人多手杂，顺手牵羊容易。记得我曾从晾衣服的绳子上偷过军裤、驴过军挎包、筛（拿）过军帽……解放军的军用品对我们中学生来说，就像奶油面包对于饥饿的小孩儿，充满了无限的诱惑力。似乎戴顶军帽、穿件绿褂子、腰里系个军用皮带、挎个军挎包，人就光荣了好几分、高贵了好几分、帅气了好几分。那年头，革命最漂亮。而军装就是革命，军装是最美的装束。

返回北京，我与谢保国分手时，很有点儿舍不得。一路上多亏有了他，我们才转了大半个中国。我见了生人天生不敢说话，也不会说话，联系住处、吃饭、乘车证、参观等靠的全都是他。

回到家，父母正在他们屋里窃窃私语，可能在交流着对付揭批他们大字报的办法，交流着在文革中如何生存的经验，极为诡秘。他们见了我，很平淡地打了一个招呼，继续低声交谈。我立时不快，当即回到了学校。

此时，很多同学还串联在外，偌大校园，见不着几个人。

串联真不错，白吃白住还能倒赚钱。趁着能免费坐火车，我又去了一趟新疆。住惯了北京，对大城市一点儿也没有兴趣，一心就想到最荒凉、最偏远的地方去。

在兰州逛体育商店时，见有卖拳套的，浅褐色，很便宜，好像一个才两块钱，我就买了四个——有的东西，在小地方真比北京还便宜。

到乌鲁木齐后，我住在新疆工学院的大学生宿舍里。这学校面积不大，楼房米黄色，精致小巧；学校的伙食很好，顿顿都是大白馒头，还有肉菜，比昆明医学院强多了。学院组织我们参观了石河子——纪录片《军垦战歌》介绍的就是这儿的情况。我更目睹了他们饲养的一条一千多斤的大白猪，据说是全中国最大个儿，长得跟牛一般长。

没人的时候，我怀着浓厚的好奇心，翻了宿舍主人的皮箱，果然发现里面有一件新军上衣，咬咬牙就给财迷了，还偷了一个军用水壶。虽然那军装和军用水壶的绿色都不正，都是生产建设兵团自制的，还是偷了。向解放军学习的宣传，给解放军的一切都涂了一层圣光，即使是生产建设兵团的军装和水壶也有魅力。

当时徐然姐姐就在新疆大学，她听说我来了，特地与我见了一面，并问我想不想见一见爸爸的老战友武光——当时的新疆自治区党委书记处书记。我对见大官儿没有兴趣，就找一个借口说算了，没有去见。

时值冬天，天气很冷，内地来的学生纷纷到各商店库房领到了崭新的棉袄棉裤——形式上要打借条，其实是白给。后来有人据此攻击新疆的一把手王恩茂，说他大搞经济主义。其实，全国哪儿都是这样搞。

大约一九六七年一月底，我从新疆乘车四天四夜，回到学校。到了学校就收到了王佑从成都来的一封信，让我和他一起去西藏。信中说："总理曾有指示：全国红卫兵不要到西藏去。可经过艰苦努力，川办已同意我进藏。我打算步行到拉萨。此举空前绝后，想来想去，全班同学中，只有你有这个魄力与我同行。"

很感激王佑对我的信任和评价，但我收到信的时候已经过去了一个月，他说只能等我一个星期。怎么办？难道神秘的西藏我就去不成了吗？很不甘心。

中央当时正号召徒步串联，我马上就组织了一个长征队，准备步行到西藏。我计划先经太原到延安，然后再从西安、兰州这么走。成员有周冰洋、姜一凡、刘金生、高宜秦及两个初中小孩儿李志新和孙涛。听说西藏有野人，有叛匪，有天葬场……可比小小的官厅水库有意思多了！藏族人都有刀，说不定，我们还能搞几把回来，向同学们炫耀炫耀。

那年月，对我们中学生来说，说走就走，用不着带很多的东西，每人就一个行李卷儿、一个语录本和一点儿洗漱用品——反正全国各地都有红卫兵接待站，即便是一个小小公社、小小村落，也有人负责接待，为红卫兵安排吃住。

从学校往南，经门头沟、卢沟桥、房山，我们很快就来到了太行山中。进入山区后，又一次目睹了山区农民的穷困。记得在阜平县一个小山村，队干部派我们到一户老百姓家里吃饭。这户老乡实在拿不出粮食给我们吃，只好端来一大簸箕红枣，让我们就着棒子面糊糊吃红枣。红枣很甜很香，在北京卖比白面还贵，但红枣不能当饭吃啊。我们要赶路，吃红枣怎能吃得饱呢？这农民很过意不去，反复解释说，家里确实没有粮食了。我们只好吃了一簸箕红枣，饭后照样按每人每顿半斤粮食、一毛五分钱的标准给了他。他感激涕零，用颤抖的双手，小心翼翼地把钱和粮票一层一层地包在脏布里。

阜平是我的出生地。这里群山矗立，到处都是深沟大壑。老百姓住的屋子破破烂烂，又脏又旧，村里街上遍布着垃圾、牲畜粪便、秫秸叶儿。但太行山里的风景却很美，毫无半点儿污染。

我们这次步行串联，最难忘的是狼牙山之行。

狼牙山五壮士对于我来说，分外亲切，因为他们就是我们河北地盘儿出的英雄。

在易县县城，离狼牙山还有七八十里远，就能看见西南面地平线上那蓝色的锐利山峰，一副峥嵘嘴脸。狼牙山名不虚传，说它是狼牙，非常贴切，又尖又长。

我们现在正一步步向它走去。姜一凡提议："咱们沿着峭壁上爬下去怎么样？就从烈士跳崖的地方，用绳子溜下去。"

"行呀！"大家都沉浸在一种莫名的兴奋之中，好像唯有这么干，才能略微表示一下我们对烈士的崇敬。哪怕冒生命危险，也要在磕碎烈士头颅的地方，印下我们朝拜的足迹。

姜一凡和杨志刚的私人关系密切，他们原是一个班的。姜一凡文革前就入了团，是一个好学生，爱助人为乐，帮人干这干那，几乎天天做值日，扫地、倒纸篓、擦黑板，因此同学们给他起了一个姜傻子的外号。但他的长相显老，大脑袋，被某些人认为思想复杂，特油。因为反对联，观点一致，跟我挺说得来的。

我们住在狼牙山脚下的一个叫东西水的小村庄里。老百姓对我们提起二十多年前的五大勇士时，还津津乐道。房东告诉我们，当年杨成武就住过他们家，还使劲儿打探杨司令员现在怎么样了？

晚上，我们美美地睡了一觉，走路的疲惫一扫而光。

早晨，刘金生问："没绳子我们怎么下悬崖？"他家是农村的，平日沉默寡言。

姜傻子说："用我们的绑腿。"

高宜秦外号小胡子，高知出身，身体挺块儿的，问："行吗？不会断？"

"绝对不会，用双股。"

我们每人都有两副绑腿，一共七个人，把每人的裹腿用双股结扎在一起，连成了大约二十米长的布带子。我们的生命将被这绑腿吊在那曾经摔死了三个八路军的峭壁上，万一断了，就要陪他们做伴儿，长眠在此。

那天早上，我们把裹腿绳绕过房梁，一段一段地实验。刘金生和小胡子、李志新等人抓住一头，我和姜傻子两人抓住这头，让他们把我们俩同时吊起来，以此检验裹腿绳子的强度。这些人里，我和姜傻子两人体重最重。经过认真检查，绑腿绳绝对可靠。

我们是中午十二点钟开始爬山的。当地有规矩，一过十二点就不准上山。因为到了山顶，再下来就要天黑了。黑天下山十分容易出事，可我们没理那壶。

听老乡说，前几天，这儿刚摔死了一个串联来的红卫兵，南方人。我们议论着这倒霉鬼，很不理解一个大活人为什么就会站不稳脚？南方人有时候很精，可一到北方就犯傻。当时我还不知道，我的育才小学同学刘小保也于一九六六年底就在此处摔死，他父亲为原建工部部长刘裕民。

山路崎岖不平，两旁都是峭壁，碎石很多，远不如爬鹫峰的路好走。走不多会儿，碰上一个打柴的老乡，担心地问我们："这么晚了，你们还上山？"我们回答说："没关系，红卫兵不怕天黑！"这老乡指着对面一个山梁，认认真真地说："你们看见那条梁没有？上个月就刚摔死了一个放羊的老汉儿。"我们看着那光秃秃的山梁，虽都是石头，并不陡峭，平平常常，貌不起眼，不说还真不知道有血债。

这才感到狼牙山的凶恶，真吞噬了不少人的生命。

我们沿着一条沟向上攀。记得沿途一个地方，有一块巨大的岩石横在路中。这岩石长宽高有半个篮球场那么大，光溜溜的，没地方攀附。小路正从这块大石头的斜面上穿过，外侧就是很深的峡谷，若摔下去有生命危险，很像电影《智取华山》里的老虎嘴。我们一个个战战兢兢地过了去。姜傻子、刘金生、小胡子、志新都不怵高儿，敢站着走过去。我不行，一到高处就犯晕，腿肚子发软，只好跪着，四肢着地，慢慢地往前爬着走。

沿着弯弯曲曲的羊肠小道、翻过陡壁、凸嘴、平台……终于接近了山顶。狼牙山的主峰叫棋盘坨，云雾缠绕，或隐或现。

到达峰顶时，已是黄昏时分。洁白绵软的云朵，漂浮在我们脚下，西方地平线上的太阳凝结成血块，默默地隐退。寒风嗖嗖嘶鸣，有如壮士之魂啸叫。环顾四面都是茫茫云海，里面露出几个孤岛般的山峰，黑黢黢的，很像几只巨大的狼耳朵，尖尖竖立……狼牙山顶确实有狼的气味：风大、石硬、壁陡、狰狞、苍烈。

昏暗、寒冷的黄昏造成了很沉重的气氛。二十多年前，这里就曾牺牲了三个八路军。大家都默默无语，倾听着耳边寒风的呜咽……我的眼眶里不知不觉溢出了泪水，想起了我们河北家乡众多的八路军烈士，大多数都默默无闻，无人知晓，感觉非常凄伤。

身在黑苍苍的狼牙山绝顶，犹如到了一块墓地，人笑不出来，只想哭。

在主峰棋盘坨上，矗立着一座烈士纪念碑，是水泥与石头做成的，粗糙简陋，土里土气，红漆斑驳。据说当年日本鬼子用六零炮把纪念碑给炸了，解放后才又重新修好。

碑正面有聂荣臻元帅的题词：

宁死不屈乃燕赵英雄光荣传统
视死如归本革命军人应有精神

真棒！这话太有中国武士道味儿了。我马上抄在了自己的笔记本上。

尽管悬崖边上有厚厚的围墙，我走到那儿仍心惊胆战，生怕脚下这块石头塌下去。从悬崖上望下看，黑黢黢地根本见不到底儿。这是我有生以来所见到的最高的峭壁，高得让你不敢伸直了腰，看下面的人像蚂蚁一样小，非常恐怖。我试着问自己敢不敢跳下去，答案是否定的。不得不服那五名战士的胆量。宁死不屈，嘴上说说容易，要真干，可不是人人都能做到。

啊，中国人里真有不怕死的！我们中华民族真是厉害！看书上说，连日本鬼子都佩服五壮士，在悬崖边向他们行了礼。

烈士跳崖的地方在主峰东北侧，仅六七平方米大小。刘金生敢站到悬崖边上，还能谈笑自若，可我离悬崖边一米远就不敢靠前，心怦怦地剧跳，腿直发软，担心站不稳掉了下去，还怕悬崖经不住自己的体重，坍塌了。峭壁直上直下，差不多有两百米高。我们一下子就明白，准备的那副绑腿绳远远够不着底儿。我和姜傻子商量了一下，觉得沿这峭壁爬下去，人只会悬在半空，还得再爬上来；若每个人都这样下去上来，时间就会拖很久，绳子磨损也会很厉害，极不安全，还是换一个地儿好。

小胡子也同意。过去我对小胡子的印象是善良软弱，曾批评过他贱骨头——他被主义红卫兵赶出会场时，一点儿不恼火，事后见了他们还特客气、特尊敬。没想到我这么骂他，他也一点儿不生气，反而成了我的朋友。他处事稳重、谨慎，可缺少魄力和闯劲儿。

狼牙山的确不是好玩儿的，它的险恶远超过了我们的想象。峭壁从上到下往里陷，要是下到半截，人连峭壁都碰不着，完全成了吊死鬼儿。毛主席说过，打得赢就打，打不赢就走，要避免无谓的牺牲。那个被摔死的南方人蠢得邪乎，我们可不能犯傻。

于是开始下山，可心里却总有点儿忐忑，摆脱不掉那种自食其言和逃兵的感觉。烈士就是从这儿跳下去的，若我们沿着这峭壁下去，哪怕是用绳子滑下去的，追随他们，他们知道了也会高兴！反之，他们就会伤心。

天黑了，有的地方很险，一失脚就有可能滚到深沟里去。幸亏一轮弯月当头，还可以朦朦胧胧地看到路。到了大约晚上十点多钟，我们已经下了一半了，傻子说：“咱们注意找块合适的峭壁，往下吊一下。”

初中小孩儿孙涛说：“别了。黑灯瞎火，太危险。”

姜傻子不同意：“我们说过，就不能食言。”

“对，找个峭壁爬一下！五壮士敢跳下去，我们连用绳子爬下去都不敢吗？别太灰包了。”小胡子、李志新等也都表示赞成。

“一定找个峭壁体会体会，别让狼牙山把咱们给镇住了。”

我们边走边仔细观看路的两侧，寻找合适的目标。最后，我们终于找了一块峭壁，不算高，若将主峰比作大腿，这峭壁就是一个手指头尖。

我把绑腿绳绑在一棵手腕粗的树上。

姜傻子说："我来试试。"他第一个沿着绑腿绳爬了下去。

这块峭壁虽说表面上看不高，我们的绑腿绳还是够不着底儿。姜傻子在绳子尽头，走投无路。我们在上面看不见他，只听他在下面叫："我现在站在一个石头棱上，不能蹲，不能坐，只能用半个脚踩着。下面黑糊糊的，好像还差十多米。我正往右面探路，唉，天太黑，什么也看不见。"

"小心！"

"坚持住，实在不行，你就再爬上来。"我安慰道。

姜傻子不甘心，一再用右脚向右探，找能踩的地方，可怎么也找不着。他成了壁虎，紧贴在石壁上，饱尝着骑虎难下的滋味。他的生命现在就全靠绑腿绳和脚下这一寸宽的石棱支撑着了。如果这时刮大风，真能给他刮下去。孙涛气急败坏地骂："狼牙山，我操你大妈的！"

"你再看看横下方有没有能踩的地方。"

"黑黑的，看不清。"

好在傻子很沉着。

这时，我和小胡子在上面紧拽绳子，喊道："傻子，不行你就往上爬吧！"

傻子死活不愿意爬上来，老琢磨着要从侧面找到一条救生之道。

这时，黑暗中传来刘金生的声音："等一等！我从这面试试。"

我看不见他，只听见他攀树枝发出的声音。原来他下到了悬崖的另一侧，并朝姜傻子处攀登过去。他双手扣住峭壁，用脚在黑暗中摸索，一步步接近着傻子。

最后，他终于出现在傻子脚下，并让傻子向他靠近。

傻子说："我过不去，绳子不够长。"

我问："还差多远？"

傻子说："可能有一米吧。"

"解皮带，用皮带接上！"不知是谁想出了这个办法。

"对，用皮带！"

我们在上面赶紧解皮带，用双股增加安全系数，之后系在绑腿绳上，凑够了这一米，然后缓缓地松着绳子，使得傻子终于踩在了刘金生所发现的一块凸起的岩石上。

傻子沿着刘金生开辟的道儿，攀着石缝中的树枝，横穿过峭壁，安全返回。

刘金生平时寡言少语，可在最危急的时刻，却挺身而出，显露出了他的勇敢。

之后，我们一个个地顺着绑腿和皮带拧成的绳子爬下去，再沿水平方向攀到安全地带，体会了一遍悬在半空中的感觉。

最后轮到我了，心情很紧张。尽管别人都用这根绳子爬下去，没出问题，我还是害怕它突然断了。这很难说，也许别人都能经住，到我这儿就经不住了，我可是这群人里最重最块儿的呵。瞬间，真有点儿后悔：吃饱了撑的，大半夜爬这个干什么啊？老老实实在东西水那个小村里待着，睡在暖暖和和的被窝里多好！干吗没事找事，出溜这峭壁，万一绳子断了，就要摔成肉饼子。

我感到那绑腿绳子，经过这么多人在岩石上拉磨，很可能已有地方磨损。没关系，死就死，跟烈士就伴去！一咬牙，攥紧绑腿绳，出溜下去，稀里糊涂溜到头儿，踩着了石头棱，接着又靠抓着荆条，横着攀过峭壁。

小胡子微笑着感叹：“咱们真够可以的，有谁这么玩儿命学英雄啊！”

刘金生咧着大嘴傻笑，望着姜傻子说：“你要是掉下去，怎么跟你妈交代？”

姜傻子是家里的独生子，他却搓着手说：“没事！哪有那么好就摔死的。”

我们收拾好绑腿绳，重新系上皮带，胜利而归。老百姓说晚上不能爬狼牙山，我们打破了老百姓的惯例，爬了爬，不也安然无恙嘛。皎洁的月光下，大家有说有笑，无比地轻松、愉快。

五壮士跳的是两百米高的峭壁，我们玩儿的顶多也就三十米；五壮士是大义凛然纵跳下去，我们是沿着绳子慢慢滑溜下去；五壮士三死两伤，我们无一伤亡，只让树枝子剐了些血印印。

这么一比，我们毛主席红卫兵的英雄气概是逊色了一点儿，但不管怎么说，我们也镇了狼牙山下面的一个小峭壁。

偷　书

当我们步行到太原时，突然传来中央指示，要求红卫兵停止串联。这时全国到处都是红卫兵。我们趁乱坐火车到了成都，打算从成都进藏。姜傻子因有事先回了北京。

到了成都西藏办事处，我们吃了一个闭门羹。办事员向我们宣传了一番周总理的指示，委婉而坚决地拒绝了我们进藏的请求。神秘的西藏梦破灭，只好让王佑一个人去西藏闯了，我们垂头丧气地返回。在成都火车站徘徊时，我看见一个农民小孩儿抱着条小黑狗，很讨人喜欢，就花五块钱买了下来，顺利地带回北京。

当时我住在学校游泳池的一间小屋，小黑狗就睡在我的枕头旁。每晚偎着它密密的毛儿进入梦乡，让我感到了生命的温暖、友情的温暖。那光溜溜的细毛，绵软柔和，洋溢着孩子般的天真。我早就憧憬着能有一条狗了，现在终于如愿以偿。记得《苏联边防军人的故事》里介绍过一条军犬英古斯，抓了数十名特务，屡建功勋。我也给我的小黑狗起名为英古斯。

这是南方的一种犬，嘴巴长而尖，细腰长腿，眼睛乌黑，里面还罩着一层深蓝，如果仔细看，就能发现那蓝是一层光滑透明的膜，深奥无比；全身的毛像黑缎子一样平滑，闪闪发亮；小腹异常收敛，矫健有力，配上长腿，很有点儿像非洲跑得特快的那种豹子。就是耳朵不好看，跟猪一样，大片片耷拉着。

从此，我们同床睡觉、同厕解便。白天，英古斯常常好奇地望着我，黑蓝黑蓝的眼睛可与俄罗斯美女的明眸媲美，那赤诚的目光直刺我的心，不敢干让它不高兴的任何事情。

搞了几个月文化革命后，更感慨狗的美好皎洁。目睹了人与人之间反戈一击、落井下石，我格外喜欢忠诚。这是一个深不可测的时期，除了毛主席、林副主席、江青外，其他的一切都可以造反。揭发告密空前盛行，成为时代的风尚、革命的需要，是忠于毛主席的壮举。

学校高一有个同学给父母写信，流露了一点儿对林彪某次讲话不满的意思，结果就被父母交到单位，又转到海淀公安分局，导致这位同学被正式逮捕；

初三有个同学，父亲是本校老师，有历史问题。这孩子领着出身好的同学抄了自己的家，还带头打自己的父亲，比外人打得都狠；

还有位初三同学的母亲，文革前在某次家长会上，遇见了另一位同学的母亲，这位延安干部硬说那同学的母亲是一个特务，会后四处奔走打听那女人的单位，跑去揭发，直至那位同学的母亲进了监狱；

而我为了立功，讨工作组的好感，把宋尔仁的日记交给了工作组。

文化大革命以来，父母、子女、朋友、同事之间相互叛卖、揭发、划清界限的情况，司空见惯。为了生存，人们必须不顾一切地保护自己，骨肉不认、友情不认、师情不认。

但我的小英古斯绝不会干这种事。它虽然还小，已经知道了职守，凡它能看见、听见的范围，都被纳入了它的监管领域，任何人只要接近我的小屋，它都会激愤地吠叫，声音强悍，像小鞭炮一样脆，脖子伸得笔直。有时晚上睡觉时，我故意把它赶下床，以考验它的忠诚。它委屈地叫着，把身子缩成一团，等我熄了灯，又鬼鬼祟祟地跳上床，悄悄地卧在我脚旁，用舌头温柔地舔我的臭脚趾头。

它很活泼，常常和我打着玩儿，摇头晃脑地咬我的手指头，一下一下地扑我的手掌。玩儿一会儿后，又会突然停止，察言观色，看看我的反应：如果我生气了，它就会自觉地走开；如果我有兴趣，就继续跟我咬着玩儿。

当我情绪不好、忧愁时，它似乎能看出来，会默不作声地跳到我膝上，将热热的小脑袋伏在我胸口，陪我一起忧愁。可能是搞了几个月的运动，已经搞得心力交瘁，很需要这么一个伴侣放松放松，我把全部感情倾注到了英古斯身上。

为增加智力，我喂给它煮鸡蛋；为预防蛔虫，我买了驱蛔灵给它吃；还每星期去北安河肉铺买排骨，有时还买炼乳，以增强它的体质。

天天晚上，我们两个头挨着头地睡在一起，晚上再也不觉得孤单。

自从串联开始，没有了压力，生活也就松弛下来，流氓思想又有所抬头。青春的苦闷，阵阵袭来。但有了英古斯后，苦闷的心情解脱了一些。我可以纵情吻它湿湿的黑鼻子、它的蓝眼睛和它的小脑袋，而不用担心被扣上流氓帽子。

英古斯是母的，战斗力稍稍差点儿。晚上睡觉时，它偶尔还会深呼吸一下，声音和人完全一样。真棒，有英古斯陪伴，我可以不向任何女的巴结讨好。反正学校的现实是：和小母狗好没问题，跟女生好却要遭人鄙视。

一时间，脑子里整天盘旋着的都是这条小狗，怕它饿着、渴着、憋着、被人欺负。

每当我去吃饭时，它就很委屈地哀叫着，舍不得我走。而我一回到屋里，它就扑向我，把双腿搭在我身上，后腿直立，狂热地舔我的衣服。夜里我出去小便，即使只分离了短短的几分钟，再见面时，它也要热烈地向我摇着小尾巴。

我看过一本小人书，名叫《匪巢覆灭记》，封面就是一个负伤红军战士和德寇滚在地上殊死搏斗，一条狼狗狠狠咬着德寇的腿，救了红军战士的生命。我幻想自己也能有一条忠心耿耿的战犬，将来打仗时，一定会很有用。

这是一九六七年初，北京市正大张旗鼓地批资产阶级反动路线。中央文革终于明确宣布，那副对联是反动的，宣扬了血统论，把矛头指向了广大同学，犯了方向性的错误。学校的"红红红"、"主义兵"被批得灰溜溜的。

可也有相当一部分老红卫兵颇不服气，认为中央文革当初明知道他们搞血统论，也支持他们，现在又摇身一变，支持三司，批判他们，是典型的过河拆桥。部分老红卫兵年轻气盛，在北京展览馆剧场成立了"联合行动委员会"，公开反对中央文革。他们勇敢地贴出大标语：

"誓与中央文革血战到底！"

"中央文革某些人不要太狂了！"

"不许乱揪革命老前辈！"

"油炸江青！"

……

这个组织马上就被党中央宣布为反动组织。于是，海淀区各学校广大同学，以抓反革命为名，到八一学校进行了数次扫荡，说这是联动黑窝子，给抄个底儿朝天。

实践证明，我们反对联反对了！

此时，全校各派协商选举校革委会筹备小组，我作为"四十七中红卫兵"的代表，竟然被选上了。因为，当时全校著名的反对联的人物，如杨志刚、庞小春等很多同学都还串联在外，学校里的人不多。而我当初反对联，没有打老师，赢得了一些威信。山中无老虎，就让我白捡了个校革委会筹备小组成员当。

文化大革命真是大倒个儿，我这样过去连团也入不了的落后分子、酷爱摔跤打拳的武夫，竟成了学校的临时领导成员，简直不可思议。

白天，我们在校长办公室开会，一上午一下午地开，研究着全校的各种问题。工作组在的时候，这地方是左派才能来的地方，警卫森严，我只能远观而无权进入，做梦也没想到现在自己也会坐在这里面研究着全校大事。

每天只有傍晚，才有时间去操场练练块儿，和我的小英古斯待一会儿。

在一次校革筹小组碰头会上，有人说学校图书馆被撬，丢了大量图书，要加强保卫工作。我面无表情，心里却开始盘算着，别人能偷，我为什么不能偷？

外出串联，见过一些中学生特能聊，因为他们看书多。聊起雨果、狄更斯、王尔德、梅里美头头是道，滔滔不绝，非常羡慕。我首次感觉到，自己太重视体力上的锻炼了，却缺少精神上的丰富。毛主席说，文明其精神，野蛮其体魄，我只做到了一半。自己辩论能力差，嘴皮子不够使，和看书少很有关系。看得多，知道得多，跟人辩论时，词儿才多……而过去，我总以为战士不需要多读书、不需要口才。

现在很多同学还串联未归，学校里空荡无人，正方便行动。我把偷书的想法对谢保国讲了，他欣然同意。干这种事，他充满兴趣，好像游击队员去执行任务。

从工作组开始，图书馆就是重点保护对象，因为里面有很多毒草，不能流失扩散。图书馆的十多个窗户上全都贴着长长的封条，门上锁着大锁。

我们事先侦察了地形，图书馆西面和北面临路，南部面朝传达室，来往行人都能看见。最好的行动地点是东侧，那地方是一个高台，下面不远就是饭厅，平时除了吃饭时间，很少有人。

在一个深夜，春风呼呼地刮着，一些没插好插销的窗户被刮得乒乓乱响。谢保国提着大麻袋跟我来到图书馆东侧。我撬开了一块窗户玻璃，两人顺利钻进去，蹑手蹑脚地来到了书库。谢保国用手电照着一排排书架，我把自己喜欢看的书尽情地往麻袋里塞，大部分是西方小说和苏联小说，除了《三国演义》、《水浒》、《说唐》、《武松传》等中国经典外。我不太喜欢中国的古典小说。特别是《红楼梦》、《西厢记》之类，啰里啰唆，女里女气，看了全身软绵绵的老发情。除此之外，还拿了一些人物传记、历史回忆录、二次世界大战纪实等。

偷了有多半麻袋之后，谢保国先钻出去。我把麻袋递给他，跟着再钻出来，关好窗户，把封条照原样对上。这是夜里十二点过了，漆黑的校园里没有一个人影，大风和夜幕掩护着我们。谢保国在前面引路，我在后面背着沉沉的麻袋跟着，一溜小跑就扛到了游泳池我的小屋。真是心花怒放！小英古斯拼命地向我摇着尾巴，祝贺我胜利归来。

第二天白天，我继续一副正人君子相参加校革委会筹备小组会议，与人研讨着全校的保卫工作，如何制止“红红红”的打砸抢，如何消除派性，搞大联合，把运动引向深入……全校谁也没发现图书馆的这次被窃。

一九六七年二月，《红旗》杂志发表社论《必须正确对待干部》，指出：“钻到党和国家领导岗位的反党、反社会主义分、反毛泽东思想的反革命修正主义分子，只是一小撮。”随着上面开始强调干部政策，学校里的黑帮们仿佛看见了希望，纷纷四处活动。

记得有一天，我在路上碰见了学校书记李书堂，他微笑着对我说：“马清波，你什么时候有空？我想跟你谈一谈。”

李书堂是一九四四年的干部，眼睛炯炯有神，非常犀利。文革前，我对他的印象很好，一看见他我就联想到革命历史博物馆里的杨静宇烈士的塑像，外表特像。听说挨打时，他从不乱咬别人，总是主动承担责任，哪怕惨遭修理。而有个副校长为了自己不挨打，拼了命地揭发别人，与他恰成鲜明对比。可我实在害怕跟他来往，谁不知道他是我们学校的黑帮总头子？当初我保校领导，说要对校领导一分为二时，也说过真正的坏干部只是一小撮，可却被工作组斥之为保皇派、右派，是对抗文化大革命。因为这次运动的重点就是整走资本主义的当权派，而我们学校的头一号当权派即李书堂，跟他来往是严重地丧失立场，更别说帮他的忙了，那无异于自杀。被人知道了能置我于死地。我向他笑笑，支支吾吾，点点头，搪塞了几句，赶紧溜走。

洪老师也想找我聊聊，有一次还跟在我屁股后面，说了半天，希望尽快把他从黑帮队里解放出来。不过，我依旧只是口头上敷衍了一下，骨子里还是觉得他出身地主，历史问题太复杂，不敢沾惹，更不敢帮，怕给自己惹事。

当时，他们都是全校公认的黑帮、阶级敌人，没有一个人敢为他们说话。我也如此。谁都有从众心理，没勇气与全校革命师生对着干。平时没人时，我还能跟几个印象好的黑帮打个招呼，这就够不错的了。但心惊胆战，生怕被人看见。可不敢跟他们再有进一步的来往。

学校革筹领导小组虽然软弱无力，好歹也有一点儿权威。这些“牛鬼蛇神”们知道我曾死保过校领导，不惜当狗，就努力找机会与我接近。我心里虽有点儿同情他们，却根本就不敢帮他们，始终躲着他们。《红旗》杂志社论虽说领导干部中坏人只是一小撮，可事实上，全北京市所有中学的一把手百分之百地被打倒了。上面对此还挺肯定，并没有提出批评。

当革委会筹备小组成员特累，老开会，耍嘴皮子，陷在各派斗争的中心。我越来越羡慕普通老百姓，想偷就偷，想练块儿就练块儿，想摔跤就摔跤，自由自在。

文革以来没怎么练块儿了。我的胸大肌离四指厚的目标还差得很远，摔跤的人、背、揣等大绊儿还都不熟练，非常想继续好好练练。

某天，谢保国找到我问：想不想跟体院预科学摔跤的练练？我正想休息休息脑子，就说想。几天后，他就把我带到北京体院的大操场。一位体院预科的学生和一位满脸络腮胡子的壮汉在那儿等着我们。据谢保国说，这大胡子是摔跤一级运动员。

我把串联时买的两件褡裢带来了。两人换上了跤衣。络腮胡子做裁判。

对方个子高我半头，虎背熊腰，体重也比我重。我一再地对他说："别误会，我不是打擂台来了，就想学点儿技术，不用太玩儿命。"

但小伙子见我找上门摔跤，认为有单挑的意思，摔得格外卖力。我抓他不使劲儿，他抓我却紧如钢钳；我直着腰，他深弯着背；我双腿距离肩宽，他岔得老大……一举一动都小心翼翼地，一副决斗架势。他很有力量，把我揪得跌跌撞撞；技术很厉害，我还没明白怎么回事儿，就一下子被摔倒。要学几手就得让人家赢几跤，我完全处于防守状态，任凭他随便进攻。

他个子虽然高，还特别灵活，腿功利索，两脚像两个铁钩子，一钩住没跑儿。挫窝儿几乎把我给挫飞一米多高；别子、钩子都是他进攻利器，使得干净漂亮，差不多一分钟就摔我一跤。正经练摔跤的招儿就是多，且速度快，每一动作都以迅雷不及掩耳之势进行，我根本无招架之力。

但我学技术心切，咬着牙让他摔。对方毫不客气，凶悍无情，无论我怎么不设防、不死抓、一跤接一跤地输，他下手却一下比一下狠。

印象中，高个子摔跤弱点很多，可这体院预科的却让我尝到了高个子的厉害。腿长，攻击距离远，不好躲；胳膊长，力距大，抡得有劲；屁股高，支点高，摔得凌空……

摔了十来跤，我一跤没赢，完全被对方当成了活沙袋练。在一旁观看的谢保国急得直跺脚，看这样的摔跤实在憋气。

我不是来跟他比武的，就想学几招儿，所以完全不进攻，被他摔个屁滚尿流。对方就像猫玩老鼠一样，纵情地练他的爪子，到最后，我被迫使出全力抓住他的褡裢，以减弱他的攻势。

节奏慢了下来。他挣脱一下，没挣脱出来，又用力挣脱一下，还是没戏，突然以小臂猛磕我左肘，只觉得一阵剧疼，只好松开了抓他衣领的左臂。他这动作是击打反关节，绝对犯规。就在左肘剧痛，左侧失去防御之时，他趁势进了一大步，猛地下蹲伸臂直插我裆，轻吼一声用肩将我整个儿扛起，全身离地。此时，那络腮胡子裁判果断地喝道："打住！"

对手还算规矩，轻轻把我放到了地上，没有狠摔。

我再次对他说："别误会，我是学技术来的。"

他面无表情地点点头："好了，今天到这儿吧。"就脱下了摔跤衣。那络腮胡子挺着胸脯，什么话也没说，微笑着向我们点点头，骄矜地走了。

我左臂疼得一动不敢动。

谢保国为我被摔得一败涂地非常沮丧，一个劲儿埋怨我太腼腆，不使出全身力气来摔，输得太窝囊。

我当时想，自己再怎么摔也摔不过他，干脆让他当靶子练，学几手。但他的每个动作都太快，一闪而过，我根本就搞不清他用的什么招儿。

左肘疼得动不了，这是我练摔跤以来第一次受伤。它告诉我，社会上并不都是像林冲那样的，先让对方三个回合，后发制人。在不知对方底细时，先下手为强就要占便宜。若功夫不深，偏又恪守先礼后兵的准则，你就要亏大发。

回学校后，我左肘部肿了起来，别说悠双杠，连弯一弯都不行。我非常着急。我一直特想恢复锻炼，把胸大肌练到三指。真倒霉！但不论胳膊怎么疼，我也没去卫生室看，总觉得去卫生室看病是向资产阶级怕疼思想投了降，内心深处认为爱去卫生室的同学都是娇气包，自己不屑与之为伍。八路军轻伤不下火线，我胳膊又没流血，不算严重，就硬挺着不去看医生。

学校革委会筹备组其他成员谁也想不到，我这个领导成员背地里还去体院跟人摔跤，把胳膊给摔坏。

拖了好长时间，左肘才慢慢好了。我到现在也不知道自己的左肘伤到什么程度。伤愈后，发现左肘部比右肘鼓出了一块。

这次摔跤惨败，我没敢跟人多说。活该我倒霉，遇见了这么一个只摔不教，还使用犯规动作的高手。

谢保国个子高，因为腰有点儿弯，外号虾米。他心眼儿真好，诚心诚意帮我提高跤技。他酷爱武术，凡和武术沾点边的，三教九流，他都认识。不知通过什么关系，他又认识了体院摔跤教练王德英，是个健将。还陪我到王家去了几趟，跟王教练套近乎。王德英的技术没说的，全国摔跤冠军，正经教了我几招儿，但他老担心我们跟人打架，不敢多教。王教练还送我了一本俄文的桑搏书，这桑搏是一种苏联的摔跤，可反关节擒拿。被我奉为至宝。

谢保国非常幼稚，他也不管你什么出身、什么观点，只要你会武、块儿壮、有功夫，他就服你。全校所有爱练块儿的同学，他都很熟悉。谁大胳膊粗，谁小胳膊圆，谁胸大肌厚，谁三角肌块儿大……常向我介绍。

一天，谢保国又偷偷问我："想不想抄我们军事学院政委李志民的家？"

我知道谢保国家住在军事学院里，对李志民家的情况自然熟悉。

"能抄吗？"

"能！他家给封了，全家都被赶走，没人管。"

"我想搞套军装。"

"军装还不有的是。枪还有呢！听说他家长短枪有好几把。"谢保国睁着大大的金鱼眼儿说，白白的瞳仁闪闪发光。

我相信谢保国说的是实话。李志民是上将，这么大的官儿，家里肯定有枪或许还有日本大战刀。

"什么时候去？"

"得抓紧。去晚了，就都被别人抄光了。"

要是能抄到一把小手枪，就美死了！我提议道："那咱们现在就去？"

"好。"

说走就走，我们从学校骑车到高等军事学院大约用了四十五分钟时间。谢保国有家属通行证，他带着我，顺利地走进了这个戒备森严的大院。

过去每次步行回家时，都经过这座大院，最喜欢听里面的军号声。我曾幻想：将来如果能到这里来学习，该多好呀！

初中时，我对范光义那把小口径步枪的垂涎依旧在。后来，母亲虽然给我买了气枪，内心深处仍向往着真枪。小学看的电影《培养勇敢精神》总难以忘怀，如果我能像那个小孩儿一样，有把手枪多棒！现在文革这么乱，砸烂了旧的公检法，正是搞枪的好机会。

我们推着车，在一个四周有柏树墙的地方停下。

这里背靠着山，四周静悄悄的。李志民的灰色平房就坐落在这柏树墙里面。人虽已经被赶走了，但上将的余威犹在，静静的房子充满神秘和威严。

我们把自行车靠在附近一栋楼的墙上，忐忑不安地穿过柏树墙，步行到了房子跟前。好像有哨兵的眼睛在盯着我们，我的心紧张得吊到嗓子眼儿，壮着胆子跟在谢保国身后。他很沉着，一副若无其事的样子，用手扒着窗户往里看。这是侦察一下有没有人监视，如果有人管我们，就说是好奇，想看看李志民的房子；若没人管，就可以放心行动。

我们绕着房转了一圈，什么动静也没有。好！就开始侦察从哪里可以钻进去。大门上有封条，拧了拧把手，是锁着的。我们又绕到房后面，见到一个走廊窗户上的玻璃有条裂缝。看着谢保国那么镇静，我也不再慌乱，很顺利地就把玻璃卸掉了，伸手够着插销，打开了窗户。又在纱窗上捅一个小窟窿，将纱窗开开，迅速跳了进去。平日练块儿，这时很有用处，那么高的窗户，靠着臂力，稍稍一使劲儿就攀上来。

里面的走廊上铺着厚厚的红地毯，华贵异常。我们很利索地拧着各屋的门，全都上着锁，十分失望。但我们马上发现，那门虽是厚重的橡木制成的，可门上却有一个带吊链的和门一样宽的小窗户，这就给了我们一线希望。果然，发现了一间屋子的小窗户还斜开着，我就踩着门把手，蹬着谢保国的肩膀，从这门上的小窗户钻了进去，顺利通过那个窄小的有角度的玻璃斜面，头朝下，胳膊和脑袋最先落地。吊链和玻璃安然无恙。

屋子里早已被翻得乱七八糟，衣服、被子堆了一地。翻了几个抽屉，没有我想要的东西。这些抽屉、大柜装的都是衣服及床上用品，那被子有十来条，条条都是那么干净、簇新，散发着淡淡的清香，却没见一件绿军衣！

这屋子是专门放一般生活用品的，不会有武器。而且，看这架势，他家已经被抄过了，如果有枪，也早给抄走了。当然，要是李志民聪明，会早早地把枪给藏起来。可这么多房间，到哪儿去找呢?

屋子的天花板很高，门又大又厚，比学校图书馆的门要结实多了。地板高级、坚硬、光溜，铺着厚地毯，踩上去，一点声儿也没有。门把手是镀金的，金光闪闪。地毯比我妈妈铺在床上的毛毯都要干净、崭新、柔软。走廊上的吊灯很大，华贵雍容。那窗帘布拖着地，袅袅娜娜，质地高级。我家比一般市民家要阔气四五倍，但李志民家比我家，又要阔气十几倍。上将家就是气派。

我对衣服、被子、床单、枕头等东西实在是没兴趣，只随手偷了一个墨绿色的窗帘，可以用来包我偷的枪啊、刀啊之类的东西。之后，又从门上的窗户钻了出来。

我们又找到了另一个门上小窗户开着的屋子，钻进去。这是书房，四面墙全摆满了书架，排放着各式各样的书，且尽是精装的，大多都是军史、战史、战役学、军事家传记、政治家传记以及部分小说……太诱人了！几乎给我馋出口水。但时间太紧，做贼心虚，没心情细看，我只贪婪地一目十行地以最快速度扫了几个书架的书名。好书那么多，实在不知道拿什么好！匆匆中，只拿了一本像《烈火金刚》那么厚的书，名字忘记了。因要爬门上很窄的小窗户，用吊链吊着，上面还有一块玻璃，不能压碎，不敢多拿。

如果此时此刻，能找到一把手枪，偷了也就偷了。但这书房里没有，书桌上的抽屉拉开看了一遍，连一把小刀也找不着，只好作罢。我俩又从门上的窗户钻了出来。小偷真能创造奇迹，我和谢保国都是一米七以上的个子，体重一百四五十斤，却能从这么一个倾斜开着的小窗户里钻进钻出，如履平地。

李志民家的房间那么多，一楼就有四五间，二楼根本没来得及看，什么日本大战刀、军用望远镜、军装军鞋……啥也没捞到，我就无心恋战。时间一长，心情越来越紧张，特别害怕让人抓住。因为谢保国是初中小孩儿，我是高三的，抓住了，他没啥事，我肯定就要被当成主犯。频频催促谢保国快点儿撤，他却东瞧瞧、西望望，四处溜达，还很不情愿走，嘲笑我尿包。

当提心吊胆地从走廊窗户上跳出来的一瞬间，是我最恐惧的时候。耳朵里准备着听到大喝一声："不许动！"被警卫战士当场抓住。啊！却什么也没有发生。

外面的天空那么晴朗，四周见不着一个人。大院里静悄悄的，世界上谁也不知道我俩干的这些事情。紧张的心情为之一扫。我们迅速撤离现场，顺利地走出军院大门，骑着自行车，胜利返回学校。一路上，好不得意。

文化大革命就是好！要不是搞文化大革命，我这个小中学生哪有机会到个中央候补委员、李志民上将家翻箱倒柜地寻摸东西？

李志民是湖南浏阳人，一九二七年的老红军，当过冀中军区副政委、志愿军政委、八届中央候补委员，还指挥过将军大合唱，名噪一时。此刻，他也已经被军事学院的造反派专政起来，全家扫地出门。

我只偷了一本书，外加一个窗帘。谢保国更是什么也没拿。他一身孩子气，干这事就是为了好玩儿、有刺激。

我觉得特开心。到军事学院溜一趟偷点儿东西，总比坐在校长办公室里，戴着一副假面具开会，有意思多了。

天气阴冷。回到学校，小英古斯又热情地向我扑来，尾巴像小鸟翅膀一样地呼扇着。几个小时不见，它一次次地扑着我，倾泻着对我的思念之情。

红代会代表风波

一九六七年初，以李冬民为首的首都兵团在批血统论、批资产阶级反动路线中崛起。我们四十七中红卫兵集体参加，番号为首都兵团六支队，在王府井附近的一个胡同里有个据点，是座四合院。姜一凡为自己日后到西藏落户，筹集经费，四处活动，常去六支队混。我偶尔也去。

那天，在首都展览馆剧场召开批判三胡（胡耀邦、胡启立、胡克实）大会，由兵团六支队，即我们四十七中红卫兵负责押解。我正巧也在，就参加了。

批斗会开始前，组织者发现押三个批斗对象，六个人不够。没人能从头到尾，跟走资派一样站两三个钟头。因为押解的红卫兵不能吊儿郎当，必须挺胸立正，相当消耗体力。头头决定分两班，轮流押。这样就要再增加六个人。因为我那天穿着军装，身体又块儿，即被选中。

天气很冷，阴沉沉的。我们站在剧场后门，与动物园只一墙之隔，焦急地等着黑帮到来。眼见就要到点开会了，一辆胜利牌小轿车准时出现，停在离门口几十米远的地方，从里面走出了瘦小的胡耀邦——我们的团中央第一书记、中共中央委员。他身披一件黑呢子大衣，个子矮得出奇，大约也就一米五左右，体重不出百斤。他走路时挺胸昂头，上下笔直，表情沉着，一言不发。

到了主席台后侧。我站在胡耀邦右边，撅着他右胳膊，左边是谁忘记了。主持会议者宣布："批斗大会开始，现在把反革命修正主义分子胡耀邦押上来！"临上台前，我深呼吸了一下，绷着脸，挺着胸，我俩一左一右各撅着胡耀邦的胳膊，按着他的脖领，第一个走到主席台，台下响着激烈的口号声：

"打倒反革命修正主义分子胡耀邦！"

"千万不要忘记阶级斗争！"

"无产阶级文化大革命万岁！"

……

胡耀邦站在最左边，其次是胡启立、胡克实。

当我押着胡耀邦时，他很老实听话，让走就走，让拐弯就拐弯，让低头就低头，不像陆定一，死不低头，跳着脚喊冤枉。我们都没狠撅他胳膊，只是象征性地按着他脖领。到亮相完毕，正式批判开始，我们就松开他的两臂，任他自己低头站着。台下是黑压压的中学生，把展览馆剧场挤得满满。

记得胡耀邦有一条反毛泽东思想的罪状是：党中央号召要时时、事事突出毛泽东思想，他却说什么不能时时、事事突出，比如游泳时就只能突出鼻子。

由于派入北京各中学的工作组大多都是团中央所属的单位，北京市中学生就把对工作组的不满、痛恨都倾泻到了团中央身上，也就倾泻到了团中央的三胡身上。一个个学校的红卫兵代表上台控诉工作组镇压革命群众的罪恶，声讨三胡的反党罪行……

我初中为申请入团动了刀，流了一摊血；整个高中三年，玩着命扫厕所，硬着头皮团结同志，也没入成。现在，这个团中央第一书记就在我手下低着头立正，乖乖倾听着一个个中学生对他的批判。世界就是如此奇妙、变幻莫测。

整个批斗过程还算文明，很注意政策。我们没打他们三个一下，也没让他们九十度大弯腰、坐喷气式。因为我们首都兵团六支队是反对联的，要表现出比搞血统论的老兵儿更讲政策、更有水平。

“打倒反革命修正主义分子胡耀邦！”

“打倒反革命修正主义分子胡启立！”

“打倒反革命修正主义分子胡克实！”

……

批斗会大约开了两个多小时。两班人轮流休息，每班押三十分钟。这可能是一九六七年一月发生的事。

胡耀邦是我文化大革命中所押过的最大的官儿。

三月，王佑从西藏回来，兴致勃勃地给我讲了他这次赴藏经历。

他在成都见我迟迟不来，只好和另一个同学开始了步行拉萨的壮举。翻过二郎山，横越大渡河铁锁桥，徒步爬上川藏线最高的雀儿山，海拔五千多米。在那荒凉的大山里，常常一天见不到一个人，道班工人给了他们热情的接待。

走到昌都后，他们成了英雄，轰动全市。全国从成都步行到昌都的红卫兵，可能也就他们两个人，行程两千里，史无前例！地委领导亲自请他们吃饭慰问，并询问他们有什么困难？王佑说：“我们别的什么也不担心，就担心在荒山里遇见野兽，希望能借给我们两把藏刀防身。”地委领导痛快答应。

公安局长马上把王佑带到一间库房，里面放着一九五九年西藏平叛时缴获的各式刀剑、枪支、弓弩。王佑挑了半天，拿了一把腰刀和一把匕首，打了借条。那腰刀到拉萨后，还给了拉萨市公安局，匕首却带回来了。

这把匕首是双刃，锋头不很尖，可捅人绝对富裕。把柄尾部有个大疙瘩，像个肉瘤子。护手和尾部疙瘩上镶嵌着五颜六色的珍珠玛瑙。王佑告诉我那库房里堆满了叛匪用的各式各样的武器，五花八门，藏刀多的是，大多锈迹斑斑，傻大黑粗。他还看见了一把美国海军陆战队用的匕首，特高级。

我真后悔没跟他一起去。

王佑对我的小黑狗一见钟情，很爱逗它，常转着圈儿跑，引诱英古斯追。

……

随着首都大学红卫兵代表大会的召开，中学红卫兵代表大会也即将召开。

围绕红代会代表的选举，学校各派激烈竞争，互相狠掐，谁也不同意对方当代表。我虽是“四十七中红卫兵”的，但非一把手，得罪人不多，在各派中不很招恨。文革中，老师们以为我受过两次处分，又喜好拳脚，肯定要狠打老师，结果我却没有打，让众多老师出乎意料，受到了好评。最后投票选举时，我竟然被选为出席北京市首届中学红卫兵代表大会的代表。

又是做梦也没想到，全校共有三个代表——我偷过图书馆一麻袋书，钻进李志民家财迷过窗帘，却还当上了红卫兵代表！

文化大革命中，我曾有两个衔儿：一个是校革委会筹备小组成员，一个是中学红代会代表。都是一九六七年春天，昙花一现发生的事。

一九六七年三月二十六日那天，我把英古斯委托给谢保国照看，与其他两名代表进城，凭票排队走进了人民大会堂。过去只有全国英雄、模范、司局级干部才能到这里开会，现在北京市数千名中学红卫兵代表，济济一堂，聆听周总理、江青等中央首长讲话，陈伯达、康生、徐向前、叶剑英等人也都出席了大会。

自红卫兵兴起后，那么多有中央首长参加的会，我都没资格参加，现在也总算参加了一次，好不快活。

下午，开完会，回到学校，小英古斯亲切异常地围着我又跳又蹦。

春风一股一股地刮着，田野里的麦苗绿油油的，北京洋溢着一片春光明媚。我心情特别好，戴上手套，快活地用手与小狗打着，把英古斯逗得不住咆哮，死死咬住手套，四腿绷直，拼力往后拉。

人太快活的时候，就要开始倒霉。参加完中学红代会的第二天早上，我到操场悠完双杠，返回自己宿舍，发现英古斯不见了，找遍了游泳池的犄角旮旯，也没找着。真活见鬼了，我只锻炼了半个小时，它就失踪。

上午革筹小组开会研究全校工作时，我心不在焉，脑子里总惦念着英古斯，越来越感到有问题。我的屋子连着花房，朝南一面全是玻璃，上面有破的，小偷能钻玻璃进来。

好不容易熬到会议结束，又回到游泳池，还不见它的踪影。到中午吃饭时，我正焦急万分，陕狗子抱着小英古斯匆匆来到了我的宿舍。

他笑着说：“老马，你的英古斯让人给倒吊在学校食堂门口，嗷嗷惨叫，围着一堆人观看，但没一个人管，我上去就把英古斯给解了下来。”

“怎么回事？”

“食堂门口还贴了一张你的漫画，快去看看吧，特神！”

我赶忙来到食堂。这张漫画就是一张大字报纸，是浅粉色的，贴在学校食堂门口，漫画题目是：《马清波——如此红代会代表！》

画面左上方是个小狗脑袋，耷拉着两个耳朵。右下侧是个光头小伙儿，弯着腰，双手托着一大盘子，高过头顶。盘子里放着香肠、面包、鸡腿、还有一个高脚酒杯。小伙子对着那高高在上的狗脑袋微笑。

漫画没有作者署名。

我怒火满腔，顺手就把大字报给扯了下来，气得连饭也没心思吃。第一个念头是：外班同学没这么恨我的，肯定是班里人干的。因为最嫉妒我当红代会代表的，不会是和我不熟的人，只能是同班同学。过去我连团也入不了，受过两个处分，还要被送进工读，现在成了校五人领导小组成员，又成了首都中学红代会代表，这些团员们怎能服气？把我的狗偷走，挂到全校食堂门口，当然是为了当众羞辱我、恶心我。

幸好刚刚开饭，去饭厅的同学还没到高峰，看见大字报和小狗的人不是很多，他们丑化我的阴谋没完全得逞。

陕狗子帮我把狗解下来，让我非常感动。他也就十三四岁，样子天真可爱，比谢保国更孩子气，也是因为我爱练块儿，对我挺崇拜。他成天穿着军装，头脑单纯，父亲是铁道兵学院的院长，被整死后，他好像还不懂其严重后果，依旧整天乐呵呵的，看不出多悲伤。手腕上还带着父亲的高级手表四处臭显，常被人奚落。他喜欢打人，据说卫生室谢大夫的母亲之死，就是他扔的最致命的一块石头。但关键时刻，他挺身而出，解救了英古斯，令我对他刮目相看。

英古斯自被吊了那一下后，好像受了内伤，老无精打采地卧着，把鼻子对着自己尾巴，蜷缩成一团。我给它买了排骨，也没兴趣吃。

我到卫生室要了一点儿止疼药，它很温顺地吃了，还向我摇摇尾巴，之后继续一动不动蜷缩着，眼睛半闭，偶尔还斜着瞟我一下，黑蓝色的大眼睛里蒙着一层迷惘和悲哀，对我没保护好它，没有一点儿怨言。

哎呀，这么一条弱小生命，也被卷进了四十七中残酷无情的文化大革命。

闲暇，我仔细分析这事儿到底是谁干的，班里最恨我的人也就那么几个。

齐德操？他紧跟工作组虽然摔了大跟斗，还是有政治头脑，想当领袖，不屑干这等鸡鸣狗盗的事。他和我一直没有外交关系，不愿和我发生任何来往，所有跟我有关、跟我沾边的事，他都回避，不可能是他；

郭成伟？他文革前很狂，但在更狂的“红红红”面前，也蔫了，无精打采。论拳脚，他远非我的对手，借给他十个胆子也不敢偷走我的狗倒吊在食堂门口；

周崇丹？他已几乎不来学校了，而且手无缚鸡之力。他爱讽刺挖苦人，但只动口，不动手，绝无兴致干这偷狗的事；

郑六田？更不可能。他只会跟着出身好的人屁股后面起哄，当个小喽啰；

那么就是刘建军了。这家伙平时在学校不言不语，眼睛鬼机灵，老溜溜地转。他参加了“毛泽东主义红卫兵”，整天穿一件有垫肩的呢子军装，自己成了团员后，对发展团员一点儿没兴趣，文革前跟我关系就不算好。

刘建军中等个儿，不爱打架，功课中下等，不说则已，话匣子一开，常把大家逗得捧腹大笑。他模仿小脚老太太出了名，是新年晚会必演的小品。他还有本事像兔子一样，让自己两个耳朵动；他爱在别人睡觉时，往人鼻头上画个黑点……蔫不出溜地使坏。这恶作剧很可能是他闹的。

我气昏了头，想着怎么报复他。

那是一个星期六下午，回家的时间。我暗暗躲在学校传达室后面监视。要离开学校这是必经之地。好！刘建军果然来了，旁边还跟着个伴儿。待他到了跟前，我才出现，这样他绝跑不了。林副主席指示，要把敌人放到跟前打，非常英明。

制裁他，根本不需要什么开始曲，他把我的英古斯给倒吊起来，等于是先开了第一枪。我突然冲过去，待他还没明白怎么回事，就捅了他胸口一拳。他脸色刷白，紧张地质问：“你为什么打人？”

“你干的事别当我不知道！”又朝他胸口捅一拳。

“干什么？”他愤怒地瞪着我，但就是不还手，不还手是他的策略。

我仗自己有块儿，准备大练一场。他却不给我机会，怎么打也不还手。这就像猫碰见了一只死老鼠，激不起激情，毫无味道。

在校门口行动必须速战速决，不能拖，一拖就要惹麻烦。我只好悻悻走人。以后，刘建军也很少来学校了。但狗到底是不是他吊的，并不肯定。直到多年后的今天，我才知道冤枉了他。

次日，学校里出现了一张大字报《强烈抗议》，说马清波野蛮打人，要求校革筹小组严肃处理，将之清洗出校文革筹委会领导小组成员。但这张大字报很快就被别的大字报盖住了。

我不在乎，早就不想干这官儿了。

……

大字报里批判走资派或坏人时，养猫玩狗常常是一条罪状。比如揭露国民党起义将领刘善本罪行时，就说他养了一条大狼狗。我对此很不解：不少贫下中农也养狗养猫，能说他们是资产阶级生活作风吗？列宁也养过狗，能说他有资产阶级情趣吗？

英古斯静静地卧了一天，从早到晚也没怎么吃东西，只是大便时，才走出门外。解完后，它还知道用后腿在地上刨刨土，掩盖自己的粪便，虽然有气无力。

这是小狗被吊后的第二天晚上。它依旧不爱活动，总卧着，可比昨天有了一点儿精神。我去吃晚饭时，它温和地向我摇了摇尾巴。但当我吃罢饭，回到宿舍时，发现它又不在了！

往常我一进屋，它都要扑过来，把前腿搭到我身上。可只一顿饭的工夫，它再次失踪！我提着一根木棒，开始到游泳池附近四处寻找，大声呼唤着英古斯，见人就打听看没看见我的狗，很有点儿失魂落魄。

小胡子劝我道："别疯，冷静点。不值得为条小狗这么上心！"

我却准备为小狗拼命了。哪儿有这样一而再、再而三地拿我朋友开心取乐？

自上次把它找回来后，英古斯完全相信我会保护好它，把自己生命托付给我。可我又第二次让人把它偷走！一想到此，就悔恨不已。自己太没有敌情观念！出事后，仍没将温室里的破玻璃封上。

正急得晕头转向时，王佑不知从什么地方跑到我跟前说："你别四处乱找了，我知道英古斯的下落。"

"真的吗？"

"真的。你把棒子放下。"

我只好放下棒子。

"我告诉你，英古斯已不在了！"

"什么？"

"英古斯已经不存在了，真的，不骗你。"

"你怎么知道的？"

"你就别管了。反正它已经不存在了！"

"好呀，肯定是他们'红红红'干的。我操你妈的！"热血冲上了头。

"老马，别忘了你是红代会代表、校革委会筹备小组成员，要注意影响。"

"好多贫下中农都养狗，列宁也养狗，这又怎么犯法了？"

"'红红红'他们正虎视眈眈地盯着我们，养猫玩狗很容易被对方抓住小辫子。你现在不是代表你自己，你是代表我们四十七中革命造反派啊！"

"你说过，你也喜欢狗。对不对？"

"我是喜欢。但我觉得革命比狗更重要。全四十七中有几个人养狗？你要是个普通同学也没说的，但你是红代会代表，影响就非常不好。你给我们造反派脸上抹了黑……真的……真的……实话告诉你，我已经把它给杀了。”

“你怎么给杀的？”我觉得这就像小说一样，太离奇了，真希望他是开玩笑。

“我用匕首朝它胸口捅了一下，一声儿没吭就死了。它真好，临死时，还朝我摇了一下尾巴。唉，我这么做也非常难受，真的！你知道，我一直都非常喜欢狗，过去在作文课上，还曾为你辩解。唉，我是咬着牙、闭着眼动的手。但你认狗不认人，成天与狗泡在一起，贫下中农连窝头都吃不着，你却为小狗买排骨、炼乳、香肠……被对立派传为笑料。现在，你又为小狗跟刘建军打架，陷得越来越深，我只好采取这个行动。你知道吗？好多同学都替你担心惋惜，都不希望你为一条小狗背离了毛主席的革命路线。”

啊！这是真的了！我全班最好的朋友王佑，用他那把藏族匕首，亲手把我的英古斯捅死了。想到我从成都火车站千里迢迢带回来的那条小生命就此完结，禁不住淌下了泪。这个事实太突然了，我一时不知所措。

“文化大革命这么热火朝天，有谁成天玩小狗儿，为狗跟人打架？只有资产阶级太太小姐才有这闲情逸致。真的，我这么干是为了你好，为了保护我们革命造反派的名誉。”

我目瞪口呆，怎么也没想到王佑干得这么绝！刘建军再恶，也只是把小狗吊在饭厅前取乐，也没杀它！而你王佑号称我的战友，却生生把小狗给杀死！你说不愿意让对立派看笑话，但你杀我狗，豆萁相煎，不更是给对立派看笑话吗？文化大革命我见过很多凄惨场面，从没掉过一滴泪，现在却泪如泉涌，越想越气，王佑为何这么残忍？小英古斯一点儿没招他惹他，竟生生捅死了它，哪有这么浑蛋的？冷不防给了他脸一拳，打了他一个趔趄。

“浑蛋！”他大骂道，马上像头小牛一样冲过来，又被我的拳头打回去。在初中教室旁，四下黑黑的，我俩低声骂着，嘁里哐啷，扭成一团，王佑没技术，频频挨驴……最后直到一同串联过的李志新路过这里，才拉开了我们。

我对英古斯的感情很复杂，它是我的朋友，我的小恋人，我的孩子，我的卫士，世上没有别人比它对我更忠实了，无论怎么考验它——从它嘴里抢走吃得正香的骨头，把它扔进冰冷的游泳池，用手拔它嘴上的小胡子……它都没一丝一毫的对我不满。

它被吊在食堂门口后，整整一天没怎么吃饭，尚未痊愈，就被王佑给刺杀。临死前，还向着刽子手摇尾巴。

在我印象中，王佑温和善良，小资情调很浓，特别喜欢小动物，到农村劳动时，遇见老乡的狗，见一条喜欢一条……可却在文革中干了如此血腥的事，让人无法理解。因为组织合并的事，我总觉得有点儿对不住原“红色近卫军”的哥儿们，为教训任道远也让他受了苦，现在他却从背后杀死了我的狗，对他的内疚一下子荡然无存。

狗的忠实世人皆知。不管你怎么潦倒、多病、衰老，它也不会抛弃你。杀狗的人实在够戗，杀小狗的人更坏。没说的，我决定和王佑彻底断交。

这一夜，我的小屋变得那么凄异冷清。失去了英古斯，就像当初失去吴念祖的友情，令我痛苦万分。呀！我若死了，它一定会眼泪汪汪地守在我尸体旁；可它死了，我却连它尸体在哪儿都不知道！惨啊！它跟着我落了个死无葬身之地。

小英古斯如果不遇见我，现在肯定还在成都农家庭院里欢蹦乱跳。我把它千里迢迢带到北京，却给它带来倒吊在饭厅门前示众的耻辱，给它一个被刀杀戮，陈尸荒野的下场。我怎么对得起这条小生命呢！这乌黑乌黑的小灵魂，我光棍生活中的小太阳，我内心深处的小公主，我忠实品行的活楷模，它夜夜为我站岗，能把我肮脏的脚趾头舔得洁净如洗，从不嫌我，我却送给它死亡。

枕头旁、褥子上，所有曾染有英古斯气味的地方，都好像散发着血腥。

我尝到了学校两派组织斗争的残酷。

一个人躲在游泳池的小屋里，为英古斯之死，呜呜地号啕了一场。

第五章

千里扒车抗美援越

一个悲壮的故事，一幅浪漫的画面，陶醉了我们几个中学生：我们将在热带原始森林与美国特种部队角逐，比枪法、赛速度、拼耐力，我们将风餐露宿，神出鬼没，我们都是一流的柔道家、拳击家、角斗家、射击家、野外生存专家，经过无数次的战斗，才最后一个个地倒下，被掩埋在异国。如同切·格瓦拉，我们也是献身于世界革命了！英雄，功业，美名，冲昏了我们的头脑。

◇组织“毛泽东抗美铁血团”赴越抗美前，在天安门广场合影。

“就在学校开始军训时，我们几个人秘密地策划去越南。那几天，是北京典型的春天。成天刮大风，飞沙走石，草屑横舞，吹得你睁不开眼。窗户、大门被风沙刮得嘎吱吱响。尘土从门缝和窗户缝里钻进屋，把床单、被子、桌面都蒙上了一层薄薄的尘埃。我们聊着即将到来的行动，聊着今后的越南南方游击生活，都激动得要命，想象和猜测着未来种种战斗遭遇，做着各种各样的白日梦。”

毛泽东抗美铁血团

我讨厌一上午一上午地开碰头会、无止无休地争论、耍嘴皮子。我知道自己不是当领导的料，被选为革委会筹备小组成员很偶然，众多同学没返校，就让我瞎猫碰上了死老鼠。我多么愿意跟谢保国一起多找几次王德英教练，学学摔跤啊！再没有积极性去校长办公室开会了。工作组时期，这块让我羡慕的左派才能进入的机要重地已缺少了魅力。我时不时借故不到会，非常想辞了这个官儿。要是当个老百姓，整天跟我的英古斯厮守一起，它也不会惨死。

现在，脑子里想得最多的还是练块儿：争取悠双杠到六十，把胸肌练成四指厚；杠铃挺举要到一百公斤，大腿周长争取超过六十厘米。要充分利用那四件摔跤衣，把背、揣、入练得纯熟，准备好战斗本领。在家里被父亲暴打，上华北小学时频频受欺凌，已种下了暴力的种子。我迷信暴力，迷信块儿和拳头。当然，也有英雄配美女的观念，希望凭借块儿壮，遇见自己的冬妮娅。

一九六七年三月，毛主席的最新指示发布了：军队应分期分批对大学、中学和小学高年级实行军训，并且参与关于开学、整顿组织、建立三结合领导机关和实行斗、批、改的工作。

四月左右，解放军军训团进驻我校，执掌大权，革筹小组靠边站。有几十名解放军战士到各个组织做工作，号召大联合，组成三结合的革命委员会（三结合指革命造反派、解放军、革命领导干部）。接着，又大力宣扬毛主席提出的“复课闹革命”的号召，住在家的同学们纷纷返校，学校无政府状态有所好转，秩序逐步恢复。

这时，赵国章从云南串联回来后，一个劲儿煽惑我去越南。

他眯着小眼睛，阴阳怪气道：“哼，过去的多了，清华附、一〇一的还有死在那边的呢！”国章不打架，却爱钻研打架技术；没当兵的瘾，却爱练刺杀；很少练块儿，却爱琢磨计谋，三十六计倒背如流。

“真的，骗你是孙子。我在云南的时候，昆明红卫兵一帮一帮地从老街过。什么国界不国界，根本没人管。”国章眯着小眼睛，非常肯定地说。

这我相信。自北京红卫兵一九六六年底闯到越南后，全国各地所有不甘寂寞、想当英雄、想为世界革命作贡献的年轻人都纷纷向越南跑，但最后能否留下来也不清楚，听说周总理劝红卫兵回来。

我表示怀疑："到中越边境转一圈，很容易，但真正能被越南政府所接受，参加战斗，恐怕够戗。"

"不去，你怎么就知道够戗？形势在变化，去年不可能，今年就可能了。再说你能安心在教室里坐下来吗？我串联把心给串野了，根本坐不下来复课闹革命。去越南南方打游击多来劲儿！鲁迅说过：什么是道儿？从没道儿的地方走出来，就闯出一条道儿了嘛。"赵国章的小眼睛里闪着热情的光。

我对军训也实在没什么兴趣，整天学习，念那冗长的社论，批那早已批腻了的校领导，特枯燥无味。如果真能去越南，轰轰烈烈一番当然好，可我总觉得赵国章的想法不现实。

我问他："毛主席说要想达到预想的结果，一定要使自己的思想合于客观外界的规律。你想去越南符合客观规律吗？"

"我认为绝对符合。"

"为什么？"

"现在，美国一个劲儿地增兵越南，轰炸北方的规模也越来越大。越南是小国，财力、人力有限。他们的外交部长成天到外国访问，四处争取外援，我们主动送上门去，他们怎么能拒绝呢？"

"美国在越南不断战争升级，会不会停止？而且就算你到了越南南方，语言不通怎么办？"

"暂时还停不了。现在正是上升阶段。得打一段后僵持下来，才能停。语言问题嘛，我们可以组织一个中国红卫兵国际纵队，请阮友寿律师给我们派翻译。只要我们被承认了，语言问题还不好说！志愿军去朝鲜打仗，有几个会说朝鲜话？"

赵国章是一个很肉的人，做事优柔寡断，似乎挺稳重。他外号叫果酱，可以想象出他有多么的黏液质，现在对去越南却出奇地热情。

这个行动可是大事，不能轻举妄动。我请谢保国找点儿有关抗美援越的材料，他马上就从军事学院里给我找来一本最新的战备手册。我看到了下列事实：

调往南越的美军数量逐年大幅度增加，目前还在继续增兵：

一九六四年底一万人

一九六五年底十七万零八千人

一九六六年底三十六万零七千人

一九六七年三月五十四万零一千人

目前亚洲地区的美军兵力已超过他们驻欧洲的兵力。在越南的美军也早已超过当年在朝鲜战争时的美军兵力；

对北方轰炸的规模越演越烈，动用了 B-52 战略轰炸机；

美国以南朝鲜、日本、冲绳、台湾、菲律宾、南越、泰国这一弧形为第一线，以小笠原群岛、硫磺岛、关岛为第二线，加紧新建和扩建军事基地，对我国进行包围；

美军舰、飞机屡屡侵犯我国领海、领空，并频繁派遣战斗机、间谍飞机对我进行直接的军事侦察；

美国总统约翰逊亲自出马，召集美国和南越军政头目在檀香山开会，策划进一步扩大越南战争。美军政头目明确提出中国是今天美国最主要的敌人；

美国在日本的战略重点，从接近苏联的北海道，转移到靠近我国的九洲。并与苏联一起，加紧援助印度，妄图以苏联、日本、印度为核心，纠集一个反华大同盟。

……

从这些材料上，可以嗅到浓烈的战争气味儿。国章的想法有道理，我们可以借这一有利形势，溜到越南去，不必担心没美国鬼子打。至于到越南南方成立一个红卫兵国际纵队或许也有可能。抗日战争时，就有很多朝鲜人来中国参战，成立过由朝鲜人组成的部队……我渐渐开始动心。

特别是父母都靠边儿站了，前途叵测，让我感到还不如闯到越南战场干一番事业。

那天，赵国章见到我，又恳切地问：“想好了没有？去越南吧！奇怪，你平时那么想打仗，现在怎么对去越南一点儿没兴趣？”

我笑笑说：“谁没兴趣？”

“那我们就试试吧。”

“行。”

赵国章瞪着眼睛说：“你说话算话？”

“算话！”

赵国章重重地拍了自己屁股一下，一本正经地说：“好，我们现在来招兵买马，起码得凑够一个班，十个人。”

“对！就咱俩没法打仗。”

“首先把王佑吸收进来。成员以咱们班为主，都知根知底儿，彼此了解。”

“我刚和他断绝关系。他杀了我的狗。”

“但要想成功，不能少了王佑。他办事能力强，足智多谋，危机时刻能有主意。你为一条小狗和他闹实在太臭！我们要想成功，必须有他。”

英古斯是我高中以来，第二个动了感情的朋友，却被王佑给活活杀了！这事不敢想，一想就很惨痛。可现在，为了去越南，我考虑再三，认识到确实需要王佑。要实现目标，得闯过无数关口，全靠嘴皮子了。国章和我都不善辞令，我们两张嘴也不及王佑一个嘴巴。

“不知道他愿不愿意跟我和好？”

“这事儿我包了。”

想小英古斯在九泉之下，会理解我的。杀它的凶手，已经用拳头惩罚，现在我和凶手联合起来，是为了步英古斯后尘，在战场上完成自己的归宿。

赵国章马上出面找王佑谈，王佑果然同意。他是一个对所有冒险的事情都有兴趣的人。

国章高兴地说：“好了，有了王佑，我们就等于有了军师。”

这一天，国章带着王佑来到我游泳池的小屋。我们相互有点儿尴尬地点点头，开始商量去越南的具体事宜。

我问他：“你为什么要去越南？”

王佑严肃地说：“武装斗争是阶级斗争的最高形式。我们要搞阶级斗争，就应该积极参加武装斗争，换句话说就应该积极参加革命的战争。你呢？”

“我特别欣赏陈毅的那段话：美帝国主义不是要同我们较量吗？那么请吧，我们欢迎它来，欢迎它早来，来得越多越好。我等了多少年，头发都等白了。只要它敢来，我们就奉陪到底。”

王佑沉思道：“毛主席说我们这一代青年将亲手参加埋葬帝国主义的战斗。弄不好，越南就是一个埋葬美帝国主义的战场。”

“不过，大方向对，方法也要对才能成功。我们能不能顺利偷越国境？过去了，越南政府接不接受？”

“国境根本不像我们以前想的那么神秘，哪有人管？北京红卫兵过去的太多了。我听说地院附中的红卫兵还从越南带回了用美国飞机残骸做的小飞机。至于越南政府要不要，这问题很复杂。我们可以先造成既成事实。对了，这行动，一定要请周冰洋帮忙，让他跟我们一起走。他有个姐姐在河内，我们到河内先找到他姐姐，请他姐姐帮我们到南方。在南方打几仗，有点儿名了之后，越南政府就可能留下我们。”

王佑确实是有主意，几句话就把我们缠绕在心中模糊不清的问题理出了头绪。

周冰洋虽是柬埔寨华侨，却有亲戚在越南，也会一点儿越南话。我曾和他步行长征过，他总是大步走在最前面，相当能吃苦耐劳，不挑吃，不抢吃，多累也不发脾气。王佑讲了我们的打算后，他痛快答应，他对王佑一向很信任。文革开始后，也不讲华侨政策了，他在学校饱尝冷眼，当不上红卫兵，孤独寂寞，当然渴望着建功立业。

好！有了周冰洋，我们到越南后，就有了落脚处。

经过一番讨论，“毛泽东林彪抗美铁血团”宣告成立。这名字是王佑的主意，后我跟他商量一番，觉得字太多，给刻图章增加了困难，又删去了林彪。内心很佩服王佑对领袖的热爱，我就起不了这样的名字。

我们的第一目标是到南越直接参战，万一没戏，就在北越参加空防战斗，哪怕运运炮弹、送送伤员也行。

王佑起草了《毛泽东抗美铁血团赴越宣言》。记得其中一段话大意为：我们——毛主席的红卫兵，爱的是冲锋呐喊，爱的是刀枪剑戟，爱的是革命的暴力，爱的是埋葬美帝、苏修的人民战争。

要去越南南方打仗，还要找几个可靠的人。

我首先想到了刘金生。在狼牙山垂吊悬崖，姜傻子卡在半空中时，是他挺身而出，冒险从侧面探出一条路，给姜傻子带了出来，将来遇到危险，他肯定还会挺身而出。他手指头粗，握力大，我们经常一起练“桑搏”，相互撅胳膊、撅手指头。我跟他说了去越南的打算后，他当即表示同意。

还有班里的生活委员、印尼华侨陈典崇。他对工作一丝不苟，不怕麻烦琐碎，让他管后勤挺合适。跟他说后，他也一口答应。

我又想起了小胡子。他也很健壮，有块儿，大个儿，一撮黑黑的小胡子挺吓人。跟我练过拳击，训练一番可成为一流格斗能手。他这人也特别忠实，说话算话，不是那等朝三暮四之辈。当我询问他时，他犹豫片刻，为难地回答：“参加军训是毛主席的指示，我不能破坏。你们若需要办什么事，我可以在北京帮你们办，但我不和你们一起去越南。”

很让我有点儿失望。小胡子还是软弱，他心地好，就是缺少魄力。

打仗需要心狠手辣。周冰洋太文弱；王佑虽杀了我的小狗，其实人并不残酷；刘金生也不行，厚道而不心黑。还得找两个能厮打，敢往敌人眼里扎刀的家伙。

我首先想到了陕狗子，正经的革军出身，有正义感，当我的小狗被吊在食堂门前，众人观赏之时，他敢上前把狗解下来。都说他这孩子爱打人，下手抽过七十多岁的地主婆——谢大夫的母亲，还拿石块儿砸。我相信，他像那个东安市场的红卫兵小女孩儿一样，能往敌人头上浇开水。

我问："陕狗子，想跟我一起去越南吗？"

"行呀。"

"好样的，痛快。"

"什么时候走？"

"等准备好了，先别跟人说。"

"行。"

心想这家伙既有砸地主婆的勇气，砸美国的那些少爷兵也就不在话下了。但他曾反复向我解释，所谓打死谢大夫老母亲是他扔的最致命一下时，完全不是事实，是恨他的人给他造的谣。我喜欢军人子弟，他们比较淳朴、勇敢。

徐卫卫自从成了对立派后，我在感情上对她已由喜欢变成了痛恨。可我跟她弟弟徐学军的关系还不错，因他也老到操场上悠双杠，跟我就认识了。徐学军是个长脸，若再有点儿黑胡子，特像牛虻，非常坚韧。他体型消瘦，如同一张绷紧的弓，内蓄强力，听说抽老地主时，下手也非常凶狠，相信打仗不会尿包。

这个徐学军在北京红卫兵历史上正经是个人物。一九六六年八月十三日北京市在首都工人体育场召开过批斗小流氓的十万人大会，李富春、刘志坚等中央首长都去了，原因是两个红卫兵在抄家时，挨了扎。这两个红卫兵就是我们学校的，徐学军是其中之一，被人往腰上捅了一刀，幸亏扎得不深，没有伤到内脏。

跟他说后，他一口答应。

我想现有成员出身好的太少，多来点儿军人出身的才能改变我们铁血团的形象。就又试探地问谢保国："我准备去越南，你跟我一起去吗？"

谢保国惋惜地说："我妈妈哪儿也不让我去。"他此时沉醉于练武术中。和农村的小六混得特别好，就住在小六家，成天练武功，很少来学校。可他见我有些失望，想了片刻，答应把家里的一把日本三八式刺刀送给我。

除此之外，还应该有几个女生，而且要漂亮。女生可以搞侦察，可以引诱美国大兵……对付美国鬼子，美人计十拿九稳。

大串联的经验告诉我，跟女的一块儿走能沾许多光。我看见许多伙红卫兵，因为有女生，而在住宿、交通、参观当地名胜等方面受到照顾和优待。碰到什么难事，女的出面去办就成，而换了我们男的却要碰钉子。

但有哪个女的敢和我们一起去越南呢？

我想王球可能行。这位文革前的三好生，曾穿着不知从哪儿搞来的绿军装，成天找我，流着泪要参加红卫兵，那么虔诚。在文革前的一次救火行动中，她就表现出惊人毅力，二十多里的长距离行军硬把学校田径队几个专跑长跑的男生都抛在后面，去越南就需要这样的。

王佑找了王球，她的答复是：只要有其他女生去她就去。王佑又找了王球最好的朋友刘和平。这女的不一般，能言善辩，相当泼辣，自从批资产阶级反动路线后，她成了“延安战斗队”的头头儿，在学校崭露头角。搞大联合，“毛泽东思想公社”一成立，她即是核心领导之一。王球对她佩服得五体投地，成天跟在她屁股后面转，像她的狗腿子一样。

王佑谈了去越南的想法，并告诉刘和平，如果她去，王球也会去。刘和平想了一会儿，很爽快地说：“去！”

这女的能放弃领导地位，当我们铁血团的傻大兵，也够不简单。

可她俩的姿色一般，我和王佑还想再找两个姿色更好的女生。女生的分量全在姿色上，越有姿色，才越有威力，要是有个貂婵一级的，保准攻无不克。

我和王佑都看中了高三三班的胡贝贝。在高三年级，我觉得胡贝贝第一漂亮。清秀、短发、圆脸、亭亭玉立、皎洁如月，长得特像小学时我偷偷有好感的那个不知名的女生，但个子比她高。王佑擅长跟女生打交道，就由他代表铁血团找胡贝贝谈。不料她听后，微微一笑，表示不可能，因为父母多病，家里需要她照顾，脱不了身。

我们又看中了三班的体育委员汪爱迪，也相当漂亮。她不像胡贝贝那么白晰，脸色黑红，有一种健康的美。她体形矫健，跑百米能到十三秒多，比很多男生都快，校田径队的，绝对有诱杀美国鬼子的力量。

这事也由我们的外交部长王佑负责联系。谈了一次后，汪爱迪表示同意。

这样，铁血团有了三个女兵。

于是乎，就在学校开始军训时，我们几个人秘密地策划着去越南。违背最新指示就违背吧，反正我们在“抗美援越”方面听毛主席的话就行了。

那几天，是北京典型的春天。成天刮大风，飞沙走石，草屑横舞，吹得你睁不开眼，窗户、大门被风沙刮得嘎吱吱响。尘土从门缝和窗户缝里钻进屋，把床单、被子、桌面都蒙上了一层薄薄的尘埃。

我和王佑、国章、冰洋聚在我的游泳池小屋里，聊着即将到来的行动，聊着今后的越南南方游击生活。我们都激动得要命，想象和猜测着未来种种战斗遭遇，做着各种各样的白日梦，讲得头昏眼花、鼻干口燥。

国章苦笑着说：“我要是被南越伪军抓住，你们可快来救我呀。我别的不怕，就怕剖腹，让你死不死，活不活的，眼睁睁看着自己肠子肚子被掏出来，太难以忍受了。”他眼睛里泪汪汪的，好似自己真要面临被剖腹的命运——一九六五年底，《人民日报》登过一张南越伪军剖腹被俘游击战士的照片，给我们留下了极深的印象。

我挥挥三八式刺刀：“没说的，我们一定会想方设法地把你给救出来。但你可别当叛徒，把我们给卖了。向阮文追学习。”

“操，我如果成了叛徒，你们就把我杀掉，真的，我让你们白杀。”

王佑幻想道：“我们也来个武松劫法场。在你被枪毙的那一瞬间，突然出现，把刽子手干掉。”

国章缓慢地，露出果酱一般的黏稠口气：“可千万别晚了，我要被剖完腹，你再劫法场有什么意义？唉，要是像二郎神那样有三条命就好了。一条命少了点儿，打起仗来不够使。”

阮文追烈士因刺杀美国国防部长麦克纳马拉而被处死。我们羡慕他的英名，却希望自己不死。

我说：“应该发明一种炸弹，只乒乓球大就能把一座大楼给炸掉。这样能上百上千地杀美国鬼子。原子弹不好，一炸就要和敌人同归于尽。”

国章说：“不，最厉害的武器是隐身法。要是科学家能发明一种衣服，人穿上完全消失，谁也看不见，那一个人保准能顶美国大兵一个团，你信不信？”

我反驳道：“你说的隐身衣根本不可能有，可高性能炸弹早晚能造出来。”

“是啊，可惜没有。”国章沮丧地承认，“但没关系，我能把三十六计全给背下来，对付美国鬼子绰绰有余！”他爱看《三国演义》，喜欢琢磨斗智。

王佑微笑着说：“我们武器装备不行，只能打游击、打夜战。我特别会藏猫儿，哼，我要藏在一个地儿，保准谁也找不着。”

我也沾沾自喜：“这回，我的摔跤技术用着了。你们好好跟我学吧。”

王佑摇摇头说：“不行，美国人都比咱们壮，摔跤肉搏我们吃亏。”

“可越南人多瘦小呀，青山大捷照样用刺刀消灭了七十多个美国鬼子。”

国章正正经经地说：“我想养几个马蜂，装在瓶子里，随身携带，说不定关键时刻还能救我一命呢。报上说过，南方游击战士就有用毒蜂蜇美国鬼子的。”

王佑摇摇头说：“抗美援越不是小孩儿打架，果酱，你可别带那玩意儿，弄不好把自己给蜇坏了，多麻烦！”

国章坚持道：“我看过一篇介绍生物战的文章，完全可以训练出一种毒蜂，专门咬美国人。美国人身上有一股特殊的味儿，毒蜂一闻见这种味儿就蜇。”

冰洋很动情地向大家宣布遗嘱：“如果我死了，你们一定要把我的尸体运回国，我可不愿意埋在越南。”

“如果一颗炮弹正好落在你身边，把你给炸成碎末儿，找不着你尸体了呢？”我想起了洪老师解放海南岛时身边河南战友的遭遇。

“那就太惨了，失踪的人算烈士吗？”冰洋的眼睛红红的，无限悲哀。

王佑说：“不能算吧？也可能你开小差或投敌了呢？谁敢保证。”

冰洋叹道：“那等于白被敌人炸粉碎了，连个烈士也算不上！嘿呀！”

我问大家：“我特别怕饿，如果我们在一个光秃秃的山头被敌人包围，什么吃的也没有，那怎么办？”

国章转了转小眼睛说：“吃草根树皮，再找点儿蚂蚱蚂蚁什么的。”

“秃山上到哪里找草根树皮，蚂蚱蚂蚁？”

“那怎么办？”

我说：“吃敌人的尸体，敢吗？”

“我可不敢吃人肉。”

王佑笑道：“岳飞就敢吃。笑谈渴饮匈奴血，壮志饥餐胡虏肉。”

“我不敢吃，不敢吃。”

“那你不吃东西就没力气，没法消灭敌人啊。为了坚守阵地，为了革命就得硬着头皮吃啊！”

“去你的，宁死也不吃！”

“不，你必须活着，你死了还怎么坚守阵地？敌人尸体吃完，如果我牺牲了，希望你也把我的肉割下来吃了。吃饱了才有劲儿打枪，眼睛才不花。把我的肉化为力量，去杀美国鬼子！”

“去你的，越南的天气热，你的尸体会很快就腐烂，肉都臭了，还怎么吃？”

我没词儿了，无言以对。

……

我们继续猜测着各种最后结局，预想着各式各样的牺牲细节：刀砍、枪击、活埋、狗咬、剖腹……仿佛是真的要发生的一样，每个人都兴奋又哀伤。

一幅浪漫的画面把几个中学生完全陶醉。我们将在茂密的原始热带森林与美国特种部队角逐，比枪法，赛速度，拼耐力……我们将风餐露宿，吞吃野果，用匕首斩断缠在腿上的蛇。我们将像猿猴一样地在藤条中纵跃，神出鬼没。美国佬奈何不了我们……我们个个都是一流的柔道家、拳击家、角斗家、射击家、野外生存专家，摔敌人就像摔小羊羔子。经过无数次战斗，最后一个个倒下，被异国的一层树叶掩埋，绿头苍蝇嗡嗡地在我们的尸体上飞舞。如同切·格瓦拉一样，我们也献身于世界革命。

这是一个多么悲壮凄婉的故事啊！等多少年过去后，也说不定有导演把我们的传奇经历拍成电影呢！

英雄、功业、美名冲昏了我们的头脑，过去所有对战争的憧憬，现在都有可能变为现实。

肉不兮兮的国章抽泣着，眼泪跟断了线的珠子一样吧嗒吧嗒地掉。王佑哭红了眼睛。冰洋热泪纵横。我也因流泪变成了红鼻头。

我们好像真要快死了，越来越激动，边哭边说，边说边哭，活像四个神经病、妄想症患者，一遍遍聊着未来各种惨烈结局，预测着自己的各种死法。

青年人喜欢说极端的话、想极端的事、干极端的行动。我们哽咽着，相互一一描述着自己想象出来的画面：

有人身负重伤，在密林中被老鼠、鸟类、蚂蚁争相啃咬啄食，很快就被吃成骷髅……有人被凝固汽油弹炸得无影无踪，在高压高温下完全化为气体分子……有人被敌人追逐，跳进河中，叫大鳄鱼给咬住撕碎，吞进肚内……

啊，中国红卫兵的大名将书写在越南民族解放战争的史册上，永垂不朽。

四·一六行动

眼前，最大的问题是经费。我们去越南不能告诉家里，家长肯定反对，只能偷偷走。可早已停止串联，十个人的路费怎么解决？当我跟人提起这个问题时，一个外班同学说：“你老娘稿费有的是，想办法弄点儿嘛！”

这倒真启发了我。母亲的《青春之歌》稿费到底有多少，我不知道，但一定不少，为了神圣的理想，搞她一点儿也不为过。如果你是真的想过去打仗，而不是游山逛景到中越边境玩儿一趟，就必须有长期打算，就必须认认真真地筹集经费，否则根本没戏。我越来越多地考虑着如何行动。

父亲已被整成惊弓之鸟，在家里见了谁都客客气气、和蔼可掬。过去他在家里唯我独尊、目空一切，全是他一人说了算，对孩子动不动就骂就打，小胖都上外语学院了，还抽小胖耳光。现在却变了一个人，说话声又轻又低，经常发呆发愣，似乎又回到抗日战争年代，躲在地道里不敢大声喘气。

母亲的《青春之歌》闻名全国。自从《人民日报》一九六七年四月一日发表了戚本禹的《爱国主义还是卖国主义？评反动影片〈清宫秘史〉》一文后，从此报刊上不点名地对刘少奇进行了公开批判。随之，过去曾指责过《青春之歌》有小资情调的郭开先生挺身而出，借批刘少奇掀起了一股批判《青春之歌》的风，说它是替刘少奇及中共北方局树碑立传的。有同学告诉我天安门观礼台前墙上贴有大标语："彻底批判大毒草《青春之歌》！"非常显眼。我对这种批判，持很复杂的心理。比较起《平原烈火》、《烈火金刚》等小说来，我不喜欢母亲这本不打仗的书；可为此把这本书批成大毒草，打倒母亲，也甚觉惶惑，难以接受。下面就是当时的一份文革小报。

反动影片《青春之歌》必须彻底批判

北影遵义战斗兵团批判《青春之歌》战斗组

毛主席教导我们说：有错误就得批判，有毒草就要进行斗争。《青春之歌》从小说到电影是一株反党、反社会主义、反毛泽东思想的大毒草！《青春之歌》是一部形象化、艺术化的刘氏黑修养！

《青春之歌》从小说到影片流毒于国内外，对它的流毒至今未得到彻底揭发、彻底清算。

远在一九五八年，以郭开同志为代表，坚持毛主席革命路线，向反动小说《青春之歌》开了火。这是一场惊心动魄的两个阶级、两条道路、两条路线的斗争。小人物郭开的文章惊动了"阎王殿"的大小阎王，他们开动了所有宣传机器，出动了一批反动学阀、反动权威以及资产阶级专家、名流，什么周扬、林默涵、何其芳、杨述、郭小川、茅盾、崔嵬……纷纷出笼，发起了一场对郭开同志的反革命大围攻。

（《工农兵电影》一九五七年四月十五日）

随着文革的深入发展，我越来越感到自己的家没什么指望。文教系统都烂透了，一把手全部被打倒，没一个好的。父母失去了往日的地位和荣誉，门庭冷落，连外表都变了，再也不敢穿高级毛料衣服，整天裹着中式的蓝布棉袄，灰灰溜溜的，和小市民一个样。

我对父母积有很多意见。他们虽说不上虐待儿女，但远不如一般人家疼爱孩子。在不要娇生惯养的口号下，全家所有孩子从小学就住校。父母从没给我们买过皮鞋、夹克等高级一点儿的衣物，认为给孩子穿漂亮就是搞特殊化。父亲还激烈反对哥哥练武，经常偷偷翻哥哥的东西，把他练武用的沙袋、小镖、红缨枪、铁砂包等都给扔了。哥哥住在清华大学，校园很大，想买辆旧自行车，也被断然拒绝，竟还不许他每星期回家。

父亲虽是一个大学校长，却爱动手打小孩儿，抽人耳光。

初三那次申请入团，我割破手指，父亲对我大发雷霆，拳打脚踢，让我终生难忘。

学校给我第一个处分，父母表态支持；给第二个处分，虽有些疑惑，也表示支持，直到要把我送到工读时，父亲才着急了，找到学校求情。

一九六五年搞社教时，父亲是山西长治地区的工作团团长，北京市委发给每个四清工作队成员一套军棉袄，他返回北京后自己不穿，也不给我，说我穿一身军装影响不好，太特殊化；后来硬把军棉袄送给了朋友的小孩儿，让那小孩儿特殊化。

因为我老步行回家，在母亲的劝说下，父亲把他的一辆旧自行车给我骑。到文革前，父亲又给要回去卖掉。他财迷的故事多了，给人的东西总往回要，可和老葛朗台媲美。

又想起了前不久，串联从外地回到家，父母见了我面，冷冷淡淡的样子。正因为缺少家庭温暖，我才那么怀念老家的乡亲、看重友情、迷恋英古斯。

现在他们挨整，我倒不觉得怎么难受。如果在他们和毛主席两者中作选择，我绝对要选择毛主席。相信换了他们也一样。

唉，出身文人家庭倒霉透了。在血统高贵的“红红红”及“毛泽东主义红卫兵”面前，自己总有些自卑，不那么硬气。

坦白说，我对邓拓的《燕山夜话》也缺少兴趣，父母和邓拓混得这么熟，令我感到耻辱。他为什么不认识一个将军，却与这个反党黑帮分子亲密无间？

我决心牺牲自己的家，抢他一笔钱上前线。只能这样做了，没别的法子。不孝就不孝，怎么说都行，为了抗美援越，为了上战场，豁出去当强盗，当忘恩负义之徒，当踩着父母向上爬的坏蛋！何况，他们今后很可能被彻底打倒。

于是制定了四·一六行动计划，即四月十六日上午去我家行动，砸柜抢钱，之后就乘火车去广西凭祥。

王佑听说后担心地问：“万一不成，你以后回北京怎么办？”

“不知道。”

“你办事不顾后果。”

“要想成事就不能顾忌后果，背水一战才能把所有潜能发挥出来。”

王佑在前门的一家文具店买了一面大号国旗。“毛泽东抗美铁血团”的印章也刻好，下面还刻了一行英文 INTERNATIONAL，表示我们是一支国际部队。我还特地买了一把斧头，可以在密林中用来开路。

我们意识到这次是要一去不复返的，是要与母校、北京、中国永别的。雁过留声，兽走留皮，临离开学校前，当然希望给母校留下一点儿自己的痕迹。我和王佑思索了一番，决定在学校后面的鹫峰上，找一块峭壁刷一条大标语，留下铁血团的英名。什么口号才能万古流芳呢？王佑连想也没想地说：“毛主席万岁！这是时代的最强音。”

鹫峰半山腰有一块峭壁，跟狼牙山上我们垂吊的那块儿差不多高。峭壁下面是一座坍塌的破庙，夜间从里面飞出的大鸟曾吓得我毛发竖立。

我们扛着学校爬绳用的粗绳来到峭壁上面。王佑自告奋勇地下去刷大标语。他把绳子盘了个圈儿，将大腿套进去，一手拿大排笔，一手拿盛白灰水的小桶。我、周冰洋、赵国章三人拉着绳子，慢慢将他下垂到峭壁上。我们看不见他，全凭他的声音来控制绳子。他悬在半空中，开始刷“毛主席万岁！”五个大白字加一个感叹号。每个字都有一人多高，每写完一个，我们就松绳子，他再写下一个字……最后署名：四十七中铁血团。

用了整整半天时间才干完了这项工作。当把王佑给拉上来时，他的脸变得惨白，大腿根儿也被粗绳磨红了。“哎呀，我最担心绳子要断。峭壁是斜的，下面往里缩，越到下面，缩得越厉害。我必须荡起来，才能靠近峭壁，得荡一下，刷一下。总晃悠那绳子可容易磨断啊！”

这块峭壁下面往里倾斜，虽让王佑刷标语时承担了很大的危险，却也使那五个大字躲过雨水侵袭，得以长久保留。尽管只是用白灰刷的，四十多年后，当我们再去鹫峰时，发现它下半部的遗迹依然存在。

回到学校，站在我们校园里，往山上望去，在苍苍峦峦的半山腰上能看见那白灿灿一行，虽看不清是什么字，也解恨。哈哈，我们铁血团将与青山永存。

既然就要上战场、有去无回，自己的行李、衣服和其他用品都得处理掉。

四件摔跤衣送给了谢保国；四个拳套送给了小胡子；从图书馆偷的一麻袋书放在宿舍地上，谁要谁拿，很快被一抢而光；衣服、脸盆、饭碗、鞋、毛巾被、李志民家的窗帘都堆在床头，任同学们自由挑选，喜欢什么就拿什么，一概白送。

行动前的两天，我把被褥送给了一个姓韩的农村同学，把剩下的食堂饭票也送给一个公社战友……留这些东西也没用，不如送给同学做个纪念，同时可用这方法断绝退路，激励自己一去不复返。

平时我绝不大方，借给别人钱总有点儿担心人家不还；一块有窟窿的旧毛巾丢了，也会心疼。可现在，我却毕生中头一次把自己东西通通送给别人，财迷细胞全无，感觉异常新鲜、爽快、悲壮。

心情极复杂，也夹杂着忧愁。执行四·一六行动意味着我和父母彻底断绝来往，今后除了战场再没地方可去，如果失败，就等于无家可归了。哎呀，若真这样，自己没家没业的就成了一无所有的穷光蛋，比农村同学还穷。内心里十分沉重。

人都喜欢生命，愿意活着。我和同学们这样诀别，却有点儿像上刑场的味道，似乎自己的生命已快到尽头。当我把自己这一点点家当留给同学们时，嘴上笑着，满不在乎，心里却颇为伤感，满腔悲凉。

让我安慰的是小胡子、谢保国、志新等身边几个同学答应永远不会忘记我，如果我死了，尸体运回国，他们一定会到我的坟头上看望。

不少同学都知道我们即将开拔，却自觉保密，使军训团事先毫无察觉。

四月十五日这天，我仍睡在游泳池小屋里。晚上热血烧得全身滚烫，彻夜难眠。明天就要执行四·一六行动了，从此就要去遥远的异国征战。这将是我一生的转折点。有人会说我这是用牺牲父母来成全自己的英雄梦，利用文化大革命来投机上战场，过打仗的瘾。

骂什么都认了。我不是生活在一个正常的家。在一个不正常的家里，我的行动自然不可能正常。初三割手指那次，父亲动手打，真是把我的心给打碎了。

反正投机抗美援越、投机沙场，总比投机当官儿、投机争权夺利好。

反正董存瑞、黄继光、伏洛佳、杜比宁等都渴望当英雄，想当英雄没错。

反正四·一六行动是忠于毛主席的。毛主席发出了“抗美援越”的指示！

反正四·一六行动是大义灭亲的！我砸了走资派、资产阶级文人的家，决心和这个家一刀两断，永不来往。

拼命地给自己的行动辩解着。因为任道远对我的评价，总在灵魂深处回荡——妈的，谁踩着别人往上爬了？这是抗美援越，这是大义灭亲！

哼，我团结不好，你周崇丹讥笑我；哼，我入不了团，你齐德操看不起我；哼！哼！咱们看看谁有种，谁对国家贡献大！

是七尺男儿生能舍己，做千秋雄鬼死不还家。这革命烈士写的对联自己终于要亲自实践了！我能死不还家，能杀身成仁，一点儿不比你们党团员差。

战场最能净化灵魂！我身上的资产阶级思想，也只有在战场上才能得到彻底改造。枪林弹雨中，绝不会去涂脂抹粉！枪林弹雨中，绝不会有流氓念头！

战场是圣地，是革命战士光荣的归宿，我想起了一首歌：

当兵为什么光荣？
光荣因为责任重。
当兵为什么光荣？
光荣因为责任重
……

从小到大，就想当一名战士，现在去越南，虽不算正规参军，却同样地玩儿枪、肉搏、打仗……啊！光荣呀，此时此刻，在四·一六行动前夜，太阳穴轰鸣，内心涌浮起一缕缕雄强的声音：为去越南前线，上刀山下火海也干！

一九六七年四月十六日，星期日。

清晨，北京刮着扑朔迷离的大风，电线杆子被吹得呜呜作响。

我特邀了小胡子参加四·一六行动。他同意在北京当我们的后方留守代表。

上午九点半，铁血团全体成员聚集在柳荫街我家附近的一条小胡同处。王佑告诉我，汪爱迪托人转告，家里坚决不让她来，只好放弃，特向我们表示歉意。

实在有些遗憾，我们失去了一位最漂亮的女战士，能诞生出很多罗曼蒂克故事的美女特工。但转念一想，高级知识分子家庭出身的就是事儿多，畏首畏尾，将来也许会经不住敌人拷打，出卖我们呢！不去就不去，没什么了不起！

现在，就要开始铁血团的第一个战斗行动。

首先要侦察家里都有谁。我一个人来到家门口，按了门铃，姑姑给我开了门。文革以来，父母辞退阿姨，由姑姑帮忙做饭，干阿姨的工作。我问姑姑：“家里都有谁？”

“你妈妈上单位学习去了，就你爸爸和两个姐姐在。”

我点点头，对姑姑说："好，我先出去一下，一会儿再来。"

姑姑眨巴眨巴眼睛，脸上露出困惑。

走到胡同口，与小胡子、王佑商量怎么对付。我不想与父亲面对面地冲突，那太尴尬了，还是回避一下好。怎么来个调虎离山计呢？灵机一动，想出一计：以机关名义，通知他去开会。

我请小胡子在附近公用电话处给父亲打个电话，自称是北师大革委会筹备组，请父亲马上到主楼会议室开会。小胡子说话慢条斯理，显得稳重又成熟，像个大人。我们躲在附近暗处观看。果然几分钟后，我看见父亲低着头，推着自行车，走出了大门。

调虎离山计完全成功。下一步就是率领铁血团冲进家门，占领母亲的卧室，砸开大柜，拿走现款。

为缓解抢钱的恶名，我让两个女生准备了油墨和笔，请她们刷标语，加强行动的政治分量，抢钱的名声太难听了。

分工如下：

王佑负责剪电话线，破坏联系，机动指挥；

赵国章负责把姑姑看守在吃饭屋里；

周冰洋把守大门，不许任何人进出这个院子。

我、小胡子、刘金生、陕狗子、徐学军是行动主力。我们冲进了北屋。大姐坐在缝纫机旁，停下了手中的活儿，愕然地望着我。这大姐是父亲前妻的女儿，丰腴漂亮，喜欢读中国古典小说，深受父亲宠爱。

上次见面，我还和大姐说话聊天，只隔两个星期，就翻脸不认人，视若仇敌："你到里屋去。"

她莫明其妙地问："干什么？"

"少啰唆。走！"陕狗子不客气地推了她一把。

"你们要干什么？"她的脸涨红了。

"不许嚷。"我厉声喝道。

"好，小波，等爸爸回来再说。"大姐怒气冲冲地走到里屋。

我不愿在姐姐的目光注视下抢家里钱，再热血沸腾，也还残留着这点儿虚荣。我深吸一口气，走到大柜前，用斧头抡圆了一劈，只一下就把大衣柜放钱的那块地方砸个窟窿。从一个画有芦苇的精致木盒子里，找到了厚厚一沓钱，又搜出了三个存折及一百多斤全国通用粮票。

记得家里还有一个 135 相机，找半天也没找着。但我看见了一个很高级的牡丹牌半导体，就顺手牵羊塞进了自己书包。这玩意儿当时值一百五十多块钱。

王佑把电话线剪断，陕狗子笑哈哈地拿着电话机，走出门，一甩手扔上房顶。陕狗子喜欢抄家，他一副娃娃脸，什么也不在乎，干这活儿干练老到。

刘和平与王球在地上、墙上、写字台上、玻璃上刷了一条又一条的大标语：

“彻底批判大毒草《青春之歌》！”

“杨沫必须低头认罪！”

“英雄的红卫兵万岁！”

“打倒杨沫！”

……

我激动、狂热得要命，仿佛这么抄还抄得不过瘾，我又把卫生间里的雪花膏、香水瓶狠狠地扔向院子中的一座小石头山，给砸得稀巴烂。母亲老爱抹这些资产阶级奢侈品，难怪革命群众批判她进城后，贪图享乐，变修了。

目的全部达到，该撤离了，但如何对付我这两个姐姐成了难题。我们一走，她俩肯定要报警。把她们反锁在屋里，她们会跳窗户。来不及多想了。突然《烈火金刚》中何大拿被绑在玉米地的细节，掠进脑海，给了我灵感。

说干就干，我告诉了陕狗子自己的打算，把姐姐捆起来。

大姐正坐在里屋床头发呆，见我们闯进去，站了起来，冷冷地瞪大眼睛。我什么话没说，一个箭步扑过去，两手搂住大姐双腿，头向前顶，一家伙就把大姐撂倒在床上。“妈呀！”她尖叫了一声。

陕狗子闪电般把一团袜子塞进她嘴里。大姐拼命挣扎，想用手把袜子掏出来。但我膝盖顶着她的小肚子，双手用力按住她胳膊。

陕狗子又把第二团袜子塞进了她嘴里。她终于喊不出声了。

我把大姐掀翻过身，反扭住她双臂，用晒衣服的绳子，开始绑她。大姐力气耗尽，渐渐放弃反抗。可她老故意撑着四肢，给自己留提前量，为保证安全，只好使劲儿勒，把她的提前量给勒回去。

我没有捆人的经验，累得满头大汗，总算绑结实了。

大姐趴在床上，两腮鼓鼓的，脸涨得通红。

之后，我俩又去南屋里捆小胖姐姐，这次更顺利。

“你别打我，别打我！”小胖姐姐恐怖地乞求。

“我不打。就给你绑起来。”心里无限感慨。在困难时期，曾对小胖姐姐非常敬佩，她不怕饿的精神折服了我。但后来，她资产阶级生活作风越来越厉害，老穿怪怪的衣服，有一大堆皮鞋，爱听资产阶级靡靡之音……令我重新与之疏远。

她不放心，一遍一遍地说："别打我，别打我。"

我告诉她："我不打。你放心。"

她乖乖地让我绑，配合得很好。脸色苍白，眼里充满恐惧。

陕狗子同样负责往她嘴里塞袜子，两只就把小胖姐姐的脸塞鼓了一个大包。

把两个姐姐捆绑起来后，起码能维持住一个多小时她们无法报案。而这段时间，我们可以从容撤离，直奔火车站上车。

姑姑没有绑，只把她反锁在吃饭的屋里。这姑姑对我非常好，自小把我带大，一九六〇年困难时期，宁肯自己挨饿也让我敞开肚皮吃饱饭，一两粮票都不管我要。

十点一刻，铁血团离开了现场。

在这个小小的四合院里，我度过了自己的少年。永别了，灰色的小四合院。我当时没有一点儿储蓄常识，以为活期储蓄取钱需要证件，抢来的三个活期存折没用，就在一个公共厕所里，把三个小本本全撕成碎片，扔进茅坑。

到了厂桥无轨电车站，我与小胡子紧紧握手告别，他自己独自乘车返回学校。我俩约好，今后铁血团有事就和他联系。他在北京没家，总住在学校。

大约十一点多钟，我们一行十人，聚集在天安门广场，拍了一张出征前的合影。相照得很糟糕，因那天刮风刮得天昏地暗，光圈又没调好，相片灰不溜秋。

铁血团的装备非常简单，每人只带一个挎包，里面放着一身换洗衣服和洗漱用具，仅有的武器是一把三八式刺刀、一把斧头和一把西藏匕首。

接着，我们直奔北京火车站。

被扔出火车

去武昌的三十七次直快铿锵铿锵地向南奔驰，疾风从窗户外呼呼地吹在脸上。

望着窗外迅速离去的田野、树木、电线杆，心情兴奋又沉重。从现在起，我没了家、没了父母，成了过河的小兵，只能前进，只能沿着这条路走下去。

我的生命和去越南战场融合在一起了。“风萧萧兮易水寒，壮士一去兮不复还”的感觉油然而生。

如果不成功，到哪儿去呢？与父母彻底断绝了关系，没了经济来源，北京已无立身之地……一想这些，心情就被罩上了一层阴云，干脆不想。

刘和平坐在我旁边。她短头发、狮子鼻、眼睛跟猫一样圆、双颊老是油汪汪的，说话嗓门很大，显得愣头愣脑，其实人很聪明。学校反血统论的各派联合成“毛泽东思想公社”后，她的组织能力、答辩能力、个人魅力渐渐显露，由运动初期的无名鼠辈，一下子成为领导者，全校著名。

“马清波，你能不能给我讲讲你对去越南怎么考虑的？”刘和平突然问。

“打仗呗。”

她盯着我说：“你具体一点儿，谈谈嘛。”

怎么具体谈？从小学起就想当兵。上初中后，成了兵迷，饿着肚子刻苦练块儿、跑圈儿、厚着脸皮到宣武区武装部哀求、请母亲配隐形眼镜……到了四十七中更憋着一股劲儿想上战场一显身手，把全部精力都放在练拳脚上。这次去越南，如果立了功也是个资本，回国后有可能参军，将来在人民大会堂开英雄代表大会时，我也许能出席！说不定与那位不知姓名的小姑娘还能重逢，成为我的冬妮娅！

在游泳池小屋最后那几天昏昏沉沉的日子，我跟王佑、赵国章、周冰洋日夜谋划、幻想、畅谈，为人生的生离死别，战争的残酷，友情的凄婉，战士悲惨结局……痛哭流涕，好像脑子里的幻想都是真的，神圣得要命。

但我和刘和平素不相识，怎么可能把心中这些秘密想法向她透露？

她见我不说话，还不罢休，继续一本正经地问：“你对战争有研究吗？”

“没有。”

“真的，你是怎么考虑去越南的？”

心里有些不舒服。她应该看得出来，我不想和她谈这话题，却还穷追不舍。

“就是去打仗吗，执行毛主席最高指示。”

刘和平的父母和我父母是晋察冀的老战友，她父亲现在成都西南局工作，可这并未消除彼此间的距离。我感到她有一种当头头的派头，总居高临下，要求别人向她汇报自己的思想。不喜欢她老审查我去越南的目的。

刘和平可能有所感觉，面露愠色。我们初次谈话就此结束。

王佑向我推荐刘和平时，说她有魄力，胆子大，敢和男生拍桌子瞪眼。

虽是个头头儿，并不官儿迷，有股鲁气。只可惜姿色一般，美国兵不见得能让她给勾引出来。

车轮单调地响着，王球静静地读着毛选。我对她印象要比刘和平好。圆圆的脸像土豆一样朴质，全校有名的三好生，一年到头，总穿着身旧蓝布衣服，不爱打扮，就是有点儿丑，如果她再漂亮一点，我就会喜欢上她。她救火的那一趟跑，令人印象深刻，着实可歌可泣。

王佑在火车上对两位女生很关心，常主动与她们聊天，为她们打水，帮她们到餐厅买饭……我却基本上不理她们。心里暗想，要男女平等，对女生应像对男生一样，不能额外巴结讨好。

赵国章煽动我下决心来越南后，自己就隐退了，一点儿也没野心当个什么头儿，所有事情让我和王佑处理。他最大的优点是脾气好，见人总面带微笑，让人觉得都有点儿伪善。他不爱打架，却爱看武侠小说，喜欢琢磨邪门歪道的打架窍门。比如，他自制了好些小纸筒，里面装着白灰，用糨糊将口封死，放在口袋里。那一个小纸筒就是一个手榴弹，危急时，可捏碎纸筒，往对方脸上扔。

周冰洋剃一个小平头，穿一身蓝衣服，外表上看根本不像一个华侨。他姐姐在河内一家报社工作，有通信联系。据他说，越南反帝不反修，中苏越三角关系很复杂。但他相信姐姐会理解我们，给我们最大的帮助。他性情稳定，很少激动，很少沮丧，老是那么恒温，思想特别单纯，对毛主席的话深信不疑，能句句照办。有毛主席消灭美国侵略者的指示，他肯定能下得手去杀人，像杀青蛙一样。

陕狗子有些娇生惯养，在火车上嘴不能闲着，一会儿喝，一会儿吃。但他勇敢，小老虎式的什么也不怕，打人手狠，不顾后果。我猜让他撕敌人的指甲盖，他肯定撕，像撕蚂蚱腿一样，他要是拷问美国鬼子，一定有效果。

徐学军腰上挨过一刀，在北京工人体育场十万人斗小流氓的大会上讲过话。但真实的他一点儿也不桀骜，很老实，说话不多，总是睡觉。

刘金生家在太舟坞农村。眼睛很大，鼻子宽正，方脸盘，皮肤干燥无光，无论天气怎么热，怎么出汗，脸上看不见一点儿油亮，帆布一样，是一张天然的饱经风霜的脸。他身高体壮，走路有点儿驼背，平时老是小平头。这家伙沉默寡言，貌不起眼，却极能吃苦耐劳。

铁血团的这些战士虽都没打过仗，相信经过一段时间的锻炼，个个都是好兵！

火车刚过定县，列车员开始查票。我们十个人只买五张票，而且还是到石家庄的，马上就被列车员发现了。

一九六七年四月，大串联已经正式停止，可大串联养成的习惯犹在，蹭车极为普遍。对一个中学生来说，花几十块钱买张去凭祥的车票，实在犯傻。连我买这五张车票，国章都觉得亏，嘟囔道："一毛钱站台票足够了！"

到了石家庄，列车员赶我们下车。我们硬赖着不下，列车员也没有办法。

这是去武汉的直快，站和站之间相隔很长。又熬过了邢台，列车员仍没能把我们轰下去。好啊，照这样看，能坚持到武昌，我暗暗庆幸。

大约晚上九点多钟，一位女列车长出现在我们面前。她个子很高，相貌秀气端庄，表情严肃，臂上佩着列车长的徽章。

"你们几个没票吧？"

"嗯，什么？"我睁大眼装傻，只恨爹妈没多给我点儿无赖方面的遗传。

陕狗子满不在乎地嘟囔道："谁没票？玩儿蛋去！"

国章、刘金生、徐学军都歪着脑袋，呼呼地睡着。周冰洋默默观望，两位女生也都不言不语。

只有王佑帮着我对付列车长："列车长同志，请您多关照。"

"中央文件已明确宣布停止串联，不许再无票乘车。你们怎么办？是补票，还是下车？"

"我们没钱买票呀？"

"那就下车。"

"嘿呀，当初我们红卫兵上火车时，你们可热情了，现在又怎么这样了？"

"上面有了新的政策，就不能免费乘车了。"

"灵活机动一点儿嘛。"

女列车长沉思了一会儿："好，你们跟我走吧。不要影响旅客休息。"

我们没有经验，也不想在旅客面前向列车长乞哀告怜，只好硬着头皮跟在列车长后面。串联时哪个列车长不对我们红卫兵有求必应？满以为只要苦口婆心地给列车长做工作，耐心解释，她有可能会特殊照顾照顾我们。当着普通旅客的面，她想通融也不好意思。

女列车长把我们带到了餐车。在这儿，她继续让我们补票。

"哎呀，我们都是穷学生，没钱买票啊。"陕狗子晃着脑袋，可怜巴巴地说。

"那怎么有钱买五张到石家庄的票？你们不是没钱。"

"我们就有那么一点儿钱，再也没有钱了。"

这女列车长三十岁出头，穿一身得体的铁路制服，短头发，黑黑的大眼睛，五官匀称，说话柔中有刚："中共中央三月十九日下发的文件已经明文通知停止大串联，你们为什么不听？”

王佑狡辩道：“列车长同志，我们是首都中学红代会的，有重要事情去武汉。因情况紧急，一时也没带钱，请您多包涵。”

我们拿出中学红代会的空白介绍信，请列车长看。这介绍信是姜傻子从李冬民那搞来的，走前给了我几张。当时中学红代会刚开过不久，牌子还算硬。

列车长沉静地说：“不管你们是干什么的，现在已经停止串联，要乘车就得买票，不买票就请下车。”

“我们到武汉再补票行不行？”

“不行。”

……

我们死皮赖脸地和女列车长贫着嘴，时间一点一点地逝去，熬过一站是一站，过一站就离越南近一点儿。

从晚上八点多钟，一直磨叽到深夜十二点，我们一会儿趾高气扬，一会儿像小孩儿一样央求。感慨啊，几个月前，全中国的列车长都还对我们红卫兵毕恭毕敬，客客气气，可下来一个文件，马上就翻脸不认了。不打不成交，我们希望和这位女列车长吵出交情。她的样子美丽而善良，很像《洛神》电影广告上的那位女主角。我们都是中学生，半大不小的孩子，苦苦恳求她一番，也许能感动她。

就这样，一直赖到了郑州，再坚持一会儿就到武汉了。火车在郑州停车十七分钟，熬过这十七分钟，又可以向南多走一站。

餐车里，疲倦的女列车长再次要求我们补票。

王球尴尬地傻笑着。刘和平变成了哑巴，她虽能说会道，也狡辩不出无票乘车的理来。国章很会装蒜，他满脸忧郁，一副得了重病的样子，眼里泪汪汪的。我总奇怪他眼睛里为什么有那么多水分，特能唬人。

王佑作为我们的外交部长，鼓唇弄舌，喋喋不休地向她解释：“列车长同志，因时间紧迫，身上没带足钱，实在来不及买全票，到武昌后我们一定补票。求求你了！”

“这不合规矩，要按章程办事。我最后一次要求你们立即下车。”列车长那清秀的面容，变得非常严峻。

再有几分钟火车就要开了。我们故意装傻充愣，或不说话，或佯装睡觉，或向她哀求。女列车长困倦的面容露出了失望，站起身走了，不知干什么去。

我们估计她可能是太累了，要歇一歇。此时，大约深夜一点左右，我们也很困，就在餐车里开始打着瞌睡。

不知什么时候，餐车两头，拥进来七八个大师傅，个个肥头大耳，体壮如牛。他们穿着油污污的白工作服，阴沉沉地向我们逼近。

严肃的女列车长出现在这群壮汉后面。

我们还没清醒过来，就被这些大师傅分割包围。紧接着王佑就被几双有力的大手擒住。他猴子似地挣扎，嘴里尖叫着："干什么？干什么？"

一个大师傅厉声吼道："你给我下去！"猛地一拽，差点儿把他扯一跟斗。

"好，你打人！"

"打你怎么啦？谁叫你不买票的。"

那大师傅满脸通红，揪住王佑脖子向车门拉，一下就给他拉了一米多远，只三四下，就把他揪到了门口，使劲儿一推："小崽子，给我下去吧！"

在昏暗的灯光下传来王佑的怒骂："老肥猪，老王八蛋！你没好下场！"

这时周冰洋也被他们抓住，嘁里哐啷拽下了车。

国章本想反抗，可被揪得更猛，连拖带拉地从门口推下去。他平静地抗辩着，嘴角上挂着一丝苦笑，眼睛自始至终那么温和，含着泪花。

"好，你们破坏十六条，搞武斗！你们当心点儿！"

陕狗子见状，神色紧张，想自己走到门口，但已经晚了，两个大师傅像暴怒的狮子，揪住他，一扯一扯地猛拉，在门口还把他的头撞在车厢的棱角上，疼得他哎哟惨叫。他身子单薄，重量轻，大师傅揪他跟玩儿一样。

实在是太突然了。现在才明白，女列车长把我们叫到餐车上的用意。我们夹在旅客中，不方便行动，她才要把我们集中起来……啊！这漂亮女人好阴险！

就在我感到陷入埋伏，手足无措时，三个又胖又壮的大师傅气势汹汹地扑来。那六只强壮的大手死死抓住我衣领、胳膊、脖子，把我按在小桌上，从他们油污污的工作服上散发着葱和刷锅水味儿。我的胳膊和小腿再粗也敌不过这三个鲁智深一样的厨子。我左右扭动，绝望挣扎。对方可能觉得把我拖到门口太费事，嚷道："打开窗户，打开窗户！"

有人马上就把最近的窗户打开。

这几双大手干脆地把我往窗口塞，我本能地想抓住一个什么地方，以固定身体，但根本来不及了。那六条强壮的胳膊，每条都有四十厘米以上的周长，跟六个大象鼻子一样把我卷住，一人揪着我双臂，一人捏着我后腰，一人提着我一条腿，硬塞出窗户。

那窗户离地面少说也得一米七八。眼看要掉下去，我赶紧蜷缩身体，双手护头，凌空了几秒种后，摔在了月台上。或许是太紧张，一点儿也不觉得疼。这是我毕生头一次让人从窗户里扔下火车。

刘金生、徐学军的命运也和我一样，都被从窗户里扔出去。

他们对两位女生还客气一点儿，把她们推到门口，赶下了车。

这时，开车预备铃响了。我们的所有书包都还在车上，必须赶紧拿下来。

我拼命地从餐车处跑到我们原来坐的车厢，向一个坐在窗口的旅客说：“同志，劳驾帮我把书包拿下来，多谢你了。”

这旅客五十来岁，慢条斯理地抽着烟，假装是聋子，毫无反应。

人在火车上要比车下的人高一大块儿。这位旅客俨然露出高人一等的神态。

旁边一个旅客问：“为什么火车还不开？”

“哼，就为那几个不买票的学生。”

“早就停止大串联了，这些学生真不像话。”

……

“同志，帮帮忙，把我书包给拿下来。”我又开始求另外一人，但那旅客赶忙把眼睛转到其他地方，装没听见。我心急如焚，额头冒汗，火车就要开走了。我只好又向另一个小伙子苦苦恳求。这小伙子动了恻隐之心，按着我的指点，从行李架上拿下了我们的一个个书包。

“还有一个绿书包。”

“找不着呀！在哪儿？”

周围的旅客都戒备地盯着自己行李，害怕小伙子拿错了。这时，火车长鸣一声，车轮徐徐开动。那小伙子再没心思找了。还差一个书包没拿下来，里面放着三八式刺刀，急得我龇牙咧嘴，但没办法，只好眼睁睁看着火车缓缓离去。

这是一九六七年四月十七日夜里一两点钟，郑州火车站的月台上。火车向南方移动着，我正沮丧万分时，猛然发现王球还站在餐车门口的踏板上跟上面的人交涉。她双手死抓住车门扶手，大声喊：“我的书包！我的书包！”

而车上的大师傅不理她，用脚踩踏她的手。

火车在逐渐加速，她继续拼命喊着：“我的书包！里面有毛选！”火车已驶出了站台。王球依旧站在餐车踏板上，双手攥着扶手，大师傅无论怎么用脚踢、踩、碾，都无法把她蹬下去。

“停车！停车！”王佑、国章、刘和平在下面焦急地喊。

这时车速已相当快，王球没法儿往下跳。轰隆隆的列车，拖拽着她单薄的身躯，左右摇荡，狂风吹乱了她的短发。她的头晃来晃去，躲闪着车上踢来的皮鞋。此刻要是掉下来，非摔个头破血流；若卷进车轮，就得给碾死。

可她还哭喊着："我的毛选！我的毛选！"

危急中，不知车上的谁拉了紧急制动闸，随着长长的一声刺耳的刹车声，三十七次直快，那马力强大的内燃机车头为了我们铁血团的王球，被迫在站外紧急停车。

不少旅客都纷纷从窗户里探出脑袋，观看发生了什么情况。

"怎么了？"

"还是那几个学生弄的。不买票！"

"一点儿公德都没有！"

……

王球继续呼喊："我的毛选！我的毛选！"她披头散发，嗓子都喊哑了。

我跑到王球跟前，看到上面的女列车长，端庄的脸上挂着冷笑，把一个书包扔给了她。王球这才松开了手，从车厢踏板上下来。她脸上挂着泪珠，紧紧地搂着自己的军挎包。

王球为了这书包，硬扒着火车扶手，让三十七次直快在郑州车站外停了车！真够厉害的。我同样也丢了一个书包，把刺刀白白丢掉，却没她这死不撒手的胆量。

这趟列车被我们弄得在郑州耽误了三十多分钟。旅客们望着我们时，目光充满了厌恶、反感，与当初第一次串联时，旅客对我们的热情恰成鲜明对照。

我愤愤地想，将来如有机会到武汉，一定到火车站找到那位女列车长问问，我们没买票是不对，但她请一帮大师傅把我们从窗户里扔下火车，就符合党的政策吗？如果给我们摔坏了怎么办？

扒货车

三十七次直快又重新起动，那灯火辉煌的车厢一节一节地在我们面前闪过，最后的行李车也一掠而去，顷刻就剩下我们十个人站在郑州站外二里地的黑暗之中。

大家相对无言。哼，狼狈透了！铁血团还没打美帝呢，就让一帮大师傅给收拾了，个个给拽得鼻青脸肿的，还丢了一把刺刀。

“他妈的，中计了！根本不应该到餐车上去。”我懊丧地揉着自己胳膊。

国章泪汪汪地说：“这列车长有问题，再不买票，也不应该动武啊！”

陕狗子哀叹道：“哎呀，头给撞蒙了，那大师傅故意揪着我头往门上撞，现在耳朵还嗡嗡响。”

“扒货车去吧，货车上根本没人管。”王佑提议。

“行。”大家都表示同意。

电影《保尔·柯察金》里，红军战士转战乌克兰原野，就都坐的是货车，连车顶上都坐，更何况扒货车特能练吃苦能力。谁也不求，就是苦点儿。

这时大约有深夜两点多钟，我们沿着铁路，向郑州西站方向无精打采地走着。郑州西站是个货车站，离客车站约有十几里地。那高高的铁架上，并排着数十个聚光灯，照亮货场，很远就能看见，于黑暗中，给我们指引着方向。

万籁俱寂，我们个个都困得要命，昏沉沉在枕木上走着，每个人都懒得说话。多想睡一觉啊！刘和平困得睁不开眼，走路歪歪扭扭，像喝醉了一样。王球给磕成了瘸子，一声不吭地紧随其后。大家深一脚、浅一脚地走了不知多久，十个幽灵般的黑影终于来到了货车场。

好宽阔呀！郑州货车编组站足有二三十道铁轨，亮铮铮的，顶几个足球场大。四下安静极了，只偶尔传来一两声蒸汽火车头喷气声。一个个紫蓝色的信号灯，矮矮的，发出美丽柔和的光，像朵朵紫罗兰，给货车场染上一种神秘气氛。

偌大的货车站看不见一个人影儿。只有喇叭里时不时地响着调度员单调的指令：

“洞洞拐洞六道。”

“腰洞拐洞十一道。”

……

我们在一列列货车车厢中钻来钻去，寻找着目标。

这儿没人管我们，根本就看不见人。根据货车上的小卡片，终于找到了一辆开往长沙的煤车。我们爬上去，把随身带的塑料布铺在煤块儿上，躺下美美地休息着。两个女生自己单独睡在另一个角落里。

拂晓，火车启动了。先是车头重重地往后撞了一下，一节一节地把力量往后传递。我们都被狠狠地震了一家伙。货车司机远不像客车那么文明，挂车头很猛。国章没注意，头碰在车厢板上，疼得直抽冷气，发出嗞嗞声。

但我们都微笑着，紧张的心情放松起来：铁血团中断了一夜的征程又开始了。长长的火车向南飞驰，呼呼扑面的风在车厢角落形成了股股旋涡，不时把煤面儿扬起，不大工夫，我们的头发、衣服上就全粘着煤屑，耳朵眼儿和鼻孔也成了黑洞洞，即使戴着眼镜也还常常迷眼。扒货车就得受这份儿罪。

到了站也不敢下车，怕被人发现。天亮了，陕狗子一个劲儿嚷嚷着饿，他不会隐瞒，一饿就叫唤。而周冰洋、刘金生无论多饿，都默默地忍着，从不叫唤。可货车到了大站，停在货车场，到小站总停在最外面的轨道上，远离站台，很难找着卖吃的的地方。饥肠辘辘的，饿得直发虚。

这是四月十七日，白天让太阳直晒，特烤。河南的四月底，太阳已相当毒辣。又饿又晒，难受得想骂娘，想起那个女列车长就恨得咬牙切齿，阴险透了，愣逼得我们像盲流一样，泡在煤末子里混。

在一个小车站，王佑和国章下车去买吃的，我们像逃犯似的躲在煤车里，提心吊胆听着一个铁路工人慢慢走过来，用小榔头敲着每个车轮。

谢天谢地，王佑他俩顺利地买来了两书包花卷。我们在煤堆里啃着花卷，毫不在乎那上面沾着的煤末子。

货车总是让客车先走。等了半天，一辆客车呼啸着从后面过了之后，又过了片刻，我们的货车才又猛撞一下，缓缓移动。

火车在华南平原上疾驰。只要它跑起来，我们就不再怕铁路工人看见，因为即使看见，他们也不会再让货车停下来。我们都坐在高高的煤堆上，让强风直吹着脸，这样煤末子就不会缭绕在身边。我望着茫茫的前方，兴奋又迷茫，不知道等着我的最后结局是什么。

到了越南，会不会被人拒之门外？如果碰了钉子，那边不要，自己去哪儿呢？我已经带人抄了家，跟父母一刀两断了，没人再给自己生活费，怎么维生呢？想着想着，就有点儿鼻酸欲泪。毛主席说办事应有两手准备，铁血团很可能失败，可是别人失败后可以回家住、有家管，我却已没有了家，一点儿退路没有。

我问身边的王佑："万一失败了，我怎么办？谁给我生活费？"

"你别发愁。车到山前必有路，实在不行，你可以到我家住，同学们凑点儿钱，养活你一段时间保证没问题。"

我相信王佑说的是真话，这些日子，我们为英古斯所产生的隔阂，已经被去越南的狂热完全消弭。他向我坦白道："我杀你的狗，其实是多管闲事。你养狗与我有何相干？可很多同学都让我劝劝你，别给咱们革命造反派抹黑，让人觉得咱们'毛泽东思想公社'的人养猫玩狗。他们觉得我跟你最好，只有我能说服你。我当然知道根本劝不了你，除非把狗杀掉。想来想去，就豁出去这么干了。明知道没好下场，别人谁也不会这么干。"

我百感交集，无话可说。

王佑确实是为了我好，为了我们“毛泽东思想公社”好。实行革命大联合之后，全校所有反对对联的各个组织统一组成了“毛泽东思想公社”，人数在全校第一多，但成员庞杂，除了红五类，还有很多高知出身及黑五类，战斗力差，经常被“红红红”和“毛泽东主义红卫兵”欺压。

……

火车铿锵铿锵地怒吼着，那是力量的声音。它让人联想到烈马奔腾，铁蹄哒哒，而不是娇蝶小鸟的喃呢——拼命往前冲，不顾后果才是年轻人取胜的法宝，太想后果就什么事也办不成。行动的时候，不能瞻前顾后、想太多。否则就把勇气全想没了。

我努力压抑着自己的淡淡愁绪。

到武汉，我们又换了一辆货车，装着大变压器的车厢空旷又干净，比煤车强不知多少倍。我们已经明白，死活不能扒煤车，老迷眼睛，还脏得要命。

陕狗子想在武汉玩儿两天，我对他说：“想玩儿就走人，我们铁血团不是出来玩儿的，是去越南打仗的。”他蔫下了头。

因为饿，国章非要下去买吃的，结果回来时被工人发现，跟着又发现了我们，把我们通通轰下了车。好在武汉的货车站很大。我们假装离去，转了一个大圈子，又折了回来——实在舍不得放弃这趟车。

站长警惕地盯着我们，我们却不慌不忙地瞎逛，直等到车开动了，才突然撒丫子大跑，追上去，双手紧紧抓住车厢扶手。巨大的列车将我们身体给拽横了，用力收缩腹肌，将两腿站在铁踏板上，再利索地爬进车箱。几次扒车的实践，把我们八个男生、两个女生都锻炼得特矫健。

那手持小旗的站长对我们无可奈何。因货车一旦开动，过了机车头停止线，本站就无权再让它停下来了。所以，火车开动后再扒上车非常保险。

在岳阳又被轰下来。因为我们得意忘形，在岳阳前的一个小站，没有隐蔽，还望着站台上的铁路工人大笑，趾高气扬地向挥小旗的站长招手，调戏耍把人家。这个站长于是给下一个停车站岳阳打了电话，三四个工人等我们的车到了，有目标地逐个儿车厢搜查。结果我们就被赶下了车。

到了晚上，下起了雨，我们躲在没人的地方，神不知、鬼不觉地爬上了一辆去贵州方向的货车。其中十几节平板车全装着崭新的解放牌汽车，一辆斜架在另一辆的车厢上，后轮子用粗铁丝固定住，老长一串，可真不少。我们就钻到汽车底下，正好避雨。当咣当当，火车向后一撞，开始前进时，一颗悬着心放下了，刹那间，我觉得此刻是世界上最舒服的时刻。

平板车四周没围墙，离车轮很近，如果你被强风卷进去，就要一命呜呼。听说被火车压死的人跟刀切一样齐整。但我距离车轮这么近，却又异常安全。风虽大，却远不及我搂着粗铁丝的胳膊有劲儿；雨虽密，一滴也淋不到我躲在汽车底下的身体……那感觉煞是快慰、甜美。

头下面，迅猛旋转的车轮在铁轨上不时迸闪出一串串小火花，活泼泼、神秘秘的；一米开外，黑黑的大地向后面狂跑，猛烈又平稳。多有趣呀！离死这么近，却又绝对死不了，何等奇妙！

那沉睡的乡村，寂静的田野，昏暗的小站忽闪闪，一片一片地被抛在后面。

“金生，你说我们能过去吗？”

“有希望。”他傻笑道。

“要是过不去，就麻烦了。”

王佑说:“咱们义务给他们送血去，送肉去，送力气去，他们能不要吗？”

金生赞叹道 :“王佑说得对，讲得多透彻！”

虽然是在执行毛主席“抗美援越”的最高指示,心里总有点儿沉甸甸的，担心人家不要我们。

烈风呼呼，车轮铿锵，我暗暗鼓励自己：大丈夫有去无回，少些小资产阶级的多愁善感，车到山前必有路。

金生躺下就睡着了，他的神经像牛皮条一般结实。

只扒了几天货车，我们就扒油了。我们知道那矮矮的紫色信号灯表示道岔通向直股;明白了路轨旁有连续三个等距离长方形的木牌子表示要进站了。

我们学会了利用货车编组的时候，按货车厢上的一小卡片来确定该车的终点站。棚车、敞车、平车、煤车、砂石车、油罐车，我们全坐遍了。过去从没听说过“驼峰”这个词儿，现在也知道是怎么回事儿了。

实践出真知，我们总扒货车，练就了一些扒车的功夫，可能比不上铁道游击队厉害，但在全学校里也得数一数二了。

当列车飞驶的时候，我们能脚踩挂钩，从这个车厢转移到那个车厢；还可以一手攥着扶手，一手挥舞胳膊，向路边老农民卖弄一下年轻人的风采；跟铁路工人捉迷藏时,我们常常站在俩车厢的挂钩处,一站就一两个钟头……

我喜欢坐在油罐车的两头,有牢固的铁护栏。离自己脑袋半米远的地方,就是沉重的车轮。高速旋转的疾风吼得震耳朵;车轮在铁轨上擦出串串火花。车下的枕木，被每小时七八十公里的速度模糊成一道令人眼花缭乱的光流木浪。两车的挂钩处左右摇晃，前后顶撞，发出吱吱声。坐在死亡的车轮边上，却能安全地活着，多美！

扒货车当然很苦。没有坐椅、没有厕所、没有餐车、没有锅炉房，终日与石灰、木材、生铁疙瘩等结伴，风餐露宿，日晒雨淋，无遮无挡。火车头喷出的煤烟把全身都吹出一层黑尘。每停一站，除了一眼望不到头的黑灰色的货车车厢外，绝看不见卖水果和烧鸡的。有时候，我们就在机车加水处那种粗大龙头里搞水喝，带有浓厚的铁锈味道。

饥一顿、饱一顿；睡不好、歇不好，大便还特麻烦。我们不好意思在那么好的帆布、麻袋上排泄，为办个事儿常常要翻好几个车厢。而我们发现其他扒货车的人就敢在任何地方方便，包括篷布、麻袋、包装木箱、水泥纸袋上。

列车现在已经在湖南境内行驶了。离我们的第一目标南宁，越来越近。

王球靠着车厢板，在一个笔记本上给家里写信。

亲爱的爸爸妈妈：

你们好！

现在，你们的女儿正向越南抗美前线进发。

临走时，没有告诉你们，怕你们难过。这两天来，我们日夜兼程，顶着烈日酷暑，又渴又饿又晒，克服了一个又一个困难。生活很是艰苦，但又很有意思。每逢打盹时，我常常梦见你们，我最亲爱的爸爸妈妈。

沿途，我们看见了从全国四面八方运往越南的大量物资。显示着我们党和政府对越南的坚决支持。可以预料，随着美帝战争升级，我们援越的规模也会越来越大。你们的孩子奔赴抗美第一线完全符合这个历史大方向。

你们就放心吧。

万一我牺牲了，请你们一定不要为我难过。因为你们的女儿是为执行毛主席最高指示而献身的，是为了消灭万恶的美帝国主义而死的，重如泰山。

只是这十八年的养育之恩无法报答。我知道你们为我操尽了心血。想到这里，我止不住热泪盈眶。爸爸妈妈呀，在此我向你们表示最深最深的感激。

爸爸要正确对待群众，正确对待自己，相信问题迟早是会解决的。妈妈也不要有什么情绪，精神要开朗一些。要对弟弟加强教育，别让他学坏。妹妹的病一定要抓紧治，有些事不要对她讲，以免受刺激。我的那些衣服就送给妹妹穿吧。

亲爱的爸爸妈妈，望你们收到我这封信时，不要着急，不要悲伤，我身体很好，一切勿念。

永别了，请你们多多保重！

我们伟大的领袖毛主席万岁！万岁！万万岁！

女儿留言

一九六七年四月二十日于湖南岳阳车站

事后得知，就因为这封信，王球的母亲急了，找到我家，气势汹汹地向我父母要自己的女儿。但听我父母解释了一番之后，对父母家被自己儿子率人抄抢的事情也有些同情，明白他们根本管不住我之后，也只好作罢。

王球的母亲流着泪把这封信保存了下来，害怕与女儿真的永别。

王球的膝盖被磕碰得不轻，半月骨损伤，仍一瘸一拐地跟随我们扒货车。她为一本毛选和大师傅拼老命的样子给大家留下了深刻的印象。

金生很少说话，没一句怨言，我走哪儿，他跟在哪儿，形影不离。王佑聪明，情绪稳定，脾气好，有办事能力，又能团结人，是我们的核心。他同时还成了两位女生与我的联络官，不时向我转达她们的意见和要求。

国章常和周冰洋嘀嘀咕咕。国章肉了吧唧的，三刀子扎不出一个屁来，难怪叫果酱。可他鬼心眼儿也满多，自诩足智多谋、精通韬略。周冰洋是一个好孩子，诚实，有礼貌，能对付两句越南话，就是循规蹈矩，自己少主见，他俩很谈得来。生活委员典崇心很细，不发脾气，能与各种人打交道，就是太细心了，显得有些烦琐和婆婆妈妈。

陕狗子和徐学军形影不离，他俩都是革军出身，有共同语言。陕狗子时不时地唉声叹气，可能有点儿不习惯这扒车生活。他皮肤白白嫩嫩，一脸稚气，不平则鸣，很惹人爱，但耐受力却差，一受苦就发脾气，跟谁都抬杠。

在货车上不可能刷牙、洗脸。每节货车皮上都披着一层厚厚煤尘，再注意也多多少少要碰上一点儿。两位女生变得脏不溜秋，头发不整，风尘满面。我们男生就更像土匪了，衣服肮脏，一嘴臭气。

铁血团星夜赶路，在一点儿一点儿地接近它的目标。

快到株州的一个小火车站时，我们又被发现，站长让下车，我们哀求站长行行好。那站长毫不通融。他用自己的一口湖南话，反复向我们说明：京广线是我国最重要的经济大动脉，每堵塞一分钟要给国家带来三百万元的经济损失。我们若不下车，他就不发信号。

一想到我们使京广线停了七八分钟，给国家损失了上千万元，良心上很有点儿不好受，只好乖乖下车，沿着漫长的铁轨，开动自己的十一号。

一次次被轰下车，非但没减少扒货车的兴趣，反而刺激了我们非要扒上不可的好胜心。这就像跟人下输了棋，总不服气，还想继续下一样。越扒不成越要扒，我们染上了扒货车的瘾，根本不再想乘客车了。尽管一次次被轰下来，可最后，我们还总是一次次又扒了上去。粮食、木材、机器等都是扒货车的理想目标，煤末、石灰、水泥、沙子等车不能扒，太脏、太呛、迷眼。

在货车上自由啊，没人管啊！我们尽可以想怎么着就怎么着。我们喜欢站在两车厢的挂钩上，欣赏枕木眼花缭乱地往后窜；也可以在疾驰的货车厢顶上，从这个车厢直接跳到那个车厢顶；还喜欢两手什么也不扶地站在高高的闷罐车顶上，望着前面，无遮无挡，被狂风吹着，别有风趣，那景色真叫壮观。当然拐弯儿时，可不敢站着，必须卧倒，双手抠着光秃秃的车顶。听说就有串联学生在车顶上被惯性给扔下去摔断了气。

我们可过了铁道游击队扒货车的瘾。

到了衡阳后，休息了一两天，离开京广线，向广西方向前进。

积几天的经验，十个人在一起扒车行动不方便，我们决定化整为零，由我和金生、陕狗子、徐学军一组，王佑带其余人一组，兵分两路走。我给了王佑一些路费。

没到柳州，陕狗子、徐学军就被工人抓住，赶下了车。我和金生躲在一块帆布下面，幸免于难。到柳州后，所有货车在这儿都要重新编组，我和金生只好下车，衣衫褴褛地来到车站附近小饭馆，狠吃了一顿，撑得肚皮几乎要破。

柳州车站附近街上有很多气枪摊儿，目标是数排彩色气球，若打中了白打。我们就靠玩儿这个消磨了白天的时间。到晚上，重新钻进货车场，和一铁路工人捉了半天迷藏，最后闪电般爬上一节拉木头的货车，终于把那工人甩掉。

这节车厢装的圆木头特别高，人坐在木头顶上，车底下的人根本看不见。那抓我们的铁路工人怎么也没想到我俩一转眼就爬上了平常人根本攀登不上去的木头堆顶上。练块儿的好处，此时表现了出来，引体向上若做不到十个，别想爬上这么高的车厢。

那圆木头有一腰多粗，用几束粗铁丝给固定住，高出车厢有一倍，两旁用四五根竖木头卡着。木头顶上干净平坦，视野也好，就是太高了，往下看挺害怕的，悬乎乎。

我们趴在高高的圆木头上，大口地喘着粗气，非常高兴。车开动了，我们放心地坐起来，天黑漆漆的，周围都是连绵起伏的山峦。

金生沉默寡言，闭目打盹儿。我脑子里则回想着在柳州火车站碰见的一个挺秀气的女列车员，穿着铁路制服，胸部丰满，曲线诱人。在货车厢里，根本见不着女的。整天颠簸，风餐露宿，我那欲望却出奇地强，一见了稍稍顺眼的女人就冒流氓念头——饥渴时想一想也是个发泄，小家伙情不自禁地变硬，直立了起来。

金生面朝前，我面朝右，他突然大叫道："山洞！卧倒！"

我吃了一惊，扭头一看，一个黑黑洞洞的隧道已在眼前，赶忙猛趴在木头上，把自己老二几乎磕断。那黑黑的大口，一下子给我们吞进去。进隧道以后，火车轰轰隆隆巨响，震耳欲聋。隧洞顶离我们脊梁背也就不到一尺，如果是个胖子，非把脊梁背蹭下一块。从隧道顶部滴着的水滴，不时地掉在身上，凉嗖嗖的。

这木头装得实在太高了，以至于我们如果坐着的话，上半身肯定要被隧道削掉。真悬，幸亏金生面向前方，及时发现，否则后果不堪设想。

我拼命地趴着，一动不动。偏偏我那小家伙却一点儿不懂事，生死关头还不见小，使屁股高了好几厘米，吓得我心惊胆战，不顾它被磕得剧痛，更使劲儿地往下压——再疼也总比让隧道顶蹭一下强。哎哟，色迷心巧，真能要人命！

这时又来了新的恐怖。隧道里就一尺多高的空间，充满了蒸汽机车头冒的滚滚浓烟，严重缺氧，窒息得几乎要休克。我把鼻子塞进木头缝儿里，绝望地呼吸着烟味儿少一些的空气，脑子里惊恐地掠过一念：如果这隧道很长，就得给憋死在这儿了！幸亏在昏厥之前，火车冲出来了，又呼吸到了新鲜空气。

我和金生紧张地卧倒在木头上，目视前方，准备着下一个隧道的到来……我们相互使劲儿号叫，彼此激励，庆幸大难不死。这是夜里，景物模糊，看不太清，隧道口往往到了跟前才能发现。烈风呼啸着，头上好像飞舞着子弹，我们匍匐在木头上，再也不敢抬头。倏乎，一座大山冲了过来，火车又钻进了深深的隧道。火车轮响震得耳膜难受。我全身紧卧，收腹缩胸，下巴扎进木头缝儿里，老二虽疼，还得拚命往下压。

好一番惊心动魄，总算活着出来。小家伙被磕了道红印，疼了好几天。自这以后，我们扒货车再也不敢坐到装得很高的木头车厢上，坑死人。后来听说确实有串联学生在高高的木头堆上被隧道给撞死。

扒货车以来，这是最危险的一次遭遇，二十九年了都忘不了。但我没好意思告诉任何人磕伤了那地方，说出去不光彩，就是自己胡思乱想，起了反应，才被磕得那么狠。

被　劫

货车里没有警察，没有毛泽东思想，这儿只有钢铁、水泥、木材、砖头、笨重的机械等等。当货车行驶在铁道上时，与外界完全隔绝，遇到坏人，想逃都逃不掉。大串联时，秩序混乱，货车上抢劫、凶杀、强奸时有发生，所以一般人不到万不得已，绝不扒货车。

在广西黎塘，我和金生又被赶了下来。深夜里下着蒙蒙小雨，我们在车站附近转悠着，趁值班员不注意，钻到车轱辘底下躲到火车另一侧。不一会儿，有一趟向南开的货车过来，我俩一前一后，又悄悄地扒了上去，但彼此失散。

黑灯瞎火，又下着雨，到处都湿了吧唧，又困又累，懒得找金生了，就坐在车厢的一个角落里，抱着自己的双腿，缩成一团，昏昏欲睡。

这车厢是空的，我把书包放在屁股底下垫着。多日奔走，非常疲劳，别说下小雨，即使是下大雨也不想动了。南方夜晚不冷，所以能凑合着打盹。眼皮跟粘上了一样，困得怎么也睁不开，全身都渐渐被雨水浸湿，唯有胸口那个塑料袋是干燥的，里面装着我们的经费——所有从我家抢来的钱。

昏沉沉地迷糊着。这是一个不知什么名的小站，列车刚一停稳，就听见有攀车响声，接着一道强烈的手电光照进车厢，很快就停在了我身上。我被晃得看不见对方，只听到车厢里扑通扑通跳进了四五个人，向我走来。

我估计他们也是学生，就没有在意，继续坐在角落里打盹儿。这群人却径直走到我跟前，把我团团围住。

从耀眼的手电光后面，我看清是五个中学生，其中有两人披着蓝色塑料雨衣。此时我还坐着，脑袋只及他们膝盖高。

一个戴着眼镜的学生问我：“你是哪儿的？”口气严厉。

“北京的。”

“什么出身？”

“革干。”

“有证件没有？”

“有。”

“拿出来看看。”这个戴眼镜的学生说着从腰里掏出一把水果刀，警惕地观察着我。

对方人多，我只好乖乖地掏出了红卫兵证。

手电光下，我发现另外两个身披塑料雨衣的家伙手里拿着东西，一个好像是砖头，一个是木棍。这才感觉到了事态严重。

这时，一个圆脑袋的壮小伙跟戴眼镜的交头接耳地研究着我的红卫兵证。戴眼镜的相貌文静、白皙，继续冷冷地问我：“你要去哪儿？”

“南宁。”

“几个人？”

“十个。”

“他们呢？”

“在后面。”

圆脑袋的壮小子忍不住插话道：“少糊弄哥儿们。哥儿们也是北京的！到底有几个人？”

“十个。”

圆脑袋轻蔑地说：“革干出身？哼，真的假的？看你这样子不像啊！”

我没说话。听口音，这家伙确实是北京的。

“哼，告诉你，咱哥儿们正经是高干出身，见得多了，别装孙子。”

我沉默着，紧张地思考着如何对付他们。

“是不是黑五类？”

“我出身革干。”

圆脑袋手里掂量着一根军用皮带，满不在乎地说：“你出身革干为什么不坐客车，非偷偷摸摸扒货车？哼！小丫挺的，别蒙哥儿们了。肯定黑五类，操，没错儿！少废话，借哥儿们几块钱！”

那眼镜也同时挥挥手中的小水果刀，用脚跺跺地，好像很有点儿迫不及待。圆脑袋后面站着那个穿蓝色塑料雨衣的家伙，手里拿着砖头。

啊，碰见劫盗的了，异常紧张，心脏突突乱跳。我感到胸口那块儿地方热得发烫，我们的全部经费都放在那儿。但表面上，继续用平和的口气说：“我们没钱，才扒货车的。”

这伙人默默地打量着我。我的挎包就在屁股底下，里面有一把斧头，但此刻无法抽出来，那需要几秒钟的时间，而这几秒内，眼镜完全可以从从容容地用小刀捅。

“嘿，那就对不起了，把手表摘下来！”圆脑袋命令道。

右面是圆脑袋，中间是眼镜，两人身后还有三个一言不发的家伙。

空荡荡的货车厢里，实力决定一切，在这飞驰的列车上，没人救你。我内心剧烈地斗争，给吗？等于向这伙歹徒投了降，面子上实在不好看，以后怎么有脸跟铁血团其他人讲？不给吗？明摆着要吃亏。

“快，把手表摘下来！要不大爷可动手了！”

“唉唉，别，别这样……”

“少废话！”后面那几个人也向前逼近。这么多人把我紧紧围在车厢一角。我还是坐着的，他们十条大腿靠近着我的头，小刀、皮带、木棍、砖头都在有效范围以内。

“听见没有？摘手表！”圆脑袋的目光严厉。手电光下，眼镜手里的小刀闪闪发光。

“好吧。”我勉勉强强地说。心一横，反正水果刀一下也刺不死人。我低下头，腿先慢慢站了起来，弯腰扭了一下身，用屁股对着他们，开始用右手掏挎包，迅速握住斧把，将斧头抽出来，并就势转身，面朝对方，“腾”地挺直身子，完全站起。

我速度虽快，完成这一系列动作也需要好几秒钟，对方竟没有反应！这些劫盗的都是学生，小毛孩儿太嫩，手里拿着小刀、皮带、木棍、砖头，却眼睁睁地让我把斧头抽出来，还让我站了起来。

手电光下，我的斧头阴森森的。他们一下子愣住了，张口结舌，沉默着。

我脑子里什么词儿也没有，只严厉地盯着眼镜和圆脑袋，心中紧张到极点。因为真要打起来，斧头并不好使，又不能砍死人，又不能刺，打击半径又近，反而不如一根木棒实惠，可以尽情抡。

双方默默地对峙着。我后背贴着车厢，琢磨着谁要进攻，就朝谁胳膊上砍。全身肌肉绷得紧紧，心里盼着金生能快点儿来，帮我一把。我明白对方若同时一齐向我扑，一点儿招儿没有。就一把斧头，不能同时对付十条胳膊，他们一拥而上，我绝对要被压倒在地。

在蒙蒙细雨中，我们相互对立，谁也不说话。火车减速了，停在一小车站上。这帮人以眼镜为首，默默无声地走到车厢对面，嘁里哐啷跳下了车。

我松了一口气。牛毛细雨还在下着，把人下得透心凉。这帮小子不傻，见我块儿壮，手里还拿着斧头，很知趣地撤退了。

我赶紧到附近车厢去找金生，很快在一个老大个儿的矿山机械下面看见了他，这地方能避雨。跟他讲了刚才的遭遇，金生安慰我说："没事，等天亮了再跟他们算账。"

金生个子比我高，体格健壮，从不打架。步行串联去狼牙山时，我常和他练"桑搏"。有一次他无意中把我大拇指撅得嘎叭响，疼得我向他大吼，他只是憨笑，也不发火。我感觉他心不狠，太厚道。

车厢里到处都湿乎乎的，我俩缩在矿山机械下面迷糊着。我受到惊吓，睡不着，分析着对方的实力。这帮人里，最块儿的也就是那个北京的圆脑袋，但从胸围、颈围、肩宽等看，都比我差，单个对单个，白能镇他。自己掏出斧头后，对方全蔫了，连屁也不敢放，说明他们没啥战斗力。一定得惩治这帮家伙，要不他们还会劫别人。

快天亮了，雨也停了。我和金生都感到有些凉意，再也睡不着，就开始逐个儿车厢寻找这伙人的踪迹。这一带全是山区，没大站，他们肯定还在这趟车上。

在一角落里，发现了一个南方男子，披着蓝塑料雨衣。他尖嘴猴腮，贼眉鼠眼，对我俩拼命谄笑，恭恭敬敬的。正是那帮人中的一个。

"你刚才劫没劫人？"

"没有！没有！"他斩钉截铁地说，浓浓的南方口音。

"别糊弄我了，我让你劫人！"一拳头打过去，比打任道远要狠得多。打任道远还得下决心，鼓足勇气，而打这帮劫盗的，根本不用鼓劲儿，仇恨爆发出了强大力量。

"你为什么劫人！"金生也捅了第二拳，他一反憨厚常态，面色凶悍。

对方捂着脸，哭喊道："饶命呀！我没劫，我是滥竽充数的啊！"

我又打了一个摆拳，把他打得深弯腰，双手掩脸："妈呀，爷爷哟！我没没劫啊！"

看他瘦了咣叽的，根本不经打，我说:"你要是再去劫人，就不客气了！哼！哼！"

我们继续一个车厢一个车厢地寻找。

天已亮。火车停在了一小站。我和金生跳下货车,从月台上往前走。嘿，豁然发现那个北京圆脑袋小伙子也在月台上转悠。这是早上六点钟左右，站台上一个人也没有。我一个箭步冲过去，举拳就打，跟武松打蒋门神一般，什么话也不说。扒货车多日，四肢憋得特想活动活动。左右开弓，一拳头一拳头地砸在他圆脑袋上，真舒筋活血，真舒服啊！金生不爱打人，现在也上了手。他就用拳头直捅，像蒸汽机连杆，直直地往返运动。每捅一下后，就皱着眉头大声质问："你为什么劫人？为什么劫人？"激愤异常，脸色发青。

北京老乡被这顿突然袭击打蒙了，双臂抱头，毫无反击之力，顷刻就明白绝不是我俩对手，杀猪般号叫："别打了，别打了，哥儿们服了，哥儿们服了！"

"谁叫你劫人的！"我继续一下一下地练着。金生也时不时捅上一拳。

"大哥啊，我投降行不行？投降了，你们还打呀？"这小伙子高喊着，他求起饶来还理直气壮。想起昨晚的耻辱、昨晚的惊吓，我又猛驴了他几拳。他被迫边躲边喊："大哥！别打啦！大哥！求求你了！大哥！我服了！服了！好不好呵？哥们儿真服了。再打就没意思啦！"

最后看他确实心悦诚服，我才住了手。这小子投降投得大大方方，可能是经常挨打，经常投降，没有一点儿不好意思。

"那些人呢？"

"昨晚上就散了，大哥。我们原来都不认识，临时凑在一起的。"

这真是一群乌合之众，不到一夜就四分五裂。圆脑袋自称是北京玉渊潭中学的，九级高干出身，因为路上让人劫了，身无分文，只好也劫人。结果头一遭就碰上了我们。他军装上的肩章扣和两个下面口袋一看就是自己缝的，明明是士兵服却要伪装成四个口袋儿的干部服。

他说那个眼镜好像是江西南昌的，在路上才认识。

我说："走，帮我找那个眼镜去。"

他一口答应，立功心切，很卖力地领着我们，翻了一个车厢又一个车厢。眼镜虽没找着，却找着了其他两个，其中一个人还披着蓝塑料雨衣。

"我们就是在旁边跟着看，什么也没干呀！"这俩小毛孩儿焦急地解释。

跟着去劫人和劫人不一样吗？我首开杀戒，上去就往脸上砸，连续左右直拳、刺拳、摆拳，什么开始曲也没有。金生在旁边监视着，偶尔捅一直拳。这俩都是南方人，文绉绉的，弱不禁风，也像圆脑袋一样，马上向我们苦苦哀求："啊呀呀！对不起了！我们是头一次啊！我们再也不干啦！老爷爷饶命啊！"

"那你为什么拿砖头？"

"是他让我捡块砖头拿着。"南方小伙子指着圆脑袋说。

圆脑袋很尴尬："哥儿们是说过这话。肚子饿得不行呀！哥儿们身上就剩下一个钢镚儿，连顿饭都吃不起，被逼得只好当土匪了。"

原来上了这趟货车后，北京的圆脑袋先跟眼镜搭上话，说被人劫了，只好再劫别人。他俩一拍即合，又拉那三个散兵游勇入了伙，让他们劫人的时候，在旁边站着给壮壮声势。

饶了这两口子，我们继续找那眼镜，但一直走到货车最后一节车厢也没见着。就在失望之时，我无意中望了货车的守车一眼，发现守车窗户上，露出了半张脸，正是那个眼镜！他正在观察前面的情况。好啊，老天有眼，让我们发现了他。

我们进到了守车。圆脑袋抱起双拳，从从容容地说："眼镜，别怨哥儿们，没办法，哥儿们现在起义了。"我和金生照旧二话不说，劈头就打。对劫盗的没法客气。这眼镜把下巴缩在胸脯里，使我的下钩拳老击不中。

"你为什么劫人？"

"对不起了！对不起了！"眼镜双手护头，低声地道着歉。他身体弯曲，被我和金生的拳头，砸得涕泪俱下。

北京小伙子站在一旁毫无表情地看着他的同伙被打。

"你小子以为躲到守车上就没事了吗？哼！"我狠狠抡了一拳，把他打得踉踉跄跄。

货车上的守车一般都有一个工人。但那天，我们打这小子时，守车上空无一人。昨晚上，这小子握着小刀，一本正经地查我证件，羞杀了我。今天要让你尝尝我的厉害！自武汉被从餐厅窗户里扔出来后，知道了火车上最狠最毒的招儿就是把你扔下去。大师傅扔我们是火车停着时，现在我要在火车行驶时，把他打下去。

有这想法之后，我用拳头一拳一拳地打，他被迫后退，一直退出了守车门，来到外面的小走廊处。很想一拳把他打下车，但地方很窄，胳膊抡不圆，力量不大，对方又拼命抓住护栏，打了几拳都打不下去。金生在旁边劝道："算了，算了！"

我吼道："就得治治他，要不还劫人！"

他知道了我的意图，双手死死抓住铁护栏，不往车边靠。我只好用肩膀猛一撞，把他顶到走廊边上。他又死死抓住扶手。我先给他脸一拳，趁他低头，又狠蹬一脚，没把他踢下去；又一直拳，仍没打下去；最后铆足力气，猛蹬一脚，四十二厘米粗的小腿自有四十二厘米粗的力气，眼镜可能疼痛难耐，终于松开了扶手。他悲叫一声，掉下车，飘在空中的瞬间，那惨白的脸上露出无比恐怖的神情，双手乱舞着，跌落在铁轨旁。

这场面多年后还留在记忆中。

金生嗔怪我："太狠了，给他摔坏怎么办？"

"无毒不丈夫，不狠一点儿，他还去劫人！"

此时，火车正在上坡，速度很慢，根本摔不坏他。我亲眼看见他滚了两个滚儿，跌跌撞撞地爬了起来，还跟在火车后面追了几步，随即就消失在黑暗中。

这是在广西的深山里，前不着村，后不着店。

货车里就认暴力，跟华北小学一个样。环境野蛮，处理方式也得野蛮，这帮家伙劫人抢钱，已属于敌我矛盾，对待敌人，就得要像严冬一般冷酷无情。货车里没有仁慈可言。

北京的圆脑袋见我和金生连着把他的几个弟兄都收拾了，敬佩得不得了，马上恳求道："嘿，大哥，收下我吧！这趟出门，哥儿们倒霉透了，挨了好几次劫。"

我告诉他我们要去越南，他听后，眼睛闪闪发亮，更坚决地表示要跟我们一起去。但他太爱投降了，说话诈诈唬唬，老吹他爸爸是九级高干，却一点儿没那气质，真假难说。出南宁火车站与他分手时，这小强盗还埋怨道："哥儿们，别那么小心眼儿，让我跟你们一起去吧！"很舍不得分手。记得我还送给了他一点儿粮票、几块钱，劝他再也别干这事儿了，根本不是那块料。

历尽千辛万苦，披星戴月，我和金生终于到了南宁。

我们首先到市邮电局看其他人来了没有，结果无任何迹象。

因停止串联，接待站都已取消了。晚上我和金生只好在南宁市邮电局大门前睡觉。这地方有个房檐，可以避雨。我跟金生躺在水泥台阶上。

多日扒车太疲倦了。我临睡觉前，摘下手表上弦，没劲儿上完就睡着了。早上醒来，马上就有一种不祥的预感。待揉揉眼睛、定定神后，总觉得少了点儿什么。看看自己的背包还在，金生的背包也在，依旧觉得不对头。啊！想起来了，我睡前手里还拿着手表，现在却不翼而飞！再看四周，晨曦的早上，街上行人很少，邮电局前空空荡荡。金生还在闷头猛睡。

操他妈的！我一只手还握着上表的小钮儿，竟活活让人从手里给偷走了手表！我怎么就一点儿不知道！真是傻蛋！浑蛋！屎蛋！

这是我上高三，两个处分撤销后，母亲一高兴，特地送给我的欧米茄牌瑞士表。日他姥姥的！手表没让那伙子劫了，却让南宁的小偷给偷走。真恨不得抓住小偷，用钳子把他手指甲盖儿一个一个地拧下来！

我气得直用拳头使劲儿捶邮电局的水泥墙。

金生很是同情我，却不擅辞令，也不知道说什么来安慰我。我们心情沉重地向南宁火车站派出所报了案，明知永远也找不回来了，仍怀着一线希望。

这些天来的颠沛动荡，睡不好，吃不好，时时提心吊胆，害怕被轰下车，困乏交加，有机会睡一觉，很难不睡成死猪。

太倒霉了！随着铁血团的出师，就罩上了一层阴影，还没到越南，就把刺刀、手表丢掉。

这是一九六七年四月底的南宁。两派造反派都敲锣打鼓地游行，庆祝空军击落美国侵略我领空的F-15战斗机。公检法系统全被砸烂了，小偷没人管，多如牛毛。

两天后，我们铁血团终于重逢在南宁市邮电局。数日不见，每人都瘦了一圈儿，全给晒成了红鼻头，满脸是脱的皮皮儿，彼此见了特别亲。

真高兴呀！每个人都滔滔不绝地讲着自己的故事。

王球被轰下车后，一个人走了一天一夜，饿得要命，最后深夜来到铁路边一户农民家要饭，表示自己身上什么值钱东西也没有，只有一副眼镜，想送给他，换一顿饭吃。那农民很好，听说王球是北京的红卫兵，白给她吃一顿饱饭，也没要她的眼镜。晚上她就睡在老百姓家的鸡窝里，全身被蚊子咬了好些大红包。

国章和冰洋、典崇被轰下来后，居然蹭了一段客车，也没受什么苦，出站时从铁路职工的门口溜了出来。

陕狗子和刘和平、王佑、徐学军在一起。陕狗子马虎、馋嘴，没少挨刘和平的训。刘和平说陕狗子特娇，吃饭要买好菜，一不合意就把饭扔了，毫不心疼。陕狗子却说刘和平作风粗暴，爱以领导自居，喜欢管人，对人太狠。

他们和铁路工人玩儿调虎离山计，玩儿得炉火纯青。

陕狗子听说我和金生在货车上大打出手，扫荡了那帮乌合之众后，特羡慕："嘿！我要在场就好了。他妈的，手脚几天没见肉，心里发慌。"

王佑凭着他的社交能力，打了几个电话后居然联系到了广西工会干部学校住宿，一分钱不花。

我们每个人都脏得要命。扒货车最大的特点是脏，衣衫黑污，灰头垢面，难怪旅客看不起扒货车的。我们首先换洗了衣服、冲了澡，从肮脏的、最底层的盲流状态，恢复成了中学生模样。

住下后，开始做最后的准备工作。现在离越南更近了。南宁到凭祥火车四个小时就能到。尽管广西工会干部学校的临时负责人对我们很友好，我们照样偷了学校招待所的两条床单，撕成条儿，做了十个干粮袋。同时买足了电池、地图、塑料布、手电、饼干。我还特地买了个无棉打火机，以备野外生篝火、做饭。

国章到附近工地搞了些石灰，用报纸包着，做起石灰炸弹。他用两层报纸糊成很多个圆筒，里面灌上生石灰，再粘好，放在口袋里保存。当遇见情况时，掏出圆筒，咔吧撅断，即可向对方脸上撒去，既能在货车上防身，又可对付美国大兵。共做了三十几个。国章这家伙很会发明些法子保卫自己，知道往对方眼中扔沙土，知道被从后面勒住脖子时掏对方老二，知道把十个指甲剪成 A 状，人造一副利爪。

这十人的吃饭等开销基本是我出。钱花得很快，去越南困难重重，不定还要拖多长日子，我想再敲诈父母一点儿钱，反正也不指望再回到这个家了，碰碰运气吧。还没到南宁的时候，我就给父母写了一封信，大意如下：

马建民、杨沫：

我们铁血团为了响应伟大领袖毛主席“抗美援越”的号召，现已奔赴越南抗美第一线。为了筹集经费特向你们提出以下要求：

尽快电汇五百元至南宁市邮电局留交本人。如果在四月 × 日前，没收到你们的汇款，我铁血团留守北京的同志将去你们单位张贴一张揭发你们反毛泽东思想、反对无产阶级文化大革命的大字报。一切后果由你们自己负责。

毛泽东抗美铁血团　马清波

一九六七年四月 × 日

到南宁后，我天天去市邮电局打探，结果根本没有汇款，而期限已过了好几天。我异常愤怒，于是给小胡子去电，让他到北师大张贴了一张事先由我执笔写好的大字报：戳破马建民的两面派嘴脸！

我在大字报里揭发了父亲在文革初期烧毁了大量的反动书刊、信件，企图消灭反毛泽东思想的罪证；揭发他跟黑帮分子邓拓关系密切，把邓拓的题字“气冲霄九”挂在房梁上；揭发他篡改自己出身，把中农说成是贫农；并揭发他在家里实行法西斯专制统治，因为我申请入团割破手指，狠打我一顿。

据事后小胡子告诉我，他帮我贴大字报的那天，正好北师大革委会成立，也就是一九六七年四月二十九日。北京市革委会主任、公安部长谢富治去了，北京市革委会副主任、北京卫戍区司令傅崇碧也去了。《人民日报》头版头条新闻，谭厚兰当上革委会主任，父亲被三结合进革委会领导班子。我的大字报轰动了全校，颇使父亲难堪。

我是铁了心跟他们一刀两断，才干得这么绝。

要想达到目的，就不能给自己留退路。

偷越国境

一出南宁，我们又失散了，继续各自为战，向中越边境进发。

这天，我和刘金生满脸污迹地来到了我们日日夜夜所向往的目标——凭祥。

乘五次特快到这儿，五千五百里地只需四十小时，而我们扒货车却整整走了十多天！扒上来，轰下去，再扒上来，再轰下去……终于扒到了终点。

凭祥火车站冷冷清清，看不见几个旅客。这是一个小城，没有公共汽车，没有大商场，连电视也没有。小城依山傍水，安谧秀丽，富有田园诗意。

市委已完全瘫痪，那精致的二层木质小洋楼变成了红卫兵食宿站，几十名市委干部全部负责搞接待。这里住着从全国各地来的近百名学生。

王佑、刘和平、王球比我们先到，已经迫不及待地过去了一趟，结果被越南军人给抓住，遣送回了国。据王佑说他们相当幸运，闯到了亲华的兵营，受到了热情的接待。令人不解的是越南兵营里还有年轻姑娘，工作性质神秘，梳着披肩发，待人亲热甜蜜。吃饭时，居然有三个姑娘服侍王佑，让他觉得很难为情。越南军人挺友好，他们爱谈女人，一个小军官曾用生硬的汉语问王佑："越南姑娘漂亮不漂亮？战争胜利后，到我们越南安个家吧？"

王佑说越南边防站的官员态度不友好。一小瘦个儿严肃地向王佑提出抗议："第一，你们偷越国境，侵犯了我们越南的主权；第二，你们不相信越南人民能自己解放自己；第三，你们的行动破坏了边境的正常秩序。"

谁不知道，越南外长正在全世界乱窜，四处要支援。

……

陕狗子、国章、冰洋等也陆陆续续来到。因为人满为患，我们就住在二楼走廊上。在走廊的木地板铺一条凉席，即是我们的床，男生睡北面，女生睡南面，天气很热，晚上什么也不用盖。

住在这里的学生非常复杂，全国各地哪儿的人都有，绝大多数是打着"抗美援越"的旗号来游山玩水的，反正白吃白住，像我们这样一心一意要过去打仗的是少数。其中也有不少干部子弟。有人指给我们，那面色黢黑、一天到晚总有人围着转的是聂荣臻元帅的儿子。这人看上去挺坚毅，举止有派儿，谈吐不凡，与普通人是不大一样。一帮上海男女猛巴结他，想方设法跟他套近乎。

吃饭在市委机关食堂，每顿饭都是一罐红米饭，一勺冬瓜菜，无任何花样，难怪南方人又瘦又矮。

各地来的红卫兵都一伙一伙、一帮一帮的。我们和其他帮伙甚少来往，也从不答理聂荣臻的儿子。我们一心想过越南去，没情绪在这儿拉关系、串门子、聊天。

有个负责政审的老警察，详细询问了我们每人的出身、社会关系、家庭地址、所在学校……并一再向我们宣传周总理最近的电话指示：红卫兵不要去越南，已经过去的也要劝说回来。

但千辛万苦扒货车到了这儿，每人都被晒脱了一层皮，肚皮瘦了两圈儿，岂肯不试一试就徒劳而返？

一九六七年从四月二十四日到五月一日，我们的空军连续击落五架侵犯我领空的美军用飞机；报上说美军对越南的轰炸规模已超过了二次世界大战对日本的轰炸；前不久，毛主席和林副主席突然接见了越南驻华大使……所有这些，使人感觉抗美援越的规模只会越来越大。我们的大方向是顺应形势的，是正确的。

而且，美国 B–52 已经轰炸到中越边境上，很多越南老百姓躲到了我国境内。环顾凭祥市四周，用肉眼就可以看到附近山头上的雷达和高射炮，一片一片的。凭祥的街道上，到处都是军人、军车。开往友谊关的军车都披着伪装网，插着树枝，跟打仗电影里一样，很有点儿战争气氛。

我们还亲眼目睹了赴越战士出发前宣誓的场面。因为当时没有公开参战，他们都身穿越南军服，没有帽徽领章，头戴越南式头盔，列队站在市委门外的一片草坪上，向摆在地上的毛主席像举拳宣誓。

还记得一些标语牌上有战士写的小诗：

步经友谊关，周折到越南。
舍得室中暖，甘受青山寒。

壮与国别　意气风发赴越南
人生一次　革命军人不怕战

休整了一两天后，顾不得领略凭祥秀丽风光，我们开始做出发前的最后准备。在市中心的集市上，我们发现了一个精通越文的老头儿，专替不识字的农民写信，就花五块钱，请他翻译了我们的赴越宣言，并把常用的越语写在本子上，以备急用：

Zhong dui hong niu lei li sui，xin zuo bian lan tei nao lian lan shen.（我们迷路了，请告诉我们怎么到谅山）

Zhong dui re dui，xin zuo mo yi duo an.（我们很饿，请给我们点儿吃的）

……

冰洋会几句越南话，请他跟来凭祥赶集的越南老乡换了几十块钱的越币。可能是越南钱正贬值吧，越南老乡都争着跟我们换。

王球和刘和平为我们采购了一批药品。国章买了三十斤米，还买了十斤糖块儿，说是能产生热量，顶粮食。最后又找了一位当地农民，给了点儿钱，让他帮我们炒熟大米，装足了每人的干粮袋。

据了解，越南公安见了中国红卫兵就抓，凭祥市委住的所有过国境的红卫兵没一个成功的。我们要想躲过越南公安的耳目，就得走荒山，从没人烟的地方过去，因此必须带足干粮。

待一切准备工作就绪后，这天清晨，我们充满信心地向国境线走去。

南国的蓝天向我们亲切地微笑。

公路上铺着粗砂，路两旁是高高的大树，每片叶子都很大。

到中午左右，已能看见友谊关的影子。为避免撞见边防警察，我们下了公路，走进浦埝岭，踏荒接近国境。

一离开道路，茂密的灌木、茅草、野藤相互缠绕，密不透风，连猫都难以通行。我们小试了片刻，马上明白踏荒走根本不成，那植物的密度远远超出一般人的想象，只能沿着岭下的一条羊肠小路走去。

国章皱着眉头，艰辛地迈着步。他一累就哀伤得不行，眼睛更是水汪汪的。

金生无论何时何地，嘴上都露着一丝微笑，厚嘴唇干燥无光。他走路，脚抬得不高，几乎蹭着地，如同走马，省功省力，腾腾有劲儿。

冰洋目视前方，挺着胸膛，聚精会神地迈着大步，汗水浸湿了头发。

只有王佑时不时说句俏皮话，给紧张行进的队伍增加一点点轻松，他是我们这伙人里最有幽默感的人。

陕狗子爱东张西望，对什么都大大咧咧的，不平则鸣，肚子里藏不住东西。

王球一瘸一拐，走在最后面。她双手的青肿还没退，大师傅踢得真够狠。

刘和平在辩论会上所向披靡，但徒步走路却看不出有什么出众之处。我发现她特怕困，一困就像孩子般脆弱，怎么摆布都行。

又走了一个多钟头，也不知过没过国境，举目四望，山峦叠翠，林木葱茏，高高的茅草，浓浓的灌木丛，静得没有一点儿声响。

国章一本正经地说："现在，我们肯定是在越南的土地上。"

从友谊关西面再往南走一个多小时，就算偏西，也肯定到了越南地盘。王佑大声欢呼："铁血团的同志们，我们过来了！"

山还是那样的山，个儿不高，很陡，直上直下，长满灌木；树还是那样的树，枝杈繁多，邪密；地还是那样的地，土壤发红，却长满了没腿肚深的青草。国境闹了半天，也就这么回事，毫不神秘，什么标志也没有，什么铁丝网也没有，不知不觉就闯了过来。

王佑激动地哼起了《解放南方》。周冰洋捡了一根长树棍把绸子国旗挂在上面，双手高举着。这国旗在绿色的林莽中，红得那么鲜艳、那么美丽。我们每个人也都兴奋起来，跟着王佑高唱：

解放南方，
坚决向前进，
打倒美帝，
消灭卖国贼！
江山受割裂，
鲜血流成河，
此恨不共戴天。
汹涌的九龙，
光荣的长山，
激励着我们去冲锋杀敌，
肩并肩，一致向前。
……

这旋律特能煽惑人，把我们唱得脑袋发热，热血沸腾，个个胸围都宽了好几厘米，恨不得马上就找个美国鬼子杀掉。

几只野鸟被我们惊动，扑簌簌地从树林中飞走了。我们一边走，一边引吭高唱，《国歌》、《解放军进行曲》、《我是一个兵》……又吼又嚎，步步深入了越南的腹地。

我过去步行六七个小时回家，一路上爱幻想自己领着一支部队攻无不克、战无不胜。啊！现在这幻想已变成了眼前的现实！

细细分析我们这支部队，素质相当不错。参谋长、军师是王佑，他聪明灵活，知识面广，有逻辑头脑，办事干练，判断分析能力都极强。而王球是全校学毛著的标兵，品学兼优，勇敢顽强，敢在三十七次列车旅客面前又哭又喊，披头散发，硬是让这趟快车为她紧急停了车。她当俘虏，一定不会投降。刘和平铁嘴钢牙，能言善辩，辩论起来，一个顶十个，适合于做外交谈判工作。国章会装傻，有些小绝招儿，刺杀技术一流，差点儿捅瞎我眼睛，可以搞侦察。周冰洋当过班里的文娱委员，典崇当过生活委员，宣传和后勤工作他们完全胜任。

我摔跤技术虽二把刀，跟体院预科学生比不了，可对付美国鬼子还是有信心。路上，我经常跟金生切磋与练习，跪腿得合、抱腿顶摔专治身高马大。

金生腕力大，撅手指功夫精通，练“桑搏”时，常把我撅翻了脸，跟敌人肉搏他肯定能撅断对方手指头。他体力又好，一口气能甩一箱子手榴弹。

陕狗子最厉害的武器是勇猛无情。都说，学校谢大夫的母亲被打倒在桥下后，最致命的一块石头就是他扔的……他的信条是对敌人仁慈就是对人民残忍，哪个美国鬼子碰上他，可要倒霉。他也学国章，把十个指甲剪成A状，增强手指的杀伤力。

徐学军有独自跟三个人打的光荣历史，不是一条好汉，腰上就不会挨一刀，打起架来敢上刀子棒子，部队子弟天生就勇猛。

我们运气很好，沿着这条小路，连个人影儿也没见就进入了越南。

谅山是第一目标，从友谊关到该地，地图上直线距离五十里左右。我们计划过了谅山后，再想法乘车到河内，找周冰洋的姐姐。在到谅山之前，因靠近边境，越南公安很多，只好从山里走，又累又绕远。

陕狗子被太阳晒得龇着牙，哀叹道：“这么晒一天，非给晒熟了不可。”

“好家伙，喘气都累。”国章苦笑道。

王佑说：“我宁肯让大雨给淋个落汤鸡，也不愿挨这个晒。”

两位女士则一言不发，汗水浸湿了她们的头发。

越南的气候不敢恭维，特别闷、特别热，特别潮。

山谷里遍布着低矮的树丛，藤蔓缠绕着树身，弯弯曲曲地下垂着一条条长须。野草浓密，又硬又扎。我们走了一天，除几只鸟外，其他什么动物也没看见。蟒蛇、豹子、猿猴只存在于我们的想象。

晚上，到了同登火车站，却不敢离它太近，只在远处观望。

小县城黑糊糊的，听不见狗叫，鸦雀无声，只有几个蓝色信号灯发着幽光。估计是为防美军空袭，实行灯火管制，整个城镇没有一点点光亮。

我们在一片树林中，找了一块稍稍空旷的地方坐下休息。陕狗子瘫在塑料布上："累死了！大胯要掉下来啰！"有生以来，这孩子恐怕头一次受这罪。

我们嚼着饼干，咕咚咚地对着水壶喝水。

刘和平坐下，靠着一棵树，不到一分钟就睡着了。

"水快没了，最好到同登火车站弄点儿水。"

都这么累，谁去？说心里话，我是累得一点儿也不想动了。

"我去！"周冰洋和王佑自告奋勇地要求。他俩于是带着所有的水壶，悄悄地消失在黑暗中。过了不知多长时间，他们兴高采烈地回来了，就像电影《上甘岭》的取水战士。他们在车站灌满了十个水壶，竟没看见一个人。

我们纵情地喝着水、吃着饼干。

王球和刘和平倒下就睡着。我对这俩妇女还满意，她们从没因为自己是女的而要求得到一点儿额外照顾。王球的膝盖碰伤了，也自己忍着，一点儿也没增添别人的负担。

早晨七点多钟就已骄阳似火，鼻腔里像被塞满了热灰，干热得喘不上气。北方人在越南的毒日下面，极不习惯，简直要热昏了头，口腔、气管、肺都被热气蒸得滚烫，燥不可耐。

我们又开始上路，继续向南走着，走完了一个上坡，又走完了一个下坡，接着又是上坡、下坡……曲折蜿蜒，无穷无尽。

理想美丽，实现她的过程却苦不堪言。越南的毒日、闷热折磨着我们。走了一上午，没见一个人，也没见着一点儿水。水壶里的水，很快就喝光。真没料到，越南热带山林里竟这么干燥，就像是绿色的撒哈拉沙漠！

渴呀！我们的干粮就是饼干和炒米，找不着水，根本没法吃这些干粮。快到中午了，我饥肠辘辘，饿得头直发昏。陕狗子垂着头，拖拉着脚。金生苍劲的面孔暗淡下来。王球的脸上也露出了痛苦表情。

国章眼泪汪汪，可怜巴巴地说："现在要是给我一壶水，把毒蛇放到我裤裆里也干。"

"剖你的腹，干不干？"我问。

"不干。可别。"国章一本正经地说，"我就怕剖腹。"

许是还没到雨季，边境这一带，山峦重重，树木干燥得要冒火星子。

天上碧空万里，太阳赤裸裸地烤着我们，晒得人人都憋着一肚子火，看什么都不顺眼。偶尔经过几间草房也全都上着锁。为躲避B–52轰炸机的轰炸，越南老百姓都逃得无影无踪。

一人多高的茅草不住地拍打着我们的脸、手、臂。草叶上那纤细的毫毛跟小锯子一样锋利，在皮肤上划下了一道道血印儿，汗水一浸，又痛又痒。有些灌木丛中还有一些发臭的草，不小心碰一下，便“嗡”地冲出一团蚊子，钻进你的鼻孔、耳朵、眼睛里。

渴呀，渴呀，渴昏了头，全部水壶已空得倒不出一滴水来。

终于碰上了一个快干涸的小泥坑。这绝对是下雨后屯集下来的一点点水，不到一尺深，乒乓球台子那么大，浅浅的水面上浮着一层厚厚的绿沫子。剥开绿沫儿，可以看见水中有数不清的暗红色小虫，一屈一伸地蠕动着，岸边还有一只腐烂的小鸟儿，一半泡在水里。泥坑四周，还有动物、也许是毒蛇爬过的一道道痕迹。

当年在育才小学时，我曾跟人打赌，喝过两口洗脚水；在四十七中也曾喝过放进一把土的凉水，现在却没有勇气喝这种绿色的黏稠液体。

陕狗子皱着眉，一脚把烂小鸟儿踢走，望着小泥坑发愣。干渴的痛苦和对脏水的恐惧仿佛要把他的心扯成了两半，把他矛盾得大骂：“操他妈的！”

王佑失望地摇摇头说：“不能喝，水里净是血吸虫。”

王球擦擦脸上的汗，俯下身，用双手拨了拨绿沫子，捧起一捧水，仔细地端详着里面的小生物，看了一会儿笑着说：“这是孑孓，蚊子的幼虫。”咕咚咚地喝了两口。呀！她活吞了好些孑孓。

“喝吧。渴了就喝。”王球大大方方地说。女人蛮横起来，什么也不怕。

我咬咬牙，也硬着头皮喝了两口。当一股温热的带着腥臭的流质进入体内时，我的脊梁骨都起了鸡皮疙瘩。

国章边喝边指着一根浸在水里的枯树枝，那上面结了几张雾一般的蜘蛛网，上面还有两个装死不动的大蜘蛛，叫道：“咱们肯定也喝了蜘蛛拉的屎了。”

“还吃了一大堆虫子肉。”王佑咬着牙，喝了两捧水。

当人渴得要死时，就不在乎臭水里泡着腐烂小鸟儿尸体、有蜘蛛屎了。我们每人都开始小心翼翼地喝水，先用手在水里轻轻地拨拉一会儿，把虫子尽量拨拉走，再捧一捧最干净的水。硬着头皮喝了几口臭水，不再那么极度干渴后，就赶紧打住，继续上路。

无知才无畏。我们当时不知道越南的臭水坑里繁衍着钩端螺旋体，喝生水很容易染上钩端螺旋体病，有生命危险。

遣返挨了一针

饭后，我们又坚持向南走了一个来小时。烈日之下，每人都饥渴得要命。因在山里，搞不清方向，老走冤枉路。偶尔遇见一片菠萝地，也是刚刚长出的小苗，那菠萝叶极苦，根本没法吃。渴得你呀，想叫没劲儿叫，想发火没劲儿发，欲哭无泪！

原来，我们以为过了边境后就能见到越南老百姓，可以要点儿饭吃，但没想到，这边根本就见不到一个越南老百姓，鬼知道他们都藏哪儿去了！

我们决定休息一下，等天气稍微凉快一点儿再走。大家倒在树荫下的草地上一动不动，像蔫了的茄子。大白天也时不时有蚊子向我们袭击，把王佑、陕狗子咬得哇哇惨叫。他俩肉嫩，最招蚊子。

饥渴使得我们军心大减。我把草叶子放到嘴里嚼，希图榨出一点儿汁液，但除了苦涩，还白费了一口唾沫。望着绿绿的热带丛林，却找不着水喝，让人不可思议。这里不是沙漠戈壁，到处都是树木，却要渴死人！

我叹道："早知道这样，那臭水坑的水真该多喝一点儿。太娇气了。"

"喝了一肚子血吸虫。"陕狗子皱着眉头喘气儿。

国章馋涎地说："不吝了。现在，那水里就是泡着一堆烂死鸟儿，满是小红丝丝虫子也得喝，绝对顶上汽水。怎么样，你彻底输了吧？打一个嘴巴吧！"

当我被迫把脸给他时，国章笑了笑："先留着，等以后有情绪了再打。"

"奇怪，为什么这里没竹子？听说竹子里有水。"周冰洋问。

奇怪的事很多，都是常识所理解不了的。越南靠近中国边境的浦埝岭一带，林木繁茂，却没有河流、没有泉水、没有池塘。

饿着肚子坐下去，也不是个事儿。大约下午两点，我们又开始无精打采地跋涉。从昨天早晨到现在，我们已走了三十多个小时。

陕狗子担心道："怎么办？又渴又饿。这样下去，还没到谅山就要戈儿屁了，这不是无谓牺牲吗？"

徐学军默默无语，不置可否。

一步一步地走啊，毒日当头，每走一步都眼冒金星，嘴巴里干得几乎没唾沫，含块儿糖半天也化不了。现在，每人就想喝一口水。过去总以为热带森林里，应该有数不尽的野果之类……绝对渴不着、饿不死，可眼前的现实却完全不是那回事儿。

国章似乎恍然大悟，宣布："现在是旱季，果子还没长出来。"

王佑拔起一把青草嚼，怎么也嚼不出一点儿水分，又把草吐出来，痛苦地说："我发现人虽是杂食动物，但更接近肉食动物。人类要是保留点儿草食动物的遗传该多好！"

陕狗子惨笑道："现在要下场雨就好了。咱们只要躺在地上张大嘴巴就能喝个饱。"

因为渴，吃不下干粮，饿着肚子走路就格外痛苦，真想躺在树荫底下一动不动。此刻，再回想起北京的自来水，觉得那就是天堂的享受，馋得我直想哭。

透过密密的树林，我们发现山下面有一条蜿蜿蜒蜒的公路，路面上铺着一层薄薄的黄沙。公路走向大致向南，见不着一个人影儿。

下不下去呢？我犹豫着。在山里走安全，不会被越南公安抓住，但是也见不着人，找不着水喝。下公路走危险，容易被抓，可有机会碰见越南老乡，没有饿死、渴死之忧……斗争了半天，最后决定下到公路走。

这样，第一可以走快一点儿，不走冤枉路；第二有希望碰见越南老乡，搞点儿吃喝。当然要冒点儿险，公路上常有越南公安巡逻，可也只有冒这个险了。否则，越南公安是抓不住我们，我们却要在深山里被渴死、饿死。人生地不熟的，疲惫不堪，又饿着肚子，可不是闹着玩儿的。

走出树林，下到了公路，径直向南方走去。前面会有什么后果，一点儿顾不得想了，眼下，我们就盼着能遇到一个越南老乡，找点儿水喝。

燥热的暑气烤得我们头昏脑涨，汗水浸透了绿军装，脊梁背上留下片片白印儿。可能是中午太阳太毒，越南老乡全在家里午休，走了好半天，我们也看不见一个人。

后来终于碰见了几个越南农村妇女，身穿黑衣黑裤，头戴草帽，几乎看不清脸。她们与我们面对面相遇，却没多看我们一眼，连个招呼也没打，根本不像我们想象的那么热情。尽管我们的装束明显与当地人不同，一看就是中国的红卫兵。

等她们过去后，我对周冰洋说："下次遇见越南老百姓，无论如何，你得主动跟他们打招呼，请他们帮忙找点儿水和饭。"

周冰洋歉疚地点点头。他虽是个华侨，又是班里文娱委员，却很封建，见了女的就往回缩。

电影和报纸上总说中越两国一衣带水，两国人民是同志加兄弟，可到越南后，眼前的事实却给我们迎头泼了瓢冷水，人家老百姓连理也不理你。

王佑一遍一遍背着越南话："Zhong dui re dui，xin zuo mo yi duo an"（我们很饿，请给我们点儿饭吃）。

公路两侧是山坡，有的地方，可以看见旧茅草房。王佑几次爬上坡，想碰碰运气。结果发现茅草房都锁着门或用铁丝拧着……白白浪费了爬坡的体力。

午后两三点钟，公路上看不见一辆汽车。这是一天当中最炎热的时候，太阳都能把蚂蚁给晒死，唯有我们一行十人还在走着，每人的脸都被晒得通红，苦不堪言。

国章眼泪汪汪，那面部表情似乎是挨了鞭刑的犯人；刘和平被晒蔫了，垂着脖子，鼻头红得跟辣椒一样；金生面无表情，麻木沉重；冰洋嘴角挂着一丝丝苦笑；陕狗子皱着眉头，撅着嘴。

王佑却还沉着，无论多饿、多渴，他脸上都看不出来，脾气仍那么温和，时不时还招呼两位女生一下。

就在这时，在几乎没人的盘山公路上，对面突然冒出了一名年轻的越南公安战士。他头戴扁平盔帽，军服领章上有越南公安标志，挎着五四牛皮手枪套，推着自行车，用手势让我们跟他走，脸上还闪出一丝拘谨的微笑，态度客气。我们知道大事不妙，装着不懂他的意思，继续向前赶路。凭感觉，离村镇不会太远了。此时，路上也能看见三一群、俩一伙的越南农民。

公安一遍一遍地说着越南话，打着手势。我们却硬着头皮加快了脚步。我很后悔下到公路，谁知道这么快就碰上越南公安！

公安只好推着自行车跟我们一起走，到了一个岔路口，公路变成了两条。越南公安非让我们往左边走，我们却执意向右边走。他拦住我们，摆着手，很严肃地摇摇头，不许我们再走。这小公安屁股后面挎着一个长方形的棕褐色牛皮包，斜背着五四式手枪，皮枪套崭新，使我们不敢轻举妄动。

我对冰洋说，告诉他，我们是中国红卫兵，准备到越南南方参加消灭美国侵略者的战斗，他应该支持。

周冰洋结结巴巴地翻译着。公安战士听完后却根本不为所动，继续用手比画着，让我们跟他走。

王佑拿出我们的《赴越宣言》越文翻译稿，双手捧交给他，请他过目。

他只扫了一眼，就摇摇头，连接也不接。这年轻的公安战士，面孔越来越严厉，反复指着左边的路，要求我们跟他走。

国章又装出可怜巴巴的样子，神情忧郁，央求道："亲爱的越南人民军同志，我们是要上前线打美国鬼子的，行行好，让我们走吧！"

冰洋茫无头绪地翻译着，也不知他把意思翻译清楚了没有。那公安态度虽不凶恶，但说话口气却坚决，毫无商量余地。

周冰洋竭力表示，他姐姐就在河内的一家报社工作，他要找他姐姐去。可对方仍然固执地摇摇头，嘴里叽里咕噜说了一堆，口气也渐渐变硬。

哭是小孩儿的武器，此时也是我们最后的一招儿。也许十个中学生围着他张大嘴，哇哇痛哭一场，他就会手下留情。

一路上，我们披星戴月，冒着酷暑扒货车，挨晒、挨浇、挨劫，在郑州被大师傅从餐车窗户里给扔出来；过柳州的隧道差点儿磕断老二；露宿南宁市邮局门口丢了手表；蹚越南的荒林渴得喝那臭水。为抗美援越，我打砸抢了自己家，牺牲了父母，诀别了朋友，把最心爱的摔跤衣、拳套全送给了同学……这一切就那么不值钱吗？

胸膛里的气压越来越高，噎得喉咙堵塞，一刹那，真的鼻酸欲泪起来。我的老天呀，我们这是捧着心肝儿主动奉献哪，却被人家不屑一顾！不禁潸然泪下。

我哽咽道："同志啊，我们虽不会说越南话，但我们会扣扳机，会扔手榴弹，有块儿，想上前线打美帝想了好多年了！"我们都忘了对方听不懂中文，用中文跟他做起工作来。

王佑也热泪纵横地恳求道："公安同志！我们是真诚地想上前线，与越南人民并肩战斗！我们不是说着玩儿的，不是来游山玩水的，请您放了我们，积点儿德，我们会给越南民族解放事业做出贡献的，真的。阮友寿主席肯定欢迎我们。"他胳膊上、脸上，被蚊子叮了好几个大红包，像个伤号儿。

国章眼里和鼻里流淌着一股股水："人民军小同志，我们铁血团遵照毛主席抗美援越的指示，历经千辛万苦，才到这儿。我们没别的目的，就是想尽尽自己的国际主义义务……越南是抗美第一线，请给我们一个机会吧！"

周冰洋含着眼泪，拼命地翻译着。

王球、刘和平受到感染，低声啜泣着，鼻涕一把泪一把地哀求着这个越南小战士。

我们忘记了，送货上门的东西不值钱，这是宇宙里铁的法则。年轻的越南公安战士坚决地摇摇头。

此刻，我们几个都像受了委屈的五岁小孩儿，真的哭了起来。国章的泪珠子跟脸上的疙瘩一样大；王佑面色苍白，如丧考妣。陕狗子和徐学军也热泪滚滚。金生一言不发，烈日之下，脸色发青，泪花闪闪。

我们都是十八九岁的壮小伙儿，不是动不动就哭鼻子的小毛孩儿，可此刻，面对着这位把我们拒之门外的越南公安战士，面对着我们多日的美梦就要破碎，实在忍不住流下了泪水。越南公安却依旧不为所动。

正僵持之际，公路上驰来一辆嘎斯 69 吉普，“刷”地停在我们身边。

车上下来两名我援越部队干部，绿上衣蓝裤子，铁道兵的军装。其中一高个子对那越南公安兵说着越语，另一人对我们说：“快上车跟我们走。”

“我们想去越南南方参加战斗。”

“先到我们部队再说。想打仗还不好办？”

我们犹豫着。跟越南公安走，没好下场，跟我们部队走，也没好下场，最好是谁也不跟。

越南公安和那位高个子解放军争辩着，据理力争，想把我们带走。不知那解放军怎么和公安解释的，把小公安说得脸色阴沉，一个劲儿地摇头。此时，另一解放军干部竭力劝我们上车：“同学们，快上车！快！”

见我们还在犹豫，那干部着急了：“嘿，咱们都是中国人，我们能害你们吗？那越南公安会把你们放进拘留营里，关好些天，何苦呢？同学们！快上车！”

在异国他乡，见了解放军真像见了亲人一样，再加上又累又渴又饿，我们只好乖乖地上了车。

越南公安气愤地与高个子解放军争辩，似乎是说他没权力把我们带走。又辩论了一会儿，高个子军人不耐烦了，敷衍了几句就跳上吉普，车子一溜烟儿地开走了，把越南公安晾在那儿。

嘎斯 69 平时只能坐五人，除去两个军人，这天竟挤上了我们十个。车上小风一吹，真舒服啊！

上车后，那干部说：“要是被他们抓住，事情就复杂了。他们要向越南外交部汇报，并与中国驻越南大使馆联系，最后你们还得给遣送回去，麻烦着呢。”

不久，我们来到了中国援越的一座铁道兵营房。

团政治处主任听说带回了几个北京红卫兵，亲自接见了我们，为我们端茶倒水，很是热情。我以前从没感觉茉莉花茶那么好喝，香得醉人，清甜清甜的，润得嗓子眼儿舒服极了。我们没了命地喝，觉得那茶水是世界上最好喝的琼浆。

主任听说我们饿了一天，当即命令一个干事带我们去食堂吃饭。

记得饭厅很大，里面挤满了我援越战士，也都正在吃饭。他们全都像看猴儿一样地看着我们，尤其是我们的队伍里还有两个女兵，更招人。众目睽睽下也顾不上不好意思，我们狼吞虎咽地吃起来。大米饭、肉罐头、菜罐头都随便吃。那白米饭可比凭祥市委食堂的饭好吃多了。

我援越部队吃的全部是从国内运去的食物，连烧饭的煤都从国内运去，一根木头也不用越南的。因越南挨炸，缺少菜，我们援越部队吃的菜都是罐头。我们帮他们打仗，流血牺牲，粮草却全部自备，丝毫不沾他们的。

填饱了肚子之后，主任又和我们聊起来。他详细询问了北京是怎么批斗彭真、彭德怀的；首都“三司”是怎么回事；“二月逆流”是真是假；抓的“联动分子”最后怎么处理了；毛主席身体怎么样；陈毅的问题有何新发展？在遥远的越南山地里，他对北京的消息非常感兴趣，如饥似渴地打听着。

我们尽自己所知，详细地给他讲着。

最后，王佑试探地询问我们怎么办，能否参加部队的战斗。

政治处主任摇摇头说：“不行，周总理有电话指示，红卫兵去越南，主观愿望是好的，但这种具体做法却不妥。凡已经过去的，都要劝说回来。”主任望了望我们，和蔼地说：“我个人很欢迎你们红卫兵小将来参加战斗。刚开始我们也曾留下过几个，但总理电话指示传达后，都已送回国了。你们也将这样处理。”

“我们大老远来一趟，能不能为抗美援越具体干一点点事儿呢？哪怕给你们扫扫营房也行呀。”

“不行。过一会儿就把你们送回国。否则越南方面管我们要人也不好办。如果让他们抓去，人家还要向我们大使馆提抗议呢。”

陕狗子问：“叔叔，我爸就是铁道兵的，让我们到阵地上看看好吗？”

主任微微一笑：“我们的阵地就是铁道，有什么可看的？美国飞机轰炸得很厉害，要出点儿事儿，我怎么给你们父母交代？”

陕狗子兴冲冲地说：“让我们看看用双管37高炮、85高炮打美国鬼怪式飞机的场面，就带劲了。”

主任说：“咱们是铁道兵，负责维修铁路。”

我问：“我们在越南境内走了三十多个小时了，也没遇见过一次轰炸。美国B–52现在还轰炸吗？”

“当然轰炸，但他们轰炸都是有目标的，你们在山里走，自然看不见。”

王球恳求道："叔叔，让我们也修修铁路吧？跟战士在一起干点儿活儿。"

"不行。你们的心情我理解，但总理的电话指示必须照办。"

我们什么话也没再说，知道这是必然结局。辛辛苦苦来一趟战火中的越南，却没碰见一次轰炸，没尝到凝固汽油弹、菠萝弹、子母弹的滋味儿，实在是遗憾。

聊了一会儿后，一位干事前来报告车已准备好，主任就握手与我们告别。临走前，王佑还问了问他的姓名和番号，想以后保持联系。主任微笑着没有透露。

这位铁道兵某团政治处主任给我印象很深。已经二十八年了，他如果还活着，应当记得一九六七年五月中旬，我们这八男二女闯到越南，被他们半路从越南公安手中抢回的北京红卫兵。

上车前，一个护送我们的干事给我们每人发了一顶越南军人戴的扁头盔，让我们冒充是援越解放军战士。军车四周围着绿帆布，里面黑糊糊的，从车下看，我们真和援越战士差不多。

这干事特地叮咛我们过越南边防检查站时不要说话，尽量别被越南公安发现。几个素不相识的战士听说我们要回国，赶紧塞给我们几封信，让我们回到中国给发了。从眼神中，我可以看出他们对我们的羡慕。

汽车在盘山公路上疾驰。因为受到友好的接待，大家心情都挺愉快。我们回忆着与主任谈话的情景，觉得没白来越南一趟，起码，跟我们的援越部队在一起待了一会儿，吃了一顿饭，聊了聊。

王球、刘和平戴上头盔，古怪得不行。她们缩在汽车角落里说着悄悄话。

我低着头默默分析着这次失败的原因：走出山林下公路是致命错误，导致我们最后被抓。可不走出来又怎么办呢？我们没有一点儿在越南山林存活的经验，吃喝都无法解决。

怕渴和怕饿，是人性的最大弱点，我们的失败情有可原。

只一个多钟头就回到了友谊关。因为是军车，越南一侧的边防检查站根本没检查。驶过一百米无人区，到了中国的边防检查站，军车停下，我们下来后却被严格地审查了一番。

边防检查站是一座红砖尖顶平房，有点儿苏联风格，很气派。大门上悬挂国徽，里面的墙壁雪白，窗户很大，门很厚重，高级地板，给人一种国家的威严感。

边防军人穿得也比一般军人高级，好像是毛料制服。在宽敞亮堂的办公室里，我们逐一交代了自己的姓名、年龄，家庭出身、学校名称等等，被全部登记在案。

边防军官让我们把背包和口袋中的所有东西都倒在桌子上。

王佑从西藏带回来的匕首自然被没收。

看见我们每人身上都携带着几个报纸糊的纸筒筒，军人不知道是什么玩意儿，觉得里面的白面面很可疑。当时的毒品走私虽不多，可也偶有发生。我们笑着告诉他是石灰。军人询问我们为什么带它？国章耐心解释，这是一种自制的武器，危急时刻，可以用来迷住美国鬼子的眼睛。军人严肃地研究了一番，还用鼻子闻了闻，最后也全部没收。

政审完了之后，又让我们到检疫室，每人挨了一针防疫针，疼得要命。这是规矩，任何进入中华人民共和国国境的人，都必须打一针防疫针。

分　裂

尽管在越南山林之中我们只待了不到五十个小时，回到凭祥市委二楼走廊的住处，却似有隔世之感，睡在这光秃秃的凉席上，美得想哼哼。市委食堂的红米饭和熬冬瓜也比过去香多了。《大海航行靠舵手》的歌亲如慈母的声音，温馨无比。

不再被烈日晒，不再挨渴挨饿，不再被有刺的茅草扎，不再走那条永远没头的崎岖小路，不再被饿疯了的蚊子咬，不再让背包带磨得两肩红肿，死沉的双腿可以彻底休息，真美啊！真舒服啊！

陕狗子叹道："就这两天，掉了有五斤肉。老马，算了，咱们回吧。"他躺在凉席上，心疼地抚摩着自己瘪瘪的小肚皮。

第二天，快中午十二点时，我们还躺着。两位女生过来，刘和平大声说："吃午饭了！"

我们依旧躺着，懒得起来，真给累屁了。

刘和平郑重地对大家说："喂，你们听着，昨晚上，我考虑了很久很久，觉得我们应该听周总理的话，马上回去。"

大家都默默无语，慢慢爬起来，坐着发呆。我脑袋好像挨了一石头，沉默了一会儿说："行啊，你不愿去可以回去。"

“不只是我，王球的意见也和我一样。我们都认为对周总理的电话指示，应该不折不扣地服从，不能讲价钱。”

“王佑，你同意我的看法吗？”刘和平嗓门很大地问王佑。

王佑踌躇着，没有回答。他细嫩的脸上让蚊子咬了好几个大红包，腿上、胳膊上也尽是，还挠破了好几个，伤痕累累。

陕狗子微笑着露出白牙：“我同意。没说的，回去。”

国章的小眼睛里闪出难言的苦衷。来越南是他最先提出的，此刻他的心情最矛盾。

事情明摆着的，现在不是一九六六年底，那时红卫兵到越南是新生事物，过去的都被我部队接收，并参加了战斗。现在是一九六七年五月，有了周总理的电话指示，没人敢再接收我们。我们又都不会说越南话，得不到越南老百姓的理解和帮助，就靠这点儿粮草及十一号，希望实在渺茫。

可铁血团不能只遇到一次挫折就后退。毛主席说过：“这个军队具有一往无前的精神，他要压倒一切敌人，而决不被敌人所屈服。”现在对我们来讲，敌人就是饥饿、干渴，就是步行到谅山的这一段艰辛路途。

我望着刘和平说：“你不想过去，可以走人，但你应该尊重别人的不同意见，不要煽惑别人也跟你一样。”

“周总理的话你听不听？你对周总理的指示也要讲价钱？根本就不能犹豫，我们应该立即回去！”刘和平直视着我，红红的双颊闪闪发光。

我反驳道：“毛主席的话你听不听？毛主席说：‘我们共产党人反对一切阻碍进步的非正义的战争，但是不反对进步的正义的战争。对于后一类战争，我们共产党人不但不反对，而且要积极参加。’”

这段毛主席语录，我背得滚瓜烂熟，专门用来对付反对我们去越南的人。

王球突然也参加了辩论，嚷道：“但是得有组织、有领导地参加，不能这样无政府主义地行动。”

“王球，别忘了，你给父母写的诀别信是怎么说的。不要说一套，做一套。”王球写完那封信后直发呆，热泪盈眶，我们都看了这封信。

“我没忘。但我原来不知道总理有电话指示。”

这两位女生一口一个“总理指示”，拿周总理的牌子吓唬人。

“可是，毛主席还发出了‘抗美援越’的指示呢！”

“得了，你去越南，不就想当个英雄吗？别拿毛主席指示给自己的资产阶级名利思想贴金。”刘和平毫不留情地向我开火。

“想当英雄怎么了？董存瑞、黄继光也都想当英雄，有什么错儿？”

“我发现，你的名利思想特别严重。”

“我发现你特别怕苦怕累。”

“你爱怎么说就怎么说,我不在乎。总理的话都不听,还空谈什么革命？”

“得了，得了，你不去就回去，别扯别的。谁也没让你赖在这儿。”

“谁赖在这儿了？凭祥市委也不是你们家的。”刘和平冷笑道。

这位女士在路上不言不语，每到晚上八九点就犯蔫，眼睛都睁不开，倒地即着，睡在大树根上也不觉得硌，此刻却锋芒毕露，说话咄咄逼人。

王佑劝道：“你们都别吵了，快吃饭去。”

刘和平的转变，说明她这人去越南的决心并不很大，有个风吹草动就动摇。她嘴巴上说不怕苦，不怕累，其实还是怕，一少睡觉，饥渴两天，就用听周总理的话做借口，堂而皇之地后撤。

吃过饭，我们继续辩论。王佑、冰洋、国章、典崇都保持沉默，态度模糊。陕狗子、徐学军同意往回返。只有我和金生没变，还想再试一试。

王球成了刘和平最坚定地的支持者、跟屁虫，她一口咬定：“不管怎么说，总理既然有了电话指示，我们就应该无条件执行。”

“毛主席说对正义的战争要积极地参加。”

“毛主席并没有号召红卫兵去越南参战。”

“毛主席说要抗美援越，要派部队赴越轮流作战。”

“你别歪曲最高指示！毛主席根本没说过要派红卫兵过去打仗。”王球这话把我说卡了壳，一时想不出词儿反击。算了算了，我不再跟俩女生吵，只希望她们知趣一点儿，回到她们的地盘儿去，我好和王佑私下谈谈。国章、冰洋、典崇都看王佑的态度。可这两个女生偏偏不走，硬赖在我们男生的地盘儿。

我愤愤地离开了市委二楼，跑到外面去转，心想带上刘和平实在是一大错误。这女的能说会道，极爱奓刺儿，现在一百八十度大转弯，对铁血团的威胁要比美国鬼子大得多，一定要想法摆脱她。并仔细琢磨怎么对付王球说的那句话。最后终于想明白：干毛主席没说过的事，也完全可以符合毛泽东思想！待我回到住处，见刘和平还在劝说王佑。

这一个下午，刘和平都霸占着王佑，苦口婆心地劝他，直到吃完晚饭，还要继续和他谈。我见状，忍无可忍，就对王佑说：“我有事找你。”硬把王佑从刘和平身边叫走，粉碎了她的企图。

“王佑，你现在怎么考虑的？被她们说服了？”

王佑沉默一会儿说：“内心非常矛盾。一方面我觉得刘和平的意见是对的。一方面良心又不让我背叛铁血团。”

“你听说了没有，那老警察讲过一个青岛小姑娘的事。才十五岁，一个人跑到凭祥，跟谁也不说话，过去一趟给遣返回来，又过去一趟，又给遣返回来，一共过去了十五趟，挨了十五针，边防站都认识她了。把她母亲给急坏了，派哥哥到凭祥给她接走，最后才流着泪回去。跟这样的小姑娘相比，刘和平是不是变得太快了？”

“我也听说了这小姑娘的事儿，很敬佩。可我没有她那样大的决心和毅力跑过去十五趟。真的，这两趟就够了！何况跑十五趟也没成，说明不听周总理的指示是注定要失败的。青岛小姑娘的精神可嘉，但我们要也跑十五趟，就太愚蠢了，白白消耗时间和精力。”

“我觉得只要还有一线希望就应该试试。毛主席说在最困难的时候，往往只要再坚持一下，局面就可能改观。反正现在还不能说百分之百的没希望。”

“不是我泼你冷水，够戗啊。但如果你要再试试，我可以陪你再闯一趟。”

王佑这样的态度，使我于焦虑中有了一点儿放心。

正聊着，刘和平又把王佑叫过去，跟他嘀嘀咕咕到深夜，进行拉拢。

我私下问周冰洋：“你怎么样，还想过去吗？”

他苦笑道：“我不知道。”

我问金生怎么打算？他憨厚地笑着说：“我跟着你，你决定吧。”

几个中学生自己瞎闯去越南南方，希望确实渺茫。我读了很多抗美援朝的书，可从没见过有自己闯到朝鲜的。但是，像刘和平那样一百八十度大转弯儿，我又接受不了，觉得面子上难看。都和同学们诀了别，接受了同学们敬佩的目光，怎么再有脸回去？反正毛主席说过抗美援越，我们去越南的大方向没错。闯他几次就是失败了，也是执行毛主席指示的失败，不丢人。可不能只去一次就撤，十五次做不到，起码也要三次。

陕狗子、徐学军都想赶紧回家，一分钟也不愿在凭祥待了。我给了他们路费，次日就乘车返回南宁。这俩初中小孩儿根红苗正，人都挺不错，但对去越南的困难估计不足，所以只这一趟，心就凉了。谁知道越南的荒山、越南的热带丛林这么折磨人！他俩一路上不大理别人，在铁血团里就他俩是军人子弟，自然感到孤独，提前走了也好。

我对陕狗子是又喜又恨。他见义勇为，敢把我的英古斯从食堂门口解下来，可赞可叹。但他好吹，娇气，一累就发小脾气，别人老向我告他的状。徐学军在学校的红卫兵运动中勇猛无比，冲锋陷阵。在工人体育场十万人批斗小流氓大会上，受到英雄般的款待，但在去越南的路上，他那股勇猛劲头儿没了，蔫儿了吧唧的。

他俩走后，刘和平这两个女的却不走，声明只有大家都回，她们才回。我思忖肯定是担心自己一人回去，面子不光彩，才让大家陪着她一块儿回。

想到铁血团的分裂，就对刘和平恨得咬牙切齿。她是分裂的罪魁祸首。

那几天，刘和平、王球一有机会就找王佑谈话，千方百计想把王佑争取过去；可到了晚上睡觉时，轮到我跟王佑聊，就鼓励他不要遇到一点儿困难就往后缩，老用青岛小姑娘的举动来激发他的士气。

随着观点上的分歧，我跟两位女生的个人关系马上恶化。我掌管着钱，再也不管她俩，我和金生上街采购吃的、下饭馆、逛集市，绝不招呼她俩；买的水果等零食绝不给她们吃。

刘和平她们有钱，不用求我。她更加积极地拉拢我的兵，整天找这个谈那个谈，竭尽全力地策反，并大肆诽谤我。

这家伙不是等闲之辈。一般女生如果感到不受欢迎，肯定二话不说就走。可刘和平明知我讨厌她、想甩掉她，却还硬赖在铁血团里，我们去哪儿，她去哪儿，影子一样地跟着你。我生平头一次看见这么厚脸皮的女人！真可怕！自己不想去越南，也不让别人去。

有一回，我们要上街，她又跟上来。我鄙夷地望着她说："人最怕脸皮厚，我从没见过你这么厚颜无耻的。"

"我也从没见过你这么沽名钓誉的！"

我向她低声吼道："滚蛋！"

"你滚蛋！"

"你挺大不老小的了，怎么那么贱啊！"

"你挺大不老小的了，怎么那么臭呀？像是从茅坑里捞出来的！"

"滚蛋！滚蛋！"我根本说不过她，她成天跟人大辩论，嘴皮子早就练出来了。

王球在旁边替刘和平说话："马清波，你不应该骂人。我们都要听毛主席的话，听周总理的指示。"

"毛主席说要抗美援越！"

"毛主席并没说要红卫兵去越南打仗。"

又是这话！可我已有词儿对付："毛主席没说过的话多了，只要符合毛泽东思想也应该去做。比如刘英俊拦惊马，毛主席有过拦惊马的指示吗？"

刘和平又插一杠子："你背离总理指示就是错误的。别胡搅蛮缠！"

她跟人辩论时，不只圆圆的眼珠发亮，两侧脸颊也红光闪闪。

轰她走，死活不走，躲着她，却像蛇一样地缠着你，似乎要是走了，就让我得了逞。真腻味啊！怎么碰上这么个恶女人？我真后悔自己好色，非要带女的来，结果带来一条这么可怕的母老虎。

不答理她？不跟她说话？可她却主动出击，找碴儿跟你说、跟你吵，像一只斗鸡，见了面就找你掐。可恨我这嘴皮子太窝囊，根本压不住她的火力。

不给她买饭，用伙食费卡她？可她有钱，经济封锁不了她。

偷偷把她给甩了？没戏。她严密监视着我们男生的一举一动，严防我们不辞而别，吃饭、上厕所都能感到她的目光在盯着我。

现在只有金生绝对站在我这一边。国章、冰洋、典崇保持中立，谁也不得罪。王佑举棋不定，成了关键人物。一有机会，我就做王佑的工作，劝他适可而止，别对这两个女生太温情主义："刘和平自己不想去就走人，为什么还要说服别人跟她一样？自己当了叛徒，还要别人当。"

王佑却和稀泥："刘和平想听周总理的话，见你不听，她自然要反对。"

"别老说她听周总理的话。你没发现吗？她特怕苦，少睡一点儿觉，马上就跟生病了一样有气无力。她当了逃兵，没脸一人回去，才非要我们跟她一起回。"

"不管如何，你应该认真考虑考虑刘和平的意见。"王佑说。

我说：你别老偏向女的。

他说：你别小资产阶级狂热。

我说：我狂热得还不够，否则咬牙挺一挺，坚持不下公路就不会让越南公安给抓住。

他说：情况变了，我们的对策也要变。

我说：毛主席说要积极参加正义战争永远不过时，刘和平背叛了主席的这一指示，成为铁血团的叛徒。

他说：总理的指示代表着毛主席，代表着毛主席的革命路线。

我说：毛主席抗美援越的指示是第一位的，总理电话指示是第二位的。

他说：把一个女的甩在偏僻的边疆小城不道德。

我说：对逃兵、对叛徒，不管男女，都应该批判斗争，谈不上不道德。

……

我俩谁也说服不了谁。

"王佑，你还记得毛主席七·三批示吧？'今后的几十年对祖国前途和人类的命运是多么宝贵而重要的时期啊！现在二十岁的青年，再过二三十年是四五十岁的人，我们这一代青年人将……亲手参加埋葬帝国主义的战斗。’”

过去我俩一提到主席这段话时，总热血沸腾，倒背如流，它激起了我们对自己这一代人的无限自豪与责任感。可是，在凭祥市委小楼的走廊里，这段语录已燃不起王佑的热情。

刘和平继续一次次地找王佑谈话，还买水果给他吃，努力拉拢；并不厌其烦地找国章、冰洋、典崇、金生，利用她当头头的口才，想方设法诋毁我，说我去越南动机不纯，满脑子个人英雄主义，就想自己成名成家，竟然连周总理的话都不听。

想当英雄就是资产阶级个人英雄主义的话，那中国千千万万的中学生都要扣上资产阶级个人英雄主义帽子了。

她还对我进行人身攻击：“我们一个女的都没带镜子，而他，铁血团的头头，一个男的，破衣烂衫的，却带着一个小镜子，不敢当众照，总偷偷照，这是什么思想意识？多肮脏虚伪！”

金生事后一五一十地告诉了我。如果照镜子思想肮脏，那工厂还生产小镜子干吗？俗话说：蝎子尾，马蜂刺，莫若妇人心。一点儿也不假！原先，想带一个漂亮女生，跟敌人玩儿个美人计什么的，但汪爱迪临行前变卦，敢来的，只有她和王球。形象差一点儿就差一点儿吧，给我们干干后勤什么的也行。可万万没料到这个刘和平把我们铁血团搅了个乱七八糟，一点儿光没沾上，还让她搞得天天内斗、吵架。

我与刘和平的矛盾已经到了相互鄙视、相互痛恨的地步。吵不过她，就不理她。她说什么，我就用“滚蛋”两个字对付，没别的话，就这两个字才解恨。只要她靠近我，只要她到我们男生地盘儿，只要她跟着我们上街……我就狠狠骂一声：“滚蛋！”

但她反唇相讥：“你滚蛋！”

“你滚蛋！”

“你滚蛋！”

我若用一百分贝音量，她就用一百五；我若用二百，她就用二百五……毫不示弱。这女的个性刚愎，好强气盛，你说她一句，她回敬你两句。从小到大，我还从没见过这样的女人。我思忖，她可能觉得和王球两个人单独回去不光彩，别人会有想法，所以才竭力说服铁血团全体跟她一块儿回去。

哼，说我沽名钓誉，你难道就不沽名钓誉吗？知道你是“延安战斗队”的头头，怕当逃兵影响你的名声，就让大家跟你一样当逃兵，哼，就不听你的！

“刘和平，你要是破坏我们铁血团的行动，一切后果由你负责！”

“你吓唬谁呢？我就破坏了！我听从周总理的电话指示！你们不听，我就要破坏你们！”

“逃兵！怕苦怕累就老老实实承认，别拿听周总理的指示来掩饰！”

“你才怕苦怕累呢！”

“滚蛋！”

“你滚蛋！”

“不要脸！”

“你才不要脸呢！抹红胭脂的伪君子！”

……

我们的吵架声，轰动了全凭祥市委二层小楼，尤其是大中午，不时有人抗议道：“别吵了，别吵了，不要影响别人休息！”这儿那么多伙儿红卫兵，没一伙儿像我们这样成天吵架。

她被我这么骂，还满不在乎地跟我们住在一起、吃在一起，赖着不走，真是少见！她的好斗，她的厚脸皮，她的针锋相对、寸步不让，都让我伤透了脑筋。特别是她父母跟我父母还都是晋察冀的老战友，也不好跟她动手，否则我真想拿大皮带抽跑狗日的！

某天早晨，在跟刘和平大吵一番后，我怒不可遏地说：“刘和平自己不去越南，还不让我们去。我只好宣布开除她。铁血团是为了去越南才成立的，反对去越南就请走人。”

刘和平马上站起来，怒气冲冲地叫道：“我宣布，马清波独断专行，抗拒中央指示，铁血团开除马清波出队！”

这真是少有的悍妇。

“铁血团是我和王佑、国章组织的，大印在我手里，经费在我手里，为了筹集经费，我把自己的家都砸了，你有什么权力开除我？”

“滚一边儿去！”刘和平满脸冒红光，双眼炯炯有神地对大家说，“我再一次希望大家不要置周总理指示于脑后，立即离开凭祥，返回北京。”

“你愿意当逃兵你当，不要让别人跟你一块儿当！”我恨得咬牙切齿。

她狠狠瞪了我一眼，咬着嘴唇，一字一顿地说：“你不逃兵，可你是个伪君子！别当你干的那些事儿别人不知道。”

我像被扎了一刀，不敢再跟她吵，我不愿让她再提我抹红胭脂的事儿。

惨遭民兵追捕

跑一趟越南，顶拔五天的麦子，身体消耗极大。疲劳和饥渴大大损伤了我们的身心，又成天吵架，歇了一个多星期，还是觉得累。

这天早晨，起床收拾东西时，我突然发现从家拿的牡丹牌半导体不见了。昨晚还在听广播，今早就不翼而飞。一路上因为有这半导体，我们才能知道一点儿当前的形势。我发疯般寻找，但在光秃秃的凉席上，再也看不见它的影子。妈的，又喂给贼了！真是懊丧之极，气得我用拳头狠狠捶了两拳墙。我痛恨自己马马虎虎，恨不得千刀万剐了那逼养的。从这以后，只要在大街上见到被抓住的小偷，我上去就打，也不管他偷没偷自己的东西。

市委小楼里住着全国各地来的红卫兵，什么样人都有，形形色色，鱼目混珠，非常复杂。他们打着抗美援越的旗号，在市委机关白吃白住。天天都有走的，有来的，流动性非常大，要顺手牵羊一下，根本找不着。

因为三天两头丢东西，各地学生相互间充满猜疑和提防，吃饭都不能一起吃，要有专人留在住处看守，因为这里的所有房间都没锁。

有些人不说实话，把自己家庭背景、住址、学校掩盖得严严实实……你自始至终不知道他是什么地方的、是中学生还是大学生。有的明明是小城市的，故意说是大城市；有的明明出身一般，非要说是革干。官儿也都往大了说，父亲是营长要说成团长、科长要说成局长……一会儿这个说老爹是少将，一会儿那个说老爹是部长，真真假假，一个比一个敢吹。我的半导体肯定就是这里面的人拿走的，也许见了面，还跟我打招呼。

如果说头几批来越南的都是有血气、想献身的红卫兵，此时此刻，来的很大一部分却是玩儿来的。其中有几对上海男女，整天躺在屋里聊天、玩扑克。女的打扮得花枝招展，哪有抗美援越的影子？谈情说爱来了还差不多。

这天上午，市委院门口外面响起一片吵闹声，我们闻声赶下楼。

一伙人正围着一个男青年要钱。这小伙子就是那自称聂荣臻的儿子，名叫聂军。他借口钱包被人偷了，向很多人借钱。为巴结他，包括那伙上海人，也主动给他送这送那。

当人们询问他有关聂荣臻的情况时，他总很客气地回答："对不起，我不方便说什么，你如果想知道，可以给军委办公厅打电话。"

但有人发现他总编瞎话，同一件事对不同的人说的都不一样。他自称丢了钱，却总带女生偷偷下饭馆胡吃海喝；有关自己的学校也一会儿说是武汉水利学院，一会儿又说是哈军工；原籍也变来变去，对这人说是江西，对那人说是湖南……于是开始怀疑他，报告给了老警察。搞政审的老警察终于给中央军委办公厅挂通了长途，回答是聂荣臻根本没有这么一个叫聂军的儿子。

消息马上传开，过去借过他钱的人纷纷逼债。那几个上海人也气愤地围着他，索要先前送给他的东西。

这小伙子皮肤黢黑，梳着大分头，鼻直嘴正，眼睛炯炯有神，看上去有一些气质，穿着一身干净的旧军装，说话一板一眼的。面对着那么些人愤怒的讨债、揭露，小伙子表情从容不迫，平静地解释着："同学们，军委办公厅的那些办事员，根本不知道我家里的事，也不知道我的真正名字。你们要不相信，我现在就可以给你们往北京家里打电话。"

他那派头颇能唬住不明真相的人，但几个女生却不理他的解释，激愤地揭露他跟这个人说一套，跟那个人说一套，借钱不还。他不慌不忙地反驳道："我当然不能什么都讲实话。毛主席转战陕北时，还用假名呢。父亲从不让我炫耀自己的家庭，要我用假名，少讲个人情况……"

几个女生被说得半信半疑，不解地问："你借钱时说马上就还、第二天就还，为什么过了这些天还不还？"

"同学呀，我不是不还，我得跟家里联系上，等钱寄来了，才能给你。现在，偏偏我父母又都出差，不在家，已经托一个参谋转告了，我也着急呢。"

"那老警察给军委办公厅打电话，军委办公厅回答：聂荣臻根本没这么一个儿子。这是怎么回事？"

"军委办公厅办事员知道个屁！我家的情况都是保密的！"

……

有些人犹豫了，向他讨钱的声调变柔和了。

我冲进人群，上去就一拳，打中了那小子的脸。我多日心情不快，让刘和平闹得一肚子火，又刚刚丢了半导体，遇见这家伙，正好发泄。

"聂荣臻之子"睁大眼望着我，很诚恳地说："同学呀，别误会，别误会！"

"打你个骗子！"我又上一拳，"哼，你骗小地方的人还行，骗不了我们北京的！"

对方脸不变色，还佯装沉着："哪里哪里。同学，别误会。"他虽挨了拳，却忍气吞声，没一丝丝怒火。

金生也跟将过来，给了那厮一直拳，骂道："你为什么骗人钱！"

他又赶忙面向金生解释："借钱怎么是骗钱呢？我没有骗啊！"

我们完全相信老警察的调查，根本就不信他的鬼话。

我又抡圆胳膊给了他脸一拳，恨不得砸碎了那张装洋蒜的皮。他双手护着脸："同学，你听我说好不好？真的，不要误会。"他口气虽硬，却不敢还手。

我和金生两个人对他拳打脚踢，把在场看热闹的人都打愣了。

我憎恨骗子，尤其是冒充高干子弟的骗子，比臭屎橛子还恶心。看这家伙还穷狡辩，装得挺像回事儿，就冒火，我连续几个左右摆拳和直拳，把他打得东倒西歪。

周围围观者大都是南方的中学生，小嘎巴豆子，文文雅雅的，没人动手，就我和金生轮番出拳。人越聚越多，欣赏一个男子挨打，尤其是自称元帅之子挨打当然挺有趣儿。凡借过钱给他的都纷纷揭发，众人彼此相互一对，发现了他更多的谎话，就越发气愤。

他被戳穿了还满沉着，在我和金生的重拳之下也不慌张。他的外表不奸不猾，相当朴质，口气也很诚恳。可我直觉上感到他决不是聂荣臻的儿子，虽有气质，却隐藏着一点点小地方人的某种土气。我又连续几个直拳和勾拳，把他砸得双手捂住脸，顾不上说话。不解恨，又猛踢了他小腹一脚："妈个蛋的！不管你爹是谁，借了人家的钱就要还！"奇怪，打人时，我腿也不累了、腰也不疼了，去越南的辛劳一扫而光，手脚里的劲儿腾腾往上冒。

这家伙耐受力极好。我这么狠打，一般人早就哇哇叫唤，可他屹立着，无一丝呻吟。他越这样越激起我的征服欲。我一波脚给他放倒在地。他一声不哼，缓缓爬起，理理头发，既不畏惧，又不还手，还挺高傲，一遍一遍地解释道："同学们，别误会，这样不好。不信，你们可以给军委办公厅的老李打电话。"还开口闭口军委办公厅的。

滚你娘的蛋，别拿大牌子吓唬咱老百姓了！我又倾全身之力，给了他一拳，非要把他的镇定表情打没了不可！众目睽睽之下，这小子怎么打也不求饶，比货车上北京玉渊潭中学的那圆脑袋经打得多。我越加发狠地开练，扭足腰，拉满弓，尽情抡，稳准狠，朝脸砸，练了多年的杀敌本领，正好小试锋芒，反正骗子和小偷强盗都是一路货，就得打！这小子装蒜，更得打！

怨他倒霉，正赶上我半导体刚丢，正赶上我跟刘和平总吵架，憋了一肚子的火。我恨得眼睛要冒血，一拳是一拳，一脚是一脚，直把他打得鼻子流血，双手捂头趴在地上，眼见那张黢黑的脸上浮现出痛苦，目光流露出恐惧。这时，围在四周揭发他的人开始替他说话，不住地劝道："别打了！把他送到公安局。再打就要出人命了！"

小子打不还手骂不还口的对策很见效，赢得了一些围观者的同情。

我和金生刚一停手，他就自己站了起来，啥零件也没坏，若无其事，生命力真顽强。我俩却给累得气喘吁吁的。

于是一行男男女女押着他，向附近的市公安局走去。他用手绢把鼻血擦干净，昂着头，不卑不亢地重复着："同学们，误会了！完全是一场误会！"

已经过去三十年，他那从容不迫的样子我还记得清清楚楚。他绝对是个天才，真会演戏呀！

打了这一番后，丢半导体的闷气发泄了一些，心情才稍稍平衡。唉，东西都是身外之物，没啥了不起的。我的半导体是从家里抢的，白来的，现在又被别人偷去，算是为去越南贡献给了小偷。

我决定再过一次边境。王佑答应与我同行。同去的还有金生。这一路上，金生是我最忠实的伴侣。国章因总拉肚子，身体衰弱，无法再过。冰洋胃疼，也留在住处，陪着国章。他给了我们他姐姐在河内的详细地址。典崇则接受了刘和平的观点，主张立即返回北京。

黎明。我们三人踏上了去友谊关的公路。休整了这些天后，体力已大体恢复。南方的清晨是一天最好的时光，不那么闷热，天空是很少见的湛蓝，晨风吹在脸上，异常凉爽。这些日子以来，和刘和平吵架所蒙在心头的乌云一扫而光。我们兴冲冲地向中越边境一步步走去。

走了一上午，快到友谊关时，我们下了浦埝岭，准备从上次走过的小道儿过去。但地形不熟，没找到那条小道儿，却上了另外一条路，比上次的还好走，给我们带到了中国境内的最后一个小村隘口。

这是下午两点来钟。

穿过村子时，一个在井台上打水的中年男子问我们："喂，你们去哪里子？"一口广西话，我们听不大懂，猜是这个意思。

"前面。"我含含糊糊答道，继续前走。我们三人的装束，从外表上一看就知道是城里的学生，不是当地农民。

"到哪里子？"

"就到前面看看。"王佑愉快地说。

"喂，回来。"那男人喊道。他长相凶恶，独眼龙，一身旧黑褂子。

我们没理他，继续往前走。

"听见没有，站住！给老子站住！"

我们加快了脚步。这打水的男子，不过一小村庄的农民，我们根本没把他放在心上，径直穿过了村子。他对我们说话那么横，真够恶的。俗话说强龙不压地头蛇，一出了村，我们就大步流星地向南疾走，心想离开了你们村，你更管不着了。正松了一口气时，突然身后响起了当当的钟声，回荡在田野上，我本能地闪了一念头：这钟声是冲着我们来的吗？

王佑说："可能是上工的钟声，下午两点多钟，该干活儿了。"

金生笑着摇摇头说："不一定，说不定是集合民兵抓咱们。"

"快走！边境地区事儿多。"

我们边说笑着，边加快速度。到离村庄约两里地时，从村里稀稀拉拉冲出了一伙农民，哇哇大叫着，追将过来。有的拿着棍棒，有的拿着铁锹……好家伙，那场面十分可怕。我们赶紧撒丫子大跑。王佑急促地说："咱们先躲进玉米地，如果失散了，最后在前头那座小山脚下会面。"

"行。"我们迅速钻进了路两旁的玉米地，猛跑了一阵儿，金生与我们失散了。我和王佑在玉米地里继续跑着，心想谁也不怪，只怪运气不好，怎么偏偏碰上这个独眼龙？残疾人都特敏感，易怒，爱多管闲事。

在玉米地里走了好一会儿，一条土路把地隔开了。我俩悄悄溜到玉米地边上观望，感觉四周很静，没有人，就走出玉米地，穿过土路，想钻进对面玉米地里去。谁知对面地里却藏着两个青年民兵，待我俩走到路中间时，才突然冲出来，手里端着破土枪，对着我俩。一点儿治没有，只好束手就擒。

这俩农民见我和王佑都很驯服，紧张的脸孔渐渐缓和，押着我们往回返。

王佑对他俩说："我们还有一个同学躲在附近的玉米地里，让我们把他也找出来，好不好？"同时朝我挤了一下眼。

两个小伙子傻了吧唧，同意了。于是我们又钻进了浓密的玉米地里。那绿油油的玉米有一人多高，密密麻麻的，走三步远就看不见人了，特好逃跑。王佑向我示意了一下，加快了脚步，把玉米叶子弄得哗啦啦响。后面的民兵紧张地喝道："慢点，慢点！"可我们却同时朝两个方向跑了起来，我往前猛跑了二十几步后，立刻趴在地上，王佑却依旧跑，把民兵给吸引了过去。两个傻农民从我身旁冲过，嘴里大声吼着、骂着。待他们走远，我站起来，立刻向相反方向跑去，心里祈祷王佑也能跑掉。啊，青纱帐真是可亲可爱，当年掩护了八路军，今天也掩护了铁血团。

我第一个走到前方的小山脚下，躲在一块大石头后面。远处，传来了许多人的吆喝："就这片地，跑了一个！"

"快出来！缴枪不杀！"

……

几十个农民在玉米地里翻来覆去地搜着，诈唬着、嚷嚷着……不久传来一片胜利的欢呼声，王佑没抓住，他们倒把金生给抓住了。

闻讯又赶来了一大帮子农民，信心十足，继续在这玉米地里梳子一般地来回搜。倒霉的王佑终被他们重新抓住，给押到小路上。几个拿着旧步枪的民兵，听说王佑逃跑了一次，就狠狠地用枪托砸王佑屁股和腰，以示惩罚。

王佑态度很横，一再警告他们："我们可是北京来的红卫兵，你们客气点儿。"

独眼龙喝道："这是边境地区，没通行证，你们就是叛国犯！"

"红卫兵抗美援越怎么是叛国？周总理都肯定我们了！"

"老子不跟你废话。你的那个同伙呢？"

"不知道。"

"日你个娘的。给老子打！"独眼龙命令道。

一群民兵噼里啪啦地把王佑打得高呼："要文斗，不要武斗！"

"你小子叛国，打你还是轻的呢！"一个民兵拿着老旧步枪，威胁道。

"快说，那小子跑哪儿去了。"

"我怎么知道。"

"给老子揍这小杂种！"

"呀，呀！哎哟，哎哟，啊！啊！"王佑惨叫着。

这片玉米地空旷开阔，非常安静，王佑挨打的声音我听得清清楚楚。我躲在大石头后面，思想剧烈斗争。战友挨打，自己怎能一人独溜呢？即使自己跑到越南境内，就光杆一人也没意义。在中国一个人出门都害怕，别说到越南了。于是决定出去自首。我承认自己比不了那个青岛小姑娘，没有一个人往越南闯的勇气。

于是乎，在玉米叶子哗啦啦地响了一番后，我出现在了他们面前。

这伙人正在审王佑，看见我时，一时非常安静，接着几个人围拢过来。为首的正是独眼龙，约摸三十来岁，个儿在南方人里算是高的。他瞪着突然冒出来的我，端详了一番，大喝一声："跪下！"

让一个堂堂的北京红卫兵，给他这个小农民跪下，实在可笑。我挺着胸膛，扬着头，轻蔑地望着他。

"跪下！"他的长驴脸又黑又瘦，疙里疙瘩，上面的肌肉在抽搐。他一只眼里全是白膜，另一只眼里布满了红丝，样子很吓人。他双手紧握着一支旧步枪，黑洞洞的枪口对着我。还是没理他，一点儿不害怕。连边防站的军人都对我们客客气气的，他算老几？

“你他妈的再不跪下，老子开枪了。”

我依旧没理他，样子特狂。根本不相信这广西土农民敢向北京来的红卫兵开枪。这是在光天化日之下，离边防检查站也不远。

此时，我们周围聚集了二三十个农民，破衣烂衫，拿着形形色色家伙，什么锄头、钯子之类。

独眼龙见恐吓没有作用，挥挥手，命令两个小伙子把我强按跪下。

广西农民都面黄肌瘦，小个子。那两个青年人看上去也就十七八岁，戒惧地围着我，缓缓地跟我绕圈子，窥伺时机。我也像摔跤一样，降低重心，两手半伸，随时准备打退入侵者。

四周围着的土农民完全可以一拥而上，把我按倒绑住，但可能就缺少了一些乐趣，不刺激，于是都袖手旁观，张大嘴巴，看我们三个徒手较量。有人还激动地吆喝着，为那两位年轻小民兵鼓劲儿。

一个小伙子与我转了几个圈儿后，深吸了一口气，猛地扑将过来，另一个小伙子也从后面搂住我的腰，于是开始了一场混战。我练过摔跤，知道怎么维持住自己的重心。这两个傻小子一点儿力学常识都没有，只想靠蛮力气抡倒我，却力不从心。因他俩总相互矛盾，这个左拉，那个右扯，使加在我身上的力彼此抵消，闹腾了半天，也按不跪我。

独眼龙像是一个书记或民兵队长。他命令道:“再上一个,给老子搞倒他。”

于是又有一个人加入了这场混战。围观的一圈儿人，继续饶有趣味地看着,有的还流着口水儿,兴奋地出着点子。现在局势大变,我一人很难对付三人,撕扯了两下就无心恋战,不再反抗。三个人吼叫着扑在我身上:一人骑着我背,反扭我胳膊，两人按着我腿，用力抓着脚，再用细麻绳把我五花大绑起来。

独眼龙骄傲地率领着民兵们返回村庄。

“勒死喽！告诉你们，把我胳膊勒坏了，一切后果由你们负责！”王佑抗议道。他也被五花大绑。

那独眼龙给了王佑一枪托子：“你们偷越国境，是叛国犯，就得要捆！”

把王佑疼得弯下了腰。“你小心点儿，我们跟凭祥市委头头都认识。你们打人，破坏十六条，要严肃处理！”

“就打你个小佬子叛国犯！”独眼龙又给了王佑一枪托。

金生老实巴交，沉默寡言，没怎么挨打。

在快到村口的地方，围观的村民几乎有近百人。男女老少，穿着破破烂烂的黑衣服，全站在土路两旁，观看我们三个俘虏。偏僻荒远的边境小村，平时很少有外人来，更不要说从北京来的了，都异常地好奇。

几个看热闹的毛孩子，不时偷偷地朝我们扔土坷垃，打得我们一脖子土。一个七八岁的小女孩儿还朝我们吐唾沫，可惜力量太小，吐不到我们身上。几个六七十岁、没了牙的老太太也提着小细棍儿，一摇一晃地赶来凑热闹。

毛主席提倡的人民战争真有威力。此刻，一阵儿钟声就把这个在地图上找不到的小小隘口村全动员起来了。大人、小孩、妇女、老头儿……齐上阵，捉拿叛国犯。服了，广西凭祥附近老农民的阶级斗争觉悟就是高。

村里的房子都是草房，又破又旧。我们被关进了其中的一间。里面只有一张旧桌子，好像是光绪年代的，下面都积满了蜘蛛网。屋内昏暗无光，弥漫着一股霉味儿。绳子也不给我们松，肩关节疼得要命，外面有民兵站岗。我们坐在屋角里，狼狈不堪。王佑气愤至极："这帮家伙故意打人，真够坏的！"

金生闭目养神，一句话也不说。

王佑的皮肤嫩，除了招蚊子咬，对绳子的反应也特别强烈，疼得不住地诅咒："我真想放把火，把这村子给烧了！"

自从四·一六以来，王佑头一次发了这么大脾气。他嘴巴最不老实，总跟独眼龙顶，结果挨打最重。

到了傍晚，来了一个挎着手枪的边防检查站的军人。他让独眼龙把我们三人的绳子解开。独眼龙怎么也解不开，拴的都是死扣儿，这解放军果断地用刀子把三条绳子都割断了。独眼龙心疼地看着那三条绳子，煞是不高兴。

被民兵抄走的背包又还给了我们，但里面的水果刀、无棉打火机、指南针、饼干等物品全不翼而飞。幸亏我的半导体被贼给偷了，否则也得进了这帮贫下中农的腰包。我们向独眼龙要丢的东西和抄走的钱，他说不知道。

军人把我们带到了边防检查站。又例行公事地询问了我们一番，态度比隘口的农民强多了。我们自然告了那独眼龙的状。不虐待俘虏是党的一贯政策，他们为什么打人，还让我们下跪？那么使劲儿地捆勒，每人身上都勒出了血道道……最不能容忍的是：我们身上的钱、物品等都进了他们的腰包，这是根本违反政策的。那解放军说，这事儿得调查，不能马上解决，你们先回去吧，到时再通知你们。

我们知道这只是搪塞之词。肉包子进到狗嘴里，怎能掏得出来？

王佑的膀子上被勒得一道道紫黑血印儿。他脱掉上衣，让解放军看伤："同志，有这么绑人的吗？比绑猪还狠。"

解放军说："要体谅我们的民兵同志。这是边境地区，阶级斗争很复杂，你们要正确对待。"

每人胳膊上又挨了一针，邪疼。

从边防站到凭祥市里还有三四十里，我们一瘸一拐地走着，垂头丧气。王佑被枪托打驼了背，直不起腰。走累了，就躺在公路边的砂石地上。可王佑怎么躺也不舒服，侧躺、卧躺都不行，最后找着一种姿势——磕头式：双腿跪着，腚朝天，嘴啃地。王佑咝咝吸着冷气："哎哟，我老腰弄不好要完，那独眼龙好恶呀，大枪托子真砸。"他的姿势很滑稽，把我和金生都逗笑了。

"你跑掉后，他们拿我撒气！我替你挨了不少打！"

我说："把小脚老太太也动员起来追咱们！真可笑。"

"操他独眼龙奶奶！"王佑头贴着地，双膝跪地，撅着屁股骂道。

"还有一个小毛孩儿，专照我老二踢。"金生一本正经地说。

广西农民为什么这么恨我们呢？我猜，一是地方意识，当地壮族人对汉族和北方人充满敌意；二是对红卫兵反感，觉得我们红卫兵压倒了他们贫下中农的风光；三是那独眼龙认为受到了生理歧视。如果在井台处，我们停下来，跟他好好寒暄一会儿、点头哈腰一番，或许就不是这个下场。

黯然而归

回到凭祥后，我们又睡在了老地方，一直睡到了第二天上午十一点多钟还不想起来。走这一趟，又挨了一顿打，极消耗体力，全身像散了架、灌了铅，又酸、又疼、又沉。

早上看见了刘和平，她微笑着，很有点儿幸灾乐祸的样子。我一见她就来气，觉得我们的失败跟她或多或少有点儿关系。

国章还拉肚子，拉得眼泪汪汪，两颊瘪陷，脸上的青春包也见小了。听说我们挨了打，他同情道："唉，广西人特蛮，有的地方还吃人肉呢！"

现在谁都清楚去越南是一条死路，毫无希望，但国章表示还想从云南老街那边过过。我风言风语地听说国章串联时认识了一个昆明女孩儿，过去一直没当真，现在才隐隐明白，他为什么这么想来越南，又为什么要去云南。

两个小华侨冰洋和典崇也要与国章一起走。王佑的腰受了伤，不能再过了，只有金生还坚定地跟着我。

我想，铁血团如今四分五裂，关键就是这个刘和平搅和的，真后悔带上她，事先一点儿也不了解，现在了解了，也晚了。她当头头当得不能碰，一碰就跟你掐，铁血团成天争吵，没有和平，跟她大有关系。我一门心思要把刘和平给甩掉，她是一个丧门星。

我并不歧视妇女，一直执行对女生适当照顾的政策，比如，走路行军，大家以这俩女生能承受的速度为准，她们有什么要求也尽量满足。但在原则面前，不能对女生就格外宽大迁就。男生当逃兵可耻，女生当逃兵就不可耻吗？逃兵就是逃兵，不能因为是女的就可以谅解。

刘和平改变观点，自己不过去也罢，还劝别人也不要过去，这就等于煽动铁血团散伙，太可恶了。硬骂，我骂不过她，自己还有短捏在她手里，只能用计策，以智取胜。

这天下午，我对王佑说："既然大家都改变了想法，咱们干脆就回去吧。"

王佑怀疑地问："你和金生不是还想再过去一趟吗？"

"就我们两个，过去了也没意思。算了，回吧。"

王佑自然高兴。我们睡在走廊地板上，没有蚊帐，他的细嫩皮肤特招蚊子咬，浑身都是大红包，好几个地方已被挠得溃烂发炎；那绳子勒的黑血印儿，几天过去依然清晰可见；腰被枪托子砸得直不起来，整天哼哼叽叽，巴不得立刻就回北京。

夜晚，睡在凉席上，我对王佑说："这是我们在凭祥的最后一夜了。"

王佑感叹道："唉，掉了有五斤肉。我现在皮带系最紧的扣儿还嫌松。这一趟可受罪了！没办法，不服南方水土，睡不好，吃不好，蚊子咬。"

我摸着自己变细的胳膊，心想，我若是在学校继续练块儿，说不定能长个半厘米粗，起码也不会变细。哎呀，为抗美援越，我牺牲了一圈儿最好的肌肉。

次日，我们收拾好行李，还了凉席，从市委处领了免费车票。我的计策是把两个女生骗上车后，我和金生再溜回来。甩不掉这两个女的，死不瞑目。

当天清晨，我们来到了凭祥火车站。车站毫无秩序，客车门早早就打开了，里面已经上了不少中学生，根本没有列车员。我们找了空座位，坐了下来，离开车还有一两个钟头。

刘和平一步不落地跟着我们。她和王球叽叽咕咕，也不知交流着什么情报。国章拉肚子拉得没了神儿，委靡不振，动作缓慢，像一个老头儿。

我假装眯着眼打盹儿，耳朵里却警觉着，寻找机会下车。

王佑歪坐在椅子上，变成了罗锅儿，样子可怜。

坐了一会儿，开车铃响了。我对王佑说："我上厕所去。"给金生使了一个眼色。

金生随后也跟着我走向车厢尽头。太棒了！我们顺利地下了车。眼望着火车缓缓行驶起来，特别兴奋！我终于把那个赶不走的可恶女人给蹬掉了。

人一旦达到了自己的目标后感觉最舒服。我觉得全身轻松，脚趾头尖都充满着劲儿，竞技状态良好。我俩迅速离开车站，直奔通向友谊关的砂石公路，做最后一次冲刺。

凭祥距友谊关有三十多里地，也挺远的。走着走着，时间一长，从内心深处，又涌出了一种渺茫。我和金生都不爱交际，笨嘴拙舌，跟人说话，生硬简单，连王佑的零头都不如，到越南后，怎么和异国官方人士打交道？怎么去找冰洋的姐姐？我就怵跟生人说话。

“金生，你现在还有信心吗？”

“够戗。”金生老老实实地承认。

“既然够戗，为什么还要过？”

“我陪你再试试。”

“没有退路和有退路的就不一样。我为什么去越南的劲头这么大，因为没有退路了。全国为去越南把自己家给砸了的，可能也就我一个。”

“实在不行就回吧。你可以到我家住，或到学校住。”

“谁养活我，谁给我生活费？”

“嘿呀，同学们不会眼睁睁地看你挨饿不管的。”

我又想起了那个青岛小姑娘，才十五岁，发狂地往越南跑，屡碰钉子，屡不回头，前前后后跑过去十五次，最后还是被送回去了，胳膊上扎满了针眼儿。小姑娘哭呀，绝食呀，写血书呀，死活非要过去不可……她的故事传遍了全凭祥市。

比起这位不知姓名的小姑娘，我很惭愧，充其量，我才过去两回就有点儿泄气了！自己的意志真的连个小女生都不如吗？回去怎么还有脸见同学们？

不，豁出去了，一定再过这一趟！事不过三，成就成，不成就撤！

“金生，我们就闯这一回，如果还不行就算了。”

金生点点头说：“行。反正也不怨咱们。要是早半年，肯定能过去。”

我们缓缓地走着。当路过一片菠萝地时，我又问：“金生，你过去的决心大不大？”

“听天由命，反正够戗。”金生傻憨憨地说。

“你决心还不够大，因为你有退路。让我们把退路都给堵住吧。”

“我有什么退路？”

“比如，你背着几件衣服，去不成越南，将来回北京还可以再穿。我们要是破釜沉舟，把一切退路都堵住，自己身上的潜力就能最大限度地激发出来。困兽犹斗，军队在一切希望都没了的时候，才会玩儿命打。”

“你说要干什么？”

“你有决心吗？”

他仍憨笑着说：“够戗。”

“你要有决心，就把多余的东西全扔了。断了退路，才有可能成功。”

“好吧。”金生打开背包，把一件蓝上衣、一条新绒裤，毫不心疼地给了我。我把自己的全部家当：一件军装、一件白衬衣，与他的衣服裹成一个小包。这件军装是谢保国给我的，人字呢的，我最喜欢。

菠萝地里有一茅草小棚。我们钻进去，空无一人。我写了一个纸条，放在衣服包上，大意是：

老乡：

我们抗美铁血团就要离开祖国，奔赴抗美前线了。这些衣物留给您用吧。祖国的青山绿水永远怀在我们心中。附两块钱，替我们保密。

北京四十七中毛泽东抗美铁血团

一九六七年五月 × 日

我完全可以不写这个条子，一点儿不露痕迹地在中国境内消失，可有点儿不甘心，总想让人知道，这种名利思想什么时候都要顽强地表现出来。

金生不简单。他是一个农民出身，家境并不富裕，他扔掉一条绒裤，顶富人扔掉一件貂皮大衣。

早在临离开学校时，我就曾把自己那有限的一点点财产赠送给了同学，似乎拿出的东西越多，去越南的成功率就越高，被褥、衣服、脸盆、枕头等全送给了同学。此刻，在中越边境附近的菠萝地里，我们又重演了一遍这种壮举，希图以此激励士气，提高成功率。一刹那，似乎有某种生化反应，我胸中膨胀出大量气体，顶得喉咙阻塞，热血涌进头颅，昏昏然。人只有不顾后果地孤注一掷时，才有可能成功。

来凭祥市那么多的中学生，没一个成功的，因为他们都给自己留有后路，付出的牺牲不多，过不去还可以回家。我比他们更有可能成功，是因为我完全断了自己的后路，砸了家，扔了衣服，比他们付出了更大的代价，不会轻易放弃。

现在，我们除了一点儿干粮，身无分文。

公路上行人寥寥无几。我俩继续向南走去。为鼓舞士气，我默默背诵着自己前两天写的一首顺口溜：

红卫兵者，偏偏好战。
千里迢迢，奔赴越南。
扒货车皮，脸若黑炭。
忍饥挨饿，星夜向前。
烈日毒晒，蚊虫叮遍。
干渴之极，七窍冒烟。
受辱挨驴，心甘情愿。
抗美援越，万古流传。

大约走到离国境还有五六里的地方，突然下起了瓢泼大雨，酷热的暑气一下子被茫茫大雨熄灭，周围只听见雨点儿打在树叶上的哗哗声。我俩只好躲在路旁的一棵大树下面，借机休息一下。雨下得那么大，白花花一片，耳朵里除了雨声，其他什么也听不见。我们全身都被淋透了，金生坐在湿漉漉的地上打盹儿，我则又胡思乱想起来——我就爱胡思乱想。

毛主席说：人们要想得到工作的胜利即得到预想的结果，一定要使自己的思想合于客观外界的规律性，如果不合，就会在实践中失败。我的思想行动到底符合不符合客观外界规律?

周总理的电话指示已经传达到赴越部队和边境地区，除非能神不知鬼不觉直达河内，还有一线希望，否则肯定没戏。

我为去越南，牺牲了老父老母，付出了刺刀、手表、半导体、军装、无棉打火机、两百多元钱的经费……如此惨重的代价能换来成功吗?

本质上说，这是狂热，但狂热其实是好事，世界上，凡要干成一件事，都必须有点儿狂热。董存瑞手托炸药包；黄继光扑堵敌枪眼；保尔·柯察金在冰天雪地里玩儿命干；那青岛小姑娘闯十五次越南等等，都是狂热。

现在，我的劲头儿大减。把衣服扔到菠萝地里，用断退路来集聚自己的意志力，就因为我已经缺少了狂热，缺少了不顾一切向南闯的冲动。自己越来越没有了信心。

这大雨下得人无精打采，下得人心情悲凉。

我努力给自己做着思想工作，鼓动着自己。振作起来呀，狂热狂热啊!

就算失败了，也不是一无所获，人为了某个目标不顾一切地奋斗，这本身就很了不起。送货上门的东西不见得就不值钱，主动奉送的真诚，不等于厚脸皮。我们付出这么大代价去越南，足以傲岸于全北京市中学生。

金生甜甜地打着瞌睡，微微地张着嘴。他的忍苦能力没说的，处境这么恶劣，还能睡着觉。

天空灰暗，也不知几点了，雨还在哗哗地下着，蒙蒙的暮色裹挟着我。

全国各地来凭祥的红卫兵很多，想去越南的也很多，但大部分都是好奇，只想过去看看。决心战死疆场上的也有一些，就像那个青岛的小姑娘，可毁家前往，一点儿后路不留地往越南闯的恐怕也就我一个。当然，那个十五岁的小姑娘也很厉害，但她起码没和家里断绝关系……过去每想到此，总会无比自豪，可现在，在这荒无人烟的边境，在这茫茫的雨水中，面临着没有晚饭吃，要啃那饼干和拉嗓子眼儿的干炒米时，就再也挤不出一丝丝的自豪了。我明白：不符合客观规律的事情，怎么玩儿命也没戏。

越南敬畏苏联的导弹，他们很看苏联的脸色行事。苏联不喜欢红卫兵，不愿意让红卫兵冲淡了他们先进武器的光辉，越南自然也不稀罕我们这几个赤手空拳的中学生。人家不欢迎你，你还硬要去，有什么意思啊？一九六七年的越南与三十年代的西班牙、五十年代的朝鲜根本不同。

金生和我一样，缺少交际能力，见了生人，说话没词儿，怎么能把越南官员说得动？中国红卫兵还没有一个到了越南南方，我们这两个人就有能耐到吗？没有周冰洋，我们就是侥幸去了河内，找到了冰洋的姐姐，她真会帮助我们到南方吗？我和金生怎么可能成功呢？

孤单、绝望、忧愁、悲观、凄凉……云集在心头。怎么啦，想打退堂鼓？别㞞包！为一个目标奋斗到家破人亡、头破血流仍不回头，才是有意志的人。铁血团现在虽只剩下两个兵，它还在向南方前进！再坚持一次，就这一次，不行就回。

可无论怎么鼓舞自己，再也没情绪往南走了。我真是小资产阶级狂热，热得快，冷得也快，刚才还信誓旦旦把所有东西扔在菠萝地里，铁了心要过去，现在一场大雨就把我最后的一点儿斗志全部浇灭。

不能再向前走了！这是死路一条，明知死路一条还走，不是傻逼吗？

那十五岁的青岛小姑娘如果明知成功不了还死活要过，碰了十五次钉子还不回头，就可能有精神病。

茫茫的雨水中，我感到了身后的祖国是生命，而前面那边却是无底深渊。

一咬牙，摇醒金生说："金生，我改变了主意。咱们不会说越南话，越南又不欢迎咱们。不要说南方，就是北方也毫无希望……算了，我们回吧！”

金生点点头，表示完全同意。

当天夜里，我们就回到了凭祥市委。

令我惊讶的是王佑、刘和平、国章等人又跟回来了！他们发现我偷偷下了车后，竟也在崇左下了火车，又乘车返回了凭祥。刘和平就是这么厉害，她非跟我赌这口气不可，说什么也不要被我给蹬了。

王佑一见面就不满地质问我："你怎么还骗我？"

我只好愧疚地说："王佑呀，你和这两个女的有外交关系。我告诉了你，你泄漏给她们怎么办。"

王佑摇摇头。

刘和平不客气地指着我鼻子说："卑鄙！卑鄙！"

"逃兵才卑鄙！"

"你不是逃兵，你干吗回来呀？有本事你过呀？好一个伪君子！"

"王八蛋伪君子！明明怕苦却不敢承认。"

"谁伪君子？上战场，还偷偷照小镜子！谁伪君子？自己满脑瓜资产阶级名利思想，却美其名曰抗美援越！"

"伪君子才用听周总理的话掩盖自己怕苦怕累！"

"伪君子才抹红胭脂呢！"

"滚你妈蛋！"我握紧拳头，恨不得砸在她那油光光的脸上。

"滚你妈蛋！"她的眼睛瞪得像乒乓球一样圆。

我们的骂声，在整个市委小楼里回荡着。其他地方的红卫兵异常安静，倾听着我俩互相揭对方的伤疤。

王佑好说歹说才把刘和平给劝走。

国章说："我们可以从云南老街一带再试一试过境，那边或许比这边松一点儿。"我知道他的醉翁之意不在酒。

现在，我对去越南已彻底绝望。越南和中国是两个国家，芝麻一点儿大的事情，也要由两国外交官员协商解决。越南不可能私自要我们几个外国人到南方打仗。人生地不熟，语言不通，又是异族，要我们等于是个累赘，从纯打仗的角度看，也远不如土生土长的越南人顶用。而且外国人又不好领导，动不动就牵扯到两国关系，他们怎么可能要我们呢？

虽然凭祥市委门口，一批一批的解放军战士身穿越南军服，站在毛主席像前宣誓，轮流过境参战，可都没我们中学生的份儿。

市委的老警察见我们又返回来了，很是诧异，再次找我们谈话。他态度诚恳地说："在市委这儿住的那么多学生里，你们这批北京四十七中的同学表现还是不错的，很老实，不像有些人满口瞎话。希望你们听党中央、毛主席的话，立即返校，复课闹革命，不要再跑回来了。"

这天早晨，刘和平突然跑到我们男生的地盘儿，当众大声说："我宣布，从今天起毛泽东抗美铁血团将马清波正式开除！"

"滚你妈蛋！"

"滚你妈蛋！"

"你什么东西！"

"你什么东西！"

……

我俩又相互吼了半天，骂了个脸红脖子粗。这辈子，我还是头一次跟一个女生这么对骂。

她就这么狂，这么主动向我挑衅！她怎么能代表了铁血团？铁血团是国章和我发起的，大印在我这儿，国旗在我这儿，赴越宣言也在我这儿。我为去越南做出了最大的牺牲。啊呀，我的好色，非要带两个女的不可，结果带了这么一个麻雷子，真是教训惨重！

凭祥火车站，一派繁忙。

一列满载货物的火车缓缓向南方驶去。月台上，许许多多解放军战士正紧张地装卸搬运物资。车站附近，一门门高射炮指向蓝天。

再见了，美丽的凭祥。我们狂热南下赴越，竟没来得及仔细端详你的市容，以至于连你的大致轮廓都没记住，只感觉你这城市很小，集市很多，却连一个大点儿的百货商场都没见着。我还模模糊糊记得你的街道上有很多大芭蕉树。

那边境山峦中的浓密灌木、草叶，曾划破过我们的皮肤，羁绊过我们的脚步，此刻也有些依恋。它们曾目睹我们铁血团艰苦行军，忍渴挨饿，日晒雨淋，被打被绑，而此刻它们还要继续默默无闻地在荒山野岭中自生自灭。

啊！掩映在青山绿水之中的凭祥，你这安谧的边境小城，在一帮热血青年的生命中，已成为一个永远难忘的地标。那位青岛不知姓名的小姑娘就曾在这里闯下了偷越国境十五次的纪录，而我们铁血团虽然整天争吵内斗，也闯过去两次半。

火车开始移动了。五千六百里颠沛动荡的赴越征途到此结束。

回学校后，靠什么活呢？和父母断了交，抄的近三百元钱的经费已经花得光光。

心情万分沉重，黯然而归。

第六章
在西藏接受上帝的惩罚

人当然不能一点儿贪心也没有，没有贪心就没有追求，但不能过分。我们冒险去偷公安局的武器，侥幸成功，就应该珍惜，见好就收。可我脑子一热，又去偷第二次，完全违背了毛主席不打无准备无把握之仗的教导。我真是恨自己的贪婪，恨得直想抽自己几个耳刮子。人一旦贪婪就变得智商低下，蠢得像一头猪！在西藏，上帝惩罚了我的贪婪。

◇一九六七年底，在西藏与雷厦及谢列、谢宁合影。

“这趟西藏行并不是一无所获，除了那做袈裟的人骨头片外，我还得到一个雷厦这样的朋友。伴随着川藏线上颠簸跋涉，我们的交情也在彼此的抽打中艰苦蓬勃地生长着。雷厦是一个危险人物，但我心甘情愿与他一起同甘共苦，一二·七事件表明他不是等闲之辈，面对生死关头，他多勇敢啊，跟革命战士柯楚别依一模一样，一个雷厦白顶二十把大藏刀。”

八·二一武斗

因为把从家里抢来的钱全都花光，无法自由行动。刘和平说绕道成都后，可找她父亲求援。她的钱够我们几个买票到成都。我虽然很想离开她，但没有钱寸步难行，也只好随她去成都。

途经贵阳时，国章下了车，要去昆明看望他的朋友（后来才知道是女友），我们则绕道重庆来到成都。路上，刘和平与我不再怒目相视，都尽量回避与对方接触。到成都后，我们住在西南局招待所。因她父亲是三线建委副秘书长，就住在这里。

刘和平带我们见了她父亲。我们装得挺团结的样子，好像从来没有吵过架，跟她父亲聊了起来。她父亲跟我父亲认识，说话非常谨慎，寡言少语。但就从这简短的闲聊中，我惊讶地发现，她父亲与彭老总相当熟悉。当年彭老总来成都担任三线第三副总指挥时，一九六五年十一月三十日就是她父亲到火车站接的。彭老总到成都以后的衣食住行等事务，也都是她父亲亲自安排。

文化大革命开始后，彭老总经常上街看大字报。她父亲曾劝过彭老总要注意自己的人身安全，别出去看了，却被彭老总批评了一顿，说他不相信群众。后来，北航红卫兵抓走彭德怀时，是她父亲紧急报告给上级领导，最后反映到了周总理那里。当彭老总被押到北京时，她父亲还赶到火车站给彭老总送行。

现在，这些情况都被单位的革命左派揭露出来，说他父亲包庇大黑帮、“三反分子”彭德怀，是“彭德怀的黑爪牙”，“彭德怀的孝子贤孙”……为此挨整，天天写检查交代。

我万万没料到刘和平的父亲竟跟彭老总有这么深的交往，敬屋及乌，对刘和平的怨恨和不满，瞬时消去了一大半儿，想起自己这一路对她的粗暴态度，很有些惭愧。

闲聊中，刘和平低声说一九六六年春节时，彭老总还亲自到她家，给她全家拜年，并与她聊了几句，问她长大想干什么，她说想当兵。彭老总说我们国家搞建设，很需要科技人才，干这方面的工作也很有意义……我听后羡慕极了。真没想到这个刘和平还跟大名鼎鼎的元帅、我们的国防部长彭德怀说过话，难怪她不把我放在眼里，她见过那么大的干部。

以后，刘和平的父亲多次被批被斗。机关的大字报中说，彭德怀给刘和平父亲拜年，证明他与这个大黑帮关系非同寻常，证明他是死心塌地地为这个“大野心家”效劳。

我崇敬革命军人，内心深处感觉部队里的“坏人”比地方上的“坏人”要好，他们都经过战火的考验，再坏也坏不到哪里去。我对罗瑞卿、彭德怀这样的军人“反党分子”心存恻隐，但绝不敢公开暴露。因为当时的《人民日报》上公开说彭德怀是“大野心家”、“大阴谋家”、“大军阀”、“大卖国贼”、“老反革命”……只是内心深处对这位八路军副总指挥恨不起来，总怀有某种隐隐约约的同情。

所以，当刘和平的父亲提到因为彭老总而挨整挨批时，我为之一震，油然钦佩。他介绍西南局文革情况时，免不了提到彭老总，极为客气，没说一句他的坏话，只叙述客观事实和经过，不做任何评论。我从他口气中能感到他对彭老总仍持有深深的同情，但我们都心照不宣，绝不敢公开替彭老总说话——那可是罪恶滔天、与伟大领袖毛主席相对抗啊！

刘和平还带我们去看了彭老总曾经居住过的地方。因事过多年，我已经记忆模糊。印象中，那是一座中式平房庭院，古色古香，由数个小院儿组成，绿漆窗户红漆门，雕梁画栋，干干净净。室内是高级地板，空空荡荡。一想到彭老总就是从这里被抓走的，内心无比感慨。

铁血团去越南被刘和平弄得整天争吵，让我对之痛恨不已。不过带刘和平也有好处，起码，让我有机会在成都参观了彭老总的住处，并幸运地直接倾听到了她父亲——照看过彭老总的当事人对彭老总在成都那段生活的翔实描述。刘和平把我带到成都，等于让我的生活轨道与彭老总的生活轨道接近了一下，擦肩而过。

刘和平的父亲还很和蔼地问了问我父母的情况，态度挺好。看来，刘和平没有向他父亲说我的坏话。我没好意思告诉他我带铁血团砸抢了父母家的事，但从他的那种又可怜又不满又无奈又好奇的目光中，我猜他可能也知道了。最后，他给了我们一些粮票和钱，让我们尽快回学校复课闹革命。

抗战时，母亲和刘和平的母亲都曾在冀中的《黎明报》工作，关系非常好。看得出，刘和平在她父亲面前极为乖顺温柔，跟与我吵架时的那种凶猛悍野判若两人。我和她的较量与对骂，在她父亲处戛然而止。因为她父亲是“一个彭德怀的黑爪牙”，令我尊敬、佩服，这大大减弱了我对她的反感。

去越南非常消耗体力，我们每人都瘦了一圈儿，疲惫不堪，身上还留有不少蚊虫叮咬的疙瘩。在成都好好休息了两天后，就乘火车返回了北京。

到学校后，我继续住在游泳池的小屋里。与小胡子、姜傻子、谢保国等又见面了。出乎意料，同学们对我相当热情，没一点儿看不起，好像失败回来是理所当然的，是他们意料中的事儿。被褥、枕头、饭碗等生活用品，也都陆陆续续地还给了我。

小胡子绘声绘色地讲他到北师大贴大字报的情况。正巧那天，北师大要召开革委会成立大会，谢富治等中央首长都将参加。他把大字报贴出后，引起了很多人的围观。谭厚兰的亲信．发现小胡子张贴攻击革委会三结合对象的大字报，怀疑他是来捣乱的，把他带到办公大楼里审了半天。小胡子说，我不是马清波，我是他同学，他让我贴大字报我就来贴了，我也不知道你们这儿今天要成立革委会。当时，儿子揭发老子的虽时有所闻，可毕竟还是很少，此大字报在北师大校园里引起了一点儿小小的震动。

当初送给小胡子的四个拳套，他又主动还给了我。这是很多男同学垂涎三尺的东西，小胡子真忠勇也！

可是，每月饭钱起码要十多块钱，谁给我呢？几个同学支援了我一些饭票，吃饭暂时不成问题。可也不能总这样，我还得想法解决自己基本生活费的问题。

我造了父母的反，不指望得到他们的宽恕，却不禁想起了姑姑，知道这个世界上，只有姑姑能帮助我。姑姑的口头语是“亲的终归是亲的”，三年困难时期，她的家是全世界唯一能让我吃饱饭而不用给粮票的地方。

一个周末，我进城去东直门外的姑姑家。心里有点儿担心，我抄了父母家，她还敢像过去那样接待我吗？她对父亲可是言听计从、毕恭毕敬。

当姑姑打开门，发现是我时，骷髅般的瘦脸浮出了笑容，亲热地说：“呀，小波来了！快进来，吃饭了没？饿不饿？”

我微笑着没说话，姑姑马上为我捅开炉子，开始做饭。

从四·一六离开北京以后，整天扒货车，没吃过一顿家常饭。姑姑做的葱花鸡蛋挂面真香哇，比南方小饭馆里发腥的米粉强多了！我连吃了两大碗。

姑姑装作生气的样子，嗔怪道：“哎呀，你怎么搞的，给你大姐嘴里塞了那么些袜子，差点儿把她憋死。”

我不好意思地向姑姑解释了一番。当时就担心我走后，她们去报告，才把她们绑起来的；又怕她们乱喊，惊动周围邻居，才堵上嘴的。接着转到正题。“姑姑，我跟父母断了关系，连饭钱都没了，现在全靠同学给的饭票吃饭，今后怎么办呢？”

姑姑听后，眨巴眨巴眼睛，宽慰道：“没关系，我跟你爸爸说说。亲的终归是亲的，我不信，他就真的不管你。”

“姑姑，我可是打砸抢了他们。”

“不管你怎么打砸抢，亲的终归是亲的。他是你父亲，能不管你吗？我这就去找他。你在这儿等我回来。”她的表情非常自信。

姑姑说干就干，换了件干净衣服，自己就乘车去了我家。

我很矛盾，自己干得那么绝，怎么好意思再伸手向父母要钱？

大约过了三个多小时，姑姑回来了，兴冲冲地说：“你父亲马上就到。没问题，他会管你的。”手里还提着一包袱衣服，是妈妈给我的。

我的心这才踏实了。

过了一会儿，父亲骑车到了姑姑家。我还有些紧张，不知道父亲会如何训我。可见了我，父亲却一句话没责怪，彼此就像陌生人，谨慎地相互望了一眼，都默默无语。场面尴尬。

父亲样子疲倦，眼睛微肿，过去打我、对我发怒时的那股霸气全没了。他端端正正地坐在桌子一边，我坐在另一边。沉默了片刻，他首先开口，声音很低：“你回来了。好，我有几句话要跟你说。尽管你砸了我、抢了我，还写大字报批判我，但我不跟你一般见识。”父亲的口气相当沉重。

“我和你妈商量了，在你经济上没独立之前，我们还要对你负责，每月还会按时给你二十块钱生活费。你有事儿想回这个家，也可以回；你如果嫌我们反动，要跟我们划清界限，不回也行。你这么大了，什么是对，什么是错，你都清楚。希望你以后干事不要蛮干，多思考思考。”他目光苍凉。

我沉默着。

父亲掏出钱包，用手指沾沾嘴巴，开始慢慢数钱，一张一张数好后，又数了一遍，确认无误，才郑重其事地交给我。他自始至终没问一句我去越南的事儿，也没问一句我为什么又回来了。

沉默了一段时间后，他站起身，默默地向门口走去。临出门前，突然又扭回头，瞪着我，咧歪着嘴，愤懑地说：“唉！没想到你来了这么一手！”

我深深地吸了一口气，没说话。

姑姑很高兴当我和父亲恢复来往的牵线人。她挤巴着眼睛，得意地笑道：“我说得对吧！亲的终归是亲的。你以后可不能这么干了，说出去让人笑话。”

这以后不久，北师大反谭厚兰的一派来了一个女大学生到学校找我外调，想把父亲作为突破口，攻击谭厚兰三结合了一个坏蛋。她以为我恨父亲，会说父亲的坏话，但我再也没有勇气置父亲于死地了，对这女的搪塞道："父亲的问题我都写在那张大字报里了。其他问题，我确实不了解。"

这女的失望而去。

刘和平回校后继续当她毛泽东思想公社的头头，终日开会，精神抖擞地跟人辩论。王佑在家治腰养伤，胳膊上的紫黑血印儿很久才消失。金生回到太舟坞农村家中干活儿，老娘不让他来学校了。汪爱迪听了王球、刘和平讲述的这段赴越经历后，非常后悔自己没来。她说那天突然变卦是家里死活不让她走。

去越南一个多月，饥一顿，饱一顿，东奔西走，我胸围瘦了四厘米，胸大肌瘪得连乒乓球都夹不住了，悠双杠也只勉勉强强能悠二十多个。扒货车赶路伤身体呀！这一趟颠簸，丢了那么多东西，还倒贴了十多斤肉。

我开始了有规律的生活，定时起床，定时睡觉，定时练块儿。每天悠五十个双杠，做五十个俯卧撑，推举一百四十斤的杠铃。胸肌四指，依旧是我的目标。

去越南给我的教训很多，其中之一就是自己功夫还不到家。如果我摔跤技术高强，在餐车上不待几个大师傅接近，就把他们给摔趴下，也绝不会被从窗户里扔出去。我托人转告谢保国，请他还给我摔跤衣，准备继续好好地练练。他很快就还给了我一副。这小伙子迷上了武术,成天不知扎到哪儿练武。

这时，高三四班的吴温北常常找我练摔跤。他是混血儿，鹰钩鼻，父母都在中国科学院工作，母亲是法国专家。他从不关心政治，到学校就是练块儿。他说话一口京腔，油里油气，爱吐痰，啐得又准又远。这家伙胸脯上长着不少黑毛，他的鹰钩鼻也让我联想到坏人，对他总有提防，不愿把自己技术全教给他。混血儿的身体就是壮，他个儿比我矮，肩膀却与我同宽，特经摔。我们在游泳池的空地上一跤跤鏖战，摔得全身是土，无论怎么砸，怎么疼，他也不在乎。

小胡子告诉我：凭祥市公安局来长途调查我们几个人的情况，军训团向洪老师了解，洪老师又找他询问。洪老师对我们的评价很好。

一九六七年六月，学校已解放了大部分老师，可洪老师还没解放，每天依旧在牛鬼蛇神队里学习、反省。一个晚上我偷偷去看他，在昏暗零乱的小屋里，向他讲了这趟去越南的经过。洪老师见我来了，非常高兴，热情招待，满脸微笑。但对我去越南很不以为然，认为我们欠考虑、不成熟，太孩子气了。他不知道，我是多么羡慕他解放海南岛的战斗，所以渴望自己也有这样的经历。

洪老师最头痛的是他的历史问题，见了面又滔滔不绝地给我讲起他的苦衷……他每天都在写材料，最高的要求是能定个人民内部矛盾。

洪老师反复向我解释他过去为什么没向组织交待参加过三青团：集体加入那会儿才是一个小初中生哇！隐瞒也是为了想入党，没别的意思。他一再表白，这辈子没任何奢望，有历史问题就有了，组织问题解决不了就解决不了，工资级别调不上去就调不上去，唯一心愿是别给处理成敌我矛盾，快点儿从牛鬼蛇神队里解放出来。

倒霉的洪老师啊，从一九四九年入伍，打遍半个中国，横跨长江天堑，浴血战斗海南岛，辗转朝鲜战场爬冰卧雪……到现在，在共产党队伍里干了十八年，不要说党员，连个人民的格儿都没混上。

自党中央号召革命造反派大联合后，“四十七中毛泽东思想公社”成了全校人数最多的组织。可是，虽貌似庞大，实际却松散无力。

学校广播室是两派角逐的热点。两派都各有自己的广播员、喇叭、唱片，彼此分得清清楚楚的。两派人都竖着耳朵听对方的广播，稍有不实就到广播室闹、抗议……流血事件层出不穷。

我们公社批“红红红”和“毛泽东主义红卫兵”宣扬了血统论，执行资产阶级反动路线，压制了一部分革命群众。

对方为自己辩解道：当时是党中央让我们这样干的，要错也不是我们的错，是中央文革的错，对联最初出现时，中央文革没有反对，是默许的。

比写文章，公社这派人占优势，但比拳脚、比武斗，“红红红”和“毛泽东主义红卫兵”绝对厉害，挨打的每次都是公社这派人。公社的人出身复杂，有不少非红五类，核心人物全是高中的书生，没少挨驴。像公社头头何继志那样，出身虽好，却文质彬彬，不爱打架。

“红红红”与“毛泽东主义红卫兵”人数虽少，但出身整齐，清一色的革军革干子弟，有八・一八毛主席接见的光荣历史，有抄家打坏人的战斗经历，充满了革命接班人的荣誉感、自豪感，气概勇猛，人自能战，其战斗力远非公社这派所能比。

出身好的人，天生就勇敢，有老子当靠山，无所畏惧，没人敢用阶级斗争的帽子整他。如全校闻名的艾大任，敢先下手，敢用家伙，敢打妇幼老少，抽过自己妈的耳光，打断了班主任的肋骨，用啤酒瓶儿砸昏三个同学的脑袋……一个组织里有这么两个人，绝对镇。

八・二一武斗的导火线又是一起广播室引起的纠纷。“红红红”和“毛泽东主义红卫兵”硬说公社偷了他们大喇叭，公社这派马上发表声明，坚决否认。尽管有人亲眼看见，公社头头却还矢口否认，把对方气昏了头，就冲进广播室，打了公社的广播员。公社同学听说后，赶紧去广播室支援，结果支援的同学又挨了打。

公社头头告到军训团，军训团却根本制止不了，并明显地偏向对方。

公社女广播员在广播“毛泽东思想公社”的强烈抗议时再次被打。于是，公社头头何继志在忍无可忍的情况下，向北京钢铁学校紧急求援。该校是四·三派的一个据点，答应尽快派人，给这些不是联动的联动分子一点儿教训。

一九六七年八月二十一日下午，是一个晴天。

钢校的一卡车武斗队员威风凛凛地来到我们四十七中校门口。他们个个都头戴柳条帽，身穿蓝工作服，手拿棍棒、梭镖，黑压压一片。这帮人下车后，小心翼翼，缓缓地向技巧院走来，逼向“毛泽东主义红卫兵”总部。

事先早有风闻，对方胆小的都逃之夭夭，只剩下最铁杆儿的一群人向西缓缓撤退。这群人不愧是军人后代，没有撒丫子大跑，还不时用石块反击。最后退到一大土坡上，站住脚，怒骂钢校同学是强盗、流氓、狗崽子……

我听说武斗了，赶紧从游泳池出来到现场观看。看武斗就像看打仗电影，刺激而有趣。我的思想观点算是公社派的，但平时总练块儿，没有具体参加两派之争。此时此刻，我站在技巧院通向教研室四合院的门洞里观望。

钢校队伍行动迟缓，在关键时刻，没有迅速发起冲锋，给了“毛泽东主义红卫兵”在西边小高地一个喘息机会。经过冷静观察，“毛泽东主义红卫兵”发现真正打的只有钢校这一车人，公社派的没有一个人上手。这就形成了外校的和本校的打，钢校成了侵略者。

“钢校的滚出去！”

“消灭侵略者！”

“誓死保卫四十七中！”

“下定决心，不怕牺牲！”

“红卫兵万岁！”

……

他们一遍一遍地呼喊着，激励自己的士气。

钢校来支援的只一车人，大约四十多个，但人生地不熟，也不敢贸然进攻。他们只在技巧院入口处徘徊，那么谨慎，把他们自己内心的恐惧暴露无遗。

聚集在土坡上的“毛泽东主义红卫兵”也就三十来个。危急关头，高三一班的大疙瘩挺身而出，指挥在场的人坚守阵地。他命令一部分同学赶紧到体育教研室拿垒球棒子，并让人火速通知住在学校下面的“红红红”前来支援。

他们此时位置很好，右侧是围墙，一跃即可翻过；左侧和后面为足球场，路两旁有很多碎砖头、石块儿。他们就地取材，开始频频向钢校投掷石头、砖头。

钢校武斗队员那小心翼翼的样子，表明其色厉内荏，大大增强了“主义兵”的信心。艾大任、耿永红等人临危不惧，玩儿了命地向钢校队伍投石头，越扔越勇，拳头大的石块儿，一块一块地砸在对方队伍里。

钢校的人都在开阔地上，头上的柳条帽掩护不了其他部位，挨了砸，就慌乱起来，停止了前进。“主义兵”军心大振，胜利地欢呼，石块儿、砖头更猛烈地扔过去，而钢校的人虽手持棍棒、梭镖，却使不上，被迫后退。可面对石块儿，越往后跑，越挨砸，他们完全不懂得与强手拳击，最安全的方法是钻到对手身边。

“主义兵”在大兵压境的情况下，团结一致，士气高昂。有人挖石头块儿，把手指头都挖破；有人砸砖头，砸得满头大汗；有人赤手空拳卸附近小屋的门窗，划破了胳膊；一些逃到山上的女生也纷纷返回，帮助运送弹药。

他们扔的碎砖头、石块儿像雨点儿一样，钢校同学即使头戴柳条帽，也根本吃不消，只好全面后撤。大疙瘩见此情景，脸涨得通红，紧张激动地指挥着他的队伍。“杀啊！”他抡着垒球棒子，冲在最前面。

这时有人吹起了冲锋号。不知谁，逃跑时还带着铜号。那激昂惨烈的声音一遍又一遍地回荡在校园上空，让“主义兵”的战士个个都热血沸腾，不顾一切地反冲锋。

耿永红骁勇地跟在大疙瘩后面，脑门上流着血，也不下火线。他誓死做红外围，甘心当浑蛋，冲锋在前，退却在后。

钢校同学们看见黑压压一群“主义兵”挥舞着垒球棒、铁锹、窗户框、椅子腿，杀将过来，更加惊慌失措，掉转头，一窝蜂地向校门口跑去。

如果跑慢一点儿，交替地撤，“毛泽东主义红卫兵”也不会追得这么猛。他们撒丫子猛跑，谁也不管别人，使得“主义兵”勇气倍增，放心大胆地紧追。

当大疙瘩冲过来，看见我站在门洞里观望时，还激愤万分地对我喊：“嘿，马清波！你要有点儿良心的话，快来保卫我们四十七中！”

我没说话，继续旁观。我是反对血统论的，属于四·三派，怎么能跟他们四·四派一起打自己这派的战友呢！

钢校同学们不熟悉地形，在逃跑过程中，最后面的一个同学跌倒了，也可能是让石块儿砸昏了……被追上来的“毛泽东主义红卫兵”团团围住，他们个个恨得咬牙切齿，杀得眼都红了，一阵乱棒，当场就把他活活打死。

死去的学生叫丁世德，工人出身，十七岁，为支援我们“四十七中毛泽东思想公社”而献出了自己年轻的生命。

“毛泽东主义红卫兵”见把人打死，又已追到了技巧院顶头，没了石头供应，就不敢再追，又不敢留在学校，全部跑到山上，迂回着逃离学校。他们担心钢校会派大批援兵来报复。但那天下午，钢校的援兵并没有来，只海淀公安分局来了一辆吉普车验尸。

八·二一武斗的整个过程，我亲眼目睹了，也就那么几分钟的事儿。一进一退，一退一进，就像两头公鹿顶架一样简单。

学校残剩下的公社派的人，都纷纷离校。一群一群的同学们急匆匆地向汽车站跑，神色惶恐。连小胡子也不敢在学校住了，边走边劝我：“走吧！老马，主义兵正在搬救兵，要血洗四十七中！”我却没好意思跑，继续在学校四处游荡，津津有味地咀嚼着这场武斗。

很为钢校的失败惋惜。他们若刚到学校后，就直接向“主义兵”猛冲，“主义兵”措手不及，根本无法抵抗。但钢校的指挥太臭，不知道趁热打铁与突然袭击，贻误了战机。

关键时刻，谁也没料到大疙瘩敢挺身而出，否则群龙无首，“主义兵”也早就溃散了。大疙瘩这留级生还真有两下子。他身强力壮，大眼睛，大嘴巴，大鼻子，再加满脸大疙瘩，很是雄悍。他的大腿比齐德操的还粗，顶王佑的老腰，因为是全校百米冠军，有一些威信。他善于拉帮结伙，能说会道，具有山头寨主风度，一举一动都带着浓厚的江湖气。

主义兵能打赢八·二一武斗也不是靠大疙瘩一个人。文革以来，他们屡被毛主席和其他中央首长接见，血气方刚，每人都有一种不曾屈服过的自豪感，打起架来自然也是前仆后继。

通过这场武斗，我对我们公社头头深感失望。太尿包了，他们请钢校来支援，自己却不敢和钢校的人并肩战斗，全部逃之夭夭，连在旁边观望的勇气都没有。

武斗过后，公社头头何继志立即找到军训团政委，向他严重抗议，并号召全体“毛泽东思想公社”的同学们离开学校，展开空校运动。

那天晚上，四十七中校园一片荒凉，所有宿舍都空空如也，偌大学校，鸦雀无声，跟坟墓一样静寂。两派同学都走光了，没人再敢在学校居住。据说两派都到外校寻求援兵，一场大规模的武斗即将来临。

只有个别胆子大的北安河村的农民，敢到学校来小偷小摸一下。

而我为了自己不可告人的目的，也继续住在游泳池。因为，空荡荡的学校，正是驴东西的好时候。

去西藏

一九六七年八月二十一日这天夜里，整个校园死气沉沉的，正是小偷大显身手的时候。“毛泽东主义红卫兵”仓促逃跑，门也顾不上锁，各个宿舍都大敞着门，留下了不少衣物等细软。

一直眼馋对立派身上的军装，现在终于有了机会。

黑暗中，我神不知鬼不觉地进入了初三某宿舍。在手电光下，发现几乎每张床上都是绿床单、绿棉被、绿蚊帐……货真价实的正规的解放军用品。啊，他们竟用那么新的军用背包带当晾衣绳儿，好馋人呀。我在新疆偷的军装、水碗都是生产建设兵团自己做的假货，跟这没法儿比。

首先拿了一个军用马褡子，可以往里面塞东西，之后抄了几件军衣、军裤、军绒衣、背包带……还抄了两条军毯，全塞在马褡子里。毕竟心虚，前后不到十分钟，就背着马褡子返回了游泳池。

自一九六四年展开全国学解放军运动以来，解放军的形象特高大，个个都像武松一样可敬可爱。我对解放军用的东西也特别眼馋，怎么偷也偷不够。当初还曾为父亲不给我一套军用棉袄，气得鼓鼓。在我心目中，军装是世界上最美丽的服装，哪怕破军装也比料子衣服潇洒体面得多！推而广之，军毯、军水壶、军雨衣、军背包带等等也都特美，垂涎三尺。

八·二一武斗过后，我们这所全北京面积最大的中学里见不着一个人影儿，大大方便了爱捡洋落儿的人。“毛泽东主义红卫兵”和“红红红”的宿舍被抄了一遍又一遍，除了像我这样的学校的内贼，最大量的还是附近的农民，什么都拿，被子、褥子、枕头、箱子、皮鞋、衣服、脸盆……一麻袋一麻袋地装，狠狠地报复了一把。附近的农民们特别恨我们学校初中的那帮红卫兵，总打砸抢他们，还偷他们的老玉米、白薯、水果等。现在反正学校完全空了，没一个人，谁也不知道，筛（偷）别人东西，既捞了财物，又有干坏事的刺激，惊险而有趣。

八·二一武斗使学校一片荒凉破败，起码两个月时间缓不过劲儿来。

因为是住宿学校，很多外地同学离开学校后就没地方住，公社头头和北京建筑工程学校的四三派头头联系，该校同意为我们提供住处。就这样，我也来到了建校，住在一间大屋子里。

一九六七年夏天，全国武斗规模愈演愈烈，大规模地动枪动炮。文革前，要是抢武装部的枪会杀头，而现在不管造反派、保守派都纷纷抢枪，甚至抢正规部队的军火库，居然还能受到中央首长的肯定，实在让人太难以想象了。

初中时，范光义那把小口径步枪，给我馋得直流口水，以后虽然也买了个气枪，却远不如他的小口径过瘾。文革开始抄家时，我与谢保国偷偷潜到上将李志民家，也曾幻想抄到一把小手枪。现在，中国大地到处是武斗硝烟，正是搞枪的好机会。八·二一武斗虽偷了不少军用品，但和真枪比起来，黯然失色。

当时，长春的武斗特别厉害。公社的一帮男生因为无法回学校，闲待着没事儿，以戈深为首，决定去长春支援造反派，顺便玩一玩儿。王佑也去了。我这人比较孤僻，不爱跟一大帮人凑热闹，而且还要继续练块儿，就没去，只是托王佑若方便时，帮我搞一把手枪。武斗中很乱，或许有机会。

万没想到，他们这帮人到长春后，还真的捞上仗打了！跟造反派肩并肩地守大楼。战斗中，戈深的肩膀还中了一弹，差一点儿就打到脊椎骨，他竟然毫无察觉，而且奇怪得很，几乎就没有流血。

他们回来后，每人都带了好几颗手榴弹，兴高采烈地到学校附近的山上全都给炸了，像放炮一样地听响儿、看烟儿、闻味儿，热闹了一番。我很可惜他们这么浪费弹药。将来如果打仗，少这几颗手榴弹，说不定就要了命。

王佑只给我捎了一颗手榴弹。他说确实有个搞枪的机会：一个造反派头头睡觉时，手枪就放在他桌子上，可不忍心偷。这些造反派对来自北京的战友那么热情、那么信任，他实在下不了手。

我从小到大还从没扔过真手榴弹，没见过它爆炸时是什么样子，但舍不得炸，想一直留着，在关键时刻使用。自江青提出“文攻武卫”的口号后，全国各地武斗连绵，抢枪成风。我挺同意这口号，觉得这符合正当防卫的原则。留着手榴弹，就是为了自卫，除暴安良。

公社每天都有人去学校探听消息，侦察对方动静。这天，我接到了一封电报，是国章从西藏打来的，要我们火速去西藏拉萨与他相会。他从昆明回北京后，一直在家没露面，后不知通过什么关系，参加了一个首都红卫兵赴西藏支队。当车队快到拉萨时，在堆龙德庆附近，被保守派西藏大联指组织的藏族牧民围堵。藏民们用羊毛绳子甩石头，甩得又远又准，把车队打得落花流水。国章也中了一石头，险些把脑袋砸掉一块儿。他住进了当地的县医院，托人给学校发了一封电报，请求我们火速前去支援。

我恨不得马上就飞到西藏去。学校没处待，去西藏正是好时候。王佑从西藏带回的那把藏族匕首，让我羡慕。现在，去搞几把藏刀的机会到了。

那天，王佑来到建校。我给他看了国章的电报，问他愿不愿意再次去西藏。他痛快地答应道："没说的，西藏那鬼地方，你只要去了一次后，就还想再去。"

当时，我们好几个人住一间大屋。就在我和王佑说话时，旁边有一个高个子很客气地问："我能跟你们一起去吗？我叫雷厦。"

我早就听说过雷厦，他文章写得漂亮，文笔流畅又尖锐。八·一八红色恐怖时，是全校少数几个敢挺身而出反对对联的人。但我们过去从来没有说过话。

"你怎么不回家呢？"

"我北京没有家。'主义兵'扬言要打断我的腿，到处找我。"

雷厦相貌堂堂，刚刚正正，比很多女生都漂亮。

我好奇地问："他们为什么这么恨你？"

"八·二一武斗时，钢校的人不认识路，是我给领到技巧院的。被主义兵看见，自然恨上了我。还有八·二一武斗后，'主义兵'发现丢了很多东西，硬说我打砸抢了他们的军装和回力鞋……要花了我。操，别说鞋，连一根鞋带儿我也没拿他们的。"雷厦脸上露出了淡淡的愁容。

唉，我正经偷了不少军用品，却没人说我是小偷，他什么也没偷，却成了打砸抢分子。生活就是这么浑蛋，不公平。

对方的人四处搜索雷厦，逼得他不得不躲在同学家，这儿住一天，那儿住一天，过着几乎是流亡的生活。他和我们一起去西藏，正好可以出去躲一躲。

公社派的同学们听说我们马上要去西藏了，都很羡慕。

陕狗子笑嘻嘻地央求道："老马，我跟你去越南，掉了好几斤肉，回来大病一场。你到西藏可别忘了给兄弟捎一把藏刀。"

姜傻子还在为他到西藏建立红卫兵农场四处奔走。他挺着大下巴对我说："你们先走一步吧，我现正跟市革委会联系，一旦批下来，我也去，让我们在拉萨见！"还给了我几张首都红代会的空白介绍信。

高一的女生张大文听说我们要去西藏，毛遂自荐地找上门，要跟我们一起去。她喜欢画画儿，画的毛主席像跟真的一样，还能唱好多外国歌，父亲是北京外语学院的一位教授。但铁血团带刘和平的教训犹在，我婉言谢绝了她。

王佑劝道：“我了解张大文，她人特老实。真的，她跟刘和平大不一样，绝不会和你吵架。到时，若合不来就分手，她也绝不会硬赖着你。我敢保证。”我只好同意了。

真是神速，昨天下午我们还在北京建筑工程学校的宿舍里，今天我们已经坐在飞驰的北京至西宁的快车上了。

西藏对我们中学生来说，实在是太神秘了。喜马拉雅山到底有没有雪人？偏僻的深山大谷里还有没有叛匪？他们真会活剥人皮吗？王佑告诉我，在藏东的原始森林中，有狼、豺、豹、狗熊等野生动物。也许，我们能遭遇上一段惊险故事，跟小说《格兰特船长的儿女》相媲美。

全国少数民族中，藏族最有原始和奇特的风俗。听说藏族男的人人都有藏刀，不少人还有枪，异常剽悍；藏民能用勺子把人眼睛活挖出来，虽残酷，却残酷得有勇气。

我的书包里放着王佑送我的那颗手榴弹和一把斧子，在漫漫路途上，足以应付可能遇上的各种危险。

火车上，雷厦和我坐在一起，王佑和张大文坐在一起。

张大文个子很矮，胖胖的，皮肤乌黑，长相一般，戴一副白色眼镜。她衣着朴素之极，一身旧蓝布衣服，很难想象这是一个大教授的女儿。

相形之下，雷厦比她中看多了。他近一米八的个儿，方正的脑袋，有棱有角的眼睛，脸色红润，虽有一点点儿癣，更显质朴；下巴浅而平，孩子一样，朱唇皓齿，比徐卫卫毫不逊色。他在学校被主义兵那么嫉恨，除了出身不好，可能也跟他的漂亮有关。

雷厦与我慢慢地聊着，介绍着他的身世：

解放前，他母亲是一个学生，姿色出众，喜欢京戏，被周信芳收为弟子。他父亲在国民党里干秘密工作，结婚时没告诉母亲，直到临解放前，他父亲突然失踪，以后才听说是因为害怕遭共产党逮捕，隐姓埋名地跑了。那时雷厦才刚刚出生，从没见过父亲。后来镇压反革命时，父亲被逮捕，查明是国民党军统特务，判刑十多年；母亲跟他离婚，雷厦一直跟母亲生活。十多年后父亲刑满释放，分配在内蒙古包头工作，曾提出要看看孩子，母亲没有同意。后来，母亲禁不住另一个男人的苦苦追求，终于再嫁，谁知文革中这继父又被揭发出有历史问题，给揪了出来。母亲失望之极，再次离婚后就自己一人过着。

文革开始后，有同学说雷厦出身军统特务，他想不通，专门到国务院接待站询问，接待站的同志认为他不能算特务出身，因为刚生下来后，父亲就跑了，他是跟母亲一起长大的。但在学校里，不管他怎么解释，仍被人们认为是狗崽子，特别是他旗帜鲜明地反对对联，更得罪了一大帮出身好的人。

在公社这派里他敢说敢干，写的大字报犀利无情，八·二一武斗时，敢给钢校同学带路……惹得“红红红”和“主义兵”对他恨之入骨，丢了东西迁怒于他，上上下下都说他是打砸抢分子，一再扬言要破他的相。他只好东躲西藏，前些日子也曾跟戈深、王佑一起去了长春。

雷厦叹息道:“我明明不是贼，却得像贼一样鬼鬼祟祟地躲着。”眼神悲哀。

这激起了我对他的极大同情。

聊到八·二一武斗，我们不谋而合。雷厦激愤地说：“钢校的大老远来咱们学校，帮助咱们。可公社那帮头头却头都不敢露，连给指指路都不敢，这像话吗？让别人给你卖命，自己却溜之大吉，什么鸡巴玩意儿！”

我对雷厦敢为钢校的人带路的行为，深表钦佩。

雷厦告诉我，为置对手于死地，他常到各大机关看大字报，特别是“红红红”与“主义兵”里最狂的几个家长所在单位，异常留意他们父母有没有被揪出来，一旦被揪出来了，就在大字报里点一下，威力巨大。父母一倒，再狂的人也要蔫儿。这招儿叫釜底抽薪，很管用，难怪对立派的人恨他。

我问他对搞枪有什么看法，他笑道：“我去长春就特想搞一把。”

我告诉他说：“听说西藏的普通司机、邮递员、售货员都有枪，藏民也有很多人靠打猎为生，枪非常普遍。我们如有机会，可以搞两把。”

雷厦兴奋得眼睛发亮：“太棒了！”

在毛主席有了枪杆子就有一切的教导下，我们这代年轻人没有不喜欢枪的，都欣赏毛主席“不爱红装爱武装”的尚武思想。

我对他说:“我总想找一个最荒凉、最野蛮的地方，隐姓埋名，苦练功夫，准备报国报民的本领。西藏与世隔绝，正是修身养性的好地方，说不定将来还能捞上仗打，印度一直占着我们大片地盘儿，很有希望。西藏还有许多人类从没去过的高山深谷，生活会非常传奇惊险。我们这次去可为将来到西藏生活预做一些准备。”雷厦点头表示认同。

到达西宁后，青海省革委会刚刚成立不久，反青海军区负责人赵永夫的一派掌了权。凭着造反派的同志关系，我们到运输公司很顺利地找到了车。我们有首都红代会的介绍信，有雷厦的口才和王佑的贤雅，还有张大文熊猫一样憨傻，攻无不克。

西宁街上卖酸奶的小贩很多，一毛钱一碗，味儿比北京的醇，汁儿比北京的浓，颜色比北京的漂亮。

一个秋高气爽的早晨，我们离开西宁，向格尔木前进。

经过湟源、倒淌河，沿途都是苍苍茫茫的黄色草原。每个小县城，均破旧不堪，人烟稀少。让我们兴奋的是一些县城里还保存着土碉堡，是平叛时留下的遗迹，让我们能闻到一丝丝的火药味道。

青海的小县城里几乎没树，都光秃秃的。屋子则由黄土堆成，整个小城就是一堆黄土坷垃。

后来，我们遇见一队军车，雷厦、王佑跟这队军车的头头聊得很投机，结果我们改乘军车，每人一辆，都坐在驾驶室里。

记得我们坐的那种车个儿很大，扁车头，车轮有胸脯高，全车漆成绿色，车厢上罩着绿帆布，不知装的什么东西。

好像是在香日德，我们住在兵站里，晚上兴致勃勃地来到附近的一个骑兵团参观。这浩大的一个团全住在野地里，绿帐篷一望无际。那木桩上拴着一排排长长的绳子，上千匹马的疆绳就系在这些绳子上。每匹马的嘴上都套着一个白帆布口袋，里面是马料。样子让人觉得很别扭，像戴了一个防毒面具。战士们身上的军装被野外生活磨得破破烂烂。野地里的灶火，偌大一片，在昏暗的暮色中，闪着无数点点红光。

我们欣赏了骑兵用的马刀，那阴森森的钢刃，令你能感到一股寒气，北京百货大楼里绝对看不见。我们观赏了战士用的皮马鞍及各种马具，还得到一位干部的许可，每人骑着马在大草原上跑了一圈儿。可惜，给我们的马都是最老实的，怎么打也跑不快。

我们又到战士住的小帐篷里坐了坐，里面点着马灯。战士们在中间挖了一个坑儿，因此可以直起腰来。虽是秋天，战士们都穿着军棉袄，笨手笨脚，有的袖口还露着白棉花。即使是一九六七年，这种纯粹骑兵在全世界恐怕都已经很少见了。我望着那些风尘仆仆的战士，那晒成青铜色的脸膛和退了色的、打着补丁的军装，无限感慨，感到很可怜。在北京，你绝对见不到穿得这么脏、这么破的解放军。

眼前这些衣着破旧的骑兵战士，当年八路军的后代，令我肃然起敬。汉将马援曾说：“男儿当死于边野，以马革裹尸还葬耳，何能卧床，死于儿女子手中焉？”我们的解放军，二十世纪的一群革命武士，就体现了古人的这句话。

路过青海湖时，车队在路边一个兵站休息。我们四人欢笑着向青海湖跑去，光沙滩就得有两里地远。到了湖边，那湖水像海水一样一波一波地冲刷着岸边沙滩。在湖中远处，有个小岛。王佑提议游到那小岛去，上面一定有很多野鸟和野鸟蛋……但怕误了车，我们没敢下水。事后才知道，幸亏我们没下水，要不非被淹死不可，因青海湖湖水源自祁连山融化的雪水，温度极低。

在都兰，我们头一次看到了藏獒。这种大黑狗个儿有小牛大，但比小牛强壮，体重大约七十公斤以上。大脑袋，耳朵耷拉，颈上的毛很长，像一头小狮子，鼻子短，腿粗腰园，非常凶猛。那眼睛是绿的，跟豹子眼睛一样酷。我们所见的这种狗都是黑颜色的。真凶哇，叫起来，声音震耳欲聋，扑起来，把身后的粗铁链揪得哗哗响。这样的一条狗，绝对能掐过内地的一条狼，牧区的藏民家家户户都养。

沿途的草原被老鼠破坏得非常严重，草稀稀落落，非常矮小，地上到处都是被老鼠咬得一片片秃秃的坑洼。让我们惊异的是，在干燥的青海高原上，也有沼泽地，也有泥泞的道路，也有灌木丛。尽管空气那么干燥，都能磨出火星子。我们还经过了一段举世闻名的用盐筑成的公路。

最后，终于到达了格尔木，这个黄秃秃的小城。地质队、运输队等单位占了全城一多半儿，城里没一座楼房，没一条柏油马路，也没有公共汽车，砖房不多，帐篷却不少。黄土房、黄土路、黄风沙就是这座荒远小城给我留下的印象。

自从上次堆龙德庆事件发生后，找车相当困难，根本没人敢去拉萨。

运输公司的一小干部听说我们要到拉萨，惊讶地问："你们不害怕呀？前几天刚出了事。"

"对，我们同学就是那次给打伤了。现在我们要去拉萨看望他。"

这小干部瞪圆眼睛，好像我们精神不正常，"拉萨有什么好看的？就一条街，用不了十分钟就逛完了。"

没车，我们只好在格尔木住了几天，闲得无聊，就聊天，聊四十七中的文化大革命，聊串联时遇见的各种神事、怪事。对雷厦又有了更多的了解。

张大文这小女生很直爽，她面对面地问雷厦："'主义兵'说八·二一武斗后，你趁火打劫，打砸抢了不少东西，到底有这事儿没有？"

雷厦气愤得满脸潮红："你听谁说的？纯粹胡说八道！"

"你别生气，可他们就一点儿根据也没有吗？"

"根据是捕风捉影。八·二一武斗后，傅勇生回家，我送他上汽车站。他要把被子、棉衣、棉裤带回家拆洗，我替他拿了两个手提包。可能在北安河的四十六路公共汽车站上，被'红红红'的一小子看见了，就造谣说我抢了两手提包回力鞋……后来越传越神，两手提包变成了两大箱子。"

张大文点点头："现在是谣言满天飞，真的成了假的，假的成了真的。"

“光说不练的人最够戗了！八·二一人家钢校的来支援咱们，公社把人请来，自己却全跑了！一个个都躲得远远的，现在又出来评头品足，没劲！”

张大文辩解道：“我当时不在学校。你当时在哪儿？”

雷厦坚定地说：“我就在校门口，是我领着钢校的人上的技巧院。不信你可以找钢校的人问问去！”

张大文开始沉默。

王佑笑道：“嘿，青藏高原多开阔啊，我们心胸也应该像这高原一样。”

张大文神神叨叨的，有优点也有缺点。她说话直截了当，对别人批评多、表扬少，得罪了人自己还不知道，也不懂得对男生客气一点儿、有礼貌一点儿。她看书很多，与别人和睦相处的能力却很差，出门在外，联系吃饭住宿全靠别人出面安排，她没眼力见儿，很少主动为大家跑跑腿儿。

因为拉萨的粮食和日用品都开始吃紧，西藏自治区临时领导一次次来电话催。在上面三令五申催促下，运输公司才组织了这趟四十多辆车组成的车队。

车开得不快，走几个钟头就停一会儿，相互照应。每辆车上都放着棍棒、石头、标语牌、主席像等，以备武斗。到晚上时，四十多辆车长蛇一样蜿蜒，那一盏盏车灯，在荒凉的高原上，像一个个幽灵的眼睛，缓缓漂浮。

这是高原地形，所有高山坡度都不大，线条柔和，起伏平缓，可一个大山就有一百多公里长，汽车得爬半天。

路过唐古拉山口时，我们的车队停下。原来是有辆车掉进路旁的沟里。所幸沟很浅，汽车只是翻了一个滚儿。大家齐心协力地帮助卸车。我们四个都下来，也想出一把力。可我刚走两步就气喘吁吁，太阳穴怦怦响，一低头就两眼发黑……坐在汽车里，感觉不到高原反应，身体一动才显出来，我好像踩在软绵绵的烂泥里，摇摇晃晃的。雷厦也和我一样，不敢动弹。我们相互笑着，却喘得说不出话来。王佑脸白极了，凄惨地摇摇头……张大文一下车，就险些跌倒，得用手扶着汽车，颤颤巍巍地走路，还要大口大口地喘气。

但我们不好意思袖手旁观，也咬牙帮助卸纸箱子，缓缓地，比老太太还慢地一步一步地走，每卸一个纸箱就要停下来喘半天。主要是工人们在卸，我们多数时间都在观望，沉浸在高原反应的痛苦与亢奋中。

这唐古拉山顶地势平坦开阔，平凡得不能再平凡，馒头状，没有陡峭的山峰，没有雄奇巍峨的山岩，光秃秃的。一块石碑矗立在公路边，上面写着：**唐古拉山海拔 5300 米**。

四周非常安静，看不见一只鸟、一根草，无一丝生命的迹象。

我们三个男的每人都在唐古拉山顶上尿了一泡尿，作为自己曾经到过这里的纪念。

闯大昭寺

过了唐古拉山口就进入了西藏地盘儿。

车队离拉萨越来越近，我们也越来越紧张。谁知道“大联指”那派会不会再组织藏族牧民袭击我们？每辆车都紧紧地跟着前面的，不敢掉队。驾驶室里都放着毛主席画像，这是护身符，如遭遇到石头袭击，就用毛主席画像挡——牧民们不敢打主席像。

当我们车队缓缓通过堆龙德庆小县城时，每个人都屏气凝神，神经紧张到极点。国章就是在这儿被石头开了瓢儿。很幸运，县城那条最主要的大街上，行人稀少，冷冷清清，什么动静也没有，车队顺利地通过。

过了堆龙德庆，再走二十公里就到拉萨了。

拉萨四面被大山隔绝，只有两个出口，东边通往成都，西边通往印度。拉萨河由东向西蜿蜒通过市区，南接雅鲁藏布江。进入市区后，老远就能看见白灿灿的布达拉宫，巍峨屹立在半空中。那灿烂光辉的屋顶，雪白的石头墙，上仰下挺的外形，所造成的气势比北京的人民大会堂要雄伟壮丽得多。原因是它建在一座浅白色的石头山上，底部如同浮在一片渺渺茫茫的白云。

这里空气干燥，所见藏族人的皮肤都缺少光泽，嘴唇干裂，似乎是所分泌的油脂全都被高原的干风蒸发。

在拉萨市运输公司下车后，王佑给他的一位藏族朋友强巴次仁打了电话。不一刻，强巴赶到。他是拉萨中学的红卫兵头头，有一双大大的眼睛，人很瘦，脸上红一块白一块，穿一件旧军装。他搂着王佑的肩膀，欢笑着，分外亲热。

王佑介绍强巴是农奴出身，引起了我们深深的敬意。印象中，都知道翻身农奴对毛主席感情特深，苦大仇深，阶级觉悟高。我和雷厦也热烈地与他握手。

强巴的汉语不错，王佑头次来西藏时，他的红卫兵还受打压，只有王佑等少数几个北京红卫兵支持他。这次他已经成了拉萨中学的红卫兵一把手，鸟枪换炮了，很有点儿实权。

强巴领我们住到自治区第二招待所，这是西藏“造总”总部所在地。我们马上询问国章的下落，结果被告知，国章和其他几位受伤的北京学生都已于前几天乘飞机回到成都。知道国章没什么大事，我们就放了心，可以在拉萨痛快地玩玩儿，集中精力搞我们自己有兴趣的东西。

西藏“造总”开了隆重的大会，庆祝这趟车队胜利地送来了拉萨市急需的生活物资。我们四人还被请上主席台，人模狗样，作为首都中学红卫兵的代表。

强巴还要我们给拉萨中学的红卫兵作报告。我和王佑都不行，只有雷厦能面对数百名听众侃侃而谈。他脑子里装的那些东西我全知道，可就是不能全都记住，并组织成一个主题讲出来。雷厦却能滔滔不绝地讲两小时，唬得小青年们一愣一愣的。有人说雷厦能吹，没想到他这么吹几个钟头，人家还挺爱听。

当时拉萨市偶尔有一些零零星星的小型武斗，可还没有动枪，规模不大。

西藏人非常朴实。在拉萨市，你就找不到一个流氓小偷儿，跟广西南宁迥然不同。张张脸都是那么黑红，糙了吧唧地焕发着憨厚。强巴次仁不知从哪儿搞到柿子，送给我们一大堆，个儿不大，却很甜很甜。我们万万没想到，在海拔四千多米的高原上，还能吃到柿子。

我们开始到拉萨市中心及各个有名的地方逛，发现了藏族有很多与众不同的特点。

在拉萨旧城，藏民房屋都是用石头造的两层小楼，外表陈旧，里面昏暗，无论贫富都如此。因藏民家没有烟筒，排烟全靠窗户，墙都被烟熏得污黑。一楼通常是放牦牛的牛圈。一进家，首当其冲的是刺鼻的牛粪味儿。

藏族人最令人震惊的是死后要把尸体放到山顶上，砸碎了，抹上酥油，供老鹰吃，即天葬。穷人没钱天葬就狗葬，将尸体切成小块，骨头敲碎，与糌粑混合成糊糊，扔到野地里喂狗。藏民喜欢狗，死后也心甘情愿地让它们吃掉。我也喜欢狗，却没有勇气把自己尸体喂狗。

藏族老百姓不忌讳死人，爱用死人骨头做纪念品。他们如捡到一具尸体，就喜欢将其肢解了，大腿骨做成喇叭，头骨做成鼓和饭碗，其他骨头磨成念珠。

西藏牧民生命力之顽强，也给我留下了深刻的印象。他们赖以维生的就是糌粑、茶和盐。野外放牧时，牧民们掏出一把糌粑面，放在手心儿，再朝上面吐两口唾沫，用手捏巴捏巴，团成一个疙瘩，就攥着吃进肚子。

拉萨市不大，西藏军区占了全城的三分之一。我欣喜地发现，拉萨市的一个商店里竟然有卖牛皮手枪套的。这可能是全中国唯一能公开买到五四枪套的地方！由此可见西藏枪支之多。我马上花五块钱买了一个。那绝对是正规的军用品，皮套里打着一个保密厂的印记。拉萨最大的百货商店还没有北京新街口商店大，东西自然更少得可怜，大多数货架上都是空空荡荡。

最有特色的是，王佑指着一个蹲在街道角落的藏族妇女问我："你知道她在干什么吗？"

"不知道。"

当她站起时，我才看见，在她蹲的地方，留下了一摊尿。藏族人的袍子就是厕所的墙，拉萨市还像草原一样，可以随地解手。

这是一九六七年九月。因四周全是海拔四千米以上的高山，外面的寒流和热流都被挡住，拉萨气候相当稳定，没有酷暑和酷寒，但昼夜温差很大，早晚冷，中午热。阳光里的紫外线也极强，把人晒得红黑红黑，把桃树、梨树等树干晒得弯弯曲曲、古里古怪的，内地绝少见。

拉萨市气氛和平，不像传说的那样到处都是武装。除了现役军人外，邮递员、售货员、司机并不佩枪，也看不着一个碉堡。

全国二十多个省会，拉萨市或许是最小、最落后的一个。可我们对它印象却非常不错。因为，它有着许多其他大城市所没有的景色。如二所食堂做饭烧木头，专门雇了一砍木头的藏族汉子，每天从早到晚就用大斧头劈木头。那些木头都是上好的松木，这在全国省一级的招待所里可能独一无二。

搞文化革命，反资本主义，北京大街上绝看不见小贩儿，可在拉萨这偏僻的小街道上却有不少私人小铺子，卖从尼泊尔、印度运过来的小百货，如鼻烟壶、打火机、皮钱包等等，富有异族特色，散发着浓厚刺鼻的怪味儿。

可能是紫外线强的缘故，拉萨市的青菜都长得特别好，个儿大得惊人。那土豆有小猫大，一棵圆白菜能有四五十斤。树都长得妖怪一样丑陋扭曲，笔直的不多，树干上充满了疙瘩疤痕，树皮也特别粗糙枯裂，极有苦难感。

在路上没走几天，我就开始跟这个张大文闹矛盾。她挺事儿妈的，什么都有自己的一套见解，爱抬杠，不听话。雷厦不喜欢她，我也不喜欢。

她特喜欢西方古典音乐，爱吹捧贝多芬、巴赫、李斯特等洋音乐家。在一波又一波的思想革命化洗礼下，我视西方古典音乐为靡靡之音，特腐朽，丝毫不沾。张大文的这些爱好，被我上了纲，觉得她虽然穿得朴素，思想可不朴素。

她吃饭也太挑剔：羊肉不吃，韭菜不吃，大葱不吃，土豆皮不吃……在我看来，挑剔就是馋，馋就是贪图享乐，贪图享乐就是百分之百的资产阶级思想。

当张大文议论“毛泽东思想公社”时，也骂得很凶。我不禁想，当初血统论盛行时，你在哪儿呢？怎么不见你挺身而出？现在没危险了，又这也看不起，那也看不起；明明头脑里有不少西方资产阶级思想，还穿得那么俭朴，这不是表里不一、虚假装蒜吗？

还有，这女的说话太直，硬邦邦的，一点儿没有女性的柔和。我们看她苦苦哀求，心软了才同意带她的。所以，你一个女同志应该懂得感恩，应该对我们客气点儿、勤快点儿，别像个领导一样摆架子。可她却还挺狂，一旦认为我们谁说的话有错就反驳、批评。

王佑呢，有一种帮助弱者的心理，觉得张大文是他介绍来的，又是个女生，就对她比较照顾。所以，我对王佑也有意见，感到他太偏向女的，就像在铁血团里总偏向刘和平一样。

我没有团结不同意见者的胸怀，谈不拢就分手，不愿硬凑在一起。所以，一到拉萨后，就开始有意疏远她，出门喜欢跟雷厦一起出去，不招呼张大文。

张大文马上就感觉到了，却真没像刘和平那样跟我大吵大闹。她我行我素，自己一人上街逛，一人找运输公司的造反派聊天儿，一人到藏族朋友家串门儿。

王佑见状，有些不忍，就常陪她外出，并对我说：“你不理张大文，我只好陪着她。她一个小女生，大老远来拉萨，举目无亲，把人甩了不合适。”

我从没和张大文公开撕破脸吵架。张大文履行了她的诺言，没给我们添加任何麻烦，也没赖在我们身边。她比刘和平那样的死缠你、骚扰你，痛快干脆得多。

经过这一路的接触，到拉萨时我和雷厦已变成了好朋友。他很有个性，比如打喷嚏一定要看太阳，没太阳就打不出喷嚏，几天打不出喷嚏头就晕。

雷厦出身不好却特勇敢，这一点儿全校少有。血统论最厉害时，出身不好的都噤若寒蝉，全校只有雷厦等少数非红五类出身的人敢写大字报反对，招来了无情的围攻。我曾扪心自问，如果我是雷厦那样的出身，亲生父亲是军统特务，我敢反对联吗？答案是不敢。

雷厦的勇敢还在他不怵大官儿。作为四三派的代表，他曾在北京卫戍区和李钟奇副司令员面对面辩论，唇枪舌剑，理直气壮，毫不畏缩。我就没这胆量。不要说卫戍区副司令员，一般小官儿，见了都不知道说什么好，紧张得要命。

雷厦还特别不好色。这一点也让我暗暗敬佩。聊天时，他告诉我，从小学起，就收到过女生来信，一直到四十七中，女生的情书络绎不绝，其中还有很漂亮的女生。他却从来没回过一封，一概不理。

我从小学四年级就有了朦胧的渴望。如果收到了一封漂亮女生的来信，肯定会欣喜若狂，绝对做不到不理睬。

雷厦还有很多与我相同的看法。如他也特佩服法国革命家布朗基，一生中有一半时间在监狱中度过。还曾说："我挺想坐坐监狱的，人一生要是没坐过牢，是一个残缺。"

他还特佩服脸上有刀痕的牛虻，希望自己脸上有这么一道疤。而我打架鼻子上落了一个感叹号，也曾引以为荣。

他也不喜欢《红楼梦》。他也喜欢舞刀弄棒、打拳摔跤。……

潜意识里，自己以貌相人的毛病也在起作用。王佑的形象虽也秀美，与雷厦相比，就显雄性不足。雷厦是大高个儿，王佑身材瘦小；雷厦有张关公一般的红脸膛，王佑脸色略黄，缺少血色；雷厦的鼻子类似吴念祖的吉普车鼻，方正英挺，王佑鼻子狭长纤细，秀气得像小狐狸；雷厦头发又黑又硬，马鬃一样，王佑头发细软，也不那么黑。

我想，如有雷厦这样的一个男的当朋友，与我结成生死之交，这辈子完全可以不娶老婆。娶老婆多庸俗。

真棒！跟雷厦在一起，我脑子里的流氓念头不那么强烈了，自信也完全可以像那个被捕的革命者一般，把美女从自己被窝里踢出去。

朋友不像钱，越多越好，一群羊怎么也打不过一只狼，质量是最重要的。哈哈，我庆幸老天给了我雷厦这么一个理想朋友！

我曾问雷厦为什么不好色，生理成熟，怎么就能摆脱欲念？

他正视着我，说："人没了名誉，还有什么活头？比如高一那个姓孟的，串联时强奸了一个出身不好的小女孩儿。全校没人理，谁见了都恶心，都躲着。尽管他出身革命军人，还是恶心八叉，比臭大粪还臭。我是宁死也不干这种事儿。"

我犹豫了一下，又问："可我听有人说你作风不好，这是怎么回事？"真是很奇怪，这么不好色的人，竟被一些同学说作风不好。

雷厦面露悲哀，长长地叹了一口气："唉，说来话长。我姐姐也是咱们四十七中的。她仗着自己漂亮，追求她的人多，谁也不放在眼里，得罪了不少人，结果就招骂。说什么的都有，恨她的人就说她风流。我也跟着倒霉。姐姐风流，弟弟也一定风流，这就是某些人的逻辑。还有艾大任也猛给我造谣，这家伙死恨我。因为抄联动时，我把他的日记给抄了，里面写了一些他对某女生的好感。我并没给他张扬。他知道后，却恼羞成怒，每次武斗都专打我，下手也最重，并大骂我作风有问题。”

艾大任胖乎乎的，蒜头鼻，短脖子，肥头大耳，外号艾猪，经常穿一身很大的军装，全校打人最凶，老师提到他无不恨之入骨。

认识雷厦并发现了雷厦的优点后，就不知不觉地拿他和王佑相比，感到他比王佑更优秀、更出色，我跟他更能谈到一块儿。

而王佑对我也不满意。可能我老和雷厦在一起，冷淡了他。这样我们到拉萨后不久，四个人就分裂成两伙儿，各自行动。

大昭寺是拉萨市最著名的寺院，相传为纪念文成公主所建，已有上千年历史。在西藏除了布达拉宫、罗布林卡外，最有名的就是大昭寺了，可惜和布达拉宫一样，也已封闭。前不久，这里刚发生了一场武斗，打得乱七八糟的，连看庙的人都跑掉。寺里的喇嘛也早已被轰走，数百间房屋，空无一人。

这天，我和雷厦溜到大昭寺，绕着院墙观察一番，趁街上行人稀少，撬开临街的一个地下室的小窗户，钻了进去。里面是一个很大的房间，空空旷旷地堆着一些念佛用的帐幔等。

进去之后，我们才发现，说它是寺庙，还不如说是一个古堡。里面数百间房屋彼此相联，结构错综复杂，光线昏暗，跟迷宫一样。楼上楼下，房子套房子，走廊套走廊，地道套地道……楼梯、曲径、暗室、大殿毫无规律，进去一会儿就晕头转向，根本分不出东南西北。大的房间像篮球场，小的房间只够放一张桌子。

好些屋子都没有窗户，得靠点酥油灯照明。处处都阴森森、黑洞洞、空荡荡的，一个人绝对不敢逛，比师大一附中宿舍楼的锅炉房可怕得多！我是背着书包，有手榴弹壮胆，才敢和雷厦到这里面来的。即使这样，也有点儿战战兢兢，很多黑屋子不敢进去，怕遇见死人。听说一些喇嘛死后，被塞进大坛子，就放在小屋里。

那经堂和佛龛上，挂着巨大的绸布，陈旧不堪，上面绣着三只眼的佛爷、八只手的菩萨及各种横眉怒目的妖魔鬼怪，就是面目慈祥的如来佛祖也带着一股僵尸味儿，微笑里流淌着数千年的漫长和冰凉。

我与雷厦肩并肩，一步一步，小心翼翼地走着，防备掉进喇嘛庙里的蝎子洞、陷阱……

“要是能找到把藏刀就好了。”我轻轻地说。

“有可能。”雷厦用耳语的音量回答，都生怕声音大了，把妖怪招来。

大昭寺给我的感觉，充满了鬼气、妖气、魔气。但我们不甘心让它给吓住，壮着胆子，在寥寂无声的大殿里，慢慢搜索，想寻摸点儿有兴趣的东西。

屋里弥漫着一股发霉的怪臭，可能是陈旧的酥油味儿。寺庙里好些上千年的东西都抹着酥油，天长日久，腐朽变质，就散发出怪臭，浓得呛人脑袋。

听说活佛死后尸体都放在庙里,永久供奉。我们猜想大昭寺里肯定也有，这种怪味儿里，可能也夹杂着死人味儿。

这里到处都是金佛爷、珠宝、坠饰、绸布及各种叫不出名的寺庙器具……我和雷厦都没意识到偷一点儿。当时要偷的话太容易了，偌大的寺庙，就我们两个，谁也不知道。那金佛爷要是在今天卖，足能卖个几十万美元。但我们当时就没有一点儿发财观念。

在一个地下室里，有个窗户，挺豁亮，我们看见了一堆衣物。从一个大箱子里翻出了一件用白骨头片做的袈裟。那骨头片呈长菱形，每片骨头片上都刻着一个盘腿坐着的菩萨和各种动物、妖怪。细骨头珠子把这上百块骨头片联成一网状的袈裟。我用刀子割下了一大片，把骨片和中间联结用的小骨头珠子通通塞进了自己书包。我和雷厦都希望这是人骨头做的，回学校就可以向同学们臭显一下。

在这里，我还捡到了一条藏族牧民用的羊毛鞭子，肯定是上次武斗遗留下来的。那羊毛绳中间有块长方皮子，可夹大石块儿。扔时，先把绳子两端拿在手中转圈儿,待转速很快之后,松掉一根绳,石块儿就沿离心力飞了出去，半块砖头大的石块儿可扔到六七十米远。藏民用这种鞭子放牛放羊，成天甩，练就了很准的功夫，说打哪只羊就能打哪只羊。堆龙德庆武斗，大多数藏民就是用这种武器把车队砸得伤痕累累的。要是正砸在脑袋上，绝对毙命。

地上散乱着佛像、佛旗。我们翻箱倒柜地找，尽是绫罗绸缎，都很旧，边缘都已腐朽，但就是没找到一把藏刀，连几寸长的小刀也没有，非常失望。

时间一长，憋在大昭寺里感觉异常压抑。这是一座全封闭的古堡式建筑物，天花板矮得要碰头，黑糊糊的，活像棺材盖儿。空气恶浊，鬼影憧憧，帷幔林立，仿佛徘徊着看不见的幽灵，监视着我们的一举一动。

我承认，如果没有雷厦，即使握着手榴弹，也不敢闯到这里头来。那低矮的天花板、一间间没有窗户的小黑屋太恐怖了！不要说进去，就是路过也心惊肉跳，担心会从里面跳出一具白骷髅搂住我。

小学时我曾抱过骷髅头睡觉，但那时候还是一个小孩儿，不知道死的分量。现在大了，懂事了，我就再也不敢碰这玩意儿。

但我和雷厦都想给对方一个勇敢的印象，都不好意思说自己害怕。我大着胆子问：“你说有鬼吗？”

雷厦坚定地回答说："没有。"

"我也不信有鬼。不过咱们走吧，喇嘛庙里不会有刀。佛爷不杀生。"

雷厦也点头同意。于是我们开始找地方出去，哪儿有窗户，就往哪儿闯。找了半天，终于找到一个合适的窗户，钻了出去，离开了这个黑暗阴森的佛殿。

当我和雷厦站在光亮的小街上时，心情豁然愉快起来，觉得有阳光、有蓝天的世界是那么的美好。我们虽然只在大昭寺里待了短短的一个钟头左右，却好像游历了上千年历史。

我使劲儿地握着雷厦的手，望着他笑着，感到仿佛是从地狱里转了一圈。书包里那堆白骨头片和羊毛鞭就是我们的收获。

对大昭寺的印象不佳。屋顶太矮，几乎伸手就能摸着；空气不足，特憋；光线不好，很多屋子都没有窗户，太黑。还有那股腐朽的气味儿实在是呛人。朽布、朽木、朽油、朽铜、朽漆发出的一股混合气味儿，熏得人脑袋发蒙。

这是昏暗窟穴里的味道，这是千年岁月的味道。多少年了，还忘不了这座弥漫着古朽怪味儿的寺庙。

第一个目标

张大文每次吃完饭，都要在桌子上吐一堆菜帮儿、肉皮……很恶心，挑挑拣拣的；又似乎挺清高的，谁也不求，谁也不巴结，说话直戳戳，也不管人听了高不高兴。她自己虽然没干过什么让人服气的事儿，还特狂，老是批判这批判那。

文革前，我涎皮赖脸地团结人的痛苦经历再也不用重演，跟她合不来就少来往。我们白天各自出门，各干各的事，拉开了距离，倒也相安无事。

经过大昭寺的一趟古庙之游，我感觉和雷厦一下子亲近了许多，彼此有说不完的话，谈论最多的是练块儿与打仗。

我告诉他我最渴望的目标是悠双杠一百，大胳膊粗到三十五厘米，胸大肌四指，用入、揣、披等拌儿像天桥跤手一样圆熟，百发百中。

雷厦说他也特喜欢练块儿，不过悠双杠还悠不了十个。

我们自然也有矛盾。比如当他知道我喜欢军人子弟，遗憾自己父亲不是个军人时，很惊讶地说："革军子弟也有不少狡猾的！"

我说谢保国是我最好的军人子弟朋友，很质朴，可惜迷上了武术，不关心政治，学校里所有的活动都不参加。

他说他们班那个姓孟的，就是军人子弟，很会来事儿，一毛不拔，跟同学要两面派，串联时欺负人家出身不好的小姑娘，有什么好的？

我说，总体来讲，军人子弟单纯。

拉萨就那么两条街，转两三天就完了。在逛街过程中，我发现一个年轻战士老背着一把五四手枪四处逛，去布达拉宫脚下散步，上八角街逛商店，到达赖的夏宫罗布林卡游玩儿，都挎着那把枪，这让我禁不住想入非非。当时全国各地搞枪成风，法不治众，咱如果搞他一下，很有成功的可能。

我再次试探地问雷厦："你对搞枪有兴趣没有？"

"当然有兴趣。"

"你觉得中国和苏联会打仗吗？"

"看这架势，肯定要打。距离越近的人越容易打架，我和同班同学打架的可能性，就比外班同学高得多。距离越近才越有利害上的冲突。国家和国家也同样如此。中国和日本离得近，就打了。英国和法国，法国和德国在历史上打了不知多少回，都因为地理上挨着。现在中苏也一样。"

"你说得有道理。听谢保国讲他们高等军事学院已把苏修作为第一敌人来研究。现在文化大革命很乱，正是做些物质准备的好机会。"

"对。不是告诉你了吗？我去长春就很想搞一支枪。"

"你注意到了没有，那个当兵的老背着手枪？"

"纯粹玩漂儿。"

"我想把他的枪给搞了。"

雷厦没说话。

"老实讲，来西藏就是觉得这地方搞枪可能容易一点儿。王佑曾告我这儿一个普通邮递员都有枪。将来大战一打，中国很可能兵荒马乱。那时国家需要我们每一个人挺身而出保卫。我们如果有武器，就能给敌人以杀伤。跟苏修打必须有真家伙，用嘴皮子打不倒人家。"

"对，这道理明摆着的，枪杆子决定一切。"

"我们这一代太幸运了，能赶上打仗。"

雷厦说："好像江青说过对抢枪，也要具体情况具体分析，不能一概否定。听说河南二七公社抢了枪，打退了保守派的围攻，还受到中央首长表扬。"

"反正我们搞枪不是干坏事、不是当土匪强盗，我们是要为民除害。将来苏修来了，拉起队伍自己干，像苏联卫国战争时的青年近卫军那样。若汉奸叛徒横行时，咱们也有力量对付，处决了狗日的。”

雷厦微微一笑说：“抢枪当然比抢钱好。”

“真的，毛主席说不爱红装爱武装，说到我心坎儿里了。我们搞枪就是实践他老人家的这一指示，大方向正确。”

“别兜圈子了，快说吧，对那个当兵的你怎么打算？”

“我想把那小兵儿制服，给枪抢了。但绝不打死他。”

雷厦平静地点点头说：“行，我跟你一起干。”

非常高兴有雷厦做伴儿。从表面上说，我们这是刑事犯罪行为，但实际上，却是出于对国家安危的一种高度责任感，是为革命而犯罪。

我不敢向王佑透露自己的这个打算。王佑对武器的兴趣虽有，却远不及我这么浓烈，他曾经说过一个高中生成天迷着玩刀弄枪，太肤浅。

毛主席曾对宋彬彬说：“要武嘛！”执行毛主席最高指示怎么是肤浅？

抢现役军人的枪，要是在文革前，轻者判十年八年，重者能杀头。这事儿非同小可，我们必须小心谨慎。

那小兵儿最引人注目的是脚上穿一双白回力，用大白刷得耀眼，真臭美到家了。他挎着那把五四手枪，皮枪套里裹着红绸子，逛商店、看电影、下饭馆、游公园都总背着，不是臭显是什么？抢你活该！谁叫你臭显的，还那么资产阶级臭美，不穿解放鞋，偏蹬一双大白回力。哼，就该治治他。

看革命回忆录中讲：八路军奇袭山西阳明堡日本兵时，曾用棉布把马蹄包住，以杜绝声响，这给了我启发。我们若将斧头把包上棉布，就能悄然无声地打昏这小兵儿，之后抢走他的枪，而又保证他的生命安全。但布包多了，缺少杀伤力，不能一下就打昏，他就会掏出枪把我打死。故，布要包得不多不少，得一下子给他打蒙了。这就需要做试验，把挥斧把的力量、斧把上包的布条厚度，配成最合适的比例。

我将招待所的枕头套，撕成布条，紧紧缠在斧子把上。用了三层布条，约有一厘米厚。当我们做这些准备工作时，王佑一点儿也不知道。

我再次偷偷问雷厦：“敢不敢行动？”

“当然敢。”

“不害怕？”

“孙子害怕。”

“好，那我们说定了。我用棍子把他打昏，你上去夺枪。我保证不把人打死。”

“行，没问题。”

于是，我将缠着布条的斧子把交给雷厦，让他演习一下，打打我的脑袋。看布条厚度是否合适。

他小心地打了我头一下，力量很轻。

“再用力打一下，试试。”

“我总怕打重了，把你打坏。”

“再试一试。打不昏不行，打死了也不行，这火候一定要找准。”

“哎呀，打坏了你怎么办？真的，我又不是机器，轻重控制不好。”

“没事儿，你不知道人的头盖骨特结实吗？鲁迅的《野草》里说的，不骗你。我们一定真的试验试验，才能万无一失。来吧！”

他只好咬着牙，脸涨红了，慢慢地抬起胳膊，又用力打了一下。这次的力量还是弱，但我头已感觉发蒙，被震得很不舒服……经过几次试验，我大概揣摩到了布的厚度与打在头上的震昏力的最佳比例：多缠几层，就可用大一点儿的力量驴。

这行动很危险，其难度大于侦察兵抓俘虏。对敌人，危急时刻，杀了就杀了，可对我们解放军战士，无论如何也不能打死。如同拔老虎的牙，却不能杀死老虎，对方能随时吃掉我，我却不能吃掉对方，实在是玩儿命。

我告诉雷厦，万一他没昏，我就用抱腿顶摔，把他摔倒在地。我控制住他双手，由雷厦摘他枪套。反正我们两个人，对付他一个绝对有把握。这小兵个儿头没我高，块儿没我壮，悠双杠肯定也没我悠得多。

为了万无一失，我们在招待所的小屋里演习了两次，开始行动的距离，第一个打击动作，之后对方若倒下怎么办、若没倒怎么办，各种可能、每个细节都研究了，怎么按，怎么摔，怎么撤……还想到了要准备一块毛巾，堵他的嘴巴。

我们开始跟踪他，想摸清他的行动规律。估计这小兵儿是西藏某地方的驻军，来拉萨探亲休假或出差的，住在一招，离我们不远。

这天晚上，我和雷厦去拉萨电影院看电影，突然发现那小兵儿也背着枪进来了。我激动得要命，悄悄指了指小兵儿的方向，对雷厦说：“怎么样，今晚上行动，现在趁电影没散，我们赶紧回去拿斧子把儿，之后就埋伏在去一招的路上。”看完电影就到晚上九点多钟，街上肯定空无一人，是行动的最好时刻。

雷厦同意了。我们神不知鬼不觉地溜出电影院，赶紧奔回二招宿舍拿家伙。

外面天气很冷，我们没有御寒的衣服，去得太早要挨冻，就在宿舍里多待了一会儿，打算电影快散了时，再到埋伏地点。

估计电影快结束了，我把斧子把儿藏在袖子里，和雷厦来到第一招待所附近的一条街道。晚上，这街道上没路灯，漆黑一片，静寂无人。我们躲在一个电线杆儿的后面，等待着目标的到来。

一九六七年秋的拉萨市，一到天黑，非常冷清，只有主要大街上才有路灯，普通街道根本没灯，黑得伸手不见五指，正便于行动。

四下静悄悄的。在寒冷的夜晚，我和雷厦的身体紧紧地靠在一起，挤着御寒，耐心地等着小兵儿的到来。

这是一个终生难忘的行动，表面犯法，实际爱国。说实话，心里总也摆脱不了犯罪感，老有点儿惴惴不安。打一个和自己无怨无仇的战士，跟打任道远截然不同。这个人可是解放军，一点儿没招没惹自己。毛主席说要向解放军学习，我这哪里是在学习？不明明是袭击解放军吗？

我一遍一遍地给自己找理论上的根据，进行战前鼓动：毛主席说对任何事物都要一分为二。对犯罪自然也要一分为二，有革命的犯罪，也有反革命的犯罪。共产党当年也干过许多刑事犯罪的事儿。比如抢银行、偷军火、绑架勒索……我们搞武器，是为了报效国家，干点儿非法的事儿，完全应该被谅解。

黑暗中，脑子里的念头像金色逗号一样一个接一个地漂浮，慢悠悠地回荡。看问题要透过现象看本质，我们抢枪从表面上看是错误的、犯法的，但本质上却是因为我们太爱国、太想保卫祖国了。

文化大革命开始后，党中央提出了砸烂“公检法”的口号。对所有旧的法律都应该问个问号，不适应革命需要的法律就应该废除。现在很多革命造反派都抢了解放军的枪，文攻武卫。只要是捍卫毛主席革命路线，抢枪就是革命的、符合人民利益的！

如果将来打仗时，我用这把抢来的枪消灭了十个侵略者，那就可以将功赎罪，把打这战士一棍子的错误抵消了。

琼玛给牛虻一个耳光，就因为太爱牛虻。我打这个解放军也是因为对解放军太热爱了，想在反苏修侵略战争中多杀几个敌人，吸引一部分敌人的炮火，减轻一下压在我们解放军主力部队头上的压力。

保尔·柯察金偷过枪；抗日小英雄雨来也偷过枪；电影小兵张嘎还抢过八路军侦察员的枪！眼前犯一个错误，将来打仗时，加倍地好好打。洪老师说过，犯了错误的战士打仗最勇敢。

为了目的，不择手段，是符合马列主义的。

……

我们默默地站在电线杆后靠墙的角落里，等了半天。当偶尔有行人来往时，我们就装成流浪汉蹲缩着。反正没路灯，黑暗中对方即使发现了也根本看不清我们。

终于等到电影散场，路上开始有了零零散散几个行人。我把藏在袖子里的斧把儿拿出来握紧，紧张地等着，等着。

临行动时，突然担心棍子上的布缠得太少，若一下子打死他就惨了，自己就沦为了杀人犯。真应该再多缠点儿布！宁肯对方打死我，也不要打死解放军。虽说这解放军有点儿资产阶级思想，我可不愿自己手上沾着军人的鲜血。

我用百分之七十的劲头挥挥胳膊，又用百分之六十的劲头挥挥胳膊，体会了一下不同力量的感觉。我打算减轻力量，以确保对方的生命安全。

啊，天这么黑，对方说不定早把枪保险打开了，稍有动静，拔枪就打。这行动真是在玩儿命，我倒抽了一口冷气：人家要是打死我，是正当自卫；我要是打死了人家，却是反革命杀人犯，要枪毙！

暗暗决定见机行事，如果条件不好，就放弃行动，绝不硬干。若条件许可，怨他倒霉，我这第一下也不能太软，必须一下子打昏。从鲁迅的《野草》一文中知道，人的头盖骨相当坚固，连外科医生都头疼。我一定使足劲儿抡，反正包着布，但不能超过百分之七十的劲儿，哪怕自己牺牲了，也不能打死解放军！

时间一分钟一分钟地过去，总也不见那当兵的来。拉萨市一没了太阳，温度就骤降。我们冻得咝咝呻吟，紧紧挨在一起。按惯例，从电影院到他住的第一招待所这是必经之路。可我们在黑暗中等了很久，直到街道上空无一人了，他还是没出现，最后我俩冻得实在受不了，灰溜溜地返回。

“是不是这小兵儿提前退场了？电影太臭。”

“可能吧。”

我埋怨雷厦：“本来说早点儿出来，你怕冷，偏要等电影散场前才走。”

他打着哆嗦辩解道：“也许那家伙走别的路了。”

事后，我们猜测有几种可能，一是当兵的看完电影另有去处，没回一招；二是也像我们一样中途退场，提前返回，而我们那时还在招待所里；三是他选择了别的路回去。

王佑回来后完全被蒙在鼓里，一点儿也不知道这个晚上所发生的事。

第二天早晨，雷厦拉肚子了。我顾不上去侦察那军人的行踪了，陪雷厦找医生要药，忙活了一天。等次日他身体好了一些，我再到大街上转时，怎么也看不见那小当兵的了。就这么巧，只差一天他就消失了。

我们百思不解，他到底是离开了拉萨，还是搬了住处？还是感到了有人盯着他，先躲了起来？

那晚上的行动未遂，使我的人生历史上少了一个抢解放军枪支的罪名。

与王佑分手

一九六七年十月十八日，中共中央、国务院、中央军委、中央文革颁发了《关于大、中、小学复课闹革命的通知》。

这时我们正在拉萨，离开学校已一个多月时间。某天，雷厦突然接到好友傅勇生的一封电报，让我们火速回京，说军训团通知全校同学必须在十一月一日以前返校，逾期不到，将以自动退学论处。

王佑劝我道："赶紧回吧。"

我迟疑着，对军训团的通知，不想那么乖乖地服从。来西藏还没搞到一把刀、一支枪，不太甘心。

"咱们来一趟西藏不容易，还是再等一等，看看有没有机会搞把藏刀。"

王佑问雷厦："你呢？"

雷厦轻轻回答道："我跟马清波在一起。"

王佑说："那我们就只好先乘飞机走了。"

"行，你们先走吧。"

因为然乌附近塌下一座大山，川藏公路中断，滞留在拉萨的内地红卫兵可以免费乘飞机返回。

王佑开门见山地说："马清波，我知道你总想搞把枪。中央三令五申，禁止偷盗武器，你还硬要搞，这不是跟党中央对着干吗？"

"嘿，我们应该创造性地理解中央指示。就全国来说这指示是对的，但对于局部，具体到我个人来说，可能就另当别论了。第一，我搞武器是为未来反侵略战争做物质准备，不是武斗用，不想抢劫、干坏事儿。第二，我搞武器是按照毛主席‘中华儿女多奇志，不爱红装爱武装’、‘整个世界只有用枪杆子才可能改造’的教导行事，完全符合毛泽东思想。”

王佑反驳道：“‘不爱红装爱武装’是指一种精神，并不是让你去非法搞武器。”

“但行动体现精神。不能口头上说爱武装，却没有一点儿爱武装的行动。”

王佑摇摇头，很不高兴。现在，我跟他的矛盾公开化了。

我也越来越想摆脱张大文。说不清楚自己为什么不愿跟她来往，她的厚眼镜片儿，她的黑皮肤，她的蝴蝶幼虫一样的胖身躯都令我不快。她还爱抬杠。比如望着拉萨附近的连绵大山，我感慨道：“将来我要在这山里找一个地方，隐姓埋名，苦练本领，等国家需要时，挺身而出。”

张大文冷不防蹦出一句：“你的想法根本行不通。现在是二十世纪了，你练十年功夫，也顶不过一颗枪子儿。”

聊天时，我说：“中苏大战迟早要爆发。”她也不同意：“你别一相情愿，把宝押在打仗上。我觉得打大战的可能性很小，局部的、小规模的战斗可能会有，但全面战争不可能。”

反正我说什么，她都有自己见解，不同意就直截了当地提出，说话像木头棒子，直撅撅的。姿色一点儿没有，还这么直撅撅的，谁吃得消?

王佑搞妥免费的乘机证就要走了。他忙着看朋友，买西藏特产，陪张大文办事儿，整天见不着人影儿。

我和雷厦则继续寻摸搞刀的路子。啊！真是怪事，偌大拉萨市，居然没卖藏刀的！文革开始后，西藏自治区军管会发了通告，禁止老百姓拥有半尺以上的刀子。大布告贴得满街都是，结果市面上被禁得干干净净，连削苹果的水果刀都看不见了。

临走前的一个下午，王佑又和我谈了一次，不欢而散。

我对他说：“我们好说好散，你别对我有意见。”

“我没意见。但我要向你提出一个忠告：现在内地有一股抢枪风，中央是坚决反对的。你可别为了搞枪，把自己一生都搭上了。”

耐着性子，再次向他解释道：“我搞武器是准备当国家有难时挺身而出。生活是复杂的，当我在某一方面干了错事时，往往在另一方面却干了好事。复课闹革命这方面，我承认没听主席的话。但在积极参加革命战争、战备方面却听了毛主席的话。如果我用搞的这把枪，消灭了三个特务，就没白犯这个错误。假若我不杀死这三个特务，他们说不定会炸毁我们一座发电厂、烧了我们一座军火库。所以，我搞这把枪对国家的好处，远远超过一个部队丢一把枪的损失。”

“你强词夺理！如果人人都这么想，那国家岂不乱了套，我们的军队岂不都被抢了？我佩服你的想象力，很会狡辩，可惜都是些歪理。”

“特殊情况特殊对待是马列主义活的灵魂。我也不赞成每一个人都抢战士的枪。但在特殊情况下也不是说就绝对不许抢。具体到我，也许抢了枪，对国家更有好处。”

“我要最后一次提醒你。和你同班四年，对你非常了解。你不要借着文革来实现自己当英雄的梦，还是清醒一点儿，你一意孤行要犯大错。”

我心中隐隐不快，又想起他亲手捅死我的英古斯，太寡仁寡义，这人靠不住啊！在凭祥市委小楼我跟刘和平唇枪舌战，最需要他支援时，他却迟疑观望。关键时刻，他总是不站在我这一边儿。

现在我和王佑共同语言很少，说几句话就要抬杠。

王佑出身右派，父亲曾是《辽宁日报》总编辑，人也比较自由散漫，高中争取了三年也没入团。共同的遭遇把我们联在一起，都想入团而入不了，同病相怜，成为了朋友。文化大革命刚开始，王佑为配合我惩治任道远，担当了引诱对方进埋伏圈的角色，却被任道远识破，厮打起来。

他心地善良，在去越南路上，不怕我讥笑他给女的拍马屁，尽力关心帮助那俩女生，完全是无私的——那俩女生又不漂亮，又没权没势。他对张大文也是一例。这矮姑娘黑黑的，胖胖的，四肢短小，眼镜片儿比牛耳朵还厚，衣着外貌与郊区中学的女学生差不太多，对男生毫无吸引力，可王佑却能耐心回答她的各种傻问题，帮她跑腿儿买东西，陪她逛街……

我自从认识雷厦后，就与王佑渐渐疏远了。说心里话，现在和王佑的友情就像这深秋的树叶，日薄西山，气息奄奄。从招待所的窗户里，可以望见西边垂落的太阳，暗淡而血红。我想起了保尔和冬妮娅最后分手时也是这样的一个黄昏。

文革以来，王佑与我并肩战斗反对联、反血统论。当我组建“红色近卫军”时，得到了他的坚决支持，可以说在全班他是我的最铁支持者。他从成都步行到昌都两千五百多里地，恐怕全国独一份儿，轰动了西藏。他为这个行动策划人选时，全班同学中最先就想到了我，也说明我在他心中的分量。可惜我在外地，无法参加。

现在，我和王佑沉默着，都有点儿惆怅。在千古不朽的念青唐古拉山脉面前，随着雷厦的出现，我们的友情萎缩凋谢了。

我确实有点儿喜新厌旧，认识了雷厦就疏远了老朋友。但雷厦在某些方面确实太卓绝，一般人很难做到。

最让我服的是雷厦一点儿不好色，对任何姿色都不多看一眼。这千里路途上，我们见过各式各样的女性，其中也有相当漂亮的，但我发现雷厦始终坐怀不乱，无论对方多么漂亮，都一瞥而过，决不瞥第二眼。而我看见了一个漂亮女人，就总想再多看一眼。

拉萨市各学校的女红卫兵常来二所的西藏“造总”总部办事,不乏美女。西藏姑娘因受高原紫外线照射，脸非常红，个个都像抹了脂粉，我觉得特别好看。过去有种错觉，以为高原气候恶劣，藏族女人的皮肤肯定粗糙，其实在拉萨，藏族姑娘的皮肤也有非常娇嫩的。雷厦的眼睛却异常老实，从不多看她们一眼。一次，强巴让我们参加一个会，有一群藏族女学生也在场，其中有几个特别清秀，叽叽喳喳地说着话。雷厦见有那么多女的在场，转身就走了，不愿跟她们瞎黏糊。

经过这一段时间的暗暗观察，我不得不承认他这么干完全出自内心，不是装洋蒜给人看的。我非常佩服他的这个优点，因为自己就做不到，总想多看几眼漂亮女生。雷厦简直就是身边的武松，成为我做男子汉的楷模，相信受这个朋友的耳濡目染，自己的流氓念头会少一点儿。

而王佑在这方面的表现却很一般，他喜欢跟女生说话，徐卫卫就常跟他聊天。我猜他和我一样对胡贝贝、汪爱迪也暗存好感。好色就好色吧，但不能什么事总对女的卑躬屈膝。男女平等并不是让女的骑在男的头上。王佑对女的就有点儿过分迎合、过分迁就。

还有，这次去越南，我也发现了王佑性格中的一些毛病。随机应变是对的，但过分了就有点儿机会主义了。他有幽默感，有自己的追求，就是太灵活多变，缺少一条道儿走到底的死倔。如果他的性格再多一分执著、少一分灵活，多一分顽固不化、少一分见异思迁，他就一定会干一件事成一件事。

相对于雷厦，王佑还有一些弱点。在铁血团的赴越宣言中，他曾写到：“我们——毛主席的红卫兵，爱的是刀枪剑戟，爱的是冲锋呐喊，爱的是革命的暴力，爱的是埋葬美帝、苏修的人民战争。”他嘴上虽这么说，可实际上对刀枪剑戟并没有太浓厚的兴趣。这就让我感觉他说话夸张，言行不一。而雷厦不但在言谈话语中,时时流露出对枪杆子的真诚喜爱,而且敢不顾一切地搞。

王佑不爱摔跤，不喜欢练块儿。他身材弱小，对需要体力的运动不感兴趣；而雷厦却和我一样尚武，空闲时间，老求我教他几个摔跤绊儿。我们常聊各地的武斗，探讨指挥的艺术，切磋擒拿“桑搏”的绝招儿，交流打架的窍门儿等等，有说不完的话。

王佑不爱动手。雷厦却喜欢路见不平拔刀相助，尽管为此常常挨揍。

王佑的情绪稳定，这是他的一个大优点。在最困苦的时候，经得住饥渴，不发脾气。比如在越南的那条公路上，烈日下，每人都晒得特难受，又饿又累，多一步路都不想走，他却能任劳任怨地爬到公路两旁的山坡上，去寻找越南老乡……这一上一下，要比我们多走很多路，事儿虽小，却给我留下了印象。

王佑最大的优点是心地善良，无害人之心，在人际关系上不干极端举动，即便被人利用、被人占了便宜，他都认了，从不以牙还牙、以血还血。所以，他的人缘特好，跟同学们的关系融洽，很少有人说他坏话。

但一个人的优点往往也是他的缺点。他对毛主席指示句句照办，却缺少极端的锋芒，缺少为革命犯法的胆量。女生有错误，也应该斗争，不能因为是女的就不讲原则。比如张大文挑吃挑得那么厉害，那么喜欢西方音乐，老哼靡靡之音，你为什么不说说她，还老护着她？

相形之下，雷厦就是痛快。他对任何女的都大大方方，该顶就顶，说训就训，绝不因为对方是女的就额外讨好巴结，有武松气概，大义凛然。

算来算去，全班同学中只有王佑跟我关系最密切。可也正是王佑，把我的狗给活活地杀死！他这一刀所造成的我们之间的裂痕虽经去越南这一趟有所缓和，却并没有完全消失。大敌当前，不是被对方，而是被自己朋友，从后背捅了一刀，实在寒心。虽然王佑这么干真是为我们“毛泽东思想公社”好，他咬牙杀英古斯是违心的，但他用刀杀戮小狗给我造成的震撼，不可磨灭。

有时回想起我的英古斯来，依旧感觉人生的悲凉。狗也是一条小生命呀，哪能一下子就捅死呢？杀猪没事，杀鸡没事，杀老鼠没事，但杀狗就让人接受不了。况且我的狗又那么幼小，刚刚被人倒吊在食堂门口羞辱过。屠戮这么一个弱小生命就太残忍了点儿。你觉得我养狗影响不好，可以当面告诉我，可以采取别的很多办法，完全没必要非把它杀死不可。

唉，跟王佑的关系已经没有挽回余地。

我常常思索，为什么自己团结人的本事那么差，跟人关系一不融洽就断交？可能是文革前，被接班人的五项标准中，团结那一条给团结伤了。为了团结任道远，得了一个记过；为了团结周崇丹，低头当了孙子……所以文革开始后，没人管了，无拘无束了，跟谁也不勉强团结，一不合口味就断交，省事省心。

学毛选时，有一条注解使我很鼓舞。布朗基——一位法国十九世纪的革命家，大半辈子在狱中度过，崇尚暴动。他就老是单枪匹马地搞革命，省去了很多花费在人事关系上的精力和时间，也避免了追着别人团结的烦恼。

因此，我就老是孤零零的，不像杨志刚、刘和平、何继志、大疙瘩等头头儿走哪儿，身边总围着一群人。

来西藏认识了雷厦以后，我觉得跟他比跟王佑更谈得来。他有胆有谋，嘴皮子能说，领悟力、记忆力、分析力、智商都属上乘，在达到自己目标的能力方面比王佑更强大。八·二一武斗时他的表现令我钦佩。他曾亲口对我说过："大丈夫，男子汉，活在世上，应该杀几个人，否则这辈子白活了。"一个黑五类出身的能说出这样的话来能有几个？王佑绝说不出来。实在太罕见了。

雷厦看问题能马上抓住本质和核心所在，敢当机立断做决定。而王佑看问题全面是全面，却犹豫不决，顾虑重重，流于圆滑，失去了锋芒和棱角。青年人的优势不是看问题全面，而正是锋芒和棱角。

深刻的片面，胜过肤浅的全面。

这趟拉萨之行，雷厦取代了王佑，成了我最好的朋友，感到很快活，人一生得一知己者足矣。雷厦有很多与众不同之处，打喷嚏必须看太阳只是一个小小特点。他曾非常动情地对我说："哎呀，我脸上要有道伤疤就好了，那多棒！我最佩服牛虻脸上那道疤，真他妈漂亮！"

有气魄！一般人脸上长个疙瘩都受不了，我初中时鼻子肿了一个包儿就不敢上学，雷厦却希望自己脸上有道大疤。不臭美才最美！对雷厦又敬又爱。他眼睛、鼻子、嘴巴、脸庞都方方正正，冷酷又自信，具有北方人的大方与刚烈。

那是一个动荡的年月，一伙人说走就走、说分就分。

这天，王佑和张大文踏上了归途，只有强巴到飞机场送他们，忘了是什么原因，我和雷厦没有去送他们。

偷强巴的藏刀

出于年轻人的争强好胜，我和雷厦总爱互相比，看谁胆子大。

我曾问："敢让我用斧子砍你一下吗？"

他说："当然敢，那有什么了不起。"

“把你手指头砍下来，你不害怕？”

“你敢？”

“好，你看我敢不敢。把你手放到桌子上。”

他满不在乎地把手放在桌子上。

我掏出书包里的斧子，抚摩着斧刃说：“砍掉了，不许报案，要不我就不砍了。”

雷厦高傲地说：“你有种儿就砍，谁报案谁是婊子养的。”

“你可别后悔呀？”

“快来吧，少啰唆！”

我挥舞了几下斧子，瞪着眼，加剧着气氛，最后真的狠狠向他小手指头剁去，中途快碰他手指头时，才猛地转弯儿躲开。

他的手一点儿没颤抖，微笑道：“我就知道你不敢。”

他开始考验我。“嘿，敢让我掐你一下吗？”

“当然敢。”

“要掐下一块儿肉，你可不许翻脸！”

我坦然把胳膊伸给他。他用两个指甲夹住我小胳膊上的肉，开始掐，越来越使劲儿。一种很锐利的疼直刺心脏，我咬紧牙关。他拧着拧着，把肉拧了一百八十度，真快把那块肉给拧下来。我疼到极点，嘴里咝咝出冷气，却终于挺住。

他松手后，我胳膊上被掐出了一个紫红印子。

年轻人彼此见面，胆量是衡量对方价值的重要标准，谁都鄙弃懦夫。

在我们的印象里，不怕挨打、不怕挨冻的人才坚强。

拉萨是早晚冷，中午热，背阴处和有太阳处温差十几度。我们没有棉袄棉裤，早晚都被拉萨的高原气候冻得哆哆嗦嗦，可都从不说冷，即使冻得弯腰缩脖，嘴上还说：“不冷！”

雷厦体质远远不如我，还敢跟我北，摆出一副冻死迎风站的架势。

少了王佑、张大文，却一点儿也不觉得寂寞和孤独。我跟雷厦在一起有抬不完的杠、比不完的较量。

一天黄昏，当我们步行到拉萨大桥附近的岸边，面对着汹涌的拉萨河水，我问雷厦：“你敢跳进去吗？”这是十一月的高原深秋季节，天气很凉。

“敢。”

“你跳跳。”我发现有时候，雷厦特爱吹。

他二话没说，腾地就跳进了那湍急的河里，但接着马上就抓住岸边的树枝，惨叫道：“呀，呀！这水跟刀子一样。”

我赶忙把他拉上来。原来拉萨河是上游雪水融化而成的，冰寒刺骨，水温比北京冬天的什刹海要低得多。雷厦的嘴唇冻紫，身躯哆嗦着，小肚子以下全都湿透。回到二所，他赶紧换衣服，缩在厚厚的被子里，担心受寒生病。

可能是着了凉，他拉起了肚子，一晚上十几泡，接着又发低烧。我们在拉萨举目无亲，怎么去医院呢？平时走几里地跟玩儿一样，但让一个拉了十几泡稀的发烧病人走，就不容易了。他已没精神逞英雄，完全委靡不振。

我正好表现一下自己的腿力和耐力，就背起他去医院。路上，他于心不忍，反复要求要自己下地走。我告诉他小学时，自己有玩儿骑马打仗的经历，总当马，把腿劲儿练出来了；高中又经常步行回家锻炼，小腿四十二厘米粗，能顶住。背他走几里地，腿没事儿，只是胳膊累，得两手紧握，托住他身体，因为他大腿总往下溜。我一步一步地闷头走着，终于坚持到了医院。他被烧得很蔫，却非常明白，感叹道：“你的腿劲儿，我真是服了。”

住了一个星期医院，每天都到医院去看他。还有谢列、谢宁这对双胞胎哥俩也常去看望他。他们都是王佑的朋友，二十来岁，四川人，是西藏汽车运输公司的司机，为人仗义，也变成了我们的好朋友。

雷厦痊愈出院后的一天，为考验他，问：“你敢让我打你下巴一下吗？”

“为什么？”

“锻炼锻炼嘛。”

“孙子不敢。”

“可下巴要是打下来了，嘴合不上，老流口水，跟傻子一样。”

“打吧，少废话。”

“行，你站好了，把下巴抬起来，别躲着。”

他学着革命烈士的样子，瞪着我，咬紧牙关，把下巴微微抬起。这场病使他脸色苍白，胸脯瘪陷，像一匹几天没吃草的瘦马。可一出了院，他又狂了起来。

我觉得真正的友情是打出来的，暴风雨中诞生的友谊，才是铁的友谊，越狠打，这友谊才越不平凡。我心一横，就来了一个下钩拳，正中目标。雷厦低头双手捂着下巴，胳膊微微哆嗦，半天说不出话。

自来到四十七中后，我一共有两个真动了感情的朋友，一个是吴念祖，一个是英古斯，结局却都不好。

在文化大革命的惊涛骇浪中，有一个忠实可靠的朋友，等于是汪洋大海里有了一艘小船，特有安全感。我饥渴友情。古斯巴达妇女生了孩子，都要放在野地里冻、烈酒里泡，用此法淘汰弱者，精选战士。我也如法炮制，想用拳头打出一个敲不碎、压不垮、固若金汤、与众不同的友情。雷厦没有因为我总用这种近乎虐待的方式对待他而被吓跑。

他一直对我很好。我不擅辞令，他就自动当我嘴巴，跟外人打交道的事全都包了，丝毫不嫌麻烦。我练摔跤好几年，可摔“入”、“揣”、“披”三种过背摔还是很生疏。因为绊儿狠，能把人摔飞起来，总找不着靶子练。雷厦知道后，很痛快地让我练他。在二所后院的草地上，他完全不反抗，让我像摔麻袋一样摔他，一次次把他从头顶上扔过去……练得我极过瘾，跤技有所提高。他却什么也学不着，只是总被摔倒，把肉砸疼。

我曾问他为什么跟我好？他说喜欢我的个性，说我有拿破仑的气质：阴沉、固执、多疑、孤僻。我听后心甜如蜜。他还说很喜欢我的腼腆、害羞。他发现我一跟生人打交道就特木，说不出话。

我与雷厦两人互相取长补短，像齿轮的咬合，贴切而牢固。

我不喜欢头脑里老想女的，恨自己见了漂亮女的就起意，从小学的栗山岩，到不知名的小姑娘，到徐卫卫，都断断续续地折磨过自己。怎么消灭这些流氓思想呢？想过一些法子，甚至还寄希望于药物，全都失败了。最后发现唯有和男的好可以转移这些念头。那是高一时，跟吴念祖做朋友的体验。

所以，现在认识了雷厦之后，特高兴，以为有他在，自己的流氓思想可以得到压抑和转移，不再总有罪恶感。

男的和男的之间相互的好感会有一种很安全的幸福感。虽然我们不是同性恋，身体接触只是经常相互练习擒拿对打，从无什么抚摩或拥抱。

记得某次上厕所时，小完便后，我对他说：“雷厦，你真的跟我好吗？”

“真的。”

“好，那我们碰碰。”我们的小鸡鸡都还没装进裤子里去。

他马上就明白了我的意思，毫不犹豫地面向我。我们就在弥漫着阵阵臭味儿的西藏二招厕所里庄严地对碰了三下，象征我们的战斗友情。

在小学时，就跟同学方征碰过小鸡鸡，表示两人好。可惜那时才七八岁，年龄太小，根本不懂事儿，碰过后几天就忘了，彼此还照样吵嘴打架。现在我已经是成人了，这小东西是自己最隐密、最私人、最灵魂的一块儿肉，只有最亲密、最可靠、最喜欢的朋友，才能碰着它。

我不是同性恋，再饥渴，也没想在同性身上寻找发泄。我们的小家伙都是软绵绵的，无任何欲念。我只是用此法来表示我视对方为自己的第一朋友、第一战友，与其亲密程度压倒女人；表示两人结盟，生死与共。

王佑走后，强巴次仁把对王佑的热情延伸到我和雷厦身上，数次请我们到他的宿舍去玩儿。我们去拉萨中学他的宿舍里看过，那是一排平房，每间屋子的面积都很大，四周靠墙摆着十几张双人床。

这位藏族同胞一看就营养不良，细胳膊瘦腿。藏族大都这样，没特粗壮的，个个都瘦削单薄，脸颊红一块黄一块，红黄界限分明。

强巴次仁像所有偏僻的小地方人一样，对首都北京来的人非常友好。他把我们当成了什么人物，两派斗争的事儿，总向我们讲，请我们裁判，好像我们的话有什么权威。偏偏雷厦又能说会讲，把他说得着了迷。在他眼里，我们是从毛主席身边来的人，我们与毛主席呼吸着同一片天空的空气，我们身上带着毛主席的气味儿，所以对我们特别热情友好。

以前王佑曾告诉我，强巴次仁有一把很长的藏刀。它还在不在呢？当雷厦和强巴次仁聊天时，我在纷乱的屋子里仔细观看，一张床一张床地巡视，还真的发现了它，就放在一张空床上。

这藏刀很长，能到我胸脯高，套子很土，用两块长竹片做成，陈旧不堪，中间用细铁片联着，毫无花纹装饰。剑鞘顶端是方形的，没一点儿尖棱，剑身老长，把儿却特短，尾部是一个傻傻的圆疙瘩，样子难看，像一个大酒渣鼻子。

我克制着心中的喜悦，不再看它，但心里坚信，这把藏刀的真正主人现在已经来到，它就要属于它最终的主人喽！

那天，我们高高兴兴地向强巴次仁告辞，回到二所。强巴次仁可能绝没想到当握手道别时，我脑里盘旋的念头是：一定要把你的藏刀偷到手！

在拉萨转了这么久，根本没见着藏刀的影子，只是在强巴次仁的宿舍里见了这么一把，它对我的诱惑力实在无法抗拒。

我问雷厦："强巴次仁的那把刀你喜欢吗？"

"我觉得太长了，携带不方便。"

"我很喜欢。"

"你是不是想偷哇？强巴次仁可是王佑的朋友，又对咱们这么好，你可别起歪心。"

"我们和他也就是一面之交。"

雷厦沉吟片刻，恳切地说："不能啊，干这事儿太不义气了。"

我沉默无语。

强巴次仁是农奴出身，对毛主席有深厚阶级感情，偷他的刀确实有点儿于心不忍。晚上我躺在床上，为自己的行动，挖空心思，寻找理论根据。想来想去，我为自己找到了五个理由：

首先，强巴次仁是王佑的朋友，跟我还算不上朋友，我们只是通过王佑的关系才认识的。偷他不属于偷朋友的，谈不上义气不义气。何况他对我们好，很大原因是北京这块牌子。如果我们是小地方的人，就不见得这么热情。

其次，强巴次仁的这把藏刀原来也不是他的，而是别人送的。那人抄家时，把这刀归为己有，后又送给了他。所以从所有权上来说，这把藏刀既不是强巴次仁的，也不是那个造反派的。既然他们可以占有，我也有权占有。

第三，他是藏族人，生活在西藏，搞藏刀的机会有的是，而我是从万里之外的北京来的，错过这个机会，就再也不好弄了。

第四，他是个红卫兵头头，能量大，关系多，搞把刀很容易。而我什么头头也不是，没他那么有能量。我这次不搞到，就要两手空空地回去，无颜面对学校同学。

第五，我要用这把刀扶正镇邪，抵抗苏修侵略，抢敌人的武器。而他不像我这么爱打仗，没我身强力壮，也没我武功好，刀放在我手里，比放在他手里对国家贡献大。

这样想了想，觉得自己偷的行动合理合法，良心上还说得过去。

我知道，自从一九五九年西藏平叛后，西藏地区对刀具管制就极为严厉，藏民被禁止携带一尺以上的刀子。文革开始后，又进一步连半尺长的刀也禁止了。这种一米多长的藏刀在市面上更早已绝迹。千载难逢，放弃了这个机会，将来就要吃后悔药。见雷厦对这刀兴趣不大，我决定自己单独行动，让他看看我的特工本领，镇镇他。

我住在第二招待所，强巴住在拉萨中学，离得不远也不近。因为拉萨中学的两派斗争日趋尖锐，对立派扬言要收拾强巴次仁，他宿舍里老有一群铁杆儿弟兄护卫，这对我是一个极大妨碍。我还不能去侦察，否则丢了刀以后，一想到有谁最近到过他宿舍，我的名字马上就会列入他的怀疑名单，这太蠢了！因此，事先不能去拉萨中学，尽量隐蔽住自己。

最好的机会是趁拉萨市开什么大会时，他和他的一帮弟兄都参加，他的宿舍就空无一人了。

这天，拉萨市各造反派组织在二所会议室召开联席会。雷厦和我作为北京代表列席会议。啊，强巴次仁也来了！他的几个铁杆儿弟兄也来了！我很兴奋，表面上却装得平平静静的。

拉萨中学的红卫兵是西藏“造总”的一支重要力量，强巴次仁是会议里的重要人物，他绝不可能中途离开会场。

就在强巴次仁跟别人热烈讨论时，我装作上厕所，偷偷跑回自己屋里，背上一个书包，里面放着招待所的一个白床单，大步流星地向拉萨中学走去。悠着劲儿，走走跑跑，大约用了二十分钟，就到了拉萨中学门口。我深吸了几口气，把大口喘气变为正常的呼吸频率，待完全平静下来后，再走进校门，从容不迫地向强巴次仁宿舍逼近。到了门口，我假装找人的样子，扭扭门，竟然没有锁，心里很感动：西藏人真是实诚啊，还没有锁门的意识。

进了屋，刀却不在那个空床上了！我有点儿着急，擦擦脸上的汗，细细地观察了一番。屋子里堆着一堆堆脏衣服、大字报纸、篮球、臭球鞋……真是没有了！但这两天拉萨市并没有武斗，他不可能用刀。我又仔细地找，终于在强巴的上床豁然发现。谢天谢地！我放下心，马上把白床单铺在地上，将刀放在中央，用白床单紧紧裹好，夹在胳膊底下，溜出了宿舍。环顾一下四周，没有一个人，又大摇大摆地走出了拉萨中学的校门口。

等离学校门口远了，我才开始加速，飞快地跑起来，以缩短离开会场的时间。跑进二所院子后，马上走进自己屋里，把藏刀放在褥子下面。

之后，又深呼吸了一番，到洗脸房，用凉水洗净脸上的汗，再用干毛巾擦干，把脸上所有做贼的痕迹全消灭光，这才悄悄地重新走进会场。

强巴次仁还在跟大家争论着，一点儿也没注意我的离去和到来。散会后，他还冲我点头笑笑，大概做梦也没想到我已偷走了他的刀。

等回到招待所宿舍，我克制不住自己的喜悦，低声对雷厦说："嘿！我把那把刀给偷来了！"

"是不是开会时候去的？"

我点点头。

"你见了强巴次仁还笑着打招呼，背后却偷人家的东西。好小子！"

"我想搞把刀，想得六亲不认了。"

凭良心说，确实有点儿惭愧。人家强巴次仁帮我们联系住处，给我们柿子吃，为我们赊招待所的账……我却偷了人家的刀！而且他那么热爱毛主席，那么羡慕我们住在毛主席身边，能每年国庆见到毛主席，自己这么干是有点儿缺德。

我从褥子下面把藏刀拿出来，一看见它黑苍苍的雄姿，迎面扑来一股气流，对强巴次仁的忐忑不安就全置之脑后。

这把藏刀约有一米长，五厘米宽，没有电镀，乌蒙蒙，昏暗无光，不像演戏用的那么铮亮。刀身也没有血槽，整个刀板平坦笔直，跟小学生的铅笔刀一个样，刀背有半厘米，比武术表演用的厚，绝不会在抵挡对方劈砍时折断。单刃，刀尖很钝，半圆型，像蚂蚱脑袋，样子特憨，但那阴沉沉的刀锋让你相信它百分之百能劈死人、刺死人。刀把土土的，刚刚够手握住，两头两个大瘤子一样的疙瘩作护手，上面也没什么珍珠玛瑙之类的装饰品，远比不过王佑那把藏族匕首漂亮。

这么长，和人对刺，绝对占便宜，可就是太长了，拔刀和插鞘都不方便。

别看它样子又傻又土，哼，拿回北京绝对镇！——全北京只有百十来个红卫兵到过西藏，而这一百多人里，能搞到这么长藏刀带回北京的，可能也就我一人。太棒了！太棒了！真是天助我也。

雷厦虽然对我这么做不以为然，但他也喜欢刀、好奇刀，既然都已经偷了，也就没再说什么。

沿川藏公路回返

雷厦的一个小学女同学现在西藏山南。父亲原在北京工作，后调到西藏，现任山南地区的一把手。不知怎么回事儿，她听说雷厦到了拉萨，就给二所打来电话，一定要让雷厦去她家玩玩儿，并详细告诉了她家地址。

雷厦问我："见不见她？"

我问："见她干什么？"

"大老远来趟拉萨，同学给你来电话要见你，不管怎么说，也不好拒绝吧。而且说不定，她还能帮帮咱们呢。"

"能有什么帮助？"

"比如借一件军大衣，弄两把藏刀。她爸爸是个领导，一句话的事儿。"

已经到了十一月底，天气一天比一天冷，早晚没太阳的时候，冻得我们都不敢出门。年轻人再经冻，还是有限度的，我们都不再逞强，老老实实地承认了冷。

但当雷厦告诉我，这女生曾给他写过信时，我很不是滋味儿，就对雷厦说："那你自己去吧，我去干吗。"

雷厦搂着我的肩膀，笑道："你好小心眼儿！别吃醋了，小学时她跟我同桌，给我写信我都没答理，现在她在西藏，我在北京，怎么可能呢？"

凭着雷厦的三寸不烂之舌，我们找了一辆到山南地区的车。路上，我心里还是异常地沉重，满脸愁容。我要求雷厦第一跟我好，心中的第一位置是我，本能地感到这女的对自己有威胁。

雷厦好像猜出我的担忧，一再地解释道："我对她绝没那意思。她到西藏后确实给我来过信，可我从没回过，孙子骗你。要是看上她，我早就跟她联系了。"

"雷厦，你要是跟哪个女的好了，一定事先告诉我，别突然把哥儿们甩了。"

"你放心。我保证等你找到了女的以后再找。"雷厦严肃地说。

山南是西藏最富饶的地方，属雅鲁藏布江河谷，远眺南方，一片白雪皑皑的雪山。在其首府择当的地委机关大院，我们顺利地找到了这位女同学家。她给我第一印象不错，圆脸，面很善，红脸膛，举止大方有度，直爽热情。但很快就失望。一听说我们想搞几把藏刀，她当即表示反对："这哪儿行？军管会早有规定，藏刀凡超过十公分的都属非法，个人不许拥有，你们别干这种事儿。"

她对刀枪全然没有一点儿年轻人的罗曼蒂克幻想，不知她听了毛主席对宋彬彬说的话后有何感想。唉，青年人一离开北京，在偏僻荒远的地方待着，思想马上就变得保守死板，老气横秋，令我没想到。

她父亲去北京开会了，她的母亲请我们吃了一顿很丰盛的饭。

聊了一气后，感到我们北京中学生和西藏山南地区的中学生思想差距实在太大，除了聊聊过去同学、老师外，已经没有什么共同语言。听雷厦讲这位女生以前很活泼顽皮，在西藏待了才几年，像变了一个人，循规蹈矩，胆小怕事，唯命是从，毫无闯劲儿，一点儿越轨事都不干，连串联在外借的钱，竟也都如数还了！

因她父亲不在，我们向军分区借两件旧军大衣的企图也泡了汤，只好怏怏地返回了拉萨。

来西藏已经一个多月时间了，我们衣着单薄，几乎坚持不住，决定尽快返回内地。

大塌方中断了川藏公路，我们只能乘短途汽车，往东走一段是一段。当然也可以坐飞机到成都，一会儿就到，但那缺少刺激。听王佑说川藏公路比青藏公路有意思得多，是全世界最险峻的公路，沿途有雪山冰川、原始森林、峡谷峭壁……穿越雅鲁藏布江、怒江、澜沧江、金沙江、大渡河等，艰险神奇，景象万千。要是坐飞机，这些就都看不着了。

走前，强巴次仁凭他的关系，只让我们象征性地交了一点儿伙食费，等于在二所白吃白住了一个多月。他很忙，整天东跑西颠儿，居然还没有发现自己的藏刀已经丢了。

雷厦到运输公司找车，嘴巴说得声情并茂，很快就赢得了司机的好感，解决了搭车问题。谢列、谢宁哥俩依依不舍地到车场送我们。后来，听说这对双胞胎在当地武斗中一死一残。

川藏公路上雪崩、地震、泥石流屡屡发生，所以隔一段就有一个道班，住着十几个工人养护着公路。路面铺着细砂石，不少地方坑坑洼洼，卡车非常颠簸，稍不留神，脑袋就会磕在车厢上，撞你一个眼冒金星。

公路两旁全是人烟罕至的大山。我双手抱着用白床单裹着的藏刀，书包里放着一颗手榴弹和一个五四手枪枪套，满载而归。

面对着无穷无尽的连绵山峦、千古不朽的巍巍雪峰，内心的孤独感和个人的藐小感油然涌出。我老有这多愁善感的毛病，一看见大山大海，就感慨生命的短暂，就激励自己一定要干番事业，不愧对生命，纵使留芳不了千古，也要百古。

车后扬起的尘土很大，车内所有物品都蒙上一层厚厚的浮土。我和雷厦灰头土脸，连嘴唇上都沾着土。冷风不断地卷进来，冻得我俩战战兢兢，彼此使劲儿挤着，从对方身体上摄取些许温暖。高原上有太阳和没太阳是两个季节，汽车只要一进入山谷，就像掉进了冰窟窿，脚都被冻得生痛。

晚上，终于到了林芝。在兵站宿舍里，我们四肢冻得冰冷，半天也缓不过劲儿来。

雷厦说："不行，我们得想法搞点儿棉衣穿，哥儿们真要给冻坏了。"

"那就找军分区借两套军棉袄。"

林芝是一个很安谧美丽的小城，四周全是原始森林，大白天城里都寂静无声地，星期天就更安静了。一条光秃秃大街上，只有一两个商店，行人寥寥无几。

上午我们来到军分区门口，找到传达室值班军人，告诉对方，我们是北京来的红卫兵，要见司令员，并拿出了首都中学红代会的介绍信。

那位军人很认真地看了看介绍信，当即打电话请示。上面同意后，他领着我们到了司令员家。

这是一座平房，在军分区机关后面，更安静得连掉在地上一片树叶都能听见。司令员是河北口音。我能在这儿听见了乡音，感觉分外亲热。

雷厦跟司令员说话就像对拉萨中学的红卫兵作报告一样，大大方方，充满自信。他滔滔不绝地介绍着北京最新形势：数万人占据着府右街揪斗刘少奇、中央文革对成都军区司令员黄新庭的评价……司令员静静地听着，什么话也没说。

最后，雷厦谈到了正题："因为川藏公路断了，我们留在西藏一个多月，衣服单薄，能不能给我们两套部队退下来的棉衣？坐车实在冻得不行。"

司令员二话没说，当即让一个参谋给我们办这件事。我们向司令员连连表示感谢。

参谋到库房帮我们挑了两套棉衣，都用机器给扎成一道一道的，很像苏联卫国战争时的军棉装，说是旧的，其实还有六七成新。部队战士大部分是农村兵，没穿过这么好的衣服，都很爱护，又罩着罩衣，那绿布面上还闪着亮光。

我这辈子第一次同时穿上军棉袄和军棉裤。过去，费尽力气搞的军装，不是一件上衣，就是一条裤子，哪有同时穿过一身的？更不要说军棉衣了。父亲曾有过一套，却借口不搞特殊化，硬是没给我。母亲也批评我说："你总想穿军装，其实是一种特权思想。"可学校里那么多同学都穿军装，全都是特权思想吗？

现在我终于穿上了军棉袄、军棉裤，幸福极了！神气极了！舒服极了！觉得自己全身的劲儿噌噌地往外冒，好像一脚就能踢倒了天桥的名摔跤手宝三儿。

穿上棉衣，身体不打哆嗦后，我们才有心情欣赏美丽的林芝。

这座景色清秀的小城四周全覆盖着浓密森林，森林边是绿绿的草坪，很像安徒生童话世界里的景色。天空碧蓝，空气清新，绿草如茵，在北京绝对找不着这么美的原始风光。川藏公路穿过林芝城，在丘陵中蜿蜒，路两旁均是笔直的松树，高耸茂密，郁郁苍苍，比电影里的小兴安岭森林要密得多。当地藏民和兵站伙房全用木头做饭取暖，家家户户门口都堆着劈好的木头堆儿，有的像房子那么高，全是优质木料，足见这森林的浩大。

从林芝向东走的车子更少了。我们在兵站蹲了好几天，才找到一辆到塌方处的军车。那带队的小军官对我们爱答不理。这是一个南方人，小白脸、浓眉毛、鼻子下圆上尖，像一个圆锥，细皮嫩肉的。他望着我们时，神情冷漠。

见他这个态度，我根本就不想求他，雷厦却能死气白赖地缠着他，根本不在乎对方傲慢。这确实是一个本事，碰见冷脸，还能应付。

雷厦晚上又去找他。那家伙见我们一趟趟地求他，颇有成就感，开恩道："好吧，你们明天早上五点来兵站上车。"这小军官看谁都皱着眉头，一副憎恶，似乎谁都欠他的钱。

第二天一大早，我们被安置在车厢里。车开起来后，才发现穿上棉衣、棉裤依旧不暖和。车厢虽有帆布罩着却漏风，冷气嗖嗖地往里灌。每当汽车进入山谷，立时阴冷得要命，脚趾头也被冻痛，我们必须常常站起来，在颠簸的车厢里跳着跺脚。

车后扬起大团大团的尘土，有几十米长。尘土从帆布缝隙中透过，坐四五个小时的车，从头到脚就全披上了一层黄土，满脸、满嘴、满鼻孔、满耳朵都是。反正沿途荒无人烟，多脏也没人看见。

记得在一次休息时，下车解手完毕，那小军官见我正看一本串联地图，随口就说："给我看看。"一副命令的口气。

我只好给他看。他是这车的头头，指挥着司机，得罪了他，我们就得被赶下车。他随便地翻着串联地图册，嘟囔道："你们红卫兵尽瞎胡闹，在北京不好好待着，跑这地方来干什么？"随手将地图扔给我，一副鄙视的样子。

雷厦皱起眉头，咬着嘴唇，狠狠地瞪了他一眼，克制着没发火。我们猜测这小军官儿肯定是"大联指"观点，对我们北京来的红卫兵不感冒。北京来的学生都支持"造总"，反任荣——当时的西藏军区司令员。

到兵站吃午饭时，我和雷厦虽满脸尘土却专拣好菜买，什么最贵买什么。这小军官老嚷嚷菜贵，看见我们大口大口地吃肉菜，多贵也不吝，一脸阴沉。

兵站站长听说我俩是北京来的红卫兵，对我们格外亲热。这更把白脸小军官儿气得要命，眼睛闪着怒火。反正谁对我们好，对我们热情，他就不高兴。

晚上到一个兵站住宿。那小军官儿看我上下车时总抱着白布单裹着的刀，引发了好奇心，皮笑肉不笑地问："你抱着什么东西？"

我只好说："藏刀。"因刀超过半尺就属违法，非常紧张。

"让我看看。"

我硬着头皮，打开白床单，给他看。

他问："你带这个干什么？"

"不干什么。是一位藏族朋友送的，留个纪念。"

他瞟了我一眼说："哼，我来西藏五年多，还没人送我一把藏刀！"

……

记得又一天中午，在兵站吃饭休息时，雷厦和一个会说汉话的藏族老人聊天，请他鉴定我们从大昭寺偷来的骨头片袈裟是不是人骨头。这藏族老人看了半天，也确定不了是不是。

那小军官儿走过来，很注意地听着。最后他从我手里拿走这件骨头片袈裟，端详着上面的雕刻，嘲笑道："嘿嘿，你们红卫兵真会闹哇，来西藏敛了这么些东西，拿回内地卖，可要发一笔呀！”

雷厦一听，上去就把他手中的骨片袈裟给夺了回来，理也不理他，扬长而去。这小子没想到雷厦敢从他手中夺走东西，一下子手足无措。他以为他让我们搭了他的车，就有权随便检查我们的东西，想训就训、想踩乎就踩乎。

“哼，哼，哼，你们……哼，哼！”他气得说不出话来。

雷厦这个举动真棒！

用不着他赶，我们就离开了他的车。宁可不坐车，也不给他当孙子！

雷厦又重新找车，也不管兵站办公室一屋子军人正在开会，闯进去就向兵站站长请求帮忙，口气很大，把兵站站长搞得茫然无措。

次日，站长帮我们找了一辆军车，并请我们坐进了司机驾驶楼里，非常棒，终于可以不吃尘土了。军车缓缓开出了兵站，我们又发现了那个小白脸军官儿，站在原来的车旁。他也看见了我们坐在驾驶楼里，四目相对，这家伙脸色更白了，皱着圆锥鼻子，满脸的嫉妒和仇视。我们微笑着向他告别。

经过几天的辛苦颠簸，车终于到达了大塌方的山脚下。川藏公路在一片水泊中停止，路右侧是一条河谷，左侧是高山，我们在这儿等着来回摆渡的橡皮筏。

离塌方处几十里外就听见了轰隆隆的巨响。那是水流狂奔的怒吼声，比千军万马还千军万马。

整整一座山塌下来后，把川藏公路和路旁的一条河拦腰截断。那河水面骤然上升了六十米，在峡谷中形成了一个狭长的湖泊。

一个军用的黑橡皮艇终于来到，把我们这十来个旅客拉到了对岸。在水中行进时，我们看见解放军战士在湖南侧峭壁上吊着绳子，悬在半空，开凿着新的川藏公路。他们穿着绿军装，像峭壁上的草一样，密密麻麻。

一九六七年十月三十一日的《人民日报》上有一遍长篇通讯，专门介绍了这次大塌方。不少解放军就给压在这座大山底下，他们的尸首可能永远无法找到。

我们上岸后，首先到了塌方现场。这塌了的山像一座大坝，把河水堵住。最上面是由许多巨大石头组成的，其中有几块大石头中露着几个窟窿，上涨了六十米高的河水就从这几个窟窿里喷射下来，发出惊天动地的吼声。我和雷厦站在跟前，彼此说话根本听不见。怒吼的水声震耳欲聋，传遍方圆几十里地。那一道疯狂奔腾的水沫，雪白雪白，从高高的巨石中，一泻而下，力量之大，足能把一个火车头砸瘪。

又步行了几里地，到了临时食宿站，在这里，我们乘上了去昌都的卡车，途径通麦、波密，到了然乌。

啊，这地方那么美，那么静谧，如诗如画。森林鲜绿，蓊蓊郁郁，草原上笼罩着一片淡淡的雾气。远方有一片晶莹的湖泊，低垂的云雾在地平线处与湖水相连，似乎隐藏着无穷的神秘。我又一次恍惚觉得自己置身于俄罗斯的童话世界里。哎呀，西藏的风光绝了，十个黄山、二十个西湖也不顶。看了这儿的景色，再看桂林山水，就一点儿味儿也没有了。好多人都说这辈子来西藏一趟算是没白活，确实如此。那风景真是太美了！美得你骨头要酥，站不稳脚跟。

汽车时常在大雪山中蜿蜒行驶。山都特高，你要看山顶非得仰着脖子不可。上面是终年不化的积雪，山腰却裸露着暗红色岩石，光秃秃的，一棵树也没有。

沿途凡有藏胞的地方都能看见藏族的大黑狗，即藏獒，凶得要命，不害怕汽车，敢追着汽车轮子死咬，显出它的原始和忠诚。

公路沿着一条河滩向东北蜿蜒而进。偶尔能见到一两个藏民放牧牛羊，穿着肮脏的氆氇，蓬头垢面。让人不理解的是，那些牧民都赤着脚。我们穿着鞋都冻得生痛，这些衣着褴褛的牧民光着脚丫子却若无其事。

记得汽车在过一个阴暗峡谷时，我看见路旁站着一位藏族小姑娘，脸红扑扑的，大眼睛，微笑着向我们招手。她虽头发蓬乱，披着油污污的氆氇，相貌却很秀气，光着脚丫子，站在布满乱石的河滩上，身旁是一群肮脏的瘦羊。

一辆汽车对她来说就像一座天堂，可望而不可即。只有从来没坐过汽车的人，才会见了汽车就那么热情地伸手挥舞。这么美丽的少女，在内地一定有光明的前途，可以找一个有钱有势的好丈夫，想干什么工作都容易。但在这荒无人烟的深山峡谷里，她却只能与一群脏兮兮的羊为伴，过着贫穷愚昧的生活。

“雷厦，我发现藏族女的真有特漂亮的。”

他笑道：“你别犯色了。”见了这个向我们招手的小姑娘，他毫不心动。

不知道为什么，这个藏族少女给我留下的印象多年也忘不了。也许这小姑娘让我想起了演过藏族少女的徐卫卫；也许这辈子，还没有一个那么漂亮的小姑娘向我招手微笑，感动得我半天也平静不下来。

望着雷厦那坦坦荡荡的眼睛，不禁奇怪，他为啥就一点儿也不好色？这方面不服雷厦不行，他遇上多漂亮女人都能不在乎，不溜须，不兴奋。

在快到昌都的一所兵站，我们下车吃午饭。吃完饭后，离开车还有一段时间。我们在停车场看见一辆卡车车厢内放着一件军大衣，很新，人字呢面的，露着厚厚的白羊毛，非常诱人。

这一路上，我们都很垂涎羊皮军大衣。学校里的“红红红”和“主义兵”虽很多人都有军大衣，但大都是棉的，这样的羊皮军大衣若拿回学校肯定跟我们的藏刀一样镇！

我对雷厦说：“你敢不敢搞？”我用手指指这件军大衣。

“当然敢。”

“别吹牛，让人抓住，可丢人现眼哇。”

雷厦笑了一下，四下望了望，见没有人，就不慌不忙向那辆军车走去。到了车旁，噌地就把大衣拿下来，披在自己身上，光天化日之下，又大摇大摆、若无其事地走到了我身边。

我的心几乎提到了嗓子眼儿，此时若被人发现，后果不堪设想。我们这是即兴决定，事先一点儿没侦察，也不知谁是这车的乘客，车上还有没有人……但什么也没发生，前后只一分钟时间的事情，就搞到了朝思暮盼的东西。有了这件皮大衣，坐车时，再也不怕冻脚了。行，雷厦够厉害的，不只会吹牛。

我把王佑串联时，步行到昌都，在公安局武器库里借了两把刀的经历又向雷厦讲了一遍，问他：“到昌都后，我们也到那个武器库搞几把如何？”

他说：“没问题。”

人还没有到昌都，我们就开始盘算起这一行动。

到现在为止，只捞到一把藏刀，远远满足不了我们的胃口。而且，回北京以后，怎么向同学们交待？昌都将是我们搞刀的最后一个机会。

昌都的教训

绕过无数条盘山弯道，穿过无数道峡谷，越过无数座水泥桥，我们的汽车终于抵达昌都。

昌都地处一个小盆地，附近的达马拉山峰海拔四千八百米。这一带的山岩发暗红色，可能含铁。山上寸草不生，岩石风化，斑驳脱落，碎石片四散，汽车一过，扬起股股褐红的尘土。

一九六七年十一月底的昌都树木很少，除了发红的土就是发红的石头，到处都是光秃秃的，那生态环境比林芝、然乌差远了！然而昌都却是藏东的中心、横断山脉的重镇，发源于藏东北的昂曲河和扎曲河在这里汇合，形成了澜沧江。

我们住在地委招待所。不知怎么搞的，地区造反派得知我们到来，马上就找上门来，请我们去给他们作报告，讲讲北京的形势。我和雷厦婉言谢绝。昌都对我们最大的吸引力不是被当成贵客演讲，而是公安局放刀的那间小屋。

根据王佑对这库房位置的描述，我们很不费事儿就找到了它。库房背后紧挨着一大下坡，直通河滩，狭小弯曲的昂曲河就从这里穿过。没想到昌都市公安局竟连一个围墙也没有，不过一排土房，十多间房，也太简陋了！因为搞文革，公安局事实上已经瘫痪，即使是白天，户外也看不见一个人影儿。

我们若无其事地走到库房边。这是一间土坯房，两扇木门上挂着把老式铁锁，锈迹斑斑。窗户很小，没有玻璃，也是两块紧闭的厚木板。我试试把窗户推了推，惊喜地发现那对木板可以推开一条缝儿，从缝中很容易把窗栓拨开。

透过窗户缝儿，看见里面放着好几个大汽油桶，盛满了锯末，上面插着各式各样的刀，桌子上、地上也堆放着不少。有十八世纪的火药枪，有暗绿色的美国军用匕首，有生锈的英式步枪……当年叛匪们用过的武器五花八门。此刻，我克制着怦怦跳动的心，赶忙把窗户又原封不动地关好，对雷厦说："这窗户那么好开！真天助我也。"

我们轻松愉快地离开了此地，到街上瞎逛。

西藏民风淳朴，藏人从不偷东西，再加上严酷的平叛后，以阶级斗争为纲，把藏人整得战战兢兢，更是不敢犯法。这放武器的小屋因此才没有人管，如此松懈。

晚上，三位地委机关的造反派头头到招待所，请我们与机关造反派见面，死活一定要我们给他们讲讲。造反派迷信北京的牌子，苦苦恳求，热情得无法拒绝。

雷厦看着我，让我定夺，那三位机关干部也眼巴巴地看着我，我只好同意了。反正我不讲，让雷厦对付。他的那张嘴巴，身经百战，所向披靡，跟造反派们白话一两个钟头是小菜儿，绝没问题。

我们被领进了机关小会议室，闻讯赶来的人络绎不绝，坐得满满。我一见这么多人就非常地不自在，难受死了。可雷厦却镇静自若，大大方方地侃首都的形势，三司的最近情况，揪黄新庭的问题，西藏军区的错误……雷厦口若悬河，张口就来，讲话时还带着强烈的表情，使其演讲特别有感染力。

那些造反派听得挺过瘾，不少三四十岁、胡子拉碴的人都听入了神，一些年轻人还认真地做笔记，举手提问。从他们敬重的目光中看，都把我们当成了什么人物。我们在北京什么也不是，在这里却成了首都红卫兵的代表、重要的贵宾。

座谈会结束时，全体造反派站起来，为我们热烈鼓掌。这些朴实的人们哪里会想到他们请来的革命小将正处心积虑琢磨着怎么偷昌都公安局小屋里的藏刀。

第二天上午，我们开始行动，执行毛主席“要武嘛”的指示。

我俩计划白天干。晚上虽然人少，可风险也大，只要给人看见，马上就知道我们是贼，反而不如白天干安全。偷东西和打仗一样，必须出奇制胜。光天化日，警察不会戒备，即使发现也不以为我们是在偷东西。

雷厦进去拿，我在外面放哨。因我体型较宽，披着军大衣，几乎能把那个小窗户全部挡住。当雷厦从我身后钻进窗户，把窗户轻轻关好后，我就离开了窗户，靠在屋后墙上，一副悠然自得的样子，谁也看不出我正在放哨。干这事儿一点儿也不紧张，特别地沉迷、特别地享受。

库房窗户朝东靠南，我在那墙角等了很久，有时还站在房子南侧。如果警察看见，会认为我在看河，或是在背风处晒太阳。不久听见窗户响了，我赶紧站到窗户前，挡住对面办公室的视线。雷厦顺利地从窗户里钻出来，用床单裹着一抱，我利索地接住，高高兴兴地向招待所走去。

进了屋，关上门，迫不及待地打开床单，这一抱刀真是解馋啊，我口水都流了出来。雷厦很花了些工夫挑选，每把刀把上都有漂亮装饰，有的镶玛瑙，有的镶珍珠，有的镶红铜雕花……多是短刀，只有一把比匕首长，比大刀短，像斯巴达克思那样的短剑。

这些刀放在床上，长短不一，有宽有窄，有新有旧，让人眼花缭乱。每把刀都黑森森、阴沉沉，闪着寒光，威猛可畏，说不定都捅死过人。光西藏叛匪们用过的刀本身就够刺激的了。

好像穷头光蛋一下子成了百万富翁，我高兴得头昏脑涨，连自己姓什么都忘了。哈哈，这是我们大智大勇的体现。真棒！回到学校，可有真家伙向同学们吹吹牛了！美中不足的是长的刀太少。

我问雷厦：“怎么不拿点儿长的？”

“你不是有一把了吗？”

“但这把太长了，要比这把再短一点儿就好了。”

贺龙两把菜刀闹革命，我们有这一大堆刀剑，也一定能干出番惊天动地的事业！或许将来的电影上会演一个我们用大片刀杀苏修鬼子的故事。真幸福呀，晚上我和雷厦在地委食堂，狠狠地吃了一顿，专拣贵菜买。

嘿嘿，美得飘飘欲仙。我们不是窝囊废——说搞藏刀就搞了一大抱！

次日，本来准备坐车走，不料事先联系好的汽车因故往后推了一天，这样又得在这儿多待一天。怎么熬呢？小小的昌都，除了一条大街外根本没地方可去，电影院封了，图书馆封了，书店里只有毛主席著作，连西藏地图都买不到。若这地方有一个体育场，我们去练练块儿，摔几跤，也能把这一天打发了，可昌都连体育场的影儿也没有。

无所事事，我就琢磨起怎么分这些刀。陕狗子、谢保国、小日本、孙涛等都向我要过，自己还要留几把，这十几把哪里够分的！怎么办呢？犯起愁来。

“雷厦，再偷一次如何？”

“算了，别太贪心了。”

“你是不是害怕了？”

“孙子害怕。这么多刀，我就要一把，剩下的都给你。”

“那我也嫌少，好多同学都要。而且我喜欢长的，想再搞几把长的。”

“咱们见好就收吧，别太贪了。”

“不，再拿几把不长不短的。这次我进去拿。”

雷厦经不住我的恳求，同意了。反正偷完，明天就开溜，没人知道。

那个晴朗的中午，我们又第二次来到这小屋，外面依旧没人。雷厦说他已经进去了一趟，比较了解各类刀的位置，还是他进去。我只好在外面放哨，一秒一秒地熬着，过了好半天也不见雷厦出来。

怎么这么慢？我感到这次比上次花的时间长多了，非常担心出事儿。这个雷厦，怎么就不知道快点儿？哪有偷东西这么慢腾腾的？

最后，窗户处终于传来了窸窸窣窣的响声。我赶紧来到窗口，用身体挡住窗户。雷厦把一抱用床单裹着的刀递给我，死沉死沉的，顶上次的两倍。就在他从窗户里跳到地上时，从对面屋里传来一声严厉的吆喝：“干什么的？”

我回头一看，见两个警察直向我们冲来。我俩本能地往河滩就跑，但马上明白一点儿没戏，前面是湍急的河水，深不可测，只好束手就擒。

我和雷厦马上被分隔在两间屋里审问。

审我的是一个藏族警察，约有三十六七岁，圆脸上满是疙瘩，皮肤黑黑的，嘴里有颗大金牙，一脸横肉。他没戴帽子，留着大背头，发式虽挺时髦，但一举一动都透着土气。他用藏语对另两名警察叽里哇啦说了一通。

抓住我们，几个警察显得很兴奋。我想起了自己小学时，用脸盆扣住一个麻雀时，那欣喜若狂的样子。

大背头警察审问我时，态度倒满客气。他说的汉语能听懂，虽然带着浓厚的老外味儿。从小到大，这是第一次被警察逮住，心里非常害怕。我老老实实地承认自己是北京四十七中的学生。

“什么出身？”

“革干。”

“偷刀干什么？”

“喜欢。”

“你们怎么知道这屋里放着刀？”

“一个同学原来到过西藏，从这儿借过刀。他告诉我们的。”

“你们一共偷了几次？”

“两次。”

“头一次偷了多少把？”

“十几把。”

“第二次呢？”

“不知道。”

一会儿，进来两名藏族警察，他们又叽里哇啦地说着藏语，之后这两个警察匆匆出去，执行大背头的指示去了。

不久又进来一个年轻警察，把大背头叫出门，肯定是去对付雷厦。只剩下一个警察监视着我。

片刻，这大背头返回，又继续审问：“你们到底拿了几次？”

“两次。”我明白，雷厦肯定只说了一次。

可我已说了两次，不好再改口。雷厦睁着眼睛说瞎话，怎能骗得了这些人呢？他们就是吃这碗饭的，一定会到我们住处搜，一搜就全露馅儿了。

大背头严肃地问：“你们为什么要偷刀？”

“喜欢。同学们一听说我来西藏，都让我给捎把藏刀。”

他还是不相信：“你喜欢，也不能偷这么多呀？一共有三十多把。坦白吧，到底要干吗？”

“就是带回去，给同学们留个纪念。”

“你要老实交代，不老实，就别想走。”

“毛主席说：中华儿女多奇志，不爱红装爱武装。我喜欢，就想多弄点儿。”

他的眼珠子转了转，说："偷武器犯法，你懂吗？"

我懒得跟他辩，不说话了。

"告诉你，我们有专用的长途，能马上给北京打电话核实你的情况。坦白从宽，抗拒从严！你要老老实实交代你的动机。"

我的动机？偷这些刀是按照《意志的培养》一书中所说，思想情感必须付诸与其相适应的行动才有意义，喜欢刀就得有喜欢刀的行动。但不想跟对方说这些，他怎能理解看过《从小培养勇敢精神》、《保尔·柯察金》等苏联电影的中学生的憧憬呢？这警察梳着大背头，让我觉得他自己就不无产阶级，穷臭美。

我沉默着，不想向他披露自己心中的神圣理想。

"哼，老实交代，我们的长途电话，一打过去，什么都能了解清楚。"

他极力想让我明白，地处西藏高原的昌都不是与世隔绝的，他们也有现代化通信工具，说瞎话骗他不灵。

"老实讲，为什么偷这么多？"

"就是喜欢，做点儿战备，将来跟苏修打仗时，不至于赤手空拳。"

大背头迷惑不解地望着我，半信半疑。内地学生对藏刀好奇，搞一两把留个纪念，可以理解，但我们连着偷两次，每次都偷那么多，似乎不像是当纪念品。何况当地造反派又请我们讲过话，使他怀疑我们此举是受人指使，为搞武斗作准备。但问来问去，就那么点儿事，就那么点儿想法……他费尽口舌，也找不出我们要搞武斗的证据——我们到昌都总共才两天时间。

最后就让我写检查，上纲上线地认识。唉，要不偷这倒霉的第二次，哪来这些麻烦！为快快了事，我只好违心地写检查，承认了自己偷刀的错误。

当大背头走出屋，估计又去审雷厦时，进来另一个年轻警察，趁看我的警察不注意，偷偷扔给我一小纸团。我暗暗打开，上面用铅笔字写着："你就说是为了防止对方武斗，文攻武卫用。"

一股热流暖遍全身，肯定是地区造反派听说我们出事的消息，派他来帮助我们的。但我不习惯编瞎话，那太费脑子，太累，我也不愿卷进当地文化大革命的两派斗争，就没改口。

这个黝黑的年轻警察默默地在屋里徘徊，不时过来看看我写的检查，但我还是没按他说的写，最后他就无声地离去（多年后的现在，再思考这个警察所为，他也许不是想帮我，而是大背头他们想嫁祸于对立派，派这个年轻警察给我纸条，唆使我说假话）。

检查写好后，大背头警察又回来审读，一个字一个字地研究，并让我按了红手印儿。最后宣布："谅你们是年轻学生，对你们宽大处理。我们根据上级指示，限你们在二十四小时内离开昌都地区。"

我连连点头，表示接受。

我和雷厦终于离开了公安局的小院子，拖着沉重的步伐，向招待所走去。

"你怎么说的？"我急忙问。

"跟他们穷搅，把那警察气得拍桌子跟我吼。我就说拿了一次。"

"哎呀，他问拿了几次，我说拿了两次。因为我怕他们到招待所搜。"

"其实，也有可能混过去，当地造反派都知道咱们的事了，正准备跟他们闹呢。他们已给学校打了电话，知道咱们是北京的，不敢怎么样咱们。"

心里暗暗惭愧，雷厦就是勇敢，不论面对黑压压的听众，还是面对那满脸横肉的警察，都比自己胆儿大。他并不是什么高干子弟，有靠，母亲只不过是一个工厂的会计，他能有这么大的勇气实在难得。

返回招待所，进了我们房间。果不其然，公安局的人到这儿搜查过了，把我们上一次偷的刀全部拿走。不止是这，我的手榴弹及强巴次仁的那把大藏刀也给没收，连我在拉萨商店里合法买的手枪枪套也都抄走！

哎呀，早知道是这样，我何必偷人家强巴次仁的刀呢？从二所跑到拉萨中学，跑得气喘吁吁，再满头大汗地跑回来，全白费了力气。离开拉萨后，我走哪儿都双手抱着这裹着白床单的藏刀，如同李天王托着铁塔，须臾不离身边，陪我走了两千多里地，最后却是这个结局，鸡飞蛋打一场空！

辛辛苦苦偷的刀，等于白送给昌都公安局了！强巴次仁啊，这位纯朴的藏族中学生、农奴的儿子，在拉萨市帮了我们多少忙……他可能到现在也没想到他的大藏刀是我偷的，却已成了昌都公安局的战利品。

雷厦无限感叹道："我说什么来着？你太贪心了，要不多好！"

我承认，第二次偷的大方向完全错了。贪婪是失败之母。我们相互对望，长叹了一口气，沉默无语。

地区造反派又来了两人到我们宿舍表示慰问，说我们干的事轰动了全昌都。但我们好像被戳穿了真面貌的小偷儿，很不好意思，推说身体不适，早早休息。

晚上，我心疼得睡不着觉。

人当然不能一点儿贪心没有，没有贪心就没有追求。不贪心，怎么会有手榴弹、藏刀……一个人什么欲望也没有，不就成了木头？但也不能贪心过分，我就太过分了。

偷公安局的武器，本来就十分冒险，我们侥幸成功一次，应该珍惜，应该见好就收。可我脑子一热又第二次去偷，完全违背了毛主席不打无准备无把握之仗的教导。

为什么要偷第二次？已经有了那么多刀，为什么还嫌不够？单强巴次仁的那一把大藏刀就足以傲视全四十七中的了，再加上雷厦偷的那一抱，全北京市通镇！为什么还不知足？

我承认自己骨子里有炫耀的思想，想回学校让同学们看看，臭显臭显。又特财迷，所偷的那些刀见一把喜欢一把，哪把也舍不得送同学，搞这么多还嫌少，就只好再偷一次。

竹篮打水一场空！那颗从北京带来的手榴弹，千里迢迢保护我了一路，也让昌都公安局坐享其成，白白得到了。唉！早知道这结局，把手榴弹在学校东操场给扔了多好！我这辈子还没扔过真的。窝囊啊！辗转数千里，一直小心翼翼保存，舍不得扔，最后却倒贴给了昌都公安局。

过去不知道什么是贪婪，这回算是知道了。有了还想有，搞了还想再搞，永不知足。本来已偷了十多把，在全四十七中、全北京市，甚至全中国可能都数一数二了，还不满足，还要再偷！似乎多搞一把，回学校就多一分牛气。

除了一身旧军棉袄和军大衣，这趟西藏之行等于一无所获，连枪套也没给留下。那皮枪套花了我五块钱，有发票，但我也懒得再去昌都公安局要了，肯定没戏。

我真是恨自己贪婪，恨得想抽自己几个耳刮子。人一贪就变得智商低下，蠢得像猪！让梦寐以求的东西到手后又付之东流。唉，要是见好就收，不贪婪多好！此刻满载而归，像英雄般凯旋。

昌都的教训终生难忘。

翻雀儿山，那海拔五千多米峰顶上的一座座烈士墓让人感到了川藏公路的分量。据说修川藏公路死的战士，一具具尸体连在一起，可以连三千里。

山顶空气稀薄，没有一点儿生命的痕迹，可以想象当年修这条公路是何等艰苦卓绝，无数筑路战士生前死后就像路边的石块儿一样永远默默无闻。他们躺在道旁，日晒雨淋。那一座座烈士墓非常简陋，就立着一块水泥碑，质地粗糙，上面漆的红五星早已退色，字迹也被岁月腐蚀得模糊不清。走川藏公路，记不清遇见了多少这样的烈士墓。欣慰的是，来往旅客们都可以远远地看见他们。

到甘孜。过一个很大的河滩，荒若戈壁滩，两边都是绵延秃山，车后滚着一缕长长的土尘，得有上百米。举目望去，四野荒无人烟，煞是贫瘠。相信当年红军长征路过此地时，也就是这个样子。

当地的藏民与拉萨迥然不同，男子都梳着密密麻麻的细辫子，耳朵上戴着大铜耳环，身体强壮魁梧，皮肤古铜色，腰上别着超过一尺的短刀。这边的政策对刀的限制比较宽松。

过泸定的大渡河，那滚滚滔滔的江水，似千万匹野马奔腾。尽管每个铁链都有手腕粗，生命安全绝对保证，可踩着铁索桥踏板时，整个桥体都在颤动，抖得你心惊肉跳，担心铁链会被颤断了。桥距河面有四五十米高，望着下面那翻腾着白白浪花的河水，一泻千里，再加上桥体的晃动，绝对令你头晕目眩。我天生就怵登高，上了桥后，发现桥随着人走而抖动，腿肚子就发软。雷厦比我强，他能挺直腰板走过去，我却弯着腰，抓着铁链，哆哆嗦嗦，恨不得爬着走，被雷厦好好地嘲笑了一番。

大渡河的铁索桥给我留下了难忘印象，它剽悍，粗野，坚实，简陋。

又渡过了金沙江大桥，桥两头都有解放军哨兵站岗。时值深秋，金沙江畔已看不见什么鲜花和骏马，山峰高耸，江水浩荡，除了一座孤零零的战士营房，不见人烟。

最后翻越云雾弥漫的二郎山，一首著名的歌使得这座山名扬天下。那曲折的盘山公路真像羊肠子一样弯弯曲曲。二郎山山体庞大，绝对高度比不上唐古拉山，但从山脚到山顶的相对高度却远高过唐古拉山，汽车翻山得花半天时间。山下是亚热带的茂密植物，山顶却是终年不化的积雪，到处都是云雾，到处都是奇花异草，当年修路时，写在路旁石头上的标语还依稀可辨。公路两侧时不时出现筑路战士的坟墓，残残破破，好似当地的凄苦农民站在青草之中。

我们被告知：修川藏公路代价昂贵，花的钱之多，用一块钱的票子能把三千里长的川藏公路全部铺满。

再见了，美丽雄奇的川藏公路！

到成都后，我们直奔火车站。昌都行动的惨败，不但一把藏刀没搞到，还倒贴了一颗手榴弹与强巴的那把刀！使我们情绪低落，一天也不想在外地多待了。这是上帝对贪婪的惩罚。

但这趟西藏行并不是一无所获，除了那做袈裟的人骨头片外，我还得到了一个雷厦这样的朋友。在成都火车站等车的时候，我突然又想考验考验雷厦。

“你敢不敢让我抽你一个耳光？”

“孙子不敢。”

“骨头越打越硬。”

雷厦抬头，正视着我，一脸的毫不在乎。“打吧！”

我扭足了腰，抡圆了臂，狠狠抽了他一个嘴巴，那声音像小鞭炮一样清脆，他洁白红润的脸上，登时显出了五道深红的手印儿。

足矣！伴随着川藏线上颠簸跋涉，我们的交情也在艰苦中蓬勃地生长。

一二·七流血事件

一九六七年十一月下旬，我们回到北京，暂时住在姑姑家。跟傅勇生联系后，得知十一月二十日，全校有一大批同学都要去黑龙江生产建设兵团。刘和平、王球等“毛泽东思想公社”的众多骨干也走。

自从越南回来后，我跟刘和平再没有来往。在成都见到她父亲为彭德怀挨整，曾让我一度谅解了她。但回学校后时间一长，去越南路上被她造反、分化、折腾、嘲笑、挑拨的情景依旧令我气愤，耿耿于怀，平时见了面都佯装没有看见。但现在她们要走了，也许永远见不着了，特别是她的跟屁虫王球，人非常好，还有全校去黑龙江兵团的人很多很多，我决定去送送他们。

虽然这时候，报纸广播已经宣传上山下乡，但大部分同学都持观望态度，总幻想将来可能还有更好的出路。刘和平等人敢率先早早去东北，很需要一点儿勇气。

北京市中学生首批大规模奔赴边疆，就是从去黑龙江兵团开始的。

我和雷厦来到了北京火车站。王佑也来了，他近一段和公社头头儿何继志来往较多。因为何继志在学校不断挨打，他常帮何继志跑腿儿，奔走呼号。

陆微也来了。她能活到现在真不容易。闻名全国的聂元梓大字报就是炮轰她老爹，一夜间成了比地主资本家出身还臭的人，“黑五类”中的最底层，无人敢沾。好像黑帮也有等级，像罗瑞卿、杨成武、余立金、傅崇碧这些军人还比陆平高贵一点儿，因他们都立过赫赫战功，而在大学工作的文人黑帮，就格外地臭。其实外人不了解，陆平也曾在部队工作过，曾任察哈尔军区政治部主任、六十三军政治部主任。

刘和平与王球身边围着很多同学，热烈而激动。她们笑着与大家一一握手道别。此时此刻，刘和平好像换了一个人，去越南路上的那个好勇斗狠的铁姑娘变得十分温柔文静，目光友善，说话得体，面颊上焕发着红光。但我们的疙瘩犹在，两人的视线都故意不看对方，以免尴尬。

“毛泽东思想公社”的大旗在一次次武斗硝烟中，傲然屹立。这是一个出身不纯，频频挨打的庞大组织，软弱不堪，窝囊透顶，数十名战友被屡打屡砸，还为它死了一口子。然而不断挨打中所凝成的情谊，此时方显深重。啊，没想到经过文化大革命战火硝烟锻炼，猛打猛杀的红卫兵还会这样温情！一本本相册、日记本、一包包糖块儿、水果……塞进了要走同学的口袋、书包。到处是红肿的眼睛，到处是谆谆的喃呢，就是平时关系不好、见面不说话的人，现在也都投来友好的目光。

难忘呀，三年文化大革命的动荡岁月。在那紧张火热的日日夜夜，朝夕相处，结下生死之谊的战友，如今就要天各一方，怎会不难舍难分？

“保持联系啊！”

“嗯，保持联系，忘不了你丫挺的。”

“别轻易相信人，社会特复杂。”

“哎呀，要是打仗就好了。咱们反修战场上见！”

“相信这辈子能赶上。”

“进入社会后，说话可要注意，少吹。”

……

千千万万人的说话声，使得月台上乱哄哄的。

那些成双成对的年轻男女，在众目睽睽之下，连手都不敢碰一下，竭力装得坦然；母亲泪水涟涟，紧挽着女儿的手，重复着说了不知多少遍的唠叨话。

突然，车站铃声响了。与此同时，月台上的扩音器响起了嘹亮的毛主席语录歌：

> 世界是你们的，也是我们的，但是归根结底是你们的，你们青年人朝气蓬勃，正在兴旺时期，好像早晨八九钟的太阳。希望寄托在你们身上……

歌声是那么吭昂激壮，一缕一缕承担历史重任的神圣音流，把年轻人身上的血鼓动得滚烫滚烫。内燃机车低沉地长叫了一声，车轮转动了。

送行的人争先恐后地拥向窗口。随着车速的渐渐加快，从女生堆里传出了呜咽声。有一个小伙子跟着移动的车窗奔跑，大声呼唤着。有位老母亲，被人撞倒了，把苹果撒了一地，也顾不上捡，赶忙爬起来，使劲儿地向车窗招着手。

呀，走与工农相结合的革命大路也消除不了离别北京的悲痛；毛主席语录的歌声鼓动也止不住一串串清泪的下落。整个北京站人山人海，响着阵阵呼叫，阵阵哭声，阵阵叹息。

从打开的车窗闪过了一张张年轻的脸。这时，我又看见了刘和平、王球。她们都激动得满脸涨红，拼命探出窗户，拼命向同学们招手。这时，也就在这瞬间，好像突然爆炸了一颗手榴弹，把过去的怨恨、不快、敌意全崩没了，一股热流融化了我对刘和平深深的成见，我用力地向她伸出大拇指，心里默默念叨："你们是好样的！"

刘和平一下子就看见了我向她伸着大拇指，四目相遇，热泪在她脸上滚动着，也拼命地向我挥手。虽然她在去越南的路上，跟我对着干，折腾死了我，但现在，在火车即将消失之前，我对她的怨恨突然一下子就烟消云散，代之以尊敬——她所去的八五二农场和苏修只一河之隔！将来打仗，说不定她就会死在那儿。不，她不是逃兵，不是胆小鬼！今天，她毅然去东北反修前线，证明了她灵魂深处对战场的向往，她一点儿也没背弃了铁血团的精神，她和我是同一条战壕里的战友，她是我们"毛泽东思想公社"的榜样！

刘和平的可敬之处还因为她是公社头头，从没想在学校赖着，熬到运动后期给自己捞个什么官儿当。当时，多数同学都持观望态度，不敢匆忙决定。而她在一九六七年冬就早早地离开了学校，奔赴东北反修战场。

……

因为"主义兵"一再扬言雷厦是八·二一武斗的打砸抢分子，要收拾他。三个月后的现在，他首次回学校，不能掉以轻心。

我们又在姑姑家住了几天，计划吃了晚饭后再去学校。这样到达学校时，正是晚上九点来钟，黑灯瞎火的，不易被发现。姑姑热情地做饭，为我们端茶送水。

冬天的黑夜，寒风刺骨。我和雷厦乘四十六路汽车抵达北安河，然后悄悄走进学校大门，在夜幕掩护下无声无息地来到雷厦宿舍。

傅勇生、狗牙、小臭等雷厦同班同学见了我俩都很高兴。

"你们进学校时，有人看见吗？"傅勇生关切地问。

"没有。一个人影儿也没见。"

"别麻痹，他们口口声声说要抓住雷厦算账。"

雷厦望着傅勇生说："没关系，军训团既然让全校同学返校复课闹革命，就要保证全校同学的安全。"

傅勇生沉思片刻，说："这样吧，等明天上午咱们就去找军训团政委，说明事实真相，请军训团保障你的人身安全，并要求军训团给你辟谣。”

雷厦默默地听着，点点头。

“你们偷刀的事怎么给发现了？”傅勇生迫不及待地问。

我悔恨道：“第二次要不被发现，就搞了三十来把，你们每人都可以分一把。唉，太贪心了，又偷第二次，结果被发现，全部没收了。”

一提起昌都功败垂成的遭遇我就心疼，好像财迷鬼丢了钱。要是从没吃过肉，不吃倒也罢了，可已经吃进嘴里的肉，再被人活活掏出来，就痛苦之极。

在场的人也都露出惋惜的表情，谁都对藏刀垂涎三尺。

“好吧，时候不早了，上床睡吧……”傅勇生的话还没说完，宿舍门就“当”地被踢开，哗啦啦拥进了一大帮人，全是“红红红”和“主义兵”的，个个横眉怒目，有的还拿着棒子，一下子把宿舍挤得满满的。为首是大疙瘩和艾大仁。

大疙瘩恶狠狠地说：“雷厦，你滚回来了！”

雷厦没有说话，与他冷冷地对视。

我瞪着大疙瘩，阴沉沉地问：“你穷狂什么？”

“你穷狂什么？”

都是高三的，我俩相互对照，鼻尖几乎碰着鼻尖。

当年曾约他摔跤，他不敢摔。我并不怵他，别看他大腿比我的粗。

艾大仁当胸给了雷厦一拳，嚷道：“操你妈的！别装孙子！”还没等雷厦说话，又嗖地抽了一耳光，“臭贼！”

大疙瘩也不再理我，转向雷厦说：“你说，八·二一武斗你都打砸抢什么了？”

“我一点儿打砸抢的事儿也没有。”雷厦态度平静，虽然被对方的人团团围住，这一拳那一脚地挨着。

“不许打人，不许打人！”傅勇生和我站在雷厦身旁大喊。

“就打鸡巴狗崽子！”

傅勇生急了，喊道：“到军训团办公室去。”拼命用自己的身体护着雷厦。

“对，到军训团去！”我也使劲儿嚷道。寡不敌众，危急时刻，军训团办公室成了我们的救星。当着军训团领导的面，对方不敢明目张胆地把雷厦打死。

“对，有问题到军训团解决！”宿舍里其他人附和道。

“行啊，去就去。”大疙瘩冷笑一声，“走！”

“走！”

这些人不容分说，揪住雷厦推推搡搡地走出了宿舍。

奇怪，我们刚到学校还没半个小时，对方怎么就知道了，莫非有人看见我们，给告了密？

从宿舍到军训团的办公室，要经过一个足球场。黑暗中，有人趁机噼哩啪啦地抽雷厦，也看不见是谁打的。他身边挤着很多人，远处的人够不着，就跳起来用棍子打，雷厦个子高，目标显著，一打一个准儿。傅勇生死死地守在雷厦身边，防备有人下毒手。

我尾随在雷厦身后，无意中碰见了刘建军，他可能是我们高三二班唯一在场的人。过去一直怀疑是他偷了我的狗，吊在食堂门前羞辱。今天他又在这儿瞎凑份子，旧恨新仇涌上脑海，我一把抓住他的衣领，吼道："你来干什么？"随手给了他胸口一下。

黑灯瞎火的，他愣住了，认清是我，又紧张地缩着肩膀，反问道："你干什么？"但没敢还手。黑暗中谁也看不见谁，没人帮他。

我又用力捅了他一拳，他还是没还手，只是大声嚷："你为什么打人？为什么打人？"有人一挤，就把我们给挤开了。刘建军白挨了一拳，溜到不知何处。

四周乱糟糟、黑糊糊的。我继续跟在雷厦后侧一米左右的地方。

这时不知是谁从黑暗中扔来一块石头，接着对方有人惨叫："打着我了！看着点儿！"

"揍小丫挺的，谁叫他打砸抢！"

"自己动手，严惩打砸抢分子！"

"打坏人活该！这小子该打！"

……

到了军训团办公室，屋里灯火通明。雷厦已被打得鼻青脸肿，一缕鲜血挂在脸上，但凛然屹立，面无惧色。办公室里里外外全挤满了对方的人。我们派的人几乎没有，雷厦相当危险。我见从门口进不去，就拼力用拳头砸东边的一扇窗户，把玻璃窗整个儿砸碎，扎破了拳头，钻将进去。守窗户的正是徐学军，一块儿去过越南，默默地让我进去，没好意思拦阻。

屋里的人挤得水泄不通，我只能站在离雷厦有三米远的地方。

大疙瘩瞪着大眼珠，手里攥着一根垒球棒子，气势汹汹地问："坦白交代，你都偷了什么东西？"在这帮人里，他最恶，是挑头的。

"什么也没偷！"

"放你妈狗屁！"有人突然给了雷厦脑袋一炉钩子。

雷厦的脑袋开始流血，可仍高昂着头，严厉地瞪着这群人。

“操你妈！狗崽子！”又一炉钩子。

“不许打人！”我用尽平生之力大吼道。

“要文斗，不要武斗！”从院子里传来一位女生呼喊。

“滚一边儿去！”

“要文斗，不要武斗！”这女生又喊了一嗓子。

“你他妈想挨驴是不是？”

有人手里没家伙，脱下塑料鞋，用鞋底儿抽雷厦面颊，打得老响。

傅勇生死死地用身体护着雷厦，替他挨了不少打。

我又拼力大吼道：“不许打人！”挥着拳头，只恨爹妈没给我一副张飞的嗓子，喝退对手。拳头砸窗户流了血，竟然一点儿也不觉得疼。

军训团政委高声命令道：“不许武斗！”但无人理睬。政委气愤地叫道：“你们不听我的话，就不要找我！”

“政委，他往城里运了好几个大皮箱，有人亲眼看见的！”

“我雷厦要拿了你一件军装、一双皮鞋，就是婊子养的、王八蛋操的！”

“你不老实，今天就花了你！”

“没偷就是没偷！”雷厦越挨打嗓门越大。

“好小子，还穷狂！你不要命了？”

一阵拳头暴风雨般砸在雷厦头上，把雷厦打没了声儿。

“不许打，谁打坏了谁负责！”政委吼道。

“政委，我家是外地的，所有的衣服行李都偷没了！”

“给狗日的扭送海淀分局！对打砸抢分子不能客气！”

艾大仁对政委激动地喊：“政委，八·二一武斗后，我们宿舍十四个人，丢了八个皮箱、十四床被子褥子……被偷了个精光，晚上连睡觉都没法睡。”

“同学们冷静一下，我们会严肃处理的。但我们要按政策办事，不能动手打人。”

雷厦又昂起了头，狠狠地盯着艾大仁，咬着嘴唇，嘴唇处流着血。

艾大仁又向政委揭发说：“有人亲眼看见八·二一武斗后的第二天，雷厦提着两大皮箱进城了。”

雷厦大声说：“操他妈拿大皮箱了！孙子拿大皮箱了！”

“别废话，抽小丫挺的！看他穷狂。”

不知从何处，飞来一棍子，闷在雷厦肩膀上。又有人抽了他后脑勺一下。

“说，你抄走了几双回力鞋？”

“我早就说过了，我一分钱、一颗扣子都没拿你们的！不信可以搜去。”雷厦愤怒地大吼。在众目睽睽之下，他满脸是血，凛然不惧，一点儿也没服软。

“打这狗崽子！别跟他啰唆。”一阵拳头雨点儿般砸在雷厦头上。

屋里就像高峰时的公共汽车，每人被挤得无法动弹。我被拥到屋角，只能一声声吼：“不许打人！”但在怒骂的声浪中，根本没人听得到。我如同陷在泥沼里，一寸也前进不得。只有傅勇生离雷厦最近，用自己的脊背保护着雷厦，当着他的人肉盾牌。

“要文斗，不要武斗！”外面又传来那个女生的声音。在男生的一片谩骂中，她的嗓音相当突出。我敬畏地望着这女生，认出了是岳真真，我们公社派的。她个子瘦小，貌不起眼，站在院门口附近的一个台阶上。马上有人围着她吼道：“雷厦打砸抢，偷了一箱子回力鞋，你知道不知道？”

“那也不应该武斗！”

“你算老几？臭女的，滚蛋！”

“毛主席说要文斗，不要武斗！”

“你穷叫什么？对狗崽子不能客气！打就打了，打死就打死了，怎么样？你可怜呀？滚一边儿去！”

面对杀气腾腾的“主义兵”，岳真真就是不滚，继续时不时地高呼：“要文斗，不要武斗！

那天晚上，院子里都是“红红红”和“主义兵”的人。公社派在场的人寥寥无几。冬夜已上床睡觉是一个原因，更重要的原因是我们这派出身不好的多，都比较胆小怕事儿。岳真真一个小女生敢挺身而出，很不简单。

吵闹殴打一直持续到深夜一点。军训团的十几个军人根本镇不住。军训团政委用嘶哑的声音说：“同学们，请你们相信我们军训团是能够处理这件事的。时候不早了，先回去休息，好不好？”

“不，马上表态！”

雷厦已被打得全身是血，还那么高傲，扬着头，一副轻蔑的样子。这更令对立派火冒三丈，一拨一拨的拳打脚踢落在他身上。他倒了又站起来，倒了又站起来……头肿了好几个大包还昂着，死不低头。

军训团政委控制不了局面，急得要命，当即给海淀分局打电话，最后宣布：“同学们，公安局答应来人将雷厦拘留审查。请都回去睡觉吧！”

在场的人大吼道：“不把雷厦抓起来，我们不走！”

“雷厦，你他妈不赔我回力鞋没完！你等着！”

人群中，时不时有人从后面伸过胳膊，抽打雷厦，却常常打着自己人，引起一阵埋怨。

大约一刻钟后，一辆吉普车停在了校门口，两个警察来到军训团办公室，把雷厦铐上带走。在场的“红红红”和“主义兵”一片欢呼：“毛主席万岁！”“严惩打砸抢分子！”

傅勇生等人被气得咬牙切齿。我心头像压了一座山一样沉重。军训团怎么这么浑蛋，毫无证据，只凭对立派道听途说，就把雷厦抓了起来。

雷厦曾私下对我说过，军训团政委很不喜欢他，嫌他出身不好。

正发愁时，有人告诉我们：雷厦只是被抓到北安河派出所，并不是海淀分局。我与傅勇生赶紧跑向北安河，跑得气喘吁吁的，到了派出所时，雷厦已经被释放了。

他微笑着说：“原来军训团政委要求海淀分局派人把我带走，保护性拘留。但海淀分局却说很忙，人手不够。军训团政委只好又给学校附近的北安河派出所打电话，说再不来，就要出人命了，民警才同意派人来。警察一给我带到派出所就把我的铐子摘了，告诉了我其中的原委，让我走人。”

北安河警察都很反感四十七中这帮以军队干部子弟为主的红卫兵。他们仗着老子官儿大，谁也不放在眼里，常常到北安河偷鸡摸狗……把老乡们偷得叫苦不迭。警察们也早就对他们憋着一肚子火。

派出所民警还请公社医生给雷厦包扎了伤口，并一再解释，给雷厦上铐只是一个保护性策略，为了他的人身安全，并不是真的，也不记档案。

想起来后怕。对方确实是往死里打雷厦。自从八·二一打死丁世德以后，他们屁事儿没有，一个没抓，就更加有恃无恐，反正是众人一块儿打，法不治众。

我们出了派出所大院，讨论着今晚的去处。

“学校肯定不能回了。他们正欢呼胜利呢。”傅勇生说。

“那我们现在去哪儿？”

“你们最好在城里找个地方，躲一些日子。”

“我姑姑家不能久住，她特穷，只能临时住一下。最好能找个学校，没人管，可以长期住，又能锻炼身体。”

“对，我想起来了。吴山顶的姐姐在师范学院上学，吴山顶老说，我们有什么事儿，可找他帮忙。现在正好可以找他了。你们明天就给他打电话。”

吴山顶是雷厦的同班同学，好朋友。因为出身好，运动初期，跟班上几个干部子弟关系不错，对班里出身不好的有些冷淡，包括雷厦。但一年以后，他良心发现，又特想回到自己原来的圈子，开始主动跟班里出身不好同学来往，尤其是很想和雷厦恢复过去的交情。

这时可能已经凌晨两点。四十六路公共汽车的末班车早已过了，我们到哪儿待完这一夜呢？我想起了刘金生。对，找刘金生去，他家就在从学校到颐和园的路上。

热心的傅勇生借了两辆自行车，吭哧吭哧地蹬着，连夜护送我们到太舟坞刘金生家。真是什么样的人就有什么样的朋友，傅勇生的义气，对朋友的两肋插刀让人好感动。若没有他，雷厦的侧翼完全暴露，肯定得多挨不少打。

漆黑的路上，脑子里又闪出了那一抱藏刀。如果有一把在身，现在他们追上来，多有威慑力！唉，手无寸铁惨啊，惨啊，得连夜逃窜。

刘金生已睡觉，见是我们来了，傻笑着，听说情况后，非让自己老婆起来为我们做面条。没想到只几个月没见，他已娶了老婆，而且是他姨妈的女儿。我们使劲儿劝他不要麻烦，告诉他我们只是累，想赶紧睡一觉，好好休息一下。

坐下后，这才感到精疲力竭。武斗绝对累人。当你被对方包围，挤得动弹不得，拳头如倾盆大雨而下时，胳膊要左右抵挡，精力得高度集中，还要站五六个钟头，还要连吼带叫，嚷个口干舌燥，那能量的消耗，远非拔一天麦子、抡一天镐所能比。

一抹儿柴草味儿在屋中缭绕，温馨又质朴。我们躺在土炕上，没脱衣服就睡死过去。

第二天清晨，我们告别金生，乘公共汽车进城到了姑姑家。雷厦在一个公共电话处，给吴山顶打了电话，扼要讲了昨晚发生的情况及我们现在的困难，吴山顶当即说："我姐姐那儿有很多空屋子，我现在就去找她。"

雷厦身上的衣服沾满血迹，把血衣泡在脸盆里，一脸盆水都是血红的。

说真的，雷厦实在冤枉，八·二一武斗他根本没拿对方一针一线，更别说回力鞋了，却背上了打砸抢的名声，而我正经偷了不少军用品，却没受到任何谴责。眼看着无辜的人替自己挨打，替自己背上坏名声，心里极不舒服。这真是不叫的狗才咬人，不被认为偷东西的人才是贼。

大疙瘩那凶恶的嘴脸令我愤恨。他有什么了不起的？论块儿数不上，论笔杆子数不上，论出身更数不上。文革前，我约他摔跤，小子根本不敢练。可自八·二一武斗之后，这小子挺身而出指挥反攻，转败为胜，成了对方的领袖。我们从西藏回来的当天晚上，他又率人抓住了雷厦，着着实实威风了一把，迫使雷厦无法在学校立足。

好小子，等着吧，早晚要算这笔账。

流亡师院

吴山顶放下电话，马上就去找姐姐。他姐姐的男朋友不费力气就帮我们在师范学院找了一间空房子，把我们安顿下来。这是一栋六层的楼房，我们住在四层。屋里空空荡荡，没有暖气，只有两张床。

晚上，吴山顶陪着我们去食堂吃饭。吃着吃着，雷厦叹了一口气说："嘿呀，八·二一武斗后，我就回过一次学校，连根毛儿也没碰他们的，打砸抢了他个屁！操，'红红红'那帮人打砸抢了多少东西，谁管了？不就仗着自己出身好吗？艾大仁手脚干净吗？操他大妈的！我要偷了他们一双鞋，我是臭逼养的！"他愤懑地骂着，脸上委屈地流了一行泪。

我这是头一次看到他流泪。

山顶轻轻安慰道："想开点，别难受，你拿没拿同学们心里都有数。"

"谁偷了'主义兵'东西，我操他个大妈！"雷厦咬牙切齿地吼道。

那天深夜，当"主义兵"围攻雷厦时，如果我向众人公开承认八·二一武斗后我偷过"主义兵"的东西，雷厦就不至于挨这么狠的打，可我没勇气承认，就连告诉雷厦的勇气也没有。

"红红红"和"主义兵"平日在学校横行霸道，自然招恨，偷他们也是一种变相的报复。

"奇怪，我们刚一回学校，主义兵就知道了，谁告的密？"

吴山顶眨巴眨巴眼睛说："慢慢查，一定能查出来的。"

雷厦叹道："岳真真够厉害的，比咱们公社好些男的都勇敢。"

吴山顶脸上露出自责的表情，很后悔自己那天不在学校。运动初期，他一下子不理雷厦，现在特忏悔，竭力想帮雷厦做点儿什么。

饭后，山顶恋恋不舍地走了。

多日辛劳，我和雷厦默默地躺在床上，各自闭目养神。

沉默许久，雷厦对我说："傅勇生真仗义，始终和我站在一起，不简单！"

"是不是嫌我没站在你跟前？"

"不、不，你别多心。"

“屋里人太挤。我就是挤到你身边，也动弹不得。万一有事，起不了啥作用。”

“你把窗户砸开，从窗户里钻进去，很有威慑。”

一二·七事件表现最勇敢、最令人佩服的是傅勇生，他自始至终与雷厦并肩站在一起，分担了不少打雷厦的拳头、木棍、塑料鞋底儿，身上也伤痕累累。

这件事表明雷厦是对立派的眼中钉、肉中刺，谁要跟他好，就不会有太平日子。但我不怵，心甘情愿跟雷厦一起过流亡日子。

一想起大疙瘩那狰狞、凶恶的目光，心里就压抑，不信自己就打不过他。一二·七事件他是胜利者，我们被迫连夜撒丫子逃离学校。这口气难咽，他大疙瘩别穷狂，有朝一日，我非得跟他决一雌雄。

自越南回来后，就没怎么正经锻炼，去西藏每天颠簸，身体状况更毫无改善。如果我练就武松那样一身神力，在傅勇生宿舍一口气放倒他一片，那晚上雷厦就可以安然撤离，不至于被打得那么惨。

为了镇大疙瘩，报一二·七的仇，我必须赶紧练块儿！而练块儿首先需要杠铃，这是最基本的。体育老师说杠铃等于乐器里的钢琴，是锻炼器械之王。而在北京师范学院，竟然找不到一副杠铃，我们只好自己想法解决。

出事那天晚上，王佑不在学校，事后听说我和雷厦不能回学校了，马上托人转告，他哥哥在北农大能帮我们解决住的地方。

狡兔三窟，万一师院不能住了，还得有其他地儿隐蔽。这天我和雷厦去北农大找到了王佑的哥哥，顺利地解决了后备住处。从他宿舍出来后，在一楼的楼道尽头，豁然发现了一副杠铃，杠铃杆笔直，圆盘是熟铁的，光亮亮，毫无锈迹。我立刻萌生了顺手牵羊的念头。

但要拿杠铃，必须得有一辆自行车，否则这家伙死沉死沉，携带不便。正好随身带着把钳子，这是文革后养成的习惯，专为溜门撬锁用，又可自卫防身。

冬天的夜晚，宿舍走廊里没人，放着许多自行车。我们巡视了一番，发现了一辆崭新的飞鸽牌自行车，真是太好了！

我憋住气，把自行车后轮提起来，轻轻向楼道门口推去。雷厦在楼道顶头替我把门打开，通过时一丝丝响儿也没出。

我接着又一鼓作气，把车提到附近一个小柏树林里。这里能掩护我们，不被偶然路过的行人发现。我喘着粗气，用钳子朝车锁上的把柄狠敲了两下，顺利地砸开。

我们又蹑手蹑脚奔向那座楼，进去把杠铃拿到户外小树林处，另外又拿了四个大圆铁盘，码在后车架上，把杠铃棍绑在大梁上，推车离去。新车推起来很轻，悄然无声。冬夜，校园里几乎看不见一个人影儿。经过北农大门口时，雷厦走在左边，用身体挡着我。虽有路灯，可杠铃棍和铁盘儿体积小，在夜晚毫不起眼儿，安全通过。

那天来了寒流，我们顶着凛冽刺骨的寒风，推着自行车，从北京农业大学一直步行到车公庄的北师院。路上，我们聊着怎么安排作息，怎么练块儿，怎么增加营养，一定从严从难，大运动量，来一个卧薪尝胆，有一个大提高。

我对块儿的渴望没有尽头儿，斯巴达克斯、塔曼果、赫里克里斯、胸肌四指头的死刑犯都是我所艳羡的。一二·七事件如果有武松在场，六百斤石墩一手能扔丈把高，对方谁敢犯狂?

我练力量主要是举杠铃、悠双杠、引体向上、左右单腿蹲起、俯卧撑，练耐力则是跑步。我因不爱洗澡，对爱流汗的锻炼没兴趣，不过冬天还能坚持跑跑。格斗技巧是每天练一遍擒敌拳，每天摔一个小时摔跤，争取入、揣、披等大绊儿能有百分之六十的成功率。

为保持腿部力量的优势，我特别重视练单腿蹲起，一腿能蹲十五个，重心极稳，脑袋上顶一满碗水，不带洒一滴。这锻炼对摔跤特有用，因为摔跤常常一腿支地、一腿使动作。

我们每天上午看书看报，下午练块儿，带着敌情练，格外有效。对手大疙瘩就在学校，这家伙大腿比我粗好几厘米，百米比我快两秒多，压力就是动力。我蹲杠铃蹲得格外狠，非要蹲到极点，想象中大疙瘩都受不了为止。

悠双杠悠出了我的胸大肌，是我全校出名的基础。继续每天都悠一次五十，既练了力量，又练平衡力。尤其是大悠，身体处于动态，最后几下，稍不注意就能把你悠下去。

雷厦练块儿热情不如我，可真心诚意地帮助我，每天自愿让我摔他几个滚儿。我俩还一栋一栋地练擒敌拳，每栋都相互重复数次。练成了条件反射，使起来根本不用脑子想。

一个月后体力见长。我每周都用卷尺量一次大小臂及大小腿的周长，并记在本子上。可大胳膊总是三十一厘米，小胳膊总是二十八厘米，呀，大胳膊粗半厘米真难啊！小胳膊更是不好练。我很羡慕北安河的小六，他那双小胳膊圆鼓鼓的，得有三十厘米，全校极少见。

练块儿傻练不行，非得有科学方法。有些农村青年整天练武，举石头担子，身体却依旧很瘦。雷厦从傅勇生那儿借了一本《怎样练哑铃》的小册子，里面有一章专讲营养，并附各种食物的营养成分。

我看完这本书后恍然大悟。过去一直对营养不重视，总以为身体强壮不是靠营养品吃出来的。但事实上食物跟身体密切相关。那蜂王与蜜蜂同种，为什么个儿头比蜜蜂大两三倍？就是吃得好！白种人身高体壮，也与饮食绝对有关系。我高中三年练得那么苦，胳膊总也不见粗，可能就是营养跟不上。当时总以为讲究吃是资产阶级享乐思想，上街多饿也不买零食吃，在学校老啃窝头。

在师院这一段时间，父母每月给我寄的钱，几乎都用来吃了。我们去师院食堂吃饭总买最贵的菜——不过也就是熬白菜里放点蒜肠。牛奶吃不起，就买代乳粉营养，一星期一袋……我很羡慕母亲能经常吃酸奶，而我只能偶尔吃一次。

这间屋暖气有问题，又不朝阳，阴冷阴冷的。被子单薄，雷厦偷的那件皮军大衣顶了大用。我常和雷厦睡在一张床上，互相紧紧挤着，抵御寒冷，就像我们在川藏线上的汽车里紧紧偎着一样。相濡以沫、形影不离。

躲在师院，吴山顶是唯一常来看我们的人。他常回学校探听消息，告诉我们一些对立派的动态。我们除了练块儿，啥娱乐没有，天天睡得很早，起得邪晚。

渐渐地，雷厦很想回学校，哪怕再挨打，也像一条汉子，光明正大地挨，不想总躲在师院囚囚着，终日不见阳光，连个喷嚏都打不了。他真的打喷嚏必须望着太阳。他把这意思告诉给吴山顶，山顶连连摇头："千万不能回。回去除了挨打，没别的结果，艾大仁憋着劲儿要花了你，军训团政委又向着他们，何苦呢？你要想挨打，咱哥儿几个打你一顿得了，干吗让艾大仁花？"

"我这么躲着，什么时候是头儿？"

"再躲一段看看，时间长了，会有变化。"

一九六七年春节前，母亲来信，希望我年三十与全家人共度除夕之夜。自我从越南回来一直住在学校，跟家里唯一的联系就是每月按时收到二十元生活费。看了母亲的信后，很是惭愧。我打砸抢了她，写大标语骂了她，与她划清了界限，她还能想着让我回家过年。母亲温暖的召唤，我无法拒绝。自从这年四月出走越南，已快一年没进过家门了。告诉雷厦后，他笑着说："好啊，你回去吧。我希望你跟你们家关系恢复正常。"

"你一人在这儿多闷，干脆和我一起到我家过年吧。"

"不行，年三十和初一都是自己家里人聚在一起，哪里有让外人来的？"

"没关系，你北京没家，又不能回学校，有特殊情况。"

“不。”雷厦坚决地摇摇头，“平常我可以去，但年三十不合适。你回吧，我一人在这儿挺好。真的，可以看书、听广播，学校食堂也会改善伙食……”

我看雷厦真是不愿意去，就不再劝他，自己乘车回了家。

这一年的风风雨雨，去越南、闯西藏、一二·七流血事件……充满了血与铁，几乎忘记了家。现在当与雷厦一起流亡师院，孤独寂寞了，才有些思念母亲。到了家，我与父母很生硬地寒暄了一会儿。母亲笑容可掬，父亲阴沉着脸。

母亲绝口不提我四·一六打砸抢家里的事儿。他们询问了我为什么住在师院，而不回学校。我告诉他们雷厦挨打的情况。

母亲问：“他们为什么这么恨雷厦？”

“借口说他的出身不好。”

“他什么出身？”

“他父亲是国民党军统的一个什么官儿，临解放前逃跑了。他是和他妈妈一起长大的。”

母亲沉思了片刻说：“我劝你不要跟他那么密切。你是革命干部子弟，怎么跟一个国民党军统特务的小孩儿搅在一起了？还睡一个被窝儿，我们不唯成份论，但也不能一点儿不讲出身。”

“可是出身不好的人里，有很多很好的人。”

母亲语重深长地说：“你还年轻，要给自己留点儿心眼儿。我了解你，跟人一好起来就好得要命，小时候还跟母鸡亲嘴儿，但一坏起来，又翻脸不认，跟人打得头破血流。”

我对母亲离间我和雷厦的友谊，颇为反感，不再说话。

吃晚饭了。哥哥、姐姐、父母都聚在饭桌旁，大家默默地吃着，气氛沉重，没有一点儿过年的欢乐气氛。因为家里发生了巨大变化——北师大学生领袖谭厚兰三结合了父亲不久，又把他挖了出来，说他是假党员。父亲终日蹲在家写交代材料，吉凶叵测。母亲的党籍也没恢复，天天在市文联学习班斗私批修。还有人写大字报，继续纠缠母亲派小胖去上海与白杨秘密串联的事……

对比师院学生食堂的熬白菜，家里的晚饭就太丰盛了！有鱼、有肉、有鸡……吃着吃着，想起了雷厦。此时此刻，他可能正在清冷空旷的大食堂里排队买菜，即使过年改善伙食，也不会比家里吃得好，心里沉甸甸的。

自去年九月份和雷厦一起踏上去西藏的路途，我们天天都住在一起，还从没分开过。两人的身体挨久了，非常温暖，乍一离开，就觉得很冷。

我从成都带回的小狗英古斯被人杀死，我的好友又被对立派打得头破血流，四处隐匿。年三十晚上，他一人躲在师院那间冰冷的房子里，我却在这儿大吃大喝。每吃一口饭，每夹一口菜，就想一下雷厦，为自己不能跟身处逆境的弟兄共患难而坐卧不安，心里特难受，满眶的泪水怎么抑制也没用，扑簌簌地滚到了脸上。泪珠子的个儿很大，马上就被母亲发现。

母亲诧异地望着我说："你怎么了？小波。"

全家人也都有点儿愕然。

我低头不说话，使劲儿地吃饭。

母亲温和地问："怎么回事儿？大过年的，干什么哭？"

哥哥瞪着大眼睛，傻了吧唧地问："是不是为你过去干的事后悔了呀？你对父母有意见，可以提，但用打砸抢的方式报复确实太不合适。"

母亲慢慢地咀嚼着饭，很和蔼地安慰道："过去的事就不要想了，你年轻幼稚，好冲动，我们也不跟你计较。"她完全误解了我。

我硬邦邦地说："我想雷厦。他现在一个人待在师院里。"

母亲迷惑地盯了我一会儿，严肃地问："你是不是在和他搞同性恋？"

我摇摇头。

"不同性恋干吗要哭呢？你这种心理，很不正常。"

屁同性恋！我没说话。只觉得要是真和朋友好，就应该有福同享、有难同当，有好吃的一块儿吃。现在我却自己一人回家吃鸡鸭鱼肉，心里难受。

勉勉强强吃完了这顿饭，母亲又把我叫去训话。她郑重其事地说："小波，你可不要搞同性恋啊，说出去多丢人。"

"我没搞同性恋，我和他就是好朋友。"

母亲瞪大眼盯着我眼睛，看了半天，不再说话。

我想起雷厦一个人待在师院那间清冷的屋子里，恨不得马上就回去陪他。又硬挺了一会儿，赶快告辞。

从头到尾，父亲基本上没怎么和我说话。他记仇，对我勒索他的钱，贴他的大字报耿耿于怀。只有母亲送我出门。

这是除夕之夜，大街上行人很少。我向二里沟北师院大步走去，心急如焚，脑子惦念着雷厦，生怕他孤独寂寞。

但我根本不是同性恋，对女性有着无限美丽的憧憬。

华北小学的柳乃林、育才小学的那个不知名小女孩、四十七中的徐卫卫等都是自己怀有好感的女同学。看完电影《战火中的青春》，对女扮男装的女主角高山特喜欢；乘车穿越藏东的深山峡谷，只瞥一眼，就忘不了那位赤脚的美丽藏族少女……因为对异性的渴求太强，见一个喜欢一个，害怕在学校名誉扫地，才本能地跟雷厦好，用他来抵御自己对女色的欲念。他能不色，我怎么能比他差？他是我身边的活武松，激发自己不向女的讨好，不干出圈儿的事儿。

我常常很自卑，觉得自己是世界上最肮脏、最虚伪、最阴险的人，比希特勒还坏！臭流氓的那些坏念头我全有。最后终于发现了一个很管事的办法：用男的来压抑对女的思念。高一和吴念祖好时，就不那么想女的。跟雷厦好，也同样管用。师院宿舍冰冷似窖，我们虽常常被迫挤在一个被窝里，却从没什么越轨举动。判刑布告上“鸡奸”这词儿让人毛骨悚然。我从根本上厌恶这种行为，动物都不这么干，人岂能不如动物？

我总有一种朦朦胧胧的愿望，这辈子如果有一个又勇敢、又侠义、又能干的男的当朋友，干脆就永远不找女人。找女人多世俗，用男的来代替女人才高尚，才像一个战士，才有革命者的气概，才能跻身于武松之列，万古流芳。我知道，武松就一辈子没碰过女人，没结过婚。那才是一个真男子汉！

……

世界上颠倒黑白的事儿很多，可发生在自己身上就格外不好受。八·二一武斗我打砸抢了“主义兵”的东西，却让雷厦承担了应该由我承担的坏名誉。

出于一种内疚，我要全力帮助雷厦。雷厦是一个危险人物，他四周总有电闪雷鸣。我心甘情愿与他一起同甘共苦，尽自己最大之力帮他。一二·七事件表明他不是等闲之辈，面对生死关头，他勇气绝伦，跟柯楚别依一模一样！一个雷厦白顶二十把大藏刀。

我喜欢高尔基的《海燕》里的一句话：“让暴风雨来得更猛烈些吧！”

第七章

海淀拘留所里的窝头战争

伟大的目的产生伟大的毅力。我搞枪的目的是伟大的，可为什么就没有产生伟大的毅力呢？我明白是饥饿摧毁了我的信念。饥饿能把人的精神世界彻底毁灭，让人失去理性，六亲不认，变成野兽。一九六〇年的大饥荒饿伤了我，我太怕饿了。在海淀公安分局拘留所里，我又一次尝到了饥饿的可怕力量，它能使人吃牙膏、吃手纸、吃棉花、吃蚂蚁、吃死人啃过的剩窝头。

◇一九六八年，与雷厦拿着从河南搞来的驳壳枪在鹫峰山上留影。山崖上“毛主席万岁”的标语为“毛泽东抗美铁血团”赴越前所留。

“毛主席说整个世界只有用枪杆子才能改造。谁有枪杆子，谁就有了一切。我们就是枪杆子万能论，只有赫鲁晓夫修正主义才反对暴力革命，不喜欢枪。我很想在国家和人民有难时，能像俄罗斯勇士伊凡诺夫那样挺身而出，为民除害，保家卫国。但挺身而出必须有实力，而枪就是实力。”

偷　袭

这天，我陪雷厦去王府井买绒衣。

真是凑巧，在百货大楼门前的广场上，我们迎面碰见了大疙瘩、艾大任等一帮子。大疙瘩人高马大，眼里闪着凶光；艾大仁脖子短粗，单眼皮，满身横肉。这些人立即把我们围了起来。

我站在雷厦身旁，肌肉绷得邪硬。要是动手，我们势单力薄，绝对劣势。论单挑，他们谁也不是对手。但这些人经常武斗，总合伙上，合伙打，不跟你单练，下手凶狠，还常常带着家伙。

"好呀，雷厦，躲这儿来了。"大疙瘩冷笑道。

雷厦正视大疙瘩，一脸坦然地问："干什么？"

"有种儿的回学校去，怎么不敢回呀？"

"谁说不敢回？事儿办完了就回。"雷厦高声回答，底气十足。

"嘿，别废话，快把偷的东西交出来。"

"谁偷了谁是婊子养的。"

"回力鞋，你赔不赔？"

"我再告诉你们一遍，孙子拿回力鞋了，臭婊子拿回力鞋了！"

"别装丫挺的，有人亲眼看见你提着两个大箱子。"

"那是傅勇生的东西，准备带回家的。"

大疙瘩冷静地问："你说，什么时候回学校？"

"过两天就回，等办完了事儿。"

"好，有种儿就回学校，别老穷跑。嘿，你这身军装哪儿驴的？"

"反正不是偷的。"

"那可没准儿。"

"你到西藏林芝军分区问问去。"

"说吧，你什么时候回？"

"这星期六。"

"你要不回怎么办？"

“不回，算我没种。”

“好，我们等着你。”

百货大楼门前人很多，熙来攘往，他们没敢动手。我和大疙瘩互相狠狠地盯了一会儿，分道扬镳。

到了星期六，我们自然没回。毛主席说不打无准备之仗。我们要把身体修整好了，格斗本领练到家了，再回学校跟大疙瘩一决高低。

雷厦嘴皮子特顶劲儿是他的过人之处。平平常常的事儿，经他一说就能使人热血沸腾，手脚痒痒。求人办难办的事儿，让他去说保准能成。他说话有冲击力，观点鲜明，逻辑严谨，再加上带着表情，双目闪闪发光，一般人都抵挡不住。当然，他的话也有夸大、渲染、拔高的成分，却让你能深信不疑，感觉不到。

也听人说过他爱夸夸其谈、言过其实。

他刚烈不弯，挨了打就要报仇，以牙还牙，决不再把另半边脸送过去。可在锻炼上他却不刚烈，喜欢找点儿窍门，不愿把自己练得抬不起胳膊，青筋暴起。在他影响下，我也明白傻练不如巧练。把一个铁环儿套在手上，随便一拳头就有巨大威力，比打沙袋有效得多。高中时在课间练劈掌真犯傻，练了那么长时间，还不如戴上这个小铁环儿。剁水泥地只剁钝了神经，从物理性能上并剁不出硬度来。还是窍门厉害，一个雕虫小技就顶你苦练三年的功夫。

每天吃饱饭后，我们就在师院的一间空屋子里练擒敌拳、摔跤、杠铃……擒敌拳练得倒背如流。对方顺手反手握腕、虎口向上向下抓腕、前后左右搂腰等等都能不假思索地破解。根据自己的打架经验，格斗技巧必须练得不用脑子想就能出手，否则真打时就会全忘了。必须平时反复练，把各种肉搏技巧练成本能，实战时才能自动地一个个动作往上冒。

我们苦练功夫，是以暴制暴。在我们四十七中的环境里，跟华北小学一样，就认暴力。对立派之所以能在学校为所欲为，就因为有暴力做后盾。枪杆子出政权一点儿不假，没有暴力，你在学校就没有发言权，站不住脚，没人尿球。

两个多月来，我每天除了锻炼就是锻炼，立竿见影，胸大肌鼓起来了。过去最好状态时，两块胸大肌之间可以夹钢笔，现在也能凑合着不使钢笔掉下来，大胳膊恢复到了三十二厘米，自我感觉极好，有竞技状态。雷厦的体力也进步很大，俯卧撑三十面不改色。我们手脚痒痒，跃跃欲试，开始酝酿小行动一下。

一二・七晚上到校后没半个小时，即被堵在屋里，肯定有人告了密！我和雷厦绞尽脑汁地分析到底是谁，一个一个地筛选可疑对象……

“也许有人扒窗户，从外面看见我们了。”雷厦猜测。

“有可能。”

因为对方最恨雷厦，并不怎么恨我，某个星期日，我回了一趟学校。

在学校大门附近，迎面遇见了大疙瘩。这小子看见了我，立刻运气，瞪着圆圆的大眼珠，和我对照。我也把目光收缩，加大压力，将他的目光顶回去。

当时北京中学生有一个习惯，凡要开战，总先“照”一番。所谓“照”就是相互睁圆眼对瞪，一眨不眨，是动手前的气氛准备。小学时两人打架前先撞膀子，越撞越猛，最后才上手。“照”就是用眼睛撞膀子。

我们都继续走路，但眼睛却仍然互相瞪着对方，随着身体位置的移动而微微转动脖子，让双目总相互正对。彼此走路方向不变，双方脖子却越扭越大，直扭到不能扭的角度为止。大疙瘩瞪起眼来很酷，眼睛充满了血丝。我也努力把脸变狰狞，翻着眼珠，眼白上挑，把双眼皮瞪成单眼皮。这是眼睛的肉搏、目光的绞杀，谁凶恶谁占上风。

最后两人擦肩而过。

到了傅勇生宿舍，他很热情地向我介绍了学校形势，说雷厦还有危险，现在不能回学校，并告诉了我一个最重要的情报：一二・七武斗是耿永红告的密。

原来那晚上，耿永红上厕所，路过傅勇生宿舍时，无意中往里瞥了一眼，透过玻璃，发现了雷厦，这家伙立刻跑到“主义兵”总部报告了。

耿永红本人出身地主官僚，思想出奇地革命，痛恨自己的反动父母，跟他们彻底划清界限，一点儿不来往，长年累月地住在学校，还公开声明：“‘老子反动儿子浑蛋’千真万确，我就是地地道道的浑蛋。”

我同时了解到耿永红现在临时住在食堂旁一间小屋里，内有两张床，他睡在靠窗户处。回师院，把了解的情况告诉了雷厦以后，我们当即决定偷袭耿永红。对告密的家伙不能客气，何况这是一个狗腿子、血统论的铁杆儿走卒、辱骂自己的傻逼。

一个漆黑的夜晚。我们骑着自行车，神不知鬼不觉地溜回学校。在傅勇生处歇了一会儿，大约十二点多钟，我和雷厦推说要到南楼去住，离开宿舍，来到了食堂旁的那间小屋。

这间屋的北面是初中宿舍，对方最骁勇的一帮打手都住在那儿。小屋南面靠着一条路，白天来往行人很多，但夜晚空无一人。

我和雷厦蹑手蹑脚地来到窗户下面，偷偷倾听里面动静。屋里已熄灯，静悄悄的。我走到北面一排初中宿舍的墙根下，那儿有几块石头，轻轻抱了块脸盆大小的片石回到窗户下面，雷厦也抱了一块。我们并排站着，憋住气，同时两手把石头挺举过头，同时轻轻地喊："一、二、三！"又同时将头上的石块向窗户砸去。

哐啷哐啷，玻璃碎了，两块石头把窗户上的细木框砸断，飞进了屋。不待对方反应，我和雷厦又迅猛地向里面嘁里哐啷地扔了几块小石头，打在墙上、桌子上，之后撒丫子朝下面狂跑。

这一切都在两三秒钟内完成。我们狂跑的脚步声划破了夜深人静。

路过一堵墙时，我使劲儿叫雷厦停下，观察一下动静。他激动地只顾跑，根本没听见我的话。我躲到围墙后面，向后看了看，发现屋里毫无反应，于是也赶快猛跑，追上雷厦，"啊呀啊呀"快活地叫着。黑暗掩护着我们，一口气跑到了南楼。

活该耿永红倒霉，小狗腿子该清醒清醒了：干告密的勾当，没你好下场。

在南楼，我们骑上自行车，沿着大下坡，一溜烟儿滑下去，连夜返回师院。一路上，我们说笑着，非常得意。这是一二·七武斗来，我们最快乐的一天。

"会砸坏吗？"雷厦有点儿担心地问。

"不会。"

"要是他冷，缩着腰，那就可能砸着头。"

"我已经告诉过你，鲁迅在《野草》里说人的头盖骨可硬了，不是那么轻易能给砸碎的。你放心，咱们的石头是从窗户扔进去的，窗户在屋中间，落在床上也是中间部位，无论他头冲那个方向，都不会砸着头。何况大冬天，盖着棉被，根本砸不坏。"

从师院到四十七中，来回一百多里地。我们这个行动模仿越南南方的青山大捷，借着夜幕摸上去，贴近目标，近距离奔袭，来无影，去无踪，没留下任何痕迹。

后来听说耿永红睡在里面的床上，睡靠窗户的床的同学回家了。虽一根毫毛没伤着，却给吓了一跳，马上向军训团报了案。但查了半天，也查不出来，只好不了了之。

哈哈，马克思说得好，革命暴力是历史前进的火车头，没有革命的暴力就没有人民的一切！

我们这个行动的震慑力后来才渐渐显露出来。

……

又过了一段日子，雷厦想公开回学校看看，试探试探对方的反映。他渴望早日结束这种流亡生活。

那天，我和他乘车回学校。无巧不成书，在北安河汽车站又与大疙瘩相遇，他单身一人。我们目光一对上，马上就黏住，互相死盯。这么“照”表示我们处于战争状态，一触即发。从实力上看，我对大疙瘩威胁最大，他的眼睛专和我对照，相互较量眼皮不眨，较量仇恨烈度，较量《列宁在十月》里的捷尔仁斯基式的死盯……最后，我们又擦身而过，只差那么一点点，胳膊就碰上对方了。

空气中充满了火药味儿。

大疙瘩走过去后，还扭着脖子瞪着我，满脸杀气。八·二一武斗是他振臂一挥，把一帮溃退的兵组织起来，使之反败为胜，成了“主义兵”的传奇英雄，不可一世。说心里话，我对大疙瘩一点儿不敢轻视。他个子比我高，大腿比我粗，打起架来不要命，据说串联时曾一对三，有什么家伙抄什么家伙。

打架其实是比残忍。体力相差不多，谁狠谁就赢。大疙瘩就心黑手狠，丁世德虽不是他一人打死的，肯定也有他的一分作用。

但不用怵他，这小子从不练块儿，悠双杠二十都悠不了，单腿蹲也没我多，胸围、小腿、大胳膊都平平常常……跑百米快，摔跤打拳不见得就厉害，若两人都赤手空拳单练，自信能制住他，只要他别上刀子。

继任道远之后，大疙瘩成了我要行动的第二个对象。他不像任道远一介书生，毫无拳脚，容易对付。他是校田径队的运动痞子，八·二一武斗获胜的总指挥，骄横而强悍，又有一帮弟兄围着，必须谨慎从事。

他家住在太舟坞的六所，那一带行人稀少，地方僻静，绝好行动。

我计划找一个风高黑夜，在太舟坞截住大疙瘩，用一顿乱棍打断他一条腿。这家伙不可能带一帮人回家住，总有单个儿的时候。

大疙瘩靠着一对好腿，跑百米全校第一，赢得了不少女孩垂青。因此打断他的腿，让他百米冠军头衔儿泡汤是我最大心愿。反正骨头断了，上上石膏，几天就好，也瘸不了。

我想好了用垒球棒子干，专打其小腿前部的胫骨。必须趁天黑行动，这才让对方不知虚实，有威慑力。小子大腿全校第一粗，顶王佑老腰，若老二被他蹬上一脚，后果惨重。因此行动一定得突然，数秒之内解决战斗。

同一年级的，彼此要是恨起来是最恨。这大疙瘩在高三年级什么突出才能也没有，就会组织打群架。八·二一武斗崭露头角，一下子比他们的总头头还威风，走哪儿都前呼后拥。他出身一般，却总泡在干部子弟当中；从没见他写过一篇大字报，却混成了全校政坛上的一员领袖。文革前，一点儿没发觉他坏，就是爱跟初中小女生臭贫。

一定要为丁世德报仇、为雷厦报仇。

回到师院，更加刻苦地练，即使擒敌拳已练得滚瓜烂熟，每天还跟雷厦对练一遍。招法儿不在多，而在精，与其样样会一点儿，还不如就会一样，百发百中。我们真把二十栋捕俘拳给练得倒背如流，前进扛、后掏裆、缠腕冲拳、前领被抓解脱法……每个招数，都练得比老鹰抓耗子还准，闭着眼睛也丝毫不错，与人交手，根本不用思索，举手就出，一招一式全变成生理本能，再紧张也不会卡壳。

大疙瘩是全校知名人物，即使在校外收拾他，也要轰动全校，必须百分之百地赢。为防万一，我搞了一把双刃匕首，掖在后腰。对方上刀，咱也上。

我们还专门到四十六路车太舟坞站勘察地形，并到六所察看大字报，探查大疙瘩父亲是何许人，有没有揪出来。如果是坏人，打狗崽子就更理直气壮。

现在只等机会下手了。但峰回路转。怎么也没想到，那么骄狂、目空一切的大疙瘩突然托吴山顶捎话，要和我单独谈判，时间、地点任我选，并提议见面时双方都是一个人。我有点儿傻眼了，猜不透他到底是怎么回事儿，怎这么快就蔫了、㞞包了？

在全四十七中，敢见面与他恶狠狠对照，打眼仗的，恐怕也就我和雷厦。

我问雷厦："他想跟我和解，会不会有假？"

"我看不会。耿永红的那次遭袭让他担心自己是下一个目标。咱们见面就跟他照，表明咱们憋着劲儿要报复他。他肯定害怕了。"

"也许玩儿诡计，借口谈话下埋伏？"

"但时间地点由你定，他怎么埋伏？"

"好，我去会会他。可我就是嘴巴不顶，你陪我去吧！"

"不，人家说好一人去，你就得一人去。"

"没关系。你口才好，就当我的嘴吧。我担心自己嘴巴不顶劲儿，关键时刻，讲不出话来，岂不露大怯？"

雷厦说："人家一人，咱们两人，像什么话？多丢份儿呀。"

"我确实是怕嘴跟不上趟儿。要是单练，绝对一对一，但既然是谈判，你去当我的嘴也不过分，求求你了。"

雷厦想了想，点点头说："好吧，我去。"

我把时间地点通知对方。地点在学校东操场，时间是某天下午。我当年就是在这里制裁的任道远，特成功。

大疙瘩应约只身前往，见我把雷厦带来了，有点儿诧异，开门见山地问：“你们怎么来两个？”

“雷厦是我的嘴，他全权代表我。”

“好吧，我们之间的问题你们打算怎么办？”他一副很老到的样子。

雷厦说：“你打算怎么办？”

“还是和平解决为好。打架谁也不怵谁，对不对？没多大意思。”

雷厦反问：“一二・七事件是你们挑起来的。我雷厦没拿你们一针一线，却被你们骂成打砸抢分子，打得鼻青脸肿。你说这笔账怎么算？”

大疙瘩挺豁达地看着雷厦说：“说实在的，雷厦，我不很了解情况，反正好些同学都是那么说的。如果你真没干这些事，你说清楚好不好？”

雷厦点点头：“当然要说清楚了，我早就找过军训团，反复跟他们讲过。”

大疙瘩面露和解之色：“好吧，有关打砸抢的问题，就等军训团最后处理。不过，这次也实在太不像话了，我们被偷得多惨哪！你们设身处地想想，要是连被褥枕头都丢光，晚上都没法睡觉了，你是什么感觉？”

我说：“雷厦偷你们被子褥子干吗呀？这不明摆着是北安河村里的农民干的！只有他们见啥拿啥。”

大疙瘩点点头：“外贼有，内贼也有。你能担保全是北安河农民拿的吗？”

雷厦反驳道：“谁偷的你找谁。我可正经没拿你们一件东西！”

大疙瘩提议道：“一二・七的事就让它过去吧，好不好？我们别这么掐了。如果你觉得吃了亏，有什么要求，你就提出来，咱们可以协商。”

雷厦想了想，严肃地说：“我没什么要求，只要还我清白就行。反正没偷就是没偷，无论什么时候，无论怎么处理，我都是这话！”

“那好，我们也不再要求军训团处理你雷厦打砸抢的问题。等军训团调查有了结果再说。现在呢，你雷厦可以回学校住，我绝对保证你的人身安全。可你们也不要再搞什么阴谋诡计，干大半夜砸窗户之类的勾当。”

“我明确告诉你，耿永红挨砸的事儿跟我们毫无关系。”雷厦正视着大疙瘩，一副大义凛然的样子。

大疙瘩怀疑地盯着我和雷厦，似乎想看穿我们的肚皮。

“好吧，我们就这样说定了。一二・七的事就到此打住。”

“行。”雷厦有点儿不情愿地回答。

“你挨了打、流了血，我向你表示歉意。”大疙瘩豪爽地伸出手。

我和雷厦庄重地跟他握了握手，表示彼此解除战争状态。

看来，夜袭耿永红没有白累一场，它的威慑力软化了大疙瘩的态度。

于是，师院流亡的日子到此结束，我们有尊严地、体面地回到了学校。

在北农大偷的杠铃暂时存放在姑姑家，因为学校里有，用不着它。

搞　枪

回到学校后，我们在南楼找了一间空房子住，继续刻苦练决儿。

大疙瘩被迫讲和，一是害怕被报复，要时时提防我们的突袭，时间一长，这精神上的压力苦不堪言；二是我们“照”得有水平、有威力，震慑住了他。

《列宁在十月》里的捷尔仁斯基的眼珠儿折服了我们，他那目光真像两道利剑，赤手空拳就愣把拿枪的敌人给盯瘫了。可能受这电影影响，中学生们才兴起了“照”。

和对手死盯时，要让对手感到自己面对着是野兽、是疯子、是亡命徒。而每眨一眼都会降低目光的凶恶度，不眨的时间越长，表明你越不要命，威慑力才越大。但老不眨眼，眼睛扎得慌，这就需要经常练。没事时，我和雷厦就常常一句话不说地互相对瞪，目不转睛，下巴贴近胸脯，脑袋离得近近的，最后鼻头几乎挨上。

我们从西藏带来的人骨头袈裟片，分送给了好几个同学，也不管是真人骨头，还是假人骨头，反正就说是人骨头，把同学们都镇住了，着了魔地听雷厦讲我们西藏的种种经历，非常羡慕。

山顶还常常到南楼看雷厦。他聪明文静，干净整洁，说话能说到点子上，还挺有幽默感，讲逗笑的故事时，自己却一本正经的。他也深深地为那堆到手的藏刀得而复失惋惜，眨巴着黑眼睛感叹道：“干事不能太贪，一定要见好就收。”

这是一九六八年春，河南二七公社与保守派的武斗连绵不断。一天，山顶告诉我们，他父亲在河南信阳邮局工作，来信说那儿的武装部全被抢了，造反派都有枪，连不少初中生都有。去那儿弄把枪非常容易。

山顶的这番话我没有当真。因为碰了数次钉子，被碰灰心了。谁知山顶竟信誓旦旦说他保证能搞到枪，还偷偷问雷厦愿不愿意跟他去河南搞几支。

雷厦说当然可以，但要问问我的意见，不愿意背着我去。我听说后，欣然同意，这真是不谋而合。但第一个顾虑却是担心吴山顶会取代我成为雷厦的最好朋友。他这么一个文静儒雅的人突然想搞枪，无非是借这个机会跟雷厦套近乎，明摆着的。我对第三者就像眼珠对沙子一样的敏感。

山顶一度特别积极地向班里那些鼓吹对联的同学靠拢，连过去的好朋友也翻脸不认。结果，一些人对他很有看法，雷厦、傅勇生都不再理他。随着时光流逝，他头脑冷静下来，感到文革开始时，自己头脑狂热，做得太绝情，开始主动与班上出身不好的同学接近，跟傅勇生又恢复交往。特别是对雷厦这个文革前的好友、小学同学，更是一个劲儿地帮这帮那，煞是热情。

我是雷厦的最好朋友，对山顶积极想法跟雷厦接近，重归旧好，很有点儿吃醋。我占有欲极强，不论男女，非要在对方心中占首位不可。

我明白，山顶是借着这次搞枪，跟雷厦套磁。他知道雷厦和我都特想搞枪，通过搞枪，可以名正言顺进入我们的圈子。他本性和平，喜好雕刻和音乐，气质典雅，整个儿是一块儿搞艺术的料，过去也从没有尚武方面的嗜好，这么干纯粹是投雷厦所好。

但我能反对吗？

枪我喜欢，朋友我也喜欢，心里非常矛盾。

我愿意永远与雷厦在一起，哪怕光棍一辈子，豁出去不沾女的。打这样的光棍才不同凡俗，有战士气味儿。老婆只可以给你做饭洗衣，生养孩子，她不能跟你一起夜行百里到敌后侦察，搞突然袭击；不能在肉搏时，给敌人来个抱腿顶摔；不能天天当靶子让你摔过头摔，练缠腕锁喉，而战友却可以！战友才是世界上最崇高、最可歌可泣的。

可是，如今加进来一个第三者，我怎么办？雷厦要是把我蹬了，跟吴山顶好了，怎么办？

吴山顶跟雷厦小学就同学，有多年的交情。吴山顶多才多艺，画假月票全校闻名，每逢月初画一大批都以假乱真、供不应求，大家对他的手艺赞不绝口。而我跟雷厦才认识几个月，我在雷厦心中的第一位置并不牢固。

但如果不让雷厦去，枪的梦想就泡汤了。吴山顶的意思很明显，只想和雷厦一起去，没提让我也去。

人对想得而得不到的东西最渴望。小学时，看见父亲擦过他的左轮枪，馋得要命，但父亲根本不让我碰一下。文革初期，钻到李志民家寻摸枪，没戏；托王佑到长春搞，只搞了一颗手榴弹；拉萨街头搞枪计划落空；昌都盗刀也惨败，输得一塌糊涂……这一系列的挫折，惨得揪心，可还没彻底死了我的心——为什么这么着迷呢？因为被禁的果实最有魅力，不许你有的东西最想有。

毛主席说，谁有枪杆子，谁就有了一切。我们就是枪杆子万能论，只有赫鲁晓夫修正主义才反对暴力革命，不喜欢枪。

我很想在国家和人民有难时，能像俄罗斯勇士伊凡诺夫那样挺身而出，为民除害，保家卫国。但挺身而出必须有实力，枪就是实力。

古今中外的英雄传奇里，跟武器有关的故事太多了。鲁迅的《铸剑》就给自己留下了深刻的印象。枪和剑都属同一范畴。许多革命先烈曾为之动过脑子，有的还献出了生命。

在亘古未有的中苏大战前夕，最好的准备是藏有几把枪，一旦需要，拔枪而出，也许能用这把枪击毙了一名苏修高级将领呢！

现在，吴山顶告诉了我们这个信息，并表示真的要去河南搞，我岂能拒绝？大丈夫男子汉不能像家庭妇女那么心胸狭隘，容不得人！雷厦是块儿金子，别只自己占着，不许别人碰一碰。否则，总想自己一人独霸，小肚鸡肠，迟早也要被雷厦看不起而最终失去他。

为了搞到枪，我忍痛同意雷厦和山顶一起去。自己安慰着自己：他吴山顶威胁不了我和雷厦的关系。

我们在拉萨的一个厕所里，对碰过男人那个最神圣隐密的器官！我们的友情经过捶打：彼此抽过耳光，剁过手指头，拧过肉，摔过无数次跤。为看病，在海拔三千六百五十米的高原，我背他走二里多地；一二·七血腥围攻中，我们更是从头到尾地站在一起。

这一切，他吴山顶都不曾有过。他跟雷厦的交情充其量不过是彼此对对作业答案，课后一起打打篮球，周末看电影帮忙占个位置而已。

“雷厦，你跟山顶去吧，机会难得，不能错过。”

雷厦眼睛熠熠闪光，低声耳语道：“吴山顶说百分之百能搞到！”

我兴奋地握着他的手说：“我在北京为你们做后勤，有什么事需要我办就来信。”

这样，雷厦与吴山顶悄悄离开了北京，走时谁也没告诉。傅勇生虽知道他们去河南，只以为他们是出去散散心，遛一圈儿玩玩儿。

我一个人在学校继续练块儿，同时盼着他们的消息，对于他们到底能否达到目的，半信半疑。

我的入、揣、披等大绊儿还是生，远没达到炉火纯青的地步，必须抓紧练。这时周百万在学校很少见到，吕硕田根本就不来学校了，我就和高三四班的混血儿吴温北常摔。这混血儿脾气特好，从不因为输了而发火。他眼睛塌陷，黄头发有点儿卷毛，有浓烈的狐臭，地道的北京口音，带着不少脏话，痞里痞气的，整个一北京小地了派子，吐痰特别有劲儿，声音清脆。我们不谈别的，唯一的话题就是练块儿、摔跤。

后来我才知道他身手不凡，擅长爬树爬房，能赤手空拳地沿着墙角爬上六层楼。他家里一点儿不缺钱，什么都有，却喜欢偷东西，还非要偷外宾的不可。因为他是白种人长相，能出入外交公寓。渐渐偷出了名，在全北京市挂上了号，连周总理都知道他。警察多次抓捕，都让他逃脱了。他能从六七层楼上，沿着阳台一层一层往下跳，数次化险为夷，当然最后还是被捕了。为了挽回国际影响，于七十年代初被周总理指示枪决，弟弟也被判了无期徒刑，尽管他法国专家的母亲百般求情也没用。现在，就是这个未来的江洋大盗吴温北屡屡和我练摔跤，怎么被摔也不在乎。

就要有枪喽！这次摔吴温北格外仁慈，还让他小赢了几跤。我心情激奋，蹲杠铃、悠双杠、侧举、卷砖头……格外有劲儿，直练得小臂发胀发烫，伸不直手指，早晨拿牙刷，胳膊都嫌沉。

天天盼着他们的消息。

没多久，雷厦来信说一切都好，已发现了目标，本人是邮局的，有一把驳壳枪，要我给他寄一瓶好酒。

我马上进城到王府井大街，在一家食品店里买了一瓶茅台。记得当时的茅台酒是八块多钱一瓷瓶，挺好买的，立刻给他寄去。

大约一周后，雷厦又来信说他们原来的方案没行通，跟那邮局职工打了一段时间交道后，发现那人特孙子。请他吃饭，送他酒喝，把他灌得酩酊大醉了，可枪还是没给。朝三暮四，说话不算话，操，等于白巴结了他一场！大人就是油，不能指望。

他们开始把注意力放到中学生身上。很快，吴山顶就认识了邻居的一个初中小孩儿。这小孩子才十四岁却有两把驳壳枪，一把二号、一把三号。据说，他们信阳二中的初中小孩儿百分之六十都有枪。吴山顶很会哄小孩儿，这方面有天才。他说话声音柔和清楚，长长的黑睫毛，一笑起来，自己就像个小孩儿。他纤尘不染的外表，幽默的谈吐和风度，马上就能把目标迷住。这孩子酷爱武术，老想找几本武术方面的书。山顶投其所好，娓娓动听地说服了他，同意我们用三本武术书来交换他的两把驳壳枪。

雷厦兴奋不已，赶紧拍来电报，让我速寄三本武术书过去。

我手头上武术书不多，但都非常实用。一本是《中国式摔跤》，一本是《通背拳》，一本是《步兵格斗教材》，一本是《拳击》，还有一本体院摔跤健将王德英送给我的《桑搏角力》,但是俄文版的。这些书在文革前都非常珍贵，文革后更是价值连城。其中《中国式摔跤》是小学六年级的时候，自己花钱买的，早已绝版，很实用，我最喜欢。

为了搞枪，忍痛牺牲，把《通背拳》、《拳击》、《中国式摔跤》三本书包好，给雷厦寄去了。

不久，雷厦来信，说他们已胜利完成任务，山顶希望他陪着到武汉去一趟，可以住在山顶姨夫家。他们近日就启程，还说那里可能还有一个机会。

我觉得好像是在梦里。多年梦寐以求的理想，莫非就真要实现了？我费了那么多力气都搞不到，山顶不费吹灰之力就手到擒来，真有两下子！一辈子的梦想，让他跑这么一趟就到手了，他怎么运气就这么好？

雷厦信上说得很隐晦。武汉还有什么机会呢？他们在河南搞到了几把？我都焦急地想知道。但此后很长时间里却没有一点点他们的消息。

盼星星、盼月亮，终于盼到了雷厦和山顶返回了北京。

那一天，与雷厦在学校见面时，他向我微笑着，用手伸出了三个手指头。我马上明白他搞到了三把枪，激动得嚎叫起来！这是自己一生中最快乐的时刻，小学入队时，也不过如此。

我们三人躲在南楼的一间小屋里尽情地欣赏着。那三把沉甸甸的铁家伙，看了让人激动，让人悲壮，让人全身都充满了雄气。

一支二号驳壳枪，很漂亮，跟电影《平原游击队》里李向阳用的一模一样；一支三号驳壳枪，形状和二号相同，就枪管比二号短；一支是崭新的五四式。

这三支枪里，我对二号驳壳枪一见钟情。尽管它最老最旧，枪机还有点儿滑，爱走火，可它最像当年八路军用的，长枪管，大机头，狭长的把柄，样子英俊挺拔。华北农村老乡称这种枪为盒子炮，它的弹匣极漂亮，正直角形，让人联想到德国狼狗的胸膛，健壮宽阔。它已没有了瓦蓝颜色，变得黑蒙蒙的，把柄上的刻痕也已几乎磨光，弹匣上也隐隐有了锈点，只有那笔直的枪管，阴沉勇武，使多年陈旧的老家伙不减它铁的峻烈。

电影里的红军、八路军用的全是驳壳枪，使我对驳壳枪特有好感。记得在华北小学时，我就曾玩过一把木制的驳壳枪，爱不释手。是同学李春海送给我的。

这枪可能有四十多年的历史，零件却还那么精细，标尺刻度，一根铁环，一条钢片，一个小弯铁圈都跟手表里的零件一样精确，搭配得天衣无缝。我的那支破气枪根本没法和这比。枪管长才好，子弹初速快，有效射程远，射击精度大。

吴山顶搞的五四式手枪是偷了他姨夫的，他姨夫当时任湖北军区卫生部长。山顶也跟我一样贪心，有了两支还想再要，非三个人每人一支不可。

那五四枪瓦蓝瓦蓝的，光亮如镜，拉开枪机，电镀弹槽光亮耀眼，膛线里一点儿杂质都没有，完全是新的，几乎没用过。

但我对这支五四枪，不敢恭维，觉得女里女气，坤式的，枪管短粗，没胸脯，不威武，连个标尺也没有。记得文革前，我们徒步去官厅水库被抓，押我们的解放军就用这种枪，小气巴拉的。

我问山顶，偷他姨夫的枪，会不会很容易被发现。

山顶回答说："我常到姨父家。早就知道这把枪放在那个抽屉里，有好些年了，就没挪过窝儿。姨夫平时很少打开抽屉看。等过了很长时间后，他就是发现丢了，也忘了谁到过他家。而且我要不偷这支枪，咱们三人只有两支怎么分？"

我一想也是。山顶为了搞枪，不惜一切的劲头，令我吃惊。他表面上文质彬彬，真看不出对枪还有那么大的狂热，主席的教导真是深入人心！

还搞了六七十发子弹，我们可以好好过过枪瘾了。

才几天，雷厦和山顶都已经玩熟了枪，能很利索地把整枪分解成一个一个小零件，然后再重新组装上。我看了好不眼红，也拼命地学。驳壳枪比五四式的零件多，还挺复杂。

一九六八年的春天来到。

天气明媚，春风吹得我们心醉，桃花、杏花、梨花也在校园里争相斗妍。我们暗自高兴，去食堂打饭，掩饰不住地得意和自豪。美丽的校园，美丽的青春，美丽的武器，生活多么幸福！

那天，我们把枪放到书包里，兴致勃勃爬上了鹫峰。在接近山峰顶部处有几棵高大的白果松，树皮发白，有着蛇皮一样的花纹。

我们每人拿着自己的枪，轮流朝那棵高大的松树打了几枪，之后换枪再轮流打。每打一枪总要瞄半天，充分享受着扣扳机的乐趣。打一枪就好像杀掉了一头怪兽，特刺激。我们舍不得多打，子弹有限，要预备着在关键时刻用。

平时没别的娱乐，打这几枪，就如同鸦片烟鬼吸了几口大烟，特有快感，头晕目眩。全北京市中学生十几万，武斗动过枪的可能不少，但带回北京的肯定不多，起码全四十七中没人再有我们这福气！哈哈，三本武术书换回两把驳壳枪，多赚！全北京市中学生里，有几个能取得我们这般辉煌的胜利？

他娘的，骄傲死了！我们享受到了一般中国人享受不到的幸福。

吴山顶还用照相机给我们一一照了相，留下了终生的纪念。下山时，我和雷厦又在那个有铁血团刷的大标语的峭壁旁照了一张。

回到学校宿舍，我们把“毛泽东思想公社”的大红旗展开，钉在墙上，每人一手持枪、一手持毛选照了标准纪念相。又摆出各种姿势：李向阳式、杨子荣式，捷尔仁斯基式……照光了一卷胶卷。啊！一九六八年，对一个中学生来说，一把枪要比大背头、金项链、三节头黑皮鞋、名牌西装革履迷人得多！比名贵字画、金银财宝、钻石玛瑙好玩儿得多！比本班的徐卫卫，全四十七中的校花，电影里的女影星诱惑得多！

我们拥有了一般中学生所梦寐以求的东西。《从小要培养勇敢精神》、《保尔·柯察金》、《铁道游击队》、《小兵张嘎》，那些电影、小说里才有的故事，被我们真的化为现实了。

可惜的是，我们冲出来的照片也不能给人看，连傅勇生都不能看，必须绝对保密，这自然很有点儿痛苦。人都有一种炫耀欲，秘密地拥有，就使炫耀欲发泄不出来。但为了自己的远大目标，为了在卫国战争中干出点儿业绩，我们只好不露声色。

现在，我们对大疙瘩、艾大任之流更有一种居高临下之势。他们人再多，打架再凶，只要我们想，也完全能收拾他们。当然，我们绝不会有了枪就向手无寸铁的人开火，包括对“红红红”、“主义兵”这些曾当众侮辱、围殴过雷厦的人，也要恪守基本道义，以拳对拳，以棒对棒，绝不首先上枪。不过，他们如果得寸进尺，真要像打丁世德一样，妄图置我们于死地时，生死关头，我们也是有能力对付的。

但好景不长，很快，山顶偷的枪就惹出了麻烦事儿。

考　验

吴山顶说他姨夫那个放枪的抽屉很少打开，可偏偏在他离开武汉不久，姨夫就打开了抽屉，马上就发现枪不见了。姨夫急得团团转，立即打长途电话问吴山顶拿了没有。

山顶很肯定地说：“没拿。”

姨夫晓之以义地说：“你要拿了，赶紧还给我，丢枪可是大事，批评处分还是次要的，给你一上纲就不得了。”

“姨夫，我真的没拿。你是我姨夫，我干吗要偷你的？兔子还不吃窝边草呢。”

“那我就只好报案了。”

“你报吧。向毛主席保证，我确实没拿。”

军区保卫部经过认真调查，发现吴山顶最可疑，就派了两位军人来北京，找他谈话。吴山顶断然否认，向他们指天发誓自己绝对没拿！山顶的演员天赋此刻发挥得淋漓尽致，他能即席编瞎话，且有条有理，天衣无缝。

保卫干事反复向吴山顶交代政策，只要把枪交出来，既往不咎，保证不给任何处分。但吴山顶激动得泪花闪闪，一字一句掷地有声：“向毛主席保证，我吴山顶绝对没偷姨夫的枪。姨夫对我那么好，无缘无故的，我干吗要害他？”

“你不要执迷不悟，睁着眼睛说瞎话，那可没好下场！”

“我要说瞎话，你怎么处理都行！向毛主席保证！”山顶居然流下了两行热泪。

两名保卫干事磨破了舌头，说哑了嗓子，也攻不破他这张薄嘴唇。

家里人都认为是吴山顶干的，姐姐也开始做他的工作。

“你怎么那么蠢呢？要我破这案，一看就是你拿的。姨夫的枪放那儿多少年了，从没丢过，你一去就丢了，不是你是谁？明摆着的。你要真喜欢，想别的路子，干吗偷自己姨夫的？姨夫本来处境就不大好，丢了枪受处分还没什么，弄不好要撤职、劳改、蹲班房，你怎么就这么狠心让姨夫挨整？从小到大，姨夫对你多好，你替姨夫想想好不好？”

吴山顶瞪着黑黑的眼珠，理直气壮地说：“我也奇怪，到底是谁拿的？表面上看，我是有点儿嫌疑，可我确实没拿，真的，我敢向毛主席保证！我要拿了我是王八蛋。”

“你能眼睁睁地看姨夫受处分、撤职吗？”

“我拿了就承认，没拿就是没拿，向毛主席保证！”

吴山顶的姥爷是一位一九二七年的老革命，也恳切地劝道：“山顶哇，咱们不能干违法的事。北京卫戍区的通告，一定要执行，要不就乱套了。你拿了就交出来，湖北军区的同志们对我说，只要交出来，什么事儿也没有。”

“姥爷，我真的没拿。我要骗你不是人。真的，向毛主席保证！”

吴山顶这瘦弱苍白的小伙子，一人面对着全家的轮番劝说，岿然不动。危困时刻，方显英雄本色。姐姐跟他吵，姐夫苦苦相劝，姥爷气得大发雷霆，姥姥急得犯了心脏病，父亲从信阳连夜赶来晓之以理……全然动摇不了他磐石般的意志。为了朋友，为了补赎对雷厦的伤害，他毅然得罪了三个家庭十多口人，死活就是不承认。

湖北军区的保卫干事找吴山顶谈了好几天，毫无所获，只好走人。

当山顶来学校讲了他的这段遭遇后，我内心非常钦佩，觉得自己过去小瞧了他。但又知道这是他与雷厦友情的力量，他为了忏悔自己过去对雷厦的不义，铁了心犯法，一般人根本比不了，真敢赴汤蹈火。

我们都明白这事儿不会完。为防万一，我把三支枪转移到了姑姑家。真舍不得啊，还没玩过瘾，就要和心爱的驳壳枪分手了。现在我已能把它分解成许多许多小零件，特有乐趣，枪管、枪膛、弹匣也都擦得纤尘不染。每次用红绸子擦枪都是一种享受，如同老光棍玩儿新娶的小媳妇、老葛朗台抚摩自己的金子。

刚享受了几天的乐趣却又要失去，好不苍凉。

这天上午，学校大喇叭通知我到军训团办公室去。到了办公室后，一位解放军干部打量着我问："知道找你干什么吗？"

"不知道。"

"据有关部门反映，吴山顶到外地搞枪并带回了北京，你知道不知道这事儿？"

"我一点儿都不知道。"赶紧睁大眼睛装傻。

"据说你们关系很密切，你怎么会不知道？"

"我知道前一阵儿吴山顶去了一趟河南，看他父亲去了，别的我确实不知道。"

"首先，你要端正态度。北京卫戍区的通告你读过吧？我们要从保卫党中央、毛主席的高度来认识和理解这个通告的重要意义。"

我点点头。这位军官是红脸庞，忘了姓什么了，我们都叫他 × 营长。

"你想不想保护好毛主席的安全？"

"当然想了。"

"那就如实地把雷厦和吴山顶去河南的情况向军训团汇报。"

"× 营长，我又没去，我怎么知道啊？"眼睛正视着对方锐利的目光。知道说瞎话时，目光不能躲，一躲就显得心虚。

"你们都是学生，年龄都还小，只要把枪交出来，组织上保证不做任何处理。"

"× 营长，我跟他们是挺好的，但枪的事儿我真的一点儿都不知道。"

这军人靠在椅子上，跷着二郎腿，平静地抽着烟，好像对我的回答一点儿不奇怪。时间一分一分地滑过去，屋里很静，只听见办公桌上的闹钟滴滴答答地响着。育才小学的田老师就常用罚站、不许睡觉的法子治你。现在，军训团的 × 营长也用这个战术，干坐着，一句话不说，让沉默发出一种看不见的威慑气氛，造成你心理上的动摇。可我已经受过昌都公安局铁的洗礼，已经能顶住这个场面了。

山顶是我的榜样，他干巴瘦的小白脸，胳膊比竹竿子粗不了多少，一点儿没块儿，却那么坚强，我不能比他差。今后还要见雷厦、山顶，绝不能说一句愧对他们的话。

× 营长打破了沉默："马清波，再说一遍，如果你把所知道的情况向组织谈出来，我们保证不作处理。你们都是年轻学生，满腔热血，有一些过激的举动可以理解。但把武器带进北京是绝对不行的，这是为了保证毛主席、党中央的安全！马清波，如果你对毛主席还有一点儿阶级感情的话，就应该向组织交代真实情况。我们军训团希望能在学校解决就在学校解决，不要动不动就往公安部门送。"

"我确实不知道。真的，据我所知，他们好像没干这事儿，可能是公安局误会了。"

向吴山顶学习，脸不变色心不跳地说瞎话。毛主席自己还说过："要武嘛！"武就包含着武器。我们搞枪是听毛主席的话，准备打仗，我们太爱国了，爱到了不惜犯法的地步。

对朋友的许诺，重于生命，山顶的勇敢榜样激励着我。

× 营长终于有点儿不耐烦了，和我谈了三个钟头，一点儿也没进展。他几乎半躺在单人床上的行李上，双手搂着后脑袋，两腿摞在一起，大黑皮鞋闪闪发亮。

"卫戍区的通告说得明明白白，如果拒不交出枪支，要严肃惩处。你可考虑好了。"

"我考虑好了。"

心想，十六条里明明白白地说：对有问题的学生，要到运动后期处理。现在还没到运动后期，他能把我怎么样？

谈了一上午，他最后终于放我走了。

接着，军训团又找吴山顶个别谈话，反复劝他把情况如实讲出来。但吴山顶信誓旦旦说根本没那回事儿，斩钉截铁，义正词严。

面对军训团的强大压力，我们三人聚在南楼宿舍商量对策。

吴山顶坚定地表示："不交。反正他们没有证据，仅仅是怀疑。"

雷厦点点头："死不承认，他能怎么样？没证据他们就不能随便抓人。"

吴山顶思索了一会儿补充道："退一步说，万一真给我们抓起来，关几天也得放。他没证据，处理不了。但现在，我们得赶紧把枪给藏好，消灭一切证据。"

保尔·柯察金把枪藏到乌鸦窝里，铁道游击队给枪埋在煤堆里……都不很安全。放姑姑家也不行，顺藤摸瓜，一下子就能查到那儿，只有埋在地下最稳妥。隔着几尺厚的土，公安局一点儿治没有，就是福尔摩斯也找不到。我们不谋而合，决定赶紧挖坑埋枪。

从姑姑家拿回枪后，把窗户关上，插上门，我们躲在北楼小屋里，爱怜地端详着亲爱的铁朋友，就要与它们暂时诀别了，一遍一遍地抚摸，一遍一遍地拆装，一遍一遍地擦拭。

山顶提议，必须把过去照过的相片全部销毁，不能留下一丝痕迹。我们一致同意，找出所有持枪的照片，放在脸盆里烧了。我却偷偷留了两张，夹在语录本里，实在舍不得全部销毁。

要把枪埋起来，就得抹点儿黄油防锈，可不知道到哪儿弄黄油。姜傻子见多识广，可能知道北京什么地方有卖。当我问他时，他很好奇地反问："你要黄油干什么？"

"修车。"

他告我天桥附近有一家石油商店，他就曾在那儿买过。

我和雷厦花了整整一上午，仔仔细细地把三支枪抹上黄油，厚厚的，不留一点儿死角，抹得双手油花花。再用塑料布把三支枪一层层严密包上，估计三十年也不会生锈。最后放到一个木盒里，外面再用一块油布包好。

在一个刮着大风的黑夜，我们悄悄来到了学校东操场南侧的柿子园里。这柿子树林方圆老大一片，一排排横平竖直。在其中的一棵树下，我们挖了一个膝盖深的坑，把木盒埋了，并在树干上划了深深的三刀，留下记号。

我们定好攻守同盟。首先坚决不承认搞过枪，这是第一道防线。若最后实在没办法了，就承认搞了，但回北京扒货车时，中途被一伙歹徒抢走。这是第二道防线。

汲取昌都那次教训，我们事先统一了口径，避免被单独审问时相互矛盾。山顶精心编了三支枪被抢的经过：一个黑天，略有小雨，山顶和雷厦躲在一个拉化肥的货车厢里，化肥有半车厢高，在河南与河北交界的一个无名小站，突然上来四名歹徒，两个拿棒子，两个拿刀子，围住他俩。猝不及防，他俩只好乖乖地把放着枪的提包给了他们。这四人的衣着、身高、相貌特征，各人说了什么话及一举一动和棒子、刀子的特征都编好了；那天货车上化肥口袋的形状、颜色及两人所处的位置等等也都给设计得详详细细，并且三人牢牢记住，让公安局问不出一丁点儿破绽。

现在山顶的压力最大，我担心地问："你行吗？"

山顶眨巴着眼睛，长长的黑睫毛里洋溢着一团孩子般的天真，微笑道："没问题。"

雷厦沉吟："反正一点儿证据没有，他要硬抓，咱们可以告他们。"

《南方来信》中有一句话："爱情美丽是因为它多生波折，人生堪慰是因为它坚守盟誓。"相信我们三个人一定能经得起这个考验！

我们分析，湖北军区派人来北京找吴山顶谈话，说明只有湖北军区发现丢了枪，信阳那两支驳壳枪还没出事儿，这是不幸中的万幸。

山顶信心十足地说："我拿姨夫枪时，是戴着手套拿的，没留下一个指纹。万一公安局就算找到信阳的郑老酒鬼也没用，他根本不知道咱们是哪儿的、叫什么。"

别看山顶平时那么文静，蔫了吧唧，可一旦行动起来，精确敏捷，办事儿无懈可击，很像《青年近卫军》里的书呆子依凡·捷姆奴霍夫。

我每天继续练块儿，偶尔还和吴温北摔摔跤，军训团再也没有找过我们。

一九六八年四月中旬。

一天半夜，我肚子不舒服，从梦中惊醒，跑到南楼外面的野地里去蹿稀。记得那晚上有一轮皎洁的明月，把大地罩上一层银光，朵朵洁白的云，在夜空中漂浮，相当的美。待我在草地上倾泻完后，提起裤子，跑回北楼二层宿舍，刚刚钻进被窝躺下，就听见楼道里响起了一阵儿咚咚的脚步声，接着停在了我们门前，有人敲门。

我问："谁呀？"

"军训团的，开门吧。"

我只好打开门，瞬时一股雪亮的手电光，直照着我的眼睛。接着电灯打开，我看见从门外哗啦啦拥进了十几名军人和警察，个个表情严厉。

"干什么？"雷厦躺在里面靠窗户的上床，抬头问道。

"穿衣服！"一个警察吼道。他个子不大，眼红红的，面孔黝黑。

那天吴山顶不在学校。屋里只有雷厦、我和另一个同学。

我们穿好衣服，站在屋子中间。三个警察在屋里翻箱倒柜搜查，一个警察仔细地搜着我的床铺，竟在床头褥子和木床的夹缝处找到了一颗子弹。他如获至宝，小心翼翼地装进了一个信封。我真后悔，痛恨自己这么马大哈，竟把一颗子弹丢在了床缝里。将来苏修来了，干秘密工作，要这么马虎，会给革命带来多大的损失！

三个警察杀气腾腾的，气氛恐怖。相比起来，军训团的军人虽然严肃观望，却温和得多。我很有点儿惊慌，不知所措，而雷厦却十分沉着，还是一二・七武斗时的架势，昂头挺胸，镇定自若。

军训团的政委亦夹在这群人中间，他的眼里露出得意和惊诧的光。他讲阶级路线，对雷厦始终保持警觉，最后被实践证实了。

“你叫什么？”

“雷厦。”

“你呢？”

“马清波。”

“吴山顶呢？”

“回家了。”

警察对着雷厦厉声说：“你跟我们走。”

雷厦连眉头都没皱一下，坦然地走出门外。

我满以为自己也要被抓走，可警察竟放过了我。

等这群人忽啦啦地走了，屋子里又突然变得十分安静。我呆若木鸡，再也睡不着了，翻来覆去地想着对策。怎么公安局没证据也照样抓人？好恐怖呀！这回算是尝到了无产阶级专政机关的可怕。

因为这事儿只有我们三人知道，包括雷厦最好的朋友傅勇生我们都没告诉，现在，连找个人商量商量、给我出出主意的人都没有，只能自己默默地承受。

上午，雷厦被抓走的消息马上传遍了全校。傅勇生焦急地找我问道：“你们到底搞没搞枪？”

我硬着头皮说：“没有。真的没有！”

姜傻子却表示怀疑：“我看，你们八成儿有事儿。”

“真的没拿！是想搞，但没搞成。”我强作镇静。

姜傻子意味深长地盯着我说：“老实说，你要黄油干什么？”

“修车啊！”

傻子嘿嘿地干笑了两下，摇摇头。

雷厦抓走，对我的打击巨大，一下子成了惊弓之鸟，坐卧不安。上午根本没心思练块儿，跟几个朋友讲了昨夜发生的情况后，就乘车进了城，打听吴山顶的消息。在动物园的公用电话处给他家打通电话后，他姐姐说，吴山顶今天凌晨已被公安局带走了。

又是一个晴天霹雳！我目瞪口呆了好一会儿。

心事重重地来到姑姑家。如果此时逃跑到外地，还有时间。公安局虽然厉害，但从一开始就犯了一个大错，没把我一起抓走。可我哪有心思逃呢？

失去了雷厦就像丢了魂，寝食不安，忧心如焚，就像自己最亲的人被抓走了，一下子无限地思念，真想和他一起去坐牢，只要能挨着他、能看见他。

我们之间是战士与战士的友谊，充满男子汉的雄气。我们成天闭门练块儿，摔跤打拳，为一二・七报仇雪恨……他勇敢，宁折不屈，鼓舞着我不怵人多势众、膀大腰圆之徒；他不贪女色，激励着我在女的面前顶天立地，绝不溜舔讨好；他讲义气，有操守，鞭策着我对团体和朋友忠贞不二。

文革中，我的英古斯被杀死了！现在，我的最勇敢忠实的好朋友也被抓走了！

哎呀，这么惨！

善良的姑姑见我心事重重，两眼发直，问我出了什么事儿？就眼泪汪汪地告诉她我的好朋友被公安局抓走了，完全是冤枉的，什么坏事儿也没干。

姑姑叹了一口气，安慰了我半天，但根本没用，姑姑的话全从我这耳朵进，那耳朵出。

我决定赶紧回学校，雷厦在班房里受苦，我岂能独自躲在姑姑家？

抓走雷厦，轰动全校。大疙瘩、艾大任那帮人颇为得意，似乎证明了雷厦就是有问题，一二・七没冤枉了他。而公社的人却很焦急，同学们见了我都问到底怎么回事儿？然而我有诺在身，只能硬着头皮继续骗他们。

星期一，我和戈深等人买了不少吃的，带着雷厦的被褥去海淀分局拘留所探视。

一九六七年初，海淀分局拘留所因关过联动而名声显赫。外表上看，这里一点儿不像是监狱，院子的土围墙才齐胸高，残破陈旧，里面的景物尽收眼底。从传达室往南有一条路，东面是一片小树林，南面有一个篮球场，两个小伙子在篮球场上悠闲地练投球，气氛祥和。树林中的草地上还有几只母鸡悠游自得地溜达着，根本见不着高墙电网的踪影。

在门口，我们和看大门的老警察聊了一会儿。老警察用公事公办的口气，向我们解释道：“拘留审查期间，不能送吃的，不准探视，不许通信。只能按要求送行李及牙膏、牙刷、手纸、毛巾、肥皂这几样东西。”

我们把能送的东西全交给了警察。他很麻利地用手仔细捏了一番行李，怕里面有纸条什么的，又翻了翻毛巾、手纸、牙膏、肥皂，一一登记入册。

吃的我们只好自己带回。

离开传达室后，同学们就回学校了。我依旧舍不得离开这地方，一想到亲密战友正被关在这大院里面的某间牢房里受罪，就心如刀割。我缓缓沿着拘留所的围墙向南走着，左拐，在一个偏僻的小胡同里，我终于看见了分局拘留所牢房的真面目：一堵比普通围墙两倍高的灰砖墙巍然矗立，高墙上还有电网，并能看到院子里有一个很大的房顶，跟学校的大礼堂差不多大，估计这屋顶下可能就是分成两排的小牢房。我左右瞅了瞅，小胡同里四下无人，就鼓起勇气，扯开嗓子大喊："雷——厦！雷——厦！"

我是一个很害羞的人，不习惯在公共场所大声说话，更不要说喊了。现在，在这小胡同里，因为雷厦就隔着两道墙，豁出去跟疯子一般地喊了。

"雷厦！雷厦！"

静静的，没有一点儿反响。

"雷——厦，雷——厦！"我一声一声地喊着。若远处有行人走来，就住了嘴，别让人看见我在这儿发神经。待行人过去后，再继续高喊……多么希望我的声音能飘过大墙，透过铁窗，被雷厦听见啊，这多少能给他一点点安慰。

自打砸抢了家以后，我与父母的关系很淡，跟雷厦比跟父母好得多，他是我世界上最亲的人。

"雷——厦！雷——厦！"我撕破嗓子地大喊着。狼在哀号它落入陷阱的伙伴时，可能就是这个样子。喊了不知多少遍，喊得鼻酸欲泪，但高墙后面始终没有回音。我很快就明白，牢房里一定是大屋子套小屋子，大铁门套小铁门，完全封闭，根本听不见外面的叫喊。而且就是听见了，里面那么多警察看守，他也不能高声呼喊，跟我联系，否则非得倒霉。我只好打住，拖着沉重的脚步，返回了学校。

老娘的！海淀拘留所的牢房斩不断我们的友情。

一定要经住这个考验。

进局子

几天后，一九六八年四月二十三日的上午，我和同学们第二次去探视时，又跟传达室的老警察臭贫起来。

“同志，让我们看看同学行不行？”

“不行。”

“我们给同学送点儿吃的行不行？”

“不行！”

“我们同学家在外地，北京没有亲人，家里急得要命。”

“那也不行！”

仗着人多势众，我们叽叽喳喳、小得溜儿地挖苦老警察。

“毛主席说过要讲革命人道主义。你们公安局应该讲点人道主义嘛，探视一下，送点儿吃的为什么就不行？”

“不行就是不行。”

“为什么？”

“不为什么，就是不许送。”

“为什么不许送？您得把道理给我们讲明白啊！”

“没什么可讲的！哼，在里面还想吃好的？美得你！”

“我们对敌人都有一条不虐待俘虏呢，探视探视怎么了？您老先生学过毛主席著作吗？”

老警察瞪着眼睛说：“你们想干什么，闹事哇？不看看这是什么地方！”

“同志，我们就要求探视一下，送点儿吃的。”

“不行！”

“为什么？”

“那是规矩。”

“现在公检法系统也在斗批改，你们这规矩也该改一改了。”我们嘲笑着这位土里土气的老警察。

老警察严肃地警告我们：“放老实一点儿！这地方可不是闹着玩儿的，

一进去就全抽巴儿了！”

当着众同学面，我逞强道：“进去就进去，蹲局子有什么了不起的。”

“你们是哪个学校的？”

“四十七中的。”

“什么案子？”

“硬说我们有枪。”

“你叫什么？”

“马清波。”

“嘿嘿，你就是马清波啊，嘿嘿！”老警察马上就给里面打了一个电话。不一会儿，出来一个年轻警察，平淡地问我：“你叫马清波？”

“对。”

“跟我走吧。”

老警察在旁边嘲笑道：“哈哈，正要找你呢！自己送货上门。”

我跟着他向里面走去，心里明白自己就要给关进铁笼子里了，很有些紧张。转念一想，雷厦也在里面，跟自己朋友一起坐牢，有什么可怵的？光天化日之下，同学们都看着，不能太㞞。心一横，情绪马上镇定下来。雷厦被抓走时的样子多英勇，我要向他学习。《红岩》里的革命先烈也都是我的榜样。

和我一起来的同学们全都傻了，大眼儿瞪小眼儿。

身后，传达室的老警察仍在自言自语地乐着：“哈哈，送货上门，倒省事了。哼，这回老实了吧！叫你狂！嘿嘿，送货上门！”

这是上午十点多钟。往里走过一片很大的空地，来到了一座灰色大铁门外，拘留所这才露出了它的真实面目。铁门能进卡车，上面钉着密密麻麻的大铆钉及角钢。周围是两米半高的红砖墙，砌得又平又齐，砖墙上架着一米高的电网。这拘留所的牢房位于满是绿树鲜花的院子最南头，从外面根本发现不出来，就像武林高手，功夫威猛，深藏不露。

警察按了一下门铃，大铁门上露出了一个小洞，一双眼睛窥视了一下后，铁栓响了响，大铁门上的小门开了。里面站着一个持枪的解放军战士。我们进去之后，小门又关上，一阵儿哐哐当当，铁栓重插进槽。

年轻警察把我带进了值班室。里面空空的，除两张办公桌外，什么也没有。这警察开始搜我的口袋，所有的东西全都掏出来了，眼镜也被嗖地扯下，连看都不看我一眼，就指着屋角喝道：“蹲那儿去！”语气果决，不容抗拒。

我低着头，走到屋角处，乖乖地蹲下。

他例行公事地把桌子上我的东西一一地填在一张表格里。

我跟大便一样蹲着，感到非常窝火。本是一米七的堂堂男子，这么一蹲，变成了侏儒，看警察还得仰着头。可我又不能不蹲，这是拘留所，无产阶级专政机关，忠于毛主席的革命战士，不能反对它。

蹲了好一会儿也没人理我，视力所见都是桌子腿、椅子脚、墙脚。过去最讨厌上茅坑没挡板的厕所，不愿让人看见自己的蹲相，可现在我就是以这蹲坑儿的姿势出现在拘留所办公室。

偶尔进出一两个警察，裤腿和鞋在我眼前移动。好窝囊哟，我又不是老农民，干吗让我蹲着？这只有一个解释——故意让你猥琐，丑化你，不叫你威武。蹲呀蹲，直蹲得我眼冒金星，双腿失去知觉，一个警察才来领我进去。这样的蹲坑下马威实在是令人印象深刻。

我向看守要眼镜，得到的答复是：“不行，里面不许戴眼镜。”

事后，我才知道这是为了预防犯人用镜片自杀，所有“四眼儿”都不许戴眼镜。

穿过一个篮球场大的院子，左手是一座礼堂般又高又大的东西走向的房屋。山墙中间是大门，进去后是一条走廊，南北两面全是小牢房。灰色的厚铁门、大铁锁、粗铁棍，跟动物园里的猛兽馆差不多，只不过门没有那么大，走廊也没有那么宽。

我一直跟着看守走，头晕晕乎乎。两旁铁门上的小窗户里都露着一张张惨白的脸冷冷地盯着我……当路过一间牢房时，我听见左边有人在大声咳嗽，向左一望，豁然发现雷厦正趴在窗口上看着我，一下一下地使劲儿蠕动着嘴巴，焦急向我表示着什么。他才蹲了几天，脸色就惨白如鬼。他的嘴巴口型好像在说一个什么字，但又不敢发出声音，怕被看守听见，我实在猜不出他什么意思。

看见了好朋友的脸，心里立时踏实多了，头脑也清醒，蹲坑儿的耻辱感登时消失。

后来我发现，一旦有新犯人送进牢房，各牢房铁门上的小窗户事先都要关上，不让犯人看见谁又给抓进来。那天因为我是临时送货上门的，才没有关窗户。

牢房的铁门约两厘米厚，都漆成灰色，门上有一大铁棍，插在铁槽里，再挂上个足有一公斤重的大铁锁，锁上的U型棍有手指头粗。

根据用牙膏皮偷偷写在毛主席语录本上的记载，我是一九六八年四月二十三日上午十点被关进了北侧的四十四号牢房里。进去后，按规矩睡在东地铺最靠门处。

加上我，四十四号牢房里面共有十二人，都睡在木板地铺上。地铺分东西两块儿。中间是一条半米宽的人行道。两边各睡六个。靠门有一米多宽空地，门西侧屋角有一个水泥池子，上面有个水龙头。平时小便都在这个池子里。

牢房里的气氛极冷淡，进去后，没一个人理我。这屋背阴，光线昏暗，只有门对面墙上有一个小窗户，很高，快挨着天花板了，上面竖着六根钢棍。我待了半天，眼睛才看清了周围的人。这些家伙都跟动物园里的野兽一样默不出声，懒懒洋洋地坐着。

晚上九点准时睡觉，每人必须躺下，若尿尿得喊报告，经看守批准后，方能站起来，到水池子处尿。

牢房里的电灯彻夜不关，头一夜我几乎没睡。

牢房的木板地铺，刨得很光溜，约有三厘米厚。铁门对面墙上贴着一张拘留所所规，有六条，用毛笔写的，记得大致如下：

海淀分局拘留所所规

第一条，高举毛泽东思想伟大红旗，认真坦白交代自己的罪恶；

第二条，一切行动服从管理人员指挥；

第三条，认真反省，不许相互打听和议论案情；

第四条，禁止传纸条，禁止打架斗殴，禁止大声喧哗；

第五条，遵守作息制度，保持室内卫生；

第六条，发现违犯所规者，要积极揭发检举。

那水泥池子只有脸盆大小，洗脸、刷牙、尿尿全在这里。牢房里无论冬夏秋春，都喝凉水，没有开水供应。

门上的小窗户有半个象棋盘大，罩着铁网。门外有个活动木板，看守平常把木板关上，不让犯人看见走廊里的情况和其他屋子里的犯人。只有看守需要观察牢里的情况时，才会打开。晚上睡觉和开饭时通常都打开，便于监视。

坐牢的第一感觉是脑袋特木，反应迟钝，像一个呆傻痴人。

身旁一个脸色苍白的瘦杆儿狼低声问我：“什么事儿？”

“什么什么事儿？”

“你为什么给关进来了？”

“公安局怀疑我们把枪带到了北京。”

“还有别的事儿吗？”

“没有。”

他两个黑窟窿般的眼睛仔细地打量着我。

吃晚饭了，看见大家一个个拿窝头，我也伸手去拿离自己最近的窝头。不料，胳膊却被瘦杆儿狼不客气地扒拉开了，他仿佛变了一个人，冷酷无情地说："慢着！你最后一个拿！"

原来拿窝头要排队！轮流第一个拿。怎么个顺序记不清了，好像是按睡地铺的位置。新来的总在最外面，自然要拿别人挑剩下的。每人在拿窝头时，都要探着身子，前后左右仔细察看，挑一个坑儿最少、体积最大的窝头……

身在拥挤昏暗的牢房，并没有忘记我们三人制定的攻守同盟。反正为应付警察，我们有充足的准备。头上似乎压了一座千钧大山，压抑极了，心里非常明白，坚持下去，下场凄惨。为鼓舞自己，心里默默地唱着一首歌：

红领巾，
胸前飘，
少先队员志气高，
红领巾，
胸前飘，
少先队员志气高，
时刻准备着，
为国立功劳，
时刻准备着，
为国立功劳！

搞枪就是准备着为国立功劳，没有什么可后悔的。

许云峰面对敌人镪水池，大义凛然；刘胡兰自己走到敌人铡刀下面；布朗基为工人阶级解放，前后坐了三十三年牢……我努力想象着这些英雄，鼓励自己。

起码，我不能比吴山顶先说。他现在特别想得到雷厦的原谅，正拼命表现，我要和他比一比，决不能先他而当叛徒，被同学们瞧不起。

进去的当天晚上就提我到审讯室。里面坐着两个警察，灯泡有一百瓦，雪亮雪亮。他们不说话，默默地观察着我。没有眼镜，我看不清他们的表情，但能感觉到气氛严厉。

"把你的问题说说吧。"为首的一个小个子，开始说话，口气凶悍。

"让我说什么呢？"

“你装什么孙子，丫挺的老实点儿！”

我咧了一下嘴，没料到人民警察说话也这样痞。

“马清波，我们完全掌握你的情况。你在后方遥控雷厦、吴山顶，快交代吧。”小个子警察眼睛炯炯有神，贼精明。

我绝对相信雷厦和吴山顶都不会说，对方肯定是在诈我。我尽量用坦白诚恳的口气说：“我不知道他们的事儿啊。”

“哼，少装丫挺的！别给我来这个！老实交代！”小个子喝道。他面孔严峻，两个大眼睛黑白分明，咄咄逼人。

“我不知道你们为什么抓我。”

“再鸡巴装孙子，给你上家伙！”

我沉默着，不再说话。

两个警察轮流询问，一凶一善，软硬兼施。那小个子的眼睛久经沙场，目光跟刀一样锋利，与捷尔仁斯基的功夫不相上下，能一眨不眨四五分钟。与他相比，我的眼睛根本就不是对手。

但硬着头皮没有承认。全四十七中同学们都在看着，我不能当叛徒。

回到牢房后，觉得压抑得要窒息。这里的警察可比昌都公安局的藏族公安凶多了。心里万分沉重，知道硬挺下去，就永远出不去，怎么办呢？惨苦之极。在阴暗的牢房里，我倚着墙，默默地背着《革命烈士诗抄》里的一首诗：

为了免除下一代的苦难，
我们愿，
我们愿把这牢底坐穿！
……

我能够把这牢底坐穿吗？自己问自己。够戗。刚开始好坚持，但时间一长，就不好说了。为了三把枪，将一辈子耗在这儿，不是傻蛋吗？为了将来的远大理想，可以灵活机动、假投降一下。留得青山在，不怕没柴烧，关死在里面，还怎么为国效劳？

可是，已经与雷厦、吴山顶定了对付公安局的战略，我又怎能首先变卦？一个中学生的荣誉是看他在危难时刻能不能守信用，即使有千条万条理由，你背弃诺言，首先屈服，也会为同学们所鄙视，在学校臭到家。

说不说？坦白不坦白？心中矛盾万分。

接着，又是第二次审讯。

严峻的现实使我认识到，对方这么穷追猛问，肯定掌握了什么，看来第一道防线失效。我就开始执行第二道防线——承认搞过枪，但半路被人截了。

没想到我退让了一步，那小个子警察非但没客气点儿，反而更凶了："马清波，我跟你说，别他妈的装孙子！"

"我没装孙子。"

"你小丫挺的到时可别后悔啊，哼！"

他似乎跟老婆吵了架，满肚子的火朝着我发，一言一语都怒气冲冲。我是四百度近视，看不清他的脸，仍能感到他目光刺杀过来的压力。奇怪，我一没偷他东西，二没打他孩子，三没欠他钱，一点儿没招他惹他，他干吗这么仇恨我？他的目光像一把看不见的尖刀，审了三个钟头，扎得我全身都是窟窿。

警察的眼睛就是犀利，不服不行。终日跟流氓、盗匪、骗子、杀人犯打交道，练出的眼睛跟常人确实不一样。那目光极酷，照你三分钟，一眨不眨，小菜儿一碟。我相信面前这双警察眼睛所照过的人中，肯定有被枪毙的。这名副其实是捷尔仁斯基的眼睛，能把亡命徒、小偷流氓照得屁滚尿流。凭祥隘口村的独眼龙虽恶，比起眼前的警察来，嫩得就像小猫。

"你马清波是什么东西？不交代就在里面沤着吧！又想做婊子，又想立牌坊，别跟我玩儿这套！"小个子警察用拳头猛捶了一下桌子，"回去！"

我垂头丧气地拖着腿，被看守押回四十四号牢房。等看守哗哗啦啦把铁门锁上了，身边的那位白脸瘦杆儿狼又悄悄地问我："怎么样？"

我用沙哑的声音说："警察好凶呀，跟我拍桌子瞪眼。"

晚上，轮到我拿窝头时，也没心思挑，就近拿了一个。

从小到大，第一次尝到了当囚犯的滋味。警察怎么那么横，连杀猪的对猪也没这么凶啊，就算我搞了枪，也不是杀人犯，干吗如狼似虎的。

审这一次，把我的情绪给审得七零八碎、蒙头转向，得花好几天时间才能缓过气来。

拘留所与外界彻底隔绝，没有探视，除了语录本，其他书籍、报纸、杂志一律禁止带进来，广播也听不着。每个月可向家里要一次东西，在拘留所发的明信片上填。上面油印着被子、褥子、枕头、牙膏、牙刷、手纸、肥皂……要什么就在旁边打个对勾，写上地址，拘留所就给寄走，其他什么话也不许写。

在牢房里，我很愿意睡最外面，虽然离尿池子近，有尿味儿，但觉得这里离门口最近，离自由最近，离雷厦也最近。现在我已经判断出了雷厦所在牢房的位置是跟我一侧，西边隔三间牢房，而且耳朵也能分别出他的牢房与临近牢房开门声的区别。

我一天到晚竖着耳朵听外面的声响。想念战友。在里面一点儿也不想念父母，就是想念雷厦，想念我的刎颈之交，世上没有比他对我更忠实的人了！想想吧，父母的剩饭我都嫌脏，不愿碰，可雷厦却能喝我剩下的粥！

某天上午，我终于听见雷厦的牢房门打开了，警察叫雷厦，并听见雷厦和警察说了一句什么话，接着是一堆杂乱的脚步声。我注意到他直到晚上很晚才回来。不明白为什么审雷厦用了一整天时间，他午饭和晚饭在哪儿吃的呢？（后来我才知道他是带领警察到学校果园里挖埋藏的枪去了。）

自第二次审讯后，警察再也没理我了。

进去第四天以后，肚子开始饿得咕咕响。过去听人说过里面吃不饱，现在才有了亲身体会。一天两顿，每顿一个号称四两的窝头，其实也就三两。人一饿，说话都没劲儿，声音像蚊子叫。肚子空空，一星期才能攒够一泡大便。那窝头貌不起眼，特拉嗓子，饿几天后，才感觉它是黄金，它是生命，它是希望，它美若天仙。

吃饭排队拿窝头时，每人都弯着腰，伸长脖子，左顾右盼，聚精会神地挑，样子又可笑又可悲。平常多大大咧咧的人，吃饭时都要用一块手绢垫着窝头，不让一粒窝头渣流失……真没想到阳光普照的社会主义祖国大地上，还敢这么饿犯人！

这是一九六八年四月底，海淀分局拘留所放风没规律，有时一个月也不放一次。我进去后两个星期才赶上放风。每次按屋放，就像放茅一样，一屋排一队，全都低着头走出去，坐下后也必须低着头，不许东张西望。

过去在电影里看犯人放风时，是在监狱院子里转圈儿走路，但一九六八年春，海淀分局拘留所的放风，就是让你坐在外面小院的土地上，低头晒五六分钟太阳。

因为不许抬头，也不知道有几个警察监视我们，更不知道这院子围墙有多高，四周都放着什么东西，连身边左右是谁都弄不清楚。一出牢门，看守就不断地厉声吼道：“低头！低头！低头！”似乎是担心犯人看清楚拘留所内部的建筑结构，萌发逃跑之心，同时也严防犯人之间用目光传递消息、交流情感。

这天放风。我走在我们四十四号牢房的最前面，眼睛的余光发现雷厦已坐在他那排的顶头儿，穿着从西藏林芝搞来的军棉袄，在一群土灰色的犯人中很是显眼。我是第一个，也坐在我们这排的顶头儿。右边没人，再过去两米是一排牢房，专关疯子、盲流等临时犯人。

几名警察警觉地站在四个角落里，监视着这一百多个犯人。“低头！低头！”的吼声此起彼伏。小院子里塞了那么多的人，却很安静，只偶尔有人咳嗽一下。

我虽低着头，双手抱膝，但头稍稍右转一下，眼睛的余光就看见雷厦正低头盯着我，我们的目光碰上了！在周围犯人全部大低头的状态下，能跟朋友目光相遇，一股热流涌遍了全身。此时雷厦又向我做出撅嘴口型，并缩着头躲在前排人背后，装着挠痒痒，把胳膊抬了一下，一个叠成方块儿的小纸条儿无声地掉在我的右侧空地上。

他那排和我这排隔着三排，这家伙竟在警察的眼皮底下，把一个小纸条儿扔到我身边，好一个惊险小说的情节！我挪挪屁股，慢慢地，慢慢地伸手把那纸条儿拿起来。

回去后，我激动地打开纸条儿，上面只有一个字：“说！”

我这才明白刚进牢房时，他对我焦急地撅着嘴的含义，那正是“说”的口型。啊！我如释重负，高兴之极。雷厦这个决定太英明了！他不怕失去中学生最珍重的名誉，第一个勇敢地背叛了我们的攻守同盟。但这种背叛比不背叛更需要勇气。

自从被抓进来后，坦白与不坦白就在我的脑子里激烈斗争。但一直没有勇气彻底否定我们的攻守同盟，害怕人家说我软骨头，内心因此痛苦万分。谢谢雷厦，帮我卸下了这个沉重的负担。而且，他是冒着多么大的危险通知我的啊！在好几个警察的眼皮底下，若有犯人报告，就要挨罚，皮肉受苦。

雷厦的决定很正确，没有死守中学生心目中的道德戒律，我们不能为了信守最初的盟誓，而葬身在拘留所里。大丈夫能屈能伸，为三把枪把一生赔了，愚蠢到家。雷厦是好样儿的！

大约又过了一个星期，提审员又审我。这次我痛痛快快地把一切来龙去脉全招了。那小个子警察态度缓和地嘲笑道：“早你干吗来着？你拿枪照的相片清清楚楚的，抵赖得了吗？”

他们把我夹在语录本夹皮里的相片发现了！唉，大意了！大意了！

交代完后，等于放下了一个包袱，浑身轻松，估计关不了多长时间。文革中的这种事儿太多了，我们这根本就不算什么。

拘留所不是动物园，却有着关猛兽的铁门、铁锁、铁栏杆儿，在里面真是度日如年。每人都在一天一天地熬着，每人都记得自己蹲了多少天。比如民兵队长已蹲了五百九十八天；三建坏头头是二百三十九天；东四小流氓一百零七天；游泳教练二百六十一天……

看守极凶。每次上茅，刚蹲下去没十秒钟他就开始吼："起来！起来！"饿得再没有大便，只拉一截儿擦干净，也得要半分钟吧？看守这么吼，弄得犯人都得事先把裤子解好，聚集在门口，等门一打开，提着裤子闪电般向厕所冲去，以腾出半分钟时间多蹲一会儿。呵，动物园里的野兽也没有这么解便啊！

随着时间的流逝，我开始饥肠辘辘。这时，对拘留所最大的恐惧，不是看守的呵斥、同屋犯人的阴险和与世隔绝的孤独，而是饥饿。

饥饿把人饿得没有了尊严，把人饿成了野兽。

饿昏两次

四十四号牢房大约有十平方米，挤了十二个人，案情五花八门。

我这排最里面的是三建革联的坏头头，尖嘴猴腮，碎嘴饶舌，小平头，有时热情，有时奸刁，爱吹牛；他旁边是贪污犯，身材魁梧，脑袋特大，如同牛头，却女里女气，走路用脚尖，扭屁股，鹰钩鼻，说话鼻音很重，一脸阴险；接着是瘦杆儿狼、密云县某村的民兵队长，杀人犯，全身苍白，就剩下一副骨头架子，是四十四号最老的犯人；接着是写反动标语的海淀郊区农民小孩儿，头发长长的，也就十一二岁，菜黄的脸上充满困惑；我右边是一个家住钓鱼台对面的小伙子，因在阳台上给朋友照相，照到了对面的钓鱼台国宾馆而被关押审查。二十九年后，我才知道这小伙子是穆青的儿子穆小方。钓鱼台为当时的中央文革小组所在地，警卫森严。

对面那排从里向外依次是：盗卖黄金的四季青公社农民，强壮又精明，进城掏大粪时，在公共厕所里掏到了金条，去银行换钱被抓；东四小流氓王来顺，当地一霸，能摔跤，爱打群架，因轮奸妇女被抓；七十多岁的贫农老头儿，强奸幼女，白发苍苍，满脸皱纹，特会逛窑子；另一位因钓鱼台栽进来的英俊小伙儿，路经钓鱼台国宾馆门口时，猛往里看，卫兵催他快走，他还跟人家抬杠，结果抬到了四十四号；依稀记得还有某大学的一位老师，矮个子，微胖，目光和善，嘴角总带着一丝微笑，说是现行反革命；靠近水池子的是一位神秘人物，北京市体委的游泳教练，好像是政治问题。游泳教练双眼深陷，圆脑袋，自称教过贺龙游泳，出身好像很有背景。他无论多饿，每天都坚持做三十个俯卧撑，肋骨也像民兵队长一样，瘦成了搓板儿。

在里面，除了吃饭就是学习反省。白天严禁躺着，必须把被褥卷起，端坐在木板地铺上。上午学习前，首先背诵一遍拘留所所规。这么坐一上午，坐得屁股生疼，有意不让你太舒服。

每天两顿饭，上午九点和下午四点，一年四季都如此。开饭前每屋先发一桶碗，随后发一桶窝头，一桶菜汤。这时全牢的犯人，立刻从麻木和昏睡中苏醒，个个眼睛里都射出了一道渴望和兴奋的光，贪婪地盯着那两个铁桶。

犯人轮流值日，值日者把十二个碗摆成两排，再把十二个窝头放在十二个碗里，然后排队拿。当时牢房里虽然有一个读报员，等于是号头，但特权并不明显，也跟大家一样排队拿窝头。第一个拿的可以挑一个最大个儿的窝头，第二个拿的可以挑第二大的——其实每个窝头都一模一样，用机器做的，只不过有的窝头多一个黄豆大的小包儿，有的窝头缺一小块儿。头天他第一个拿了，第二天就轮到他最后拿，顺序严明，雷打不动。你必须记住，你在谁的后面，只有他拿了，你才能拿。

海淀分局拘留所号称一天八两粮食，囚犯每天吃两个窝头，但我真不相信这窝头有四两重，撑死也就三两。比学校的二两窝头是大一点点，但绝大不到一倍。文革前拘留最长时间是十五天，饿十五天，虽不舒服，可不会饿成民兵队长那样儿，整个儿变成活骨头架子。文革开始后，砸烂了公检法，拘留时间就没了上限，甚至有关近两年的。这民兵队长就是一例，他的故事也冤也不冤。

一九六六年文革开始后，密云某村一个老贫农家断了粮，向生产队借，书记不批。老贫农一急，扬言要到大队粮库抢。大队书记让民兵队长把老贫农绑在树上教育教育。民兵队长绑好老汉就领着民兵一顿乱打，结果把老贫农打死了。后来中央发通知制止北京郊区大肆屠杀地富反坏，此案也揭发出来，民兵队长就被逮捕。

他眼泪汪汪地对我说：“咱是奉命干的，我一点儿手没动……”他压低声儿，“唉，成了替罪羊，在这儿蹲了一年零七个月二十三天。你看这胳膊，你看这腿，你看这胸脯，你看这屁股……”

他掀起上衣，一样一样地让我看他的身体，真惨不忍睹。那大小胳膊上没一丁点儿肉，除了血管就是皮；胳膊肘尖得像梭镖；搓板胸脯上的八对肋骨，露出八道黑棱子，稍稍一碰就得戳穿皮。“皮包骨头”这个词儿形容他太准确了，要是给他照个相，跟非洲的饥民和德国奥斯威辛集中营里的饿殍完全一样。最让我吃惊的是，他的大腿竟还不如我胳膊粗！那就是骷髅的大腿，透过一层薄皮能看见骨头上的纹络、沟缝和凸起。

他瘦得没有了屁股，只一个骨盆裹着层皮，全是片片坎棱，嶙峋不齐。扒开裤子，他的俩髋骨凸出，像两个刚刚冒出头的牛角。小腹深陷，瘪得几乎挨着了脊椎，把他拿到医学院去当骨骼标本完全够格，地地道道一具会说话、能走动，有一层皮儿包着的骷髅。除了鼻子不是黑窟窿外，他脑袋也跟骷髅头相差无几，从脸颊上就能隐隐看见两排白白的牙床骨。会动的骷髅头更可怕，跟鬼一样。当他向我展示自己的身体时，他心疼得眼呈噙着泪花。

我这是第一次看见这么瘦的人，已过去三十多年了，还难以忘怀，也不知道他现在还活着没有，他的名字叫果进魁。

在拘留所里挑窝头的场面也终生难忘。

待值日者把桶里的窝头一个个小心地放到十二个排得整整齐齐的碗里，每人开始轮流拿窝头。那挑窝头的姿势、神情都是外面人所难以想象的。虽然各人教养不同，案情不同，家庭背景不同，但在饥饿面前却都一样地睁大眼睛，伸长脖子，大弯腰，撅着屁股，专心致志挑一个最完美无缺的窝头，根本顾不上什么脸面与尊严。

三建革联的坏头头，挑窝头时，要用双手支着俩膝盖，深躬着腰，屁股朝天，逐个儿研究十二个窝头的形状，反复研究比较，费时数分钟才最终选中一个。

民兵队长挑窝头时也特别小心翼翼。他沉默着，每下定决心拿一个时，都咬紧牙关，闭上眼睛，似乎是生死关头。因窝头里有陷阱，表面上挺好的，底部却暗藏缺损，再会挑也有闪失（挑窝头时不能碰，碰着了就必须拿走）。对瘦杆儿狼来说，少吃一粒窝头渣等于少活几天。

跟钓鱼台国宾馆门卫抬杠的那英俊小伙也是一个近视眼儿，个子又高，挑窝头时，必须把脸靠近窝头，这就要求他跪在地上，用双手撑着地，尽量拉长脖子。他的皮肤很白，现在被饿得更白了。

尽管所有窝头都非人工所做，是用模具压出来的，可有时某个窝头会粘上一小块儿渣渣，某个窝头又会少一小块儿渣渣，第一个拿窝头的就有这便宜可占。

头几天，我没心思吃饭，不怎么觉得饿，也不好意思挑，轮到自己时，随手就拿，连想也不想。但从第四天开始后，就感到了饿，也开始挑起窝头来。可我眼镜被没收了，看不清楚窝头具体特状，常常挑错。记得头几次挑时，还拉不下脸皮，不敢把脖子伸得太长，后来越来越饿，就越来越不要脸。

最后，我也要蹲在地上，伸着脑袋，脸尽量靠近窝头，睁大眼睛，上下左右，三百六十度地快速审视。这种姿势很像国际摔跤裁判的样子——跪在地上观察运动员的背部着没着地。

按惯例，只要不碰着窝头，你离窝头多近都没有关系。

有一次，农村小孩儿发现了一个窝头特饱满，轮到他拿时赶紧抢到手。但手刚一碰上窝头就后悔了，可能发现窝头下部缺了一小块儿。他本能地把窝头放回原处，想再换一个，众人立刻严厉地喝道："不行！碰着了就算你的！"他只好又拿起那个窝头，用一块手绢托着，边吃边默默地流泪。

这个才十一岁的农村小孩儿又瘦又弱，已经被关了四个多月了，病病恹恹，整天缩着脑袋一声儿不吭，蔫儿得要命，天知道就这么一个小嘎巴豆子怎么会写反动标语。

正常的玉米面，嚼一会儿会有一丝甜味儿，但海淀拘留所的窝头怎么嚼也是一股发了霉的苦味儿。这跟粮店里卖的玉米面不是一个概念，你在北京任何粮店里都绝对买不到。谁吃第一口，都要皱皱眉头，苦涩糙硬，毫无黏性，锯末一般，比我们四十七中的窝头可差远了。听老狱友说，这是在粮库里放了多年的陈粮，专拨给拘留所用。但时间一长，随着肚子饿得咕咕叫，那毫无甜味儿的窝头就越来越有魅力。

每个人一拿起窝窝头，就像捧着自己的性命，小心翼翼，先要在手掌上放一块儿手绢或毛巾，然后把窝头放在上面。这样，窝头掉下的每一个小渣渣都不会跑掉。拿完窝头后，一定要用舌头把拿窝头的几个手指头细细地舔一遍。在拘留所里，大家梦寐以求的事情就是自己拿的窝头上能多沾几个渣渣儿、多一个鼓包。

吃饭时，牢房里安静极了。我吃饭很快，为了不至于自己吃完，看着别人吃眼馋，规定自己每咬一口窝头都要嚼一百下。等嚼到三十下时，这口窝头就已成糊糊状；待嚼到一百下时，这口窝头跟水一样细腻。别人也都和我一样，一口窝头反复咀嚼，非要嚼成比棒子面粥还稀时才咽下。

吃完后，每人都再用手指头沾点儿唾沫，把身边掉下的小窝头渣儿一个个粘在手指上，送进嘴巴里，即使掉进裤裆一个渣渣儿，也不放过。毛巾、手绢上粘的所有窝头渣儿也要用舌头一个个地舔干净。

全部打扫完后，再用自己的舌头清洗口腔，上下左右旋转，嘬出一股股唾沫反复冲洗牙床，用舌头将牙缝儿里每一粒食物碎渣儿都卷出来吃掉。

这样，一个窝头，一碗菜汤，我们能享受一个多小时。

拘留所的菜汤根本没油，只有一点菜叶和盐。夏衍写的包身工们吃的饭还有工头用抹香脂的手揉巴揉巴的油星儿，可我们的菜汤却就是盐和菜叶。

三建革联的坏头头及那小流氓都曾多次进过拘留所，非常怀念文革前的大好光阴，说那时有规矩，拘留多长时间全按规矩来，到期限就走人。虽说也饿，但熬过期限就能出去，没这样一关就一年多的，把人饿得不死不活。

饥饿的犯人把一切能吃的东西都吃掉。牙膏是最经常被吃的，拘留所对牙膏没限制，一个月可以捎两三筒。据说牙膏里有甘油、淀粉、糖精等好几种能吃的成分。我也吃过牙膏，但毫无效果，照样被饿得眼冒金星。

还有的人饿得受不了，吃手纸，因手纸也可以每月都带进来。而我们差不多都是一个星期拉两次大便，绝对用不了这么多手纸。反正手纸是植物做的，植物里有蛋白质，肠胃多多少少能吸收一点儿。

当被饿得要昏倒时，有人还吃被子里的棉花，给自己空空的胃里装一点儿东西。民兵队长就把被子里的棉花几乎都吃空，大冬天没被子盖，一天到晚都穿着棉衣棉裤缩着，冻了好久，才获恩准，从家里再要了一条被子。

拘留所里每个犯人脸色都惨白惨白，一是不见阳光，如同总用胶布包着的伤口，拿下胶布后，那块皮肤就变得特别白嫩；一是饥饿，缺少营养。有一次放风时，我亲眼看见坐在前面的一个犯人，低着头，用手指头抓地上的蚂蚁吃。

为了能早日离开拘留所，结束这饥饿的熬煎，有不少人痛痛快快地交代了杀头之罪，宁肯挨枪子儿也不愿挨饿。

我不明白，毛主席说过要讲革命的人道主义，为什么在拘留所里故意饿犯人？经细细琢磨，拘留所这么干有四个很现实的好处。

第一，把犯人饿得软弱无力，没劲儿逃跑；第二，摧毁犯人意志，逼你坦白交代罪行；第三，犯人被饿得虚弱不堪，不会闹事儿，更不会暴动，保证了拘留所安全；第四，有意惩罚折磨犯人，让你终生难忘，以后不敢再犯错误。

里面很少放风，但早晚各放一次茅。因为犯人不活动没关系，不排泄却不行。放茅是一屋一屋地放，每个牢房犯人在厕所里仅有两分钟时间解便。为了多有点儿时间，从第一间牢房开始放茅后，大家就聚集在门口，把裤子解开提着，同时酝酿情绪，将排泄物移送到大肠尽头，只等看守一打开门，就飞快地冲向厕所。刚一蹲下，看守就开始吼："走了，走了！"所以不提前酝酿的话，根本拉不出来。由于吃得少，一般人三四天才大便一次，而我为了对付肚子，不让它空着，往往一星期才一次。但每次放茅我都去，从不错过，想借着这个机会，活动一下腿脚，走出那个水泥笼子。从牢门到走廊顶头的厕所也就二十来步，来回多走这四十多步觉得很满足，能享受一下走出四十四号牢房铁门外的那一丁点儿自由——虽然仍然在大笼子里。

天天挨饿，让我又回想起了三年困难时期的可怕情景。自己被饿成一头猪，偷吃了姑姑一家的晚饭，还偷吃哥哥的点心，偷吃同学的大梨……身体强壮的人对饿的反应就强。初中时期，我对饥饿的锻炼，从来没有成功过，屡练屡败。我切身感到，不怕饿是没法锻炼的。但三年困难时期，再怎么饿我也没昏倒过。

可在海淀拘留所里，我却被饿昏过两回，毕生中头一次尝到了不省人事的滋味儿。头一回是个上午，我坐在地铺上，想去小便池解手，以正常速度站了起来，还没迈脚走，突然眼前一黑，失去了知觉，摔倒在地上，砸了往钓鱼台里看的小伙子一下。他被砸得很疼，想生气，又没办法，我也不是故意的。

倒地后，不一会儿就苏醒过来，连连向小伙子道歉。全屋的人似乎对此司空见惯，没有任何表示。

我不知道人在饥饿时，应该慢慢地站起来。游泳教练告诫我，在拘留所里整天坐着，当往起站时，一定要慢，要扶着墙，否则血糖低，很容易昏倒。

第二次我已经很注意了，不敢以正常速度站起来，扶着墙，慢慢地往上起，可速度还是快了，身体刚一站直，眼前一黑又像棍子般倒下，摔在地上。不过，几秒钟后就清醒。这次又砸了一下那个钓鱼台小伙子。

“你以后慢点儿啊，别给哥儿们砸坏了！”小伙子很不高兴地埋怨我，轻轻地揉着自己的腿。从这以后，我更加小心，当要站起来时，尽量慢，跟八十岁老头儿一样扶着墙，缓缓地站立，缓缓地伸直腰，缓缓地挪动脚步走到尿池子旁。

单腿蹲起，我原来能做十五个，现在一个也起不来了，这是进去一个月后发生的事情。想一想吧，正常人的大便是一天一次，我却一星期一次，我吃的至少是连正常人的一半儿都不到。

真不理解那窝头号称四两重，为什么却不做够分量？政府怎么说话不算话？如果六两，你就说六两，我们也服；但你明明说是八两却不按八两给，就让人想不通，有气。当看守心情好时，我们也可以跟他小聊几句。犯人把每个看守都称为班长。这些看守大多都是北京郊区农民出身的警察，在里面通常都穿蓝警裤，绿上衣，不戴大檐帽。

某次，我向一个据说心眼儿不错的马看守感叹道：“班长，里面真饿呀！这窝头有四两吗？实在太饿了。”

马看守语重心长地说：“知道饿就好，以后别干犯法的事儿。”

“班长，饿得心慌哇，共产党说不搞肉刑，可为什么不给吃饱饭呢？”

“你当这是住旅馆哪？专政机关就得有专政机关的作用！饿你几天，一辈子再也不犯错误了，这有啥不好？”

这是马看守心情好的时候，要是他绷着脸时，只要看你站在门口，就喝道：“去！回去坐好了！”“啪”地把门上小木板关上，封掉你观看外界的唯一窗口。

狱中的犯人都希望门上这块小板子能开着，能流通一点儿空气，也能看见一点儿走廊里发生的情况。似乎这扇小窗户开着，就不算完全与世隔绝。

我当时曾闪过一个念头，出狱后一定给党中央写封信，把拘留所里饥饿的情况向上面反映反映。共产党要实行革命的人道主义，怎么能搞体罚呢？那窝头其实也就三两，绝没有四两，这是在给共产党抹黑啊！

一九六〇年困难时期也饿，为了同学欠我二两粮票，可以撕破脸皮去要。那时再饿也有盼头，还能到姑姑家撑开了肚皮吃一顿，从没饿昏过！可在这里面，每天下午四点开饭到六点钟就饿了。不到晚上九点，犯人不能躺下睡觉，必须规规矩矩地坐着。哎呀，到次日早上九点钟开饭，还有十二个钟头，这段时间怎么熬？我们就聊北京各个饭馆、各种好吃的菜，脑子里想着各种美味，馋得满嘴口水。我真后悔北京有那么多饭馆，过去却不珍惜，没有好好吃吃，享受享受。

游泳教练下过不少馆子，谈起来津津有味，令人羡慕。前门的炒疙瘩、萃华楼的大虾、恩成居的炒鱿鱼丝……他全吃过。人在饿时就想着吃，聊吃是我们永不枯竭的话题。我在这儿所听到的对北京城里各个饭馆的介绍，比任何书上讲的都全面、丰富、生动、具体、细腻，还附有各种体会。

各种平时不很在意的菜，现在都那么让人馋涎欲滴。一碗普通炸酱面都梦寐以求，比山珍海味不次。我发誓，出去后一定把北京的知名饭馆通吃一遍。过去太傻了，不知道吃对人类是这样的重要，不知道吃为万福之首，不知道吃远远超过性。我这时才发现，吃饱是人生第一需要、第一快乐，女人绝比不过食物。此刻，如果美色和窝头二者让我选，肯定要选窝头。

民兵队长常常心疼地抚摩着他那瘪成一道深凹的肚皮，比搓板还搓板的肋骨，黯然神伤。他皮肤苍白，毫无血色，胳膊上的浅蓝色静脉管突出得吓人。但他很有尊严，从没到尿池子里捡别人吐的嚼不动的菜帮子吃。而那个老强奸犯却总是毫不在乎地从尿池子里捡烂菜帮子，用自来水冲冲，吞进肚里。

论毅力，我最佩服睡在水池旁的游泳教练。忘了他叫什么名字了，剃个光头，人很精明，也看了很多书，讲起世界名著头头是道。他是因为一件政治案子给抓了进来。看他那架势，像个干部子弟，却从不说自己父母是谁。是故弄玄虚，还是真的不愿意让人知道？我到现在也搞不明白。他知道很多中央首长的住址，认识很多高干小孩儿，聊起上面的事儿，我们都插不上嘴。

他举止娴雅，有教养，最大特色是每天在牢里做三十个俯卧撑，而且是用十个手指头做！这个举动大家都望尘莫及。我只蹲了几天就饿得一动不想动了，连做一个俯卧撑的勇气都没有。

据东四小流氓王来顺告我，教练已关了八个多月了。刚来时，因为受不了饿，曾让家里捎东西时偷偷把巧克力藏在一个枕头里，这样维持了一段时间后被其他犯人告发。看守马上召开批斗会，命令他跪在大家面前。最要命的是减少了他一个窝头，每顿饭只给半个。几天过后，他就完全瘫了，再也做不了俯卧撑，从早到晚都躺着，盖着厚厚的棉被，这样持续了两个多星期，最后奄奄一息。当班长询问他还破不破坏所规时，他流着泪保证再也不破坏，说话声音微弱如丝。这才恢复了他的正常供应，捡了一条命。

他是圆脑袋，颧骨突出，眼睛显得特大特深。他瘦胳膊上的青筋暴起，耳垂薄薄的，几近透明，屁股上的肉倒还有一点点，但也快被饥饿的刀锋剔没。被饿成这样了，他还天天做俯卧撑。

他曾低声对我说："你比较实在，这地方里实在的人不多。但你必须懂得保护好自己，有时候不能太坦白，否则就是笨蛋。社会是很复杂的，不能不留点儿心眼儿。"大家都被饿得有气无力，懒得说话，他却还能花力气给我讲这些人生经验。

伟大的目的产生伟大的毅力。我搞枪的目的是好的，是伟大的，是对国家有利的，可为什么就没有伟大的毅力呢？我明白是饥饿摧毁了我的信念。饥饿能把人的精神世界完全彻底毁灭，把人饿得失去理性，六亲不认，变成野兽。

我曾用牙膏皮在语录本里记日记：

> 6.1 今天第 40 天了，越是接近胜利，困苦越大。
>
> 6.12 头可断血可流，革命气节硬骨头精神不可丢！

嘴上虽那么说，心里却对饥饿不寒而栗。

墙上依稀残留着当年联动写的标语："英雄的红卫兵万岁！"不过据老犯人说，联动分子当时在狱中每人每天多优待一个窝头，所以士气高昂。

在钓鱼台对面照相的中学生要释放了，这位穆青的小孩儿平时寡言少语，但一说起自己的遭遇就愤怒不已——在自家阳台上高高兴兴给同学照个相，结果就被关到了拘留所里，饿得面黄肌瘦，难道住在钓鱼台国宾馆对面就有罪了吗？

他的释放勾引了我的无限伤感。没有纸笔，就偷偷地用牙膏皮在手纸上给父母写了一个小纸条，托他带出去，送到我家。大意是：

爸爸妈妈：

饿啊！饿啊！一天只两个窝头，在里面饿昏了两次，走路都得扶着墙走，说一句话都上气不接下气……饿啊！饿啊！恳请你们快快找找公安局的熟人，帮我早日出来。

饿啊！饿啊！饿啊！

小波

依稀记得，北京市公安局的一位副局长（张烈）是父母的老战友。

从越南回来后，我跟父母关系一直疏远，自己无论多么困难，也不想求他们，宁肯流亡师范学院，也不回家，不愿在他们面前表示出一丝丝的怯懦，好像在赌一口气。但海淀分局拘留所把我制服，一天俩小窝头震慑住了我。我没有法国革命家布朗基的毅力，只坐了一个多月牢房就难以忍受。一九六〇年的大饥荒饿伤了我，太怕饿了，一饿就完全垮掉，毫无意志力。

在海淀公安分局拘留所，我又一次尝到了饥饿的可怕力量，它能使人吃牙膏、吃手纸、吃棉花、吃蚂蚁、吃死人啃过的剩窝头。

无名死者的窝头

刚进牢房时，我对这帮刑事犯非常提防，以为他们都是社会渣滓，满嘴瞎话、阴险狡诈、心黑手辣。但终日和他们吃住在一起，渐渐了解了他们善良的一面。

首先，四十四号牢房轮流拿窝头的制度，人人平等，不管你犯多大罪，多罪恶滔天，都一视同仁。像那个七十多岁的老贫农，用两块糖哄着奸污了人家七岁小姑娘，在屋里成天聊逛窑子的经验，这么坏的家伙，也有机会第一个拿窝头。

东四的小流氓王来顺，在我们牢房里是最厉害的，关的时间短，肌肉都还没丧失。他嘴能骂，腿能摔，手能打，谁也不敢惹，但他并不恃强欺弱。我从不记得他打过谁。听说我喜欢摔跤，他还热情地教了我一个绊儿，饿成那样儿，动一动就心慌气短，尚能给我比画两下。不过，我一饿，记忆力、领悟力就特差，对他的比画，怎么也不明白。他就又重复了一遍，累得气喘吁吁。

这小流氓穿肥肥的黑灯笼裤，多次进过局子。我想，他调戏轮奸妇女，就是性欲太强，属于一种性欲亢进的病，若有减低性欲的药，他就不会犯这罪了。科学家真该研究研究，发明出这种药。

民兵队长特爱抚摩自己的细胳膊、细腿，伤心落泪。他说他的胳膊原来粗着呢，腱子肉像个小馒头。他心疼地一下一下地轻轻摸着自己瘦得没肉的大腿，那么温情脉脉，好似抚摩着一位小情人。

三建坏头头，爱吹自己下过多少饭馆，多么会品味，吃饭时，菜汤里发现了一个苍蝇大惊小怪，嚷嚷一天。他也关了七八个月，全身精瘦，敢光着屁股站在大家面前擦澡。

农民黄金犯一肚子的牢骚：“又不是抢的，又不是偷的，我从大粪里捡的金条卖给国家银行，这算犯了什么法？”

钓鱼台小伙子也常感叹自己冤枉：“什么事儿呀？我往钓鱼台里看了一眼，就给抓进来。不让看，你把门挡起来呀！”但人们对他总不及对穆青小孩儿同情——谁叫他到钓鱼台门口犯狂，跟哨兵抬杠，不招驴才怪。

里面的人牙都邪白。每顿就是窝头，没有肉，食物成分简单，吃完了再用舌头把三十二个牙齿擦洗数遍，牙缝里就根本留不下一粒食物残渣儿。再加上为打发时间，每人早晚都刷一遍牙，把那牙刷得洁白贼亮。牙黄的人，要想去污，到局子里蹲一个月，保准见效。

拘留所与外面彻底隔绝，平常和外界联系的唯一窗口就是门上小方洞，而所谓的外部世界也就是一条走廊和对面那排灰色的铁门。但看守常常把这小方洞关上。后窗户虽高，架人梯倒可以看见外面：也不过是一堵有电网的高墙和下面的一个自行车棚顶。而布朗基住在法国 MOUNT 要塞监狱中，透过铁窗还能看到蔚蓝色的大海、渔船及沙滩。

每次放风，所有犯人不许抬头、不许说话。场面古怪，一百多号人都深深地低着头，肃然无声，默哀一样。偶尔警察训话，全都低头静听。只能用眼睛余光，感觉到四周犯人的存在。给我印象最深的是每个人的脸都那么惨白，像涂了一层白粉儿，个个不用化装就能演白骨精。尤其是在灿烂阳光下，白脸、白牙、白爪子、白耳朵……白花花一大片“白骨精”集体低头静坐，分外触目惊心。

这也是蹲局子的好处：能把人闷得细皮嫩肉。整天见不着阳光，好像压在石头下面的小草，男人的皮肤也能闷得跟女人一样嫩，即使老农民也不例外。那个农民黄金犯的脸皮像是沾了水的白纸，嫩得一挠就破。

每次放风，我都早早地站在门口当第一个。在排头传纸条儿比较方便。因右边是一片空地，若夹在人中间，隔着三排人，根本不可能。

这次雷厦也是第一个，坐在后面。我低头，从胳膊底下，发现了他也正低着头，偷偷地注视着我。两人目光相遇，只见他大臂不动，小臂摆了一下，一个叠成小方块儿的纸条儿就飞到了我的右侧。

“低头！”

“不许东张西望！”

四周警察一声声地吼着，然而，我们虽都深深地低着头，又一次完成了联系。

雷厦在这个纸条上写着：关于军大衣，就说是林芝军分区给的，看后销毁。

这马粪纸做的小纸条儿太宝贵了，实在舍不得毁掉。对一个中学生来说，这简直就像是《红岩》里的故事，将来真可以写一本很传奇的书。

自收到雷厦的纸条后，更激起想和雷厦经常联系的愿望。但放风时传纸条太危险，经过认真观察，发现我们唯一可以联系的地方是厕所，这是我和他都要去的地方。上厕所是按牢房号顺序，一屋一屋地上，大多数时间是我前他后。

首先要让他知道，我每次上厕所都在北边靠墙第一个茅坑。我用牙膏皮在墙上写了两个字“蓝浪”，这是过去我给雷厦起的别名，与“清波”相对。暗示他我在这坑儿蹲过。我还故意在有一摊尿的地上留了几团手纸，其中一张写着：“你好。”

反复了几次后，我终于在同一茅坑处发现了一团纸，打开一看，是雷厦给我留下的：“蓝浪看见”——那天，是他先放茅。

我特激动。小纸条万岁！万万岁！尽管就是一声问候，对人精神上的鼓舞却有着窝头所起不到的作用，想到有战友和自己并肩挨饿，就不再感觉那么难以忍受。几小时内，饥饿感能减弱许多。我把我所收到的三个纸条儿都珍贵地保存着，一个都舍不得丢，觉得将来出去后是一个传奇纪念，可以向同学们得瑟得瑟。

在四十四号牢房里，我还有过一次难忘的经历。

那是大约五月底、六月初，牢房里抬进一个中国科学院的反革命分子。大会刚批斗完，被打得奄奄一息。按惯例，他睡在我的左边。

他完全不能动了，整天躺着，狱里看守也不管他。他说话是南方口音，很难懂，好像是福建人，一看就是个知识分子，大分头，头发乌黑，前额广阔，高鼻梁，高颧骨，眼睛又大又亮，皮肤黝黑。

他口齿含混，昏昏沉沉，半天也没说清他到底是什么问题，也没听清楚他叫什么名字。大概是科学院一帮造反派说他恶毒攻击了毛主席，打得很凶。

每次吃饭，总是坏头头替他拿窝头，这样可以贪污几粒粘在手上的窝头渣儿。

他老叫唤着喝水。白天我们就常喂他一点儿水，并帮他打一缸子放到身边。但到夜里就没人管他了。每人都要睡觉，何况拘留所规定，夜里不准擅自站起，即使小便也得先喊报告。

记得有一天夜里，他老呻吟，要水喝，但没人理他，后来实在渴得不行，他就自己缓缓爬到水池子，把头伸进里面，用舌头舔我们往里尿尿、吐痰、刷碗的池子底儿。那地方总是潮乎乎的，有一点点残存的积水。他连抬胳膊拧水龙头的劲儿都没有了。

狱方带他出去看过一次病，却毫无效果。从他含含混混的说话中，我们猜他到医院也没给认真治。首先，他这种状况就不应该关在拘留所里。给打得动弹不了，还关拘留所只意味着他罪行特别严重。那年月对反革命是说杀就杀，医生怕犯立场错误，不敢好好看，只一般地检查了一下，给了些常规药，打发了事。

回来后，他瘫在铺上，大口地喘气。每次吃饭，他的窝头都吃不了，要剩下一多半儿。他那碗里已经积攒两个半了，常常吸引着全牢人贪婪的目光。

尽管他被打得站不起来，心智却还正常，早晨醒了后，也总还要费劲儿地把自己头发捋两下，弄整齐，没忘了臭美。

他整天默默地躺着，时不时地轻轻呻吟。当他清醒时，会喃喃自语，可能是叙说他的家乡怎么美，山清水秀，盛产乌龙茶，茶叶特别香……声音很低，几乎听不清。他那样子一点儿也不像凶恶的阶级敌人，也就是个南方书呆子，不招人恨，可就是老呻吟，有时声音还特响，听了烦人。

牢房里的伪装太多了。在那可怕的环境里，人们对疼痛的表示必须有提前量，以自我保护，病到五分，你得装成十分，才不至于临渴掘井，造成被动。

那天晚上，他叫唤了一夜。“水，水……哎哟，哎哟……”一声比一声响。

因为他紧挨着我，我最受他的噪声骚扰。非常厌烦他，因为他这样叫唤好几天了。我睡觉很轻，他一叫就醒，再也睡不着。白天不叫，一到夜晚就叫，令我怀疑他这么做是故意的，见别人睡觉不理他，寂寞难受。

“水——水——水——”他叫的声音越来越大。

我被吵得睡不着觉，心想：你小子弄提前量，也弄得太过分了。自己不睡也不让别人睡。要真渴，你可以爬到水池子处舔啊！

我相信不只吵得我睡不着，别人也肯定都是醒着的。他叫的声音那么大，谁也没法睡，但没有一个人理睬、没有一个人帮助他。牢房里，每人对身体病痛的反应都不同程度地有点儿夸大，不能完全相信。更何况，晚上犯人不许擅自站起来。听说，有人因为深夜没喊报告就起来尿尿，而被看守教育个鼻青脸肿。

我离水龙头很近，当然可以偷偷走到水龙头处，给他打一杯水。但他把我从睡梦中惊醒，心里烦他，就故意不理。反正拘留所有纪律，不管也没事儿。他这么叫唤，值班看守应该能听见，让看守去管吧。

他继续大声呻吟，一声高似一声。我蒙住被子，火冒三丈，意识到他越是大声叫，就越不能理他。一理，他就来了劲儿，动不动就叫唤，用惨号来勒索别人的帮助，情感敲诈。心想你叫吧，别给我装了，豁出去不睡觉，也不管你。

到了临近拂晓时，谢天谢地，他总算不叫唤了。这家伙或许是喊累了，也或许是自觉没趣了，变得非常安静。我这才迷糊了一会儿。

早晨起床后，每个人洗漱完毕，就开始了天天读。三建革联坏头头很热情地把毛巾蘸湿，帮他擦脸。坏头头拼命巴结他，自然是别有用心。大家警觉地盯着坏头头儿，生怕他贪污了那几个剩窝头。

坏头头拍拍他，一点儿没反响。坏头头再一次轻轻地叫唤他：“嘿，醒醒，要吃饭了！”依旧没反响。坏头头这才仔细观察了一番，摸了摸他的脸和鼻子，触电一样，大叫了一声：“没气了！”

我目瞪口呆，再仔细看看他脸，只见双目紧闭，淡漠的表情中有几丝悲哀，长头发乱蓬蓬、湿漉漉的，枕巾、被单也全被汗水浸得潮潮糊糊，一股臭气。

全牢房的人都兴奋起来，因为他碗里还放着五个半干窝头。小流氓王来顺闪电般蹿将过去将窝头抱到怀里，藏到行李下面。坏头头儿站在门口，着急地喊："报告班长，报告班长！"

看守过来后，隔着小窗口问："你嚎什么？"

坏头头用手指了指他，激动地说："他没气了，快给弄走吧。大热天的，别传染上什么病。"

警察哗啦啦地打开牢门，进来检查了一番，之后用被子盖住他的头，走了。

正是吃饭时间，看守没有马上处理，继续一屋一屋地开门送饭。尽管屋里有一具尸体，我们每人还是那么津津有味地嚼着窝头，那么仔细地用手指头蘸着唾沫粘地上的窝头渣儿。等到舌头把牙缝里最后一点点窝头沫儿清理干净，全咽进肚子里，大家才有心思说话，议论起这个身边的死人。

坏头头同情地说："昨晚上他那么叫，我就觉得不好。"

"奇怪，表面上看，没有一点儿伤痕。"

"肯定是把内脏打坏了。"

大家默默地沉思起来，想起昨夜里，他那么呻吟，几乎叫了一夜，却得不到半个人理睬，似乎都涌起了一点点内疚。

我意识到自己误会了他，非常非常后悔。我没有经验，不知道他那样的呻吟是最后的绝叫，根本没料到他将要死。如果知道，我肯定要帮他打点儿水喝。唉，从没见过快死的人是什么样的。

惨啊！他生命的最后一刻，竟连一口水都喝不上，长时间呼叫竟无一人理睬！唉，四十四号牢房的犯人都是什么东西？包括我自己在内全都见死不救，让他在生命的最后时刻还那么悲苦无助，在万分饥渴中撒手人间。

我想若换了我，在临终前这样惨叫，周围人全不理睬，我是什么感觉？太悲惨了！他虽然是一个反革命，但共产党有优待俘虏的政策。当时如果我给他端一口水喝，完全可以，不见得被看守发现。我心里阴暗，完全误解了他，以为他是装洋蒜，玩儿提前量，而故意不理他。

到现在已过去三十年了，想起那一夜的见死不救，我的心仍隐隐作痛。

全屋的人谁也不愿挨着那具尸体，但我的位置就在他旁边，想躲也没法躲。在我一生中，这是头一次跟死人挨着，呼吸着从那被子下面的尸体上冒出的死人气味儿。随着时间延长，细胞变质，那味儿也开始变重，再加上他临终前流了很多汗，秽气扑人。

过了好一会儿，一个警察才指挥着一个犯人，拉着褥子两角，把他拖出去，就像是拖着一个麻袋。

豁然在他枕头旁又发现了一个脏窝头，大家紧张地说："藏起来！藏起来！"黄金犯一个饿虎扑食，把窝头裹在手绢里，揣进怀，生怕被警察发现。

坏头头嚷道：“班长，给我们洒点药水消消毒吧。”他对死人的耐受力特低，情绪败坏，坐卧不安。

那天上午，我们过得很充实。因为警察给我们牢房开了三次门。一次是察看死尸，一次是拖死尸，一次是给了一瓶来苏水，让我们消毒。

坏头头自告奋勇地要干这事儿。他把药水泡在一个脸盆里，往死者睡觉的地方，一遍一遍地泼，直到泼完了为止。全牢房里充满了浓烈的来苏水味儿，把死人身上的邪气完全盖住。

等一切后事完毕，看守将牢房门锁上，脚步声渐渐远去，我们就开始沉醉在全海淀拘留所在押犯少有的享受里——秘密分割死者的窝头。

钓鱼台在门口观望，监视看守的动向；小流氓拿出干窝头来，由黄金犯分。其他人都激动地等着……像动物园里等着开饭的狼，大眼小眼都盯着黄金犯。他把六个半窝头平铺在一块大手绢里，从褥子上扯下了一根线儿，小流氓按着窝头，他来切。首先，用水泼湿窝头，增强其黏性，再精心地把六个窝头切成两半。可要把那半个等分成十二份却犯了难，这么小的窝头，切成十二份就会给切碎了。

游泳教练建议道：“横三竖四，再泼点儿水。”

黄金犯把半个窝头放在水龙头下又滴了几滴水，趴在地上，撅着屁股，开始用线儿分。小流氓负责按着窝头。这工作可不是一件容易事。全牢十个犯人个个都虎视眈眈盯着他俩的一举一动。横着切三下，竖着切四下……但浸湿后的干窝头，依旧碎了。黄金犯就干脆将半个窝头掰碎直接往十二个碗里填，尽量平均，连窝头渣渣儿都要分匀。完成后，小流氓用一根筷子上两头系了两根线，抽查半拉窝头是否一样重。他将两个半拉窝头放在筷子两头，在筷子中间吊一根线儿，发现确实都差不多。

全牢犯人再重新按顺序拿一次。每人慎重地、认真地、左盼右顾地选择一份自己认为量最多的。黄金犯张开嘴，众目睽睽之下，一口就把那根切割窝头的线儿吞进肚。

坏头头待分完窝头后，很守规矩地向大家宣布：“碗里的窝头渣儿尽是土，就归我了，是我每天照顾他，是我给全屋消的毒。”于是他毫不在意地把死者的碗舔了个干净。这碗因为放了好些天没洗，里面十来粒小米大的窝头渣儿上蒙了一层尘埃。

啊，只有在海淀分局拘留所里，我才知道了一粒窝头渣儿的意义。

牢房里静静的，谁也不说话，完全沉浸在享受干窝头的乐趣里。无名死者的窝头放了多日，又干又硬又碎，一嚼就掉渣儿，可每人还是欢天喜地，双手捧着，似乎在吃高级点心。大家嘴上没说，心里都感激着这位科学院的，他用自己的上天，为我们留下了六个半窝头，让我们那一天过得好甜蜜好温馨。

我用一只手小心翼翼地托着窝头，另一只手在嘴下面接着，以防掉窝头渣儿，一小口一小口地咀嚼。但窝头太干，还是有渣渣儿掉在腿上或屁股旁的木头缝儿里，一定得赶快用手指头蘸上唾沫，把它粘住，送到嘴里。否则身边的老头子就会抢先下手。这老家伙，为了吃，什么脸也不要。而且窝头渣儿也没标志，他硬说是他的，你也没治。这时我已换了位置，睡到了地铺的西边。

民兵队长吃得极小心。他双手捧着手绢，手绢上托着那块窝头，每咬一口，都那么轻、那么慢，跟八十岁老头一样。这么干的窝头他竟然一个渣儿也不掉。何况他腿上还铺着块大手绢，万一有干渣渣儿掉下来也插翅难飞。饿成瘦杆儿狼，命悬一线，不能再有丝毫的大意。

教练也有特点。他先要伸长舌头，一下一下地舔着窝头，很像老牛舔自己的小犊子。他先把上面松散的渣子吃掉，并用大量的唾液糊住窝头，不使其掉渣儿。

牢房里，不管小孩儿、青年、壮年、老年，人人都像没牙的老头儿一样，一口要嚼半天，以便让每粒窝头渣儿的营养都完全吸收进身体里。我过去吃饭一直很快，现在也变得细嚼慢咽，每口至少嚼一百下。就这样，还是比别人吃得快。自己吃完了，看见别人还在吃，就像看一部特棒的电影，半截儿被从电影院里赶出来一样，特不情愿，特悲哀。我心想，要是这科学院的再多活两天，我们就可以多有四个窝头吃了，太遗憾他这么早就命赴黄泉。

我们虽然都不知道他的名字，他虽然已经在宇宙中永远消失，但挨饿者永远忘不了给他食物的人。现在在我写这本书的时候，又一次想起了他那模模糊糊的样子：大分头，乌黑的头发，高鼻梁，高颧骨，炯炯有神的大眼睛，好像是福建人……

一九六八年五六月份，这位中年男子以自己的突然死亡，为四十四号牢房留下了六个半硬硬的干窝头，其价值超过六块半金砖。

释　放

后期，原来的读报员穆青之子释放，我当了四十四号牢房的读报员，也就是现在的狱头儿。但一九六八年那时的狱头儿没啥特权，除了组织早上的天天读或代表全牢房向看守反映一些意见要求外，在吃饭、住宿、收取日用品等方面并不欺压其他犯人，起码北京海淀区拘留所是这样。

牢里，我最不喜欢两个人，一个是鹰钩鼻，一个是老贫农强奸犯。

我还是以貌取人。那鹰钩鼻的样子太阴险，深不可测，蹲了四个多月，谁也不知道他到底是什么问题，连自己的真实单位都不跟别人说。有人从言谈话语中分析他可能是贪污了公款。他对《金瓶梅》、《红楼梦》、《西厢记》等言情小说相当熟悉，知道不少搞破鞋的民间故事。他说话声音浑厚，带着浓厚的鼻音，头发又密又硬，一个标准的大分头，脑袋邪大，顶正常人的一个半。他肩膀宽阔、身体魁梧，说话却故意压低嗓门，走路爱低头缩脖，假装畏缩，迈着小碎步，像京戏里的小女子。

他挑窝头时特别慢，一个窝头要看一分钟，毫不在乎后面人的焦急。民兵队长都被饿没了屁股，成了瘦杆儿狼，也比他挑得快。谁排在他后面都受不了，钓鱼台急得只好跟别人换了位置。这家伙特会装可怜、装害怕、装糊涂。整天低头看脚尖，跟任何人说话时，都不抬头正视对方，一副怯生生的样子。可惜，他那低垂的大眼睛太机警了点儿，偶尔露犀利，让人一看就知道他是在装蒜。

天气热了后，与老贫农强奸犯的矛盾越来越大。

他是海淀清河一带的农民，塌鼻梁，小眼睛，满脸褶子像爬了好多条蚯蚓，丑陋不堪。我一看他就有气，那么老了却恬不知耻，有滋有味地白乎逛妓院、搞女人的各种经验，语言又土又俗，整个儿一个老流氓。我喜欢美女，渴求异性，却对妓女毫无兴趣，听他聊逛窑子铺只感到恶心。我虽然也有流氓思想，但还知道羞耻，仅限于暗自幻想，也讨厌去那种地方，更绝不好意思公开地讲那种事儿。

这老头子毫无自尊，别人鞋底上粘着的窝头渣儿他都能用手指头蘸着唾沫吃了，尿池子里的菜渣儿也敢舔。我厌恶他，嫌他肮脏，不愿他碰着我。每天从早到晚并排坐着，难免皮肉接触。我为此暗暗规定两人之间须保持一拳头宽的安全区，只要他越过安全线，就用膀子顶回去。一边六个人，刚开始天气不热，每人之间能勉勉强强地不碰着。

也是一绝，他对解放前西直门一带的妓院了如指掌，议论起那儿的窑子铺，眉飞色舞，如数家珍，知道每个妓院的地址、价钱、特点、有什么样的婊子，还有很多玩女人的趣闻逸事、行话黑话。他能把自己跟妓女的种种交配过程流着口水地详细描绘——这就是一个老贫农的境界。

他的嫖妓经历给四十四号牢房带来了不少乐趣。三建坏头头、贪污犯、东四小流氓等都是他的热心听众。仗着大家都爱听他聊，少不了他，老家伙竟然狂了起来，渐渐地不把我放在眼里，开始跟我较劲。

按一般人想象，饥饿的人身体缺少热量，应该不怕热。但关在拘留所里，十二个人挤一屋，饿得饥肠辘辘还照样怕热。每人都光着膀子，只穿小裤衩，依旧全身冒汗。夜晚热得睡不着觉，全牢人排队轮流在水池子旁用凉水冲澡。

随着天气更加炎热，地盘儿日益重要，这是基本生存空间，有一点儿地盘儿就能凉快一点儿。老贫农强奸犯左边是东四小流氓，不敢惹，就频频侵入靠我这边的安全区，常与我身体相碰。大热天，一块热乎乎的污秽的活肉总贴着你，那难受劲儿可想而知。所以，我不得不往后缩，躲着他。结果他得寸进尺，不一会儿又压将过来，利用我怕热、怕他皮肉碰着的心理，妄图逼我再给他让出一点儿地盘。有一次他竟光着膀子，把身体完全贴在我身上，只片刻工夫，两人身体之间就闷出好些汗来。我不想后退，又不愿他的肉贴在自己身上，就猛一抬左肘，狠戳了他一下。狗日的老帮子，这么龌龊还如此猖狂，只能动手回敬他。

老头儿瞪着我问："你干什么？"

"不干什么。"

"你凭什么打我？"

"你就欠打！你妈个蛋！"我突然大声吼道，多日郁积的怒火一下子爆发，同时目露凶光，拳头紧握。这是我毕生第一次对个白发苍苍的七十多岁老人蛮横无理。

老头子见我发了脾气，不敢吱声儿。嘴巴动了动，欲言又止。

我对老头子恶狠狠地说："你别他妈老挤我！"

见我发怒，大家都有些愕然，但没有一个人替老头儿说话。眼看自己的忠实听众都不吭声，老家伙只好乖乖地挪挪屁股，把身体往后撤，不再侵占我的地盘儿。这家伙完全明白，要动手，他根本就不是我的对手。即便我饿得像重病号，站起来得扶着墙慢慢站，对付他也还是绰绰有余。何况我还是读报员，比他受宠。

我鄙视这个老头儿，虽然他是贫农，猥琐肮脏如同粪便。我再性饥渴，也不干他的勾当，宁肯小家伙往石头上撞个头破血流。哼，老子搞枪比他干小女孩儿光荣多了！

如果说我这个“狱头”欺负过谁的话，就是这个老贫农强奸幼女犯。

十二个人挤在一块儿，虱子就猖獗，衣缝里密密麻麻有上百个，每人天天都抓，有空就抓，却怎么也消灭不光，皮肤被挠得一片片红。老强奸犯还大口地吃虱子，跟吃芝麻一样，说是补血。

蹲拘留所，夏天和冬天最难熬。就一小窗户，夏天室温天天都在三十度以上；冬天就走廊里有点儿暖气，通过窗户传进屋里，用被子裹住腿还冻脚。

这天，警察挨个儿在每个号子里叫人。“×××，收拾行李！”

收拾行李，就意味着释放。

被叫到的都是小孩儿或中学生，个个欢天喜地。听出去后，忘了东西又回牢房来取的人说，他们是去参加拘留所办的学习班。

原来，自从毛主席发出“办学习班是个好办法”的最新指示之后，公安局也立马响应，对学生和未成年犯到期不马上释放，先要办个学习班学习一番。我满以为这批有我，可我们屋却是钓鱼台漂亮小伙儿。刚才他还和自己一样长吁短叹，现在却激动得手足无措，说话结巴，匆匆忙忙地收拾东西。这高大英俊小伙儿被饿得小脸惨白，双眼肿成泡泡，黯淡无光。

平时安静的走廊里传来了噪杂声。我看不见，但听见了雷厦洪亮的说话声，知道这次学习班有他。

我沮丧地问看守：“班长，为什么第一批学习班没有我？”

“哼，谁叫你们定攻守同盟，欺骗专政机关的？”

学习班的人全集中住在放风院子西边那排牢房里。一星期后这批人全部释放。我急得要命。雷厦一走，海淀拘留所对我顿时一点儿吸引力都没有。

在里面待一天，等于在外面待一个月，真是度日如年地熬。不自由就够难受了，还要挨饿，两腿软软地站不住。夏天来临，牢房像蒸笼，还要挨蒸。我一看民兵队长那具活骷髅，皮都透明了，能见到骨头，心里就恐惧。只要把我关上一年，也会变成这样子。情绪急剧恶化，一天比一天沮丧，焦躁不安。

每天早上一睁眼，头一个念头就是：今天是进来的第多少天。进来时是四月二十三日上午十点，现在是六月二十六日早上七点，也就是还差三个钟头就六十四天整了。

所有犯人再没文化，再没数字观念，对自己蹲局子的时间也记得一清二楚，上下不差一个小时。六月二十六日那天，民兵队长自言自语地低声宣布："我今天是六百六十三天零六个钟头。"他雄踞全牢房榜首。

坏头头也记得准确无误："我今天是三百零四天零十个钟头。"

东四小流氓王来顺则是第一百七十二天零十三个小时。

只有在水深火热的地方待过的人，才理解为什么每个人都对自己在里面的天数记得那么精确——这都是一秒一秒地熬出来的啊！

第一期学习班后隔了一星期，看守到各牢房提第二批学习班的犯人，结果终于有我。激动得说不出话，赶紧抱起自己的行李，离开了四十四号牢房。

学习班里全都是青少年，最小的九岁，我算最大的。山顶也见着了，他本来皮肤就白，现在就更苍白了，只有那双大黑眼睛还跟以往一样，闪动着热情的光。

晚上住在院子西侧的牢房，通常这里都关押临时犯人。为体现党的政策，在学习班期间，每人每天增加了一个窝头，一顿一个半，立竿见影，我双腿马上就有了根，不再像过去那么软绵绵。

提审员老许管我们。他四十岁左右，胖胖的，样子和蔼，说话不多，却挺通情达理，老穿着一身警察蓝，不戴帽子。他让吴山顶当了学习班的负责人。

白天学习时，我们可以走出大铁门，到外面的树荫下面围成一圈儿。

某日，山顶因为替我要窝头而与九岁小孩儿吵了起来。那小孩子见我体壮块儿大，为巴结我，许诺每天匀给我半个窝头，但被人嘲笑后又变卦了。山顶指责他不守信用："你说给就应该给，舍不得给就别说。"那小屁孩儿还穷横，硬是犯浑："我的窝头，我想给就给，想不给就不给！你管不着！"山顶气得给了他一拳，正巧被军代表看见，马上下令把山顶关进大牢。只两天就给山顶饿憔悴了许多，眼眶发青，脸颊惨白，头发没了光。老许找他谈话时，山顶委屈得流了泪。

山顶为我能多吃半个窝头，受了苦，让我很内疚。他是一个可靠的朋友。在这次搞枪事件中，他对雷厦的忠实，令人刮目相看。他心地善良，知道我饿昏了两次，就主动劝说那小孩儿给我半个窝头，不想却付出了蹲两天禁闭的沉重代价。

预审员老许有时候也跟我们一起讨论。记得他曾拿话敲打那个九岁小男孩儿："你是什么问题呀？跟大家说说。学这么些天了，连自己的问题都不说，你怎么改正错误呀？”

原来，那九岁小男孩儿竟然干了邻居七岁的小姑娘。

最后老许宣布：第二期学习班成员全部教育释放，每人的问题不记档案。我们都长长地松了一口气。老许真不错，是个好警察，态度总那么平和，从不瞪眼、张牙舞爪，也不上纲上线地整人。事后了解，他没向学校说我们一句坏话，否则我们就惨了。

学习班给每个人都写了一个鉴定，我也得到一个：

海淀区看守所第二期毛泽东思想学习班关于马清波的鉴定：

对自己的错误认识比较深刻，并能进行上纲上线地批判，在头脑中能进行积极的思想斗争，亮私很大胆，彻底斗私很严肃，对思想改造很主动，加深了对毛主席的热爱和阶级斗争的观念，树立了正确的世界观。

最初有混的思想，看不起别人，对自己错误严重性认识不足，但经过学习，能迅速改正。

一九六八年七月五日通过。

整理人　贾远平　戴明

我觉得很好玩儿，有纪念意义，就把鉴定抄下来，夹在语录本里。

七月八日出狱那天，又犯了一次傻。雷厦给我的小纸条一个也舍不得毁掉，总觉得将来我万一成了英雄、出了名，这小纸条可以进博物馆，它是我们坚强友谊的一个纪念，跟海淀分局的窝窝头一样，让人终生难忘。就把纸条儿藏在裤子腰部的一条夹缝里。

没想到离开拘留所前，看守仔细搜查了我的全身，以防给其他犯人传纸条。裤腰被他用手一点一点地捏，眼睁睁地让他发现了这三个小纸条。于是雷厦偷的那件皮军大衣就暴露，成了海淀分局的战利品。

我在里面蹲了整整七十五天。进去的那天是一九六八年四月二十三日星期二，出来的那天是同年七月八日星期一。

终于离开了这个可怕的地方。在这里，我知道了炮局，即市公安局十三处的看守所，知道了橡皮衣，知道了牙膏皮可以当铅笔写字，知道了排队挑窝头，知道了用手指头蘸唾沫粘窝头渣儿，知道了饿昏倒的滋味儿，知道了人死前怎样呻吟，也跟游泳教练学会了《囚词》：

桂花飘飘，又来到这小小的院子里。苦的命运，死的灵魂，也有沉重意。谁的青春谁不珍惜，苦难有谁来替。往日的欢乐，甜蜜的笑语，一去永无归期。

菊花黄黄，又卷起这深深的红袖。以往美梦，今朝凄凉，有苦对谁讲？自己犯法怨不得人，自己做自己来受。兴奋的歌声，热情的泪花，从此不来心头……

难忘的七十五天！难忘的四十四号牢房！

幸亏每天多了一个窝头，养了一礼拜后，我站起时可以不扶墙，说话有了底气，不那么软弱无力。我暗忖，办这学习班有一个很大的好处，就是消除了看守所饿犯人的痕迹。

是姑夫到海淀拘留所接的我。三年困难时期，我老到他家蹭饭，把他吃急了，曾写信指责我，我却把这封信撕碎，原封不动地给他寄回去。现在姑夫不计前嫌，大老远地前来接我。他满脸皱纹，驼着背，戴着二千度的近视镜，依旧在商业部传达室看门。他领着我走出了海淀拘留所森严的大铁门。

姑夫告诉我，一车警察曾到姑姑家去抄赃物，凶神恶煞般，把姑姑吓坏了，惊动了左邻右舍，全都出来看热闹。那警察训斥姑姑是窝赃犯，把我在农大偷的杠铃棍、杠铃盘等全部抄走。幸亏我们昌都盗刀失败，否则即使成功，这次也要被公安局发现而全部没收。

蹲局子使父亲和我的关系有了改善。他收到了我在里面用牙膏皮写的小纸条，知道我被狠狠地饿了一顿，对我的态度趋于缓和。海淀分局替他报了我抄家的一箭之仇。

见了父母，我第一句话是："里面真饿呀！一天就两个小窝头，我给活活饿昏了两次。"

父母睁大眼睛，像看猴儿一样地看着我，默默地听着我讲拘留所里的种种景象。"吃饭排队挑窝头，个个都撅着屁股，伸着脖子挑。窝头吃完了，还要把拿过窝头的手指头全都舔一遍。在里面关了一年多的密云农民，完全成了骨头架子，大腿还没我胳膊粗，整个屁股都饿没了。"

看我饿得那么惨，父母没有再严厉地批评我，只是说："你把枪带回北京，也太无法无天了！又拒不交代，当然要蹲班房。蹲班房当然要受点儿苦，那怪谁呢，你自己找的。"

妈妈同时告诉我："你可把姑姑给坑苦了。她一点儿也不知道你干的事儿，警察却说她帮你窝藏赃物，对她又吼又叫的，指着鼻子训，让左邻右舍看够了笑话。”

饥饿的人出来第一件事就是吃。家里剩的那大米饭，什么菜也不要，干嚼也香甜醉人。嘴里塞着一大口米饭的感觉充实极了。啃了七十五天窝头，从来不敢一次吃这么一大口，怕掉渣渣儿。食物把口腔都填满的感觉真充实、真甜美！

回家几天，我天天都吃到胃口发撑。可人的处境一变，思想也跟着变。我原计划给党中央写信，揭发海淀分局拘留所饿犯人的事情，但自从出来能吃饱饭后，就没心思写了。与世隔绝了七十五天，那么多新鲜的信息涌进脑海，根本静不下心来写这封信。而且毕竟里面也关着不少坏蛋，也该饿饿他们，比如鹰钩鼻、老强奸犯之流。

在局子里时，我还曾下过决心，释放后一定要吃遍北京的主要饭馆。可是自出来后一不再挨饿，下饭馆的念头顿时淡薄了许多。

雷厦来我家探望，我们紧紧地握着手。大难之后，我们终于重逢。他笑着说：“我一进去，看大势不好，就交代了。牢房里每人都给饿得要死不活、气息奄奄。我如果不说，你们俩也都不说，咱们就要饿踹腿儿了。可别价呀！在里头，见不着阳光，一个多月没打喷嚏，难受死我了。后来警察让我领他们到学校柿子林，把枪挖出来。那天我对着太阳好好地打了十多个喷嚏，头脑这才清醒，还在北安河饭馆吃了一顿饱饭。”

我回忆起在拘留所里，有一天早晨，听见雷厦出去被提审，晚上很晚才回来。

我问：“军大衣没收了？”

“没收了。”

“哎呀，都怨我没把那纸条销毁，让警察搜了去。我总想留个纪念。”

雷厦没有责怪我一句。失去了那军大衣后，才感到它的可贵，正经是人字呢面，羊毛雪白，全校少见。我们跋涉川藏公路的纪念物。

雷厦见我父母时不卑不亢，腰挺得直直的，一点儿也没有巴结和溜须的表情。也许如此，父母对他印象不好，觉得他太傲。

母亲后来语重心长地劝我：“人家雷厦第一个就招了，说明他聪明，比你鬼。他这人很精，你得留点儿心眼儿。”

雷厦是我最好的朋友，我绝对不同意母亲对他的评价。母亲可能是嫉妒我对他要比对父母好得多。真的，父母如果进监狱，我不会在狱外扯着嗓子大声呼唤，不会难受得吃不下饭、睡不着觉，更不会送货上门。

雷厦在拘留所里的坦白是很正常的，情况变化，思想也要变化。如果我们都不说，就永远也出不来了，就要被饿成果进魁一样的骷髅架子。雷厦能毅然随机应变，是智慧的表现、勇敢的表现。换了我，也早晚要说。如果你真想参加反击苏修的侵略战争，就必须从看守所里活着出来，而不是死守小孩子式的誓言，真要为三把枪把自己蹲死在牢里，那就比蠢猪还蠢。

我还感谢雷厦不让我财迷那辆从北京农业大学偷的飞鸽自行车。是雷厦一再让我赶紧处理，正颜厉色警告我不许迷起来。否则，这件事儿肯定要被公安局发现，又多了一条罪状。

母亲有一个磅秤。我在家共住了一个月，这一个月的前二十天，我一天长一磅，共长了二十磅。母亲惊呼我的肉像发面一样地发了起来，长脸变成了圆脸，脖子、胸围、肚子和腰猛粗。二十天后，速度才缓了下来。进局子前我大约一百四十磅，出来时是一百二十磅，养了一个月后，达到了一百五十磅。

骨瘦如柴的人可以试试这一增肥法：先饿两个月，给饿得昏天暗地的，让全身每一个细胞都饿得嗷嗷惨叫。再开始吃饱，保准能发成胖子。本人对此有亲身体验。

一个月后，我离开家回到学校住。同学们见了我，都嘘寒问暖，感慨万千。啊，最遗憾的是那三个小纸条都被没收了，否则拿给同学们看看，多棒！

姜傻子微笑着说："你向我打听买黄油的事时，我就犯嘀咕：你从不修车，要黄油干么？后来我问你到底搞没搞枪，你还骗我，但公安局一把你们抓起来，我就知道你们准是搞了。公安局没把握决不会抓你们。"

我说："你分析得很对。"

……

小胡子惊讶地听我讲局子里的饥饿，他也没想到无产阶级专政机关会这样饿犯人。"不过，你们是应该把枪上交，卫戍区通告上说得明明白白的。"

我对小胡子解释道："有时干正确的事，形式上可能是错误的。干错误的事，形式上可能是正确的。毛主席说盲目的、表面上无异议的执行上级指示，也许是对抗上级指示的最好办法。"

关在里面的时候，傅勇生给我送过两次东西，发现他这人特义气，让我格外感动。傅勇生说："你们被抓起来后，学校里有很多谣言。有说你们打伤了人，有说你们偷了国防物资，有说你们打砸抢……"

让谣言诋毁吧。文革中有句很流行的话："鹰有时飞得比鸡还低，但鸡永远飞不了鹰那么高。"我们虽然犯了错误，但我们是鹰。

从心里说，并不后悔搞枪。我们的目的正确，只是手段和方法有错误。

毛主席早在一九六四年就指示：要准备打仗，并要每个省都能造枪。还说：这么大的国家，光靠中央的几百万军队怎么行呢？和平时期要搞上些枪，打起仗来再搞就晚了……不能只搞文、不搞武。

所以，我们搞枪的行动虽有幼稚的、不成熟的、形式上错误的一面，但与毛主席指示的精神是符合的，是一致的。

人不能光说不干。渴望打仗要有渴望打仗的行动，不爱红装爱武装，就要有不爱红装爱武装的行动。

勇于行动，把思想诉诸实行，言行一致，这才是男子汉。

工宣队进校

回校后，我继续住在游泳池的原男更衣室。房子面积很大，空空荡荡。东侧有一张床，一张小课桌，屋中央地上铺着两块偷来的体操垫子。屋角有一副杠铃。

现在，首先考虑的事是尽快恢复体力。蹲了七十五天局子，身体损失惨重，流亡师院时所苦苦练的块儿全泡了汤。出来后不再挨饿，身体一下子发了起来，却都是虚胖——肱二头肌、三头肌软软绵绵，两腿发虚发飘，小腹的肉囊而无力，胸大肌跟女的一样，松松垮垮。

东四小流氓王来顺教我的几招儿也稀里糊涂的，一直没弄明白，必须赶紧复习研究，学到手。

我在西墙上挂了一幅一人多高的毛主席巨像，幻想在毛主席的注视下，自己能练得更刻苦。都说用毛泽东思想武装起来的人最不可战胜，我现在之所以怕饿，可能就是毛泽东思想武装得不够好。在毛主席的两个大眼睛注视下，或许能把自己身体内的潜能最大限度地释放出来。

我还让小胡子在西墙毛主席像两侧用大排笔刷了两行竖着的粗黑大字：

是七尺男儿生能舍己，做千秋雄鬼死不还家。

以此来激励自己别心疼自己，狠命地练。这对联来自《革命烈士诗抄》，我特别喜欢。

我认真制定了一个详尽的锻炼作息表。接受雷厦的建议，想法多买了一些豆腐粉、代乳粉、藕粉等又便宜、蛋白质又高的食物，增加营养。刚开始锻炼，以摔跤打拳等实战练习为主，这样比较适合自己还很虚弱的体质。

雷厦答应做我的陪练。这份儿挨打的差事很少人乐意干，就是最好的朋友也不能让你天天当沙袋打。此时，雷厦体力也很虚，总驼着背，是在局子里面给饿出的毛病儿。打拳摔跤都是很有乐趣的运动，几个月不打不摔，乍一开练特别享受，特别舒服。遗憾的是自己的拳击水平不如摔跤，摆拳、钩拳都不到家，从没打他个拳出人倒。

过了一段时间，体力渐渐恢复，才开始力量练习——锻炼中最苦、最枯燥的科目。举重挺举争取达到一百公斤，悠双杠争取到八十，胸大肌四指的目标也不能放弃。

拘留所里的游泳教练曾说过，用手指做俯卧撑特练，爬房、攀峭壁等都用得着，最厉害的人用俩指头儿就能做俯卧撑。这样的手指头戳破对手肋叉子跟玩儿一样。但真正练起来，我才发现十个指头根本就撑不住自己的身体，硬做很可能折断手指，只好放弃。游泳教练能用手指头做俯卧撑，恐怕是因为他的体重轻。

格斗中腿力相当重要，腿有劲儿才站得稳。蚂蚱、青蛙、鸵鸟等很多动物都是靠腿为生。胳膊再发达，腿没劲儿也不堪一击。我能战胜萧家河村的农民，在四十七中称雄一时，靠的就是腿力。我必须巩固和强化自己的优势。

这是盛夏，一动不动都要冒汗，肩扛一百公斤杠铃蹲起，更全身如洗，蹲得眼冒金星，龇牙咧嘴。我很失望，墙上毛主席的巨大画像激发不出自己一点儿力量，真正能刺激自己产生力量的是一种争强好胜念头：每多蹲一个，就比大疙瘩的腿劲儿强壮一分！每多蹲一个，与敌手肉搏时就多一分胜利把握！

一天，姜傻子到我屋里串门儿，见我蹲得眼珠子凸起，龇牙咧嘴，很困惑不解。他若有所思地说：“我把你的事儿讲给我父亲听，他说你如果早生五百年，肯定能成功。但现在，你够戗。”迎头给我泼了一瓢冷水。

他说的成功是指能被社会承认，我当然不服气。

“林副主席说，即使在现代化战争条件下，最后胜负的决定因素还是靠两百米硬功夫，是投弹、刺杀、射击解决问题。我这么练就是为了近战、夜战，凭什么社会不承认？”

“你眼睛近视，能参军吗？”

“真打起仗来，瘸子、拐子都会要。”

“你怎么就断定要打仗？”

“毛主席说，你们这一代青年将亲手参加埋葬帝国主义的战斗。你信不信？反正我信。毛主席说过要全民皆兵、人自能战。”

姜傻子不以为然地说：“打仗靠飞机坦克、大炮机枪，靠勇敢、块儿足有什么用？”

“蛾子够勇敢了吧？敢往火里扑，但它有什么战斗力？没块儿不行啊！多现代化的战争，都离不开近战，而打近战时块儿就很重要。拼刺刀时力量小，敌人一挑，就把你的枪给挑飞出去。我亲身体会有块儿胆子才大。”

傻子歪歪嘴，笑着摇摇头说：“你太迷信块儿，崇拜武力。”

“对，我崇拜武力。童年时，父亲屡屡打我，在华北小学时又屡屡被欺负，无形中养成了自己的暴力倾向，渴望有实力自卫。但我们国家就需要实力，我的嗜好跟国家的需要一致。”

姜傻子摇摇头，重复道：“要是五百年前，你能成功。可现在够戗！”他一点儿没兴趣练块儿，只一门心思要去西藏落户，当男邢燕子。

这年盛夏，北京市各大中学基本上处于半瘫痪状态。大学的天派、地派武斗连绵不断，日趋激烈。毛主席感到红卫兵不听话了，决定派工人宣传队进驻学校。于是，这年八月二十六日，《人民日报》发表《工人阶级必须领导一切》的文章，传达了毛主席的指示：“凡是知识分子成堆的地方，不论是学校，还是别的单位，都应有工人、解放军开进去，打破知识分子独霸的一统天下，占领那些大大小小的独立王国。”

工人宣传队一去，大中小学的混乱局面马上改观。工宣队的威力何在？它是由一群听话的普通工人组成，不像军训团，要考虑解放军的形象、考虑影响，工宣队成员都是大老粗，敢野蛮，敢违反政策。反正有毛主席在后面戳着，什么粗鲁手段都敢上，又人多势众，在学校里自然所向披靡。

来我们四十七中的工宣队是北京曙光电机厂的，有三十多人，在校革委会组织的敲锣打鼓声中，进驻到了学校。

我隐隐有一种不祥的预感。这些工人文化程度低，水平有限，就是听上面的话，也没有条条框框，打你白打，跟他们没法儿说理，工人阶级领导一切就是真理。

也忘记他们是哪一天进校的了，反正进校没几天，学校广播室就宣读了四十七中工宣队第一号通告：限令全校一切有历史问题、现行问题的教职员工，于七十二小时内到工宣队办公室处登记，过期不登记者一切后果自负。

这项通告一遍又一遍地在全校广播，重复播了整整一天。播音员义正词严，学着中央广播电台播音员的声调，大气磅礴。

一天过去了，学校广播中宣布，现在距离最后期限还差四十八个小时。目前已有人主动登记……但还有个别人尚在观望。我们在此劝告你们快快登记。过了一段时间，又郑重宣布，现在距离最后期限还差四十个小时。

这是一种精神战、心理战，让恐怖的魔影慢慢地、反复地、长久地缭绕在你头顶，浸透进你的灵魂。这是威胁的声音，是老虎要吃人前的咆哮。

“还差三十小时。”学校广播室在半夜里提醒着全校师生，“一切暗藏的反动派们，警告你们快快前来登记！怙恶不悛，死路一条。无产阶级专政万岁！”

“还差二十小时……”

“还差十六个小时……”

广播室昼夜广播，一波一波地给学校上空凝聚和强化着整人前的气氛。

我问雷厦：“你说工宣队这么宣布，是真有目标，还是虚张声势吓唬人？”

雷厦说：“肯定有目标，据说是个大家伙，隐藏得特深。”

四十七中能隐藏着什么样的大家伙呢？我半信半疑。

工宣队的师傅私下对人讲：“四十七中池小王八大，有国民党高级将领混在你们学校，就在你们身边，你们天天都能见到的。”

让人越发好奇，是哪个校领导？哪个老师？我们一个个地揣测，猜半天也不知是谁。搞了两年多文革，学校所有有历史问题的都给挖出来了，并没挖出什么大家伙，工宣队只来了两个星期不到就能挖出大家伙，别是瞎吹吧？

这天，我看见了洪老师。他眼睛红红，头发蓬乱，一脸憔悴，皱纹密布，才四十二岁，却已六十岁般苍老。他穿着洗得发白的旧蓝衣服，悒悒不乐地从工宣队办公室走了出来。啊，他肯定自首去了！

他的“罪恶”就是解放战争期间，为入党，没交代初中时集体参加过三青团，因为当时只是一个十三岁小毛孩儿，结果现在成了“历史反革命分子”。

文革中，我没碰过他一根毫毛，并还曾到他简陋的、零乱的宿舍中看望过他。他是一位打过仗的老兵，参加过几十次战斗，从北京一直打到海南岛，是正经辉煌过的。就这个倒霉的历史问题给他招来了无穷无尽的麻烦。尽管他教书兢兢业业，写过多份入党申请书，为大家干了不少好事，如雨后修路、清扫家属院、深夜为病人找医生……却还是“阶级敌人”，连“人民”也没混上。

这小小的历史问题决定了他一生的命运，如同工厂里的次品，被搁置一边。

洪老师曾是四野四十军一一八师三五二团的正排级文化教员，平日不苟言笑，风纪扣扣得严严实实，走路腰板笔直，目不斜视，从不跟人嬉皮笑脸。他爱人在太原工作，调不进北京，长期两地分居。他过着单身生活，却不近女色，对任何漂亮女生都一视同仁，不偏向讨好。集中劳动时，能身先士卒，带头苦干，平时特爱抽烟，一嘴的烟味儿。

他在战场上多次九死一生。据他聊天时讲，在衡宝战役，阻击白崇禧一个连的进攻中，他们班打到了只剩三个人，他是其中的一个。在海南美亭战斗中，他与敌人拼过刺刀，亲手扎死过一口子。也就是在这场战斗中，他身边的一位河南战友被敌人的一颗炮弹炸得干干净净、无影无踪。战斗结束后，他们连就剩下二十多人。他负责统计尸体，在数数时多次数错，望着成堆与敌人混杂一起的牺牲战友，他流下了泪。

在海南黄竹市，他的部队追上了敌人六十二军并只用两个小时就全部歼灭。他目睹了敌副军长罗懋勋被俘。在那次战役中，他的小腿中了一块弹片。

以后他又随四十军一一八师转战朝鲜，在邓岳师长指挥下打了志愿军入朝后的第一场胜仗。他作战勇敢，立过两次三等功，就因为历史问题，始终没能入党。

有人在部队里长眠疆场，有人飞黄腾达，还有人穷困潦倒、默默无闻。洪老师就是穷困潦倒、默默无闻的。为了这个历史问题，他早在一九六三年就给当时的解放军总政治部主任萧华写过信，要求给个结论，但没有结果。工宣队进校后，他只好像当年被他打败的国民党俘虏兵一样，乖乖地来到工宣队办公室登记自首。

娘的，工宣队诈了半天，只诈出了几个像洪老师这样老掉牙、人人都知道的小人物，自然不肯罢休。最后十二个小时，每小时就广播一次通告：

“全校革命师生员工们，现在是一九六八年九月 ×× 日中午十二点。距离北京四十七中毛泽东思想工人宣传队一号通告限定的最后时间还差十二个小时。所有隐藏在革命队伍里的前国民党军、警、宪、特、三青团、一贯道等反动组织成员，快快到工宣队办公室登记自首，否则，一切后果自己负责，勿谓言之不预也！”嘹亮的声音在学校上空轰隆隆地响。

我听到这一遍遍的广播，就想起了洪老师，觉得他真还不如战死战场，那他还算是革命烈士。这样坏蛋一般自首，对他一个革命军人的尊严是多么大的侮辱！

“现在还差一小时……”

“现在还差三十分钟……”

工宣队不知从哪儿学到了这个法子,效果奇佳。你即使没有一点儿问题,在这样毛骨悚然的一次次警告中,也免不了惶惶然。面对强大的无产阶级专政,不做亏心事,也怕鬼叫门。老师们都不知道工人们要玩儿什么鲁的,终日缩在自己家中,不敢出门,战战兢兢地熬着。

最后那一刻,似乎要爆炸原子弹,倒数计时,一秒种一秒钟地宣布。

“还差三分钟……”

“还差一分钟……”

“还差三十秒!”

三天三夜以来,整个环谷园笼罩着的恐怖气氛,终于到了顶点。

七十二小时到达的那天深夜十二点正,全校同学都没睡觉,等着看工宣队到底抓出一个什么样的大家伙。文革后全校每名校领导和老师都翻来覆去审查了数遍,怎么还有大家伙没揪出来?对工宣队的扬言,我们颇感怀疑和不服气。

学校广播室广播了“当当当”的钟声,缓缓地、庄重地响了十二下,显示着这是一个历史的分水岭。

我们都竖着耳朵听广播,看看到底把谁揪了出来。那广播员严正宣布:“根据北京四十七中毛泽东思想工人宣传队一号通告,现宣布:勒令有特大历史问题嫌疑的石崇斌马上到工宣队办公室报到!”

哎呀,原来是石崇斌,石胖子!学校食堂的大师傅。确实是在我们身边,确实天天都能看见。但他只不过是国民党的一个小班长,怎么会是高级将领呢?

同学们都赶到工宣队办公室门前看热闹。石崇斌吓得面如土色,乖乖地前来报到。根本就不容分辩,两个保卫组的同学一人一胳膊地把他撅起来,就地批斗,坐喷气式。

“打倒国民党反动派石崇斌!”

“石崇斌不投降,就叫他灭亡!”

……

工宣队三天三夜的攻心战术,终于揪出了这位食堂大师傅。

石师傅面色惨白,低着头,一个手指头用白纱布包着,胖胖的身躯微微颤抖,从样子上看他倒真像个坏蛋,相貌很阴,一对大金鱼眼儿邪气十足。

挖出石师傅是工宣队进校后的第一个大胜利,但要拿出证据证明他是国民党高级将领却不那么容易。学校专案组过去也查过他,撑死就是一个小班长。但工人师傅不墨守成规,动用大量经费,派人四处外调,日夜审问,用尽心计，要把石师傅设想成一个大官儿——据说石师傅切菜时把自己手指头切破了是他露出马脚的开始。工宣队一接到这个情报，就怀疑为什么早不切破晚不切破，工宣队一进校他就把手指头切破？说明他心虚害怕。为什么有历史问题的其他教职员工没这反常表现？说明他问题严重，单是一个小班长绝不至于这么害怕。工人师傅根据这个严密的逻辑，判断出他是漏网的国民党高级将领。

揪出石师傅后，工宣队的威风一下子就杀出来了！但审问调查了数月后，石师傅的官儿还是那么大，并非国民党高级将领。最后清理阶级队伍时，只好把他退回农村，不了了之。

工宣队还把早请示、晚汇报带进了校园。那是一九六八年九月，吃早饭前全校各班排着队在饭厅前集合，由前面的工人师傅用力挥动红宝书带头高呼："敬祝我们的伟大领袖，伟大导师，伟大统帅，伟大舵手毛主席万寿无疆！"

大家集体挥舞着红宝书高喊："万寿无疆！万寿无疆！万寿无疆！"

工宣队师傅再高呼："敬祝我们的林副统帅身体健康！"

我们再挥舞着红宝书高喊："永远健康！永远健康！永远健康！"

然后还要唱一遍《东方红》，这才能走进食堂吃饭。天天早晚都要这样来一遍，只过了几天，就觉得厌烦、腻味、浪费时间、形式主义，可谁也不敢说。

工宣队还把跳忠字舞带到了学校。

记得我第一次看忠字舞是在学校的技巧院，八·二一武斗打死人的地方。一天，路过那儿，看见不少同学在围观着什么，我也好奇地走过去。原来一位工宣队的老师傅在教同学们跳忠字舞。这是一个五十岁左右的工人，个子魁伟，大圆脸，红光满面，五官端正，一副慈祥相，但他跳这个舞时，却让人全身起鸡皮疙瘩。他有皱纹的脸上堆着讨好的微笑，双臂不断地从胸前伸向天空，表示他对毛主席的深情爱慕与思念。

我见过苦大仇深的西藏翻身农奴，对毛主席的感情比这工人深厚得多，唱起歌颂毛主席的歌时却没他这副谄媚阿谀的表情。这哪里是爱？全都是假笑、假深情、假爱慕、假思念，只有拍马屁是真！这是对权势最赤裸裸的拍马屁！恶心得让人作呕！拍马屁跟对革命领袖的热爱风马牛不相及。

我轻轻地对身边的小胡子说："我觉得特恶心，这不是搞个人崇拜嘛！"

小胡子没有说话。

幸运的是，当时很混乱，对于下面群众发明跳忠字舞的问题，上面并没有大力支持倡导。起码在我们四十七中，跳忠字舞没有形成固定制度，很快就受到了节制。

我始终没跳，也不想学着跳，最主要的原因是不愿自己脸上堆出这么脏的谄笑。我喜欢漂亮，不允许脸上有一丝一毫粪便一样的谄笑——那玷污了我的脸。豁出去对毛主席感情不深了！

忠字舞据说是一帮小城镇的人们发明的，攒了一大堆奉承讨好的姿势，纯属溜须小丑所为，顶天立地的革命者干不出来。保尔·柯察金跳不了这种舞，方志敏、周铁汉、许云峰、卓娅、牛氓等人也都不会跳这种舞。

马克思最厌恶奴颜婢膝！

奴颜婢膝跟革命者相差十万八千里！十万八千里！

学习班

随着一批一批人离开学校，姜傻子也终于组织了五个人去西藏。

西藏那么遥远，他们却要徒步走。当我对姜傻子表示不解时，他说："只有步行才能表现出我们到西藏落户的决心，才能使西藏领导对我们刮目相看，增加成功系数。"

姜傻子去西藏的虔诚，我完全相信。自然这里面也有姜傻子个人的一些因素。他出身不好，总想表现自己和家庭划清界限，表现自己对党的忠诚。因此他比一般人更渴望像邢燕子那样，走与工农结合的道路。他要用最苦行的方式向世人表现自己的革命性。舍火车、汽车不坐，非要步行，准备花一年时间走到西藏。

这个计划看似幻想，姜傻子却认认真真地组织和准备，从西藏民族风情，到西藏地理，到高原植物学等等，搜集了不少材料。

那一天，秋风萧索，天气晴朗，姜傻子组织的五个人一起来到天安门广场留影出征。在全校近百名男女生的注视下，他们在人民英雄纪念碑前庄严举手宣誓，气氛悲壮，好似一去不复返。一些小女生视他为荆轲，争着与他合影留念。我的忠实朋友刘金生也与他同去。想想西藏那么遥远，可能有近万里之遥，要横跨河北、山西、陕西、宁夏、青海五省，世界屋脊那么荒凉，人烟罕至，全靠十一号走，在野外风吹日晒一年多，快顶红军长征了，确实令人扼腕欷歔。

他是经过深思熟虑，进行了周密的准备，真的要步行去西藏，不是吹牛啊！姜傻子的父母身体不好，只有他这么一个孩子，很需要他在身边照顾。他却耻于跟民族资本家儿女情长，老早就在学校打出了去西藏落户的大旗。

傻子肩膀很宽，上身粗，下身瘦，大脑袋，长脸，胸部平平，健而不壮，样子老成。我跟他还比较熟，早在串联去狼牙山时，我们就一起从悬崖上吊着爬下去，体会了狼牙山英雄跳崖的分量。

他是一个非常矛盾的人，有些方面很俭朴，有些方面又很奢侈。比如他吃饭，总买窝头，可偶尔也会买一般中学生根本买不起的高级点心；他老穿一身旧旧的蓝衣服，却戴着一块欧米茄金表，还时不时穿一双黑皮鞋，把那么好的皮鞋踩得泥了吧唧，跟他那一身旧衣服又相称又不相称。他家境富裕，自己有一套德国蔡斯照相机、三角架和曝光表，全校可能独一无二。但他为艰苦朴素，袜子补了又补，夏天穿的短袖白背心，破了很多个洞，也舍不得扔。他用的信封都是把旧信封拆了，翻过来，自己糊的。可有时，他也买特贵的东西，如皮带、刮胡刀、香皂等，提醒人家，他艰苦朴素并不是没钱，不是被迫的。他常剃光头，偶尔也敢留个小分头，但秃瓢儿的时候多。当时，光头在北京一部分干部子弟中流行。

他二胡拉得非常棒，文革前，曾作为北京市中学生代表上过中央广播电台表演，后来中央乐团想破格要他，却被他婉拒。吃午饭时，学校广播室朗读《欧阳海之歌》时，常用他拉的《江河水》配乐，如泣如诉，十分感人。

他的自行车虽是名牌，却几乎成了公车，谁都可以骑。他还曾把自己攒的一百块钱匿名寄到灾区，学校查了半天才发现是他。平常他还特爱帮同学跑腿儿买东西，业余时间都花在这上面了。别人买不到的，他还真能给买到……有人夸他是活雷锋，可他却比雷锋有钱，手上那块大金表能和华侨们的相媲美。为节约粮食，饭桌上掉了一粒米，他都捡起来吃掉，让人感动的是，别人掉的米粒儿他也捡起来吃，让人心里很别扭。当时都已能吃饱饭，他这么干纯粹就是心疼粮食。

有个别初中同学不喜欢他，认为他思想复杂，深不可测，甚至骂他伪君子，根据是他长相显老，脑袋大，脸上疙瘩多，眼睛不清澈，外貌就像一个老油条。对他的种种举动，都有不同评价。有人说他爱轰轰烈烈，与众不同，总干引人注意的事儿；有人说他正派，不好色，曾当众表示过要以胡志明为榜样，一辈子不结婚。有人说他为了和家庭划清界限，走火入魔，干事极端，父母来学校看他，他满脸不高兴，把他们带到一个偏僻地方才说话。还有人说他有轻微的羊角风，说话多一点儿就口吐白沫，挺可怕，还啰里啰唆，一个意思总爱反复说半天，生怕别人不懂。

在学校里，他和我一样，也是一个散兵游勇，虽属于“毛泽东思想公社”，却很少参加活动，专心干自己喜欢干的事儿。他认识李冬民、秦喜昌等中学红代会的头头。为了去西藏落户，一直与他们联系，力求获得他们的支持。

记得一次不知怎么回事儿，傻子和我聊起了拍婆子的事儿。一些当年的老兵在大街上跟不认识的女生，主动搭话，对上了，马上逛街、下饭馆……我对这种行为很有点儿蔑视，虽然内心里也渴望能遇见一个自己的冬妮娅。

姜傻子问我：“嘿，你怎么不找一个？”

我说：“有雷厦，有战友，不想找。”

傻子诧异地问：“难道你一辈子都不准备找吗？”

“人生得一知己者足矣。反正我现在不想找。”

“那你的性欲怎么解决？”

姜傻子真敢问，把我问得哑口无言，只好敷衍道：“忍着呗。”

姜傻子还穷追不舍，笑嘻嘻地问：“嘿，你跟雷厦是不是有点儿同性恋？”

“胡扯八道！我们整天练跤练拳练擒拿，练得鼻青脸肿、伤痕累累，是跤友！拳友！战友！”

我断然否认。因为察觉到自己的欲望太强，特别害怕在这方面出事儿，弄个身败名裂，才用跟雷厦好来转移和掩饰这方面的要求。这么做可能有些扭曲，却根本不是同性恋。我内心深处从没有停止过对异性的饥渴和幻想。看电影、小说，发现美女都喜欢英雄，特别喜欢那些身体强健、武艺高强者，我如此刻苦练块儿也是暗暗希望凭着自己发达的肌肉能吸引来一位美丽高贵的“冬妮娅”。

但我心中深处的想法哪里好意思跟姜傻子讲，而且很反感他这么刨根问底。问这类问题就说明他也考虑过这些事儿，我还怀疑他呢！他喜欢做一些极端举动，也许就是一种性压抑的变态发泄。

那天，傻子高举一面红旗，领着四个同学从天安门广场踏上了去西藏的征程。那大概是一九六八年九月或十月。当时已经开始清理阶级队伍了，在狠抓阶级斗争的年月，他们走出北京不远，就在河北平山县被当地民兵抓住。民兵可不管你去哪儿、走什么与工农兵相结合的道路，到他的地盘儿就得接受他的审查。

姜傻子告诉对方自己要去西藏，并老老实实承认了自己出身资本家。这就引起民兵们的怀疑。西藏那么老远，你为什么去那儿？是不是干了坏事想往人烟稀少的地方躲藏？全国正在搞清理阶级队伍，这五个学生很可能有严重问题，畏罪潜逃。傻子还带了一架油印机，准备沿途刻写传单，宣传毛泽东思想。民兵们却觉得不那么简单，很可能是一伙反革命集团，要进行反革命宣传。关了好几天，连吼带诈，把他们的所有财物洗劫一空，最后拿着大枪押送到平山县城，又被有关部门好一顿审查，闹了一个多星期才放了他们。

于是，美傻子去西藏的事就彻底泡了汤。不到一个月时间，这帮人马又凄惨兮兮地回到北京，连车费都是借的。这次惨败，对姜傻子的威信打击很大。他们这队人马的前后遭遇，给人感觉颇像演戏。在天安门广场宣誓的场面太神圣了，把很多送行的小女生感动得热泪盈眶。然而万里之行，还没走个零头，就跟打败仗的兵一般又灰溜溜地折回来。徒步去西藏的壮举一下子变成个闹剧，等于亵渎了同学们对他的尊敬。有人对他的动机又一次产生了怀疑，干吗要步行去？是真想去，还是故意标新立异、沽名钓誉？

更倒霉的是，他们回学校后不久，与他一起去西藏的女生郭蓓就被公安局抓走了，一时间轰动全校，说什么的都有。有说郭蓓帮她父亲叛国潜逃，有说她作风不好，乱搞。据说她给父亲外逃用的介绍信就是从姜傻子那里搞的。因她和傻子同班，两人关系不错，又合伙去西藏。傻子为此受到牵连，处境极其孤立（多年后，郭蓓的问题水落石出，被彻底平反。郭蓓根本没有作风问题，而是因为积极替受迫害的父亲辩护，帮他逃到外地躲藏而被捕。她父亲原在公安部工作，因为会日文，就被怀疑是日本特务）。

去西藏失败和郭蓓被抓，使姜傻子备受同学指责。他常常翻来覆去地向我和小胡子解释他与郭蓓的关系，无任何别的私情，就是想法一致，要到最远最荒凉的地方去，并一再声明郭蓓是背着他，偷拿了他的中学红代会介绍信……说得嘴角冒白沫，像抽羊角风。

因为姜傻子已于一九八九年病逝，在这儿就多写他几笔。

大约是一九六八年夏，我们“毛泽东思想公社”成员又有一帮人分配到了内蒙锡盟阿巴哈那尔旗。傻子从河北返回到学校时，去内蒙古的队伍早已经走了。他不好意思再在学校待，就自己一人偷偷去内蒙古锡盟投奔四十七中的同学。这次他一点儿也没声张，只有少数几个人知道。走时他还硬不让自己的母亲送，慈爱的母亲只好偷偷地躲在一个小理发馆后面，流着泪，目送着自己的宝贝儿子上了二十五路汽车。

也不管当地要不要，姜傻子直接下牧区住在了阿尔善宝力格公社的知青点，最后当地只好接收了他。他到不久，正赶上内蒙古“挖肃”，他们那儿的知青积极投入，与牧民发生了尖锐冲突。这帮中学生还像当年去门头沟煤矿煽风点火一样，刚勇好战，在和对立派的一次混战中，重伤了一个牧民，后因抢救不及时死亡。偏偏这牧民有亲戚是公安系统的，于是不依不饶，非要严惩凶手不可。结果，为首的一个高中同学阎小红就被抓了起来。姜傻子因为胡子拉碴，岁数最大，也被怀疑是武斗的黑后台而受到通缉。他在同学们的掩护下，屡次化险为夷，侥幸地逃回了北京。

这时很多人劝他：你出身不好，那儿又出了这么大的事儿，你干脆换个地方吧，别回去了，反正你的户口还没办到那儿。

他脸色苍凉，不置可否，满面皱纹，一下子老了十多岁。

傻子在北京躲了些日子，让前来抓他的锡盟公安人员又扑了空，但良心很不平静，总觉得当一帮初中小孩儿们在内蒙古阿旗挨整时，自己作为老大哥却逃之夭夭，不那么光彩。这天，姜傻子来到学校取户口。

管户口的老师问他："你到哪儿？"

"内蒙古阿巴哈那尔旗。"

"你怎么还回那儿去哇？他们不正想抓你吗？"

"没办法，我不能把那儿的一帮同学们给扔了。"

"你可考虑好了，户口一给了你，就等于离开了北京，再也回不来了。"

"我想好了，我得回去。"

"你们那儿出了人命，你再回那儿，安全吗？你可要慎重考虑好啊！"

四十七中全校师生都知道到阿巴哈那尔旗的一帮同学出了人命案，四十七中的老师本能地向着四十七中的同学，希望他们能平安度过这一事件。

"阎小红被抓了，其他同学们岁数都还小，出了事，最需要有人出来应付，我不能在他们有困难的时候离开他们。"

这女老师很感动，连连叹息，给他办了户口手续。

同学们都替他着急，说他回去是自己往虎口里送，太蠢。父母也急坏了，苦口婆心地劝他，就差没跪下给他磕头，千求万求，别回去自投罗网哇！

傻子却毫不犹豫地拿着户口又返回了内蒙古。在北京躲的这段时间里，目睹一批又一批知识青年奔赴农村边疆，他坐卧不安，内心越来越痛苦。他不能在危难时刻，自己一人跑开，置同学于不顾。当然，这可能也与他去西藏的失败有关——他决心这次一定要干得漂亮，干得让人无可挑剔！

学校工宣队对资本家出身的同学并不热情，可在姜傻子的问题上还算仁义，没有配合内蒙古的公安抓他。因家里受冲击，经济困难，姜傻子把手表拿到委托行卖掉当盘缠，义无反顾地走了。他有点儿像张学良，原本完全可以不失去自由，却非往不自由的地方去。

幸亏当时“挖肃”很乱，已经过了抓人那股风，上面指示此案按文革中的武斗处理，不再追究刑事责任。公安局放了他一马。他自告奋勇到配种站搞配种，还曾去种畜场偷过一匹卡巴金种公马，拿到本队来配种，并为此扬扬得意。不幸的是，他大男子主义严重，对配种站的一个外校女生盛气凌人，态度蛮横，整天指使她干这干那，稍不满意就训斥数落。一次，那女生实在忍受不了，跟他顶了几句，说他积极进步是故意做出来的。姜傻子大怒，抽了女生一个嘴巴。这女生愤怒之极，给上面写了一封揭发信，说姜一凡恶毒攻击毛泽东思想，闲谈时曾说过对毛泽东思想也要一分为二。于是旗里下来人调查此事。姜傻子出身资本家，人家一上纲上线，有口难言，立即陷入孤立状态。为抽耳光的事儿，还专门开了他的批斗会，说他是隐藏在革命队伍里的“阶级异己分子”，殴打革命同志是阶级报复……一时间，他被剥夺了各种权利，连他曾为之担心的一些初中小同学也与之疏远，认为他思想太复杂，深不可测，步行去西藏是沽名钓誉。

终日，他与队里的五类分子一起干最繁重的体力劳动，背过蒙古老太太尸体、起过厕所、打过石头、垛过草圈、赶过大车……从那时起，他开始大碗喝酒，没事就喝，借酒销愁，很快成为了酒鬼，远近闻名。那脸更显苍老，更深不可测。但歪打正着，由于喝酒是当地的风俗，他通过喝酒融入了蒙古牧民的圈子，结下了很多酒友，渐渐地，处境又好了起来。

姜傻子的这些经历也可以写一本书。

当时我们谁也没料到他在内蒙古草原一待就是二十一年，更没料到一九八九年十月八日，他会因肝硬化死在了那片土地上，死前他已是锡盟检察院的检察官。牧民们都喜欢这个满脸疙瘩的北京知青，能陪他们一碗一碗地喝白酒。他身份变了后，还是以替牧民义务买东西跑腿儿为乐。每次回北京前，都拿着小本儿记牧民要捎的东西，腹水肿得系不上腰带，还骑着自行车跑遍北京城为牧民们买这买那。有一年为了给一对新结婚的牧民捎高级蛋糕，不惜大年三十离家返回内蒙，把老妈气得扑簌簌流泪。

一九八九年夏，办完父亲丧事，明知自己肝病恶化，姜傻子还是返回了内蒙古。路上因疲倦把公文包丢了，里面还有持枪证，心情因此沉重，回去后就写检查。因身体不支，不久就住进了医院，躺在病床上，却还帮人调解离婚。以后他多次昏迷。当他快死的消息传出时，轰动了小小的锡林浩特市。知青和牧民们来看望他的前后有上百人。牧民们给他送来的营养品堆了半屋子。盟检察院全体出动轮流照顾他，陪他走完最后时刻。检察长说：“为了一凡，豁出去检察院关门了！”死后，不少牧民痛哭流涕，往他身上洒酒，说要让他喝个够。有个蒙古穷老汉跪下给傻子磕头，念叨着傻子快死时，还嘱托同事帮他为自己垫钱买药。

望着络绎不绝的人群，不少人羡慕地说，要死就像姜一凡这样死，多热闹啊，比个局级干部也不次！

唉！傻子根本没有羊角风，他神经正常。二十一岁来到草原，在以后漫长的二十一年中，他内心的苦闷和寂寞唯有跟老蒙一样大碗大碗喝酒，才能摆脱，结果生生喝死。这平凡、苦涩的二十一年内蒙古草原生活，证明了他心灵中仍保有一片纯洁。就算当初他要去西藏有些个人出名的杂念，那也没有什么不对，青年人想出名，想建功立业有何过错？何况他言行一致，真把生命献给了边疆。

姜傻子那长长的脸膛，宽宽的肩膀，厚厚的嘴唇还常常在我眼前晃动。现在他已经在宇宙中永远地消失了，我只能借着这本书，从记忆中挖掘出他的一些已模糊的往事，表达一下对他的怀念。

工宣队的铁拳头不断地发挥着威力，在学校里揪出了一个又一个的敌人，真是所向披靡，无人敢挡，不管老师学生都一视同仁，有问题就整。高三四班的李玉瑞，人很聪明，外号小炉匠，家是农村的，曾在一九六五年全校数学竞赛中获过名次。一天，闲得没事儿，在宿舍里练毛笔字，往一打旧报纸上写，写了一张又一张。我们公社的头头何继志也喜欢书法，在欣赏李玉瑞的毛笔字时，无意中发现了一张报纸上的毛主席照片被写上了字，马上就质问他："你为什么要在毛主席像上写字？"

李玉瑞傻了眼，结结巴巴地解释不是故意的，没留心，脑门上沁满密密麻麻的汗珠。尽管都是一个组织，尽管两人刚才还亲密地切磋书法，何继志马上报告了工宣队。他牢记林副主席的教导：我们就抓对毛主席的态度，这是根本的根本。工宣队立刻召开大会对李玉瑞进行了批判，并勒令退学，赶回了农村。

何继志也真够大义灭亲的，决不因为李玉瑞是自己的部下、同一派的战友，就包庇姑息。

何继志文革前一直是班长，自我革命时，曾泪流满面地检查自己想当总理，有野心。文革初期被认为是修正主义黑苗子而失势挨批，人们给他起了个外号“何总理”。但到文革后期，又渐渐成了公社核心领导之一，围绕着他发生过好几次武斗。他的眼镜片也曾被对方用气枪击中过，险些瞎了一只眼。在食堂门前，他还曾被艾大仁的啤酒瓶子砸昏过，醒后仍不屈地与对方唇枪舌剑。

不久，工宣队又有了一个新动作。它把同学里面有重大问题的人编进了一个毛泽东思想学习班。我万没料到自己也被宣布进了这个学习班。

那时，按照工宣队的命令，所有同学都必须搬回自己宿舍住。我所住的学校游泳池男更衣室变成了学习班的学习地点。有两个工人师傅管我们，个个面孔威严。还记得其中一个姓郝，河南口音，小个子，小平头，穿一身蓝制服。他正颜厉色地训话道："同学们，你们在文化大革命中，都不同程度地犯有这样那样的错误，给你们办这个学习班，体现了毛主席、党中央对你们政治上的最大关心、最大爱护。你们一定要端正态度，正确认识，好好斗私批修，坦白交代自己的问题。"

学习班有严格的纪律：外出要向工宣队请假，不得擅自离校。每天上下午学习检查时间，必须按时出勤。但周末可以回家，晚上也基本没事儿。比起学校的牛鬼蛇神专政队来舒服多了，他们对学生毕竟还客气一点儿。

最初听到把我收进了学习班颇有点儿紧张，但细想自己的问题，觉得并不严重，没必要害怕。

偷越国境去越南根本不算什么，全国有成百上千人过去，周总理为这事还专门谈过话，肯定我们动机是好的。搞枪也算不了什么，搞的人多了，何况分局的老许说得很明白：不记档案。而昌都偷刀连班房都没蹲，当场教育释放。至于打砸抢问题，也就偷过一麻袋书、两个马褡子、两条军毯、几件军装、一副农大的杠铃，砸瘪过对立派的一架手风琴。

在四十七中，我没打过一位老师和校领导，这有目共睹。就是运动初期，打过个把流氓，抽过一女破鞋。在去越南的货车上，曾把一抢劫我的眼镜给踢下了火车——谁叫他劫盗的？所以，文革中，我手上没有人命，连地富反坏右的人命都没有，这是主流。即便为搞枪曾有打昏解放军战士的想法，也没形成事实。为确保对方生命安全还特地在斧把上包厚厚的布。仅这一细节即可看出我对解放军的热爱。

打砸抢都是小偷小摸小打小闹，不过几件军装、几本书，够不上犯罪。

当然，我那时还没认识到自己对宋尔仁及任道远的伤害。这远比自己干的其他坏事更恶更毒，因为，两个人一生的命运就被我给葬送了！

我满怀热情，积极参加文化大革命，最后却错误累累，进了学习班。对此只好用"鹰有时飞得比鸡还低，但鸡永远飞不了鹰那么高"来自我安慰。

洪老师说过，犯过错误的战士打仗最勇敢。人渴望革命渴望到连犯错误也不怕时，才可能会对国家有更大贡献。

学习班里有艾大任，打人成性，敢用钳子拧老师的耳朵，老师见了他像老鼠见了猫。有罗陕北（陕狗子），也是打人问题，都传说谢大夫母亲之死与他扔石头有关，但他坚决否认……宋尔仁自逃跑后不知下落，要不肯定也得进来。不知何故，学习班没有大疙瘩，却有他的相好——对立派的一位女将。此女将是血统论的铁杆儿崇奉者，平常穿身军装，一口一个“他妈的”，相当泼辣凶悍，上窜下跳，叫嚣用武力收拾那些妄想变天的狗崽子及其包庇者。

我就跟这些有问题的同学，终日一起学习检查。

私下，我曾问管我们的郝师傅：“好多比我问题严重的都没有进学习班，为什么把我弄到学习班里来呢？”

郝师傅严肃地说：“你做的事儿，你自己心里最明白。”

“我小毛病有点儿，可没有大问题呀！我真是不明白。”

“哼，你是好人吗？好人没有抹胭脂的！”

郝师傅突然迸出这么一句话，噎得我张口结舌。

有一个星期天，学习班的人都回家了。我在学习班教室里闲得无聊，头脑一热，就在大疙瘩女友的课桌上用刀刻下了“女流氓”三个字。因为用钢笔字写能擦掉，用刀刻的想擦也擦不掉，还能掩盖自己的笔迹。这女的在全校公开与大疙瘩一起出双入对，耀武扬威，很是扎眼。她仗着大疙瘩武斗打出来的威风，没人敢惹。老子今天就要惹一惹她。

结果，周一该女发现刻字后，立刻到工宣队办公室大吵大闹。

学习班晚上九点钟紧急集合，郝师傅对学习班成员一个一个地审问。问到我时，坚决不承认，表情自然。郝师傅最后在全学习班成员面前威胁道：“要是三天以内刻字的人不承认，我们就要报案，请海淀分局的人来破案！”

我知道这点儿小事，公安局理也不会理。望着郝师傅那黔驴技穷的样子，暗暗觉得好笑而有趣。

以后，郝师傅又找我个别谈话，说该女生怀疑是我干的，只有我跟大疙瘩有仇，要单练过，但被我断然否认。郝师傅半信半疑地观察着我，警告道：“我们会把这事调查清楚。如果是你的话，一切后果你自己负责。”

我笑笑，没说话，心想这么点儿鸡毛蒜皮的事儿，负责就负责。

……

休息时间，我忧郁地问雷厦，将来如果批斗我怎么办？

雷厦笑着说：“那我上去和你陪斗。”

我紧紧地握着雷厦的手，心里热乎乎的。

热血的洪流

全校第一个去插队的可能是高三一班的李向真。自《人民日报》报道了北京二十五中的曲折等十人去内蒙古锡盟插队后，一九六七年十一月十六日李向真即尾随而行，直奔东乌旗。从决定到走只一个星期时间，除了班里几个同学，他谁也没告诉，无声无息地就走了。

以后同学们陆陆续续地上山下乡，各奔前程。有的连道别都没有，就在学校消失。当我蹲局子的时候，一九六八年四月份，国章、冰洋、郑六田等都去了青海西宁的三线工厂。这在当时来说算是很不错的出路。

耿永红结局壮烈。一九六八年夏天，他和两同学去十三陵水库游泳，游到中途，一个同学突然胃病犯了，疼得死去活来。他为救同学，毅然在水中托着对方，结果双双淹死，只活着游回了一个。平时总骂自己浑蛋，紧要关头，方显出英雄的内在！他曾当众大声疾呼：我们爬也要爬着跟红五类干革命！

全班唯一党员齐德操早已去了东北黑龙江兵团，是跟刘和平那批一起走的。文革中，他虽参加了“毛泽东主义红卫兵”，却从不武斗，不搞打砸抢。自运动初期紧跟工作组摔了跟斗后，就完全退出，当了逍遥派。

七月底，学校有一批人去了内蒙古锡盟阿巴哈纳尔旗插队。基本都是我们“毛泽东思想公社”的。这批全北京中学生得有上千人，整整一列火车。

八月二十日左右，高三一的刘汉昭，平时很不起眼儿，寡言少语，一副娃娃脸，老实得像个小鹌鹑，却随着几个北京中学红代会毛泽东思想宣传队的朋友，自己闯到了内蒙古。到了张家口后，他们步行到了锡林浩特。刚开始人家不要，他们给人家现场表演，又跳又唱，少年的热狂、年轻人的赤诚感动了当地的领导，顺利地被阿巴嘎旗接收。

八月二十六日，小胡子等一批人去了京西木城涧煤矿当工人。他在报名去东北之后没有批，就选择了到煤矿。小胡子出身高知，虽说有点儿软弱，有点儿过分谨慎，但品行好，为人可靠。他到北师大为我贴大字报，揭露我父亲，轰动了全北师大，差点儿被当成捣乱分子扣下，其忠实和讲信用，令我刻骨铭心。

从一九六八年夏季开始，一场大规模的、全世界仅见的上山下乡热潮正在兴起。当时流行的歌曲是：

毛主席的战士最听党的话，
那里艰苦到那里去，
那里艰苦那里安家。
祖国让我守边卡，
扛起枪我就走，
打起背包就出发。
……

九月份，学校又有一大批去内蒙古突泉县下乡插队的，基本上都是我们“毛泽东思想公社”的，以头头何继忘为首，及王佑、张大文、朴毅、岳真真、魏绍国等四十多人。

雷厦常常对我说他特别佩服岳真真。岳真真在一二·七武斗中，面对“主义兵”死打雷厦，是全公社唯一敢高喊“要文斗，不要武斗”的女生。

雷厦非要去火车站送送他们不可。傅勇生、吴山顶等都劝他别去。“红红红”那帮人还憋着劲儿要打他。听说上次送去东北兵团时就有人被对立派用菜刀砍了。

每次送行，火车站都聚集着全北京市各学校的中学生，平常找不见的同学差不多都能在这儿找到，正是报仇的好机会。故每批人走，火车站总要出点儿事情。

“豁出去了，挨打就挨打。公社的四分五散，不送送，这辈子可能就见不着了。”雷厦对公社有很深的感情，两年来所有的奔走、辩论、挨打、逃亡……无不是为了公社。每次凡有公社同学要走，不管亲疏，他一定要去火车站送行。

他还很严肃地对我说要送岳真真一个日记本。我一听心里就不是滋味儿。我们早就说过，彼此把战友关系凌驾在女人之上。莫非雷厦看上了她？

这年夏天，老红卫兵们大都逍遥，兴起了拍婆子、交女朋友。尽管自己也很憧憬，也躁动，可总觉得拍婆子不光彩，不像一个革命者。总以为真正的革命者都类似牛虻那样，有某种禁欲主义行径，不能离开火热的革命斗争去谈情说爱。所以，才蔑视大疙瘩及其女友。

我希望雷厦也同样如此。

岳真真是文革前的三好生、班干部，功课门门五分。她冬天常穿一个蓝棉猴儿，脸颊冻得通红。从来都是短发，衣着朴素，小矮个子，很瘦，长相一般，性格爽朗，家是新华社的。雷厦对她有好感令我吃惊又吃醋，吃惊的是学校里那么多如花似玉的女生，他都没兴趣，却偏偏看中了这个其貌不扬的小瘦猴儿，真不好色。吃醋是担心雷厦疏远了自己，投入一个女人怀抱。不好色难得呀，不由得越发珍惜雷厦，舍不得别的女人把他抢走。

我忧心忡忡，马上托人问岳真真对雷厦有什么看法，岳真真很坦白地承认自己对雷厦看法不好，觉得他华而不实、爱出风头。她说一二・七事件奋力高呼要文斗不要武斗，并不专门因为是雷厦，换了别人她也同样反对，对谁都不能动手就打。我这才放了心，并如实地告诉了雷厦："岳真真对你有看法，说你华而不实、爱出风头。"

雷厦万万没料到，脑门上好像挨了一棒，神色发呆，那漂亮的眼睛里含着悲哀，直直地望着前方，什么话也没说。他使劲儿地咬着嘴唇，把嘴唇咬出两个深深的牙印儿。我头一次看见他这么忧愁、这么痛苦、这么失望。

尽管如此，雷厦还是进城买了一种当时最贵的日记本，送给了岳真真。

一九六八年九月二十日。我和雷厦腰里别着刀子，口袋里装着铁环——戴在四个手指头上可增加拳头硬度，警觉地来到了人山人海的北京火车站。

月台上挤满黑压压的人群，要走的同学被大家团团围住，所见到的都是一张张羡慕、赞许、依恋的面孔。他们神情激动，面带微笑。垂头丧气，悲悲戚戚的也有，却是少数。

王佑带着一顶皮帽子，与身边人互相说着话。我心中有点儿酸楚。论块儿，我比他壮；论拳脚，我比他厉害；论离开北京，到最苦的地方磨练，我喊得比他凶，但他竟走在了我的前面！听说最初招收三线工厂时，他也报了名，结果没批，却批了小华侨周冰洋。他这才明白，自己的右派出身比华侨还低一等，于是暗下决心到农村当农民，一杆子插到中国的最低层。

自从西藏回来后，我和王佑来往不多，他跟何继志那伙人关系密切。只是到了火车站上，临别的那一刻，我才完全原谅了他手刃了我的英古斯。唉，他干这事确实不是为自己，完全是为了不要我背上一个"资产阶级养猫玩狗"的恶名。他不同意我搞枪偷刀，并不意味着他言行不一、叶公好龙。今天他扛着简陋的行李去内蒙古突泉——未来反苏修侵略战争的战场，就完全证明了他说到做到，没有辱没他所写的铁血团赴越宣言。但我们几乎什么话也没说就淡淡地分手，迷惘又怅然。

我看见陆微也前来送行。她与王佑告别时，异常伤感，泪流满面。

小黑胖子张大文看见了我也没说话，可能还生西藏之行的气。何继志眼圈儿红红的，忙忙碌碌地与人告别，一扫平时那副老成持重的大首长派头。我和雷厦都对“何总理”敬而远之，谈不到一块儿，就少过话。

魏绍国一瘸一拐地走着，苍白的脸上洋溢着微笑。啊！一个除了怜悯，没人注意的瘸子，也死气白赖投身到了这股上山下乡的大潮中。

“红红红”恨之入骨、准备开瓢儿的朴毅也出现了。大家都劝他自己另乘火车单走，别走前再挨一顿打。可他不干，觉得自己去农村光明正大、理直气壮。

八·二一武斗后，朴毅曾数次被艾大仁辱骂，抽嘴巴。最后一次，艾大仁竟用啤酒瓶儿打他。忍无可忍，朴毅夺过酒瓶儿，反击了一下，碎酒瓶儿把艾大仁鼻子到嘴唇间划了一条大口子，结果“红红红”一群人差点儿将朴毅打死。伤愈后，他不敢再来学校，因艾大仁鼻子下面留了一条大疤，扬言也要在他脸上划一刀。

现在朴毅冒着危险来到车站，哪怕挨打也要堂堂正正地跟大家一起走。公社同学都自觉地围着他，不时戒备地环顾四周，盼望别出事儿。雷厦忘了自己也是“红红红”的目标，寸步不离地守在他身边。

离别真能升华和纯洁人的情感。此时，“红红红”那几个专好打人的家伙们，也都变得温和起来，满头大汗地帮助要走的同学搬行李。

北京中学生已走了很多，可来火车站送行的还是人山人海，黑压压、乱哄哄的。大喇叭里广播着语录歌：

> 我们共产党人好比种子，人民好比土地。我们到了一个地方，就要同那里的人民结合起来，在人民中间生根，开花。……

这歌子曲调优美，听了让人甜丝丝的，血液升温。

一排女同学笔直地站在火车厢下，认认真真地背诵着毛主席语录，为车上的人加油鼓劲。她们样子很傻，虽然根本就没有人听，依旧大声喊着：“看一个青年是不是革命的，拿什么做标准呢？拿什么去辨别他呢？只有一个标准，这就是看他愿意不愿意、并且实行不实行和广大的工农群众结合在一块儿。”

四周笑的、哭的、叮嘱的，乱成一锅粥。

很好，一切顺利，艾大仁没露面，“红红红”也没找朴毅、雷厦的碴儿。

车铃响了，车轮转动了。这是一个激动人心的时刻，火车站上的每一个人内心都充满着神圣感、生离死别感。王佑眼睛闪着光，用力向站台上的同学挥手，从他脸上，看不出一点儿对农村户口的害怕，对挣工分的恐惧，对看病自己掏钱的担心……

同学们相互频频挥泪告别。雷厦激动地向着车上的人招手，嘴里高呼："公社万岁！"王佑等人立刻回应道："毛泽东思想公社万岁！"张张洁白的脸上闪烁着悲壮的光辉，最后一次为我们垂死的、软弱的、不争气的组织祝福。

我想，同学们以此口号告别，不是搞派性，只是倾泻一下自己对并肩参加文革、并肩战斗两年多来的同学的一片情义。继去东北之后，这是又一大批我们公社的同学集体开拔，包括核心领导。从此"毛泽东思想公社"，这个全四十七中最大的松散的，挨打受辱最多的组织寿终正寝。

几个人走没什么影响，几十几百地走也不算什么，但上千上千地走，一火车一火车地走，那气势就非同小可，真有点儿像大部队出征，奔赴前线，慷慨壮烈。这些都是中学生啊，有些才十三四岁！

一九六八年九月二十日，两千多名青年人怀着报国的激情、革命的理想，从从容容地上路了！气壮情怆之余，也夹杂着几丝不能主宰自己命运的迷惘和无奈。

火车在同学与亲人的告别声中缓缓移动。无情的铁轮冲破了浓浓的离别愁绪，发出铿铿锵锵的响声。

"嘴巴甜点儿，少发脾气！"

"常来信啊！"

"保持联系！"

……

钢铁的声音屡屡被肉体的呼唤所压倒。

几十秒钟后，列车从东方的铁轨上消失。跟我一起去越南的铁血团战友王佑；富有领导才能，怎么打也不低头的何继志；正派刚直的朴毅；严重风湿病患者魏绍国；小瘦猴儿般的女勇士岳真真……哗啦啦都走了，再也看不见了。难忘啊！随着一阵干烈的秋风，似乎能闻到这一大群青年身上的热血芬芳。

雷厦紧闭嘴唇，严肃地望着东方。

刚刚充塞在北京站月台上的呼叫、啜泣，也仿佛被远去的列车带走，人们很快安静了下来，拥向了出站口。

"红红红"那帮人，又贼眉鼠眼地四处张望，寻找着目标。

在回学校的路上，我和雷厦都默默无语，各自想着自己的心事。

没想到连高三一班的瘸子魏绍国都走了！他是全年级有名的病号，免体育课、免劳动、免军训，平日虚弱不堪，大热天还穿着厚厚的棉裤，连低年级的小孩儿都敢欺负他。可为了下农村去，他三番五次找军训团、工宣队苦苦恳求，这次终于如愿以偿，尽管他有充足的理由留在北京。

我真盼着也快点儿离开学校插队去！可别连个瘸子都不如！可能幼年时农村生活的烙印，还在血脉中残存，我喜欢农村，喜欢质朴，喜欢自然。功课不如别人、团结不如别人，但在上山下乡、走与工农相结合的道路上，却不甘落后于人。

回到学校，我把上衣一脱，又龇牙咧嘴地练了起来，推举、挺举、俯卧撑、引体向上、跳举三十公斤杆铃，练得满头大汗……完了，戴上拳套，跟雷厦对练拳击，脑里什么也不想，一拳一拳恶狠狠地打过去。雷厦这活沙袋越来越经打了，无论我怎么狠驴死砸，也不叫唤一声。

准备，快快准备，抓紧时间在离开学校之前，把自己的身体和功夫再练得强大一点儿。

……

我早就和王佑商量过去西藏落户——全国最荒凉、最落后的地方。我之所以没走，不是不想走，而是进了学习班走不了。学习班有严格纪律，天天都点名，外出要请假，工人师傅的眼睛盯得很死。还有，我想和雷厦一起走。

雷厦是高一的，他总想再等等看，希望能去国营企业。他说并不怵当老农民，不怵挣工分，不怵星期日不休息，就怵没公费医疗，生了病要自己掏钱看。他幼年得过猩红热，大病一场，身体较虚，最担心病了没钱治。

我拙于辞令，见生人就发怵，说话没词儿，所以不敢像李向真那样独自一人就走，一定得找个伴儿，当自己的嘴巴。

“红红红“、“主义兵“、“杀杀杀”、“闯闯闯”等组织的很多人都当兵走了。这些组织的成员大多是军人出身，他们有着当时最好的出路。谢保国、陕狗子、徐学军等也都当了兵，徐卫卫不知下落。

陆微每次上山下乡都报，每次都不批。她太不一般了，父亲是毛主席亲自肯定的聂元梓大字报所揭露的大黑帮，《人民日报》头版刊登后，全国闻名，所以哪个地方的都不敢做主要她。她仍不死心，四处奔走，还很诚恳、很认真地说：“我父亲虽有问题，但我和地主资本家的孩子总是有区别的！”最后当动员去山西农村时，她的申请终获海淀区批准，于一九六八年十一月二十五日徒步走到山西平陆县插队。跟姜傻子徒步去西藏一样，她也用徒步走来表示决心。

……

一拨一拨的知识青年离开了北京，好像一波一波的热血冲荡着年轻人的心。走意味着勇敢、意味着光荣、意味着革命，不走则意味着胆怯、意味着耻辱、意味着俗气。

高贵蕴伏于穷苦卑微之中，魅力来自神秘的乡村边野生活。啊！好像吃了什么迷魂药！我身边这些同学们的最高理想就是到农村去，到边疆去，到最肮脏、最贫苦、最荒凉的地方去！随着一批一批的同学走后，剩下的坐卧不安，似乎再不走，就是胆小鬼，就是怕苦怕累，就是想赖在城里的㞞包。……

休息时间，我常和雷厦商量，我们今后到哪儿去？

我很喜欢到离北京遥远的少数民族地区，这有种到外国的感觉。

广西？根本不能考虑。那边太排外，被边境民兵独眼龙毒打一顿记忆犹新。

云南西双版纳？也不行。不习惯南方的气候和南方的米饭。串联时，在昆明医学院吃的红糙米比海淀分局的窝头好吃不了多少。

新疆？也很罗曼蒂克，但真正实行起来，又太遥远，不方便，大老远去一趟，要是不被接收，多难受。而且我潜意识里觉得新疆很富，地大物博，不怎么艰苦；也不喜欢新疆歌，觉得有点儿轻浮，不如内蒙的歌深沉。

西藏？能去当然好，最神秘诱人。可姜傻子的遭遇告诉我们，那不现实。即使文革大串联时都专门发了文件，不许红卫兵去那儿。现在形势收紧，我们贸然而去，肯定更困难，成功率太低。

内蒙古？草原上冬天酷冷，西伯利亚寒流畅通无阻；听说女的特少，不够用，兄弟共享，牧民中有不少得梅毒的。还非常缺水，牧民一辈子都不洗澡……但尽管如此，比较起来，去内蒙古还是最现实。何况，已经有一大帮同学到了锡盟落户。

很小就知道了“天苍苍，野茫茫，风吹草低见牛羊”这首歌，对内蒙古草原印象不坏。姐姐就曾是内蒙古歌舞团的舞蹈演员，妈妈也很喜欢听内蒙古民歌，喜欢它的悠长深远，带着某种苍凉。姜傻子、王佑等一大帮公社战友都去了内蒙古，世界级的大英雄成吉思汗就诞生于内蒙古。

比起西藏、新疆来，内蒙古不算遥远，坐车一天就能到。内蒙古还地处反修的最前线，将来打仗了，这里是第一战场。内蒙古牧区过着骑马游牧生活，不像农村种地那么单调、没变化，富有漂泊的浪漫。内蒙古还盛行摔跤，留有古代武士的遗风，诞生过好几个全国摔跤冠军，正对自己的口味儿。

“雷厦，咱们去内蒙古吧。”

“好呀，我没意见。在一望无际的大草原上骑马放牧，小凉风一吹，多来劲儿！但如果能到个国营单位就好了。”雷厦沉思道，“苦倒不怕，就怕没公费医疗，万一生了病怎么办？”他对生病老是心有余悸。

“没关系，我敢担保你死不了。咱们要去就到最荒凉，最野蛮，最没人知道的地方。别去像大寨那样有名的地方。”

“可你现在能走吗？学习班还没结束，你怎么走？”

“我真有点儿等不及了。”

“别着急。你没什么大问题，等学习班结束后再走。”

“可什么时候才能结束呢？咱们现在就走吧。有个古代将军马援说：大丈夫当死于边野，以马革裹尸还葬耳。我特欣赏这话。”

雷厦微笑着说：“这将军是厉害！我也欣赏。但我们再等等看，你的学习班没完事儿就跑会惹麻烦，弄不好，工宣队给你抓回来。”

整天坐在游泳池更衣室里反省、学习、写交代材料，听工人师傅那一套水平不高、索然无味的训话，太腻味了！我心急如焚，渴望学习班快快结束。

一九六八年十一月，下一批分配方案流传开：六八级高初中通通到山西和陕西。一个晚上，我又找到雷厦商量。“怎么样，我们赶紧去内蒙吧！”

雷厦当即同意：“对，去内蒙！山西那鬼地方不能去。我好说，关键是你怎么办？”

“我就硬走。”

“硬走等于是逃跑，工宣队会不会通缉你？”

“上山下乡是大方向，咱大方向正确，他们不会抓我的。”

“我就担心工宣队以为你是畏罪潜逃。这样吧，走时，你给工宣队写封信，把我们去内蒙古的目的好好解释清楚。”

“行。”

“干一件事，不干则已，干就要干成功，可别像姜傻子去西藏那次。你想过没有，如果那儿不要咱们，怎么办？”

“肯定会要的。姜傻子步行去西藏太不实际，但他跑到内蒙古，不是成功了吗？还有高三一班的李向真、刘汉昭等也全都是自己跑去的，人家也全都要了。反正即使不行，也不回学校了，大不了再去山西。”我竭力鼓动雷厦。

“你打算什么时候走？”

“下个星期日。”

“都有谁？”

“你决定吧。”

“嗯……”雷厦沉思了一会儿说，“我推荐吴山顶。”

"好呀。"

"傅勇生去不去？"我问。

"他说等我们成功了，他再考虑。"

"他是你最好的朋友，怎么不和你同甘共苦呢？"

雷厦咬咬嘴唇没说话。

我说："再劝劝傅勇生吧。蹲局子时，他一趟趟地给咱们送东西，很让我感动。这么重义气的人不跟咱们在一起多可惜。"

雷厦说："行。"

很快，雷厦就告诉我："傅勇生不能跟我们一起走。"

我很失望："他怎么这样啊？太谨小慎微了。"

雷厦摇摇头说："你别怪他，我了解傅勇生。他有难处，父母现在境遇都不好，家里离不开他。"

我们换了一个话题，谈起了去内蒙古的具体准备。

"你有路子搞几张学校空白介绍吗？沿途住宿需要介绍信。"

雷厦眼睛一亮，说："吴山顶有办法。他会刻图章。"

"太好了！让他刻个校革委会的公章。"我知道山顶画的假月票跟真的一模一样，不少同学一到月初，就争先恐后地向他索取。

山顶蹲局子的表现令我服了气。这小伙子精明能干，又讲信义，危难时刻靠得住，在局子里为能让我多吃半个窝头，二进宫，被九岁小屁孩儿治惨了。

数日后，吴山顶来到我宿舍。他确实有雕刻天才，用磨平了的白塑料鞋底刻了个"北京四十七中革委会"的公章，印出来和真的完全一样。

也许是青春期，渴求异性吧，为增加此行的成功概率，我提出再找两个女生。因为我们自己闯内蒙，少不了要求人，找两个漂亮女孩干这活儿成功率高。感觉一个漂亮女孩，其威力远远大于我们几个男生的总和。去越南的教训不是不该找女生，而是要找对女生，别找个麻雷子。我思考着学校里那些漂亮女生，有的太狂，有的太娇气，有的太胆小，有的太风骚……考虑来考虑去，我看中了两个人，虽然从没跟她们说过话。

一个长得很像电影《战火中的青春》女主角高山，六八届高一的，长年累月一身蓝，非常朴素，苗条清秀，不妖不艳；另一个有点儿像《青春之歌》的女主角林道静，脸老是红红的，眼睛大而明亮，非常俊美窈窕，好像也是高一的，短头发，漂亮却不臭美，总穿一身肥大的军装。

那"高山"特有个性，串联时曾剃了个光头，一个人走南闯北，回校时总戴一顶洗得发白了的军帽。她可能是受《战火中的青春》女主角的影响，才女扮男装吧！我多年后得知，她是同情被剃了光头的教导主任耿寒利，才这么干的，与被侮辱、被压迫的校领导就伴儿。

而酷似林道静的红脸庞女生，我更是一点儿不了解，可能是部队子弟，身上从里到外，从上到下全都是正规军服。我总改不了以貌取人的毛病，觉得脸红的人忠诚，她双颊总红扑扑的，相貌秀美，不大可能干丑恶的事儿。

我请吴山顶负责和这两人联系，结果都碰了壁。吴山顶说他分别找到这两个女生谈了我们的想法后，她们都很惊讶，表示不了解我们，我们这样私自偷着跑到内蒙古是无组织、无纪律，婉言谢绝。

谁知道她们心里到底是怎么想的！也许确实是老实听话，不敢跟我们一起冒险逃跑；也许是仗着自己漂亮，有众多男生讨好，瞧不起我们这几个土八路。哼，没关系，我身边的两个战友都经过监牢的考验，论德才貌都不在她们之下。

哼，你们不来就不来，没你们，我们照样去内蒙！遇到什么困难，我们凭着自己大老爷儿们的嘴脸也能克服。

偷偷去内蒙古

要去内蒙古了，兴奋又激动！

雷厦分析得对，相同意识形态的人掐起来，比敌对意识形态还狠。中苏是同一个意识形态，又离得那么近，有利益上的冲突，必打无疑。如果中苏开战，内蒙古就是苏修进攻中国的必由之路。千里草原，一马平川，打起仗来，这地盘儿足够回旋，远非越南那小小的细长条所能相比。残酷吧，越残酷才越有诗意，越有刺激，被一颗炮弹炸成烟末儿才与众不同、才幸福而个性！

初中师大一附中每逢过团日时，都要唱的《共青团员之歌》最能代表自己的心情，虽然苏修成了社会帝国主义，这首歌还是好歌。

听吧，战斗的号角发出警报，
穿好军装拿起武器
共青团员们集合起来，

踏上征途，
万众一心去保卫国家。
我们再见吧，亲爱的妈妈！
请你吻别您的儿子吧，
……

真棒！辽阔的内蒙古草原将是我们保家卫国、献身捐躯的疆场！

为防止工宣队找麻烦，我偷偷起草了一封给工宣队的信，大意说：我们去内蒙古是奔赴反修第一线，渴望在未来保卫祖国的神圣战争中，血洒疆场，马革裹尸还。即使不打仗，也要为建设边疆贡献力量。我们将找一个最苦最远的地方，开始自己报效祖国的生涯。并暗中准备好钱、粮票、地图、药品、指南针、拉关系送人用的毛主席像章、《农村医疗卫生手册》及放牧方面的书。出发日期已定，就等待着开拔上路。

傅勇生的眼球是黄的，狮子鼻，样子挺凶，心地却很善良。他办事稳重，有始有终，对待雷厦像对待自己亲兄弟。他也爱练块儿，相当健壮，宽肩细腰，标准的倒三角，腹肌特发达，露出凸凸凹凹的肌肉。他的拳头很重，有次练拳时，曾一拳把我打倒。如果他能加入我们行列，会大大增加我们的实力。

临走前，我又一次找傅勇生，劝他跟我们一起走。傅勇生摇摇头，睁着黄色的大眼珠说：“你们先去吧，我再等等看。”

真没料到他那么恋家，那么惦记父母。

“大家都走了，你不走，还等着什么？”

“看看再说。”

“你为雷厦两肋插刀都行，怎么就不能跟雷厦一起去内蒙呢？”

傅勇生苦笑着，摇摇头说：“一言难尽啊。你们先去吧。”

大丈夫四海为家、浪迹天涯……连离开北京都怕，将来打仗敢玩儿命吗？哼，臭！没劲。一二·七武斗，他奋不顾身，当雷厦的肉盾，可歌可泣，博得了同学敬佩。但人就这么矛盾，为保护哥儿们，他能让自己被打得伤痕累累，可在上山下乡问题上，却又患得患失，不敢跟哥儿们一起冒险闯。

没办法，只好各奔前程。

都怨我嘴巴不牢，走前把我们的计划透露给了哥哥，结果差点儿砸锅。

当时父母整天在单位学习、交代问题。家里就哥哥一人，还有一个从农村老家来的二叔的小孩儿。这星期六回家，与哥哥闲聊了一会儿后，我略带伤感地告他：“哥哥哇，咱们再见了，我马上就要去内蒙古。”

哥哥惊奇地问："你的学习班结束了？"

"没有。"

"那你怎么能走呢？"

"自己偷偷走。上山下乡嘛，大方向正确。"

"不能自己偷偷走呀，要通过组织，通过领导。"

"没关系。"

哥哥不再说话，忙于做饭，好像什么事儿也没发生。

第二天下午两点左右，学校工宣队的郝师傅突然闯到我家，要我立刻回学校。他面带微笑，态度温和，我只好跟着他走出家门。路上，我问他什么事儿？他笑而不答，看他的神情，不像是有什么坏事儿。

可是，一到学校他就把我关到了外语教研组隔壁的小屋里，外面有同学值班看守。

我不解地问郝师傅："为什么给我关小屋？"

他笑笑说："你自己想吧。"

郝师傅走后，我苦苦琢磨为什么把我关起来，莫非逃跑的事儿被发现？黄昏时分，透过面向院子的南窗户，看见雷厦正在附近徘徊。他发现门外站岗的同学面朝东，正坐在椅子上专心看小说，就悄悄溜到南窗户下面塞给我一个纸条就走了。纸条上面写道："是你哥哥和表弟来学校报告了工宣队，说你要逃跑到内蒙。"

啊呀，懊丧之极！被自己家里人给揭发了。

原来，哥哥听说我要自己跑到内蒙古去，马上偷偷给母亲打电话请示。母亲觉得我这样跑要犯大错误，就让哥哥赶快报告学校。于是星期日一早，他就带着表弟来到学校，告发我要逃跑。

真是节外生枝、飞来横祸。心里恨死了自己，多嘴告诉哥哥干什么？怎么就没估计到他会向妈妈汇报？母亲已被整成惊弓之鸟，肯定不会同意我私自跑。

当天深夜，郝师傅把我带到了工宣队办公室，即原校长办公室。

屋里有几个军人和工人师傅，共同审我。

工宣队一个头头主审。他问："你计划跑到什么地方？"

"内蒙古。"

"干什么去？"

"响应毛主席与工农相结合的号召，插队去。"

"不是投修去吧？"

“不是。将来要跟苏修打仗，内蒙最先打。我到那儿就是为了能打仗。”

“你为什么喜欢打仗？你要跟谁打？”

“跟苏修打啊。”

“你怎么知道中苏要打仗？”

“苏修披着革命外衣，是比美帝还危险的敌人。不久前，我听总参三部的一个小孩儿讲：美国情报部门经过大量分析也判断中苏肯定要打。”

“那为什么不把你的这些想法告诉工宣队和军宣队？”

“告诉了就走不成了。”

“为什么不服从学校的分配方案？”

“我不愿意到山西、陕西，这都是后方，施展不开。我愿意到前线去。”

工宣队头头默默地盯着我，研究我说的话是真是假。

我脑子里掠过一个念头，青年人和大人想的就不一样，青年人想的是打仗，大人想的是当官儿。

郝师傅从头到尾没怎么说话，但从态度上看对我还挺友好。

直审到深夜，最后军代表说：“好吧，我们相信你。这次暂不处理，你要认真学习毛主席著作，斗私批修。在学习班里把问题交代清楚，不能搞无政府主义，想干什么就干什么。”

“行。”

“你还准备跑吗？”

“不跑了。”

“好，那就解除对你的隔离，回去吧。”

……

谢天谢地，这才松了一口气。

郝师傅送我走出办公室后，笑着对我说：“马清波，你很讲义气。老实告诉我，桌子上的字是你刻的吧？”

人家对我不错，不忍再骗人家了，就点了点头。

郝师傅笑道：“我就知道肯定是你。那女的真泼，竟然又说我跟她要流氓了。完全无中生有！啊呀呀，我头一次碰见这么厉害的丫头。”

“那当然了，大疙瘩的相好，哪能是普通人。”

我明白，郝师傅是尝到了这位女悍将的苦头，才改变了对我的态度。

次日下午，我迫不及待地赶回家。对哥哥的做法实在忍无可忍，怎么亲兄弟之间还这样告密？让工宣队把我关起来惊吓一场，十分恼火。他去学校揭发的事已传遍全校，成为同学们茶余饭后的笑料……我感到非常输面子。

哥哥很老实，困难时期自己饿昏了两次，却没责怪一句我偷吃了他那包点心。可现在干这勾当，实在伤害了我。应该警告他，别觉得我进了学习班就好欺负。自父母文革挨整后，他仗着父母成天不在家，就以家长自居，指挥这，指挥那，发号施令，居然欺负到了我头上。当时我还不知道是母亲让他去报告的。

回到家，表弟告诉我说哥哥有事儿出去了。

我问表弟："你们是不是到学校揭发了我？"

他瞪大眼睛，用很肯定的口气说："没有。"

我缓缓地解下了军用皮带，折成双道："你老实说，是不是去学校了？"

"真的没有。"他还撒谎，睁大眼睛，装得蛮像。

我抡起皮带，用中等力量，朝他肩膀抽了一下。

家里就我俩，没人救他。挨了一皮带后，他马上改口承认："青柯哥哥说要带俺出去玩玩儿，俺也不知道去哪儿，最后他带俺到了你们学校。"

"那你刚才为什么说瞎话？"

我又用皮带铆足劲狠抽了他肩膀一下，把他抽得嗞嗞哀叫。我明知道这事儿一点儿不赖他，责任全在我哥，可我心里憋的这口气难咽。十月份北京的天气还不冷，他只穿着一件单衣，疼得抱着膀子啜泣。这农村小孩儿高高兴兴地来北京玩儿，想开开眼，却挨了我一顿抽。亲骨肉还告密，太可气了，找不着哥哥出气，我就拿表弟发泄。

头次失败阻止不了我，反而激起我的逆反心，我一定要跑成功。我、雷厦、吴山顶等几人彼此来往更加隐密，只等混过这几天，工宣队放松警惕了，我们再跑。

在北京的日子屈指可数了，越是要离开学校，越加紧练块儿。社会上很复杂，没实力不行。我从七八岁时就明白了实力决定一切，块儿是一切一切的基础。打架如此，干什么也都如此。在家里老父亲用暴力教育了我，以后的华北小学、育才小学、四十七中都一样，只认实力，只认暴力，枪杆子决定一切。

不过，说穿了，自己骨子里还是胆小，怕受欺负，所以才这么苦练，这么迷信肌肉。每天下午锻炼时间，我都在体育教研室门前的小空地上练杠铃，推举、挺举、侧举……最后一次向大胳膊三十二厘米粗的目标努力。可喜的是挺举已能挺到一百公斤，悠双杠能到六十。就是大胳膊依旧三十一厘米多一点儿，哎呀，大胳膊长一毫米真难哟！豆腐、藕粉、黄豆芽、代乳粉猛吃，猛营养，还是不见长。

当我左右一下一下地侧举杆铃时，常有人好奇地观望。不玩儿摔跤的，不懂这么练的用处。这是我在北海体育场看摔跤，从摔跤运动员那里学来的，练三角肌和双臂的左右扭力，也练小胳膊和手指头。

每次练完后，攥铁棍的手掌都被勒得刷白，十指弯曲伸不直。

小憩一会儿，又开始与雷厦一招一式地对练擒拿格斗。离开学校后，这样锻炼的机会可能不会太多了，抓胸解脱法、卸臂、扼喉……每一个动作早都练得倒背如流。牢记：曲要天天唱，拳要天天打，各种招式必须天天练，才能完全融化在血液中、脑海里，真打时，才能得心应手地用。

可惜我的几个摔跤大绊儿成功率还是不高，没师傅正经教，自己瞎摸索，效果不佳。人有各式各样的追求。有人想争数学竞赛第一，有人想写一手漂亮的毛笔字，还有人想万米长跑拿到名次……对我来说，要是能把入、揣、披等大绊儿练得百发百中，此生足矣。

为了练好跤，摔跤衣必须足够用。

谢保国当兵走时，我因故没有送别。他练武术练得走火入魔，全校没一个军人子弟像他这样整天跟一帮北安河农民小孩儿泡在一起，光着膀子练螳螂拳、八卦掌……他受农民小孩儿影响，还相信马蜂咒，认为念了咒，马蜂就不会蜇你。他对我非常好，知道我喜欢望远镜时，马上就把他父亲缴获的日本鬼子的望远镜送给我。他心地善良，总是同情弱者，不管你对错。哪怕是打过他的坏蛋一倒霉，他也伸手帮助。我俩感情上没任何嫌隙，就是他年纪小，对中苏大战，对上山下乡都没有考虑。

还有他太迷信武术，好像武术能包医百病。我觉得武术的套路部分，花拳绣腿太多，舞蹈成分太多，实用性差。与他的看法相异。

从越南回来后，我只向谢保国要回一套摔跤衣，还有一套说好送给他。可觉得去内蒙后还要继续练，一套摔跤衣不够用，再有一套就好了。于是老琢磨着怎么把给谢保国的那套再要回来。我冥思苦索，为自己寻找了多个理由：

一、我去内蒙不知要待多少年，手头儿这套跤衣已摔出毛毛儿，腋下摔开了线。二、谢保国已参了军，那套跤衣放在家也是个浪费。三、我到内蒙后，有摔跤环境，计划要好好地提高一番。四、要练得狠，一套摔跤衣不够使。五、谢保国不像我这么爱摔跤，他那套不如给我物尽其用。六、反正如果革命需要、战备需要，送给人的东西，也可以再拿回来，不能说是抠门儿。

想来想去，想出这些理由，就鼓足勇气，闯到了军事学院的谢保国家。

他妈妈听完我的话后，面无表情地说："谢保国临走时讲这套摔跤衣是你送给他的，要我好好保管，他到部队以后可能还用得着，因为训练侦察科目时，也要学摔跤格斗……但……但你既然要，就给你吧。”口气温和，脸色冰冷。

我要回来了摔跤衣，心里却忐忑不安，感到很对不起谢保国。他送给了我那么多东西，都是白送，而我送给他一套摔跤衣，却又要了回来。

我确实是怕一套不够用。

一九六八年十一月十四日，学校里又走了一批去云南思茅的。其中有我们公社的战友志新、马跃等等，他们什么漂亮话也没说，悄没声儿地走了……

哈哈，我们也马上要踏上征途。

为保密，这次直到临走的那天下午——一九六八年十一月十七日下午，我们才各自通知了自己家里。

我没有告诉姑姑。她家在东直门外左家庄，比较远。三年困难时期，我偷吃姑姑的那两大笼屉菜窝头还铭记在心，永远难忘。从越南回来，无家可归时，她的家也是我唯一的去处。小时候，是她像母亲一样四处找正在哺乳的姨子、婶子们喂我几口奶。等我将来回北京探亲时，再去看望她吧。

也没跟洪老师告个别。因为我这是逃跑，不能泄漏一点儿风声。倒霉的洪老师啊，你虽然有历史问题，却是一位好老师，给了我很好的教育。你不愧当过兵，有着浓厚的军人素养。军训时，鹿苑内三米高的石头墙，你跑二十米助跑就能蹿上去。现在，你虽变成了老百姓，不穿军装，身上也没有一件军用品，还不如我的多，却正经有一颗军人的灵魂。你肯定严格的意志锻炼和自我克制；你肯定少说多干，行动是最美的话语；你肯定办事刺刀见红，凶猛玩儿命……无形中给了我许多的熏陶。

下午，我回到了家。

“妈，我今天晚上要去内蒙了。”

“什么，你今天晚上就走？”

“对。今晚上十一点五十分的火车。”

一阵儿沉默。我只听见寒风在窗外一声一声地低吼。

母亲和蔼地问：“你响应毛主席号召去边疆是对的，但你不通过组织，自己跑去，人家会要你吗？”

“没问题。我们学校有好几个同学都是自己跑到内蒙古去的，人家全要了。”

“那户口、档案手续怎么办？”

“等那边收下了，再回来办。”

“你的学习班还没结束，学校工宣队能同意吗？不会去抓你吗？”

“不会的，我给工宣队师傅写了一封信，详细讲了我们的目的。”

“那你肚子开过刀，到内蒙古草原上要经常骑马，颠得很，你受得了吗？”

“行！我锻炼这么多年了，肚子从来没有犯过病。”

母亲沉默了。

“好吧，你既然决心已下，我也不拦你了。我本来是反对你这样不通过组织领导，自己瞎闯的。特别是你的学习班还没完。但看这形势，大家都在走……你走就走吧。你告我都需要什么东西，我给你准备准备。”

“什么也不用准备。我就带一个行李。”

“晚上和你父亲一块儿吃顿饭吧！”

“一个同学借了我的望远镜，我还得去取。”

“那你争取早点儿回来吧。”

晚上，当我拿回望远镜到家时，已经是八点多钟了。父亲又被叫到机关交代问题。他现在的日子不好过，三结合进领导班子后，又给揪了出来，随时有可能给抓起来。我独自一人吃完了母亲为我准备的饭菜，肉虽美，饭虽香，却味觉麻木。

来到母亲的屋子，母亲指着一堆衣物说："这些东西给你。"

“不带了。沿途我们可能还要步行，不能带这么多东西。”

漆黑的冬夜，只有母亲一人送我走出大门。她一遍一遍地叮咛道："小波，到了那儿要跟大家搞好关系，千万不要打架。这可不是学校了，一定要守规矩。"

昏暗的夜色下，母亲头上的几缕白发被寒风吹起，缓缓飘拂。这两年来，她明显有些苍老，头发掉了许多，有些秃顶，眼皮松弛，遮住了小半个眼睛。她的叮咛像雪花一样，轻柔柔地落在我发烧的脑袋上。

“妈，你放心吧，我一定好好干。”

不由自主地紧紧握住母亲温暖肥厚的手。我知道她现在的处境也不好，街上又出现了一拨儿批判她的大字报，说“《青春之歌》是反革命赞歌”、“是替刘少奇、彭真歌功颂德的大毒草”，甚至还说她是“假党员”。

联想到自己也曾造过母亲的反，砸过她、抢过她、骂过她，心里涌起一股强烈的同情和愧疚。

妈妈用双手把我脖领子上的扣子系上，轻轻拂平衣领上的褶子，低声说："你走吧，把钱放好，路上多加小心。"

我走了，头也不回地走了。我们母子分别时都没有流一滴眼泪，从从容容，安安静静，不像电影里的母子分别那样难舍难分。

冬天的夜晚，厂桥街道上冷冷清清，空无一人，只有路灯在寒夜中闪着昏幽幽的青光。树上枯枝弯弯曲曲，在黑暗的夜色中伸出魔鬼一样的爪子。眼前的景象和去黑龙江兵团与内蒙古突泉的热烈场面，大不相同。他们都是从雄伟的北京站出发的，我们则要从脏兮兮的西直门火车站走，坐慢车到张家口。来这里乘车的尽是底层老百姓。

但我们的血和从北京站走的一样热。

姜傻子他们走时，轰动全校，有不少人男女生送行。我们这次却是秘密地走，任何同学都不能告诉，只好忍受着偷偷走的冷清和寂寞。

一个人默默地走着。黑暗和寒冷包围着我，四周一片静寂。前面，那内蒙古的茫茫大野到底要不要我们？此行会落个去越南的下场吗？在那遥远的地方，全是陌生的人、陌生的环境，无依无靠，会有什么在等着自己？

听说内蒙古男多女少，连女朋友都不好找，我能在荒凉草原上碰上自己理想的人吗？育才小学的那位不知姓名的短发小姑娘，甜甜的脸蛋儿月亮般洁白，梳着整齐的刘海，她在哪里？煞是迷茫。没关系，车到山前必有路，高一的女光头儿和那个“林道静”给我们的闭门羹，影响不了我们奔赴内蒙古大草原的斗志！尽管一缕淡淡的哀愁怎么也拂不去。

我决定离开学校后把自己名字中的“清”字去掉，就叫马波。“清”太文静，太奶油，到内蒙古后要开始新的生活，要以一个全新的形象出现。

寒风阵阵扑面，感到了冬天的寒意。这让我联想到了社会的冷酷。

赤手空拳地离开北京，到那块偏僻荒凉的大草原，如果碰见一个凶蛮的坏蛋，我对付得了吗？我的大胳膊一直不理想，才三十一厘米，又拙于辞令，仅仅靠块儿，两个秃拳，能在社会上杀出一条路来吗？我治得住那些佞人、地痞、老油条吗？

赶紧换了一个念头，使劲想自己的战友，用战友来鼓舞自己的士气。

世界上最永恒的不是爱情，而是友谊，是男人和男人之间的生死之谊！

我身边有雷厦、吴山顶，他们都是出类拔萃之士。雷厦跟卫戍区副司令李钟奇激烈辩论，根本不怵老头儿官儿大。在一次次武斗中，叫鞋底子、炉钩子、木头棍子打出一副坚硬无比的骨头，堂堂正正，被众多女的追逐而不乱不色，凛然屹立，而且有勇有谋，口才卓绝。

吴山顶为了朋友，赴汤蹈火，在所不辞，犯法也心甘，重义气，重信诺，在海淀分局最后一个交代。他还多才多艺，在保卫干事面前演戏演得惟妙惟肖，刻的图章也跟真的一模一样。

内蒙古女的少就少，没啥了不起。

别自卑！老马！挺举一百公斤，镇了全校！悠双杠六十也少见；铁波交左右开弓，摔雷厦像摔一棵大白菜；二十栋捕俘拳练得滚瓜烂熟，手一碰就有；平衡力超强，顶碗水也能单腿蹲起；胸大肌虽夹不了钢笔，也近三指厚了；小腿肚子四十二厘米，与自己同龄同身高的人还从没见过……如此的实力在身，到社会上还怵什么？

我心里燃起了一团大火，孤单凄清的感觉在大火中顷刻变成一缕轻烟，完全消失。马清波啊，马清波，你现在已改名为马波了，要开始新的生活、以新的姿态出现在社会了，别再小资产阶级多愁善感！革命者应该坚强如铁。

大胳膊三十一就三十一，没关系，每人遗传因子不同，有人天生块儿，有人天生瘦。西藏的大黑狗不用练就强壮、个儿大，北京的小哈巴狗再练也练不成一百五十斤。雷厦也是细胳膊瘦腿的，八·二一武斗照样勇敢。

冬天夜晚的街道上很静，空旷无人。我脑海中又闪出了谢保国那白白嫩嫩的脸。他是我最好的军人出身的小朋友。文革前挨处分时，他送给我半导体、军装、刺刀、望远镜，后又陪我找人摔跤，在军人子弟里替我说了不少好话……可他当兵走后，我却把已经给了他的跤衣又要了回来。唉！谢保国，别恨我，原谅我吧！我只想把摔跤技术再好好地提高一下。

我的全部东西：一条被子、一套内外衣、一个书包，四件褡裢，四个拳套，偷的两条军毯和两个马褡子以及一本毛主席的内部讲话。

经过厂桥邮电所，我把给工宣队的信扔到了信筒里。

这是一九六八年十一月十七日晚上九点多钟。寒流来了，凛冽刺骨，街上冷冷清清、昏昏暗暗，我独自一人一步步地向东官房无轨汽车站走去。

目标：内蒙古锡林浩特。

尾声

他们永远与我伴随

印在书上的人名未必能被人永远记住，刻在石头上的人名也未必就能流芳千古，但正如麦克阿瑟将军说过的：老兵是不死的。尽管书中人物都各有去处，但作为曾在那段特殊岁月里教诲过我、信任过我，并为我所辱、为我所伤的老师同学们，他们的名字早已印刻在了我的心上，也必将永远与我伴随。

◇三十多年后，看望育才学校的宋贞瑞老师。

“育才小学的宋贞瑞老师多年来一直默默无闻地在那里教书。一九八八年《血色黄昏》出版后，轰动全国，我曾专程去育才看望过她，让她知道我没有辜负她让我参加少先队，并向她表示感谢。这许多年来尽管与她来往很少，但内心深处总有她一个位置，她那美丽慈祥的大眼睛常常在我眼前出现。印在书上的人名未必永远记得，刻在石头上的人名未必流芳千古，现在是2010年，宋老师已不在了，但宋贞瑞老师的名字已印刻在我的心上，将永远与我伴随。”

他们永远与我伴随

我逃走后，工宣队的头头非常气愤，后来还听说他在学习班上叫嚷：马清波又跑了！哼！我们工宣队写个函，全国各地一送，他跑哪儿都得给抓回来。

可工宣队却并没有真的去抓我，只是吓唬别人不要跟我学，也偷偷地逃跑。可能是我给他们的信发生了效果。

我再把本书中几个人物的下落简单交待一下：

育才小学的宋贞瑞老师多年来一直默默无闻地在那里教书。一九八八年《血色黄昏》出版后，轰动全国，我曾专程去育才看望过她，让她知道我没有辜负她让我参加少先队，并向她表示感谢。这许多年来尽管与她来往很少，只去育才看望过她两次，但我内心深处总有她的一个位置，她那美丽慈祥的大眼睛常常在我眼前出现。可能班里别人对她记忆不深，我却一辈子也忘不了她。因为是她让我在小学毕业前加入了少先队。印在书上的人名未必永远记得，刻在石头上的人名未必流芳千古，现在是二〇一〇年，宋老师已不在了，但宋贞瑞老师的名字已印刻在我的心上，并将永远与我伴随。

师大一附中的任允珍老师也司样默默无闻、几十年如一日地兢兢业业教书育人。任老师说她天生喜欢孩子，受苏联电影《乡村女教师》的影响，上学时就立志当一名老师。她对有问题的学生，从不打击不歧视。跟我练过拳的李世民曾因家里挨整发过牢骚，对社会不满。有人向任老师揭发了他，任老师依旧耐心教育，没有上纲上线地批判，更没有向上汇报。文革中，任老师被认为是校领导刘超的黑爪牙，挨过打、挨过掐、挨过啐，家也被抄过，所幸时间不长。任老师疼爱孩子，甚至有些放纵，她的班集体总也评不上先进。但她处处以身作则，博得了同学的爱戴。某年冬天下大雪，积雪深过小腿肚子。她早上六点半，天还黑着就带着自己的两个女儿从北长街步行到学校；下午又不顾辛劳，亲自带学生们去陶然亭公园打雪仗。孩子们激动得要命，虽然衣服、鞋都湿了，却打心眼儿里佩服任老师。

记得我第一次到她家去看望她时，任老师高兴极了，非要请我吃饭不可。我这个在小学操行从来都是“中”的落后生，来到初中后竟然得到了“优”！

是任老师让我这辈子当了一回好学生。如果我身上还有一点点美好的话，这其中就有任老师的心血和影响。不只是我，还有很多同学都爱戴任老师，觉得任老师心眼儿特好，她对穷人家的孩子没一点点嫌弃。上世纪七十年代有个家住大栅栏的穷孩子非常淘气，成绩一塌糊涂。父母对他也不好，常常吃不饱饭。那时候黄帅的造反精神风靡一时，这孩子因为起哄打架，学校准备处理他，但任老师坚决不同意。后来，任老师还到他家送粮票，劝其父母给他吃饱饭，帮他买面包等……这位后进学生感动得要命，多少年过去了，仍经常来看望任老师，帮她跑腿儿办事儿。

一九九一年任老师退休。渐渐的，任老师从很正统、很左的思想桎梏中解放了出来，我跟任老师的共同语言越来越多。现在她也很懊悔，自己年轻时教了学生那么些假大空的东西。

宋尔仁一直杳无音信。工宣队很想抓住他，纯洁一下革命队伍，只可惜他跑得干净利落，无影无踪。直到三十年后的现在，我才听说他已于一九七七年初病故于北京，死因是肺结核。他抽烟太狠，又喝酒，等到吐痰有血时才开始看病，但为时已晚。他死前为黑龙江兵团一师六团（在德都县）采石连的战士，干过饲养、种菜、采石等等，平日寡言少语，没有什么朋友，一九七四年娶了个当地的老婆，留下了一个儿子。

已经过去了三十多年，现在回想起我当初偷看他日记，并交给工作组，渴望立功，当左派，非常懊悔和自责。好好一个人的命运就让我给毁掉了。在文化大革命的神圣狂热感召之下，我变得那么狰狞、狠毒。人家宋尔仁从来没有伤害过我，甚至我受处分后依旧对我挺好，不落井下石，从家里带来好吃的还给过我，可我……唉，愿九泉之下的老同学饶恕我。宋尔仁的名字及我上交你日记的耻辱将随着本书公诸于众，供后代人诅咒老鬼。

任道远也不见踪影。自从文革初期，被我诱蛇出洞一次，险些遭打，他就再也不敢来学校。除非有事儿，也是昼伏夜行。他是一个不随波逐流、喜好文学的青年，生性耿介，有一些书生的骨气，最讨厌假积极，溜须拍马，当然也害怕挨打，不愿拿他的皮肉供我的拳头过瘾。听说他只有一个母亲，靠糊火柴盒儿、捡破烂儿为生，家境极贫寒。实在惭愧呀，对这么一个从不打架也不经打的弱者，我却精心制定计谋攻击他，为自己当初的受处分报复，这只表明我本人心胸狭窄、灵魂低级藐小。可惜直到现在，我也不知道任道远的下落，如果有机会，我愿意当面向他赔礼道歉。

王佑去突泉插队后，还曾到内蒙古草原看过我。他干得很出色，下去不久就入了党，并抽调到了县里，后担任过县教育局副局长、文化局副局长。

一九七七年恢复高考后，他考入了长春光机学院，毕业回北京，很早就下了海，但经历坎坷，一言难尽。

雷厦下乡多年后考入南京大学经济系的研究生，曾任南开大学教授、中信国际研究所高级研究员，下海经商更一鸣惊人——他在商业上的成就远远大过我在写作上的成就。

吴山顶、傅勇生、小胡子、杨志刚、王球等以后都很平安顺利，比较成功。

在四十七中不可一世的艾大仁毕业后去市公安局干过一段时间，表现不错。入党外调时，四十七中的老师纷纷揭发他在文革中的打人问题，不但没入了党，还被清洗出公安队伍，结果患了精神病，早已退休回家。

洪老师于唐山大地震那年病逝。一九七六年这一年，洪老师被正式解放，但心情郁郁寡欢。争取了二十多年也没入了党，看来这辈子是永远没戏了。七月六日朱德去世，之后不久的一天，下完雨后，他上山采熏蚊子的草，看见了一朵挺大的蘑菇长在一块大石头旁，就掀起石头，准备摘蘑菇，突然发现石头下面有一只特大的癞蛤蟆，光溜溜的，睁着蛇一样的眼睛呆呆地望着他。把洪老师吓了一大跳，回来后还心有余悸地对邻居讲：那癞蛤蟆足有小孩儿脑袋大，这辈子从没见过那么大个儿的癞蛤蟆。也就是在这天晚上，深夜一两点钟，洪老师心脏病突发，猝然去世。事后人们分析，觉得他的死，跟见到这只大癞蛤蟆受到惊吓很有关系。

洪老师虽狠整过我，我却不恨他。如果他没给我两个处分，四十七中那段生活也就不那么与众不同、多姿多彩了。给钢刀多敲打几锤，它只会变得更加锋利、坚硬。

下乡后快一年，洪老师还保护过我。我那时已经属于内蒙古生产建设兵团四十一团七连的知识青年。指导员怀疑我在北京有问题才自己逃跑到内蒙古，曾发函给北京四十七中革委会调查我的情况。为此，洪老师特地写了一份材料：

马清波的情况介绍

马于一九六三年秋入四十七中高中至一九六六年五月文化大革命为止，我担任他所在班的班主任，现将那一段主要情况介绍如下（文化大革命中的情况不了解）：

一、迫切要求进步，曾积极争取参加共青团，担任过团的积极分子小组（青年小组）组长。在班级内先后担任过军体委员、学习小组组长。

二、生活上和体格锻炼上表现刻苦，曾以石头为枕，坚持冬季体育运动，并主动进行野营和行军的训练。

三、爱劳动，能吃苦耐劳，每学期均被评为劳动积极分子。

四、崇拜英雄人物，很早就爱读这方面的书，但缺乏分析和批判，中了一些封资修的毒，因此有以下一些缺点：

第一，幻想所谓“英雄行为”和“英雄的业绩”，犯脱离群众、孤芳自赏、个人英雄主义的毛病，有时表现无组织无纪律。

第二，在待人方面不大注意阶级分析，而注重所谓的“义气”等旧的观念。

第三，曾练习摔跤，爱好武器，幻想依靠个人武力，创造什么“英雄业绩”。

对以上问题，他本人有所认识，几年来也有一定程度的克服，但不太稳定，抓得紧时他还是能接受帮助和教育的。

北京四十七中　洪正端

一九六九年九月二十七日

可以看出，字里行间，洪老师替我说了不少好话。

一九八二年，内蒙古锡盟有关部门给我彻底平反，退回了一大包材料。我才发现了这份洪老师亲笔写的证明。而此时，洪老师已经去世六年。我心里无限温暖，又无限感慨，眼眶不由自主地潮湿了。虽然洪老师的证明并没有阻挡住兵团把我打成“现行反革命分子”，但在我危难之时，他却尽了微薄之力。

可怜的洪老师呀，根本不是大癞蛤蟆，而是那个历史问题吞噬了你。文革中你曾多次找过我，想谈谈你的问题，都被我搪塞躲避掉，我害怕为你说话会犯大错误，影响自己的名声。我在这件事上很怯懦、很自私，没有一点儿英雄气概，对不起你对我那么好的评价。三十多年后的现在，在美国罗得岛的 PROVIDENCE，我借这本书的最后一个段落，向你飘逸在茫茫苍天的冤魂，表示一下隐藏在我心中最深处的忏悔和怀念。

麦克阿瑟将军说过：老兵是不死的。洪老师，你也是一位老兵，从华北一直打到海南岛，又去抗美援朝。老兵是不死的。

一九九五年夏于美国 PROVIDENCE 动笔

一九九七年底完稿于北京

二〇一〇年三月底修改完于北京延庆农民小院

再版说明

我写这本书，主要根据父母保留下的各种信件、母亲的日记、同学们和老师的介绍以及自己的回忆，基本轮廓没有走样。但由于年代久远，在一些时间日期、具体的对话等细微处恐怕有误，欢迎知情者指正。

这次修改订正了一些错误，补充了一些细节，增加了一些图片。

最后好像还有千言万语要说，想来想去却就是一句话：深深地感谢和深深地怀念我小学的宋贞瑞老师、初中的任允珍老师、高中的洪正端老师，是你们给了我灵魂。

同时也借此机会，向我儿子的母亲曾利利及三家村文化公司张丽娜总裁多年来所给予我的无私帮助表示衷心感激。

作　者

二〇一〇年四月一日